·杨慎研究丛书·

杨慎著述
序跋题记集录

王文才　张锡厚　原辑　杜春雷　订补

四川人民出版社

图书在版编目（CIP）数据

杨慎著述序跋题记集录/王文才，张锡厚原辑；杜
春雷订补.—成都：四川人民出版社，2024.1
ISBN 978－7－220－13538－5

Ⅰ.①杨…　Ⅱ.①王…②张…③杜…　Ⅲ.①序跋－
作品集－中国－明代　Ⅳ.①I264.8

中国国家版本馆 CIP 数据核字（2023）第 221353 号

杨慎研究丛书

YANGSHEN ZHUSHU XU BA TIJI JILU

杨慎著述序跋题记集录

王文才　张锡厚　原辑　杜春雷　订补

出 版 人	黄立新
项目策划	谢　雪
责任编辑	邹　近
封面设计	四川胜翔
内文设计	张迪茗
责任校对	舒晓利
责任印制	周　奇

出版发行	四川人民出版社（成都三色路 238 号）
网　　址	http://www.scpph.com
E-mail	scrmcbs@sina.com
新浪微博	@四川人民出版社
微信公众号	四川人民出版社
发行部业务电话	(028) 86361653　86361656
防盗版举报电话	(028) 86361653
照　　排	四川胜翔数码印务设计有限公司
印　　刷	四川机投印务有限公司
成品尺寸	170mm×240mm
印　　张	33.5
字　　数	560 千
版　　次	2024 年 1 月第 1 版
印　　次	2024 年 1 月第 1 次印刷
书　　号	ISBN 978－7－220－13538－5
定　　价	168.00 元

"杨慎研究丛书" 序

  2017 年 1 月 26 日，《人民日报》刊载了中共中央办公厅、国务院办公厅印发的《关于实施中华优秀文化传承发展工程的意见》。文件表达了我们为建设社会主义文化强国、增强国家文化软实力、实现中华民族伟大复兴的中国梦而弘扬传承中华优秀传统文化的最新认识和最佳作为，以明确的指导思想、基本原则、总体目标、实现路径，为中华优秀文化的创造性转化、创新性发展标注出清晰的蓝图。

  同年 3 月，四川省启动实施历史名人文化传承创新工程。7 月 4 日，最终确定首批十位四川历史名人，杨慎名列其中。

  杨慎是四川历史上仅有的几位文化巨星之一。《明史·杨慎传》载："明世记诵之博，著述之富，推慎为第一。诗文外，杂著一百余种，并行于世。"简绍芳《赠光禄卿前翰林修撰升庵杨慎年谱》末补书云："至其平生著述四百余种，散逸颇多，学者恨未能睹其全。"杨慎这种超常的勤奋博学，从历史长河看，正是蜀学的典型特征之一。有人说，四川盆地是封闭口袋，我说是个聚宝盆。蜀地的大学者都是年轻时在这个聚宝盆打好实在的基础，一出夔门接触到外面的空气，就成为时代的顶尖人物。唐朝人魏颢在为李白的《李翰林集》作序时说："剑门上断，横江下绝，岷峨之曲，别为锦川。蜀之人无闻则已，闻则杰出。"讲的就是这个事实。从司马相如、扬雄、李白、苏东坡、杨升庵至现代的郭沫若都是鲜明的证据。有趣的是，只比杨慎晚十九年出生的李卓吾在其《焚书》中有一段评杨慎的话："升庵先生固是才学卓越，人品俊伟，然得弟读之，益光彩焕发，流光百世也。岷江不出人则已，一出人则为李谪仙、苏坡仙、杨戍仙，为唐代、宋代并我朝特出，可怪也哉！"对比魏颢的话，相隔约八百年而声态相同，如出一口，真是事实胜于雄辩而英雄所见略同啊！

  我们从今天时代的目光来看杨慎，我觉得张秀熟老先生《最难能的伟大哲人》一文中的几句话最言简意赅："每览先生言行，辄肃然有敬意。放眼评量，先生之长受世人推崇，首在其具有凛然不可犯的大节。

坚持真理，特立独行，不苟同流俗，一身为暴君所案，而始终眷怀于国家民族。至其著述之富，不为私人，裕后光前，纯为文化，此犹其次焉者。"秀熟老先生这八个字的文章标题和上引的这几句话，每个字都值得我们学习研究升庵文化精神的当今后辈学人仔细咀嚼。

放开眼光，从中外文明交流互鉴的视野看，由优秀传统文化哺育又在实践中有自己发展创新的升庵文化精神，也需要我们更深入地学习挖掘。前几天，我在 2018 年 8 月 24 日《参考消息》上看到尤瓦尔·赫拉利（《人类简史》《未来简史》的作者）的文章《2050 年人类会变成什么样子?》，其中谈到未来的教育时说："人们需要具备厘清信息的能力，区分什么重要，什么不重要，而最重要的是将大量碎片化的信息整合起来。"我一看觉得这话似曾相识，首先想到爱因斯坦之言："不应否认任何理论的终结目标都是尽可能让基本元素变得更加简单且更少，但也不能放弃对任何一个简单数据的合理阐释。"我立刻又想到我们中国典籍中比爱因斯坦早两千多年的《老子》中说："为学日益，为道日损。"这与爱因斯坦话语的根本认知精神完全相合。宋人苏辙在《藏书室记》中解析此话时说："以日益之学，求日损之道，而后一以贯之者，可得而见也。"最后，我想到杨升庵先生在这个涉及人类理性认知的问题上，还有很精警的论说，如《谭苑醍醐序》中一段话："夫从乳出酪，从酪出酥，从生酥出熟酥，从熟酥出醍醐，犹之精义以入神，非一蹴之力也。学道其可以忘言乎? 语理其可以遗物乎? 故儒之学有博有约，佛之教有顿有渐。故曰，多闻则守之以约，多见则守之以卓，寡闻则无约也，寡见则无卓也。"类此的讲治学之道的话，在《丹铅别录序》等类文章中还有很多，兹不赘引。总之，我认为，升庵先生的宏富著述和治学实践，无论从哪个角度看，无论和谁比，都是我们中华民族宝贵文化财富的重要载体之一。

20 世纪 50 年代末，我在川师中文系读书，先师王文才教授教我们古代文学课程，当时就知道他投入很大精力研究杨慎。60 代初，我在川大中文系读六朝唐宋文学研究生时，又从导师庞石帚先生处知道王先生曾和他讨论过杨慎著作研究中的一些问题。我在四川大学任教后，文才师主持"杨升庵丛书"编撰工作。这是全国古籍整理出版规划领导小组资助出版的国家级科研项目，从今存升庵著作一百六十多种中先择四十种整理出版。老师把《谢华启秀》和《古今风谣》两书交给我整理、标点和补注。在老师指导下，我用几年时间，把这两书所有篇章和数千条词语的出处原著找出来，然后带着问题去通读升庵著作，弄清情况，解决问题。通过这项工作，使我在古籍的整理研究上得到了实实在在的磨炼，也确实培养起了对杨慎文化精神研究的深厚感情。对杨升庵著作的全面深细的研究是最基础方略，"杨升庵丛书"的编写出版，是积累经验的成功实践。

中央"两办"文件明确要求，要在研究开发、教育普及、保护传承、创新发展、传播交流等五个方面协同推进并取得重要成果。就研究、传承升庵文化精神而言，将开辟出一个全新时代，杨升庵研究的前景值得期待。从简绍芳算起，杨升庵研究几近五百年矣，前人研究的成果是后人研究的起点。今后，全面深入地研究杨升庵，是要将其放在有明一代广阔的背景基础上综合呈现。为此，四川省杨慎研究会、四川大学杨慎研究中心、新都杨升庵文化研究中心推出"杨慎研究丛书"，拟每年资助出版或再版一至二种精品研究图书，供研究者借鉴。

"杨慎研究丛书"的编撰和出版工作，必将为传承发展中华优秀传统文化这一宏伟工程取得更大的成果，做出更新的贡献。

张志烈

2018 年 9 月 1 日

目　　录

弁言 ···（ 1 ）

上卷　经史杂著之属

升庵经说

升庵经说序 ·····································（明）杨慎（ 5 ）

升庵经说序 ···································（清）李调元（ 6 ）

升庵经说跋 ···林思进（ 6 ）

郑堂读书记一则 ·····························（清）周中孚（ 6 ）

续修四库全书总目提要一则 ·····················江瀚（ 7 ）

周官音诂

周官音诂序 ·····································（明）杨慎（ 9 ）

檀弓丛训

檀弓丛训序 ·····································（明）杨慎（ 10 ）

檀弓丛训序 ·····································（明）张含（ 11 ）

刻檀弓丛训序 ·································（明）李元阳（ 11 ）

檀弓丛训跋 ·····································（明）张志淳（ 12 ）

浙江采集遗书总录一则 ···············（清）沈初等（ 12 ）

四库全书总目一则 …………………………（清）纪昀等（12）

郑堂读书记一则 ……………………………（清）周中孚（13）

文选楼藏书记一则 …………………………（清）阮元（13）

善本书室藏书志一则 ………………………（清）丁丙（13）

嘉业堂藏书志一则 …………………………（清）缪荃孙（14）

附录

檀孟批点序 …………………………………（明）谢东山（14）

批点檀弓序 …………………………………（明）舒曰敬（15）

刻檀弓 ………………………………………（明）闵齐伋（16）

四库全书总目一则 …………………………（清）纪昀等（16）

夏小正解

夏小正解叙 …………………………………（明）杨慎（17）

夏小正解跋 …………………………………（明）胡缵宗（18）

郑堂读书记一则 ……………………………（清）周中孚（18）

续修四库全书总目提要一则 ………………………孙曜（19）

春秋左传地名考

续修四库全书总目提要一则 ………………………杨钟羲（20）

转注古音略

转注古音略题辞 ……………………………（明）杨慎（21）

重订转注古音序 ……………………………（明）杨慎（22）

转注古音略序 ………………………………（明）顾应祥（22）

转注古音略序 ………………………………（明）张含（23）

跋古音略 ……………………………………（明）杨慎（24）

书转注古音略后 ……………………………（明）杨士云（24）

刻转注古音略序 ……………………………（明）王任（25）

刻升庵杨先生转注古音后跋 ………………（明）邓启愚（26）

转注古音略跋 ………………………………（明）杨宗吾（26）

转注古音略 ……………………………………（明）董斯张（27）

书杨升庵转注古音略后 …………………………（清）刘绍攽（28）

浙江采集遗书总录一则 …………………………（清）沈初等（28）

四库全书总目一则 ………………………………（清）纪昀等（28）

郑堂读书记一则 …………………………………（清）周中孚（29）

文选楼藏书记一则 ………………………………（清）阮元（29）

万卷精华楼藏书记一则 …………………………（清）耿文光（30）

五十万卷楼藏书目录初编一则 …………………莫伯骥（31）

顾亭林手评转注古音略跋 ………………………傅增湘（32）

附录

沈氏韵经序 ………………………………………（明）郭正域（34）

古音丛目

古音丛目序 ………………………………………（明）杨慎（36）

浙江采集遗书总录一则 …………………………（清）沈初等（37）

四库全书总目一则 ………………………………（清）纪昀等（37）

郑堂读书记一则 …………………………………（清）周中孚（38）

万卷精华楼藏书记一则 …………………………（清）耿文光（38）

古音猎要

古音猎要序 ………………………………………（明）杨慎（40）

古音猎要跋 ………………………………………（明）杨慎（40）

浙江采集遗书总录一则 …………………………（清）沈初等（41）

天一阁书目一则 …………………………………（清）范邦甸（41）

郑堂读书记一则 …………………………………（清）周中孚（41）

善本书室藏书志一则 ……………………………（清）丁丙（42）

续修四库全书总目提要一则 ……………………孙海波（42）

古音余

序古音余 …………………………………………（明）曾屿（43）

古音余序 …………………………………（明）杨士云（43）

古音余后序 ………………………………（明）王廷表（44）

古音余后语 ………………………………（明）杨慎（44）

浙江采集遗书总录一则 …………………（清）沈初等（44）

天一阁书目一则 …………………………（清）范邦甸（45）

郑堂读书记一则 …………………………（清）周中孚（45）

适园藏书志一则 …………………………张均衡（45）

续修四库全书总目提要一则 ……………孙海波（46）

古音附录

古音附录序 ………………………………（清）李调元（47）

内阁藏书目录一则 ………………………（明）孙能传等（47）

续修四库全书总目提要一则 ……………孙海波（48）

古音略例

古音略例跋 ………………………………（明）杨慎（49）

古音略例序 ………………………………（清）李调元（49）

浙江采集遗书总录一则 …………………（清）沈初等（50）

四库全书总目一则 ………………………（清）纪昀等（50）

郑堂读书记一则 …………………………（清）周中孚（51）

万卷精华楼藏书记一则 …………………（清）耿文光（51）

古音骈字

古音骈字题辞 ……………………………（明）杨慎（52）

古音骈字序 ………………………………（清）李调元（52）

浙江采集遗书总录一则 …………………（清）沈初等（53）

四库全书总目一则 ………………………（清）纪昀等（53）

郑堂读书记补遗一则 ……………………（清）周中孚（54）

文选楼藏书记一则 ………………………（清）阮元（54）

万卷精华楼藏书记一则 …………………（清）耿文光（55）

古音复字

古音复字题辞 ·············· （明）王廷表（56）

古音复字序 ················ （清）李调元（56）

郑堂读书记一则 ·············· （清）周中孚（57）

续修四库全书总目提要一则 ········· 佚名（57）

五音拾遗

五音拾遗序 ················ （明）杨宗吾（59）

续修四库全书总目提要一则 ········· 佚名（60）

韵林原训

重订韵林原训序 ·············· （明）李登（61）

少室山房笔丛一则 ············· （明）胡应麟（61）

内阁藏书目录一则 ············· （明）孙能传等（62）

六书索隐

六书索隐序 ················ （明）杨慎（63）

跋六书索隐 ················ 顾廷龙（65）

四库全书总目一则 ············· （清）纪昀等（65）

郋园读书志一则 ·············· （清）叶德辉（65）

分隶同构

分隶同构序 ················ （明）杨慎（67）

石鼓文音释

录石鼓文音释序 ·············· （明）杨慎（68）

石鼓文叙录 ················ （明）杨慎（69）

石鼓文跋 ················· （明）杨慎（70）

书录石鼓文音释后 ············· （明）徐缙（70）

重刻石鼓文音释跋语 ············ （明）洪珠（71）

刻录石鼓文音释成题其后 ·········· （明）严时泰（71）

石鼓文音释跋（一） ············ （清）叶启勋（72）

石鼓文音释跋(二) ……………………………… (清)叶启勋（73）

读书敏求记一则 …………………………………… (清)钱曾（74）

浙江采集遗书总录一则 ………………………… (清)沈初等（74）

四库全书总目一则 ……………………………… (清)纪昀等（74）

郑堂读书记补遗一则 …………………………… (清)周中孚（75）

文选楼藏书记一则 ……………………………… (清)阮元（75）

艺风藏书续志一则 ……………………………… (清)缪荃孙（76）

万卷精华楼藏书记一则 ………………………… (清)耿文光（76）

经子难字

经子难字序 ……………………………………… (明)王尚修（77）

浙江采集遗书总录一则 ………………………… (清)沈初等（78）

四库全书总目一则 ……………………………… (清)纪昀等（78）

文选楼藏书记一则 ……………………………… (清)阮元（78）

适园藏书志一则 …………………………………… 张均衡（78）

俗言

俗言序 …………………………………………… (清)李调元（79）

郑堂读书记补遗一则 …………………………… (清)周中孚（79）

续修四库全书总目提要一则 …………………………… 杨钟羲（80）

奇字韵

浙江采集遗书总录一则 ………………………… (清)沈初等（81）

四库全书总目一则 ……………………………… (清)纪昀等（81）

郑堂读书记补遗一则 …………………………… (清)周中孚（82）

杂字韵宝

续修四库全书总目提要一则 …………………………… 孙海波（84）

山海经补注

山海经补注序 …………………………………… (明)杨慎（85）

跋山海经 ………………………………………… (明)杨慎（86）

刻山海经补注序 ……………………………… （明）刘大昌（86）

山海经补注跋 ………………………………… （明）周㷫（87）

山海经补注跋 ………………………………… （明）杨宗吾（87）

山海经补注序 ………………………………… （清）李调元（87）

郑堂读书记补遗一则 ………………………… （清）周中孚（88）

续修四库全书总目提要一则 ………………… 佚名（88）

史记题评

宋元旧本书经眼录一则 ……………………… （清）莫友芝（90）

善本书室藏书志一则 ………………………… （清）丁丙（90）

五十万卷楼藏书目录初编一则 ……………… 莫伯骥（91）

全蜀艺文志

全蜀艺文志序 ………………………………… （明）杨慎（92）

全蜀艺文志序 ………………………………… （清）俞廷举（93）

重校全蜀艺文志跋（一） …………………… （清）谭言蔼（94）

重校全蜀艺文志跋（二） …………………… （清）谭言蔼（95）

重刊全蜀艺文志序 …………………………… （清）邹兰生（96）

全蜀艺文志序 ………………………………… （清）邹兰生（96）

四库全书总目一则 …………………………… （清）纪昀等（97）

善本书室藏书志一则 ………………………… （清）丁丙（98）

静嘉堂秘籍志一则 …………………………… ［日］河田罴（98）

续修四库全书总目提要一则 ………………… 佚名（99）

滇载记

滇载记序 ……………………………………… （明）姜龙（100）

滇载记跋 ……………………………………… （明）杨慎（101）

滇载记序 ……………………………………… （清）李调元（102）

四库全书总目一则 …………………………… （清）纪昀等（102）

郑堂读书记一则 ……………………………… （清）周中孚（102）

文禄堂访书记一则 ……………………………… 王文进(103)

云南山川志

云南山川志序 ……………………………… (清)李调元(104)

云南山川志跋 ……………………………… (清)陆烜(104)

郑堂读书记补遗一则 ……………………… (清)周中孚(105)

续修四库全书总目提要一则 …………………… 佚名(105)

滇程记

滇程记跋 …………………………………… (明)杨慎(106)

滇程记跋 ………………………………… (明)杨宗吾(106)

四库全书总目一则 ………………………… (清)纪昀等(107)

滇候记

滇候记序 …………………………………… (明)杨慎(108)

补名宾异号录

补名宾异号录序 …………………………… (明)杨慎(109)

希姓录

希姓录序 ………………………………… (清)李调元(110)

郑堂读书记补遗一则 ……………………… (清)周中孚(110)

续修四库全书总目提要一则 …………………… 佚名(111)

丹铅余录

丹铅余录序 ………………………………… (明)张素(112)

刻丹铅余录序 …………………………… (明)王廷表(113)

丹铅余录跋 ……………………………… (明)凌云翼(114)

四库全书总目一则 ………………………… (清)纪昀等(115)

丹铅续录

丹铅续录序 ………………………………… (明)杨慎(116)

善本书室藏书志一则 ……………………… (清)丁丙(117)

续修四库全书总目提要一则 …………………… 佚名(117)

丹铅摘录

    丹铅摘录序 ···（明）叶泰（118）

    刻丹铅摘录序 ·······································（明）杨儒鲁（119）

丹铅别录

    丹铅别录序 ···（明）杨慎（120）

丹铅杂录

    丹铅杂录序 ···（清）李调元（121）

    郑堂读书记一则 ·····································（清）周中孚（121）

    续修四库全书总目提要一则 ···················佚名（122）

丹铅总录

    丹铅总录序 ···（明）梁佐（123）

    丹铅总录后序 ·······································（明）赵文同（124）

    重刻丹铅总录序 ·····································（明）杨一魁（125）

    丹铅总录序 ···（明）汪道昆（126）

    重校丹铅总录序 ·····································（清）陈恺（127）

    丹铅总录跋 ···（清）杨昶（128）

    书丹铅总录 ···（明）胡直（128）

    书丹铅录 ···（明）熊文举（129）

    丹铅选录序 ···（明）邵经邦（129）

    丹铅总录跋 ···［日］林罗山（130）

    丹铅总录跋 ···［日］林鹅峰（130）

    浙江采集遗书总录一则 ·························（清）沈初等（130）

    天禄琳琅书目后编一则 ·························（清）彭元瑞（130）

    郑堂读书记一则 ·····································（清）周中孚（131）

    文选楼藏书记一则 ·································（清）阮元（132）

    善本书室藏书志一则 ·····························（清）丁丙（132）

    郎园读书志一则 ·····································（清）叶德辉（132）

抱经楼藏书志一则 ························ （清）沈德寿（133）

嘉业堂藏书志一则 ························ （清）缪荃孙（133）

万卷精华楼藏书记一则 ················ （清）耿文光（134）

藏园群书经眼录一则 ···················· 傅增湘（134）

附录

丹铅新录引 ····························· （明）胡应麟（135）

谭苑醍醐

谭苑醍醐序 ····························· （明）杨慎（136）

谭苑醍醐后序 ·························· （明）李调元（136）

少室山房笔丛一则 ···················· （明）胡应麟（137）

四库全书总目一则 ···················· （清）纪昀等（137）

郑堂读书记一则 ······················· （清）周中孚（138）

艺林伐山

刻艺林伐山叙 ·························· （明）王询（140）

艺林伐山跋 ···························· （明）凌云翼（141）

艺林伐山跋 ···························· （明）邵梦麟（141）

刻艺林伐山序 ·························· （明）钟崇文（141）

刻艺林伐山小引 ······················· （明）杨芳（142）

艺林伐山跋 ···························· （明）杨逢时（142）

艺林伐山序 ···························· （明）孙居相（143）

艺林伐山序 ···························· （明）李云鹄（144）

艺林伐山序 ···························· （清）李调元（145）

艺林伐山跋 ···························· （清）张奉书（145）

艺林伐山叙 ·························· ［日］伊藤长胤（145）

少室山房笔丛一则 ···················· （明）胡应麟（146）

郑堂读书记一则 ······················· （清）周中孚（146）

适园藏书志一则 ······················· 张均衡（146）

续修四库全书总目提要一则 ……………………… 佚名(147)

附录

艺林学山引 ………………………………………… (明)胡应麟(147)

杨子卮言

杨氏卮言序 ………………………………………… (明)杨慎(149)

杨子卮言序 ………………………………………… (明)刘大昌(150)

善本书室藏书志一则 ……………………………… (清)丁丙(150)

适园藏书志一则 …………………………………… 张钧衡(151)

四库未收书目提要续编一则 ……………………… 胡玉缙(151)

升庵新语

四库全书总目一则 ………………………………… (清)纪昀等(152)

墐户录

墐户录序 …………………………………………… (明)杨慎(153)

墐户录序 …………………………………………… (清)李调元(153)

郑堂读书记补遗一则 ……………………………… (清)周中孚(154)

续修四库全书总目提要一则 ……………………… 佚名(154)

病榻手欥

家藏杨升庵病榻手欥真迹 ………………………… (明)刘城(155)

丽情集

丽情集序(一) ……………………………………… (清)李调元(156)

丽情集序(二) ……………………………………… (清)李调元(156)

郑堂读书记补遗一则 ……………………………… (清)周中孚(157)

墨池琐录

刻墨池琐录引 ……………………………………… (明)许勉仁(158)

墨池琐录后序 ……………………………………… (明)张含(159)

墨池琐录序 ………………………………………… (清)李调元(159)

浙江采集遗书总录一则 …………………………… (清)沈初等(159)

四库全书总目一则 ·············· （清）纪昀(160)

郑堂读书记一则 ·············· （清）周中孚(160)

文选楼藏书记一则 ·············· （清）阮元(161)

书品

　书品序 ·············· （明）杨慎(162)

　郑堂读书记一则 ·············· （清）周中孚(162)

　续修四库全书总目提要一则 ·············· 佚名(163)

画品

　画品序 ·············· （清）李调元(164)

　郑堂读书记一则 ·············· （清）周中孚(164)

法帖神品目

　法帖神品目序 ·············· （清）李调元(165)

　郑堂读书记一则 ·············· （清）周中孚(165)

名画神品目

　名画神品目序 ·············· （清）李调元(167)

　郑堂读书记一则 ·············· （清）周中孚(167)

异鱼图赞

　异鱼图赞引 ·············· （明）杨慎(169)

　异鱼图赞跋 ·············· （明）杨慎(169)

　异鱼图赞叙 ·············· （明）席和(170)

　异鱼图赞序 ·············· （明）高公韶(170)

　校刻异鱼图赞叙 ·············· （明）阎调羹(171)

　异鱼图赞跋 ·············· （明）杨宗吾(171)

　异鱼图赞跋 ·············· （明）王尚修(172)

　刻异鱼图赞题辞 ·············· （明）范允临(172)

　异鱼图赞笺序 ·············· （明）胡世安(173)

　异鱼图赞序 ·············· （清）李调元(173)

异鱼图赞笺并补赞闰集跋 ·············· 傅增湘(174)

浙江采集遗书总录一则 ·············· (清)沈初等(175)

四库全书总目二则 ·············· (清)纪昀等(175)

天一阁书目一则 ·············· (清)范邦甸(176)

郑堂读书记一则 ·············· (清)周中孚(176)

文选楼藏书记一则 ·············· (清)阮元(176)

善本书室藏书志一则 ·············· (清)丁丙(177)

万卷精华楼藏书记一则 ·············· (清)耿文光(177)

附录

异鱼图赞补引 ·············· (明)胡世安(177)

玉名诂

玉名诂序 ·············· (清)李调元(179)

续修四库全书总目提要一则 ·············· (清)冯汝玠(179)

升庵外集

升庵外集序 ·············· (明)顾起元(181)

杨升庵先生外集跋语 ·············· (明)汪煇(182)

升庵外集序 ·············· (明)焦竑(182)

重刻杨升庵外集跋 ·············· (清)张奉书(183)

升庵外集钞跋 ·············· (清)冯汝玠(184)

升庵杂刻

升庵杂刻序 ·············· (明)杨宗吾(185)

续修四库全书总目提要一则 ·············· 佚名(186)

杨太史别集

杨太史别集序 ·············· (明)王象乾(187)

中卷　别集文论之属

升庵文集

升庵文集序 …………………………………（明）靳学颜（191）

杨升庵集叙 …………………………………（明）周复俊（192）

订刻太史升庵文集序 ………………………（明）宋仕（193）

订刻太史升庵文集序 ………………………（明）张士佩（194）

杨升庵先生文集序 …………………………（明）陈文烛（195）

订刻太史升庵文集跋 ………………………（明）郑旻（196）

太史升庵文集跋 ……………………………（明）蔡汝贤（197）

重修升庵文集跋 ……………………………（明）余一龙（197）

重刻杨升庵先生文集叙 ……………………（明）王藩臣（197）

杨用修太史集叙 ……………………………（明）陈邦瞻（199）

重刻杨太史升庵先生文集后序 ……………（明）萧如松（199）

刻太史杨升庵全集序 ………………………（明）陈大科（200）

重刻太史升庵全集序 ………………………（清）周参元（201）

杨太史合编叙 ………………………………（明）谭昌言（202）

先太史文集小引 ……………………………（明）杨文泰（202）

订刻太史升庵文集序 ………………………（明）李默（203）

书杨用修集后 ………………………………（明）张燮（203）

升庵集跋 ……………………………………（明）徐爌（204）

太史升庵文集跋 ……………………………（清）陈鳣（204）

太史升庵文集跋 ……………………………（清）缪朝荃（205）

万历本杨升庵集跋 …………………………傅增湘（205）

四库全书总目一则 …………………………（清）纪昀等（206）

文瑞楼藏书志一则 ················ （清）金檀（206）

善本书室藏书志二则 ················ （清）丁丙（207）

万卷精华楼藏书记一则 ·············· （清）耿文光（208）

嘉业堂藏书志一则 ················· 董康（209）

升庵遗集

太史杨升庵先生遗集序 ·············· （明）汤日昭（210）

书太史升庵先生遗集后 ·············· （明）王尚修（211）

太史升庵遗集跋 ················· （清）杨光海（212）

四库未收书目提要续编一则 ············· 胡玉缙（212）

总纂升庵合集

总纂升庵合集序 ················· （清）郑宝琛（214）

附录

升庵著书总目序 ················· （清）李调元（215）

升庵玉堂集

升庵玉堂集序 ··················· （明）周复俊（217）

杨升庵诗

刻杨升庵先生草书诗小引 ············· （明）杨芳（218）

跋杨升庵先生草书诗刻后 ············· （明）张文熙（219）

杨升庵先生诗集序 ················ （明）潘濬（219）

杨升庵诗序 ··················· （明）朱茹（220）

跋升庵草书诗 ·················· 傅增湘（220）

天一阁书目一则 ················· （清）范邦甸（221）

嘉业堂藏书志一则 ················· 董康（221）

传书堂藏书志一则 ················ 王国维（221）

升庵南中集

南中集序 ···················· （明）张含（222）

南中集序 ··················· （明）朱光霁（223）

升庵诗叙 ………………………………………（明）薛蕙（224）

刻升庵诗叙 ……………………………………（明）王廷（224）

刻升庵南中集序 ………………………………（明）孔天胤（225）

天一阁书目一则 ………………………………（清）范邦甸（225）

传书堂藏书志一则 ……………………………王国维（226）

续修四库全书总目提要一则 …………………赵万里（226）

南中续集

南中续集序 ……………………………………（明）王廷表（227）

升庵南中续集序（一）…………………………（明）张含（227）

升庵南中续集序（二）…………………………（明）张含（228）

传书堂藏书志一则 ……………………………王国维（228）

续修四库全书总目提要一则 …………………赵万里（228）

南中集钞

叙南中集钞 ……………………………………（明）杨名（230）

南中集续钞

刻南中集钞叙 …………………………………（明）周复俊（231）

升庵南中集续钞题辞 …………………………（明）刘大昌（232）

东归倡和

东归倡和序 ……………………………………（明）石文器（233）

东归倡和叙 ……………………………………（明）梁招孟（234）

梅花唱和百首

梅花唱和百首序 ………………………………李根源（235）

梅花唱和百首序 ………………………………袁丕佑（236）

梅花唱和百首序 ………………………………缪尔纾（236）

安宁温泉诗

安宁温泉诗序 …………………………………（明）杨慎（238）

赣侯新咏

空侯咏序 …………………………………………… （明）杨慎（239）

赣侯新咏序 ………………………………………… （明）简绍芳（239）

清音竞秀诗卷

清音竞秀诗卷序 …………………………………… （明）杨慎（241）

池赏诗社集

滇池序 ……………………………………………… （明）杨慎（242）

七十行戍稿

升庵先生七十行戍稿序 …………………………… （明）李元阳（243）

升庵七十行戍稿叙 ………………………………… （明）周复俊（244）

升庵七十行戍稿后序 ……………………………… （明）李世芳（244）

续修四库全书总目提要一则 ……………………………… 佚名（245）

升庵长短句

升庵长短句序 ……………………………………… （明）杨南金（246）

升庵长短句序 ……………………………………… （明）唐锜（247）

升庵长短句跋 ……………………………………… （明）王廷表（248）

杨升庵先生长短句序 ……………………………… （明）许孚远（248）

升庵长短句跋 …………………………………………… 赵尊岳（249）

重刊升庵长短句正集序 ………………………………… 杨崇焕（249）

善本书室藏书志一则 ……………………………… （清）丁丙（250）

四库未收书目提要续编一则 ……………………………… 胡玉缙（251）

陶情乐府

陶情乐府序 ………………………………………… （明）杨南金（252）

陶情乐府序 ………………………………………… （明）张含（253）

陶情乐府序 ………………………………………… （明）简绍芳（253）

陶情乐府续集小序 ………………………………… （明）简绍芳（253）

陶情续集跋 ………………………………………… （明）王畿（254）

杨升庵夫妇散曲弁言 …………………………… 任中敏（254）

善本书室藏书志一则 …………………………… （清）丁丙（256）

西谛书跋一则 …………………………………… 郑振铎（257）

四库未收书目提要续编一则 …………………… 胡玉缙（257）

续修四库全书总目提要一则 …………………… 佚名（257）

附录

杨升庵先生夫人乐府序 ………………………… （明）徐渭（258）

杨夫人乐府词余引 ……………………………… （明）杨禹声（258）

玲珑倡和

续修四库全书总目提要一则 …………………… 佚名（259）

历代史略词话

杨升庵先生廿一史弹词叙 ……………………… （明）陈继儒（260）

杨用修史略词话序 ……………………………… （明）宋凤翔（261）

廿一史弹词序 …………………………………… （明）陈素（262）

重刊增定廿一史弹词叙 ………………………… （明）王起隆（263）

廿一史弹词序 …………………………………… （明）朱茂时（264）

史略词话正误序 ………………………………… （清）李清（265）

杨升庵史略词话跋 ……………………………… （清）孙仝邵（265）

杨升庵史略词话序 ……………………………… （明）阴武卿（266）

补订杨升庵史略词话序 ………………………… （清）丘钟仁（266）

补订史略词话叙 ………………………………… （清）陆廷抡（267）

史略序 …………………………………………… （明）刘光霆（268）

史略十段锦旁注叙 ……………………………… （明）吴之俊（269）

朱批旁注廿一史弹词题记 ……………………… （清）李遵三（269）

历代史略词话览要跋 …………………………… （清）谢兰生（269）

杨用修先生二十一史弹词弁言 ………………… （清）王度（270）

杨用修先生二十一史弹词小序 ………………… （清）张诗（270）

杨用修先生二十一史弹词序 ……………… （清）张觐光（270）

廿一史弹词注稿题记 ……………………… （清）孙德威（271）

廿一史弹词辑注序 ………………………… （清）严虞惇（271）

廿一史弹词注序 …………………………… （清）张三异（272）

弹词注序 …………………………………… （清）张仲璜（273）

弹词注跋 …………………………………… （清）张坦麟（274）

全史弹词注跋 ……………………………… （清）张任佐（275）

重刻二十二史弹词序 ……………………… （清）杨浚（275）

群碧楼善本书录一则 ……………………… （清）邓邦述（276）

卷盦书跋一则 ……………………………………… 叶景葵（276）

续修四库全书总目提要三则 ……………………… 佚名（277）

附录

明史弹词序 ………………………………… （清）张三异（278）

明史弹词跋 ………………………………… （清）谢兰生（279）

辑注二十五史弹词叙 ……………………………… 周继莲（280）

升庵诗话

升庵诗话序 ………………………………… （明）程启充（281）

升庵诗话序 ………………………………… （清）李调元（282）

诗话补遗序 ………………………………… （明）王嘉宾（282）

诗话补遗序 ………………………………………（明）张含（283）

叙诗话补遗后 ……………………………… （明）杨达之（283）

诗话补遗跋 ………………………………… （清）李调元（284）

重编升庵诗话弁言 ………………………………… 丁福保（284）

少室山房笔丛一则 ………………………… （明）胡应麟（285）

浙江采集遗书总录一则 …………………… （清）沈初等（285）

四库全书总目一则 ………………………… （清）纪昀等（285）

天禄琳琅书目后编一则 …………………… （清）彭元瑞（286）

文选楼藏书记一则 ·················· （清）阮元（286）

善本书室藏书志一则 ·················· （清）丁丙（286）

抱经楼藏书志一则 ·················· （清）沈德寿（287）

万卷精华楼藏书记一则 ·················· （清）耿文光（287）

续修四库全书总目提要一则 ·················· 佚名（287）

词品

辞品序 ·················· （明）杨慎（289）

刻词品序 ·················· （明）周逊（290）

辞品后序 ·················· （明）刘大昌（290）

词品序 ·················· （明）周懋宗（291）

词品序 ·················· （清）李调元（292）

词品跋 ·················· （清）陈作楫（292）

词品跋 ·················· 文素松（292）

续修四库全书总目提要一则 ·················· 佚名（293）

附录

词评序 ·················· （明）王世贞（294）

古文韵语

古文韵语题辞 ·················· （明）杨慎（295）

锲古文韵语序 ·················· （明）余承业（295）

古文韵语后序 ·················· （明）张含（296）

古文韵语序 ·················· （清）李调元（296）

郑堂读书记补遗一则 ·················· （清）周中孚（297）

金石古文

刻金石古文序 ·················· （明）张纪（298）

金石古文叙 ·················· （明）孙昭（299）

金石古文叙 ·················· （明）孟准（299）

跋金石古文后 ·················· （明）李懿（299）

金石古文序 ……………………………………………………（清）李调元（300）

题明精钞校本金石古文 ………………………………（清）张廷济（301）

题明精钞校本金石古文 ………………………………（清）邓邦述（301）

浙江采集遗书总录一则 ………………………………（清）沈初等（301）

四库全书总目一则 ……………………………………（清）纪昀等（301）

郑堂读书记补遗一则 …………………………………（清）周中孚（302）

文选楼藏书记一则 ……………………………………（清）阮元（302）

天一阁书目一则 ………………………………………（清）范邦甸（303）

古今谚

古今谚序 ………………………………………………（明）杨慎（304）

古今谚序 ………………………………………………（清）李调元（304）

四库全书总目一则 ……………………………………（清）纪昀等（305）

郑堂读书记一则 ………………………………………（清）周中孚（305）

续修四库全书总目提要一则 ……………………………冯汝玠（305）

古今风谣

古今风谣序 ……………………………………………（清）李调元（307）

古今风谣古今谚补正序 ………………………………（清）史梦兰（307）

文选楼藏书记一则 ……………………………………（清）阮元（308）

浙江采集遗书总录一则 ………………………………（清）沈初等（308）

风雅逸篇

风雅逸篇序（一）………………………………………（明）杨慎（309）

风雅逸篇序（二）………………………………………（明）杨慎（310）

风雅逸篇序 ……………………………………………（明）周复俊（311）

风雅逸篇后序 …………………………………………（明）韩奕（311）

风雅逸篇跋 ……………………………………………（清）丁丙（312）

百川书志一则 …………………………………………（明）高儒（312）

浙江采集遗书总录一则 ………………………………（清）沈初等（313）

四库全书总目一则 ·················· （清）纪昀等（313）

文选楼藏书记一则 ·················· （清）阮元（313）

附录

风雅广逸序 ························ （明）冯惟讷（313）

选诗

选诗序 ···························· （明）杨慎（315）

选诗外编

选诗外编序 ························ （明）杨慎（316）

百川书志一则 ······················ （明）高儒（317）

天一阁书目一则 ···················· （清）范邦甸（317）

选诗拾遗

选诗序 ···························· （明）杨慎（318）

选诗序 ···························· （明）卜大有（319）

附录

选诗补遗小引 ······················ （明）唐尧官（319）

千里面谭

刻升庵先生千里面谭引 ·············· （明）蔡翰臣（320）

千里面谭跋语 ······················ （明）杨慎（321）

千里面谭跋语 ······················ （明）张含（321）

少室山房笔丛一则 ·················· （明）胡应麟（321）

五言律祖

五言律祖序 ························ （明）杨慎（322）

五言律祖后序 ······················ （明）韩士英（323）

五言律祖跋 ························ （明）张应台（323）

五言律祖小引 ······················ （明）刘荣嗣（324）

少室山房笔丛一则 ·················· （明）胡应麟（324）

附录

  五七言律祖序 ………………………………………（明）江湛若（325）

唐绝增奇

  唐绝增奇序 …………………………………………（明）杨慎（326）

  少室山房笔丛一则 …………………………………（明）胡应麟（327）

绝句衍义

  绝句衍义序 …………………………………………（明）杨慎（328）

绝句辨体

  绝句辨体序 …………………………………………（明）杨慎（329）

  绝句附录跋 …………………………………………（明）杨慎（329）

  绝句辨体跋 …………………………………………（明）喻柯（330）

  绝句辨体后题 ………………………………………（明）张栋（330）

  题绝句辨体序 ………………………………………（清）沈石爻（331）

  绝句辨体跋 …………………………………………（清）沈石爻（331）

  内阁藏书目录一则 …………………………………（明）孙能传等（331）

下卷　校辑选批之属

文公家礼仪节

  家礼序 ………………………………………………（明）杨慎（335）

  读家礼仪节 …………………………………………［日］林信言（336）

  四库全书总目一则 …………………………………（清）纪昀等（336）

管子校

  管子叙录 ……………………………………………（明）杨慎（337）

庄子阙误

  庄子阙误跋 …………………………………………（明）王尚修（338）

庄子阙误序 ……………………………………（清）李调元（338）

郑堂读书记补遗一则 …………………………（清）周中孚（339）

续修四库全书总目提要一则 …………………………佚名（339）

诸子点评

鹖子序 …………………………………………（明）杨慎（341）

关尹子序 ………………………………………（明）杨慎（341）

鬼谷子序 ………………………………………（明）杨慎（342）

邓子序 …………………………………………（明）杨慎（342）

公孙子序 ………………………………………（明）杨慎（343）

亢仓子序 ………………………………………（明）杨慎（343）

古文参同契校

古文参同契序 …………………………………（明）杨慎（345）

古文参同契后跋 ………………………………（明）张含（346）

郑堂读书记补遗一则 …………………………（清）周中孚（346）

汉杂事秘辛

书汉杂事后 ……………………………………（明）杨慎（348）

汉杂事秘辛跋 …………………………………（明）胡震亨（348）

汉杂事秘辛跋 …………………………………（明）包衡（349）

汉杂事秘辛跋 …………………………………（明）姚士粦（349）

汉杂事秘辛跋 …………………………………（明）沈士龙（350）

汉杂事秘辛跋 …………………………………（明）王谟（350）

四库全书总目一则 ……………………………（清）纪昀等（351）

郑堂读书记一则 ………………………………（清）周中孚（351）

水经校

水经序 …………………………………………（明）杨慎（352）

题水经后 ………………………………………（明）盛夔（353）

水经注所载碑目

水经碑目引 ························· （明）杨慎（354）

浙江采集遗书总录一则 ················· （清）沈初等（354）

四库全书总目一则 ··················· （清）纪昀等（355）

文选楼藏书记一则 ··················· （清）纪昀等（355）

舆地纪胜所载碑目

碑目跋 ·························· （明）朱方（356）

世说旧注

世说旧注序 ······················ （明）杨慎（357）

世说旧注序 ······················ （清）李调元（357）

郑堂读书记补遗一则 ················· （清）周中孚（358）

册府元龟校

册府元龟叙 ······················ （明）文翔凤（359）

南中志校

南中志叙 ························· （明）顾应祥（361）

四库全书总目一则 ··················· （清）纪昀等（361）

古滇说集校

跋纪古滇说集 ····················· （明）杨慎（362）

四库全书总目一则 ··················· （清）纪昀等（362）

南诏野史校

新刊南诏野史引 ···················· （明）杨慎（364）

南诏野史新序 ····················· （清）胡蔚（365）

南诏野史跋 ······················ （清）王崧（365）

南诏野史书后 ························· 袁嘉谷（366）

旧抄本南诏野史跋 ······· 林守白　何宇铨　施元漠（367）

四库全书总目一则 ··················· （清）纪昀等（368）

藏书题识一则 ····················· （清）汪璐（368）

五十万卷楼群书跋文一则 ……………………… 莫伯骥(368)

善本书所见录一则 ……………………… 罗振常(370)

续修四库全书总目提要一则 ……………………… 佚名(371)

附录

南诏备考序 ……………………………………… (清)丁毓仁(371)

南诏备考序 ……………………………………… (清)屠绍理(372)

南诏备考序 ……………………………………… (清)黄宝书(372)

余冬序录摘要

余冬序录摘要序 ……………………………… (明)杨慎(373)

男女脉位图说

男女脉位图说 ………………………………… (明)杨慎(374)

经史指要

经史指要引 …………………………………… (明)杨慎(375)

古隽

古隽序 ………………………………………… (清)李调元(376)

浙江采集遗书总录一则 ……………………… (清)沈初等(376)

四库全书总目一则 …………………………… (清)纪昀等(376)

文选楼藏书记一则 …………………………… (清)阮元(377)

禅藻集

禅藻集序 ……………………………………… (明)邓继曾(378)

禅藻记荆 ……………………………………… (明)杨慎(378)

内阁藏书目录一则 …………………………… (明)孙能传等(379)

附录

禅林钩玄序 …………………………………… (明)刘大昌(379)

是刻之原 ……………………………………… (明)梁奕(380)

禅林钩玄后序 ………………………………… (明)苟诜(381)

谢华启秀

谢华启秀序 ·· （清）高士奇（383）

谢华启秀序 ·· （清）李调元（384）

四库全书总目一则 ································· （清）纪昀等（384）

郑堂读书记一则 ···································· （清）周中孚（385）

哲匠金桴

哲匠金桴叙 ··· （明）朱茹（386）

跋哲匠金桴 ··· （明）朱茹（386）

哲匠金桴跋 ··· 郑振铎（387）

哲匠金桴序 ··· （清）李调元（387）

哲匠金桴跋 ··· （清）李调元（387）

四库全书总目一则 ································· （清）纪昀等（388）

浙江采集遗书总录一则 ·························· （清）沈初等（388）

郑堂读书记一则 ···································· （清）周中孚（388）

天禄琳琅书目后编一则 ·························· （清）彭元瑞（389）

文选楼藏书记一则 ································· （清）阮元（389）

均藻

均藻序 ·· （清）李调元（390）

均藻跋 ·· （清）李调元（390）

均藻跋 ·· （清）翁同龢（391）

浙江采集遗书总录一则 ·························· （清）沈初等（391）

四库全书总目一则 ································· （清）纪昀等（391）

文选楼藏书记一则 ································· （清）阮元（392）

郑堂读书记一则 ···································· （清）周中孚（392）

附录

韵藻述序 ··· （清）齐嘉绍（392）

韵藻述序 ··· （清）福申（393）

续修四库全书总目提要一则 ················ 孙海波(393)

赤牍清裁

赤牍清裁引 ························· （明）张含(395)

赤牍清裁序 ························· （明）张绎(396)

赤牍清裁叙 ························· （明）王世贞(396)

赤牍清裁后叙 ······················ （明）王世懋(397)

重刻尺牍清裁小叙 ··················· （明）王世贞(398)

合刻赤牍世说原本叙 ················· （明）孙弘祖(398)

题陈暹刊赤牍清裁 ··················· （明）徐𤊺(399)

少室山房笔丛一则 ··················· （明）胡应麟(399)

百川书志一则 ······················ （明）高儒(399)

嘉业堂藏书志一则 ··················· （清）缪荃孙(400)

附录

古今词命琼琚序 ···················· （明）陈元素(400)

翰苑琼琚序 ························· （明）孙鑛(401)

四库全书总目一则 ··················· （清）纪昀等(401)

批点文心雕龙

与张禺山书 ························· （明）杨慎(402)

题杨升庵与张禺山书后 ················ （明）梅庆生(402)

文心雕龙批评音注序 ················· （明）顾起元(403)

文心雕龙序 ························· （明）曹学佺(403)

刻杨升庵先生批点文心雕龙引 ··········· （明）闵绳初(404)

文心雕龙跋 ························· （明）徐𤊺(405)

文心雕龙序 ························· （清）张松孙(406)

蛾术轩箧存善本书录四则 ·············· 王欣夫(407)

附录

凡例 ····························· （明）凌云宣(409)

昭明太子集校

昭明太子集序 ………………………………… （明）周满（410）

李诗选批

李诗选题辞 …………………………………… （明）杨慎（411）

四库全书总目一则 ……………………………（清）纪昀等（412）

附录

杜诗选序 ……………………………………… （明）闵暎璧（413）

唐诗绝句精选批

唐绝精选序 …………………………………… （明）杨慎（414）

跋唐绝句精选 ………………………………… （明）张含（414）

宛陵诗选

宛陵诗选序 …………………………………… （明）杨慎（415）

三苏文范

刻三苏文序 …………………………………… （明）陈元素（416）

三苏文评 ……………………………………… （明）杨廷和（417）

三苏文范序 …………………………………… （明）袁宗道（417）

三苏文范题辞 ………………………………… （明）王世贞（418）

三苏文范 ……………………………………… （清）平步青（418）

四库全书总目一则 ……………………………（清）纪昀等（419）

经义模范

经义模范序 …………………………………… （明）王廷表（420）

四库全书总目一则 ……………………………（清）纪昀等（421）

天一阁书目一则 ……………………………… （清）范邦甸（421）

善本书室藏书志一则 ………………………… （清）丁丙（422）

精选瀛奎律髓批

精选瀛奎律髓序 ……………………………… （明）张含（423）

皇明风雅选略

皇明风雅选略引 ···（明）杨慎（424）

皇明诗抄

皇明诗抄叙 ···（明）陈仕贤（425）

皇明诗抄后语 ···（明）程旦（426）

天一阁书目一则 ·······································（清）范邦甸（426）

执斋先生选集

执斋先生选集序 ·······································（明）杨慎（427）

执斋先生选集后跋 ·····································（明）刘存义（428）

空同诗选

空同诗选序 ···（明）张含（429）

空同诗选题辞 ···（明）杨慎（430）

空同诗选跋 ···（明）闵齐伋（430）

钤山堂诗选

钤山堂诗集序 ···（明）杨慎（431）

钤山堂诗选序 ···（明）杨慎（432）

振秀集

振秀集小引 ···（明）杨慎（433）

箬溪归田诗选

箬溪归田诗选序 ·······································（明）杨慎（434）

箬溪归田诗选后序 ·····································（明）陈光华（435）

池上编

朱射陂诗选序 ···（明）杨慎（436）

天一阁书目一则 ·······································（清）范邦甸（437）

受庵诗选

周受庵诗选序 ···（明）杨慎（438）

评选泽秀集　昆明集

泽秀集序 ···（明）田汝成（440）

玄言斋集序 …………………………………… （明）杨慎（441）

昆明集序 ……………………………………… （明）杨慎（442）

白石山人诗选

自知堂集叙 …………………………………… （明）杨慎（443）

泾林诗集

周太仆六梅馆集叙 …………………………… （明）董其昌（445）

泾林诗文集跋 ………………………………… （明）周玄暐（445）

清华堂摘存稿

题清华堂摘存稿 ……………………………… （明）杨慎（447）

陈玉泉诗选序 ………………………………… （明）杨慎（447）

张愈光诗文选

张愈光诗文选序 ……………………………… （明）杨慎（448）

五十万卷楼群书跋文一则 …………………… 莫伯骥（449）

贵精集

序贵精集 ……………………………………… （明）张合（451）

跋贵精集 ……………………………………… （明）杨慎（451）

潏艇霭乃

潏艇霭乃引 …………………………………… （明）杨慎（452）

升庵选禹山七言律诗

序升庵选禹山七言律 ………………………… （明）曾屿（453）

禹山律选序 …………………………………… （明）华云（453）

张禹山戊己吟

张禹山戊己吟卷题辞 ………………………… （明）杨慎（455）

天一阁书目一则 ……………………………… （清）范邦甸（455）

雪山诗选

雪山诗选序 …………………………………… （明）杨慎（456）

重锓雪山诗选序 ……………………………… （明）陶珽（457）

仙楼琼华

　仙楼琼华序 ……………………………………（明）杨慎（458）

杨升庵诗集

　杨升庵集序 ……………………………………（明）俞宪（459）

　附录

　杨状元妻诗集序 ………………………………（明）俞宪（459）

杨升庵稿

　题杨升庵稿 ……………………………………（清）俞长城（461）

李卓吾先生读升庵集

　读升庵集小引 …………………………………（明）李贽（462）

　四库全书总目一则 ……………………………（清）纪昀等（463）

杨诗所见选

　杨诗所见选叙 …………………………………（清）张怀泗（464）

　杨诗所见选书后 ………………………………（清）佚名（465）

升庵遗文录

　升庵遗文录后序 ………………………………… 杨崇焕（466）

花间集校

　刻花间集序 ……………………………………（明）杨慎（468）

　合刻花间草堂序 ………………………………（明）张师绎（469）

　叙刻花间草堂合集 ……………………………（明）钟人杰（469）

　题花间草堂合刻本花间集 …………………… 李一氓（470）

　花间集序 ………………………………………（明）汤显祖（471）

　花间集跋 ………………………………………（明）无瑕道人（472）

草堂诗余批

　草堂词选叙 ……………………………………（明）杨慎（473）

　草堂诗余序 ……………………………………（清）宋泽元（474）

　附录

　词坛合璧序 ……………………………………（明）朱之蕃（474）

四家宫词批

四家宫词序 ·········· (明)陈荩夫(476)

词林万选

词林万选序 ·········· (明)任良干(478)

词林万选跋 ·········· (明)毛晋(479)

词林万选跋 ·········· 王国维(479)

四库全书总目一则 ·········· (清)纪昀等(480)

著研楼书跋一则 ·········· 潘景郑(480)

百琲明珠

刻杨升庵百琲明珠引 ·········· (明)杜祝进(482)

百琲明珠跋 ·········· 赵尊岳(482)

江花品藻

江花品藻序 ·········· (明)潘之恒(484)

江花品藻后记 ·········· (明)潘之恒(484)

题江花品藻 ·········· 佚名(485)

隋唐两朝志传

隋唐两朝志传序 ·········· (明)杨慎(486)

日本东京所见小说书目一则 ·········· 孙楷第(487)

洞天玄记

洞天玄记序 ·········· (明)玄都浪仙(490)

洞天玄记前序 ·········· (明)杨悌(490)

洞天玄记后序 ·········· (明)杨际时(491)

洞天玄记跋 ·········· (明)张天粹(492)

洞天玄记提要 ·········· 王季烈(492)

弁言

杨慎以博学饶著述，盛称于世。明清学者丘文举、焦竑、何宇度、李调元等曾辑集其著述目录。20世纪80年代，王文才先生在前人基础上，广搜博采，精考详订，成《升庵著述录》，著录杨慎著述300余种，并作解题，为历来杨慎著述考录集大成之作，洵称升庵功臣。此外，先生又将考索杨慎著述情况必不可少的基础文献——序跋文，搜辑整理，萃为一编，结集为《升庵著述序跋》，使人们能通过这些序跋，了解杨慎著述的编撰缘起、内容大要、版本流传、庋藏接受，以及文人交谊、书林掌故、个人感怀等信息，掌握触通杨慎著述的锁钥，嘉惠学林，沾丐甚广。

《升庵著述序跋》搜采130种杨慎著述的312篇序跋，收罗宏富，不过限于时代条件，仍有不少序跋未能列入。笔者拜读之余，萌生步武前贤、校订补遗的想法，遂广事搜讨，著成此编。本书共收录153种杨慎著述的695篇序跋（含目录题记245篇），在原书基础上，主要做了以下三方面工作：一是广集杨慎著述各版本，全面校核已有序跋，补其阙文，正其误字，调整部分标点。二是在已有序跋之外，搜集增补相关序跋题记，使臻完备，其中序跋尽力搜补，题记则酌采确有参考价值者。三是为每种著述撰一简短提要，介绍其成书、内容、真伪、版本等信息。原书所著录伪托杨慎的著述，本书不做裁汰，对于新见伪书，如《史绪》《念一史弹词注》《笔媚笺》等，则不再阑入。

本书能够付梓，多得贤者相助，衷心感谢舒大刚先生指导完善本书体例并推荐出版，程奇立、张固也、陈龙、张海峰、周海建、范靖宜、李开升、陈希丰、黄金东、丁伟等先生帮助查找资料，邹近先生对文稿多有匡正。升庵著述，经史子集，内容庞富；撰编校批，体式多样；传本众夥，搜求不易；多有假托，真伪混杂，对本书的考识搜辑工作带来较大挑战。兼之笔者学殖荒落，成书匆遽葳事，错漏之处，在所难免，尚祈博雅君子，匡正补苴，不吝赐教。

2023 年 11 月 29 日，杜春雷识于南孔旅次

上卷

经史杂著之属

升庵经说

　　《升庵经说》以条目方式收录杨慎对诸经的考证之言，为杨慎经学代表作。杨慎解经，重在音训，讲求征实，不尚虚意，不蹈空言，又旁征博引，出入汉宋，不立门户，不主一家，可谓独树一帜。其于明中叶，能力排宋学，倡言汉学，对后世影响尤大。

　　《升庵经说》今传本有八卷本和十四卷本两种，其中尤以十四卷本最为常见。该本内容计《周易》二卷，《尚书》一卷，《毛诗》三卷，《春秋三传》二卷，《礼记》二卷，《周礼》一卷，《仪礼》一卷，《论语》一卷，《孟子》《尔雅》一卷。该书主要版本有中国国家图书馆藏明蓝格抄本（八卷，存卷一至五）、《升庵外集》本、《函海》本、《丛书集成初编》据《函海》排印本等。

升庵经说序　　（明）杨慎

　　余罪谪滇阴之暇，以敷文自娱，析理独处，有疑辄著，有见必录，辑之成廿卷，曰《丹铅余录》《续录》《三录》《四录》《别录》《赘录》《附录》《新录》，以岁月先后，凡七八种。安宁丘生文举，又摘其关于六艺者为《升庵经说》，间以示余，俾余序其首。噫！自汉逮今，说经之书，汗牛充栋矣，奚容骈拇赘疣焉。然圣言悠远，义理无穷，或晦于古而始开于今，或误于前而获正于后，或先儒之成说而隐僻未彰，或末学之独见而有道可正，汇之以存疑，不亦可乎？程子言读书有三：有读之全然无事者，有读之其中一两句解者，有读之不觉手舞足蹈者。呜呼！上焉者吾不敢企，读之一两句解者或庶几云尔已矣。（嘉靖年间刻本《杨升庵文集》卷二）

升庵经说序　（清）李调元

　　按《升庵经说》，《千顷堂书目》作八卷，注云：一本作六卷。今焦竑刻本作十四卷，多至倍余。盖皆后人抄逸，而此独完善，洵足本也。先生雄才博雅，精于考证，为有明一代之冠。余刻诸《说郛》书，遇蜀人尤加意搜罗，梓而行之，使读者得以畅睹其全，知胡应麟辈之《正杨》，为蚍蜉之撼大树也。（《函海》本《升庵经说》卷首）

升庵经说跋　林思进

　　《升庵经说》即焦弱侯于诸书中集录者，略分部居，未为尽善；而李雨村反讥旧本不然，可谓眯目道黑白矣。雨村学问甚陋，故虽欲表彰升庵，而不知其柢。书中夺讹，概不能辨。灯下校《经说》，其所称引，或出忆记，故翻寻原书，甚为烦闷，宜他人不之留念也。乙酉春，清寂记。（林思进藏《函海》本《升庵经说》）

郑堂读书记一则　（清）周中孚

《升庵经说》十四卷函海本

　　明杨慎撰。慎，字用修，号升庵，新都人。正德辛未进士及第，官翰林院修撰。以议大礼泣谏，谪戍永昌。天启初，追谥文献。《明史·艺文志》止作《经说》八卷，朱氏《经义考》作《经说丛钞》六卷，惟焦弱侯刊本作十四卷，盖升庵随时札记，既成《经说》八卷，后复以续说散见于所著《丹铅》诸录之内，焦氏刊《外集》，并入《经说》，故卷数倍之也。《经义考》所载，疑又一别本矣。是本凡《易》二卷，《书》一卷，《诗》二卷，《春秋》三传二卷，《礼记》一卷，《大学》《中庸》一卷，《周礼》一卷，《仪礼》《大戴礼》一卷，《论语》一卷，《孟子》《尔雅》一卷，今以《丹铅总录》检核之，凡考论经传诸条，俱属相同，其不同者，即《经说》八卷之原本也。升庵精于考证，故说经之书俱能引据确切，独申己见，殊胜于株守传注，曲为附会者。王弇州谓其工于证经，而疏于解经。夫证

经即所以解经，其致一也。弇州离而二之，岂知升庵者哉？此本为李雨村据焦氏本重刊，前有雨村序。（《郑堂读书记》卷二）

续修四库全书总目提要一则　江瀚

《升庵经说》十四卷函海本

明杨慎撰。慎有《檀弓丛训》，已见清《四库总目》存目。是书未著录，黄虞稷《千顷堂书目》载《升庵经说》八卷，注云：一本作六卷。李调元《函海》据焦竑十四卷刊本重刻，盖完书也。慎才雄学富，为有明一代之冠，虽讥评者众，然其博洽终不可掩也。篇中如"帝乙归妹"一条，谓帝乙殷之贤君，《尚书》所谓自成汤至于帝乙，罔不明德慎罚是也。《史记》云：帝乙时，殷道益衰，此背经之说也。后世注《易》者，因《史记》之言，遂以帝乙为成汤，则《易》与《尚书》又相矛盾矣。信史而疑经，其蔽有如此者。是说极为正大，惟好诋朱熹，颇与毛奇龄相似。"终朝三褫"一条，谓郑康成古本褫作拖。晁以道云：拖如拖绅之拖，盖讼之上九，上刚之极，本以讼而得鞶带，不胜其矜，而终朝三拖以夸于人。《本义》作夺，非是。象曰以讼受服，而今以夺解之，可乎？案此于义虽通，但朱褫训夺，盖依程传。且陆德明《释文》，王肃曰：褫，解也。李鼎祚《集解》，侯果曰：褫，解也。解犹脱，脱夺义近。高诱注《淮南子》曰：拖，夺也。由是而言，则程朱以夺解之，亦本古义，似未可非。"东陵西陵"一条，谓导江过九江至于东陵。今巴陵有道士狱，《地志》曰：即古之东陵。《庄子》"盗跖死利于东陵之上"，盖据波凭涛，以济其奸凶之地。夷陵为西陵，则巴陵为东陵可知，九江不在浔阳明矣。兹以九江不在浔阳，又从朱熹用胡旦之说，其释东陵，以盗跖实之，尤谬。陆德明《庄子释文》，东陵，李云谓泰山也。一云陵名，今名东平陵，属济南郡，南北悬绝，乌可牵合耶？其于训诂，更有可哂者。"睿作圣"一条，谓目击道存之谓睿，故其字从目；声入心通之谓圣，故其字从耳。故曰圣人，时人之耳目，此真所谓望文生义，向壁虚造者矣。然披沙拣金，亦往往见宝。"爱而不见"一条，谓杨雄《方言》注引作薆，其说曰：薆，掩翳也，谓蔽薆也。则陈奂《诗毛氏传疏》说同。"往近王舅"一条，谓近与近相似而误。毛苌曰：近，已也。郑玄曰：近，辞也。慎按，近，音记，毛注曰已，已亦音记也。郑曰辞者，谓语助辞也，则段玉裁《诗小笺》说同。

"劉叛眰将业席大也"一条，谓郭璞云：劉义未闻。慎按，《诗》倬彼甫田，《韩诗》倬作劉，郭璞偶遗之。则郝懿行《尔雅义疏》说同，皆不知慎已先言之。又"文莫解"，引《晋书》栾肇《论语驳》曰：燕齐谓勉强为文莫。陈骙《杂识》云：方言侔莫，强也。凡劳而勉若云努力者，谓之侔莫，则刘台拱采入所著《论语骈枝》中。今以此编为明人经说之翘楚，夫何疑焉！（《续修四库全书总目提要》）

周官音诂

《周官音诂》一卷。杨慎认为《周礼》中多奇字古音，未经后世篡改，存留古典真说，价值颇巨，而有感于无人表彰，因此杂取郑众、郑玄、杜子春、干宝、孔颖达、陆德明诸说，著《周官音诂》以发其覆。此书今佚，只存杨慎序文。

周官音诂序　　（明）杨慎

《左传》浮夸，诬诞之祖也。大儒韩子乃服膺而到心；末学后生，皆心唯而口诵，以其文采之炜耀也。《周礼》渎乱不经之书也，前人论之详矣。其中多奇字古音，盖刘歆受学于扬雄，其《训纂》之遗，有在于是者，存而论之，固可以补天禄校文之缺，为召陵公乘之裨矣。其书不用于科举，不列于学宫，幸未经学究金根之谬改，麻沙俗字之讹刊，亦古典之岿然灵光也。顾未有表出之者，亦学山一篑之亏，吹剑一唊之缺乎！余观先郑后郑之同异相角，杜氏干氏之可否相将，孔颖达则会粹四家，陆德明又并刻众切，如开武库，五兵随所用之，似张锦机，百彩惟其取者。乃手录之，为《周官音诂》一编，以为钩玄提要之助。群居终日，为之贤乎；未能免俗，聊复尔耳。嗟夫银钩乍阅，亥豕成群；蠹栉行披，焉乌盈贯。於戏翛矣，庶有豸乎？青衿桐子，锦带先醒，或采下尌于朝闻；副墨之子，洛诵之孙，亦将取飞虫于宵肆。若夫逃儒叛圣者，以六经为注脚；倦学愿息者，谓忘言为妙筌。或以示伊，宁不嗤我，然心面不同，亦更笑也。（《太史升庵文集》卷二）

檀弓丛训

　　《檀弓丛训》二卷，是杨慎所著训释批点《檀弓》之书。《檀弓》本为《礼记》一篇，自宋代始，其文章文法意义被不断发掘，遂作为批点效仿对象单独成书，并逐渐"经典化"。在明中叶后，更蔚然成风。杨慎《檀弓丛训》在此风潮中实发挥了举足轻重的作用。此书成于杨慎放谪云南期间，乃是在南宋末谢枋得点勘《檀弓》基础上，采郑、孔、贺、陆、黄、吴诸家注义，出以己意而成。

　　该书嘉靖十五年（1536）初刻于云南，即今南京图书馆所藏嘉靖姚安府本。后于嘉靖二十五年（1546）由提学吴鹏重刻。此外有《函海》本、《总纂升庵合集》本、《丛书集成初编》据《函海》排印本等。

檀弓丛训序　　（明）杨慎

　　杨慎曰：医有四术，神、圣、工、巧，予欲借之以喻文矣。《易》之文神，《诗》《书》《春秋》，圣也，《檀弓》《三传》《考工记》，工矣，《庄》《列》九流而下，其巧有差。复以《檀弓》斟诸明高赤德，又群工中都料匠也。予谓《檀弓》可孤行，而每病训之者未能犁然有当于人之心也。经犹招也，训犹射也，三人射招，或中或否，未若中人射之中之多也。若郑康成之简奥，或以三字而括经文之数十字，盖寡而不可益也，亦传注之神已。孔颖达之明备，或即经之一言而衍为百十言，盖多而不可省也，亦疏义之圣已。贺、陆、黄、吴补缉胪列，亦各殚述者之心，工已。陈骙、谢枋得二家批评，亦稍窥作者之天，巧已。澔乎曷其没矣！兹训也，于诸家撷其英华，纪载之蒙发焉；于二家昭其甄藻，修辞之阶循焉。聚之不亦可乎？虽其嘿传妙筌，恧乎子休与子玄，至于旁搜幽藏，累味集珍，何遽不若咸阳之悬金、淮南之鸿宝哉！

10　　（《太史升庵文集》卷二）

檀弓丛训序　　（明）张含

　　杨子用修居滇，敷文析理，祺昭发晦，时罔埒。含手吾翁少司徒所缀宋叠山谢氏点勘《檀弓》以似子，则曰：兹录奇矣，所病遗耳。割锦摛璧，恶恶可？乃移楷旧章罔逸。尤曰：兹集旧诂，如康成之简，颖达之明，奚弗取？澔之《集说》之杂，奚弗汰？澄之《纂言》发挥旁通，奚故而废弗也？乃搴蒩掇英，以为《丛训》。读者叹焉，谓兹训也，裨于道与文也大矣哉！顾甫甫嘘嘘，乃依法深类，温温绥绥，非形谍成光，悉悉然操缦而逆寡者也。岂诸子之偏，岂异端之荡，岂狂夫之疏，岂藻人之丽，岂曲士之拘，岂谈客之虚？兹道也，奚弗道？兹文也，奚弗文？且也其中如曾子之易箦也，子思之不丧出母也，季札之葬子也，记者之文奥，说者之解讹，圣贤之志荒矣，乃厘正之，杨子之训，于是乎有补于道。且也不通乎文，未见其为明乎理也。《檀弓》孤行之意，奚弗是邪？亦犹解在林庑斋于《周礼》独取《考工记》也，杨子之训，于是乎有补于文也已。予壹不知夫陋儒之言也，曰：吾志于道而已，何以文为？则是宋人语录可以替六经矣，文何由而昭乎道，道何由而昭乎文哉？乃姚安太守柳滨吴君，安宁二守有莲张君，蹉司玉峰李君，谓兹弗可弗梓，乃九工图之，工之费由奉之出，乃雠校书墨则张应极。含重其传也道而文，重其训也文而道，弗可弗序。嘉靖丙申夏四月一日，永昌张含序。（南京图书馆藏明嘉靖姚安府刻本《檀弓丛训》卷首）

刻檀弓丛训序　　（明）李元阳

　　《檀弓》在六经中，古今拟其文辞疏其意义者，无虑数十家。然其说有谷稗，又皆散见于传集。嘉靖间，成都升庵杨公慎流寓滇南，始聚其说，掎摭利病，摘为一篇，题曰《丛训》。或旁注行间，或揭标简首，大都为考古文者设，欲观者不假丹铅，手才披而知作者之妙。岁丙午，秀水默泉吴公鹏，提滇学且三年。一日，手是编进诸生而诲之曰：汝知为文乎？文由外滋，学问习熟，则能推类为文也。以艰深文浅近，以诘曲号简古，律以《檀弓》，皆务华叶而亡根实，未见大体也。于是诸生受而梓之，请予序之。（《中溪家传汇稿》卷五）

檀弓丛训跋　　(明) 张志淳

此本圈批前俱有，至季武章起，止有圈而无批。前亦有不尽然者，至于所以然之意，复有去取不可晓者。今虽少为增补，而卒亦草草也。弘治十五年壬戌五月二十三日，永昌张志淳。（南京图书馆藏明嘉靖姚安府刻本《檀弓丛训》卷末）

浙江采集遗书总录一则　　(清) 沈初等

《檀弓丛训》二卷写本

右明翰林院修撰新都杨慎撰。凡为训二百一十四条。如曾子之易箦、子思之不丧出母、季札之葬子，悉加辨正，皆有裨于道也。中载宋陈骙、谢枋得二家评。（《浙江采集遗书总录》乙集）

四库全书总目一则　　(清) 纪昀等

《檀弓丛训》二卷浙江汪启淑家藏本

明杨慎撰。慎字用修，号升庵，新都人。正德辛未进士第一。授翰林院修撰。以谏大礼，谪戍滇中。事迹具《明史》本传。此本前有慎自序，后有永昌张含跋。盖慎在滇中，采郑、孔、贺、陆、黄、吴诸家注义，以补陈澔《集传》所未备。然如胡寅以《檀弓》为曾子门人，与子思同纂修《论语》。魏了翁又断为子游门人。此书既单行，何得于著书之人略而不叙，但引孔疏数言，无所订正。又言思为子游之子，注复遗之。至大夫遣车五乘，与《周官·典命》之文不合者，亦未置一语。盖边地无书，姑以点勘遣日，原不足以言诂经也。（《四库全书总目》卷二四）

郑堂读书记一则　　(清)周中孚

《檀弓丛训》二卷函海本

明杨慎撰。慎，字用修，号升庵，新都人。正德辛未进士第一人，官修撰，以谏大礼谪戍滇中。《四库全书》存目。按是书乃其在滇所作，以陈氏集说简略，因采郑、孔、贺、陆、黄、吴六家注及诸家说，傅以己见为一编，以补陈氏书未备，又取宋谢叠山评语附每节之后，另摘本文字句以评注于下以别之。其间考订多所遗略，则以边地无书也。卷首有嘉靖丙申永昌张含序及自序，卷末有弘治壬戌永昌张志淳小跋，则为谢评本所有，今闵刻本所失载者也。(《郑堂读书记补遗》卷五)

文选楼藏书记一则　　(清)阮元

《檀弓丛训》二卷

明翰林院修撰杨慎著，新都人，抄本。是书敷文晰理，总二百四十四条，兼释陈骙、谢枋得二家批评。(《文选楼藏书记》卷一)

善本书室藏书志一则　　(清)丁丙

《檀弓丛训》二卷明嘉靖丙辰姚安府刊本

书目下题附"谢叠山批点"六字，夹注"批见注后，点见文傍"八字。前有嘉靖丙申永昌张含序称：杨子用修居滇，含手吾翁少司徒所缀，宋叠山谢氏点勘《檀弓》以俟，则曰兹录奇矣，所病遗耳。旧诂如康成之简，颖达之明，奚弗取？濰之《集说》之杂，奚弗汰？澄之《纂言》旁通，奚故而废？乃以为《丛训》姚安太守柳滨吴君、安宁贰守有莲张君、嵯司玉峰李君谓弗可弗梓，雠校书墨，则张应极含也。后有杨慎自叙，上卷一百二十二条，下卷九十二条，末有宏治壬戌永昌张志淳题云：此本圈批前俱有，至《季武章》起止有圈而无批，前亦有不尽然者。至于所以然之意，复有去取不可晓者。今虽少为增补，而卒亦草草也。当为谢氏批点而识。按叠山名枋得，字君直，弋阳人，宝祐四年进士，宋亡，绝食卒。明万历丙辰，乌程闵齐伋谓得谢高泉所校旧本，始以朱墨印行，而不知先有宏治张氏增补之本也。用修名慎，号升庵，新都人，正德辛未进士第一，授修撰，以谏大礼谪戍滇中。（《善本书室藏书志》卷二）

嘉业堂藏书志一则　　（清）缪荃孙

《檀弓丛训》二卷 明刻本

明杨慎撰，慎字用修，号升庵，新都人，正德辛未进士第一，授翰林院修撰，事迹具《明史》本传。升庵在滇中，采郑、孔、贺、陆、黄、吴诸家注义，以补陈澔《集说》所未备，复取陈騤、谢枋得二家批评益之，以《檀弓》可以单行。然讲求文义，非诂经也。《四库》存目。（《嘉业堂藏书志》卷一）

附录

檀孟批点序　　（明）谢东山

文者言之精，圣贤所以抒心明道而传世者也。盖道寓于心，非夫抒而明之则不显，不显则不传。然使其抒而明之者有未工，犹为不显且不传也。是故孔子教人，称词达而已矣；至论郑人之为命，亦以草创讨论，修饰润色为言，则文之不可以已也。自后世有科举之文，而后有古文之名，自有古文之名，而后古圣贤之遗书不以古文名。噫！文者言之精，而圣贤之遗书又文之精者也，而谓其非文可乎？顾时有古今，辞具雅俗，故语其文，则圣贤之遗言幽眇者，聱牙者，简短而径直者，固皆有之，虽其理无不同，而其辞不必皆可为法。此后世儒者，于明经之外，必取其尤工者，以为作文之矩矱，如老泉苏氏之于《孟子》，叠山谢氏之于《檀弓》是也。夫《檀弓》不古于六经，《孟子》不加于《鲁论》《中庸》《大学》，审矣，而二子独取之，惟其辞之工而已。晋世子申生一事也，《穀梁》曰：吾君已老已昏；《左氏》曰：君非姬氏，居不安，食不饱；而《檀弓》则曰：君安骊姬，是我伤公之心也。《荀子》载：孟子三见宣王不言事，谓门人曰：我先攻其邪心；而《孟子》则曰：人不足与适，政不足以间也，惟大人为能格君心之非。二传之辞，未免彰君之过，孰与《檀弓》之从容。荀子之所谓攻，乃其平日所论谏诤，辅拂率群吏百官，相与强君听，以解大患之见。而孟子之所谓格，则大人正己物正之云。一言之间，而薄厚浅深判焉，信乎《檀弓》《孟子》之辞之工也！学者诚能读六经四子，以致其穷理之功，又取《檀弓》《孟子》以仿其修辞之法，则所以抒心而明道者，又何时文之不可为古文，而古文之不可为圣贤之文也？然语其理，《孟子》醇乎醇，而《檀弓》则未免于驳。叠山道学之士，宜其贵醇，而乃取于驳；老泉文章之雄，宜其贵驳，而乃取于醇。固知二子批点之意，亦姑取其文，而醇驳未暇论也。不然老泉上田枢密等书，往往以孟韩并言，何比拟之不伦。而叠山取后世之文，编为《轨范》，以示初学，是又不止于批点《檀弓》而已。吾乡升庵论文，亦曰《檀》《孟》、班、韩，盖亦此意。然则言意之殊，醇驳之辨，是在学者谨择之，二子何负于书，亦何负于人也。一日，巡抚须野张公与予论文，偶及此二书。予谓二书相类，宜合为一，以便初学。《檀弓》旧本叠山批，类书经文之后，今乃移置经文各句之下；而升庵时注，则仍其旧。余于《孟子》，亦欲稍稍集诸家说，及出意见为数语附其间，而未暇也。刻既成，公笑谓余曰：老泉君同乡，叠山君同姓也，序焉能辞。予辞不获，乃僭为之序。皇明嘉靖丙辰春吉，皋泉谢东山撰。（明嘉靖三十五年谢东山刻本《檀孟批点》卷首）

批点檀弓序　　（明）舒曰敬

夫经一也，圣人因性以作仪，贤人精义以有述，文人睹记以为史，是故性明而道显矣。史之弗备，义乃不彰，则文固即道存焉。孔氏删诗书，定礼乐，公羊穀梁，传引《春秋》，二戴独志《周礼》，讵徒以文哉！盖妙悟统是矣。先正叠山谢先生，所取《檀弓记》，字栉句比，阐诘奥义，末学以为举子业者梯航也。夫道莫备于礼，礼莫大于丧，《檀弓》非丧礼冠耶？传曰：临丧不哀，吾何以观之。又曰：人未有自致者也，必也亲丧乎。夫仁孝至情，当大事而毕露，以丧著非以丧彊也。故非笃孺慕之愫者，勉焉不至，至焉不真也。先生丁人伦之变，大节耿然，有死无二，忠之盛也。古云求忠臣于孝子之门，则先生固有默契焉者矣。佛氏为参公案者，猛虎金铃，最后僧得之。故全体授诸生，皆秕糠耳，悟则一泡真大海味也。世有笃忠贞之谊者，即《檀弓》可以见

先生，倘无先生之心，亦未许读《檀弓》矣。舒曰敬题。（明溪香书屋《合刻周秦经书》十种本《檀弓记评注》卷首）

刻檀弓　（明）闵齐伋

或曰：《檀弓》多附会，非孔氏之徒之书也。篇中有仲梁子，盖七国人，尝读《春秋传》，鲁定之五年传载仲梁怀，岂亦七国人耶？其不得执是而谓是书也出于七国后明矣。《书》《诗》尚矣，醇则不能无疵，是以仲尼删定焉。兹固成于泣麟后，笔削所未逮焉者，恶得而尽雅驯哉？然则我与若亦既其文而已矣。若夫语简而赅，旨微而达，峻如悬崖峙石，捷于匹电流光，自是古今第一伟观也。杨用修氏谓非扛千斛龙文铉力，未许语此，岂虚言哉！有宋谢叠山先生，旧有批点全篇行于世，迄为坊刻窜易，并经文芟夷之，非本来矣。顷从从弟子京所见谢高泉先生所校本，盖旧本也，兼有用修附注，援引淹博，足备参稽。因汇注疏、集注、集说诸书，去其繁而存其要，以著于简端，而品题则仍谢之旧。先生丁宋之季，高仪劲节，昭昭天壤间，斯真能读《檀弓》者，安在其不雅驯哉！皇明万历丙辰秋九月，剞劂告成，雕镂既极，人工为之笑。吴兴后学闵齐伋。（明万历四十四年闵齐伋刻朱墨套印三经评注本《檀弓》卷首）

四库全书总目一则　（清）纪昀等

《批点檀弓》二卷兵部侍郎纪昀家藏本

旧本题宋谢枋得撰。枋得字君直，号叠山，信州弋阳人。宝祐四年进士。宋末为江东制置使。临安破后，即弋阳起义兵。兵溃后遁迹浦城，元福建行省魏天佑迫胁送燕京，遂绝食而卒。事迹具《宋史·忠义传》。是编莫知所自来。明万历丙辰，乌程闵齐伋始以朱墨版刻之。齐伋序称得谢高泉所校旧本，亦不言谢本出谁氏。书中圈点甚密，而评则但标章法句法等字。似孙鑛等评书之法，不类宋人体例。疑因枋得有《文章轨范》，依托为之。又题杨升庵附注，而与慎《檀弓丛训》复不相同。据齐伋序，称汇注疏、集注、集说诸书，去其繁而存其要，以著于简端。则齐伋之所加，非慎原注也。盖明季刊本，名实舛互，往往如斯矣。（《四库全书总目》卷二四）

夏小正解

《夏小正》初收于西汉戴德编《大戴礼记》，虽篇幅短小，但因记载有我国早期的天象物候、天文历法情况，历来为人们所重视。杨慎认为戴德《大戴礼记》本《夏小正》经传不分，宋末金履祥、王应麟整理本"讹谬未订"，因此"左右采获"，著成《夏小正解》一卷。该书卷首题"戴氏德传，王氏应麟集校，金氏履祥辑"，正文于原文下先列"戴氏曰""金氏曰"，其后引他书注解或出以"慎按"。今传《杨升庵杂著》本、明刊单行本等。

夏小正解叙　　（明）杨慎

孔子曰：我欲观夏道，是故之杞，而不足征也，吾得夏时焉。学者多传《夏小正》云。戴德曰：何以谓之小正？以小著名也。曷以小之？掌故失其传，太史遗其籍，宗国坠其征，儒宿荒其训。小之云者，弗详之云尔，非其微之云也。昔《唐典》首授时，《虞典》首玑衡，首之者，大之也，何独至于夏正而小之乎？《春秋外传》单子尝引《夏令》，又引《时儆》：收场功，偫畚挶，营土功，期司里，皆于天象乎取之。用兹以推，孔子所称夏时，不啻是也，举其全者大之与，惜无闻焉耳。古者纪候之书，《逸周书》有《时训》，《吕览》有《月纪》，《易纬》有《通卦验》，管敬仲有《时令》，《鸿烈解》有《时则》，同异互出，大抵宗《小正》而详。还观《小正》，规画远矣。其昏旦伏见，中正当乡，候在星；寒暑风日，冰雪雨旱，候在气；秭秀荣华，候在草木；蛰粥伏遌，陟降离阴鸣响，候在禽兽。王政达焉，民事法焉，故曰规画远矣。小戴氏取吕氏《月纪》改为《月令》，著之《礼记》，此周月也。于夏正，法非重习也。然卷帙虚存，传习者鲜，吁可异哉！戴德之后，宋金氏履祥、王氏应麟尝为斯学矣，余病戴记本经传弗分，二氏本讹谬失据，乃左右采获，以是正之。提经于上，抑传于下，法当尔，非变古也。语曰：与其过而废之也，宁过而存之。斯籍也，其宜存而不废哉！博南山人杨慎题，孙宗吾书。（明刻《杨升庵杂著》本《夏小正解》卷首）

夏小正解跋　　（明）胡缵宗

缵宗尝读《大戴礼》，而见是篇简也，而非略也，微也，而非隐也，天人之礼，君民之事咸备焉，盖古书也。夫简而该，微而彰，后人之所不逮也。升庵杨子直以为古书，信矣。今见其解，或得其大义，或得其奥旨，或不得其错句讹字。夫得其说则信，不得其说则疑。信则信，疑则疑，而其理与事固皆可考，可以开来学矣，可以传矣。升庵子之为是书，其有功哉！乃因龙匽杨子之命，而遂付之刻者。陇西胡缵宗跋。（《鸟鼠山人小集》卷十四）

郑堂读书记一则　　（清）周中孚

《夏小正解》一卷 原刊本

明杨慎撰。慎，字用修，号升庵，新都人。正德辛未进士第一，官翰林院修撰。以议大礼泣谏，谪戍永昌。天启初，追谥文献。为《升庵杂录》二十二种之一，《明史·艺文志》著录，朱氏《经义考》亦载之。前有自序称："戴德之后，宋金氏履祥、王氏应麟尝为斯学矣。余病《戴记》本经传弗分，二氏本讹谬失据，乃左右采获，以是正之。提经于上，抑传于下，法当尔，非变古也。"是序《升庵文集》亦载之。其于卷端亦题曰"王氏应麟集校，金氏履祥辑"。案王氏《玉海》附刻十四种，从无《小正》集校本，唯《玉海》十二《律历门》载有《小正》经文，而不可谓之学，并不可谓之集校，升庵盖因《玉海》所附有践阼解而误涉也。即金氏亦号《小正》单注本，惟《通鉴》前编三于夏禹元年全载《小正》经文，而采摭传文及《月令》《尔雅》诸书，并自下案语以注之。升庵未见傅崧卿注本，乃仅据前编所载，而全录传文于下，并删取金注，傅以他书为之解，有案语，亦甚寥寥。但以《小正》单注本自傅氏后，明代惟此一家，存之亦可备一种也。（《郑堂读书记》卷五）

续修四库全书总目提要一则 孙曜

《夏小正解》一卷钞本

　　明杨慎撰。慎有《檀弓丛训》，《四库总目》已著录。是书解说《小正》义理，尊经抑传，故以经文为主，而以传为戴氏说，与金履祥注并列。其有遗义不明者，则博采众说，伸以己见，以弥补之。求其词达，不事强解，大体尚称允协。慎虽伸张金氏之说，而于其不合之处，亦加诘斥。如谓取荼莠幽，戴氏本为句，而传不解幽字之义，金氏本以取荼莠为句，而幽作一句，不知何见何据。注却云：戴传连莠幽为句，又云：必有缺文，卒无定说，不如从戴本，且阙疑也。王应麟本、关涂本无幽字，近是。又乃衣瓜，戴、关、王本俱作乃瓜，无衣字。观戴传亦止解作食瓜义，不知金氏何据添衣字。且五月新衣，不合时宜，而衣瓜亦不成文理，合从旧。凡此之论，颇具鉴裁，不同阿附者也。至论二月绥多士女，不以传言为然，而于经文亦生疑义，持说甚辩。略云：《月令》中春之月，会男女；《周官》中春，合会男女之无夫家者，与此同。惟《孔子家语》曰：霜降而妇功成，嫁娶者行焉；冰泮而农业起，昏礼杀于此。荀卿曰：霜降遂女，冰泮杀止。进乖《小正》，退违《周官》，岂当时不能守法，或以男女及时盛年，不得限以日月软？按《月令》《周官》二书，论者多谓为汉儒所托作。慎取孔、荀之说，以反诘之，则经文或为错简，或为误讹，不待言而自明矣。惟谓《小正》之书，以小著名，止纪民间之事，然则颁冰、王狩、陈筋革诸条，亦民间之事乎？盖为生新议，不免出言失检也。《升庵合集》载有是书之序，大旨以戴德之后，宋金氏履祥、王氏应麟尝为斯学，病戴记本经传弗分，二氏本谬讹未订，乃左右采获，以是正之。然傅崧卿厘析经传，厥功甚伟，实为宋人首倡斯学者，而慎竟未论及之，亦可谓不知本末者也。（《续修四库全书总目提要》）

春秋左传地名考

《春秋左传地名考》一卷，摘取《左传》杜预注，并予考证。今传《升庵杂著》本，题杨慎考编，孙金吾、宗吾校刊，后附《大明清类天文分野书》一卷。

续修四库全书总目提要一则　　杨钟羲

《春秋左传地名考》一卷《附录》一卷明万历刻升庵遗集本

明杨慎撰。慎字用修，新都人。正德辛未赐进士第一，授翰林修撰，以议大礼杖谪永昌。天启初追谥文宪。《左传》杜注于一地二名、二地一名辨之为详。初据晋泰始官司空图，及江表平，荆、扬、徐三州改用新贡籍以求审。世儒尊杜氏者，谓其精于地理。钱大昕尝考郑伯克段于鄢，当为陈留之伪，而杜以颍川之鄢陵当之。楚灵王城陈、蔡、叶、不羹，故子革称四国，杜本脱叶字，乃分不羹为二以当之。同盟京城北，京即叔段所封，而杜讹为亳。防门、广里皆齐地，与平阴相近，而杜亦不知。左氏之学，地理为重，可以验当时列国之疆域及会盟侵伐之迹，得其方向道里。近人高、顾、江、沈各有专书，慎此书摘取杜注，不列国名，不序十二公时代，不列经文、传文，考正寥寥，远出刘城《春秋地名录》之下。如哀元年败越于夫椒，注云：夫椒，吴郡吴县西南太湖中椒山是役也，吴报檇李之败，加兵于越，而乃取胜于境内之地，如越来侵伐者然。慎亦无所辨订，《附录》多与《春秋》地名无关。盖随手集录，姑备记诵，非已成之书也。（《续修四库全书总目提要》）

转注古音略

　　《转注古音略》五卷，为杨慎音韵学著作。杨慎以叶韵为转注，书中仿吴棫《韵补》，补缺刊谬，以今韵分部，录列古音相协字，所举例证则详于经典，略于文集，详于周汉，略于晋后。虽不能无误，然征引颇富，对清代古音学颇有影响。该书今传明嘉靖间李元阳刻本、万历刻本、《合刻升庵韵书》本、《四库全书》本、《函海》本、《总纂升庵合集》本等。

转注古音略题辞　　（明）杨慎

　　《周官》保氏，六书终于转注，其训曰一字数音，必展转注释而后可知。《虞典》谓之和声，《乐书》谓之比音，小学家曰动静字音。训诂以定之，曰读作某，若於戏读作呜呼是也。引证以据之，曰某读若，云徐邈读，王肃读是也。《毛诗》《楚辞》悉谓之叶韵，其实不越保氏转注之义耳。《易》注疏云贾有七音，实始发其例。宋吴才老作《韵补》，始有成编，旁通曲贯，上下千载。朱晦翁《诗》传《骚》订尽从其说，魏文靖论《易》经传皆韵，详著于《师友雅言》。学者虽稍知崇诵，而犹谓叶韵自叶韵，转注自转注，是犹知二五而不知十也。余自舞象之年，究竟六书，不敢贪古人成编，为不肖捷径，尤复根盘节解，条入叶贯。间亦有晦于古，而始发于今，谬于昔，乃有正于后，故知思不厌精，索不厌深也。古人恒言音义，得其音斯得其义矣，以之读奥篇隐帙，涣若冰释，炳若日烛。又以所粹，参之古人成编，褫其烦重，补其遗漏，庶无蹈于雷同，兼有益于是正，乃作《转注古音略》。大抵详于经典，而略于文集，详于周汉，而略于晋以下也。惟彼文人用韵，或苟以流便其辞，而于义于古本无当，如沈约之雌霓是已，又奚足以为据耶？今之所采，必于经有裨，必于古有考，扶微广异，是之取焉，匪徒以逞博靡，累卷帙而已。方今古学大昭，当有见而好之者，不必求子云于后世也。嘉靖壬辰九月廿九日，博南山人杨慎书。（明嘉靖间李元阳刻本《转注古音略》卷首）

重订转注古音序　　（明）杨慎

慎尝著《转注古音略》及《古音余》，复有《猎要》《丛目》诸书，次第刻之滇云，传之远近矣。海内同志岭南泰泉黄公佐、姑苏贞山陆公粲、清河月鹿张公之象，或取为韵经，或补其遗略，或订其舛误。荒戍多暇，复取三君子之所著会粹之，删其烦重，增其未备，为五卷。予中表弟喻子渐，笃心汲古，数以书来索，乃托便邮以往，将锲而传之。垂老滇云，文籍不具，所引证者多凭胸臆，遗舛盖不免。幸同志如三君子者，挈粮益秀，匿瑕成美，则所望也。（嘉靖本《杨升庵文集》卷三）

转注古音略序　　（明）顾应祥

《转注古音略》者，蜀升庵子之所为书也。升庵子谪居于滇，慨古学之弗明，而六书之义日晦，于是乎有《古音略》之作焉。《略》凡五卷，上自经史，下及诸子百家之书，靡不究极。而所取以为证据者，五经之外，惟汉以前文字则录，晋以下则略焉，盖本于复古，而不欲以后世之音杂之也。昔宋吴才老氏作《韵补》，紫阳朱夫子取以协三百篇之音，议者谓其有功文字之学。是编虽论转注，而发挥六书之义殆尽，又匪直有功文字而已。夫六书始于象形，而终于转注，象形、指事文也，会意、谐声字也，假借、转注则文字之变而通之者也。自许氏《说文》以令长之类为假借，考老之类为转注，后世因之，莫之有改。至毛晃氏始谓老字下从匕，考字下从丂，各自成文，非反匕为丂也。又曰《周礼》六书，转注谓一字数义，展转注释，而后可通。后世不得其说，遂以反此非彼为转注，其说皆非。厥后王鲁斋氏《正始之音》，赵古则氏《六书本义》，乃极论考老为非矣。升庵子是编，殆取诸此，而所论旁音叶音之类，皆转注之极，则又古则之所未及者也。走自早岁，即有志书学，而未得其义，观古则之论，虽若有契于心，然叔重之说行之已久，未敢遽断其是非焉。今得升庵子之书而释然矣，然又有说焉。夫汉和帝时，申命贾逵，修理旧文，于是许慎采史籀、李斯、扬雄之书，博访通人，考之于逵，作《说文解字》，则许氏之学，出于贾逵。其所著六书之义，秦汉以来，相沿其说，非始于叔重；后之贤者，思虑益精，而有以发前贤之所未发，使叔重闻之，未必不首肯而心服也。古则又谓，郑玄以之而释经。今考《周礼注疏》乃唐贾公彦引许氏之说，以释郑玄之言；抑不知毛氏一字数义之说，出于何典。然则发明兹义，实自毛氏始也。大抵古人之学，凡可以传于后世者，皆其迹也；其不可传者，心也。学者因其迹而审夫自然之音，以求契于吾之心，则于道也几矣，是固升庵子作书之心也。嘉靖壬辰春二月，吴兴顾应祥序。（明嘉靖间李元阳刻本《转注古音略》卷首）

转注古音略序　　（明）张含

世绳政滩滩麾麾，灵函典阗，而文字隐隐弗见。世契政治治察察，世图政斤斤铿铿，观鸟制文，命龙肇音，函乃泣，阗乃启，灵若若雉雉，殷殷翼翼，典繁吻猾。历苍姬闰赢赤汉，金氏百流，丛残九杂，灵梦体变，世风荐降，踵轶移驰。郁若马而《凡将》，玄若雄而《训纂》，总条音义，傍假形声，洞玮隙艰，儱辞醋翰，理崛而指深，不弱陈思深致，懿哉。世绌难陟易，常检不奥，鹿趋而俣逐，无瑰目，无颟耳。是故政弗古由文，浅而不郁；文弗古由字，局而弗该。讵知符形也，而义实殊焉；体诡也，而声实平焉。弗践古迹，乃触奇而惊；弗发今覆，乃画恒而固。是故辞怕陋而靡文，俗浇漓而靡政，政由文也，文由字也。杨子羁卭，兑古贲文，概概论世尊乡，讽讽媲扬埒马，悯世习醨则原文，慨文匿彩则原字，病字沈义则穷音。骏䌷鸿搜，渊撢岳企，乃制《转注古音》号，弓五百二十削。错经刺子，音叶而翎，义析而晶，可以扶微学，函雅故。曾曾小子，早知服膺则字沛，字沛则文郁，文郁则世醇，世醇则古振，古振则有功，于绳于契，于图于颉，于赢刘。夫灵射典甘时洼乎，则彰而复闲；灵晕典睨时兆乎，则闭而弗彰。若此则杨子功不在匡纬政枋，在乎文，不在饬羽辞华，在乎字。夫躬道者首路，先初者震轨，杨子员文挼藻，天骥海鹏，上下趋越，字与文与，先邪后邪！肆睹杨子文，又幽奥不晦，坦蔚不恣，雕乎帝文，朴乎皇质，密经逸史必正，世奚弗行，字亦有迟哉！况杨子于今文，轻轻陋陋藏于心，于今字博博赜赜发乎辞，辞砭而躬显荐荐，欲昭世揭日月溯河汉，含也愿哓哓有喙哉！畸于今而牟于古，畸于人而牟于天，子也所乖于世也，含也所合于子也。之文也，之政也，之简也，之关也，世兴道，道兴世，转以转移，易之易者奇而古。明文自七子倡复古之说，以子史骚选为宗，远法子云，近法绍述，遂成此一派涩体。愈光，空同门人，故其文效空同也。（《张愈光诗文选》卷七）

跋古音略　　（明）杨慎

宋陈振孙曰：古之为诗，多以风诵，所传不过文字，声音不可得而传也。又汉以前未有反切之学，其于后世四声七音，又岂能尽合哉！陆德明于《燕燕》诗，以南韵心，有读南作泥心切者。陆以古人韵缓，不烦改字，此诚名言。今之读古书古韵者，但当随其声之叶而读之，若耒之为厘，庆之为羌，马之为姥，声韵全别，不容不改。其韵苟相近，可以叶读，则何必改字。若燔字必欲作汾沄反，官字必欲作俱云切，则赘矣。余惧夫好古者之过也，流而为神珙、智骞，则余兹述录之意荒矣，故以陈子之言终之。

书转注古音略后　　（明）杨士云

周保氏六书，曰转注者，文字之变通也，非转文也。转声注义，变而通之，自然之音也。汉许氏以考老为转注，转文类鲜匪通也。宋王氏以长为长、长，行为行、行，为转注，转声类夥通也。吴氏以诸韵相通，转声相叶，一字数音，音函一义，援古作证，二千六百字奇，转注之极，通之极也。元杨氏以并累众文，互转成注，于文而弗于声，常也匪变通也。夫六书相通，转注通音也，音载诸经，宗祖也，子史而下，咸子孙也，知音可通经也。升庵杨氏，博学好古，洞贯微奥，正许之拘，从王之正，补吴之阙，而昭保氏之教，斯《转注古音略》所以作也。方诸《韵补》，去取弥精，数亦如之，才老斯道不坠之望慰矣乎，宜并传也，贰郡可亭赵侯梓之传也。嘉靖壬辰孟冬丁酉，太和杨士云书。（以上明嘉靖间李元阳刻本《转注古音略》卷末）

刻转注古音略序　　（明）王任

今太史氏称博雅者，必归成都杨升庵公矣。乃其著书无虑百余种，而传世者才什之一二，故见者仅仅窥豹斑云。一日，公仲孙凤亭君有事汝南，与余交莫逆，乃出公所为《转注古音略》示余，且属之曰：此先太史手泽，遗我后昆世守者。自谓生平心力独萃此书，非遇好古知音，勿以轻示。第又思韫椟之玉，终非一家物也。请与子大夫谋，盍付诸剞劂氏，以与天下共之，可乎？余因叹赵伯鲁之遗简也，即父命且忘之，矧曰大父？顾余非能审音者，然尝得太史公尺牍，每藏弄以为荣。兹希声也，敢不黾于役。乃受而卒业，辄然有慨于中焉。夫音一吹耳，吹万不同，大都皆天地自然之韵。是故前者唱于，随者唱喁，无后先，无近远，一任天之便，莫诘其始，而究其所终，何古何今，而公独有取于古音也者，则今无音与？盖自点画既形，混沌斯凿，世邈俗异，声习人殊。滥觞至于诘曲赘牙，淫哇恧懑，遂令黄锺之宫，几于绝响。迨梁沈约《韵谱》一出，词家遵为法比，然而四声八病，或失则拘，且徒以江左之偏音，安能齐五方之口语？李唐而下，改自卫包，变古从今，字多尚俗，鲁鱼亥豕之误，不可胜纪。于是正音雅韵，荡焉无闻。此太史公转注古音之作，意深远矣。是书也，自《韵谱》而外，得字一千八百有奇，上下数千载间，前乎未发，而后乎未闻。骤观之，若越人视猎，胡人听潮，鲜有不惊耳骇目者。然岂公之好异邪？惟公锐然复古，而有遐思，良工心独苦矣。盖公自玉堂清昼至夜郎谪居以来，春秋凡几十易。其间累金匮之秘藏，漱艺林之芳润，本之六经以为印证，参之百家以辩异同，厘殊方之讹，订前人之谬。八转谐和而允叶，七音调适以无憾。回大雅之迁澜，缀淳庞之坠绪，卒使六书之义晦而复明，其有功于文字也，讵浅眇哉！古今善奇字者，惟子云一人，公地同，其氏又同。公自谓此书一出，不必求子云于后世，信矣，信矣！韩昌黎有言：为文宜略识难字。以今观于公也，所识不既博邪？然博非公所贵也。音韵寓于太极，形象昭于品汇，龙图鸟迹，直彷佛耳。若推其极，有羲不能画，颉不能字者，此公之第命为略有以也。神而明之，当自得公著作之意云。万历戊戌长至，梓州后学王任谨序。（《升庵杂刻》本《转注古音略》卷首）

刻升庵杨先生转注古音后跋　　（明）邓启愚

夫人情不能自禁，噎而成声，叫啸讴吟，谣歌咏叹，虽万有不齐，总之动乎天倪而发为天籁。自四始五际之篇出，神理自然，泱泱乎盖无遗音云。后世文学诗人，往往以沈氏四声韵为命觚壳，率古近体多用之。乃考其时，若彭泽归田韵，宣城钧天曲，中散临高远眺，步兵河上丈人，类谓之古诗，实不尽与沈合。及唐李青莲、杜少陵所制，亦多出四声之外。此何以故？无亦字不题糕，或未稽乎糇饵，韵惭汇海，不免挂漏。夫聪琐知固有及有不及乎？若广于搜猎而娴于罗致，翱翔百代，包举往昔，揭六书之义，而不以末世之音相淆杂，则转注古音，其尽之今手。其书比音谐声，旁引曲证，搜括周秦，缀拾两汉，魏晋而下，间及开元、大历，终谓宋人主张太过，辨才老之得与晦庵之失，四声八病渗漏益著，则陶、谢、嵇、阮诸公之不屑居于沈也，又何惑？尝惜沈休文能办东夷鼍盖之奇，至刘显五策，仅对其二，则智固有及有不及之说耶？梓州王公曰：此不可以王充《论衡》视也。且命跋之，以拾沈氏之遗。万历戊戌岁长至日，溆浦后学邓启愚谨跋。

转注古音略跋　　（明）杨宗吾

先太史奚囊颇富，诸所著作，海寓学士大夫悉谓撷菁采华，漱芳挹润，亦甚有操觚者流，望尘扣铅，闻声击椎，因赤帜而想英风者，啧啧称赏，尤不少置。宗吾生也晚，仅敛遗稿，如《古音丛目》诸书，计百九种，具载《年谱》中，未梓者几半。其它触处成章，散逸于碧鸡、金马、六诏、黔关间者，固未易屈指。兹万历岁舍柔兆涒滩以来，予有事中州，历覃怀、王屋、嵩高、宛雒、郏鄏溪山之胜，搜探旅笥，得先太史《转注古音略》，读复卒业，停披，容与喟然。粤是书虽经梓行，而此手泽则又在会梓各古音诸书之后，生平殚心神而注于斯，可谓前无古音矣。宗吾什袭珍藏，既已有年，一日出之汝南镇宪使寿轩王公。公与予有梓里谊，尝追重先太史，慨然捐奉付剞劂氏，并以弁序。嗟乎！古人以立言重名教，固先太史醉心腐志者越数十祀矣。今何幸遭好古知音者以广其传耶！予世世子若孙，被公德溥且渥，亦世泽为之缘哉！梓成矣，即不敢谓拓前人不朽之业，然复使经生艺士订亥豕鲁鱼之误，正古音以寓返古之意，庶几无惭前人也者，则予所夙期耳。万历戊戌至日，孙宗吾谨识。（以上《升庵杂刻》本《转注古音略》卷末）

转注古音略　　（明）董斯张

升庵《转注古音》二卷，所论转注即叶韵，深证郑樵之舛，六书功臣哉！第用修自叙云：详于经典而略于文集，详于周、汉而略于晋以下。今考周、汉诸典，亦多所遗，稍撮其概补之：《毛诗》"鳣鲔发发"，叶补未反。"摧之秣之"，摧，叶采卧切。《乐记》"其声粗以厉"，《释文》：粗，才古反。《周官》"秋绳而芟之"。绳音孕。"钠欲顽典"，典读为殄。《左传·襄公三十五年》"封具"，封音求付切。《太玄经》"载威满头，君子不足，小人有余"，头，叶同都切。"坚不凌，或泄其中"，凌，叶良中切。"鼎血之菇，九宗之好，乃后有孚"，好，叶许厚切。孚当作乳，叶忍九切。"下言如水，实以天牝"，牝，音补履切。《道德经》"谷神不死，是谓玄牝"，亦同此音。然水又音准，《白虎通》"水之为言准也"，二韵可互入。"小子牵象，妇人徽猛，君子养病"，猛，叶被旺切；病，叶眉旺切。玄经不能尽述，以下诸书例此。《焦赣易林》"阳低头，阴仰首。水为凶，伤我宝。进不利，生其子"，宝，叶补苟切；子，叶济口切。"为季求妇，家在东海"，妇，叶奉甫切；海，叶火五切。"千里望城，不见青山"，山，叶疏臻切。"任非其人，费日无功"，功，叶居银切。《晏子春秋》"五子不满隅，一子可满朝"，朝，叶蚩于切。许慎注《淮南子》"劲策利鍣"，鍣，读如炳烛之炳。"繁文纷挐"，挐，读如上谷茹县之茹。"霄霓之野"，霓，读如翟氏之翟。翟又音掉，当知。悒，读如《左传》"嬖人㮚始"之始。鸡鹧，读曰私鈚头。此许说更奇，《汉书》相如传及佞幸传俱作鸡鹧，师古直音俊仪，殆未见汉人训故耶？《汉书》"瘯瘰"音噍杀，"即装"音即非。雏督音句无，蕃音皮。《后汉书》"错愕不能对"，音措互，"疏勒都尉番辰"，音潘。《抱朴子》"寒素清白浊如涅，高第良将怯如黾"，则黾当叶为篾，此一则偶臆而转音之。后读《外集》《字说》中黾音篾，竟与仆说闇合。仆欲以酒浇用修土矣。予稍参诸书，用修已不无绠一漏万。有羹墙韵学者，从六书中取转注一种，抉黎丘之藏，补新都之逸，悬诸日月，不刊之书也。近吴门赵凡夫覃思此学，其草篆独秀江南，所藏字书、韵书数十种，恨未尝一发其秘。升庵又有《古音余》，亦不载此则。（《吹景集》卷五）

书杨升庵转注古音略后　（清）刘绍攽

此书补吴才老之未备，第所载登字，乃东、蒸之通，唐字东、阳之通，无庸更叶。朱子取《韵补》叶《毛诗》，使三代声音皆从唐韵，遂滋众疑。顾宁人因谓古无叶音，李厚庵称其妙契古先，潘稼塘、李天生复同时推重。夫东之有蒸与唐，固属古通，若支之有民与颜非叶，何以成诵？世有作者，删其通而存其叶，则完璧矣。继原曰：古无叶音，闽人陈第先顾氏言之，西河毛氏诋之，是也。（《九畹古文》卷九）

浙江采集遗书总录一则　（清）沈初等

《转注古音略》五卷刊本

右杨慎撰。以前人所谓叶韵不越保氏转注之义，因取各韵本字列于前，而以他部可通之字标其音切分附各韵。自谓所据详于经典而略于文集。（《浙江采集遗书总录》丙集）

四库全书总目一则　（清）纪昀等

《转注古音略》五卷江苏巡抚采进本

明杨慎撰。是书前有自序，大旨谓：《毛诗》《楚词》有叶韵，其实不越保氏转注之法。《易经》疏云："贲有七音。"始发其例；宋吴才老作《韵补》，始有成编。学者知叶韵自叶韵，转注自转注，是犹知二五而不知十也。考叶韵之说始于沈重《毛诗音义》，见《经典释文》。后颜师古注《汉书》，李善注《文选》，并袭用之。后人之称叶韵，自此而误。然与六书之转注则渺不相涉，慎书仍用叶韵之说，而移易其名于转注，是朝三暮四改为朝四暮三也。如四江之矼字，《说文》云："从金工声。"窆字，《说文》云："从穴乏声。"则矼读工，窆读乏，皆其本音，无所谓转，亦安所用其注乎？姑即就慎书论之，所注转音，亦多舛误。如二冬之龙字，引《周礼》"龙勒杂色"，谓当转入三江，不知《玉人》"上公用龙"，郑司农云："龙当为尨。"而《左传》"狐裘尨茸"即《诗》之"狐裘蒙戎，"则龙当从龙转，龙不当作莫江反也。又如蒸韵之朋字，慎引《逸诗》"翘翘车乘，招我以弓。岂不欲往，畏我友朋。"谓当转入一东。不知弓古音肱，有《小戎》《采绿》《閟宫》及《楚词·九歌》诸条可证，则弓当从朋转，朋不当读为蓬也。如此之类，皆昧于古音之本。以其引证颇博，亦有足供考证者。故顾炎武作《唐韵正》，犹有取焉。（《四库全书总目》卷四二）

郑堂读书记一则　　（清）周中孚

《转注古音略》五卷，附《古音后语》一卷函海本

明杨慎撰。《四库全书》著录，无《古音后语》一卷。《明史·艺文志》、焦氏《经籍志》所载亦同。前有升庵题辞，谓："周官保氏六书，终于转注，其训曰'一字数音，必展转注释，而后可知'，《毛诗》《楚词》悉谓之叶音，其实不越保氏转注之义。宋吴才老作《韵补》，始有成编。乃襫其烦重，补其遗漏，以作是略。大抵详于经典而略于文集，详于周、汉而略于晋以下。文人用韵，或苟以流便其词，而于义于古本无当，不足为据也。"然六书之转注，许氏具有明文，升庵乃以叶音当之，根本已失，枝叶何有？即其所注转音，每多舛误，而昧于古音之本。惟其博引繁称，尚可以资考证。后来顾亭林著韵书，多节取之，而其自撰《古音丛目》，且采取十之六焉。前又有《答李仁夫论转注书》及长兴顾应祥序。所附《古音后语》一卷，亦即推论转注之说也。末有升庵自跋及太和杨士云书后。（《郑堂读书记》卷五）

文选楼藏书记一则　　（清）阮元

《转注古音略》五卷

明杨慎著，刊本。是书本许氏《说文》，旁加引证，以发挥六书转注之义。（《文选楼藏书记》卷四）

《转注古音略》五卷，明杨慎撰

《函海》本。前有嘉靖壬辰顾应祥序。

顾氏序曰：是书上自经史，下及诸子百家之书，靡不究极。而所取以为证据者，五经之外，惟汉以前文字是录，晋以下则略焉。盖本于复古，而不欲以后世之音杂之也。

升庵《与李仁夫书》曰：凡见于经传子集与今韵殊者，悉谓之古音。转注也，古音也，一也，非有二也。才老书尚多遗逸，因其谬音误解，改而正之；单闻孤证，补而广之。录于《升庵集》。

《古音后语》：升庵子曰：六书当分六体，班固云"象形、象事、象意、象声、假借、转注"是也。六书以十为分，象形居其一，象事居其二，象意居其三，象声居其四。假借，借此四者也；转注，注此四者也。四象以为经，假借、转注以为纬。四象之书有限，假借、转注无穷也。郑渔仲论假借则有发明，说转注则谬以千里，原转注之义最为难明。《周礼》注云："一字数义，辗转注释，而后可通。"后人不得其说，遂以"反此作彼"为转注，谬矣。又《易》疏云，贲有七音，义各不同，触类而长之。衰有四音，齐有五音，从有七音，差有八音，敦有九音，辟有十一音，皆转注之极也。班固之意，谓六书四者有象可见，故以象名；假借、转注则隐于四象之中而非别有字也。恐后人失传，故特著之。假借，借义不借音，如"兵甲"之"甲"为天干之"甲"，义虽借而音不变，故曰假借。转注，转音而注义。如"敦"本敦大之义，既转音"顿"，而为《尔雅》"敦邱"之"敦"，又转音"对"而为《周礼》"玉敦"之"敦"，所谓"一字数音"也。假借如借物于邻，或宋、或吴，名从主人。转注如注水行地，为浦、为溆，各有名字矣。

文光案：程端礼、赵古则、杨慎皆以转声为转注。程曰："假借借声，转注转声。"赵曰："转注者，辗转其声而注释为他字之用者也。自许慎以来，同意相受，考老为转注，郑玄以之而解经，夹漈以之而成略，遂失其本旨。"杨曰："古则所论深为有见。双音并义，傍音叶音，皆转注之极也。"愚谓升庵之说皆瞽说也。谓假借借义不变声，然如"令""长"二字，"长"字有平、上二音，"令"字不变，是假借有变有不变也。谓假借、转注皆隐于四象之中，假借固无专门之字，转注如"考"字、"老"字，皆有其字，不可谓隐也。又以转声为转注，前人已议其非，不必辨矣。（《万卷精华楼藏书记》卷十九）

五十万卷楼藏书目录初编一则　莫伯骥

《转注古音略》五卷明刊本

明杨慎撰，李元阳校。半叶九行，行二十字，注双行，亦廿字。卷五有云，廿，《说文》二十并也。颜之推《稽圣赋》"魏妪何多，一孕四十，中山何伙，有子百廿"。毛曰音入，今直以为二十字，凡满汉董席庶之类，皆从此。慎按，廿字，诸韵书皆音入，惟市井商贾音念，而学士大夫亦从其误。如《程篁墩文集》中书廿日作念日，古学不明，俗学胜也。伯骥按：朱氏述之《金石记》卷六云，《说文》十部，廿，二十并也，古文省多。人汁切。段玉裁注《考工记》程长倍之四尺者二，十分寸之一谓之枚，本于二字为句绝，故书十与上二合为廿。此可证周时凡言二十可为廿也。古文碑廿仍读二十，秦碑小篆维廿六年、维廿九年，皆读一字以合四言，廿之读如入。《唐石经》二十皆作廿，仍读为二十。《玉篇》十部作廿，如拾切。《广韵》廿今作卄。《集韵》廿俱存二十六缉与入同音。《类篇》廿，日执切。《古今韵会》入声缉独用廿。颜之推《稽圣赋》"中山何伙，有子百廿"。毛氏《增韵》音入，凡满汉董席庶之类，皆从此。汉《孔龢碑》三月廿七日。薛尚功《汉器款识》，丞相府漏壶廿一斤十二两、甘泉内者镫廿五斤十二两、红烛镫廿三斤四两。遍考古书无有以廿字读奴店切如念音者，或作廿、或作卄，亦未有作念者。惟顾亭林《金石文字记·开善寺碑宋人题名》有曰，济南李跂至道、王亢退之沿檄过此，同宿承天佛舍，元祐辛未阳月念五日题。以念为廿，始见于此。杨用修谓廿字韵书皆音入，惟市井商贾音念，而学士大夫亦从其误者也。今《汤君碑》云，大中十二年十一月念八日，则唐末俗音已有以念为廿者矣。戴侗《六书故》廿二十切，二十之合称也。按今俗呼若念，盖二十有尼至切之音，故又转而为念。朱说又可为升庵引申矣。李氏校杨升庵书，计有《古书丛目》五卷、《古音猎要》五卷、《古音略例》一卷、《古音余》五卷、《奇字韵》一卷、《转注古音略》五卷、《古音后语》《古音余录》各一卷，此其一种也。（《五十万卷楼藏书目录初编》卷三）

顾亭林手评转注古音略跋　傅增湘

　　《转注古音略》五卷，明杨慎著，李元阳校，盖刻于滇中者也。半叶九行，每行二十字。顾亭林手评，当为著《唐韵正》时所考订。历藏璜川吴氏、曲阜孔氏，有微波榭跋语，详记得书原委，其为亭林手迹自属可信。其考订咸就阑上作隶体书，兹举其订正各条。如三江"从"字云："从字即容、七恭、秦用等切，见诸经典者不外此等。而淙之一音，以《檀弓》例之，又未始不相通也。"十灰"能"字云："阮瑀《七哀诗》：冥冥九泉室，漫漫长夜台。身尽气力索，精魂靡所能。今本改能为回，不知《广韵》十六咍部元有能字，姚宽证之以《后汉书·黄琬传》欲得不能，光禄茂才，以为不必是鳌矣。详《唐韵正》本字下。"五歌"颇"字云："唐开元十三年，敕改《尚书》无偏无颇句为无偏无陂，谓与下文义字相叶。盖不知古人之读义为俄，而颇之未尝误也。《易·象传》：鼎耳革，失其义也。覆公𫗧，信如何也。《礼记·表记》：仁者右也，道者左也，仁者人也，道者义也。是义之为俄，而其见于他书者，备数之不能终也。王应麟曰，宣和六年诏《洪范》复旧文为颇，然监本犹仍其故，而《史记·宋世家》之述此书则曰无偏无颇，《吕氏春秋》之引此书则曰无偏无颇，其本之传于今者则亦未尝改也。"仪字云："《易·渐》，上九，鸿渐于陆，其羽可用为仪。范谔昌改陆为逵，朱子谓以韵读之良是，而不知古人之读仪为俄，不与逵为韵也。今据以订正。"六麻"离"字云："《小过》上六，弗遇过之，飞鸟离之。朱子谓以韵读之，当作弗过遇之。而不知古人之读离为罗，正与过为韵也。今据以订正。"五尾"久"字云："《招魂》：魂兮归来，北方不可以止些。增冰峨峨，飞雪千里些。归来归来，不可以久些。《五臣文选》本作不可以久止，而不知古人读久为几，与止为韵。《诗》曰：何其久也，必有以也。又曰：吉甫燕喜，既多受祉，来归自镐，我行永久。是古人读久为几之证。"六语"舍"字云："《太史公自序》：有法无法因时业，有度无度物与舍。今《汉书·司马迁传》亦作舍，而后人改舍为合，不知古人读舍为恕，正与度为韵。《曲礼》：将适舍，求毋固。《离骚》：余固知謇謇之为患兮，忍而不能舍也。指九天以为正兮，夫惟灵修之故也。是古人读舍为恕，较然可见，今从是本正之。"

"下"字云："《隋书》载梁沈约《歌赤帝辞》：齐醍在堂，笙镛在下，匪惟七百，无绝终古。今本改古为始。不知'长无绝兮终古'为《九歌》之辞，而古人读下为户，正与古为韵也。《诗》曰：于以奠之，宗室牖下，谁其尸之，有齐季女。是即古人读下为户之证，详《唐韵正》本条下。"八霁"陂"字云："按：无平不陂，释文云：陂字亦有颇音，故《书》之无偏无颇，唐开元间敕改为陂，因此考之，古音相去远矣。前于颇字下辨出，此处亦不得混而一之。"十一陌"借"字云："李白《日夕山中有怀》诗：久卧名山云，遂为名山客。山深云更好，赏弄终日夕。月衔楼间峰，泉漱阶下石。素心自此得，真趣非外借。今本改借为惜，不知《广韵》二十二昔部元有借字，而伤美物之遂化，怨浮龄之如借，已见于谢灵运之《山居赋》矣。详见《唐韵正》本字下。"皆考辨正确。其他随笔琐志，不更悉举。卷尾有顾氏手记一则，孔氏一则，录之左方，而近时袁抱存、方地山两跋亦附著焉。此帙旧藏于方氏，顷岁乃流入坊肆者也。辛未八月十八日，姜庵记。

自三代六经之音久失其传，古文之存于今者多后人所不能通。以其不能通，而辄以今世之音改之，于是乎有改经之病。始自唐明皇改《尚书》，而后人往往效之，然犹曰"某旧为某"，则其本文犹在。洎乎近日，锓木盛行，而凡先秦以下之书率臆径改，不复言"旧为某"，则古人之音亡，而字亦亡，此尤可叹者也。余不揣寡昧，僭为《唐韵正》一书，一循唐音正轨，而尤赖是书以寻其端委，俾学者知读经自考文始，考文自知音始，而古音之亡者终不亡，此厚幸矣。癸巳冬十二月，昆山顾氏记。

翌日酉初，李子德伻来，鄙著韵书甫就稿，因具始末答之。亭林再记。

顾氏《音论》，向借朱氏休度抄本观之。又于朱氏静思堂检得《古音略》一本，系顾氏亭林著《唐韵正》时考正原本，而前三卷独缺，不胜怅怅耳。乾隆二十九年甲申二月，蒲孟记。

是书佚其前半，先君子藏之三十余年。今春璜川志忠吴君出所藏对勘，恰是顾氏考订原本，可称奇遇矣。即以举贻，酬以程君寥天一墨二枚，此一时之快事也。嘉庆辛巳佳辰，微波榭记。

《古音略》五卷，顾亭林手批，南海孔氏旧藏，今归江都方地山夫子。乙丑闰四，观于沽上旅邸。夫子自云，此批校本之甲观也。予谓此虽明人撰著，然得亭林批，便不觉升庵为野狐禅矣。洹上袁克文题并识。

亭林以考文知音之学写示良友，尚无乾嘉校勘习气。孔氏父子展转得之，俾名贤手迹分而复合，殊有趣味。大方。

收藏有"璜川吴氏收藏图书""孔广根印""孔继涵印""荭谷"各印。（《藏园群书题记》卷一）

附录

沈氏韵经序[①]　　（明）郭正域

《韵经》者，六书中谐声之学也。不以意，不以形，不以事，而惟谐其声。古无韵书，而其所用韵，即十五国风之诗，地不同而声同；上自朝庙君臣，下及闺闼夫妇，人不同而声同；六经及古歌谣曲，调不同而声同。今一一而谱之，其所用韵，靡有出入。盖先王世，书既同文，而又巡行方岳，考律同度，典乐之官，依永和声。夫乐律声音，韵之本也，同文则无异字，考律和声，则无异音矣。三代而下，俗字日增，而方音各异，南北平仄，不啻胡越。近体诗惟宗沈韵，而今所传韵非沈也，唐礼部韵也，故唐诗宗之。沈韵上平有九哈，十八痕，下平有二十二凡，上有十六混、十九豏，去有八祭、十代、十七欦，入有十六昔，而今韵无之。夏英公《集古韵》，吴才老补其未备作《补音》，皆以施于古体，皆所谓谐声也。杨用修作《转注古音略》，谓一字数音，展转注释而后知，则所谓转注也，皆古韵也。夫有同声者，则同声而谐；无同声者，则协声而谐。有协声者，则有正音而谐；无正声者，则取旁音而谐。声，四声也，音，七音也。夫字书主母，母权子，而别形中之声；韵书主子，子权母，而取声中之形。谐声转注一也，役它为谐声，役己为转注，正其大，转其小，正其正，转其偏，转注者谐声之别出也。天地间有有穷之义，而有无穷之声，圣人耳顺，释氏耳入，声音之道大矣。今文章家以古韵为骚选，中州韵为词曲，古韵有叶有转，中州韵以入为平，近体韵不可入古，古韵不可入弦索，而词韵不可入诗，何多端也。夫三百篇皆诗也，皆曲也，皆乐也，古韵即管弦也，则何诗韵非词韵乎？近日支流愈多，而声音愈不可调矣。古有尉律之官，敕学童十七以上，能通九千字者为吏。今字学不明，而读书不识字者比比

---

　①　王文才先生案语云：《韵经》一书，郭氏因慎著而伪造，题"梁沈约撰，明杨慎注"，乃出依托。

也。余故刊《韵经》于南雍，以备考文广律之一端。万历己亥季冬月，江夏郭正域书。(明万历二十七年郭正域刻本《韵经》卷首)

古音丛目

《古音丛目》五卷，为杨慎音韵学著作。杨慎认为吴棫《诗补音》《楚辞释音》《韵补》三书所言古韵，有当从者，有当疑者，有当去者，乃为之阙疑勘误，又加上所著《转注古音略》的主要内容，合编成此书。该书今传明嘉靖间李元阳刻本、《合刻升庵韵书》本、《四库全书》本、《函海》本、《总纂升庵合集》本等。

古音丛目序　　（明）杨慎

吴才老尝著《诗补音》《楚辞释音》《韵补》三书，皆古音之遗也。予尝合而观之，有三品焉，有当从而无疑者，有当疑而阙之者，有当去而无疑者。如舍之音署，下之音虎，马之音母，有之音已，福之音偪，见于《易象》，不一二而足。服之为房六切，见于《诗》者，凡十有六，皆当为蒲比切，而无与房六叶者。友之为云九切，见于《诗》者，凡十有一，皆当作羽轨切，而无与云九叶者，此类当从而无疑者也。朝一也，既叶为周，又叶为署，为除；夜一也，既叶为御，又叶为灼，为液，此类当疑而阙者也。至若《驺虞》一诗，既以虞叶为牙，而合豝为韵，下章又以虞叶为五红切，而强合蓬韵。且虞之为牙，见于贾谊《新书》，驺虞之为驺烘，考之古典则无，求之方言则背。况诗之作，出自一人之手，韵自合用一方之音，而二章之内，遽分两韵，是非古音也，百舌之音也。其为臆说无疑，此类当去者也。暇日取才老三书，去其当去，存其可存，又禆附以予所辑《转注略》十之六，合为一编。大书标其目，分注著其出，解诂引证，文多不载，本书备矣。嘉靖乙未十月二十一日，杨慎书。（明嘉靖间李元阳刻本《古音丛目》卷首）

浙江采集遗书总录一则　　（清）沈初等

《古音丛目》 五卷^{刊本}

右前人撰。增损吴才老《诗补音》《楚辞释音》《韵补》三书，并取自辑之转注略合而编之者。（《浙江采集遗书总录》丙集）

四库全书总目一则　　（清）纪昀等

《古音丛目》 五卷、**《古音猎要》** 五卷、**《古音余》** 五卷、**《古音附录》** 一卷^{浙江巡抚采进本}

明杨慎撰。慎有《檀弓丛训》，已著录。是四书虽各为卷帙，而核其体例，实本一书。特以陆续而成，不及待其完备，每得数卷即出问世，故标目各别耳。观其《古音猎要》东、冬二韵，共标鞠、朋、众、务、调、梦、窗、诵、双、明、萌、用、江十三字，与《古音丛目》东、冬二韵所标者全复，与《古音余》东、冬二韵所标，亦复五字。是即随所记忆，触手成编，参差互出，未归画一之明证矣。其书皆仿吴棫《韵补》之例，以今韵分部，而以古音之相协者分隶之。然条理多不精密。如：《周易·涣六四》："涣有丘，匪夷所思。"丘与思为韵；《无妄·六三》："无妄之灾，或系之牛，行人之得，邑人之灾。"灾古音菑，牛古音尼，与灾为韵；《系辞》："乾以易知，坤以简能。"能古音奴来反，与知为韵。慎于《古音丛目》支韵内丘字下，但注云《诗》，牛字下但注云《楚词》，能字下则并不注出典。又《系辞》："神而化之，使民宜之。"慎于《古音丛目》五歌韵内知宜字之为牛何切，下注云《易》"神而化之"。为毁禾切，则但注云见《楚词》。又《易·象传》："父父，子子，兄兄，弟弟，夫夫，妇妇。"与子及弟字为韵。慎于《古音丛目》四纸韵内妇字下，但引《西京赋》作房诡切。《丰·六二》："丰其蔀，日中见斗。"蔀古音蒲五切，斗古音滴主切，故《九四》蔀、斗二字与主为韵。又"《系辞·传》'无有师保，如临父母。'母字与上度、惧、故为韵"。慎于《古音丛目》语、麌韵内斗字下，但注云《毛诗》。母字下但注云《易林》。凡此皆不求其本，随意捃摭。又古音皆其本读，非可随意谐声，辗转分隶。如江韵之江、窗、双、栊四字，《古音猎要》皆收入冬韵是也。而《古音丛目》又以东韵之红、冬韵之封、龙三字收入江韵。考《易·说卦·传》："震为雷，为龙。"虞翻、干宝并作龖。"《周礼》："巾车革路龙勒。"注："龖也。"龖车故书作龙车。《犬人》："凡几珥沉辜用龖可也。"注："故书作龙。"则龖本音龙，以在东韵为本音，不容改龙以叶龖。封与邦通，邦之古音谐丰声；红与江通，江之古音谐工声；亦以东、冬为本韵，不得改封、红以入江也。盖慎博洽过陈第，而洞晓古音之根柢则不及之。故搜辑秦汉古书，颇为该备；而置之不得其所，遂往往舛漏抵牾。以其援据繁富，究非明人空疏者所及，故乃录其书以备节取焉。（《四库全书总目》卷四二）

郑堂读书记一则　　（清）周中孚

《古音丛目》五卷函海本

明杨慎撰。《四库全书》并以下三书著录。《明史·艺文志》、焦氏《经籍志》、《千顷堂书目》俱分载之。前有自序，以吴才老《诗补音》《楚辞释音》《韵谱》三书，皆古音之遗，合而观之，有当从而无疑者，有当疑而阙之者，有当去而无疑者。因取此三书，去其当去，存其可存，又裨附以向所辑《转注古音略》十之六，合为一编，仍仿《韵补》之例，以合韵分部，而以古音之相协者分隶之。大书标其目，小注著其出典，并略及解诂引证。其搜辑古音，颇为赅备，然条理未尽精密，由其随意捃拾，速于成书，舛漏抵牾，俱所不免，学者第节取焉可也。（《郑堂读书记》卷五）

万卷精华楼藏书记一则　　（清）耿文光

《古音丛目》五卷《猎要》五卷《附录》一卷，明杨慎撰

《函海》本。前有自序。升庵所著古音皆依今韵。此本有脱简，有阙文，原装时已佚。附录不分韵。

杨氏《丛目》序曰：吴才老尝著《诗补音》《楚词释音》《韵补》三书，皆古音之遗也。虞之为牙，见于贾谊《新书》。驺虞之驺烘，考之古典则无，求之《方言》则背，况二章之内遽分两韵，是非古音也，

其为臆说无疑。暇日取才老三书，去其可去，存其可存，附以予所辑《转注略》十之六，合为一编。

　　杨氏《古音猎要》自序曰：予辑《古音丛目》，凡四千五百余字，亦既省矣，犹病其寡要也。又手录其可叶之赋颂韵文者，凡千余字，若临文古韵，则此卷足矣。（《万卷精华楼藏书记》卷十九）

古音猎要

《古音猎要》五卷，为杨慎音韵学著作。杨慎先著《古音丛目》，收四千五百余字，后嫌其繁琐寡要，故择取其中可叶赋颂韵文者七百一十二字，著成此书。该书今传明嘉靖间李元阳刻本、《合刻升庵韵书》本、《四库全书》本、《函海》本、《总纂升庵合集》本等。

古音猎要序　　(明) 杨慎

予辑《古音丛目》，凡四千五百余字，《诗补音》《楚辞释音》《韵补》《古音略》取十之六，亦既省矣，犹病其寡要也。又手录其可叶之赋颂韵文者，凡千余字，谓之《猎要》。欲博知古音，会合前数书以参互焉；若临文古韵，则此卷足矣。夫何贵于古韵也，贵其瑰眼瀬耳，岂欲其钳喉涩吻乎？譬其如文杯画案，绮筵雕俎，匪玉珧海月，土肉石华，莫珍也，若夫食马肝，脍虾蟆，君将蠹之。嘉靖乙未长至之月，杨慎书。(明嘉靖间李元阳刻本《古音猎要》卷首)

古音猎要跋　　(明) 杨慎

右凡七百十二字，见于《易象》《毛诗》《楚辞》者，止注其出处，有辨证则稍详。见于《韵补》者，止引其出处之目，有改订及增释则详。昔温公作《资治通鉴》，又病其浩繁，乃作《稽古录》，又作目录提要，详略皆有意，皆不可废也。予于此书，虽不敢妄拟前修，而亦不可谓无意矣。嘉靖乙未十月六日，杨慎书。(明嘉靖间李元阳刻本《古音猎要》卷末)

浙江采集遗书总录一则 （清）沈初等

《古音猎要》一卷刊本

右前人撰。录古赋、颂、铭之可叶韵者，凡千余字。（《浙江采集遗书总录》丙集）

天一阁书目一则 （清）范邦甸

《古音猎要》一卷刊本

明杨慎著。序云：予辑《古音丛目》，凡四千五百余字，《诗补音》《楚辞释音》《韵补》《古音略》取十之六，亦既省矣，犹病其寡要也。又手录其可叶之赋颂韵文者，凡千余字，谓之《猎要》。欲博知古音，会合前数书以参互焉；若临文古韵，则此卷足矣。（《天一阁书目》卷一之二）

郑堂读书记一则 （清）周中孚

《古音猎要》五卷函海本

明杨慎撰。《四库全书》著录，在《古音丛目》下。《明史·艺文志》、焦氏《经籍志》、《千顷堂书目》俱分载之。升庵既撰《古音丛目》，凡四千五百余字，犹病其寡要也，复手录其可叶之赋颂韵文者，得千余字，名曰《猎要》。内七百十二字，见于《易象》《毛诗》《楚词》者，止注其出处，有辨正则稍详；见于《韵补》者，止引其出处之目，有改订及增释则详，故收字虽少，而断制皆极精确。惟各韵所标之字，间与《古音丛目》全复者，盖以前书注释太略，故又重而详注之，二书实相须而备也。前后各有自序及跋。（《郑堂读书记》卷五）

善本书室藏书志一则　　（清）丁丙

《古音猎要》五卷、《古音解》五卷、《古音略例》一卷明刊本，韩梅史藏书

　　蜀升庵杨慎用修著。《猎要》凡七百十二字。见于《易象》《毛诗》《楚辞》者，止注其出处，有辨证则稍详；见于《韵补》者，止引其出处之目，有改订及增释，则详古音。余则随所记忆，触手成编，往往参差互出。《略例》取《易》《诗》《礼记》《荀》《管》《楚词》中有韵之文，略为标例，卷端并题李元阳校，盖用修畏友也。有"华寿堂图书印""韩夔章印""梅史氏"三印。梅史名夔章，仁和人。咸丰辛酉杭城再陷，绝粒殉难。（《善本书室藏书志》卷五）

续修四库全书总目提要一则　　孙海波

《古音猎要》五卷函海本

　　明杨慎撰。是书所收，凡七百十二字。仿吴棫《韵补》之例，以今韵分部，而以古音之相协者分隶之。书首慎自序，其大意言所辑《古音丛目》，凡四千五百余字。《诗补音》《楚辞释音》《韵补》《古音略》取十之六，亦既省矣，犹病其寡要也。又手录其可叶之赋颂韵文者，凡千余字，谓之《猎要》。欲博知古音，会合前数书以参互焉；若临文古韵，则此卷足矣。其注释见于《易象》《毛诗》《楚辞》者，止注其出处，有辨证则稍详。见于《韵补》者，止引其出处之目，有改订及增释则详。知是书之作，为其《古音丛目》之纲要也。今观书中所收之字，凡本韵所有之字则略，他韵之字与本韵通叶者则详。故东韵收鞠、朋、众、务、调、梦、窗、诵、双、明、萌、用、江等。仄韵收能、每、萃、思、晦、采、隗、汭等字，皆取周秦古书之韵读，以证明古今音韵之异。故其书取材，详人之所略，略人之所详，而其意盖在发明古音，使考古者有以所凭借者焉。《四库全书提要》于慎之书，收《古音丛目》，而谓核其体例，实本一书，特以陆续而成，不及待其完备，每得数卷，即出问世，故标目各别。又谓《猎要》与《丛目》多复字，即是随所记忆，触手成编，参差互出，未归画一之明证，于是不收《猎要》。其议论偏僻，殊失慎所以撰《古音猎要》之意旨也。今著录之，而为之辨正焉。（《续修四库全书总目提要》）

古音余

　　《古音余》五卷，是由杨慎弟子董难考系、杨慎删润的音韵学著作。董难，字西羽，号凤伯山人，云南大理人，白族。杨慎谪居永昌，往来苍、洱时，董难曾从学。杨慎作《转注古音略》，董难依例又采拾千余字，经杨慎删润后，命名为"古音余"，以示此书为《转注古音略》之遗。该书今传明嘉靖间李元阳刻本、《升庵杂著》本、《合刻升庵韵书》本、《四库全书》本、《函海》本、《总纂升庵合集》本等。

序古音余　　（明）曾屿

　　余同年友杨子前通札云，近著《古音略》将寄余，未至乃先得《古音余》一本于方茅朱子。曰是董生难所考系，杨子所删润者，吾欲梓焉，子叙之。暇日阅数十处，于证音爱其博，于揆义敬其雅，取韵而增益之，刊正之，不可少也。嗟乎，有自然之文，然后孳而为字；有自然之声，然后通而为音。若《韵补》及此《古音略》《余》，所谓通音也。散于三百篇，可审而知已。有缘象、缘意、缘事、转而通焉者，有莫知其缘而通者，古字简，先民借而通乎？通音，书学一端。由此以求羲仓所制，固天地自然之文，至道在焉。后世或淆之，或未视焉，失道远矣。诸君独用志于是，其有所惧也乎！少嵒曾屿。

古音余序　　（明）杨士云

　　夫古之音微矣，泥于今者，弗晰于古也，古之弗晰，则并今之昧矣。紫阳辨肎即屑，非即佾；从肉，兮省声，非从八。盖不翅《说文》误，坡说亦误。嘻！史汉古字，时或仅存，六籍遗文，转讹何限，君子每致意焉。升庵先生标《古音略》若干言，例也。胤《古音余》若干言，例外示无穷也。学者求之，庶古之晰、今之昧也免矣。（以上明嘉靖间李元阳刻本《古音余》卷首）

古音余后序　（明）王廷表

升庵先生作《转注古音略》，凡二千二百余字，复令董生西羽考阅得千余字，为《古音余》，并梓传之。予观古今字学之书，无虑千百家，自《说文》出而缘始起，《韵会》成而说始详，《韵补》行而变始通，《佩觿》著而误始□。升庵之二书，又兼许、黄、吴、郭而扩清构会之。五书在字学中犹五纬也，余可废矣。先生博洽之学，比踪前烈，则子云其人也；若董生者，亦有侯芭之志者欤！嘉靖乙未春三月一日，钝庵王廷表书于临安之诸天寺。

古音余后语　（明）杨慎

《古音略》既勤梓人，大理董生难尤数数是者，则进而称曰：先生是书行，转注昭矣，然尚犹颇有遗余焉。则复采拾得千若字，予为删润以为《古音余》。余者，遗也，弃也。弗载则疑渗坠，兼畜或病多爱，故曰余者遗也弃也，遗也者疑也，弃也者冀也。杨子曰：予著前录柉二千二百六十九字，后录柉一千三十九字，又虚左方，疑注以冀来，示无穷也，无柉云。[1]（以上明嘉靖间李元阳刻本《古音余》卷末）

浙江采集遗书总录一则　（清）沈初等

《古音余》一卷，刊本。《古音附录》一卷刊本

右俱前人撰。取前书所未尽者录而论之。亦皆言叶韵也。（《浙江采集遗书总录》丙集）

44　① 美国国会图书馆藏明刊《升庵杂刻》本此文，末题"博南山人书"。

天一阁书目一则　　（清）范邦甸

《古音余》五卷，附《古音余后语》一卷刊本

明杨慎升庵著。李元阳跋，嘉靖壬辰太和杨士云序。（《天一阁书目》卷一之二）

郑堂读书记一则　　（清）周中孚

《古音余》五卷函海本，**《古音附录》五卷**影抄原刊本

明杨慎撰。《四库全书》著录，在《古音丛目》《古音猎要》下。《明史·艺文志》、焦氏《经籍志》俱分载之。谢氏《小学考》祇载《古音余》，而不及《古音附录》，盖失载也。《古音余》前有太和杨士云序，称先生标《古音略》若干言，例也，《古音余》若干言，例外示无穷也。后有升庵后语，亦称《古音略》既勤梓人，是书行，转注昭矣，然尚颇有遗余焉，则复采拾，得若干字，删润以为《古音余》。前录凡二千二百六十九字，后录凡一千三十九字。前录指《古音略》也。据此，则《古音余》为《转注古音略》之所余，然其体例与《丛目》《猎要》二书相似，其所载字亦与二书多有同者，不过注释详略互异，亦犹《猎要》之于《丛目》耳。《古音附录》所载凡五百十有二字，则又《丛目》《猎要》《古音余》之所无者，亦以韵叙，而注释颇极详明。李雨村所刊本祇作一卷，后又阙十八行，所存惟三百二十字，杂采而成，不以韵叙，盖属升庵初稿。是本当为后定之编也。今遵提要之次，即并志于《古音余》后焉。（《郑堂读书记》卷五）

适园藏书志一则　　张均衡

《古音余》五卷、《古音略例》一卷明刻本

明杨慎撰。《略例》取《易》《诗》《礼》《荀》《管》《楚辞》中有韵之文，略为标例。《古音余》则随所记忆，触手成编，往往参差互出。并题李元阳校。（《适园藏书志》卷二）

续修四库全书总目提要一则　　孙海波

《古音余录》五卷函海本

明杨慎撰。书后有慎后语云：《古音略》既勤梓人，大理董生难尤数数是者，则进而称曰：先生是书行，转注昭矣，然尚犹颇有遗余焉，则复采拾得千若字，予为删润，以为《古音余》。则知是书为董难所采辑，而慎为之删润以成者也。其体例与《古音略》相同，以今韵标目，而汇录古韵之通叶分系于其下。所录凡一千三十九字，收罗繁富。如一东论诵通松，引《淮南书》赤松子作赤诵子。八齐论侯通兮，《史记·乐书》高祖过沛诗《三侯之章》，《索隐》曰：侯，语辞也，兮亦语辞也。沛诗有三兮，故曰三侯。此兮侯相通之证。议论甚为精确，已开清代顾、戴诸人古韵分部之先河。然是书规模虽具，条理仍未周密。如能字古读奴来、于陵二切，此蒸、之两部对转之字也。慎于十灰韵收熊字，注乃奴切；于蒸韵收熊字，注于陵切是也。乃于八庚韵两收熊字，一云音近嬴，《春秋》葬我小君敬嬴，《穀梁》作倾熊。一云音衡，《史记》黄帝南至江，登熊湘，即衡相也。桵嬴古音青部，熊古音蒸部。蒸、青部近，犹可相通。至衡之于熊，不惟音不相近，即《史记·五帝本纪》之至熊湘，指熊耳山、湘山而言，并不指衡、湘也。不知慎何以疏漏至此。或谓慎充于腹笥，每欲著书，特就所记忆者录之。于典籍不暇详考，故其书皆醇疵互见耳。（《续修四库全书总目提要》）

古音附录

　　《古音附录》一卷，为杨慎音韵学著作。其又名"古音余后语"，书名中所谓"附录"，乃就《古音余》而言。该书在《国史经籍志》《千顷堂书目》中皆著录为五卷，周中孚《郑堂读书志》亦著录影抄原刊本五卷，并言书中收录五百一十二字，比李调元《函海》本多近二百字，可知五卷本清中叶尚存，今则已不知下落。该书今存明嘉靖间李元阳刻本、《合刻升庵韵书》本、《四库全书》本、《函海》本、《总纂升庵合集》本等。

古音附录序　　（清）李调元

　　余从曹习庵侍讲借得升庵《古音附录》一卷，的系先生在滇时，弟子董难、李元阳等所校刊，其为手订之书无疑也。中间脱简一，知原装时已遗失之，故阙页以俟补录。中如太之通作闶，蠿之得为几，州之音作尻，其说已见于《艺林伐山》中，兹亦不更指出。盖彼则杂记见闻，此则专于取韵，体例攸殊，无不可，并行不悖耳。童山李调元书。（《函海》本《古音附录》卷首）

内阁藏书目录一则　　（明）孙能传等

《古音附录》一册全

　　嘉靖间，杨慎以韵分为五卷，即慎所著《古音略》《古音余》之未尽者。（《内阁藏书目录》卷五）

续修四库全书总目提要一则　　孙海波

《古音附录》一卷_{函海本}

明杨慎撰。慎既取古书叶韵之字为《古音丛目》《古音猎要》矣，是书复取古韵异读之字，一一为之考核，然是编盖记忆所及，随手摘录，故其书亦无次弟。据李调元序言，的系慎在滇时弟子董难、李元阳等所校刊，其为手订之书无疑也。书中羿字下顺字上原阙十八行，知原装时已有遗失。书中所录诸字，详考其音义之异同，援引甚富，可资考证者甚多。惟其多自相复见，殊嫌冗杂。如句字既云与觳同，下又云音局，我字云音如台小子之台，下又引《说文》我倾顿也，此其可合并者也。又配即妃字一条，与《古音猎要》复见。太通作闳一条；虥，《尔雅》：虥，汔也，孙炎曰：汔，近也，郭璞曰：谓相摩近，反复相训，是汔得为几也一条；州音凥一条，具见《艺林伐山》中，此其可删削者也。至其附会经义，说近牵强者亦有之。如因《易》注引《苍颉篇》鬼之为远也，遂训远音委。因《汉书·郦食其传》第言之，《袁盎传》君弟去，遂训第音但。按：远之训鬼，但之训第，揆之同声相训之例，音义皆可通。而直音远为委、音但为第，未免武断。然大体征引赅洽，苟去其复见之字与附会之说，则十可存其五六。在明人讲文字音韵书中，尚不失为善本也。（《续修四库全书总目提要》）

古音略例

《古音略例》一卷，为杨慎音韵学著作。该书选取先秦、两汉经子典籍中古韵用例一百八十五条，分为举略、辨误、变例、正误、叶音等类目，其特色在列举古籍作为例证，与前述音韵学著作以韵为叙、部居古音不同。该书今传明嘉靖间李元阳刻本、《升庵杂著》本、《四库全书》本、《函海》本、《总纂升庵合集》本等。

古音略例跋　　(明) 杨慎

予既辑《古音丛目》《古音猎要》二书，又取《易·象传》《毛诗》，下逮汉唐文人用韵之古者一百八十五条，为《古音略例》，盖于二书有相发明者焉。嘉靖丙申六月廿四日，杨慎书。（明嘉靖间李元阳刻本《古音略例》卷末）

古音略例序　　(清) 李调元

天地有自然之文章，即有自然之声韵，故六经中多韵语，不独诗为然也。第古今风土异宜，出语发声，有迟速、清浊、轻重之差，是以古韵容有不合于今者。自沈约创为四声韵谱，后人率改古韵以就沈韵。如《诗》与《楚词》，韵之祖也，反以沈韵而改《诗》与《楚词》，尊今卑古，谬妄孰甚！升庵力排众论，而恐其说之无征，因摘取经子诸书韵语，分为举略、辨误、变例、正误、叶音诸目，名之曰《古音韵略》。偶有辨驳，皆足詟服前人。循是以求，则可以探古人声韵之元，而不为后起之说所愚者，未必不由于此云。童山李调元序。（《函海》本《古音略例》卷首）

浙江采集遗书总录一则　　（清）沈初等

《古音略》一卷刊本

　　右前人撰。录《易》《诗》及汉唐人文用韵之古者，凡一百八十五条。（《浙江采集遗书总录》丙集）

四库全书总目一则　　（清）纪昀等

古音略例一卷两江总督采进本

　　明杨慎撰。是书取《易》《诗》《礼记》《楚词》《老》《庄》《荀》《管》诸子有韵之词，标为略例。若《易》例："目眹之离。"离音罗，与歌、嗟为韵。"三岁不觌。"觌音徒谷切，与木、俗为韵。"并受其福。"福音逼，与食、汲为韵。"吾与尔靡之。"靡音磨，与和为韵。颇与古音相合。他如"嘒彼小星，维参与昴"，旧叶力求切。慎据《史记·天官书》徐邈音昴为旄。下文"抱衾与裯"之裯，音调。"实命不犹"之犹，音摇。今考郭璞注《方言》，裯，丁牢反；《檀弓》"咏斯犹"，郑注：犹，当作摇；则二音实有所据。慎又谓"吴棫于《诗》'棘心夭夭，母氏劬劳'，劳必叶音僚。'我思肥泉，兹之永叹'，叹必叶他涓切。'出自北门，忧心殷殷'，门必叶眉贫切。'四牡有骄，朱幩镳镳'，骄必叶音高。不思古韵宽缓，如字读自可叶，何必劳唇齿，费简册？"其论亦颇为得要。至如《老子》："朝甚除，田甚芜，仓甚虚，服文彩，带利剑，厌饮食，资财有余，是谓盗夸。"慎据《韩非·解老篇》改夸为竽，谓："竽方与余字叶。柳子厚诗仍押盗夸，均误。"今考《说文》："夸从大，于声。"则夸之本音不作枯瓜切明矣。故《楚词·大招》："朱唇皓齿，嫭以姱只。比德好闲，习以都只。"《集韵》："姱或作夸。"又《吴都赋》："列寺七里，侠栋杨路。屯营栉比，廨署棋布。横塘查下，邑屋隆夸。长干延属，飞甍舛互。"是夸与余为韵，正得古音。而慎反斥之，殊为失考。又《易》："晋昼也，明夷诛也。"慎谓："古诛字亦有之由切，与昼为韵，孙奕改诛为昧，昧叶音暮，殊误。"今考《周礼》："甸祝禂牲禂马亦如之。"郑读禂为诛，则慎说似有所据。但昼字古音读如注。张衡《西京赋》："徼道外周，千庐内附。卫尉八屯，警夜巡昼。"又《易林》："井之复昼"，与据为韵；"井之涣昼"，与故为韵；"涣之蛊昼"，与惧为韵。则古韵昼不作陟救切可知，何得舍其本音，而反取诛之别音为叶？他若《庄子》："窃钩者诛，窃国者为诸侯。"慎读诛为之由切；而不知侯之古音胡，正与诛为韵。又《易林》："蜘蛛之务，不如蚕之緰。"慎读务为螯，緰为钩。不知緰古音俞，正与务为韵。盖其文由掇拾而成，故其说或离或合，不及后来顾炎武、江永诸人能本末融贯也。（《四库全书总目》卷四二）

郑堂读书记一则　　（清）周中孚

《古音略例》一卷函海本

明杨慎撰。《四库全书》著录。《明史·艺文志》、焦氏《经籍志》俱载之。是书取《易》《诗》《书》《礼记》《左传》《楚词》《老》《庄》《列》《荀》《管》《晏》诸子及周、秦、汉人传记中有韵之语，标为举略、辨误、变例、正误、叶音诸目，间为注释以发明之。其中颇与古音相合，所论亦颇为得要，而失于考订者亦复不少，盖其文由掇拾而成，仅得其崖略，未能本末融贯也。前有李雨村序。（《郑堂读书记》卷五）

万卷精华楼藏书记一则　　（清）耿文光

《古音略例》一卷，明杨慎撰

《函海》本。李调元校刊，有序。

李氏序曰："六经多韵语，不独《诗》为然也。后人改古韵以就沈韵，如《诗》与《楚词》，韵之祖也，反以沈韵改《诗》与《楚词》，谬妄孰甚？升庵力排众论，而恐其说之无征，因摘取经子诸书韵语，名之曰《古音韵略》，循是以求，可以探古人声韵之元矣。"

杨升庵曰：程可久云："才老之说虽多，不过四声互用，切响通用而已。"愚谓古人转注之法，义可互则互，理可通则通，未必皆互皆通也。如"天"之字为"天""添""舔""铁"，是其四声也；他年切之外有铁因切，是其切响也。其音"忝""舔""铁"，三音皆无义而不可转；铁因之切，则与《方言》叶，故止有切响可通，而四声不互也。宋人之学失于主张太过，音韵之间亦不屑蹈古人成迹。如其说而推之，则当呼"天"为"铁"，名"日"为"忍"矣。（《万卷精华楼藏书记》卷十九）

古音骈字

　　《古音骈字》二卷，为杨慎音韵学著作。骈字指两个字组成的词语，此书择取古书中假借通用的复音词，按韵分列，各注引用书名。由字体之通求字音之通，对秦汉以前古音颇有考证。清人庄履丰、庄鼎铉又编纂《古音骈字续编》五卷。该书今传明嘉靖间刻本、《四库全书》本、《函海》本、《总纂升庵合集》本及数种清抄本。

古音骈字题辞　　（明）杨慎

　　古人临文用字，或以同音而假借，或以异音而转注。如呜呼助语，书之人人殊；猗傩联文，考之篇篇异。若此之俦，实纷有条，寮几闲隙，因随笔而韵分之，稍见古哲匠文人临文用字之流例云。固亦萍氏之糟粕，师金之刍狗也。或曰其细已甚，如之何？曰：射者仪毫而失墙，画者仪发而易貌，故曰文理密察，足以有别。又曰除日无岁，无外无内，细云细云，积则钜矣。嘉靖戊戌秋八月丙寅久雨新霁，博南山人书于蛰窟。（明嘉靖间刻本《古音骈字》卷首）

古音骈字序　　（清）李调元

　　昌黎有言：作文必先识字。予谓识字之难，甚于文也。蝌蚪变为篆隶，篆隶变为俗书，愈趋愈简，取便临文，至有不识古字为何物者，往往以古今通用之字，稍自博雅者出之。后人目不经见，遂乃色然而骇，少所见必多所怪也。先生有慨于此，博采群书，旁及钟鼎铭识，于其字之相通而互用者，作为《古音骈字》四卷，以补《说文》《玉篇》之阙。推类求之，有功后学不浅。昔先生补注《山海经》，于雝山条下注云：**雗**，古字，后人改刻作鵲。此等古字宜存之。甚矣，今人之妄也。《骈字》之作，殆即所以存之者乎？（《函海》本《古音骈字》卷首）

浙江采集遗书总录一则　　（清）沈初等

《古音骈字》五卷刊本

右前人撰。类聚双字，如"於戏""猗傩"之类，或同音而假借，或异音而转注者，分韵编次，以见古人临文用事之略例云。（《浙江采集遗书总录》丙集）

四库全书总目一则　　（清）纪昀等

《古音骈字》一卷，《续编》五卷江苏巡抚采进本

《古音骈字》一卷，明杨慎撰。《续编》五卷，国朝庄履丰、庄鼎铉同撰。古人字少而韵宽，故用字往往假借。是书取古字通用者，以韵分之，各注引用书名于其下。由字体之通，求字音之通。于秦汉以前古音，颇有考证。但遗阙过多，牵合亦复时有。即以开卷东、冬韵论之。如：《荀子·议兵》篇云："案角鹿埵陇种东笼而退耳。"注曰："陇种，《新序》作龙钟。《礼论》篇曰："弥龙"。注曰："弥如字，又读为弭。"《楚辞·九章》曰："荪详聋而不闻。"补注云"：详与佯同。"《九叹》云："登逢龙而下陨兮，违故都之漫漫。注云："逢，一作逢，古本作蓬。"《吴越春秋·越王无余外传》曰："大夫曳庸。"注曰："《左传》作后庸，《国语》舌庸。"《史记·五帝本纪》曰："其后有刘累扰龙。"应劭曰："扰，音柔。"故《五帝本纪》又曰："扰而毅。"徐广曰："扰，一作柔。"则扰、柔字通。《仓公列传》曰："臣意胗其脉曰迥风。"注曰："迥，音洞。言洞入四肢。"《汉书·地理志》曰："都庞。"应劭曰："庞，音龙。"师古曰："音龚。"《扬雄传》曰："奋六经以摅颂。"师古曰："颂，读若容。"《大戴礼·卫将军文子》篇："《诗》云：'受小共大共，为下国恂蒙。'注曰：'今《诗》为骏庞。'"《五帝德篇》曰"鸟兽昆虫。"考《说文》以虫为虺，然汉代碑刻即用虫为蟲，则虫、蟲通。此书原本、续本均未举及，则采摭之未备也。又如：原本于鼉门二字，注出《荀子》，而《史记·龟策列传》亦作"鼉

门"，乃不注。续本于虋冬、满冬、门冬，引《尔雅》注，而《山海经》曰："其草多芍药，虋冬。"乃不注。又引《广雅》"膺、匈"二字，谓匈、胸通。而《管子·内政》篇曰："平止擅匈。"注曰："和气独擅匈中。"亦古胸字，乃亦不注。而训释之未详也，他如圜钟、函钟，是黄钟、林钟别名，非黄通为圜，林通为函。其"浸卢维"读作"卢灉"，恐亦郑玄之改字，未可尽概以古音。乃一例定为通行，未免附会。然大势征引赅洽，足资考证。古字之见于载籍者，十已得其四五。亦可云小学之善本矣。（《四库全书总目》卷四一）

郑堂读书记补遗一则　　（清）周中孚

《古音骈字》五卷函海本

亦杨慎撰。《四库全书》著录，作一卷，冠于《续编》五卷之首，《续编》国朝庄履丰、庄鼎铉所同撰也。按尤氏《明史·艺文志稿》载此书亦作一卷，注其下云"一作五卷"，盖作五卷者，以上、下平声及上、去、入声各为一卷，作一卷者，合而为一也。前有嘉靖戊戌自撰题辞，署名为"博南山人"，中称"古人临文用字，或以同音而假借，或以异字而转注。如鸣呼助语，书之人人殊；猗傩联文，考之篇篇异。因随笔而韵分之，稍见古文人临文用字之流例云"。盖其书俱摘取群书中双字，而各注所出于其下，征考博洽，而遗漏颇多。二庄为《续编》以补之，亦未能赅备，今尚未获其书也。此本前又有李雨村调元序。（《郑堂读书记补遗》卷八）

文选楼藏书记一则　　（清）阮元

《古音骈字》五卷

明杨慎著，刊本，曝书亭收藏。是书采取同音假借与异音转注之例等字分韵。（《文选楼藏书记》卷五）

万卷精华楼藏书记一则　　（清）耿文光

《古音骈字》五卷，明杨慎撰

《函海》本。锦州李调元刊。升庵所著，《古音余》五卷，如《古音略》之例。杨士云序曰："余者例外，示无穷也。"《古音复字》五卷，《奇字韵》五卷，并《丛目》《猎要》《略例》《骈字》《转注》《附录》，共九种，皆刻入《函海》。凡分五卷者，上平、下平、上、去、入各一卷也。又合刻《希姓录》五卷，亦以韵次。

李氏序曰：升庵博极群书，旁及钟鼎铭识。其于字之相同而互用者，作为《古音骈字》四卷，以补《说文》《玉篇》之阙。昔先生补注《山海经》，于"雗山"条下注云：雗，古字，后人改刻作鹊。此等古字，宜存之。甚矣！今人之多妄也。此跋录于《童山集》，本书不载。

杨升庵曰：欧阳、二苏、王介甫皆深于音韵，而贤者过于自信，谓四声皆可转，切响皆可通，所谓博而寡要，劳而无功。故予作《古音略》，宋人之叶音咸无取焉。（《万卷精华楼藏书记》卷十九）

古音复字

《古音复字》五卷，为杨慎音韵学著作。复字，即相同二字组成的词语，今称"叠音词"或"重言词"。此书广收古书中的叠音词，按韵排列，"上平声""下平声""上声""去声""入声"各一卷，各词下注明出处或音义。该书今传明嘉靖间刻本、《函海》本、《总纂升庵合集》本等。

古音复字题辞　　(明) 王廷表

升庵杨子取转注字著《古音略》五卷，博矣其为书也。今复取古复字为此卷，表读之叹曰：安安休休，君与臣也；烝烝夔夔，父子亲也；关关嘻嘻，夫妇伦也；怡怡戚戚，兄弟恩也；切切偲偲，友谊敦也。天也，非人也。《尔雅·释 (训)》始诸明明，而萌萌乃无文焉尔。《说文》引《孟子》源源为源源，则无闻焉尔。矧《尧典》《周南》采采不同，《鲁论》《戴记》洋洋亦异，不会而别之乌乌可。杜少陵诗句妙今古，萧萧、衮衮、荒荒、泯泯、戎戎、淰淰，坡谷力追，走僵而不及，此固侏儒一节耳。是编葳粹掷颣，撷英汰菱，犹搴翠删毛，拔□践角。故曰医方万品，必选对治；法宝千般，先求如意。雌黄艺苑者，勿谓此不备，如欲其备，则是幡儿瓠师，对类迭字而已，奚其贵哉！嘉靖己亥秋七月朔，王廷表书。(明嘉靖间刻本《古音骈字》卷首)

古音复字序　　(清) 李调元

考简绍芳《年谱序》，升庵年三十七谪戍滇南，诸所撰述，计晚年为多。然而单骑万里，笥簏荡如，枵腹白战，疑其无能为役。今观所撰

《古音复字》五卷，指呼六籍，镕液百家，在前人韵书中别树一帜，虽獭祭者无以逾其博也。先生殆可谓奇字师乎！昔扬雄识奇字而不能识一忠字，宋人尝用是讥之。先生议大礼，受廷杖，毙而复苏者再矣，而白首滇南，怡情著述，没世无所于悔，视子云所守孰愈？顾第即其所著书论之，亦可谓后世之子云矣。童山李调元序（《函海》本《古音复字》卷首）

郑堂读书记一则　　（清）周中孚

《古音复字》五卷函海本

明杨慎撰。《明史·艺文志》、焦氏《经籍志》、谢氏《小学考》俱不载，尤氏《明史志稿》有之。其书掇拾群书中复字，如湛湛、童童之类，而依其所并古音部分编次之，故谓之《古音复字》。颇近类书，无裨韵学，而李雨村称其"指呼六籍，镕液百家，在前人韵书中，别树一帜，虽獭祭者无以逾其博也"，殊不知是书亦从獭祭而来，取以借词赋之取材耳。顾自此书之外，所著古音诸书甚富，况明自陈季立以前，谈古音者如梦语，升庵能摹索得其崖略，抑亦可贵矣。（《郑堂读书记》卷五）

续修四库全书总目提要一则　　佚名

《古音复字》五卷函海本

明杨慎撰。复字者，即重言形况字也。夫文字之用，义各不同，而形容之妙，每用重言，名物之称尤多。复字在五经每书皆有，而《毛诗》重言尤多。自来言音韵者，喜言双声迭韵，而独不及复字。《尔雅》《广雅》《释名》诸书虽或及之，然止寥寥数则，未克详备。慎是书依今韵标目，取各韵中重言之字分录而详释之，实开训诂之新途径。虽后之方以智之释重言，史梦兰之辑叠雅，莫不由慎是书启之。惟是编大势虽善，体例实有可议者，约有三端。一、是书之旨在注释复字，既以今韵标目，不必依通叶系韵，则一东之湛湛，不若入侵韵之为得也。二、复字既举正文，则重文或体应系注文。是书于复字既出正文，复录或体。如一东训忧也之冲冲，既录诗之冲冲矣，复出《楚辞》之憃憃，

《尔雅》之爞爞、烛烛，《诗·云汉》之虫虫，《素问》之蠥蠥，眉目淆混，莫此为甚。三、一词之含两义者，则应于其字之下分别注明，而此书于八庚既出青青者莪，九青又出青青子衿，颇为繁琐，不若并为一条之为简当也。如右所举皆其条理不清之处，而失于破碎繁琐，颇为后人所讥。然其于古书之复字，搜采富博，后之言复字者，皆由此而推阐加密。是其筚路蓝缕之功，有不可殁焉者矣。（《续修四库全书总目提要》）

五音拾遗

    《五音拾遗》五卷，为杨慎音韵学著作。其成书体例与《转注古音略》《古音丛目》《古音猎要》《古音余》《古音附录》等一脉相承，收字则皆前列数种音韵书所无，可谓"拾遗"之作。此书在焦竑《玉堂丛语》所列升庵著述目中已有著录，明人赵琦美《脉望馆书目》、徐𤏇《徐氏家藏书目》及黄虞稷《千顷堂书目》则皆著录为"古音拾遗"，《古音拾遗》今未见传本，其与《五音拾遗》疑为同书。该书今传明刻本，收入《杨升庵杂著》《升庵杂刻》等丛编中，又有清抄杨氏遗书本。

五音拾遗序　　(明) 杨宗吾

    先太史字学之书，已有《转注古音略》《古音余》《古音附》《杂字韵宝》诸书矣，乃复有《五音拾遗》焉。其引事必奇与奥，其证字必本之史籀秦汉，采蚌多明月，剖石皆璠玙，不少遗弃，悉在囊载。嗟嗟！抑首蠹简，心何苦也。宗吾袭藏已久，暇日因取而检之，正音与转音杂见，如亮之在七阳，如翁之在一董是也。中有字同于前诸书，而注则详于此者，如《韵宝》芇字类、《转注》矫字类是也。偶字见十一尤，复见二十五，有若尔者，不一而足。仰计先公考索有据，吾小子又何敢妄为移置去留。复有书法各异而义则同者，以上四者，咸并存之，总期于无遗乎先氏之纂辑云尔。万历乙巳暮春，孙宗吾谨书。(《升庵杂刻》本《五音拾遗》卷首)

续修四库全书总目提要一则　　佚名

《五音拾遗》 五卷升庵杂刻本

　　明杨慎撰。慎有《古音丛目》《古音略例》《转注古音略》《古音猎要》《古音附录》《古音复字》《杂字韵宝》诸书，已并著录。是书所收之字，多古文或体，或韵字冷僻不常见者。如四支收蠹字，即《孟子》虷蠹之虷，《石经》虷作蠹，莉即黎字，《穆天子传》读书于莉丘。七虞收毲字，出《释文》，即《礼·聘义》子贡问玉孚尹旁达之孚。十二文收笏，即筋字之省文，岭南有笏竹，此古文或体之字也。十五删收瘝字，音五间切，病困也。元微之诗：愁吟心骨颤，病卧肢体瘝。一先收秈、莅字，云稻名，有红芒白秈，或作莅。又《宋书》有莅席，以稻草缉为席也。六麻收窫豭，云妇人很恶也，见《元文类》。十一尤收洀字，云水文也，《管子》以为盘桓之桓。十一轸收笨，云竹里。又《晋书》有兖州四伯，豫章太守史畴以人肥为笨伯。此皆冷僻不常用之字也。慎在明代学人中，不失为博雅，而好奇矜奥，学术不纯，而此书所收，又与正音、转注杂见，如亮之在七阳，翁之在一董，偈字见十一尤，复见二十五有，芇字见《韵宝》，矫字见《转注古音略》之类，不一而足。盖其才虽大，而心甚粗，故其书多繁芜冗杂之弊。其所收诸字，亦随意捃摭，考证亦未精确，然而收罗甚富，可供参考之处甚多，要在读者知所节取焉尔。（《续修四库全书总目提要》）

韵林原训

    《韵林原训》五卷，为杨慎音韵学著作。其依韵编排，每韵下注"古通某"，韵字下并有释义。该书今传明万历二十八年（1600）陈邦泰刻本。焦竑《国史经籍志》著录作二卷。

重订韵林原训序　　（明）李登

    诗思何常，由所感□。□人行处，笔砚自随□□以袖韵为便，而字□□□□□实有遗憾□□杨用修氏有《韵林原训》一编，用修博雅□□□学，收辑既闳，而订□□核，士林尚之。陈□□□亦里中雅士也。□□□考兹刻袖韵，复取杨□而酌其训释，简而不□，密而不繁，兼声音□□，考核既精，复要予□□是正。帙不逾掌而□□古律，文字之音义该焉。诚士林之一快也。尝忆予王父栗斋公之跋袖韵，以为有袖中之诗韵，而无腹中之诗料，当如袖韵何？噫！亦唯有腹中之诗料者，然后知大来氏之苦心云。时万历庚子春杪，如真老人李登题。（明万历二十八年陈邦泰刻本《韵林原训》卷首）

少室山房笔丛一则　　（明）胡应麟

韵林原训

    是编凡五卷，《艺苑卮言》不录。余尝疑为赝书，阅《丹铅录序》始信之。用修饶字学，所纂《转注古音》等六种，余悉有之，中间与鄙见未合者，略具他编。（《少室山房笔丛》乙部《艺林学山》八）

内阁藏书目录一则 （明）孙能传等

《韵林原训》二册全

嘉靖间杨慎辑。因《四声韵谱》诸书烦简不同，乃辑是篇，芟补稽正，系以原训，以便诗家。（《内阁藏书目录》卷五）

六书索隐

《六书索隐》五卷，为杨慎所著字书。此书取《说文解字》所遗，汇萃成编。以古文籀书为主，不取小篆，所收字依今韵分类，然因图籍散失，遍阅不能，书中所录乃甄选精华，存其要领，故仍多有阙略。该书今传明刻本、清抄本数种。

六书索隐序　（明）杨慎

慎自志学之年，已嗜六书之艺，枕籍《说文》，以为折衷，迨今四十余年矣。其远求近取，旁搜曲证，《说文》而上则有大禹岣嵝之碑、周宣岐阳之鼓、吕氏《考古图》、宣和《博古图》、郭忠恕《汗简》、薛尚功《鼎韵》，皆古文也。《说文》而下，则吕忱《字林》、顾野王《玉篇》、陆法言《集韵》、唐玄度《九经字样》、张参《五经文字》、徐铉《系传》、林罕《小说》、张有《复古编》、黄公绍《韵会》，郑樵、周伯温、杨桓、戴侗、赵古则于六书皆有论著，悉繙讨之。又尝受业西涯李文正公，友太原乔公希大、永嘉林生应龙，亦以斯艺相取。文正公少爱周伯温篆形之茂美，肆笔效之，晚乃觉其解诂多背《说文》，有误后学，欲犁正之而未暇也。太原公尝集诸家之篆，以韵分之，而无所升汰。林生亦著《通雅》《逸古篇》，博矣而无所裁定。谪居多暇，乃取《说文》所遗，诸家所长，师友所闻，心思所得，汇梓成编，以古文籀书为主。若小篆则旧籍已著，予得而略也；若形之同，解之复，而不删者，必有刊补也。书成，名之曰《六书索隐》，以韵收者，俾易繙耳。遂申前说，序而系之曰：伏羲观图画卦，文字生焉；虞舜依律和声，音韵出焉。神皇圣帝，君师万禩，垂此二教。至周公出，文则制六书，诗则训六义，郁乎备矣。古之名儒大贤，降而骚人墨客，未有不通此者也。秦之吏人，犹能诵《爰历》《滂喜》；汉世童子，无不通《急就》《凡将》。至后汉许叔重著《说文》十四篇，五百四十部本《苍颉》之篇，九千三百五十三字则秦篆之全。其所载古文三百九十六，籀文一百四十五，轩周之迹犹有存者，重文或体六百二十二。则上有孔子说、庄王说、韩非说、左氏说，下有淮南王说、司马相如说、董仲舒说、卫宏说、扬雄说、京房说、刘歆说、杜林说、贾逵说、桑钦说、傅毅说、官溥说、谭长说、王育说、尹彤说、张林说、黄颢说、周盛说、逯安说、欧阳乔说、宁严说、爰礼说、徐巡说、庄都说，咸宗古人，不杂臆见，可谓有功小学矣。自程元岑之隶，史游之章，钟繇之行楷出，而字日讹。梁大同中，顾野王著《玉篇》，凡二万二千七百七十九字，以楷书写籀古，十讹其九，已自可憾。唐上元中，南国一妄处士孙强，又增加俗字，如竹尚少为笋，升高山为杪，此乃童儿之见，俳优之嬉，何足以污竹素也。其间名为字学者，若李阳冰则戾古诳俗，陆德明则从俗讹音，吾无取焉。宋则郭忠恕之雅，杨桓之博，张有之精，吴才老通其音读，黄公绍泝其源委。若郑樵则师心妄驳，戴侗则肆手影撰，又字学之不幸也。元犹有熊朋来、赵古则，窥班得脔，撷英寻实。何物周伯温者，闻见既陋，经术不通，类撼树之蜉蝣，似篆沙之蜗蚓，字学之重不幸，又十倍于戴与郑矣。今日此学景废响绝，谈性命者，不过剿程朱之蒩魄，工文辞者，止于拾史汉之聱牙。示以形声孳乳，质以《苍》《雅》《林》《统》，反不若秦时刀笔之吏，汉代奇觚之童，而何以望古人之宫墙哉！慎为此感，欲以古文籀书为祖，许氏《说文》为宗，而诸家之说之长分注其下。以衰老之年，精力不逮，且图籍散失，遍阅不能，乃拔其精华，存其要领，以为此卷。深于六书者，试钦玩之，知其会同发挥乎古人，而非雷同剿说于诸家矣。所收之字，幸勿厌其少，可以成文定象，砭俗复古矣；所注之义，幸勿厌其繁，可以诂经正史，订子汇集矣。或览之曰：是则艺矣，其如道何？答之曰：艺即道也，夫子之性道，不离乎文章，子贡未之合一耳。司马子长愈益昧此，作《孔子世家》，乃曰晚而喜《易》，韦编三绝。其以孔子为扬子云，以《易》为《太玄》，而《诗》《书》《春秋》为《甘泉》四赋邪？子云若悟此，则藏心美根，岂出于雕虫篆刻，何必悔其少作乎？必以玄为极致，而识字为非，则吾夫子从心之年，亦何尝屏撤《诗》《书》，焚弃《春秋》，而后为不逾矩哉？书成并识此于卷首，吾党有喜高论而厌下学者，聆于斯言，其必喙咈而心俞矣夫。嘉靖庚戌长至，升庵杨慎书。（明嘉靖间刻本《六书索隐》卷首）

跋六书索隐　顾廷龙

此杨慎所撰，刻本未见。此系清初钞本，篆楷均精工。“玄”字缺笔，见卷一页十四、卷三页三十五两处。其它“玄”字均已补末笔，卷三页一、卷五页九。但一望而知为后补者。叶德辉跋称稿本，误。商邱宋氏藏印，伪。（《顾廷龙全集·文集卷》上）

四库全书总目一则　（清）纪昀等

六书索隐五卷江苏巡抚采进本

明杨慎撰。自序谓“取《说文》所遗，汇萃成编。以古文籀书为主。若小篆，则旧籍已著，予得而略”云云。盖专为古文篆字之学者。然其中所载古文籀书，实多略而未备。即以首卷而论，如东韵工字，考之钟鼎释文，若乙酉父丁彝、穆公鼎、龙敦、九工鉴之类，各体不同，而是书均未载及。又如共字止载汾阴鼎，而好畤鼎、上林鼎、绥和鼎之类，亦均不取。且古文罕见者，必著所自来，乃可传信；而是书不注所出者十之四五，使考古者将何所据依乎？（《四库全书总目》卷四三）

郋园读书志一则　（清）叶德辉

《六书索隐》五卷明杨升庵手书稿本

杨升庵先生《六书索隐》，《四库全书》存目，谓其“略而不备”，又“不注所出者十之四五”。此自明时陋习，不足专责先生也。六书之学昌明于圣朝，乾、嘉诸儒如段氏玉裁、桂氏馥、孙氏星衍、严氏可均著书发明，为晋唐以下所未有。明人因元人旧学，往往摭拾金石遗文，漫无抉择，轻改故书，如先生固犹近大雅者也。此书五卷，以平仄韵分部，为当时写本。国朝藏宋牧仲冢宰荦家，故前有商丘宋氏藏书印记。卷首绫幅标题谓为先生手书，字体绝似小欧，决非假手书佣之作。此种书籍于小学无甚系属，不过为二百年前古物存之已耳。光绪三十有四年戊申岁夏五端阳，后学叶德辉识。

或疑先生工篆书，无所取证。余按，王文简士禛《秦蜀后记》下："武侯祠南有碑三，其一明翰林院修撰县人杨慎撰《八阵图记》，篆书皆出升庵笔。"据此则先生工篆书有明征矣。碑出模刻，此为墨迹，其珍贵当何如？后有得者，当共宝之。时宣统庚戌七月八夕，德辉再记。（《郋园读书志》卷二）

分隶同构

《分隶同构》为杨慎所著文字书。该书已佚，仅存序文于杨慎文集中。据杨慎序，此书乃搜求诸字书中合于六书，而又叶于八法的字，得什一于千百，汇为一编。

分隶同构序　　（明）杨慎

自苍颉沮诵而下，科斗鸟迹以还，为八分，为楷隶，其变够矣。《说文》《训纂》字止九千，《玉篇》《龙龛》至亿万，异体别构，俗创讹音，实繁其文焉。暇日搜诸字书，合于六书，而又叶于八法，得什一于千百，振体要于碎烦，名曰《分隶同构》。呜呼，上谷之翩，未睹鸿踪，昙礭之鹅，空传膺本。隶古以定，通今以行，时乎会当有变；姜牙之手，元和之脚，明之存乎其人。知贻笑大方之家，庶用诒小子之造尔。（《升庵先生文集》卷二）

石鼓文音释

《石鼓文音释》四卷（或称三卷，附录一卷），为杨慎所著字书。其卷一为石鼓古文，卷二为音释，卷三为今文，卷四为附录，收录韦应物、韩愈、苏轼、唐愚士、李东阳所作石鼓诗歌五篇。书中篆籀特全，音释兼具，后人颇疑其臆造。此书今传明正德十六年（1521）刻本、明嘉靖十七年（1538）滇中刻本、《函海》本等。

录石鼓文音释序　　（明）杨慎

石鼓今在太学，其文为章十，总六百五十七言，可摸索者仅三十余字。鼓旁刻宋潘迪氏《音训》一碑，二百年前物也，惜夫遗文坠字，无虑近百。载考唐人《古文苑》中，此文特轧卷首，衰录年历，远在《音训》之先，然迪所遗坠者，此仍缺如也。薛尚功、郑樵二家各有音释，与《古文苑》所载，大抵相出入，文无补缀，义鲜发明。三家之外，见其全文者或寡矣，好古者以为深慊。又迪所训释，"君子员邋，员邋员斿"二句，牵合纰谬，重堪嗤鄙。原古人书字，下句之首，承上句之末，文同者但作二点，更不复书，此易见尔。迪既误读为君子员员，邋邋员斿，遂复臆释云：员员，众多貌，邋邋，旌旗摇动貌。此岂特文法大戾，书例亦大昧矣。君子员员，成何训诂；邋邋员斿，成何语言。不知妄作，乃所谓郢书燕说者也，一隅若兹，余奚取哉？慎昔受业于李文正先生，暇日语慎曰：尔为石鼓文矣乎？慎则举潘、薛、郑三家者对。先生曰：否，我犹及见东坡之本也，篆籀特全，音释兼具，诸家斯下矣。然此本只存，将恐久而遂失之也，当为继绝表微，手书上石。又作歌一首，盖丹书未竟，而先生弃后学矣。去今又将六年，追惟耳言未坠，手迹莫续，天固爱宝，奈斯文何！敢以先生旧本，属善书者录为一卷，音释一卷，今文一卷，韦应物、韩退之、苏子瞻歌三首，唐愚士古诗一首，先生歌一首附之卷尾。藏之斋阁，以无忘先生之教云。正德辛巳秋七月，成都杨慎序。（明嘉靖间刻本《石鼓文音释》卷首）

石鼓文叙录　　（明）杨慎

慎得《石鼓文》拓本于先师李文正公。窦臮所谓石虽贞而云渱，纸可寿而保传，胡世将所云岐下有鼛，即此是也。元至元丁未，唐愚士翻刻于太学，作歌纪之，今本存焉。据《古文苑》所载，及王顺伯、郑渔仲二公《石鼓音》，皆言其文可见者四百七十有四。梅圣俞《赠逸老以石鼓文见遗》诗云：四百六十飞凤皇。以兹本所载六百五十七字完好无讹，斯文所在，真有神物护持邪？得之不翅宝玉大弓矣！欧阳公独言汉桓灵世，碑刻未及千载，磨灭者十之八九，自宣王至今千有九百余年，岂得独存？又疑此文初不见称于前代。又谓隋氏藏书最多，其所志所录，自始皇刻石，婆罗门外国书皆具，而独无石鼓。遗大录细，不宜如此。呜呼，欧阳公所见谬矣！《隋艺文志》所收固博矣，宁无挂万而漏一乎？试引前代名士之言所及，欧阳公虽复生，亦必心服焉。后周吏部侍郎苏勖云：世咸言笔迹存者，李斯最古，不知史籀之迹近在关中。此可证一也。唐章怀太子贤注《汉书·邓骘传》，遭元元之灾，引岐阳《石鼓文》，凡重言者皆为二字。此可证二也。高宗时，李嗣真《书后品》云：仓颉造书，鬼哭凛凛；史籀埋灭，陈仓籍甚。此可证三也。开元中张怀瓘《书断》云：籀文者，周太史史籀之所作也，其迹有《石鼓文》存焉，今在陈仓县，李斯小篆兼采其意。此可证四也。徐浩《古迹记》云：史籀《石鼓》，李斯《峄山》《会稽》碑，崔子玉篆、蔡邕并为旷绝。此可证五也。杜工部《赠李潮八分小篆歌》云：陈仓石鼓又已讹。此可证六也。韦应物《石鼓歌》云：周宣大猎兮岐之阳，刻石表功兮炜煌煌，喘息逶迤相札错，乃是宣王之臣史籀作。此可证七也。至德中，窦臮《述书赋》云：篆则周史籀、秦李斯，汉有蔡邕，后代师之。籀之状也，若生动而神凭，通自然而无涯，远则虹伸结络，迩则琼树离披。又云：周秦汉之三贤，今目验之所先。石虽贞而云渱，纸可寿而保传。其弟蒙注云：史籀，周宣王史官。岐州雍城南有周宣王猎碣十枚，上篆文，今见打本。此可证八也。至昌黎之歌一出，则表章称赞至矣，欧阳公尊信韩公，而不从此，其意云何？合八公纪述，及韩而九，九征至而不肖得矣。欧九果不读书邪？此公盖师心独见，至谓

《十翼》非孔子所作，《河图》《洛书》不足信，无所忌惮如此，何有于石鼓乎！东坡之歌，继韩而作，先后如出一口，岂阿私所好者邪？他若周越《法书苑》、乐史《寰宇记》、赵明诚《金石录》、王深甫《故迹遗文》、张师正《倦游录》、胡世将《资古绍志录》所云云，不暇缕缕，可覆视也。司马池待制知凤翔府日，辇致于府学之门庑，护以木楯。郑樵《石鼓音》云：鼓亡其一，皇祐四年，郑余庆、向传师求于民间，得之，十鼓于是乎足。梅圣俞《赠雷逸老仿石鼓文见遗因呈吴祭酒》长诗略云：我欲效韩非痴狂，至宝宜列孔子堂。其后徽宗大观中，始移置之辟雍，复取入保殿。元人移之大学，刻潘迪释文，以毕先师之志。遂详述其说，以印正于海内大方家云。（《升庵先生文集》卷三）

石鼓文跋　　（明）杨慎

《石鼓文》之表章者，始于晋王右军，唐章怀太子贤、虞世南、褚遂良、欧阳询、苏勖、李嗣真、张怀瓘、窦蒙、徐浩、杜子美、韦应物、韩退之，宋则薛尚功、杨文昺、苏东坡、黄山谷、张师正、王顺伯、王应麟、赵明诚、郑渔仲，元则杨恒、熊朋来、吾衍、潘迪、周伯温，皆其发潜扬耀者也。近阅宛陵梅圣俞诗，又得此首，诗中称雷逸老日摹月仿，锦装轴藏，又在韩之后、苏之前，亦有功于此矣。故录此诗并著雷逸老之名姓，无使无闻焉。（《太史升庵遗集》卷二五）

书录石鼓文音释后　　（明）徐缙

注《石鼓文》者，无虑数十家，惟潘迪氏《音训》有碑刻在太学，故得独行于世。然多率用己见，而不深求古人之意，岂但不得其精，并与其迹而失之矣。学者承误踵讹，莫克是正，窃尝病焉。太史杨君用修博学好古，留心兹文，谓苏文忠公本考据甚精，典刑具在，足以破千古之疑，扫诸家之妄，复附入古今名贤诗歌，汇粹成帙，使周宣之功勋、史籀之笔法，焕乎复兴。如瞽者之伥伥，获睹日星、瞻岱华也；如少长淫哇之间，忽闻箫韶之作，大夔之奏也；如入武库，珍宝森列，目眩心惊，应接不暇也。兹本虽秘阁不传，仅为文正李公所藏，公尝欲手书入石，以嘉惠方来，未几易箦。后六年，始得君手自编校，且作为序，以著潘氏之失，冀刻以传。间以示缙曰：聊以毕公之志而已，愿有言也。呜呼，岂但毕公之志而已乎！彰往昔之纯懿，开后学之聋聩，其功与古立言者等。顾缙之言何足为君重轻，然君之意不可虚，谨赘数语于后，以识平生之一大快云尔。正德辛巳秋八月，吴郡徐缙识。

重刻石鼓文音释跋语　　(明) 洪珠

《石鼓文》曷以刻？曰：三代文章真迹在人间者，越百千祀仅此尔已。呜乎奇哉！曷为乎弗章于前世？曰：秦焚先典，废古图籍，久矣哉，而泥而壁之矣。注之曷从始？曰：唐也，宋则沨沨乎，渀渀乎，燏燏乎，各成一家言。若郑樵、潘迪、薛尚功三世为尤著。然而以䏌作翊，以瞳作蕃，鱼鲁一惑，泾渭同流，学者相承，靡所迁复。吁，有余恨焉。涉周宣之委源，契史籀之宗旨，则今乃见升庵杨先生焉。先生博极群书，探深篆素，其于古物品章程，评衡考索，总会而猎要，盖亦鲜有遗格矣。观其纠君子员员、猎猎员游之谬，真足振往古之重疑，虽潘迪氏复生，罔不额矣。夫闲习礼度，不若式瞻容仪；祇诵遗言，不若亲承音旨。珠也何幸，得式瞻周之典则哉！或曰：欧阳子博洽人也，于此尝三疑之，信诸？曰：是之谓析辞为察，毋亦规磨之说乎？升庵曰：永昌版敓敦，且敦刻亦陋，因复刻之。嘉靖戊戌腊月哉生明日，甫田洪珠书于滇臬之和衷堂。

刻录石鼓文音释成题其后　　(明) 严时泰

是编乃督学西洲先生唐公得之吾同年升庵先生者，公谓其足以资后学之稽古博文，而虑远方或未能遍及，因属余翻刻以广其传，甚盛心也。昔欧阳文忠公序《集古录》以传后学，大概谓三代以来所传文物，皆怪奇伟丽、工妙可喜之至宝，求之无祸而近且易，然而好者鲜焉。彼远且难而求之又有祸者，为金玉珠玑与象犀之齿角皮革，而人顾胥是之好，所以甚言其颠倒迷瞀而为学者警也。岐阳文居欧录前列，而视春秋战国以后之刻尤为可喜。公好古乐教，诚不在欧公后，今刻此，固将次第及其他矣。诸士子尚一所好，以无负公之教哉！况滇又多象犀金玉之产，而易为所胜，然则尤不可以不知所警也。嘉靖七年岁在戊子夏四月

中浣之吉，永昌军民府知府严时泰书。（以上明嘉靖间刻本《石鼓文音释》卷末）

石鼓文音释跋（一）　　（清）叶启勋

鱼山钱遵王曾藏书之载于《述古堂书目》者，凡三千余种，而其《读书敏求记》仅六百种，盖长洲何屺嶦焯所称专记宋版元钞及书之次第完阙古今不同者也。甲戌二月初二日，估人持明成都杨升庵慎《石鼓文音释》来，云出善化贺蔗农延龄家，索值番饼五十元。余意是日为余母六一生辰，忽从延龄家而得数千年著名之金石刻释，洽可为寿征之预卜，遂如值购之，未与较值也。暇日偶检遵王《敏求记》书类著录《石鼓文音释》一卷，云：石鼓之辨明矣。韩愈以为宣王鼓，韦应物以为文王鼓，郑樵以为秦鼓，伪周宇文泰指为后周物。潘迪、薛尚功皆有音训，而以朔作翊，以疃作蕃，学者病之。杨慎得东坡本于李文正公，篆籀特全，音释兼具，恐其本只存，久而失传焉，为序其所由来，刊行于世云。乃知此书传本亟希，遵王且不得其全，而以残本一卷入录，则此全者即不计及其出自延龄家寿征预卜，亦应购藏之也。书为四卷，第一卷为石鼓古文，第二卷为音释，第三卷为今文，第四卷为附录，则自唐韦应物至明李东阳所作石鼓歌诗凡五篇也。前正德辛巳慎自序，后有正德辛巳吴郡徐缙书后，盖即其时所刊。慎序之前尚有叙录，因缺尾叶，无题年及姓名。绎其文义，则亦升庵作也。石鼓古文每半叶四行，每行四字，篆刻工雅。全书则每半叶十行，每行十八字，白口单边。据升庵序，称昔受业于李文正先生，暇日语及见东坡之本，篆籀特全，音释兼具，恐久而失之，将为手书上石，未竟而卒云云。文正为李东阳，知其流传有自，故北海冯少洲维讷《古诗纪》全录其文入古逸诗中，宜乎遵王即残本亦重视之，载之《敏求记》中。屺嶦之言，得其实矣。不意数百年后，遵王不得其全者，余乃得其全本而藏之，以此卜余母之寿征，不将更有晋焉者乎？书首"善化贺瑗学遽珍藏之印"十字朱文长方印。延龄先生之子也。春分前一日，叶启勋记。（明正德十六年刻本《石鼓文音释》卷首）

石鼓文音释跋（二）　（清）叶启勋

此书《四库全书总目·经部·小学类》存目，为浙江范懋柱家天一阁藏本。提要云：陆深作《金台纪闻》，疑其以补缀为奇。朱彝尊《日下旧闻》考证古本以“六辔”下“沃若”二字，“灵雨”上“我来自东”四字，皆慎所强增。第六鼓、第七鼓多所附益，咸与《小雅》同文。又鼓有□文，郭氏云：恐是臭字，白泽也。慎遂以恶兽白泽入正文中，尤为欺人明证。且东阳《石鼓歌》云：拾残补阙能几何，若本有七百余字，东阳不应为是言云云。其辨托名东阳之伪，更无疑义。今考苏轼《石鼓歌》自注，称可辨者仅“维鱮贯柳”数句，则称全本出于轼者妄。又韩愈《石鼓歌》有“年深阙画”之语，则称全本出唐人者亦妄。即真出于东阳之家，亦不足据，况东阳亦伪托欤？然考陆文裕之言曰：石经鼓，博洽之儒如王顺伯、郑渔仲，搜访靡遗余力，咸存残缺。欧阳公《集古录》才四百六十有五字，胡世将《资古》所录，仅多九字，孙巨源于佛龛中得唐人所录古文，乃有四百九十七字。不知近日何缘得此十诗完好。如用修之所从来，果有的据，固是千古一快。如以补缀为奇，固不若缺疑为愈。然细读十诗，古致翩翩，恐非用修所能办云。则文裕虽以完好为疑，然固未指为升庵所伪作也。且益都孙退谷少宰承泽《庚子销夏记》云：石鼓文，据升庵杨慎《金石古文》载其全文，谓得之唐人拓本于李文正家。余读而惊叹，已录于《京师古石考》中云。则竹垞所指为欺人者，退谷固深信之，不仅冯少洲一人录入《古诗纪》中也。且退谷仅从《金石古文》中见之，当时不知其有此刻，则传本之稀，又可概见矣。考韩文公愈《昌黎集·石鼓歌》云：张生手持石鼓文，劝我试作石鼓歌。公从何处得纸本，毫发尽备无差讹。则石鼓全本在唐时，文公曾从和州张文昌籍见之，固毫发尽备也。其曰年深岂免有缺画者，尤足证其所见之无缺画，恐年深致缺泐也。则馆臣之断章取义，轻诋升庵为妄，又何足信耶？余藏大兴翁覃溪洗马方纲《两汉金石记》，汉竟宁雁足灯，上有平定张石州大令穆手批云：此灯后归歙巴慰祖，近复归程木庵。翁云残蚀者，非真残蚀也。土绣字灭，搨手复不精，故樊榭作诗时，已不能得其全文。海宁僧六舟雅善摹拓彝器，因游黄山，主木庵家，为剔搨灯文，于是翁所阙疑之字，皆豁然呈露，因作《剔灯图》以志其事云。则前人见其残，后人得其全者，安知其不与此灯同辙？何况唐人拓本，固流传有自耶？升庵在明时，渔猎既富，根柢盘深，而所作《金石古文》，使其覃精研思，未必遽在吴郡都元敬穆下。而乃于元敬之考核精审者，全文录入，惟石鼓文及敦阁颂后缀跋，其不轻于下笔，已自可知，又何必伪托得唐拓石鼓文于李文正家，一再传刊？盖有此一书，不足为升庵增重；无此一书，亦不足以损其博洽也。大氐由于确山陈晦伯耀文蚌起争名，遂多攻讦，丑词恶谑，无所不加。《正杨》书出，人人得从而议其后矣。戊寅冬十一月大寒，更生载识。（明正德十六年刻本《石鼓文音释》卷末）

读书敏求记一则　　（清）钱曾

《石鼓文音释》一卷

石鼓之辨明矣。韩愈以为宣王鼓，韦应物以为文王鼓，郑樵以为秦鼓，伪刻宇文泰指为后周物。潘迪、薛尚功皆有音训，而以䂕作䎀，以瞳作蕃，学者病之。杨慎得东坡本于李文正公，篆籀特全，音释兼具。恐其本支存，久而失传焉，为序其所由来，刊行于世。（《读书敏求记》卷一）

浙江采集遗书总录一则　　（清）沈初等

《石鼓文》一卷《音释》一卷《今文》一卷，刊本

右前人撰。慎自云得苏轼旧本，因为摹刻。（《浙江采集遗书总录》庚集）

四库全书总目一则　　（清）纪昀等

《石鼓文音释》三卷、《附录》一卷 浙江范懋柱家天一阁藏本

明杨慎撰。慎有《檀弓丛训》，已著录。是编第一卷为石鼓古文，第二卷为音释，第三卷为今文，附录则自唐韦应物至明李东阳所作石鼓诗，凡五篇。前有正德辛巳慎自序称："东阳尝语慎及见东坡之本，篆籀特全。将为手书上石，未竟而卒。慎因以东阳旧本录而藏之。"《金

石古文》亦言升庵得唐人拓本，凡七百二字，乃其全文，冯惟讷《诗纪》亦据以载入古逸诗中。当时盖颇有信之者。后陆深作《金台纪闻》，始疑其以补缀为奇。至朱彝尊《日下旧闻》考证古本以"六辔"下"沃若"二字、"灵雨"上"我来自东"四字，皆慎所强增。第六鼓、第七鼓多所附益，咸与《小雅》同文。又鼓有𪊨文，郭氏云：恐是臮字，白泽也。慎遂以恶兽白泽入正文中，尤为欺人明证。且东阳《石鼓歌》云：拾残补阙能几何，若本有七百余字，东阳不应为是言云云。其辨托名东阳之伪，更无疑义。今考苏轼《石鼓歌》自注，称可辨者仅"维鱮贯柳"数句，则称全本出于轼者妄。又韩愈《石鼓歌》有"年深阙画"之语，则称全本出唐人者亦妄。即真出东阳之家，亦不足据，况东阳亦伪托欤？（《四库全书总目》卷四三）

郑堂读书记补遗一则　　（清）周中孚

《石鼓文音释》三卷、《附录》一卷函海本

明杨慎撰。仕履见经部礼类。《四库全书》存目。升庵以潘迪、薛尚功、郑樵三家所传石鼓文字数不全，因重录其文为一卷，谓其座师李西涯东阳家旧本也。并《音释》一卷、《今文》一卷，又附录韦应物、韩退之、苏子瞻歌三首、唐愚士古诗一首、西涯歌一首为一卷。其石鼓文竟有七百二字之多。冯氏惟讷《古诗纪》遂采入逸诗中，陆氏深《金台纪闻》始疑其妄自补缀，迨孙氏承泽《庚子消夏记》、朱氏彝尊《日下旧闻》反复辨之，而其伪愈彰。近海盐张氏燕昌以北宋本参考甲秀堂本、吾邑顾氏本，重摹于石，仪征阮氏元又取天一阁藏本重刻于杭州府学，人由是益见升庵旧本之欺人矣。前有正德辛巳自序，后有吴郡徐缙跋。（《郑堂读书记补遗》卷十九）

文选楼藏书记一则　　（清）阮元

《石鼓文》一卷、《音释》一卷、《经文》一卷

明杨慎辑，刊本。是书慎序称得苏轼旧本，因为摹刻。后有附录各诗。（《文选楼藏书记》卷四）

艺风藏书续志一则　　（清）缪荃孙

《石鼓文音释》三卷、《附录》一卷

明正德辛巳刊本。石鼓今在太学，文字存者三百余字。宋薛尚功、郑樵《古文苑》所载，均已不全，无论元潘迪《音训》矣。升庵生自明中叶，忽称得唐人拓本七百二字全文，陆深《金台纪闻》始疑其补缀为奇。《日下旧闻考》《四库提要》均深斥之。惟孙伯渊先生所得宋写《钟鼎款识序》，石鼓文字完备，与此本同。考韩文公作《石鼓歌》，原有"君从何处得纸本，毫发尽备无差讹"之句，是唐时自有完本。如薛氏作书时即见之，不应他本仅据残字别石收录。然以为后人增补入帙，何以纸色字画又与全书无异？岂薛氏以后得本追改成书耶？细核所补石鼓字，如"旭旭杲杲"之属，验今石本作"𦙪𦙪𩅢𩅢"，似非无因。疑以存疑，已足为升庵辨诬矣。此本明时初印，纸墨俱佳，洵属可爱。（《艺风藏书续志》卷五）

万卷精华楼藏书记一则　　（清）耿文光

《石鼓文音释》三卷《附录》一卷，明杨慎撰

原本。是本无序跋，不署名。首卷自甲至癸十鼓，每字一篆一今文。第二卷音释，第三卷今文，附录韦应物、韩退之、苏子瞻、唐愚士、李东阳五家之《石鼓歌》。时东阳为慎之师，故题李文正公，此即杨慎所撰之伪《石鼓文》也，共五百五十二字，重文四十六。板本古雅，惟不足依据。诸家议杨本者甚多，详载于《目录学》，兹不具论。李氏刻之《函海》者，不若此本之佳。前有杨序，余同。按序有"李文正手书之石，兹以文正旧本属善书者录之"语，亦难信。李文正所书之石，诸家未有论及者，惟此本篆法颇佳，其为善书者所为无疑。孙渊如又取杨本刻诸虎邱，孙子词见《履园丛话》。是本应有杨序，坊贾见其纸板之古，印记之多，可充宋元本欺人，遂去其序，盖序有正德辛巳字也。（《万卷精华楼藏书记》卷五四）

经子难字

　　《经子难字》二卷，为杨慎所著字书。书中收录群经、诸子难字，或注音，或释义，或摘句，迄无定例，盖随手杂录而成。卷上所涉著述有《易》《书》《诗》《左传》《公羊传》《穀梁传》《礼记》《仪礼》《周礼》《尔雅》十经。下卷所涉著述有《老子》《庄子》《列子》《荀子》《杨子》《文中子》《管子》《十州记》《战国策》《太玄》《汲冢周书》《楚辞》《文选》十三种。该书今传明刻《升庵杂著》本、明山阴祁氏淡生堂蓝格钞本等。

经子难字序　　（明）王尚修

　　《抱朴子》云：经为道艺之渊海，子为增深之川流，犹景星之佐三辰，林薄之裨乔岳。旨哉言乎，斯儒学之首务，诵读之必先也。太史升庵先生有《经子难字》一册，几案随笔耳。虽多仍旧音，丛载故诂，而中有全篇奥隐，用析片词。陈说牵缠，无嫌详剖，或借喻于方言，或援引于别录，罔弗朗然冰释，皎若日临，不特昭其切叶，且兼撷乃英华者矣。先生于峋嵝之碑，岐阳之鼓，吕氏《考古》，宣和《博古》二图，暨《苍》《雅》《林》《统》，上下数千百载，而必精思深索之，故其得于讽说者，咸有益后人。昔韩魏公知扬州，王介甫为金判，秩满去，会有上书者多用古字，魏公笑曰：惜介甫不在，其人能识难字。介甫褊刻，闻而谓公轻己，怨之。嗟乎！搜奇考异，古惟子云，识字之名，岂曰易得？而反以尤人乎哉！虞翻释当世之宿疑，解经传之槃结，较之先生，足可方驾，沉沦放弃，亦颇相同，而不闻有文孙如司隶君者，收其逸编以传，是翻所不逮远也。万历甲辰闰九月，后学王尚修谨书。（明山阴祁氏淡生堂蓝格钞本《经子难字》卷首）

浙江采集遗书总录一则 （清）沈初等

《经子难字》二卷，写本

右明翰林院修撰杨慎辑，经、子各一卷，不专辨字，间有摘其字句而释之者，并及诸经注疏中字亦偶释焉。（《浙江采集遗书总录》丙集）

四库全书总目一则 （清）纪昀等

《经子难字》二卷浙江吴玉墀家藏本

明杨慎撰。上卷乃读诸经义疏所记，凡《易》、《诗》、《书》、三《传》、三《礼》、《尔雅》十书。下卷乃读诸子所记，凡《老子》《庄子》《列子》《荀子》《法言》《中说》《管子》《十洲记》《战国策》《太玄经》《逸周书》《楚词》《文选》十三书。或摘其字音，或摘其文句，绝无异闻。盖随手杂录之文，本非著书。其孙宗吾过珍手泽，编辑成帙，而王尚修序刻之，均失慎本意也。（《四库全书总目》卷四三）

文选楼藏书记一则 （清）阮元

《经子难字》二卷

明杨慎著，抄本，小山堂收藏。是书分部纂述，加以订正解说而音释之。（《文选楼藏书记》卷五）

适园藏书志一则 张均衡

《经子难字》一卷、《群书丽藻》一卷澹生堂钞本

明杨慎撰，均摘录以供文词之用者。（《适园藏书志》卷九）

俗言

《俗言》一卷，是一部记录和考订方言、俗语的著作。书中释古书中俗语五十二条，引证颇富。此书最初刊刻情况已不详，明焦竑《升庵外集》将其编录为卷六三，清李调元则将其从《升庵外集》中录出单行，编入《函海》。李调元序文、民国《续修四库全书总目提要》认为《俗言》与《四库全书总目》存目所收佚名著《俗语》为同书，其说不可从。《俗语》虽已佚，但四库提要所言其引书体例及三个例证皆不见于《俗言》，二书显非同书。《俗言》今传《升庵外集》本、《函海》本等。

俗言序　　（清）李调元

《俗言》一卷，乃考订俗语之原本经传者，又记各书所载方言，注其出处。《两浙采遗书目录》云：未详撰人姓氏。今按焦竑所刻《升庵外集》，有《俗言》相同，因附刻于后。《俗言》一本作《俗语》，未详孰是。罗江李调元童山书。（《函海》本《俗言》卷首）

郑堂读书记补遗一则　　（清）周中孚

俗言一卷函海本

亦杨慎撰。前有李雨村序，谓是书乃考订俗语之原本经传，又记各书所载方言，注其出处，与焦澹园竑所刻《升庵外集》中《俗言》相同云。（《郑堂读书记补遗》卷二五）

续修四库全书总目提要一则　　杨钟羲

《俗言》 一卷 函海本

　　明杨慎撰。李少通《俗语难字》、张推《证俗音》、颜愍楚《证俗音略》、李虔《续通俗文》，新、旧《唐书》皆列之小学。齐召南尝谓《书》有商盘、周诰，《诗》有十五国风，《礼》则名物器数，代各不同；《春秋》则名从主人，传自为说。昆命元龟，六日不詹，终葵掉磬之解，伊缓矢台之称，圣人之经，亦有所谓方言者矣。大抵字必有物，物必有义，谣俗语言之异，亦多原本经传，无不有名可称，有文可纪。是书考订俗语，又记各书所载方言，注其出处。《浙江采进遗书目录》云：未详撰人。李调元以焦竑所刻《升庵外集》有《俗言》，与此本相同，定为慎撰。书中"篮籦"条有薛君采语予云，君采名蕙，正德甲戌进士，官郎中。尝与慎论诗有合，亦以议大议罢归。是书之为慎撰，亦一证也。（《续修四库全书总目提要》）

奇字韵

　　《奇字韵》五卷，搜集古书中"字体稍异"的字，按平上去入四声分韵编排而成。其释字，或列出常用字，或注引出处，或标注读音，或解释字义，要在存录古文，便于识读。此书实际上是杨慎与其门人董难共著。中国国家图书馆藏明嘉靖间李元阳刻本，卷一标注杨慎著，卷二至四皆标注董难著（此本卷五前半部分阙失）。哈佛大学图书馆藏明刻本，卷二标注杨慎著，其余四卷则标注董难著。该书今传明嘉靖间李元阳刻本、《升庵杂著》本、《函海》本、四库全书本、《总纂升庵合集》本等。

浙江采集遗书总录一则　　（清）沈初等

《奇字韵》一册刊本

　　右前人撰。专录古文中奇字。亦以韵为编。（《浙江采集遗书总录》丙集）

四库全书总目一则　　（清）纪昀等

《奇字韵》五卷浙江巡抚采进本

　　明杨慎撰。慎有《檀弓丛训》，已著录。是编标字体之稍异者，类以四声，故曰奇字。考六书以《说文》所载小篆为正，若卫宏、扬雄所学，则别有古文奇字，以非六书偏旁所可推也。此书以奇字标名。而若《说文》引经，亶其屋，丰作亹；克岐克嶷，嶷作㘈；静女其姝，姝作妠；庶草繁庑，庑作无；天地绷缊，作壹壹；营营青蝇止于樊，樊作樧；故源源而来，源源作㴇㴇；泣血涟如，涟作㦧之类，虽与今经文异，而皆有六书偏旁可求，则正体而非奇字。且此类甚多，不胜载。如《说文》引《尚书》嵎夷作堣夷。引《论语》友便佞，便作諞。引《诗》赫兮喧兮，喧作愃。引《周礼》膳膏臊，臊作鱢。孤乘夏篆，篆作軘。引《易》包荒用冯河，荒作𦬊。引《诗》在河之洲，洲作州。引《易》服牛乘马，服作犕。引《书》浚畎浍距川，畎浍作く巜。引《春秋传》阢岁而愒日，阢作忨，愒作澜。引《易》夫乾确然，确作寉。引《春秋传》执玉惰，惰作憜。引《诗》纳于凌阴，凌作塍。又引《诗》白圭之玷，玷作刮。引《书》辟四门，辟作𨶄。异同之处，不可殚数。此书所载，殊不及十之二三。至于岷之作汶，祷之作禂，皆假借字，而亦概列为奇字，尤属不伦。又如蕾字下但注一灾字，而不云本《盐铁论》罕被寇蕾，蕾音灾。庸字下但注一墙字，而不云本《管子·地员篇》行庸落，房元龄注为行庸及篱落。阗字下但注一开字，而不云本《汉书·匈奴传》乃遣阗陵侯将兵别围车师，及今欲与汉阗大关，颜师古注：阗与开同。茌字下但注一槎字，而不云本《汉书·货殖传》然犹云山不茌蘖，师古注：茌古槎字。阊字下但注一阊字，而不云本《汉书·扬雄传》东邻昆仑，西驰阊阖，师古注：阊与阊同。则全述其所出。其字下注音该，但引曹植诗，而不知《淮南子》爨其燧火，高诱注：其音该。沈字下注音流，但引贾谊传朝廷之视端沈平衡，而不知考《荀子·荣辱篇》其沈长矣，杨倞注：沈古流字。则不溯其所始。又如冬韵载窠字，引《说文》而不知《汉书·地理志》苍柗，师古曰：柗古松字，与窠同一古今字。贲字下注云古文斑，而不知《荀子·强国篇》曰如此下比周，贲溃以离上矣，杨倞注：贲读如坟。《汉书·翟方进传》贲丽善为星，师古曰：贲音肥。蝯字下注与猨同，而不知《汉书·李广传》又作爰臂，如淳曰：臂如猨臂。其阙佚又不可枚举。盖慎充于腹笥，特就所记忆者录之，故于诸书不暇详考。然于秦汉载籍，亦已十得三四。讲六书者去其疵而录其醇，或亦不无所助焉。（《四库全书总目》卷四一）

郑堂读书记补遗一则　　（清）周中孚

《奇字韵》五卷 函海本

明杨慎撰。仕履见礼类。《四库全书》著录。《明史·艺文志》亦载之。其书以奇字依今韵分列，故曰奇字韵。然升庵所谓奇字，不过字体之稍异者，非若卫宏、扬雄所学别有古文奇字也。即如《说文》引经，其字虽与今之经文有异，然皆汉以前之正体，实非奇字，且此类甚多，而为是编所失载者，不可枚举，所载又多不注所出，然其搜罗周秦遗文，亦不可不谓之博，是亦小学家之一助矣。其书前后无序跋，恐李雨村刊时失之耳。（《郑堂读书记补遗》卷八）

杂字韵宝

《杂字韵宝》五卷，依韵编排，多释奇字或体、市井之言，今传《升庵杂著》本。

续修四库全书总目提要一则　　孙海波

《杂字韵宝》 五卷升庵杂刻本

明杨慎撰。是书依今韵标目，而取奇僻之字分录之。其所取材，经史之外，若三代鼎彝，周之石鼓，《说文》古文籀文，汉隶魏碑。以及《文选》《方言》《广雅》《博雅》《素问》《太玄》之属，所有奇字或体，皆为搜采，捃摭之博且富，无以加矣。所引之字，有出自小说者，则亦注其出处。如四支收来字，音欺，从三个，参差貌。《西厢记》"来拍了迎风户半开"。亦有字虽常见而用不同者，如七遇步，读作浦，水际也。吴楚间谓浦为步。柳子厚《铁炉步志》"江之浒，凡舟可涉而上下者曰步"。韩退之《孔戣墓志》"蕃舶至泊步，有下碇之税"。又"步有新船"，或改步为涉，谬矣。《地志》吴江中有江步、龟步，相中有灵妃步，扬州有瓜步，金陵有邀笛步，桓伊吹笛处。《青厢杂记》岭南谓村市为墟，水津为步，罾步即渔人施罾。唐诗"那堪回首处，江步野棠飞"。至若东韵之峕，有韵之屵，翰韵之彭，祃韵之凩，则又未注出处，不知何本。然以奇字成韵书，在前人韵中，诚为别树一帜，虽于韵学无关，亦足供问奇之资。夫慎以议大礼受廷杖，毙而复甦者再矣。谪贬滇南，单骑万里，腹笥所记，犹能著述如林，其才可谓大矣。论者多讥慎书之病在冗杂，然使慎居图书之府，白首穷经，则其学岂可量哉？（《续修四库全书总目提要》）

山海经补注

　　《山海经补注》一卷，是杨慎注释《山海经》之作。所谓"补注"，意为补郭璞《山海经》注之未备。此书虽篇幅较小，注释简略，然亦时有精义，可成一家之言。该书今传《升庵杂著》本、《升庵杂刻》本、《函海》本、《总纂升庵合集》本、《艺海珠尘》本等。

山海经补注序　　（明）杨慎

　　《左传》曰：昔夏氏之方有德也，远方图物，贡金九牧，铸鼎象物，物物而为之备，使民知神奸，入山林，不逢不若，魑魅魍魉，莫能逢之。此《山海经》之所由始也。神禹既锡玄圭，以成水功，遂受舜禅，以家天下，于是乎收九牧之金以铸鼎。鼎之象则取远方之图，山之奇，水之奇，草之奇，木之奇，禽之奇，兽之奇，说其形，著其生，别其性，分其类。其神奇殊汇，骇世惊听者，或见或闻，或传闻，或恒有，或时有，或不必有，皆一一书焉。盖其经而可守者，具在《禹贡》，奇而不法者，则备在九鼎。九鼎既成，以观万国，同彼象而魏之，日使耳而目之。脱**辎**轩之使，重译之贡，续有呈焉，固以为恒而不怪矣。此圣王明民牖俗之意也。夏后世之世，虽曰尚忠，而文反过于成周。太史终古藏古今之图，至桀焚黄图，终古乃抱之以归殷。又史官孔甲于黄帝姚姒盘盂之铭，皆缉之以为书，则九鼎之图，其传固出于终古、孔甲之流也。谓之曰《山海图》，其文则谓之《山海经》。至秦而九鼎亡，独图与经存。晋陶潜诗"流观山海图"，阮氏《七录》有张僧繇《山海图》可证已。今则经存而图亡，后人因其义例而推广之，益以秦汉郡县地名，故读者疑信相半。信者直以为禹益所著，既迷其元，而疑者遂斥为后人赝作诡撰，抑亦轧矣。汉刘歆《七略》所上，其文古矣；晋郭璞注释所序，其说奇矣。此书之传，二子之功与！但其著作

之源，后学或忽诸，故著其说，附之策端。嘉靖甲辰冬十有二月廿五日，杨慎书。（《升庵杂著》本《山海经补注》卷首）

跋山海经　　（明）杨慎

昔者吾友亳州薛氏君采，雅以同好相过从，数焉。一日广坐中，君采诵《文选》《山海经》，相与订疑。傍有薛之同官一人颦蹙曰：二书吾不暇观，吾有暇则观六经耳。君采笑曰：待有暇始观书，恐六经亦不暇观矣。余为之解曰：某公之言亦是。六经，五谷也，岂有人而不食五谷者乎？虽然，六经之外，如《文选》《山海经》，食品之山珍海错也，徒食谷而却奇品，亦村疃之富农苟诋者，或以嬴牸老羝目之矣。合座为之一笑。退与永昌张愈光述其语，愈光赞之云：观《文选》如食熊膰，极难熟而味隽永；观《山海经》如食海味，必在饫醉之后，枵腹则吐之不纳也。二书非宵三肄、朝百诵，不得其益。今或披之不盈尺，读之未能句，号于人曰：我尝观《文选》《山海经》，亦目食之说耳。某公之不观，信不自欺者乎？此虽一时戏语，而要亦有理。追思昔游，忽已三十余年，君采九原不作矣，愈光隔以千里，因录《山海经补注》，纪其语于卷尾。嘉靖乙巳仲秋前三日，杨慎书于三玄亭。（《升庵杂著》本《山海经补注》卷末）

刻山海经补注序　　（明）刘大昌

庄周有言：六合之内，圣人论而不议；六合之外，圣人存而不论。予得其解，非不议不论也，谈何容易，盖谨之也。世之庸目，妄自菲薄，苦古书难读，乃束而不观，以为是齐谐夷坚所志，诙诡幻怪，倀然自附于不语，不知已堕于孤陋矣。夫子尝谓，多识鸟兽草木之名，计君义不识撑犁孤涂之字，病不博尔。《山海经》号称古书，所载多古音古字，厥义难析，自东方异鸟之辨，刘更生贰负之对，世知乡慕，说在歆序。乃后子骏录上，景纯训注，略可睹记。然疵其难解，政自不少。由晋迄今，又千余年，太史升庵公补其遗逸，考古以证今，言近而指远，其事核，其论明，疑辞隐义，旷然发矇，而文学大夫益知崇信矣。公足迹遍天下，读书破万卷，意包象外，思超系表，博物洽闻，故其所著，发古人所未尝，悟古人所未见，所谓知其解者，旦莫而遇之也。昔黄长睿喜观未见书，董彦远云异书不可不观。南棠周公好古嗜学，雅珍兹编，锲而传之，以贻同好，流观欣赏。异时艺林文苑，称蜀本于天下，当自今日始矣。嘉靖三十三年夏五，珥江刘大昌序。（《升庵杂著》本《山海经补注》卷首）

山海经补注跋　（明）周珫

古书传于世者，仅仅可数，若《山海经》其一也。东晋郭景纯氏平生所著，可见者二种，若《尔雅注》《山海经注》是也。方其注《尔雅》时，池水尽黑，意者二书相继成于蜀中，此其志亦勤矣。犍为文学刘子骏氏校而上之，新都太史升庵杨公补而注之，相望千数百载，若相待然。吾蜀之盛事，斯文之庆幸，亦不偶也。公居滇三十年，著作百余种，左有六经，渔猎百氏，奇字古篇，藏诸名山，传布天下，海内文宗，于公见之矣。余获是编，真帐中之异书，海外之奇作。然敷文析理，不事艰深，人望之而难及，读之而易知，视韩子之解《老》，子玄之注《庄》，明晦得失，当自有辨之者，余又何赘焉。嘉靖甲寅仲夏吉旦，南棠周珫谨跋。（《升庵杂著》本《山海经补注》卷末）

山海经补注跋　（明）杨宗吾

此注本先太史自序，花甲且一周矣，刻亦五十余祀，岁久板缺不传。嗜古好学者来乞，又苦抄录之艰，无以应，因同云间王季高校正重梓之。时万历甲辰长至，孙宗吾谨识。（《升庵杂著》本《山海经补注》卷首）

山海经补注序　（清）李调元

周书仓太史尝为予言：升庵先生著有《水经补注》《山海经补注》二书，疏释精确，足补郦道元、郭景纯所未备，惜《水经注》早逸，存者惟《山海》一卷耳。予亟借而读之，信然！按何宇度《益部谈资》，《水经补注》在所见已刻三十种之内，而《山海经注》则云已刻未见者。今此本存而彼转逸，何显晦之各不相侔也！仁和赵一清作《水经注释》四十卷，引据原校二十九人，升庵居首，则先生之书固有存者，予特未之见耳。又检讨吴任臣博采众说，作《山海经广注》，见于《浙江采辑遗书总目》，予亦未见其书，又未知其能取先生之说而折衷焉否也。童山李调元序。（《函海》本《山海经补注》卷首）

郑堂读书记补遗一则　　（清）周中孚

《山海经补注》 一卷函海本

明杨慎撰。仕履见经部礼类。按升庵《山海经后序》不言其有《补注》，惟《汇刻书目》载升庵著作，其《外集》中有此书，而吴志伊任臣作《广注》，亦屡引其说，几于全书收入。此本乃李雨村调元从周书仓永年所得，为序而重刊之。雨村序谓补景纯所未备，而毕氏《山海经新校正篇目考》称《山海经》明杨慎、国朝吴任臣皆有《广注》，杨注多由蹈虚而非征实，其于地理全无发明。按升庵别无所谓《广注》，疑毕氏所称即补注而讹为广注耳。然其书盖偶据一隅之见记录，非有意于著书，亦可见矣。《艺海珠尘》亦收入。（《郑堂读书记补遗》卷十六）

续修四库全书总目提要一则　　佚名

《山海经补注》 一卷李氏函海本

明杨慎撰注。慎廷和子，字用修，号升庵，四川新都人。年二十四，登正德间廷试第一，授修撰。武宗微行出居庸关，慎抗疏谏。世宗立，充经筵讲官。大礼议起，慎与同列伏左顺门力谏，帝命执首事下狱，慎削籍遣戍云南，卒年七十矣。慎博学强记，精通经史，投荒多暇，于书无所不览。明代记诵之博，著述之富，世推第一，不仅蜀中人杰已也。诗文外，杂著至百余种。此编一卷，乃校补《山海经》，凡数十条，其次第仍照原本。首南山经八条，次西北、东、中山经，次海外南、西北、东经，次海内南、西北、东经，次大荒东南、西北经，末海内经。前有李调元序，略谓：升庵先生著有《水经补注》《山海经补注》二书，疏释精确，足补郦道元、郭景纯所未备。惜《水经注》早佚，存者惟《山海》一卷耳。余亟借而读之。然按何宇度《益部谈资》:《水经补注》在所见已刻三十种之内，而《山海经注》则云已刻未见者，今此本存而彼转逸，何显晦之各不侔也云云。是此书在清中已不易得。按仁和赵一清作《水经注释》四十卷，引据原校二十九人，升庵居其首。又吴任臣博采众说，撰《山海经广注》，亦引杨说，足征此书考据精审。盖升庵本宿儒，复精音韵小学，以之校注古籍，自能发前人所未发，而为后学取则也。(《续修四库全书总目提要》)

史记题评

　　《史记题评》一百三十卷，杨慎、李元阳辑，高士魁校，嘉靖十六年（1537）李元阳官福建时，由福州知府胡有恒、同知胡瑞敦刊刻。该书为三家注本，集诸家评语于书眉，目录后"诸儒名氏"收录从孔安国至杨慎共一百一十六人。其每卷卷次之下，或题"明李元阳辑订，高世魁校正"，或不题，也有数卷在"李元阳"上增题杨慎名。此书今仅存明嘉靖十六年胡有恒、胡瑞敦刻本。

宋元旧本书经眼录一则　　（清）莫友芝

　　《史记题评》一百三十卷，嘉靖十六年丁酉太和李元阳中溪按闽所刊，亦具三家注，惟索隐、述赞不录，而集诸家评语于书眉，其不系名氏者，则中溪说也。其每卷题明李元阳辑订，高世魁校正，亦有不题者，亦有数卷李元阳上增题杨慎名者。升庵谪戍太和，惟中溪为至交，此本盖即升庵辑本，因增益以付雕，故题云尔。明人好尚评论，是书刻有评者，盖昉于此。后凌稚隆为《评林》，则又因此增益。同治庚午暮春，鄂肆收此，以见一代风尚之由。郘亭长记。（《宋元旧本书经眼录》附录卷一）

善本书室藏书志一则　　（清）丁丙

《史记题评》一百三十卷，明李元阳辑订，高世魁校正明刊本

　　前列司马贞索隐前后序、张守节正义序、正义论例谥法解、列国分野、目录、题评诸儒名氏一百十六家。此本为嘉靖十六年丁酉太和李元阳中溪按闽所刊，亦具三家注，惟索隐、述赞不录而集诸家评语于书

眉，其不系名氏者则中溪说也。卷前亦有不题辑校名氏者，亦有数卷李元阳上增题杨慎者。升庵谪戍太和，惟中溪为至交。此本盖即升庵辑本，因增益以付雕，故题云尔。明人好尚评论，是书刻有评者盖昉于此，凌稚隆《评林》实踵其后尘耳。（《善本书室藏书志》卷六）

五十万卷楼藏书目录初编一则　　莫伯骥

《史记题评》一百三十卷 明刊本

此为嘉靖十六年丁酉太和李元阳刊本。元阳，字中溪，按闽时所为也。明杨升庵慎在滇时，从游者众，有杨门六学士之目，盖以比黄、秦、晁、张诸人。张半谷愈光、杨弘山士云、王纯庵廷表、胡在轩廷禄、李中溪元阳、唐池南锜，所谓六学士也。又合吴高何懋，为七子。升庵谓七子文藻皆在滇南，一时盛事，即指此。《升庵集》有《己未六月病中诀李张唐三君》诗，李谓元阳也。吾家邵亭云，此书亦具三家注，惟索隐、述赞不录，而集诸家评语于书眉，其不系名氏者，则中溪说也。每卷题“明李元阳辑订，高世魁校正”，亦有不题者，亦有数卷李元阳上增题杨慎名者，此本盖即升庵辑本，因增益以付雕，故题云尔。明人好尚评论，是书刻有评者，盖昉于此。后凌稚隆为《评林》，则又因此增益。伯骥按：元阳又尝校刊宋倪思《班马异同》。洪氏颐煊谓《史记·司马相如列传》相如乃与驰归成都，家居徒四壁立，今本无“成都”二字，惟李氏此本与南宋大字本有之，然则李氏刻本固甚善矣。郑康成注《周礼》，称郑大夫、郑司农，述众、兴之说也。三国时，杨修则曰修家子云。前清孙渊如衍《冶城遗集》内《题家颐谷侍御深柳勘书图》诗，有“天与吾家难王肃”之句。伯骥谓邵亭为吾家，盖从后例也。半叶□行，行□字。（《五十万卷楼藏书目录初编》卷四）

全蜀艺文志

　　《全蜀艺文志》六十四卷，为杨慎所编著四川艺文总集。嘉靖二十年（1541），四川巡抚刘大谟修纂《四川总志》，礼聘杨慎主修《艺文志》，慎自八月初二至九月初一，历时二十九日（杨慎序称"廿八天"）即告竣。该书内容分十九类，涉及四十七种文体，收录诗文一千八百七十三篇，有名氏的作者六百三十一人（以上统计据吴洪泽《巴蜀地方总集研究》），体例完备，采摭富赡，在保存巴蜀文献、创新艺文总集编纂方面影响深远。该书今传嘉靖二十四年（1545）刻本，万历四十七年（1619）刻本（以上两种皆附刻于《四川总志》后），《四库全书》本（误为周复俊编）、嘉庆二年（1797）读月草堂刻本，嘉庆二十二年（1817）重刻本，光绪十七年（1891）、三十一年（1905）邹兰生刻本，1914 年成都昌福公司铅排本等，台湾图书馆另藏有一部蓝格旧钞本。今人刘琳、王晓波有点校本（线装书局 2003 年版、四川大学 2022 年版），是目前最好的版本。

全蜀艺文志序　　（明）杨慎

　　余尝读左太冲赋《蜀都》云：江汉炳灵，世载其英，蔚若相如，暐若君平，王褒韡晔而秀发，扬雄含章而挺生。自汉而下，文章之盛无出于四子矣。然岂徒四海考隽，游谈为誉哉。文之传，事之传也，去今千七百年，而谈汉事如昨日，繄四子之文也。文乎文乎，其可谖乎！若夫陈子昂悬文宗之正鹄，李太白曜风雅之绝麟，东坡雄辩则孟氏之锋距，邵庵诗律比汉廷之老吏。继炳灵而蹑踪，感挦藻而骋辔，与为多矣。况子安、少陵，薄游遍乎三巴；石湖、放翁，篇咏洎乎百濮。其原本山川，极命草木，亦楚材晋用，秦渠韩利矣。先君子在馆阁日，尝取袁说友所著《成都文类》、李光所编《固陵文类》，及成都丙丁两记、

92

《舆地纪胜》一书，上下旁搜，左右采获，欲纂为《蜀文献志》而未果也。悼手泽之如新，怅往志之未绍，罪谪南裔，十有八年。辛丑之春，值捧戎徽，暂过故都。大中丞东皋刘公礼聘旧史氏玉垒王君舜卿、方洲杨君实卿编录全志，而谬以艺文一局委之慎。乃捡故簏，探行箧，参之近志，复采诸家。择其菁华，褫其烦重，拾其遗逸，翦彼稂稗。支郡列邑，各以乘上，又得《汉太守樊敏碑》于芦山，《汉孝廉柳庄敏碑》于黔江，文无销讹，刻犹古剖。东皋公喜曰：汉碑之传于今，中原亦扫迹矣，乃今得兹于远邦，不谓斯举之获乎！唐宋以下，遗文坠翰，骈出横陈，实繁有眹，乃博选而约载之，为卷尚盈七十。中间凡名宦游士篇咏，关于蜀者载之，若蜀人之作仅一篇传者，非关于蜀亦得载焉，用程篁墩《新安文献志》例也。诸家全集，如杜与苏盛行于世者，祗载百一，从吕成公《文鉴》例也。同时年近诸大老之作，皆不敢录，以避去取之嫌，循海虞吴敏德《文章辨体》例也。开局于静居寺宋、方二公祠，始事以八月乙卯日，竣事以九月甲申，自角匜轸，廿八日以毕。食时而成，既愧刘安之捷；悬金以市，又乏《吕览》之精。乃属乡进士刘大昌、周逊校正，而付之梓人。昔汉代文治，兴之者文翁。礼殿之图，后世之建学仿焉；七十子之名，马迁之立传征焉。当时号为西南齐鲁，岷峨洙泗。文之有关于道若此，文翁之功不可诬也。继文翁而作者，今之皋翁欤！独愧慎华颠白纷，旧植荒落，不足以扬四子之芬，而成一邦之史也。恕其不敏，补其未备，尚有冀吾党之助焉。嘉靖辛丑九月十五日，博南山戍成都杨慎序。（嘉靖二十四年刻本《全蜀艺文志》卷首）

全蜀艺文志序 　（清）俞廷举

余尝与天下士论古今真大才子得三人：一曰唐太白，一曰宋东坡，一曰明升庵，才皆天纵，殆文苑中之生知安行者。是以天骨开张，横纵自如，冠绝当代。此外诸家，虽多雕龙绣虎，炼石补天，然皆藉人工学力而成，并非天才。是又所谓学知利行，困知勉行者，其不及三子明甚。然三子皆产于蜀，得毋岷峨江汉之钟灵独异欤？升庵以翩翩公子生相门，金殿传胪，为天下第一人，校李苏为得意。尤西堂《登科记》以太白天上及第，谓状元中以有太白重，太白不以状元重。然则升庵岂非状元中以有其人为重者哉！学问渊博，平生著作如林，大小凡三四百种，古今著述从无如此富者。惜其书湮没，今多不传，而所传者《升庵文集》《外集》数种而已。近李雨村《函海》采取升庵一二十种，究属全豹一斑。昔与查铁桥中丞论及升庵著书之富，欲一网收尽为快，中丞极力采访，所得亦不过百种，然皆未付梓而卒，终为恨事。丙辰夏，余偶来成都，朱遐唐以重刊升庵《全蜀艺文志》问序于余。余读之，卷帙浩繁，各体具备，不啻《昭明文选》。康对山《武功志》以少胜，升庵此志以多胜，各极其妙，皆名元名志，纸贵洛阳者也，何今日卒不多觏！遐唐曰：此书湮没已久，今所得皆系抄本，搜罗校正，越三寒暑始蒇事。噫，此心亦良苦矣！李穆堂曰：凡能拾人遗文残稿而代存之者，功德当与哺弃儿、埋枯骨同。夫以本地之文献，本地之人，尤当爱惜而表章之。如司马长卿、扬子云、太白、东坡，以及子安、少陵、石湖、放翁诸公，昭昭在人耳目，名山石渠，是处皆有其书，不患无传。若迁客骚人，隐逸缁黄辈，名位未著人间，其所作零星碎锦，片羽只光，必附青云乃显者，不得是刻，不几湮没弗传乎？噫，亦幸矣！使升庵诸公闻之，固未有不鼓掌称快者。然蜀之贤士大夫多矣，百余年来，何以任其湮没，不闻续刻于前，而必俟我遐唐，始得重刻一新，噫，亦甚危矣！使升庵诸公闻之，又未有不喟然叹者夫？如是则遐唐今日之功德，宁有涯哉？或曰人非穷愁，不能著书，使当日升庵得志天下，不致谪戍永昌，则此书固不能成。即使今日遐唐得志于蜀，不致设帐潜溪，则此书又何能传？甚矣，人之生于忧患，不徒一端为然也。然则天生遐唐，使不得志于时，而仅以山长鸣高，著述为业者，其在斯乎！其在斯乎！时嘉庆元年岁次丙辰清和月，桂林石村愚弟俞廷举书于锦城之修竹轩。

重校全蜀艺文志跋（一） （清）谭言蔼

蜀乘旧称明嘉靖中巡抚刘东阜大谟所修为最善，司其事者，实维螯屋王舜卿元正，遂宁杨实卿名，暨新都杨用修三太史也。三君子皆以直言谪戍，大节昭然，而方洲、升庵二杨子尤负重名，详具《明史》本传。凡所著述，匪特书以人重，即其学其才，皆足高视一代者也。顾所修志，今佚不传，而《艺文》一志，出升庵手，前贤谓其可以别行者，蜀中亦无刊本。江陵朱遐塘先生，由乡举令永宁，坐诖误去官，当事延为潜溪书院山长者余十年。博学嗜古，老而不厌，购得钞本，亟为校梓。此志之成也，于净居寺宋、方二公祠。今宋以墓迁，故建专祠，辟书院，而别祠赵清献、方正学二贤于讲堂右。自嘉靖辛丑迄嘉庆丁巳，阅二百五十七年，而《艺文志》重刊于此，毋亦有数存邪？先生之殁今四年，子亦没，诸孙幼，板遂庋置。绵竹唐张友、犍为张汝杰两明经，金堂陈一津、达纪两文学，方将仿毕昇活字法，大辑娜嬛宛委，为艺林启伟观。而以《艺文志》传布未广，惧没先生之苦心也，先取其板，再雠而印行之，蔼亦与焉。夫升庵博洽为胜朝冠，此书虽蓝本成都、固陵两《文类》，而网罗放失，赅备靡遗。读书未到康成处，乃敢议汉儒，颠矣。然升庵职此志，在谪戍暂归时，闻诸先老，凡廿有八日而毕，不携簏，不检籍，取之腹笥，蔚为巨编。其间应不无小舛，矧转相传写，乌马递成，鲁鱼迭出。先生重刊时，尝叹竭一人之心思目力，扫叶愈多。蔼从先生游日浅，昔滥名校字中，无能为役；今固非敢犯不韪，以蚍蜉之撼，妄拟《正杨》。而中如《破吐蕃露布》，实王应麟所拟，误题韦皋；陆游《牡丹谱》本集实三篇，后两篇误合为一。此类则证据之可寻，有待雠正，而亦先生宿志也。乃献其愚者一得，从诸君后，共为检校修补，又得若干字。其旧仍钞本脱误，难于增改者，刊附卷末。第迫于秋赋，日力不给，凡耳目所限，尤望博雅君子匡所不逮。于以还升庵太史之旧观，而成遐塘先生之盛举，则幸甚！嘉庆十有二年岁在强圉单阏秋七月，安岳谭言蔼跋。

重校全蜀艺文志跋（二）　　　（清）谭言蔼

　　此书丁卯七月所校，粗得崖略，未及刊正印行。秋闱撤棘，唐君子群、陈君协五俱登贤书，言蔼亦忝附骥。戊辰偕下第，或归或留，事遂中辍。己巳冬初，蔼奉慈讳回籍，读礼之余，未暇及也。昔日同志，风流云散，盖尚有过夏未归者。今秋君伟张君伻来，告其尊人履堂州司马讣，兼索志文，其家玉田孝廉希珝执讯及此，遂令门人就当日简端所记，仓猝钞付来信，未备者多，祈博雅君子正之。辛未季秋，言蔼又记。（以上嘉庆二十二年重刻本《全蜀艺文志》卷首）

重刊全蜀艺文志序　　(清) 邹兰生

明杨升庵先生撰《全蜀艺文志》六十四卷，于故书雅记，网罗甚富，两川故事，纪载特详。维明自中叶以来，士大夫悉工帖括，弋科第，于古书屏不寓目。其稍博雅者，则删节古刻，自矜著述。升庵独能寝馈六艺，斟酌百家，平生著述多至四百余种。此编为其谪南裔后修蜀志时所纂录，去取谨严，决择精当。吾蜀人士当家置一编，藉征文献。兰生少侍先大夫濯亭公连平州牧任所，每喜闻乡先达轶事，趋庭时授以是书，乃嘉庆间朱氏重刻本，间有讹误，为之口讲指画，订正者百数十条，尔来二十余年矣。意欲物色善本，参互考订，而卒不可得。继闻嘉定有原板尚存，展转访求得之，则已残缺不完。丁亥岁，长夏无事，读书余暇，追维往训，笔之于书，又证之方志，考之本集，要使一字一句，悉有援据。其单辞只句散见他说者，亦必精校细勘，勿使讹谬。思其误而不得，则任阙如，盖其慎也。爰付枣梨，以公同好，四历寒暑，书始告成。伏读《四库总目提要》，前明四川按察司副使周复俊亦有全蜀艺文之选，书缺有间，无从商榷。此书谨据朱刻为稿本，朱序当日已云转相传写，不无舛误，则今日校正重刊，非特表升庵先生之遗书，亦以完朱氏未竟之志也。曩哲有知，应亦许为同心哉！风庭扫叶，舛误仍多，海内通人，若能考正而指示之，则幸甚。光绪十有七年岁在重光单阏病月，安岳邹兰生序。(光绪十七年邹兰生刻本《全蜀艺文志》卷首)

全蜀艺文志序　　(清) 邹兰生

《全蜀艺文志》者，前明殿撰杨升庵先生所辑也。嘉庆时，朱君遐塘曾刻于嘉定，鲁鱼亥豕，不可卒读，兰久引为憾事。同治末，随先君濯亭公广东连平任所，即有志改订，然犹嫌未备。光绪中，筮仕东粤，奉檄驰驱，簿书之余，迄未订正详明。刻官经被议，始克偿夙志，窃滋愧矣。兰自知学浅才疏，不堪问世，惟服膺前哲，于义利之辨甚明，不谓求全得毁，竟有出人意外，不可不略陈梗概也。光绪二十九年，兰奉准部咨，补授合浦知县。三十年二月任事，举凡清监羁结词讼，严缉匪徒，整顿税契，日夕勤奋，未敢少安。五月，西安李本府崇洮来守廉郡，因供张未能洽意，公事便多挑剔，遂始有不安其位之思。如奉发取保、追缴罚款，硝磺职商邝瑞图也，失足落水淹毙，兰验明详报，批云：有无不实不尽，本府无从查考。所谓不实不尽者，以邝瑞图非失足淹毙耶？抑淹毙者非邝瑞图其人耶？乡绅办团，领枪军械局，镌有北海局名，旋据乾体局绅禀请转售。兰以北海局所领之枪，既经镌刻局名，原恐流入贼手，备日后稽核起见，何能改发，自紊定章，则又斥为胶柱鼓瑟。审定要犯冯子糠等，录供禀办，又批饬酌从末减，以刑残其肢体，使成残疾。不知擅用非刑，例应革职，不查例而为此言耶？抑知之故以相陷耶？八月廿五日，县属白沙失电线五十八度，本府电禀，指为兰任内之事，致记大过三次。查兰先于七月交卸，事已匝月，尚欲以此诬陷，幸电局查知，代请更正。而尤以委审犯官王之湘一案，驳诘尤多。始饬追赃，兰以赃无人证，无从讯追，本府则批谓：据请提质，无非为该革员开脱地步，应不准行。及在监患病，又指为捏报不实，行将交替，竟斥为有心祖纵。查犯官王之湘始终收监，并未开释，事因本府提讯时，碰头不服，哄堂大闹，无所泄愤，欲以此中伤。兰窥其已有成见，适下乡病暑，禀请回省就医，旋即交卸。经丰润张巡抚饬司行查得实，其批示有：邹令办事并无不合，《书》曰同寅协恭，愿与该守勉之。不意李本府因此怀恨，而究无如张公何也。本年三月，调潮回省，始在西林制军处任意诬蔑，不陷不休。乃以办事乖方，操守难信，被劾落职。窃上列各款，何人乖方，不值有识之一噱。而遇事不肯唯随，尚欲以难信字样，曲为诋毁，始知古人忠而被谤，信而见疑，同一致慨。今者时局多艰，不才见弃，切切仰首伸眉，论列是非，不亦多见其不知量耶？所以隐忍含垢，商量旧学，而不敢惮劳者，窃凤志有未偿，恨前贤遗编不传于后也。为是广征群集，求正原书，始克校论精详，用成升庵先生完书。急付手民，以公同志，风庭扫叶，舛误仍多。海内通人，若能考正而指示之，则尤幸甚。光绪三十有一年岁在旃蒙大荒落，安岳邹兰生序。（光绪三十一年邹兰生刻本《全蜀艺文志》卷首）

四库全书总目一则　　（清）纪昀等

《全蜀艺文志》六十四卷 两淮马裕家藏本

　　明周复俊编。复俊有《东吴名贤记》，已著录。初，宋庆元中，四川安抚使袁说友属知云安县程遇孙等八人裒《成都文类》五十卷，中间尚有所未备。嘉靖中，复俊官四川按察司副使，复博采汉、魏以降诗文之有关于蜀者，汇为此书，包括网罗，极为赅洽。所载如宋罗泌《姓氏谱》、元费著《古器谱》诸书，多不传于今。又如李商隐《重阳亭铭》，为《文苑英华》所不录，其本集亦失载。徐炯、徐树毂笺注义山文集，即据此书以补入。如斯之类，皆足以资考核。诸篇之后，复俊间附案语，如汉初平五年周公礼殿记，载洪适《隶释》，并载史子坚《隶格》，详略异同，彼此互见，亦颇有所辨证。其中若曹丕《告益州文》与魏人《檄蜀文》，伪词虚煽，颠倒是非，于理可以不录。然此志搜罗故实，例主全收，非同编录总集，有所去取，善恶并载，亦未足为复俊病。惟篇末不著驳正之词，以申公义，是则义例之疏耳。（《四库全书总目》卷一八九）

善本书室藏书志一则　　（清）丁丙

《全蜀艺文志》六十四卷嘉靖刊本，汪季青藏书

明周复俊编。复俊字子籲，昆山人。嘉靖壬辰进士，官至南京太仆寺卿。尝著《东吴名贤记》。宋庆元中，四川安抚使袁说友等集《成都文类》五十卷，中尚未备，复俊按察蜀中，更拾其遗而补其缺，搜罗既备，考证亦精。嘉靖辛丑九月，博南山戍成都杨慎序。有"展砚斋图书印""摛藻堂藏书印""古香楼休宁汪季青家藏书籍"诸印。（《善本书室藏书志》卷三九）

静嘉堂秘籍志一则　　〔日〕河田罴

《全蜀艺文志》明杨慎编。六十四卷。刊十二本

《藏书志》不载。

案：《提要》有明周复俊编《全蜀艺文志》六十四卷，云："嘉靖中，复俊官四川按察副使，博采汉、魏以降诗文之有关于蜀者，汇为此书云云。"而是编卷首有嘉靖辛丑九月杨慎自序，云"大中丞刘公礼聘旧史氏玉垒王君舜卿、方洲杨君实卿编录全志，而缪以艺文一局，委之慎"云云。未尝一言及周氏，则似别所编辑者。唯怪同在嘉靖，卷数亦均，殊为可疑。（《静嘉堂秘籍志》卷四九）

续修四库全书总目提要一则 佚名

《全蜀艺文志》 六十四卷 光绪重刻本

明杨慎辑著。慎字用修，号升庵，四川新都人。登明正德间廷试第一，授修撰。武宗微行出居庸关，慎抗疏谏。世宗立，充经筵讲官，旋以大礼议起，忤帝怒，慎与同列王元正等悉下狱廷杖，遣戍云南永昌卫。卒年七十余。按慎为进士廷和子，家学渊源，博学强记，明世记诵之博，著述之富，推为第一。其投荒多暇，于书无所不览。其撰辑除诗文外，杂著至一百余种。有《升庵集》八十一卷，天启中追谥文宪。此书凡四十六卷，乃集各代蜀人著述编次而成。其内容分赋、诗、策、诏、敕、表、疏、状、书笺、书序、记、铭、颂、碑文、杂著、碑目、谱跋、行纪、题名等，每类之下，并附分目。凡文章体例，略备于此。卷前有嘉庆安岳谭言蔼、俞廷举序及慎自序与光绪末安岳邹兰生序等。因此编出世最晚，均属抄本，初刻于嘉庆，谬误极多，至光绪时重刊，即此书，故《四库》未为著录。按蜀人著述极多，散佚亦甚，此书所录，虽非完备，而已卷帙浩繁，各体具备，不啻《昭明文选》，使历朝蜀人著作得以考见，实有关全蜀艺文，固不仅足为文章模范已也。惟此编止于明朝中叶，余尝拟续辑，使迄清末，或另辑二编，称为续志，以供征文考献者之取材。所惜者，此书于作者未附小传，致年远事湮，无从稽考，殊美中不足。后之杨氏《八旗文经》附作者传略，其体例实可取也。（《续修四库全书总目提要》）

滇载记

《滇载记》一卷，为杨慎所著记载云南历代沿革的史书。杨慎谪戍云南，考求当地史传，觅得僰文《白古通》《玄峰年运志》（有学者认为杨慎所见乃《白古通玄峰年运志》一书，非二书），于是删正为《滇载记》。书中载九隆六诏及张、蒙、郑、赵、杨、段、高七氏起灭始末，是研究云南地方史的重要著述。该书今传明嘉靖二十三年（1544）俨山书院刻本、明万历三十三年（1605）新都杨氏家塾刻本、《升庵杂著》本、《升庵杂刻》本、明末祁氏澹生堂抄本、《函海》本等。因篇幅短小，类于杂记，本书又多收入明清杂胜类丛书中，有《古今说海》本、《历代小史》本、《广百川学海》本、《艺海珠尘》本、《学海类编》本、《墨海金壶》本、《纪录汇编》本等。

滇载记序　　（明）姜龙

云南，古西南外徼，虽唐虞之声教弗暨焉。《王制》出学，简不帅教，屏诸西方者曰僰。今其志犹云汉僰同风，岂以是与？秦庄蹻略地至滇，遂留不返。汉张骞之徒乃通滇，滇之言曰：汉孰与我大？是未始知有中国也。嗣后虽尝置郡，特遥领于益州部，徒有其名縻之而已。昭烈时，分建宁置云南郡，晋唐以来，畔服靡常。迨我明大一统，荒遐悉臣，于是云南始入版图，与侯甸齿。二百年来，渐濡涵育，文献聿兴，寝寝乎追躅上国。圣化覃被之功，殆谓贤于尧舜，无论秦汉矣。第志记荒落，史有阙文焉。《一统志》虽因往记，取备职方，然亦略矣。顷龙官仪曹郎，坐出位言事黜，俄起废承乏边圉。蜀杨子用修由侍从论时事忤旨，谪戍博南，相得甚欢。暇则相与稽古问俗，茫然莫溯其源，漫索之民间，得敝帙于故博士张云汉氏，曰《白古通》。白，即僰从省也。其事怪，其词鄙，盖滇地与身毒密迩，汉使之入也，假道于彼，则其怪也，有所蒙袭，无足究者。其书不著作者姓氏，亦不审昉于何代，意其经几译而后属之书，文何由雅也？余辄以恩杨子，芟薙芜陋，括以文章家法，以成一方之志，词旨简奥，足补史氏之阙。初，南诏自相雄长，尝称王于其国，故援偏安之例，以载记目之。嗟乎！古今纂言者，惟史为难，惧其狃于闻而蠹其实也。纪要荒事尤难，惧其远而诞于闻也。是编也，创于其土之人，而杨子述之，且亲涉其地，日与其贤士大夫游，其见闻当弗诞弗蠹矣，不亦可传也哉？吴陆子浚明，往在谏垣，以直言废，家居。余间出其稿，陆子乃亟为披校，缮写入梓，冀衍其传，俾异日职史者有取焉。夫云南旷古无述，述自今始，二子之用心亦勤矣。谓龙实与闻其由，宜引诸端，以备岁月之考，故忘其不文，以附于二子云尔。嘉靖癸卯秋，古娄姜龙梦宾甫序。（《升庵杂刻》本《滇载记》卷首）

滇载记跋　（明）杨慎

逸史氏曰：史称西南彝靡莫之属以什数，滇最大。元封中，以兵临，滇王举国降，然皆未有称也。及张氏受姓，后世迭君长者，蒙氏、郑氏、赵氏、杨氏、段氏、高氏凡七姓，惟蒙、段最久，故著称焉。彝裔盗名号，互起灭，若蜂蚁，然不足录也。然至与中夏交绥抗陵，疲我齐民，世主甘心焉，以无用戕有用，是可慨已。汉司马氏传西南彝，诚有意哉！余婴罪投裔，求蒙、段之故于图经而不得也，问其籍于旧家，有《白古通》《玄峰年运志》。其书用僰文，义兼众教，稍为删正，令其可读，其可载者，盖尽此矣。滇僰于三代为荒服，汉仅剟分其方，虽胡元兵力胜之，而不能守也。于今列菁落而郡县之，驯鳞介而衣裳之，华风沃泽，同域共贯，昭代恢宇，前是孰并？传称神农地过日月之表，几近是哉！夫分隔之乱昔如彼，大一统之治今若此，干羽不警百五十年，探言其故，则金匮秘文，缙绅罕睹，况荒徼乎？余慕宋司马氏作《通鉴》，采获小说，若《河洛行年纪》《广陵妖乱志》者百二十家，法孔子著《春秋》，取宝书于百二十国也。因是有感，遂纂蒙、段氏以为《滇载记》。其诸君子祖《春秋》而述二司马氏者，亦将有取于斯焉。（《升庵杂刻》本《滇载记》卷末）

滇载记序　　（清）李调元

《滇载记》者，升庵居滇所记蒙、段七姓之事也。七姓者，张氏、蒙氏、郑氏、赵氏、杨氏、段氏、高氏，即史称西南彝靡莫之属也。其属以千数，而滇最大。元封中以兵临滇，王举国降，时未有称，及张氏受姓，后世遂为长者。然七姓之中，惟蒙、段最久。升庵戍滇时，求蒙、段之故于图经而不得，闻其籍于旧家，有《白古通》《玄峰年运志》。其书用僰文，义兼众教，稍为删正，令可读，故曰《滇载记》。盖原有是书，而先生删节之也。滇久已为内地矣，览此记也，犹想见从前列菁落而郡县之，驯鳞介而衣裳之之景象也乎？罗江李调元童山撰。（《函海》本《滇载记》卷首）

四库全书总目一则　　（清）纪昀等

《滇载记》一卷两淮盐政采进本

明杨慎撰。慎有《檀弓丛训》，已著录。是书乃其谪戍云南时所作。统纪滇域原始及各部姓种类。旧本与《滇程记》合为一篇。今以一为行记，一为地志，析之各著录焉。（《四库全书总目》卷六六）

郑堂读书记一则　　（清）周中孚

《滇载记》一卷说郛本

明杨慎撰。慎仕履见礼类。《四库全书》存目。《明史·艺文志》亦载之。是书乃其谪戍云南时所记蒙、段七姓之事。七姓者，张氏、蒙氏、郑氏、赵氏、杨氏、段氏、高氏也。然七姓之中，唯蒙、段最大，升庵求蒙、段之故于图经而不得，访其籍于旧家，有《白古通》《玄峰年运志》，其书用僰文，义兼众教，因稍为删正，令其可读，其可载者，盖尽此矣，故曰《滇载记》。盖原有是书，而升庵复位之也。《说海》《历代小史》《函海》《艺海珠尘》均收入之。（《郑堂读书记》卷二六）

文禄堂访书记一则　　王文进

《滇载记》一卷

明杨慎撰。明祁承㸁钞本。次题"孙宗吾刊"。蓝格。板心下刊"淡生堂钞本"五字。有"归安姚觐元""彦侍""潘志万""潘叔坡图书""崦西草堂"印。(《文禄堂访书记》卷二)

云南山川志

《云南山川志》一卷，记载云南山川形胜，自昆明玉案山至永昌易罗池，凡二十七条。此书不见于历来杨慎著述目录，最早署作者为杨慎的版本是清初刻陶珽《说郛续》本，而《说郛续》中伪书众多，并不可靠。经查，该书乃截取何镗编《古今游名山记》卷十六"《大明一统志》云南山川"内容炮制的伪书。该书今传《说郛续》本、《函海》本、《奇晋斋丛书》本等。吴秋士辑《天下名山记钞》卷十六、秦光玉《续云南备征志》、姚莹《康𬨎纪行》卷十四、《小方壶斋舆地丛钞》、《古今说部丛书》等亦予收录。

云南山川志序　　（清）李调元

《九邱》者，九州之志也。他如周处之《九州风土记》、宗懔之《荆楚岁时记》，随所闻见，编缀成书，俾后之览者得以详焉。先生谪居滇南，倘徉自适，随所登涉，作为《云南山川志》一卷，金马碧鸡，瞭如指掌矣。按先生在滇，著有《滇程记》《滇候记》二书，今皆失传。盖其沦落于荒凉毒疠之区，无可聊赖，寄情文研，以自娱其志，亦可悲矣。然其书之存者，将令人脍炙于勿衰，则又未必非不幸中之幸也。童山李调元雨村序。（《函海》本《云南山川志》卷首）

云南山川志跋　　（清）陆烜

明升庵先生，其著书多在滇南，此当是双髻簪花、蛮妓扶舆时游历所志。陆烜跋。（《奇晋斋丛书》本《云南山川志》卷末）

郑堂读书记补遗一则　　（清）周中孚

《云南山川志》一卷奇晋斋丛书本

明杨慎撰。仕履见经部礼类。是编乃其谪居时偶然札记，不必求备之作，后人录而存之耳。陆梅谷烜跋云："升庵先生著书多在滇南，此当时双髻簪花、蛮妓扶舆时游历所志。"书仅数叶，盖随所登涉为之也。《续说郛》《函海》亦收入之。（《郑堂读书记补遗》卷十六）

续修四库全书总目提要一则　　佚名

《云南山川志》一卷函海本

明杨慎撰。慎有《丹铅余录》，清《四库全书总目》已著录。滇中僻在一隅，故六诏山川为前人所罕道。明世宗时，慎以争大礼撼门大哭，下诏狱廷杖，嗣后纠众伏哭，乃再杖于廷，谪戍云南永昌卫。《明史》本传称其闻父廷和讣，获归葬，葬讫复还。自是或归蜀，或居云南会城，或留戍所。是编所志山川，如金马碧鸡、滇池洱海之属，皆近云南府城，罗岷、哀牢、高黎共山、澜沧江之属，皆近永昌戍所，大都其身亲历。其谓罗岷，旧传蒙氏时，有僧自天竺来者名罗岷，常作戏舞，山石亦随而舞，后没于此，后人为之立祠祀之。岩下时坠飞石，过者惊趋，俗谓之催行石。按飞石本岩上野兽抛踏而下，此辨甚是。乃又谓相传有人于将晓时，见石自江中飞上雾中甚多，斯则妄语矣。至云九隆山，相传昔有一妇名沙壶，浣絮水中，见沈木有感，因孕产九男。后沈木化为龙，众子惊走，惟季子背龙而坐，龙因舐其背。蛮语谓背为九，谓坐为隆，故名为九隆。长而黠，遂以为酋长。是盖蛮人尊其酋，造为神异之说，震服愚众。又言诸葛亮南征时，凿断山脉，以泄其气，弥不经矣。（《续修四库全书总目提要》）

滇程记

《滇程记》一卷，乃杨慎入滇纪程之作。书中详载江陵至永昌驿站里程，间录见闻，颇可资考证。书末则附录医士张氏记录大盂艮风土一篇。该书今传《升庵杂刻》《升庵杂著》本等。

滇程记跋　（明）杨慎

博南山人曰：余窜永昌，去都门，陆走万余三千里，买舟下江陵，乃登陆，纂流弓折，几万里而倍矣。江陵以西，山川益穷以遐，目益以旷，心益以悲，壮趾竭来，梦想未到。岂诗人之登高，史氏之足迹邪？然休旅之暇，犹不忘性习，乃作《滇程记》。肇笔江陵，滇首路也。茧足痛仆，数亭徼以前，故于亭舍详焉。山川书其历，不书其望；迂怪谣俗或书，图经有存者则略矣。昔人志于役，纪行程，后世有传焉，兹简其无沦矣夫。

滇程记跋　（明）杨宗吾

呜呼！此先太史公谪戍永昌，述征叙行，而题之为《滇程记》云。当世庙初立，天威震临，斧钺鼎镬，或前或侧，畴不畏缩，以固禄位？乃独首倡伏阙议礼，披忠吐胆，撄逆鳞，触忌讳，几毙廷杖，投荒万里。在滇者四十余年，竟得古今奇谪，天下无论识与不识咸哀之，而先公固无怨尤也。观其所纪，大言言山川，小言言花鸟，余言及风物，曾不及羁逐侘傺之状，真合古纯正忠爱温厚之体。第吾不肖，无能宣扬祖德是惭，因录而梓之家塾，绍示后人，传之永永焉。万历乙巳首夏念七日，孙宗吾谨跋。（以上《升庵杂刻》本《滇程记》卷末）

四库全书总目一则　　(清) 纪昀等

《滇程记》一卷 两淮盐政采进本

明杨慎撰。慎有《檀弓丛训》，已著录。此编乃其谪戍永昌时纪程之作。其中惟记崇宁寺僧满空遗像、记段思平遗迹，记叫狗山故事诸条，可备异闻。"辨晃州非夜郎"一条，可资考证。其余不过志山川，表里俗，采风谣而已。末有附录一篇，则又慎得于医士张姓以补此书所未及者云。(《四库全书总目》卷六四)

滇候记

此书已佚，据杨慎《滇候记序》，知此书乃记滇中气候。

滇候记序　　（明）杨慎

远游子曰：千里不同风，百里不共雷。日月之阴，径寸而移；雨旸之地，隔垄而分，兹其细也。太明太蒙之野，戴斗戴日之域，或日中而无影，或深暝而见旭，或衔烛龙以为照，或煮羊脾而已曙，山川之隔阂，气候之不齐其极也。是以有测景之圭，有书云之台，有相风之帨，有候风之津。海有星占，河有括象，以此知其不齐矣。故曰：不出户知天下。天下诚难以不出户知也，非躬阅之其载籍。夫《九邱》之书，志九州之异也，失而不传。周处作《九州风土记》，宗懔作《荆楚岁时记》，至于《巴蜀异志》《岭表异录》，皆是物也。余流放滇越温暑毒草之地，鲜过从晤言之适，幽忧而屏居，流离而阅时。感其异候，有殊中土，辄籍而记之，岂欲妄意古人乎？他日冀万一释其棘矜，归于岷峨，焚枯酌醴，班荆坐茅，与击壤之老，聚沙之童，晨夕话之，亦可以代博奕矣。（《升庵先生文集》卷二）

补名宾异号录

此书已佚，据杨慎《补名宾异号录序》，知此书乃收载古人别号，补宋人《名宾录》《异号录》而作。

补名宾异号录序　　（明）杨慎

《史记》云，孔子数称介山子，而不著姓名，岂隐而不彰乎？抑当世则彰而世远则隐乎？若《论语》所载长沮、桀溺、楚狂、晨门、荷蓧、荷蒉，皆不得其姓名而因事号之也。《战国策》秦惠王时有寒泉子，注云秦处士之号，抑亦介山之流乎？若甘茂号樗里子，范蠡自称鸱夷子，计然自号海滨渔父，此固后人别号之所昉乎？别号之称，唐人犹未数数然，至宋则人人有之，或人兼数号，讨寻实艰。于时有《名宾录》《异号录》，临文开卷，亦便简阅。今其书不传，暇日乃为补之，比之围棋握槊之谱稍有益焉。曾记弘治中，泰陵乙夜观经注，以养心吴氏名字下问于馆阁，遍阅载籍，竟不知也。使《异号》《名宾》之书尚存，则执之以对，不为愈乎？（《升庵先生文集》卷二）

希姓录

《希姓录》五卷，以四声编次古人稀见姓名，并附出处于下。后世效仿增补者，有明杨宗吾《希姓略》、夏树芳《奇姓通》、清单隆周《希姓补》等。该书今传明万历十八年（1590）刻本、明吴郡范允临校刊本、《函海》本等。

希姓录序　　（清）李调元

予读朱竹垞翰林年谱，见翰林十六七岁时，王廷宰鹿柴历举数十古人名属之对，对皆工整。王曰：此人必以诗名世，取材博矣。盖读书记事迹较易，记姓名较难。尝见人谈往事，始终胪列，独至不能举其姓名为恨，所谓博闻强记者安在也？兹阅先生《希姓录》一编，姓率隐僻，人亦不少概见，非如昔人所云暗中摸索而自知者。惜不令好古者与上下其议论，其服膺又当何如也。童山李调元序。（《函海》本《希姓录》卷首）

郑堂读书记补遗一则　　（清）周中孚

《希姓录》五卷 函海本

亦杨慎撰。是编取古来姓之希者，以四声编次，而其人之名亦并载之，各注明出处于下。李雨村调元序称："姓率隐僻，人亦不少概见，非如昔人所云暗中摸索而自知者。"惟其搜载尚多阙误，故国朝康熙中萧山单昌其隆周又撰《希姓补》五卷，然单书亦不能无舛漏也。（《郑堂读书记补遗》卷二七）

续修四库全书总目提要一则　佚名

《希姓录》 **五卷**光绪广汉刊李氏函海本

明杨慎撰。慎字用修，号升庵。年二十四，登正德间廷试第一，授修撰。世宗立，充经筵讲官。大礼议起，慎与同列伏左顺门力谏，帝怒，悉下狱。廷杖削籍，遣戍云南永昌县。卒年七十矣。慎投荒多暇，书无所不览，著述极富，凡百余种。此书列举古今少见姓氏，依韵列为五卷，足见其博。前有童山李调元序，谓予读朱竹垞翰林年谱，见翰林十六七岁时，王廷宰鹿柴历举数十古人名属之对，对皆工整。王曰：此人必以诗名世，取材博矣。盖读书记事迹较易，记姓名较难。尝见人谈往事，始终胪列，独至不能举其姓名为恨，所谓博闻强记者安在也？兹阅先生《希姓录》一编，姓率隐僻，人亦不少概见，非如昔人所云暗中摸索而自知者。惜不令好古者与上下其议论，其服膺又当何如也。李氏通人，其论此书之难，与作者之博，颇中肯要。至书中次第，全依《韵谱》，卷一由一东至十五删，卷二一先至十五咸，卷三一董至三十赚，卷四一送至三十陷，卷五一屋至十七洽。所录姓氏，由唐虞上古至明季本朝，于每姓名之下，均注出处。惟本书著录，亦多习见之姓，如龙、鲁、洪、阎等。而美中不足者，一为取材多属秦汉古籍，其人事迹不可详考，似应多录近人，则读者更能明了。一为古史中凡人名、地名、官名，多不可分，且至今犹有未为定论者，故间有官名、地名而实非姓氏者。然此小疵，固不足掩其雅博。观乎此编，即知古今来氏族之盛衰，及姓谱之源流矣。（《续修四库全书总目提要》）

丹铅余录

《丹铅余录》是杨慎所著的一部读书笔记。杨慎博览群书，喜做笔抄，读书有得，随抄随录，先后结集为《丹铅余录》《丹铅续录》《丹铅摘录》《丹铅总录》等书。“丹铅录”系列共十种左右，《余录》为其中首作。其书名丹铅，一般认为有两层含义：一是丹铅乃是古代点校文字所使用的工具（丹砂和铅粉），以之为题，正与该书校定典籍的内容相合；二是古时以丹书罪，以赤纸为籍，以铅为轴，杨慎以戴罪之身，流戍滇南，丹铅二字，正暗合其身份。《丹铅余录》今传十三卷本、十七卷本两种卷帙。十三卷本有明嘉靖十六年（1537）蓝田李氏山房刻本、明隆庆六年（1572）凌云翼刻本、明新都汤传刻本、明万历四十三年（1615）郏鄏刻本等。十七卷本有明嘉靖间刻本、明末清初抄本、四库全书本等。两种卷帙，内容互有异同。同为十七卷本，明刊本与四库全书本内容编排亦多有不同。可知，《丹铅余录》在明代有多次刊刻，诸家采择编次已有差别。

丹铅余录序　（明）张素

郑玄博而不精，贾逵精而不博，博而精，难矣哉！以兹尚论古人，有读《论》惟取一篇[①]，披《庄》不过盈尺者，病乎其不博也。亦有误解相梨于《礼经》，不识蟛蟹于《尔雅》者，病乎其不精也。语曰：博学而详说之；《易》曰：非天下之至精，其孰能与于此。博而精，诚难矣哉！自有书契，以至今日，何啻惠子之五车，张华之十乘，欲一一而通之，固已鲜矣。其间注释之所未及，改窜之所讹谬，又一一能正之，非博而精者不能。故杨子云有言，一卷之书，必立之师。先辈谓校书如

① 论，原作“谕”，据《隋书·崔赜传》改。《隋书·崔赜传》云：“读《论》唯取一篇，披《庄》不过盈尺。”

尘埃风叶，随扫随有，好古者所以丹铅不去手也。乃今知君子所以贵博且精者，非以掩众哗誉，欲以翊道而正辞也。太史氏杨子用修夙昔馆阁时，凡六经三史、诸子百家中有疑于辞悖于理者，皆精察而明辨之。居滇日暇，尤以敷文析理自娱，汇为一帙，曰《丹铅余录》。丹铅，点勘之具也，小学事也，何取于此哉？走窃闻之，祸天下之书者存乎误，断天下之误者存乎辨，辨岂易哉！考究未精，穿凿附会，纪录之实语难明，润色之雅词易惑。贵耳贱目，徒借听于前人；承误踵讹，竟吠声于末学。遂失古人立言之意，兼贻后人尊闻之误，弊也甚矣。先生以颖敏之资，宏博之学，固已搜抉无隐矣。观兹录也，如辨四时改火为应五行，东北阳西南阴为应卦气，皆卓然超诣，不泥旧说。辨《易》大贞小贞，引《汉书》注贞不训正；辨《诗》玄鸟，引毛苌注契不生于燕卵，皆有裨经典，不惑迂怪。辨范蠡未尝载西施去，引《墨子》以证之；宰我未尝从乱，引李斯狱辞正之，皆有裨于史，而不令贤者受厚诬于千载也。其余若《老子》之盗竽，《文选》之赵李，《战国策》之千秋万岁夜，唐诗之越甲鸣吾君，古名儒如苏辙、颜延年、姚宏、刘会孟注释意解，所迷误挂漏于此者，先生一一考证而昭著之。青衿锦带之士，白首之疑，一旦犁然而豁，亦一快也。然皆引古书以证古人，未尝用意说决焉。语曰：多闻，择其善者而从之，是其可传者，将不在兹乎？先生纂述甚多，《选诗外编》《选诗拾遗》已行于世，在滇有《滇程记》《滇载记》《六书博证》《转注古音略》诸书，走皆得而观之。王充称扬雄曰：子云河汉也，识者不以古今易视，谁谓今无子云哉？嘉靖庚寅冬十有一月吉，赐进士、奉直大夫、南京户部员外郎碧泉张素书。（明嘉靖十六年蓝田李氏山房刻本《丹铅余录》卷首）

刻丹铅余录序 　（明）王廷表

日表访升庵子于连然，获《丹铅余录》，读之未竟也。寻升庵子持以过表，订《卷耳》《东山》诗，谓表曰：陟冈饮酒，携仆望岨，非义也。女既归士，亲复结缡，非礼也。吾欲于陟饮携望，皆谓文王，乃后妃冀念之词；于亲结其缡，作士亲解其缡，乃烛出之后，为礼之序，子谓之何？表退而思《卷耳》虽托言，无害于义可也。考张横渠诗云：闺阃诚难与国防，默嗟徒御困高冈。尊罍为解痛痡恨，卷耳元因备酒浆。意与升庵子合，结缡果在烛出之后。古语多倒，解而曰结，犹治而曰乱也，考注疏坐辩缨帨不明，不知结义，然曰戏乐归士，亦有解缡之旨。遂复诸升庵子曰：子之见卓矣。升庵子曰：盍序之？今同年大方伯南湖王公刻寄表，则又弥集矣。表是之，读趑喜无涯。他若论百姓昭明，为百官之姓，证如丧考妣者三年，见古之君丧礼制；论《鲁颂》郊祭非始于成王伯禽，证以《春秋》而辩其白牡之用；论《子见南子》章为圣人道之不行；论先发后闻，注为非圣人之心，皆力翼经传者也。论王羲之擅字之浅，论韩愈与大颠书之妄，论《列女传》不取徐淑，论《五代史》遗宋令珣之死，皆善阐幽微者也。坫坫不同，博于蕃露；鸱夷、王乔、庄蹻有二，精似豹鼠。又若寻橦、产城、聋虫、贾鬼，肆其剖刿者也；木熙、鬼弹、醋沟、义嘴笛，布其苏液者也。读之不觉怡畅心目，余不可殚矣。南湖惠我滇云，至矣哉！升庵子嗜学不倦，多所著作，若《四诗表传》《风雅逸篇》《选诗外编》《拾遗》《附录》《古今诗选》《皇明诗抄》《古音略》《古音余》《篆韵索隐》《奇字韵》《墨池琐录》《古文韵语》《赤牍清裁》《填词选格》《古隽》《韵藻》《隶骈》《金石古文》《水经碑目考》《禅藻集》《滇载记》《滇程记》①，表皆先得之。富蕴健笔，继往觉来，方盱盱乎未艾也。表幼与升庵子共学，今幸与游，教益兹至，欲往从之，非其脚也，备而论之，实未易也，然亦可观之。嘉靖丁酉正月十五日，钝庵王廷表书。（明嘉靖十六年蓝田李氏山房刻本《丹铅余录》卷末）

丹铅余录跋　　（明）凌云翼

余既刻《艺林伐山》，适友人携《丹铅余录》至。闻杨用修以《丹铅》名录者，总若干卷，未及遍睹，因先刻是编，以俟续采焉。隆庆六年秋，吴郡凌云翼识。（明隆庆六年凌云翼刻本《丹铅余录》卷末）

---

① 文中列举杨慎著述，"篆"原作"蒙"，"裁"原作"雅"，"禅"原作"弹"，皆据历来书目著录杨慎著述名改。

114

四库全书总目一则　　（清）纪昀等

《丹铅余录》十七卷、《续录》十二卷、《摘录》十三卷、《总录》二十七卷浙江范柱家天一阁藏本

　　明杨慎撰。慎有《檀弓丛训》，已著录。慎博览群书，喜为杂著。计其平生所叙录，不下二百余种。其考证诸书异同者，则皆以"丹铅"为名。顾其志《揽菎微言》曰："古之罪人，以丹书其籍。《魏志》缘坐配没为工乐杂户者，用赤纸为籍，其卷以铅为轴。升庵名在尺籍，故寄意于此也。"凡《余录》十七卷，《续录》十二卷，《闰录》九卷。慎又自为删薙，名曰《摘录》，刻于嘉靖丁未。后其门人梁佐裒合诸录为一编，删除重复，定为二十八类，名曰《总录》，刻之上杭。是编出而诸录遂微，然书帕之本，校雠草率，讹字如林。又守土者多印以充馈遗，纸墨装潢，皆取给于民。民以为困，乃橄毁之。今所行者皆未毁前所印也。又万历中四川巡抚张士佩重刊慎集，以诸录及《谭苑醍醐》等书删并为四十一卷，附于集后，今亦与《总录》并行。此本惟有《余录》《续录》《摘录》，而阙《闰录》。然有梁佐之《总录》，则《闰录》亦在其中。四本相辅而行，以《总录》补三录之遗，以三录正《总录》之误，仍然慎之完书也。慎以博洽冠一时，使其覃精研思，网罗百代，竭平生之力以成一书。虽未必追踪马、郑，亦未必遽在王应麟、马端临下。而取名太急，稍成卷帙，即付枣梨，饾饤为编，只成杂学。王世贞谓其"工于证经而疏于解经，详于稗史而忽于正史，详于诗事而略于诗旨。求之宇宙之外，而失之耳目之内"。亦确论也。又好伪撰古书以证成己说，睥睨一世，谓无足以发其覆。而不知陈耀文《正杨》之作，已随其后。虽有意求瑕，诋諆太过。毋亦木腐虫生，有所以召之之道欤？然渔猎既富，根柢终深，故疏舛虽多，而精华亦复不少。求之于古，可以位置郑樵、罗泌之间。其在有明，固铁中铮铮者矣。
（《四库全书总目》卷一一九）

丹铅续录

《丹铅续录》十二卷，乃续《丹铅余录》而作。其卷一、二为经说，卷三为考证，卷四为辨字，卷五为评文，卷六为杂识，卷七为拾遗，卷八至十未分类。该书今传明嘉靖间刻本、《宝颜堂秘笈》本（八卷）、四库全书本等。

丹铅续录序　　(明)杨慎

信信，信也；疑疑，亦信也。古之学者，成于善疑；今之学者，尽于不疑。谈经者曰：吾知有朱而已，朱之颣义，可精义也。言诗者曰：吾知有杜而已，杜之窳句，亦秀句也。宁为佞，不肯为忠；宁为僻，不肯为通。闻有訾二氏者，辄欲苦之，甚则鄙之如异域，而仇之如不同戴天，此近日学之竺癃沈痼也。是何异史诵言而竖传令也，焉用学为哉？慎少于艺林，喙硬而力戆，有疑义未之能以蓄也，有狂言未之能以藏也。天假我以暮龄，逸我以投荒，洛诵之与居，而副墨之为使。丹铅之研，点勘之余，既录之，又续之，薪以解俗悬而逃疑网耳。拘方者既骇惊而径庭，学步大方者复拾腐语以哓哓曰：是玩物丧志！则斯录也，奚亟覆瓿弃哉？噫！顶门之窍露，堂堂无藏；脚根之机活，鲅鲅无滞。佛氏尚有斯人之徒，而吾徒宁无斯人乎？嘉靖丁酉冬十一月朔日，升庵杨慎书于高峣别业之朝晖轩。（明嘉靖间刻本《丹铅续录》卷首）

善本书室藏书志一则　　　（清）丁丙

《丹铅续录》十二卷，新都杨慎著，昆山周复俊校明嘉靖刊本

前有自序。一、二为经说，三为考证，四为辨字，五为评文，六为杂识，七为拾遗，八至十二皆不分类也。（《善本书室藏书志》卷十八）

续修四库全书总目提要一则　　　佚名

《丹铅续录》八卷宝颜堂秘籍本

明杨慎撰。慎字用修，新都人，正德六年殿试第一，授翰林修撰。有《丹铅总录》等，前编已著录。按是书卷一二为经说，卷三为考证，卷四为辨字，卷五为文评，卷六为杂识，卷七八为拾遗。卷端其自序云：古之学者，成于善疑；今之学者，尽于不疑。谈经者曰：吾知有朱而已，朱之纇义，可精义也。言诗者曰：吾如有杜而已，杜之疵句，亦秀句也。宁为佞不肯为忠，宁为僻不肯为通。闻有訾二氏者，辄欲苦之，甚则鄙之如异域，而仇之如不同戴天，此近日学之竺癃沈痼也，是何异史诵言而竖传令也，焉用学为哉？慎少于艺林，喙硬而力戆，有疑义未之能以蓄也，有狂言未之能以藏也。天假我以暮龄，逸我以投荒，洛诵之与居，而副墨之为使，丹铅之研，点勘之余，既录之，又续之，蕲以解俗悬而逃疑网耳。拘方者既骇惊而径庭之，学步大方者复拾腐语以哓哓曰：是玩物丧志！则斯录也，奚瓢覆瓿弃哉？（《续修四库全书总目提要》）

丹铅摘录

《丹铅摘录》十三卷，乃杨慎摘录、删定《丹铅余录》而成。该书今传明嘉靖二十六年（1547）石简刻本、四库全书本等。

丹铅摘录序　　（明）叶泰

升庵杨子谪居滇湄，泊百四十余甲子矣。所著有《古音略》《风雅逸编》《文海钓鳌》《五言律祖》《诗林振秀》《古隽》《六书探赜》《谭苑醍醐》《赤牍清裁》《异鱼图赞》《禅藻集》《词林万选》《滇载记》诸书。然犹无但已，又著《丹铅余录》，是固稽古论今，有见即书，书以成录，又摘其尤者录之，题曰《摘录》，乃玉而无石，龙而非鱼者也。都阃南溪石君重逾彝鼎，遂锲以行。凡道德性命、礼乐文章、乾坤人物、时好方言，言无不具，具无不文，展者足以扩聪明，发神识，如入大官，食鬶羞，物物皆可人意。夫杨子旧以史氏禅家，尝修武庙《实录》，据质而不浮，撮要而不遗，辨而不乱，严而有比，不触情以矫，不随物以阿，固良史也。今虽远而不违，困而不阻，不见是而不悔，老而不倦，犹夫史也。於乎！古史守业如董狐、司马氏，不以死生荣辱而少变其宅心，恐文献之或亡也。此殆若而人之徒与？君子诚嘉乐尔，不可专以博学目。嘉靖丁未季春三月望日，耽文山人叶泰道亨①。

---

　　①　耽文山人叶泰道亨，原在文题后，此处移置文末。

刻丹铅摘录序　（明）杨儒鲁

《记》曰：博闻强识，谓之君子。故终日而不言，贱儒也；具敖不为讳，唯不学也。故咫弩贯石，仲尼辨肃慎之矢；三豕度河，卜商悟己亥之年。石鼓鸣于张华，牛铎偕于荀勖。不识枊杜，侍郎俯首不言；误解蹲鸱，院中拊掌大笑。故不涉猎，不游道林，不如华不登艺圃，学者固可废学而为学哉？自夫佔毕者溺于讯言，而后坐谈者遗夫搜讨。宋儒以作文为玩物丧志，而读史必逐行看过，至于专艺不通他书，掇拾不遗一词，则嘉定以后，朱门末学之习，道之蔽也。太史杨升庵氏，承家璧遗逸，校秘录幽经，才本佐王，时逢避地。居滇暇日，辑所览闻，汇为一编，曰《丹铅余录》。夫丹铅者奚为哉？青首朱目，爰汗寂寥之简；白缥丹缇，直绍雕龙之庆。故弘农陶泓，可以涤滓濯窳；绛人陈玄，为之变漓养瘠，匪空设也。太史氏涂稿醉墨，味腴搴芳，格物极于鹏鹝蓳蓁之微，探造化尽夫四时五物大余小余之变。而其论性则揭润胶芸魄表里之旨，独渊于伊洛，不为挟恐□臆之篇，媲险骫骳之什，能使天下学者不读书，不语道，不闻道，不讲学，太史氏于是乎哀然矣，岂曰怀铅之臣、缀文之士而已哉！旧刻传未广，史氏复为删定，名曰《摘录》，都阃石南溪特翻梓焉。惟南溪服貂珥而能与文墨相周旋，君子所嘉尚也。嘉靖丁未正月廿五日，赐进士出身、奉直大夫、云南按察司金事、前户部员外郎武昌杨儒鲁撰。（以上明嘉靖二十六年石简刻本《丹铅摘录》卷首）

丹铅别录

此书已佚。杨慎文集存录序文，称"择其菁华百分，以为《丹铅别录》"。

丹铅别录序[①]　　（明）杨慎

葛稚川云：余抄掇众书，撮其精要，用功少而所收多，思不烦而所见博。或谓予曰：流无源则干，条离株则悴，吾恐玉屑盈车，不如全璧。洪答曰：泳图流者采珠而捐蚌，登荆山者拾玉而弃石。余之抄略，譬犹摘孔翠之藻羽，脱犀象之角牙矣。王融云：余少好抄书，老而弥笃，虽遇见瞥观，皆即疏记。后重览省，欢情益深，习与性成，不觉笔倦。慎执鞭古昔，颇合轨葛、王。自束发以来，手所抄集，帙成逾百，卷计越千。其有意见，偶所发明。聊择其菁华百分，以为《丹铅别录》。享敝帚以千金，缄燕石以十袭，虽取大方之笑，且为小道之观，知不可乎？（《升庵先生文集》卷二）

---

① 《丹铅总录》录此序，文题作"丹铅录序"，本文中"以为《丹铅别录》"句，彼作"以为《丹铅》四录"，文末则云"嘉靖壬寅闰夏五金伏之初杨慎序"。

丹铅杂录

　　《丹铅杂录》十卷，杂抄《升庵文集》《升庵外集》中子说、史说、字学、文论而成，非杨慎原著之书，编者不详。李调元得之，刊入《函海》。另有《说郛续》本，仅一卷。

丹铅杂录序　　（清）李调元

　　吴都顾其志作《揽茝微言》，具载升庵以丹铅名录之义。谓中古犯罪者，以丹书其罪，《魏律》缘坐为工乐杂户者，皆用赤纸为籍，以铅为卷轴。升庵名在赤籍，故寄意于此。然则是书之作，其在先生入滇以后乎？观其名，可想其志矣。考先生著书目录中，以丹铅命名者凡十种，有《丹铅录》《总录》《要录》《摘录》《闰录》《余录》《续录》《别录》《赘录》等名，而《丹铅杂录》人多未之见，所见《说郛》则寥寥数页而已。余家旧有《杂录》十卷，其书不名一体，大率皆记注文字，笔之于篇，故曰杂也。独恨焦竑《升庵外集》之刻，意在表章升庵，而择之不精，遂至以《杂录》之半阑入字学中。不知所谓字学者，皆升庵韵书，如《转注古音》之类，非可以《杂录》混之也。余故取家藏本急刊之，以正焦氏之讹，而并摭丹铅命名之意于简端。童山李调元序。（《函海》本《丹铅杂录》卷首）

郑堂读书记一则　　（清）周中孚

《丹铅杂录》十卷函海本

　　明杨慎撰。《明史·艺文志》、焦氏《经籍志》皆不载，乃李雨村家藏旧本。其书不名一体，大率皆记注文字，笔之于篇，故曰杂录。所录与丹铅诸录相同，而间与《艺林伐山》相出入。焦澹园刊《升庵外集》，以是书之半阑入字学中，盖失之矣。卷首有雨村序。（《郑堂读书记》卷五五）

续修四库全书总目提要一则　　佚名

《丹铅杂录》十卷函海本

明杨慎撰。慎有《丹铅总录》等书，前编均已著录。按有明三百年中，著述之富，以升庵为最。先生雄才博雅，精于考证，自经史典坟，诸子百家，下及稗官小说，曲议卮言，靡不纠舛厘纷，剖疑析义。兼之身生执政家，尝遍发皇史宬诸秘籍，阅览推究，心有所得，笔之方策，日久成帙，于《丹铅总录》《续录》外，又成是书。考《明史·艺文志》、焦氏《经籍志》皆不载，原本乃李雨村家旧藏，卷首有雨村序。而书中不名一体，大率皆记注文字，笔之于篇，故曰《杂录》，所录与《总录》《续录》有相同者，而与《艺林伐山》相出入。焦澹园刊《升庵外集》，以是书之半阑入字学中，盖失之矣。（《续修四库全书总目提要》）

丹铅总录

　　《丹铅总录》二十七卷，乃杨慎门人梁佐得杨慎所授丹铅诸录，删同校异，析之以类而成。该书嘉靖三十三年（1554）首刊于福建上杭，分天文、地理、时序、花木、鸟兽、宫室、冠服、珍宝、音律、物用、人事、人品、史籍、订讹、字学、官爵、博物、礼乐、卦名、饮食、干支、数目、怪异、身体、诗话、琐语等二十六类。其内容与丹铅其他诸录互为有无，有不少阙略，如需全面了解杨慎所著笔记，应以丹铅诸录及《谭苑醍醐》《杨子卮言》等书综合观之。《丹铅总录》敷文析理，旁征博引，考证精详，问世后即在明代文士圈产生了重要影响。纠弹订正、辅翼助力者纷纷而起，陈耀文《正杨》、胡应麟《丹铅新录》等著作相继面世，《丹铅总录》对明末清初文风扭转，考据学、古音学兴起，实有推动之功。该书今传嘉靖三十三年梁佐福建上杭原刻本、隆庆年间凌云翼重刻本、万历十六年（1588）张士佩重刊本、乾隆三十年（1765）杨昶巾箱本、四库全书本等。今人整理本主要有王大淳《丹铅总录笺证》（浙江古籍出版社 2013 年版）、丰家骅《丹铅总录校证》（中华书局 2019 年版）等。

丹铅总录序　（明）梁佐

　　古之君子，宏搜遍挹，达观拓于无垠；研赜综微，睿炳极于无内。故其学浩邈而不苑，宥密而能疏，始于博，终于约，融会贯通，斯足以立言翊道，为贵耳贱目者一涤矇瞶。此固有待于学力之精专，而尤有赖于天赋之独粹，否则贵五车十乘之富者，博之未周，而或限于知；宗去注离经之玄者，约之无物，而竟无所得。夫孰能兼之，吾师升庵杨先生，峻发川岳不世之奇气，复益以家学正传。自童子时拟《过秦》一论，人已预知其不凡，其所业，一目可为终身诵。及登殿撰，直史馆，闻见溢而考索真，人莫能窥其际，信兼学力天赋，而独领其全者也。自流寓吾滇，好学无厌，著书自怡，托江湖之逸思，喻岩廊之宿忠，翕功业之耿辉，继微言之绝响。暇日著《丹铅余录》《摘录》，流有刻本，艺苑珍之，惜其不多见。戊申秋，佐自司马部奉使归省，度金碧之关，抠衣于高峣圃中。先生以佐受教有年，且慨后晤之难，乃尽出《丹铅三录》《四录》《别录》《附录》《闰录》诸稿授之佐。噫，先生是录岂轻授哉！亦岂易见哉！授之于佐，固有深意，而见之于世，若待厥期。一披阅之间，凡天地造化，古今世运，人物制度，文章俗好方言，以及于鸟兽草木之烦细，尽乎变矣。其中为先生所阐明者，又象纬诸编所未载，山水经志所未采，子史说文礼乐遗经所未具，博雅志士训诂诸家所共由而未之察。先生直指其源，而考据悉备，引证互明，持独断以定群嚣，固非凿之以臆见，附之以口耳者也，是何其博且精哉！譬诸星海浚源，由昆仑之墟放之东下，大而江淮河汉，小而浍壑溪洫，纡回万折，汪洋不涸，随其所足，皆可适于海，非大而有本若是乎？盖先生所发者，皆世之聪明所未发者也；其所考者，皆世之学力所可考者也。发其所未发，则见之者争快；考其所可考，则从之者不疑。是录其可以无传乎？佐乃删同校异，析之以类，合而名之曰《总录》，捐俸以梓。时上杭尹赵子一重夙慕先生之学，率师生有识者督刻而成之，广其传于海内，奚直为丹缇之校勘，铅椠之争丽哉！先生在滇，手著不止此，有《转注古音略》《古音余》《篆韵索隐》《奇字韵》《古隽韵》《六书博证》《诗林振秀》《谭苑醍醐》《古今诗选》《皇明诗抄》《四书表传》《风雅逸编》《选诗外编》《拾遗》《墨池琐录》《古文韵语》《五言律祖》《唐绝争奇》《赤牍清裁》《词林万选》《水经碑考》《异鱼图赞》《禅藻集》《滇载记》《滇程记》诸书，不尽梓于世。佐因存其名，以俟博学大方搜而广之，与兹录并传可也。嘉靖三十三年甲寅五月五日吉，赐进士出身、奉政大夫、福建按察司佥事、奉敕整饬兵备、前兵部员外郎滇南门人梁佐应台拜书。（明嘉靖三十三年福建上杭刻本《丹铅总录》卷首）

丹铅总录后序　（明）赵文同

盈天地间皆道也，夫人于是有灵明通蔽、渊博寡昧异致者，曷居？盖道无古今上下，圣愚贤否，而或屏智却虑，则尘芥六合。其过焉者，潜虚赋玄，又求知于天地万物之外矣，如斯道何哉？太史升庵先生，既颖冠艺苑，声称龙头，适我圣皇诞膺以纯佑之命，多贤昌国，足称任使。迁寓滇云，乃思以康济之业，尚友千古。凡天地间浮沉升降，聚散流布，虽无常形，实各有定理。于是旁稽远取，搜幽剔抉，匪徒物格事察也，又必为之穷究归要，或为之阐发纲维，出今入古，合异致同，渐次成帙，名曰《丹铅摘录》。更数年，复类曰《闰录》《余录》。浩瀚渟汇，而天地万物之理备矣。宪伯心泉公于先生门称高弟，爰悉授之。当其释褐南宫佐戎政，缙绅大夫从心泉公索是录者，日翰盈几。洎宪闽，即捐俸广梓，而又亲为校阅，章分类析，卷凡二十有七，乃合之曰《总录》，属余董斯役焉。呜呼，一何幸哉！先生道德闻誉，遐暨海宇，而论著述录，备在南中，孰不仰止兴思，欲得芳懿，以为益助，而苦于无自者多矣。今以心泉公谬领是编，天地万物之理，事物异同之辨，前贤哲未发之旨，未尽之疑，洞析于前，炳若星日，譬之烈其声而闻无弗聪，灼其影而见无弗明者。昔圣人之作《易》也，系之曰广大悉备。美《西铭》者曰晬盘示儿。愚谓于兹录义兼之矣。先生开启来学，心泉公表章羽翼之功，顾不伟哉！余生也晚，犹获睹兹奥，非幸耶？录成，以启心泉公，谓与勷兹力者盍纪诸？余艴然曰：是录也，萃精摘华，虽极天地万物之大，而实不逾于天地万物之外，真若丹铅百炼，渊含冥蓄，融溢贯注，莫非天地之精，万物之灵，为之会合焉者，余曷敢辱？虽然，窃闻之，君子之教，私淑一也。先生以得之独得者，授之心泉公，弗以自秘；公以受之先生者，授之锓刻，弗以自私。而不肖亦因之以自淑，不终于无闻焉。先生于是乎垂教成物之功大矣，况又未必止于不肖哉！是敢附之，用以志所自与。嘉靖甲寅春三月吉，赐进士、文林郎、知上杭县事后学豫章郡靖安赵文同拜撰。（明嘉靖三十三年福建上杭刻本《丹铅总录》卷末）

重刻丹铅总录序　（明）杨一魁

中丞洋山凌公节镇郧台，正色雄刚，威信华夷，泽流江汉，吏民颂戴，四国晏清。乃于公余博求艺文，嘉惠来学，顾有取于梁观察所刻杨太史《丹铅总录》，捐奉赀属襄守黄子思近重刻之，以广其传。郡丞高子持、别驾马子昌、司理冯子福谦实校正焉，而谓一魁宜叙。一魁观前史艺文志类书，有《雕玉编珠》《碎金采璧》《广闻资谈》诸书，皆古大雅之士考订名物，辨证书传，以佐缀文属辞之用。其书漫亡，有不得尽见者。太史公聪明天笃，神颖秀发，杖策西蜀，赐对明光，垂虹掣雷，振耀宇内。操柔艺苑，校书秘府，辞调敌金石，颂声叶韶濩，即马迁、杨雄无以过之。乃撄时吐气，舒悁飞章，叫阊阖于五奏，攀琅玕而九死。自蒙难以来，呕心苦志，摹文续经，延搜百氏，探访古迹，凿石辨剥泐，破家出遗亡。今观斯录，穷二酉，攻九丘，断编雕蠹，有僻儒苦士白首坐蓬藋、日自缳索所不能究者。方今求邃古之士，必如商、田、何、郑、焦、京、刘、孔之徒，吾见千余年来，舍太史其谁与归！我思古人树勋丹籍，扬采鸿霄，唯多识蓄德者能之，伊、傅、周、召有足征矣。中丞公江左词宗，乘阳遘会，遭际神奇，纤筹决策，云动雨施，利泽溥于黎献，事功赫于强圉，而又以暇日余景，博文稽古，表章是编，其有裨于学者格致之功非浅浅也。一魁无似，以职事受公约束，谬辱知遇，窃聆教论。若启武库之扃，辟孔堂之奥，未尝不叹其卓见湛思，非俗学所能及。无何，忽有洪都之命，清风嘉韵，尚切赖之。故于刻既落成，敬缀首简，以识留棠之意，且因以质之于公，为斯录序云。赐进士出身、中宪大夫、湖广按察司副使奉敕整饬郧襄兵备、前兵科左给事中安邑杨一魁书。（明隆庆年间凌云翼重刻本《丹铅总录》卷首）

丹铅总录序　　（明）汪道昆

昔左史倚相重楚，公孙侨重郑，季子札重吴，何所重之？重多闻也。孔子信而好古，大哉博乎！颜孟具得其宗，要皆由博而约。后之曲士，不务畜德，而务矜能，闻虽多，犹耳食也。且也，由秦以前，廑存煨烬，由汉以后，糅以糠秕。迨宋则苑积丝棼，支离滋甚，藉令日与耳媾，不可入于灵台。明初溺于旧闻，孳孳涉猎，丘文庄亦以多胜，首事补遗，颁之学宫，世儒以为口实，概诸作述，大有径庭。其后蜀杨用修、楚何子元、越丰存礼，比肩而起，鼎立三分，絜其短长，厥有雄距。楚娴于史，越娴于经，博矣！顾钩深者察不急，吊诡者藉无稽，方驾琼山，毂击相及抑末也。用修相门胄子，首举公车，太上右文，资适逢世。召入文渊阁，令发中秘书遍读之，固当百倍下帷，庶几早服重积。及抗直言忤旨，编伍终身，即楚、越以忠孝闻，将避三舍。《丹铅总录》则其博古之绪余，幽讨冥搜，不遗余力。直将探蝌蚪，译侏僇，凡诸柱下所未藏，象罔所未获，微言奇字，莫不表而出之。总之无虑数千万言，分类二十有六，分卷二十有七，则自金齿梓行矣。子山北面金齿，无由执鞭，得其遗书，援之剞劂。既卒业，将决策于谢生，数仞高门，谁为悬簿，生言作者惟左司马，具在父母之邦。弇州抏二酉，覆五车，于书无所不读，其闳廓足当金齿，其才轶而过之。太函持论与济南同，非先秦两汉不读，既与夫□异矣，必有正言，且公家子云，无用旁求为也。不佞闻而避席，里妇何足以理丹铅，而君子同归而殊途，其言各有合也。弇州之称物也博，其博物也精说部，衡石《丹铅》，足为国色增重。济南矙然者也，嘤嘤修古，自鸣彼己，剿说游谈，曾未得其一眄。客有自滇至，因问金齿起居，客曰：杨用修绣口锦心，孰若陈公甫光风霁月？济南目摄客，遂拂衣行，此其左袒用修，登儒林而上之矣。不佞斗筲器也，即担石莫能容，方之吷月疑冰，则阂于地笃于时者也。幸而波流首善，世际文明，天运地宜，兼得之矣。窃以三垣列宿，足以经天，五岳四渎，足以纪地。浸假举一废百，其如管窥蠡测何？顾必镜两仪，囊万有，羲和毕御，神禹周行，保章殚精，章亥穷步。夫然后悬者、著者、流者、峙者，高者、朗者、峻者、深者，重黎可为役，宇宙在吾心矣。矧夫誉之为星也，昆仑之为山也，沃焦之为泽也，是非有目者所习睹，有趾者所习登，有力者所习涉也，将恶乎知哉？善乎庄生之言曰：足之于地也践，虽践必恃其所不蹍而后善；人之于知也少，虽少必恃其所不知而后知。夫以不知为知，犹之乎以无用为用也。闻道不能以百，不佞主臣，弇州则大方家，幸从而正之耳。谢生又言，文庄即世，其后百年而北地兴，三户迭为名高，瞠乎其后。用修人杰也，胡然众雌无雄。嗟乎，若无求多于用修，用修盖有足多者矣。礼耕学耨，仁聚乐安，获而食，食而肥，优而柔之，使自化之，此上农事也。次则深耕易耨，不失为良农。借曰鐕不必工，容不必冶，安事丹铅，斯其卤莽灭裂者之为惰农也。由良可以几化，与其惰也宁良，用修良矣！万历戊子鹑火中，左司马汪道昆撰。（明万历年间张士佩刻本《丹铅总录》卷首）

重校丹铅总录序　　（清）陈恺

文宪读书破万卷，博雅为有明一代之冠，不独注张一星之对为当世莫及也。官翰林时，率同官抗疏争大礼，改谪戍云南永昌卫，一蹶不振，益肆力于古，多所撰述。顾文宪少以黄叶诗受知于李茶陵，登第又出茶陵之门，而元美、于鳞辈侈言复古，力排茶陵，兼集矢于文宪，诋其如暴富儿郎，铜山金垺，不晓穿衣吃饭。善乎钱蒙叟之言，谓其钩索渊深，采藻繁会，自足牢笼当世，鼓吹前哲，未便抵罅蹈瑕，横加訾謷，洵为平允之论。史称文宪诗文外，杂著至一百余种。世传《丹铅总录》一书，抉四部之菁英，阐千古之秘奥，嘉惠后学，启牖靡穷。前明迄今，刊本流播不一。近吾乡杨氏重为开雕，以永其传，足为艺林之胜事矣。余长夏杜门，取而翻阅之，行间字句脱漏既多，陶阴焉马之讹更复层见迭出，爰逐一校正之，授之剞劂氏。夫校书如扫落叶，不敢谓予之所校遂为善本，世不乏汲古淹雅之士，得再寻绎审定之，俾读者不至掩卷而思误字，则区区之所厚望也夫。乾隆甲午秋八月，西堂陈恺书。
（清乾隆间左湄书屋校刻本《丹铅总录》卷首）

丹铅总录跋　　（清）杨昶

升庵杨先生，一代才人，富于著作。明世宗时，谪戍滇南，放情歌咏，流播于蛮烟瘴雨间，妇人孺子群呼为杨状元。噫！先生可谓瘁其遇而荣其名者矣。予五世祖观察玄荫公，成万历进士，去先生时未远，生平雅慕余风，家藏撰述颇多。自《升庵文集》而外，有所谓《丹铅总录》者，盖先生及门梁佐应台荟萃成编者也。始先生著《余录》《摘录》，艺苑如获珍珠船，继又尽出《三录》《四录》《别录》《附录》《闰录》诸稿，授之应台。乃删同校异，名曰《总录》，爰梓以行，信先生功臣哉。夫《书钞》《海录》，徒尚博闻；《括异》《夷坚》，只称说部。有纂述者无考订，供麈谈者昧源流。讵若先生是编，上自天地造化，下至草木鸟兽，博引互证，探讨精详，迥殊于《类函》《语林》等书也耶？惜旧板流传日久，多鱼鲁亥豕之讹，因取家藏善本，偕犹子步瀛复加校正，重锲枣梨，非敢谓百无一误，庶几于是编窃有微劳云尔。乾隆乙酉之秋七月既望，虎林杨昶书。（清乾隆间左湄书屋校刻本《丹铅总录》卷末）

书丹铅总录　　（明）胡直

《丹铅总录》，新都杨升庵慎所著。初各本散录，近好事者始汇刻为《总录》。世咸称升庵博物为一时冠，予独疑天下物未必尽博。偶得是录，因揭首册一二条，以身所经尝者较之，则所录诚不能无缪，予然后知天下之物，果不能以尽博，然亦不必尽也。今略记下方云。（下略）（《衡庐精舍藏稿》卷十八）

书丹铅录　　（明）熊文举

杨新都以博学自负，著《丹铅录》，开卷引王融故事。后胡应麟作《丹铅新录》，引王筠传自序，证其以□礼为元长，落笔便错。至晦伯《正杨》，则又几于两家争讼矣。始知多闻阙疑，自是读书法，何用抵死□古人磨牙。（《雪堂先生文集》卷二〇）

丹铅选录序　　（明）邵经邦

予自少有志古学，以限于时势，不得与翰苑文字之选。及居患难，乃侧名杨升庵、王玉垒、丰五溪之末，几四十年。视诸公骖云衢，驰天路，于今遥隔万里，各天一方，不能抵掌聚谈。诸公皆为古人，独予翘然尚存。晚得升庵《丹铅总录》十册，其自序云：吾恐玉屑盈车，不如全璧。又曰：采珠而捐蚌，拾玉而弃石。又曰：譬犹摘孔翠之藻羽，脱犀象之角牙。惜乎继之者不能鸠集异同，使全璧不见，埋铲韬伏，使光华不显，尘污垢嚣，使精凿莫辨。若经汰别扬肆，则炳然焕然，快睹争先矣。不揣鄙野老夫，窃入百宝之肆，标其琬琰居前，陈其璠玙居上，别其碔砆居外，庶几金膏水碧，不涉于燕市之讥；照乘连城，不混于鱼目之诮云尔。按弘斋先生著《三弘集》成，年已踰七十矣。好学深思，老而弥笃。几案间铅椠纵横，虽寒暑不辍。晚得杨升庵慎所著《丹铅录》，手加节钞，厘为八卷。其序末曰：嘉靖乙丑正月七十五翁弘斋识。先生以是年冬即游道山，此书盖最后笔也。惜乎刊本散佚，惟序仅存，因补入之。又按《年谱》，先生年七十三，著《易象春秋直解》一十七卷。次年复订正四明林方塘昺所辑《辟邪备考》若干卷，今皆失传，并附著于此。康熙乙丑中秋日，四世孙远平识。（《弘艺录》卷二四）

丹铅总录跋　　［日］林罗山

《丹铅总录》全廿七卷，缮写了，随见随为，勾以朱云。宽永十四年初夏念一日，夕颜巷道春记。

丹铅总录跋　　［日］林鹅峰

《丹铅总录》全部二十七卷，家君往年以梁佐校本缮写之，其原本文字漫灭，执笔者稍误点画。时公务繁多，不遑细考，姑藏于山房。顷月借陆弼及汪宗尼校订本，与守胜相对侍膝下，一览读破之，考异同，正乌焉云。宽永二十一年孟冬廿八冥，春斋。（以上日本宽永十四年写本《丹铅总录》）

浙江采集遗书总录一则　　（清）沈初等

《丹铅总录》三十七卷、《续录》十二卷、《余录》十七卷、《摘录》十三卷刊本

右前人撰。分类编纂故实，搜剔碎文琐事，盖详于考订者。（《浙江采集遗书总录》己集）

天禄琳琅书目后编一则　　（清）彭元瑞

《丹铅总录》一函十册

明杨慎撰。慎字用修，号升庵，新都人，大学士廷和子。正德辛未进士第一，以谏大礼谪戍金齿，终。《明史》有传。书二十七卷，分二十六，曰天文、地理、时序、花木、鸟兽、宫室、冠服、珍宝、音律、物用、人事、人品、史籍、订讹、宗学、官爵、博物、礼乐、卦名、饮食、干支、数目、怪异、身体、诗话、琐语。慎所著有《丹铅余录》十七卷《续录》十二卷《闰录》九卷，又自删为《摘录》刻之。此其

门人梁佐分类裒辑，名曰《总录》，刻于上杭，至今其书盛行。佐，兰阳人，嘉靖丁未进士，官参政。（《天禄琳琅书目后编》卷十六）

郑堂读书记一则　　（清）周中孚

《丹铅总录》二十七卷明重刊本

　　明杨慎撰。慎仕履见礼类。《四库全书》著录，在《丹铅余录》十七卷《续录》十二卷《摘录》十三卷之下。《明史·艺文志》小说家所载无《摘录》十三卷，而有《新录》七卷《闰录》九卷。焦氏《经籍志》小说家总作《丹铅六集》六十卷，则《摘录》亦在其中，而卷数止六十卷，疑其所见本不同也。按《余录》《续录》《摘录》皆升庵所自编，随得随记，本无伦次。是录则其门人梁佐取三录而合编之，去其前后相复者，分为二十六类，曰天文，曰地理，曰时序，曰花木，曰鸟兽，曰宫室，曰冠服，曰珍宝，曰音律，曰物用，曰人事，曰人品，曰史籍，曰订讹，曰字学，曰官爵，曰博物，曰礼乐，曰卦名，曰饮食，曰干支，曰数目，曰怪异，曰身体，曰诗话，曰琐语。以其为三录之总汇，故曰总录。其书颇有端绪可寻，故是编出而三录遂微。及万历中，四川巡抚张士佩所订《升庵文集》八十卷始出，内有《杂记》四十卷，又以诸录合录《谭苑醍醐》《艺林伐山》《卮言》各种杂著而刊定之，则较此编为完书矣。明代诸儒博洽者推升庵，故目空一世，往往赝托古书，以自欺而欺人。究难以一手而掩天下之目，于是陈晦伯作《正杨》四卷，胡元瑞作《丹铅新录》八卷、《艺林学山》八卷，相继而议其后。然二家所驳，亦互有得失，由所学在升庵之下，故未能平心考核以折其角也。是本前有湖广按察副使杨一魁序，盖为抚治郧阳都御史凌云翼重刊是书而作，亦当时书帕之本云。（《郑堂读书记》卷五五）

文选楼藏书记一则　　（清）阮元

《丹铅总录》三十七卷《续录》十二卷《余录》十七卷《摘录》十三卷

　　明修撰杨慎著，成都人，刊本。是四书分类编纂故实，搜剔碎文琐事，详于考据。（《文选楼藏书记》卷四）

善本书室藏书志一则　　（清）丁丙

《丹铅总录》二十七卷 明嘉靖上杭刊本，祁氏淡生堂藏书

　　博南山人升庵杨慎用修著集，滇南心泉梁佐应台校刊。慎，新都人，大学士廷和子，正德辛未进士第一，以谏大礼谪戍金齿以终。《明史》有传。书分二十六类，曰天文、地理、时序、花木、鸟兽、宫室、冠服、珍宝、音律、物用、人事、人品、史籍、订讹、宗学、官爵、博物、礼乐、卦名、饮食、干支、数目、怪异、身体、诗话、琐语。前有嘉靖壬寅自序，又福建按察司金事滇南门人梁佐序。盖分类衰辑，名曰总录，又上杭知县豫章郡靖安赵文同后序。此为蓝色印本，有"澹生堂经籍记""旷翁手识""山阴祁氏藏书之章""杨鼎私印""重远书楼诸图记"。（《善本书室藏书志》卷十八）

郋园读书志一则　　（清）叶德辉

《丹铅总录》二十七卷 明嘉靖甲寅滇南梁佐刻本

　　《明史·艺文志》：杨慎《丹铅总录》二十七卷、《续录》十二卷、《余录》十七卷、《新录》七卷、《闰录》九卷。《四库全书总目》同，惟无《新录》《闰录》，而有《摘录》十二卷，其书为浙江范懋柱家藏本，即《天一阁书目》所载明刻各本也。此本题《丹铅总录》二十七卷，前有嘉靖三十三年滇南门人梁佐校刻序，云："先生著《丹铅余录》《摘录》，流传刻本，艺林珍之，惜不多见。戊申秋，佐自司马部奉使归省，先生乃尽以《三录》《四录》《别录》《附录》《闰录》诸稿

授之，佐乃删同校异，析之以类，合而名之曰《总录》，损俸以梓。"据此则《总录》实包括诸录，删并异同而为之，诸录皆赘刻也。余向藏陆弼刻本，亦止二十七卷，取校此本绝无异同，然终不如此本之最善。若世行之李氏《函海》本删存十卷，则不足道矣。升庵先生博洽多闻，在明时可与王弇州对垒，近世汉学家动以疏陋讥明人，如杨、王二公，世复有几？士恨不学耳。若戴东原动夸中秘，顾千里专事校勘，而下笔辄轻呵古人，岂公道哉！乙卯端午后二日，叶德辉记。（《郋园读书志》卷五）

抱经楼藏书志一则　（清）沈德寿

《丹铅总录》二十七卷 乾隆刊本，沈赤然手校

博南山人升庵杨慎用修撰，杨慎序嘉靖壬寅，梁佐序，杨昶序乾隆乙酉。

沈氏手跋：余家贫，不能广购书，大率多假之友人。癸巳秋，鹤汀持升庵先生《丹铅录》来，嘱余研朱读之，偶有所见，随笔漫志。坳堂之水胡可比诸江汉？鹤汀其勿以枵腹笑我。中秋前二日读毕，赤然记。（《抱经楼藏书志》卷四二）

嘉业堂藏书志一则　（清）缪荃孙

《丹铅余录》十七卷《续录》十二卷《摘录》十三卷《总录》二十七卷 明嘉靖刻本

明杨慎撰。升庵博极群籍，早离仕途，惟思著述以垂后世，生平为书不下二百余种。其考证诸书异同者，皆以《丹铅》为名，其志《揽葃微言》曰：古人罪人以丹书其籍，《魏志》缘坐配为工乐杂户，用赤纸，以铅为轴。升庵名在尺籍，故寄意于此。明本以嘉靖丁未其门人梁佐刻《总录》为佳，不必分列也。（《嘉业堂藏书志》卷三）

万卷精华楼藏书记一则　　（清）耿文光

《丹铅总录》二十七卷，明杨慎撰

教忠堂木。乾隆乙酉年杨昶校刊。是书成于嘉靖三十三年，门人梁佐所编，有序。又有升庵自序。

梁氏序曰：先生暇日著《丹铅余录》《续录》《摘录》，已有刻本。以佐受教有年，乃尽出《丹铅三录》《四录》《别录》《附录》《闰录》诸稿授之佐。佐乃删同校异，析之以类，合而名之曰总录，捐俸以梓。赵子一重督刻而成之。

杨氏自序曰：手民抄集，帙成逾百，卷计越千，择其菁华百分，以为《丹铅四录》。（《万卷精华楼藏书记》卷九五）

藏园群书经眼录一则　　傅增湘

《丹铅总录》二十七卷

明万历刊本，十行二十字。题"江都陆弼无从校订"，十四卷以后题"新安汪宗尼仲逸校订"。卷首有戊子秋仲禾郡钱穉农点批。钤有"邓汝功"白、"朋来"朱二印，又朱木记二方，文曰："崇祯辛未夏日行人冒起宗阅""崇祯辛未夏日行人金光宸阅"。

按：钱穉农名馪，又名士馨，平湖贡生。著有《赓笛集》《甲申传信录》。批语于升庵纠正及补益甚多。冒起宗，如皋人，崇祯进士。监军河南，备兵岭西，调湖南宝庆副使，著《拙存堂经质》及《史括》。金光宸字居垣，全椒人，崇祯进士。擢御史，巡按河南，官至金都御史。（《藏园群书经眼录》卷九）

附录

丹铅新录引　　（明）胡应麟

　　杨子用修拮据坟典，摘抉隐微，白首丹铅，厥功伟矣。今所撰诸书盛行海内，大而穹宇，细入肖翘，耳目八埏，靡不该综，即惠施、黄缭之辩未足侈也。然而世之学士咸有异同，若以得失瑜瑕，仅足相补，何以故哉？余尝窃窥杨子之癖，大概有二，一曰命意太高，一曰持论太果。太高则迂怪之情合，故有于前人之说，浅也凿而深之，明也汩而晦之；太果则灭裂之衅开，故有于前人之说，疑也骤而信之，是也骤而非之。至剿敚陈言，盾矛故帙，世人率以訾杨子，则又非也。杨子早岁戍滇，罕携载籍，绌诸腹笥，千虑而一，势则宜然。以余读杨子遗文，即前修往哲只字中窾，咸极表章而屑屑是也。晦伯曰：杨子之言，间多芜翳，当由传录偶乏荩臣。鄙人于杨子业，忻慕为执鞭，辄于佔𠌫之暇，稍为是正，瓮天蠡海，亡当大方，异日者求忠臣于杨子之门，或为余屈其一指也夫。庚寅人日识。（《少室山房笔丛》甲部《丹铅新录》卷首）

谭苑醍醐

《谭苑醍醐》九卷，为杨慎所著杂录笔记。书名中"醍醐"二字，正道出此书撰述宗旨为提炼精义、博观约取。书中条目多有杂出于《丹铅》诸录、《艺林伐山》及《经说》《诗品》者。该书今传明嘉靖二十一年（1542）刻本、《四库全书》本、《函海》本（八卷）、《说郛》本（一卷）等。

谭苑醍醐序　　（明）杨慎

醍醐者，炼酥之蔡晶，佛氏借之以喻性也，吾借之以名吾《谭苑》也。夫从乳出酪，从酪出酥，从生酥出熟酥，从熟酥出醍醐。犹之精义以入神，非一蹴之力也，学道其可以忘言乎，语理其可以遗物乎？故儒之学有博有约，佛之教有顿有渐。故曰多闻则守之以约，多见则守之以卓；寡闻则无约也，寡见则无卓也。佛之说曰，必有实际，而后真空；实则扰长河为酥酪，空则纳须弥于芥子。以吾道而夙合外道一也，以外道而印证吾道一也。谭云苑云，徒说云乎哉；醍云醐云，徒味云乎哉。嘉靖壬寅仲冬长至日，杨慎书。

谭苑醍醐后序　　（明）李调元

余求升庵书至急，乃命人于近代丛书中遍迹之。从姚安陶珽所纂《说郛》之第八十卷中，得《谭苑醍醐》一册，所记杂论仅九条，书叶三四番而止。余固决知其非全书，故心逾怏怏焉。越数日，余弟墨庄检讨从京邸缄寄一册，其封衺然，开视之，则《谭苑醍醐》也。中分卷九，所纪不下数十百条，视《说郛》所载，奚翅十倍过之。卷首有先生手书序文，虽纸墨黯然，似百余年物，而篇幅完整，如手未触者。亟令书人并日钞就，逐加校阅，见其中有杂出于《丹铅杂录》《艺林伐山》及《经说》《诗品》所已载者，凡若干条。窃思《艺林伐山》与《经说》《诗品》为孙居相、焦竑等所校刊，或者博采见闻，裒辑成编，择之不精，遂令与本书相复，此无足异。独怪《丹铅杂录》系先生手订之书，在余家藏弄且数十年，而其文互见若是，岂果先生当时随笔撰述，卷帙繁多，遂彼此不复记忆与？余欲尽存之，则嫌有重出之虞；欲竟去之，则又恐绖漏缺略，致使后人疑非全书。熟筹至再，乃举重出者，汰其文而仍存其目，下注已见某书等字，以便翻阅者举手得之，卷数一因其旧。如此，庶于原书本来面目纤悉毕具，洵善本亦足本也。书成，因述所以得此书，与所以校定此书者如此，以见表章古人之难，盖亦特具苦衷云。童山李调元谨识。（以上《函海》本《谭苑醍醐》卷首）

少室山房笔丛一则　　（明）胡应麟

谭苑醍醐

此书首篇《庄子》注外，余尽载《丹铅录》中，间有未见者，不过数条而已，疑是《丹铅录》中纂出单行者，故自叙谓：从乳出酪，从酪出酥，从生酥出熟酥，从熟酥出醍醐，犹之精义入神，非一蹴之力也。所自许可谓至矣，今读之，其疏略殆有甚焉，如执吴竞为刘昫，误伯谦于仲弘，至士会之氏、张浚之名，几于戏矣。岂醍醐之说，亦方朔滑稽玩世哉？诸辩详《厄言》《正杨》中。（《少室山房笔丛》乙部《艺林学山》八）

四库全书总目一则　　（清）纪昀等

《谭苑醍醐》 九卷 江苏巡抚采进本

明杨慎撰。其书亦皆考证之语，与《丹铅录》大致相出入，而亦颇有异同。首有嘉靖壬寅自序。其名"醍醐"者，谓"从乳出酪，从酪出酥，从生酥出熟酥，从熟酥出醍醐，犹之精义入神，非一蹴之力也。"所称周八士为南宫氏，引《逸周书》"南宫忽迁鹿台之财，南宫百达迁九鼎"语，谓"南宫忽即仲忽，南宫百达即伯达。《尚书》所云南宫适即伯适。"引据极为确凿。又谓"《先天图》始于希夷，《后天图》续于康节，盖希夷以授穆伯长，穆伯长以授李挺之。挺之之学，则授之康节。其作《后天图》，见于邵伯温之序。朱子所以不明言者，非为康节，直以希夷，恐后人议其流于神仙也。"其辨析亦最详明。又从《毛传》解"鄂不韡韡"云："鄂，华苞也，今文作萼，不华，蒂也，今文作柎，谓华下有萼，萼下有柎，华萼相覆而光明，犹兄弟相顺而荣显。"可以辨《集传》"鄂然外见，岂不韡韡"之误。又据汉刘湛所书书吕梁碑，碑中序虞舜之世，称"舜祖幕，幕生穷蝉，穷蝉生敬康，敬康生乔牛，乔牛生瞽瞍"，质之《史记》盖同，而不言出自黄帝。此可洗二女同姓，尊卑为婚之疑。又他碑所载后稷生台玺，台玺生叔均，叔均而下数世，始至不窋，不窋下传季历，犹十七世。而司马迁作《周纪》，拘于十五王之说，合二人为一人，又删缩数人以合其数，不知《国语》之言十五王，皆指其贤而有闻者，非谓后稷至武王千余年而止十五世也。又引《水经注》载诸葛亮《表》云："臣遣虎步监孟琬据武功水东，司马懿因渭水涨，攻琬营，臣作桥越水射之。桥成，遂驰去。"此诸葛遗事，本传不载者。又辨李白为蜀之彰明人，历引其《上裴长史书》与《悲清秋赋》及诸诗句，以证《唐书》称白为陇西人及唐宗室之非。如此之类。考订辨论，亦多获新解。虽腹笥所陈，或有误记，不免为后人所摭拾。要其大体，终非俭腹所能办也。（《四库全书总目》卷一一九）

郑堂读书记一则　（清）周中孚

《谭苑醍醐》八卷函海本

明杨慎撰。《四库全书》著录，作九卷。《明史·艺文志》小说家同。是书成于嘉靖壬寅，前有自序称："醍醐者，炼酥之纂晶，佛氏借之以喻性，吾借之以名吾谭苑也。夫从乳出酪，从酪出酥，从生酥出熟酥，从熟酥出醍醐，犹之精义入神，非一蹴之力也。"盖其晚年著述所得愈精之意也。然其中有杂出于《丹铅杂录》《艺林伐山》及《经说》《诗品》所已载者，凡若干条。李雨村后序以谓："《丹铅杂录》系先生手订之书，在余家藏弄且数十年，而其文互见若是，岂果先生当时随笔撰述，卷帙繁多，遂彼此不复记忆欤？余欲尽存之，则嫌有重出之虞，欲竟去之，则又恐絓漏缺略，致使后人疑非全书。乃举重出者汰其文，而仍存其目，下注已见某书等字，以便翻阅者举手得之，卷数一因其旧，如此，庶于原书本来面目纤悉毕具者，洵善本，亦足本也。"但其所得之本系九卷，而此本尚少一卷，疑第七卷并二□为一卷，而雨村不及详说耳。陶珽重编《说郛》，取是书节录数条，题作阙名云。(《郑堂读书记》卷五五)

艺林伐山

　　《艺林伐山》二十卷，为杨慎所著杂录笔记。其内容杂记异闻，间参考证，条目多零句碎语，篇幅短小，故有学者认为此书为杨慎随笔记录，自备遗忘，原非著述，《丹铅》诸录、《谭苑醍醐》即以此为基础，充实而成。然核诸原文，书中条目实多见于《升庵文集》后四十卷，而不见于《丹铅》诸录、《谭苑醍醐》。书中卷帙虽未明言分类，实际上其条目却以类相从。如卷一、二多关天文，卷三、四多关地理，卷五、六多关植物，卷七、八多关动物，卷九多关建筑，卷十、十一多关器用，卷十二、十三多关人事名号，卷十四多关衣饰，卷十五多关饮食，卷十六多关玉石，卷十七至二十多关论诗释字等。

　　该书今传明嘉靖三十五年（1556）王询校刊本、明万历元年（1573）邵梦麟刻本、明万历三年（1575）许少崖苍梧刻本、万历三十四年（1606）杨芳刻本、明万历三十五年（1607）孙居相刻本、明万历间忠正堂熊龙峰刻本（四卷）、《函海》本及数种抄本。

刻艺林伐山叙　　（明）王询

　　叙曰：苔华孕于晖石，鲸目韬于媚渊。斫其璞则白虹粤气，粉其胎斯明月舒光。矧夫隽谭粤典，隐于筍牒缃编。虽解庖者亡乎全牛，在窥管者得其半豹。举兹质彼，理则符矣。我太史升庵杨先生，毓秀岷峨，该通丘索。石渠秉翰，学嗣玄成；滇海浮楂，志齐司马。乃因旅栖多暇，博综群言，以为酿醨者不可与言酒之美，嗜臭者不可与谈兰之馨。苟非钩玄于艺林，徒尔白纷于汗简。于是排汗牛而驾雕龙，捐朝华而收夕秀。羽陵汲郡，何秘而不搜；断碣残缇，无珍而不录，殆将斫其璞而苔华斯耀，粉其胎而明月是采者耶？书二十卷，目曰艺林伐山，玄览者觇之，可以一抉智膜矣。询也乡之谡闻，辱公启聩，问从珥江氏得而观焉。玑璧阑干，襟发森爽，拱宝在怀，神赏弗夺矣。瑞安刘尹，博雅士也，请锓诸梓，使布人寰。炯鉴之士，傥有束白帖以尘阁，谢洪笔而倦眸者，其由是书乎！其由是书乎！嘉靖丙辰夏五月端阳日。（明嘉靖三十五年华阳王询校刊本《艺林伐山》卷首）

艺林伐山跋　（明）凌云翼

《艺林伐山》，西蜀杨用修所辑也。余爱之，携置箧中，郎署多暇，辄展卷玩味。因以是书之传未广也，复付诸梓，与博洽君子共焉。隆庆六年春，吴郡凌云翼识。

艺林伐山跋　（明）邵梦麟

抚台凌公来治江右，偶因公谒，出示是书，欲广厥传。盖《易》称杂物，《诗》著多识，虽厄言神官，固皆闻见之资也，讵可废与？因命梓之，以成公嘉惠后学之志云。万历癸酉冬，永阳邵梦麟识。（以上万历元年邵梦麟刻本《艺林伐山》卷末）

刻艺林伐山序　（明）钟崇文

君子通三才之奥，综万物之变，岂直耻一物之弗知而探赜索隐为哉？盖其灵局中启，睿照旁达，历览无遗，涉以成趣，因示人耳。故圣人无知而无乎不知，君子有知而靡有不知。虽天人异用，其游神玄览，虚明照鉴一也。昔仲尼自谓非生知，乃解商羊之舞，辩桓禧之灾，悟萍实之异，决庭隼之疑，对执骨之问，此岂耳目所濡染，传记所纪载耶？亦以其天聪明之尽，心源澄应，因问乃有知耳。太史升庵氏，幼以神异称，比取伦魁，入馆阁，读中秘书，旁搜远采，钩玄阐微，制作之暇，刻斯录以传。其所著述，若大经制、大论议，黼黻辉煌，秘而弗传者何限？兹特其绪余耳。譬之睟盘，奇邪瑰玮，百物具备，出其一粒，足示珍奇；文鞞贝锦，蔚然焕然，藏之箧笥，露其一斑，咸可寓目。兹录也，亦其丹铨之一粒，文贝之一斑耳。中丞凌公始刻之郧阳，复刻之豫章，爱而传也。郡守少崖许君虑其传之未广，再刻之苍梧，皆其博物之心，因示公物之致，多闻心益，以裨多识之助。同志君子或有取焉，亦知周万物之小补耳，览者毋求多于斯云。万历三年乙亥夏五月，端阳日豫章钟崇文书。（明万历三年许少崖苍梧刻本《艺林伐山》卷首）

刻艺林伐山小引　　（明）杨芳

今学士家雕龙炙毂，相与鞭弭中原，有不侈言博物哉！顾穷块圠，纪族类，《尔雅》而外，何寥寥也。明兴，称博物洽闻，必推杨太史用修氏。太史早登金马，晚戍碧鸡，所论著甚夥。余偶检箧中，得《艺林伐山》一帙，渔猎稗野之繁，搜罗宇宙之广，高而汉津，深而河海，远而裔夷，与夫鷇雏孕胎夭乔之微，奇字奥义，靡不详核原委，辨析异同，胪列是集中。如睹波斯宝藏，异珍炫目。噫嘻，亦奇观矣！夫豹鼠辨而《尔雅》斯显，是集也，傥所称用修氏豹鼠一斑，非耶？余嘉其该洽，足资考究，重梓而布之，令千载下问奇字于巴蜀者，不独一子云，其与《尔雅》并传奚疑？万历丙午孟春吉旦，巴郡杨芳以德甫撰。（万历三十四年杨芳刻本《艺林伐山》卷首）

艺林伐山跋　　（明）杨逢时

杨用修先生钟井络之精，凤挺天才，博极古今，早魁多士。木天清夜，然太乙之藜，于秘书无所不读。搜猎既博，采核最精，扬扢沉冥，剖析疑豫，无弗极也。鸿宝箧之腹中，金石曜于铅椠，所著缤纷奇隽，兹《艺林伐山》其一耳。曩洋山凌中丞公曾付之杀青，而粤西始有此本。今大中丞杨公博古好奇，诚为用修伯仲，偶得此集而欲表章之，因以示逢时曰：此书圃之逸品也，鼓吹前修，筌蹄后进，于是焉在。第惜其间传刻递易，渐成帝虎，恐咀华漱润之士，不无病焉。其为我雠而订之，庶扬榷者或有所证乎！逢时唯唯，而因为之跋。万历丙午仲春吉旦，广西等处提刑按察司提督学校副使杨逢时谨跋。（万历三十四年杨芳刻本《艺林伐山》卷末）

艺林伐山序 　(明) 孙居相

汉建元、元鼎间，中外相应以理义之文，时则两司马以创调易世，周旋中原，并舆方驾。而晚有杨子云，以该博显，士始知通经学古，其有功于两司马甚大。明兴，孝皇右文，世宗益光大之，时则北地、东吴递主齐盟，与两司马并曜。而中间有杨用修，以才情问学，挺然特起，无复依傍。其所援引评击，往往出人意表，一时云合景从，相与振其柔筋脆骨，而泽于大雅，用修之功为多。嗟乎！操一叶以涉溟渤，何岸之能登？持尺棰而鞭弭中原，虽马腹不能及也。师心信手而动以舍筏为解，谈何容易！文章大家，固无关博洽，然未有不博洽而能大者。今去用修余一甲子，而人文淳郁，不昧源流，谁力也？其后元美、晦伯、元瑞诸君子，各以所见效忠杨氏，诋诃纰漏，良不为少。而它吊诡者，蛙传蝇袭者，毛举论难之语，以好为角，率能齮齕用修，叫嚣自壮，如夜郎王谓汉使者：我孰与汉大也？是恶知用修哉？迹兹编所称引，如鹿台、天禄诸事，鬼臾区、刘绮庄诸人，一二牴牾，吾安能为用修掩瑕？要其总持六经之表，渔猎九州之内，磔裂云霞，牢笼载籍。自坟典丘索以及明堂石室、金匮玉版之藏无不采，自齐谐贝叶以及古人肤华腾韵、残膏遗馥无不收。得子虎穴，探珠蛟宫，一字指点，令人色飞，片言挦剥，令人意夺。其取材也，如九鼎铸而百物备，帝青梵镜悬而百千万亿国土靡匪照耀也。其辨物也，如窦攸之识豹文荧荧，诸葛恪之知两山小儿，而介卢冶长之辨牛鸣鸟语也。博闻强记，列书簏于胸中；抉异搜奇，注学海于笔下。即使晦伯诸公与用修同堂隶事，未知五花簟、白团扇竟属谁手。而涉猎广则诠择难精，贯穿博则臆记易舛。纵瑕瑜不掩，何伤于大乎？尝慨宋儒谓扬雄识奇字，而不识一忠字。若用修廷争大礼，扣阍痛哭，白首滇云，游戏竹素，其所得视子云孰多？而致讥目睫者何也？借用修以讥弹任一身，而以耳目予天下，吾为用修甘之矣。余既以《艺林学山》授之梓，乃再《伐山》传焉。夫用修，伐山者也，非伐材者也。学山而不至于山，猥以罋瓿卑泰华，是绳削之功，可加于搜山开荒上矣。爰识简端，以代杨子解嘲。万历丁未三月既望，沁水孙居相书于留台广益堂中。

艺林伐山序① （明）李云鹄

昔老子生于周，尚以不及睹古为恨，况在今人？然今人读古人书，梯崖缒渊，望古遥集，若夫脱缠解纠，更不难互相扬榷，平分案断，古之人与寸心自致矣。杨用修先生尸古镕今，其咳唾散落，珠流而璘结，郁郁盛哉！兹《艺林伐山》，特膲胲之一脔耳。夫取材于山，所由来矣。山自五岳而外，如终南固一大阻，其间异物之类，不可胜原。东方朔尝谓百工取给，万姓仰足。韩昌黎亦云架库厩而衔莹绣。以此推之，山何如护蓄也。夸蛾负而厝焉，其事渺矣。必若所称从天作之，奇而荒之，相与删繁剔冗，开异搜奇，因以饮神瀵之水，问仙鼠之名，啖胡麻之饭，餐柏上之露，掀翻宝藏，不由斤斧，亦大胜妙哉！故伐材者有尽，伐山者不忧，材尽在斯编欤？盖其荟撮坟典，以及仙经佛偈，齐谐唐韵，凡天地之纪，人物之变，与夫夭乔走飞、法书彝尊、茶寮酒酱之属，尽从单词片字中扢冥搜玄，析疑掊豫，此如禹圭、舜琴、尧土杯，居然千古法物，不作耳目近玩。昔孙处立尝恨天下无书以广新闻，王右军每问蜀中故迹，欲广异闻，大抵闻见新异，是古人第一乐事。彼谢氏碎金，丽沙的烁，琅琊群玉，玄圃峥嵘，方斯犹为渺矣。此非读书破万卷，其将能乎？然余谓读书政不易，能箱盈石积，胶黏作儿女子语，书而腐耳。即以用修之稽古，批驳不为不该，正杨诸家诋诃而论难之，如是编所载，举案一语，犹可弹指，何况天禄诸事？在用修亦自言之矣，曰：安敢驾策古人，借以耗壮志，遣余年耳。夫吾党亦何必为用修解也。要以秦汉而来，经畲史薮，榛蔓已极，援引评击，穷秋毫之遁情，扼夏虫之积瞆，诸凡用修所芟正而廓清者，真可谓古人功臣。不然，徒以辨博而已，遗其远识灵心，政似搜断瓦零甔于邺都遗胜，曰此英雄之极思也。然乎哉？而矧于执其一漏以为博物病也。余又谓士当穷时，呻吟经生语，未遑他涉，才一适意，势灼名熏，不啻敝帚弃之徒重尤秦焰也，奚为？用修少游金马，晚戍碧鸡，百函俱发，千古自命。倘谓开山居士，非耶？则是编之传刻，岂但蓄德消鄙，旃檀熏而芝兰袭，夫亦以指陈觉路，是吾党之家山也。仰止焉，而寄其尚友古人之意云尔。万历丁未端阳日，中州李云鹄书。（以上明万历三十五年孙居相刻本《艺林伐山》卷首）

---

① 黄宗羲《明文海》卷二二五收此文，题曰"杨用修艺林伐山序"，作者署"吴伯与"。

艺林伐山序　（清）李调元

取材者必于山，然伐材有尽，而伐山无尽。升庵先生以奇才博学，挺然特起，绝无依傍，援引评击，往往出人意表。傥所谓开山居士者耶！维其时元美、元瑞诸君子，各以所见相訾，不无过当，然使与先生同堂隶事，正未知五花簟、白团扇竟属谁手也。至于蛙传鼃袭之徒，大肆牴牾，叫嚣自壮，则是学山而不至于山，妄以巏堥卑东华也。可乎哉？明万历间，孙居相、李云鹄有同校刊本，序亦甚悉，予为更镌之，以副前人好古之志。童山李调元序。（天津图书馆藏清刻本《艺林伐山》卷首）

艺林伐山跋　（清）张奉书

《艺林伐山》原序偶遗，检阅全篇，乃升庵采摘古人之文新奇而不易解者，或一字一句，或一名一物，略为注释，以备诗赋之用。如伐山取材，长短巨细，各适所宜，无可委而弃之者也。援引赅博，可为艺林增一奇云。（道光《新都县志》卷十七）

艺林伐山叙　[日] 伊藤长胤

春秋之时，郑子产以博物闻于世，其后如杜元凯、张茂先、皇甫士安之徒，皆有该洽之名。近时杨用修氏记览极博，著撰亦富，《艺林伐山》亦其一也。多猎异闻，随汇登载，凡四卷云。顷者将上梓，丐序于予。或恨其务搜奇僻而不适常用也，因告之曰：曷尝观夫木之在山乎？榛榛而簇，矗矗而立，有拱者，有把者，有伟而合抱者，有直如梴者，有句如弓者，未必见其悉中上栋下宇之用也。及其槎而蘖之也，舆人刊其直者以为辕，轮人伐其句者以为辋，匠者斧其伟者以为栋为梁，锯其细者以为棁为窬，而山无遗材焉。读书者亦何以异是？网罗众闻，任人自择，贤者识其大，不贤者识其小，仁者知其仁，智者知其智，镕化以适用，在善读者之自得如何焉耳，何恨其奇耶？因题于其卷端云。正德

五年岁在乙未阳月之吉，平安伊藤长胤书。（日本正德六年京都积善堂等刊本《重刻杨状元汇选艺林伐山故事》卷首）

少室山房笔丛一则　　（明）胡应麟

艺林伐山

用修诸撰述独此无叙，亦不言伐山字面所从出。按，王氏《四六话》云：四六，有伐山者，有伐材者。伐材者，已成之注，略加绳削而已；伐山，则搜山开荒，自我取之。伐山，生事也；伐材，熟事也。杨盖出此。（《少室山房笔丛》乙部《艺林学山》八）

郑堂读书记一则　　（清）周中孚

《艺林伐山》二十卷函海本

明杨慎撰。《明史·艺文志》小说家著录。是书乃其采摭经史诸子释典文集中字句，以供词章之需，故有考证者颇尠。盖其随笔记录，自备遗忘，本不足以当著书，后人得其遗稿，因其人而重其书，遂传钞成帙，大都与其所著《丹铅杂录》《谭苑醍醐》互相出入云。（《郑堂读书记》卷五五）

适园藏书志一则　　张均衡

《艺林伐山》二十卷明刻本

明杨慎撰，慎字用修，别号升庵，新都人。正德辛未进士第一，以谏大礼谪戍金齿以终事。迹见《明史》本传。隆庆刻本有牌子：《艺林伐山》，西蜀杨用修所辑也。余爱之携置箧中，郇署多暇，辄展卷玩味。因以是书之传未广也，复付诸梓，与博洽君子共焉。隆庆六年春，吴郡凌云翼识。（《适园藏书志》卷九）

续修四库全书总目提要一则　　佚名

《艺林伐山》二十卷 函海本

　　明杨慎撰。慎字用修，四川成都人。事迹详《明史》第一百九十二卷本传。著作概凡见《墐户录》作者略历中。是编盖亦读书之杂钞，随手而撮拾，无条目义理可寻，无体例纲领可绎。论其大概，则偏重于摘词摘藻，供虋金缬翠之资而已。间或发为议评，亦谩谈舒臆，无关于为学之得失。全书二十卷，无诠次标题，约略以类相从，可得子目十二：曰天文，曰地理，曰草木，曰禽兽，曰宫室，曰器用，曰形体，曰服饰，曰饮食，曰珍宝，曰文艺，曰声色。每类多者三卷，少者一卷。每卷三数十条，有全不相干而搀杂并录者，亦有两类互见而字句全同者。誉之则稿成无心，后人校刊，未便轻改排比序次，贬之则明人习气耳。盖当时士习夸炫，以芜钞矜博者，比比皆是。升庵以元臣胄子，少年鼎贵，凭一时意气，获谴谪居，声色娱日之余，暇事丹黄，本不与皓首穷经者同论，所得自异，而为世习所中，亦正复难免。在当时纵号淹博，有著书独多之称，然后人读之，实不免生荆棘之感，殆所谓只可自怡悦，不堪持赠君耶？搀杂之例，如卷十二为形体类，而太守条录铜符银错、皂盖朱轓二语，及赵野义条举北齐武平初领军赵野义献白兔鹰一联事，此何与于形体乎？互见之例，如卷一六庚条引《太公阴谋》曰六庚为白兽云云，卷十二六庚条复举之，一字不异。诸如此类，不胜枚举，果何所取义乎？故若读之醒睡，披沙捡金，亦得博闻强识之功；若以为考订疏证攻错之资，则毫厘千里矣。（《续修四库全书总目提要》）

附录

艺林学山引　　（明）胡应麟

　　用修生平纂述，亡虑数十百种，丹铅诸录其一耳。余少癖用修书，求之未尽获，已稍稍获，又病未能悉窥。其盛行于世，而人尤诵习，无若《艺林伐山》等十数编，则不佞录丹铅外，以次卒业焉。其特见罔弗厌余衷，而微辞眇论，亦间有未易悬解者。因更掇拾异同，续为录，命之曰《艺林学山》。客规不佞：子之说，则诚辩矣，独不闻之蒙庄之言乎？天地一指也，万物一马也。昔河东氏非《国语》，而非非国语传，成都氏反《离骚》，而反反离骚作。用修之言，世方社而稷之，而且哓哓焉数以辩哗其后，后起者藉焉，子其穷矣。夫丘陵学山而弗至于山，几子之谓也。余曰：唯唯。窃闻之，孔鱼诘墨，司马疑孟，方之削荀，晦伯正杨，古今共然，亡取苟合。不佞于用修尽心焉耳矣。千虑而得，间有异同，即就正大方，方兹藉手，而奚庸目睫诿也。夫用修之可，柳下也；不佞之不可，絷鲁人也。师鲁人以师柳下，世或以不佞善学用修，用修无亦逌然听哉！庚寅七夕，麟识。（《少室山房笔丛》乙部《艺林学山》卷首）

杨子卮言

《杨子卮言》六卷，为杨慎所著杂录笔记。其内容考订诸经子史，文议字说，旁及天文地理、鸟兽草木，广大悉备，其条目则多见于《升庵文集》《丹铅总录》等书。今传明嘉靖四十三年（1564）刘大昌刻本。此外，又有明莆中方沆校刻《杨子卮言闰集》三卷，补《杨子卮言》之阙。

杨氏卮言序　　（明）杨慎

伊川先生谪涪州日，所居名注易洞。先生尝曰：今之农夫，祁寒暑雨，深耕易耨，播种五谷，吾得而食之；百工技艺，作为器物，吾得而用之；甲胄之士，披坚执锐，以守土宇，吾得而安之。却如此闲过日月，即是天地之一蠹也。功泽又不及民，别事又不能作，惟有补缉圣人遗书，庶几有补尔。慎也庄诵此言，以为先得我心之同。然谪居滇云岁久，日取古人载藉而翻阅之，时见一班，遂用笔之。性命之谈，经传已备言之，祇为屋下之屋耳，惟刊谬正误，或庶几焉。其中若《尚书》在治忽，为七始咏之误，考《汉书·乐志》及王朴《乐论》而始定。五时配六气，春规夏准中央绳，秋矩冬权衡。稽《甘石星经》，而知《淮南子》《素问》之误。又自古六壬之占，以甲乙配青龙，丙丁配朱雀，戊己配勾陈，庚辛配白虎，壬癸配腾蛇。或疑玄武无位，乃以戊配勾陈，己配腾蛇，而让玄武于壬癸，似矣。不思腾蛇属水，何以移于中央之土？必论其当，以壬配腾蛇，癸配玄武，二物皆属水，而冬居其二。亦犹器之兼权衡，贞之有二德，卦之名习坎，人身之肾藏有二也。此虽小节，实亦关系至理。走年及古稀，病膺衰飒，瞬目言动，旋踵遗忘，乃粹录成编，以俟知己。若曰纠先民之积谬，振往古之重疑，则吾岂敢。（《升庵遗集》卷二二）

杨子卮言序　　（明）刘大昌

升庵太史公握节滇云三十六年，闭门著述数十余种，奇姿朗悟，好学不倦，丛谈绮语，烂然可观。若《丹铅总录》《要录》诸籍，翊前闻，昭来裔，传刻海内久矣。岁晚寻医江阳，寓简圭里，示余《卮言》及《闰集》书凡数卷，盈数万言。首陈《尚书》二解，尊圣制也；次诸经子史，次文议字说，以及天文地理，鸟兽草木，广大悉备，触处洞然，发人神识。盖樊然殽乱者，犁然辩晰矣。何其齿宿而志锐，体悴而神清。视昔人所谓癖传躭书者，将无同乎？明斋杨公以甲科硕望，假令新都，才华博赡，政事精敏。始至，访公玄亭，怅然宿草，乃抚其遗孤，采获遗集，因阅兹帙，属余校正梓行。其重出者不录，间存一二，以备参考。语涉诗话，别汇一编，以传好事云。或曰：公何取于《卮言》也？余曰：庄生有言：卮言日出，和以天倪，因以曼形，所以穷年。夫世以寓言目庄，至诞谩薄之，不知天下之言离经畔道者，人厌弃之，其几于理者，君子不废也。太史公平居口不绝吟，手不释卷，蕴奇如子云，而考究不遗；博物如茂先，而渊隐不露；迁谪如苏、黄，而晦迹自如。白首穷荒，忠贞弥笃。诸所论述，据事直书，援引切当，无愧古之良史。注而不满，酌而不竭，有味其言，人共珍之。多闻广见，固不足以尽公也。余以密亲，辱知最厚，奉教日深，饮河自惭，寄汲尝脔，真同耳食。每欲取公诸籍，胪分条列，勒成一编，顾散逸不完，仆病未能尔。世之慕公者，其将有取于愚言否乎？嘉靖甲子夏四月十日，成都刘大昌泰之撰①。（明嘉靖四十三年刘大昌刻本《杨子卮言》卷首）

善本书室藏书志一则　　（清）丁丙

《杨子卮言》六卷明嘉靖刊本，鸣野山房藏书

成都杨慎著，刘大昌校。成都刘大昌泰之序云：升庵太史公握节滇云三十六年，闭门著述数十余种，若《丹铅总录》《要录》诸籍，翊前闻，昭来裔，传刻海内久矣。岁晚寻医江阳，寓简圭里，示余《卮

---

　① 成都刘大昌泰之撰，原在文题后，此处移置文末。

言》，凡数卷。首陈《尚书》二解，尊圣制也；次诸经子史，次文议字说，以及天文地理，鸟兽草木，广大悉备，触处洞然。明斋杨公以甲科硕望，假令新都，始至，访公玄亭，怅然宿草，乃抚其遗孤，采获遗集。因阅兹帙，属余校梓，时嘉靖甲子夏四月。有"鸣野山房"印。（《善本书室藏书志》卷十八）

适园藏书志一则　　张钧衡

《厄言闰集》二卷明刻本

明杨慎撰，莆中方沆校，上卷杂考，下卷尺牍。升庵著作，传者甚多，此书罕见。（《适园藏书志》卷九）

四库未收书目提要续编一则　　胡玉缙

《杨子厄言》六卷

明杨慎撰。慎有《檀弓丛训》，《四库》已著录。是书为慎晚年所作，于诸经、子史、文议、字说，及天文、地理、鸟兽、草木，皆有考订论辨，与《丹铅录》《谭苑醍醐》大致相出入，而亦颇有异同。其中疏舛，虽亦为陈耀文《正杨》所纠，要仍不失为博学。此嘉靖甲子刘大昌刻本，为江南图书馆所藏。其书首陈《尚书》二解，刘序以为尊圣制，当得其微旨。《明史·艺文志》作四卷，乃传写之讹也。（《四库未收书目提要续编》卷三）

升庵新语

《升庵新语》四卷，明万历年间王宇编选，乃钞撮杨慎杂录笔记而成。今传明刊本。

四库全书总目一则　　（清）纪昀等

《升庵新语》四卷 浙江巡抚采进本

明王宇编。宇字永启，闽县人。万历庚戌进士，官至山东提学参议。是编钞撮《丹铅》诸录，存其什一，而所择又不能精。原书具存，此为蛇足矣。（《四库全书总目》卷一二六）

堇户录

《堇户录》一卷，为杨慎所著杂录笔记。据杨慎序文，此书作于江阳（今四川泸州），时在嘉靖三十三年（1554）。该书原本情况已不可知，今传有《说郛续》本、《函海》本。《函海》本有二十九条，所收更多，其中多数条目又见于《升庵集》《丹铅总录》等。

堇户录序　（明）杨慎

余性畏暑而便乐冬。顷甲寅岁居江阳，霪雨自七月至岁终，而余未尝衣制乘橇也。蛰窟蜗庐，时以简册自娱，夜亦篝灯，欠伸昏眵乃止。遇有积疑滞义，聊一书之，不觉成卷帙。有轻言讽说，诮之曰：升庵不过抄撮旧说，商量唐宋耳。有爱忘其丑者，又解之曰：无古不成今，否则杜撰也。余岂容必于赞毁哉？春暄日修，乃汇而书之，命曰《堇户录》云。（《升庵遗集》卷二二）

堇户录序　（清）李调元

《堇户录》，《千顷堂书目》及《经籍志》俱作一卷，而《说郛》所载才三页。今于丁小山处得写本一卷，较向所见几五倍矣，足本也。是书所载多名物训诂、诗词杂事，足资考证，因校行之。堇户者，取《诗》"塞向堇户"，盖记其著书之岁月也。罗江李调元赞庵撰。（《函海》本《堇户录》卷首）

郑堂读书记补遗一则　　（清）周中孚

《墐户录》 一卷函海本

　　亦杨慎撰。《明史·艺文志》、焦氏《经籍志》俱著录。是编所载多诗词杂事，而间及于名物训诂。其书贵旧本一条中，辨证唐人诗集，足资考核。目王导为叛臣，而举王阳明纪梦诗以实之，亦见于是编云。曰"墐户"者，取《诗》"塞向墐户"，盖记其著书之时也。此本前有李雨村序。（《郑堂读书记补遗》卷二五）

续修四库全书总目提要一则　　佚名

《墐户录》 一卷函海本

　　明杨慎撰。慎字用修，号升庵，四川成都人。原籍安徽庐陵，少师廷和子。母黄夫人，眉山黄明善女。弘治元年戊申十一月初六日，生于北京之孝顺胡同。岐嶷颖达，七岁时，从母夫人受句读，辄成诵。年二十，举正德六年廷试第一，授翰林修撰。十二年八月，武宗始微行出居庸关，抗疏切谏，不报，移疾归。辛巳四月，世宗嗣位，起充经筵讲官，预修《武庙实录》。甲申七月，大礼议起，两上疏谏，复跪哭左顺门，声震廷殿。下诏狱，廷杖两次，毙而复苏。谪云南永昌卫，栖栖戍所，以读书自怡，数十年如一日。年七十二，殁于永昌，时嘉靖三十八年七月六日也。后天启时，追谥文宪。著作有四百余种，散佚之余，今传者《升庵合集》六十余种，及散见各家丛录与单行者，都合百种不足。大抵皆读书时摘抄名物训诂、声音考据之类，如《丹铅总录》等是。盖读书日札之比。间有发为议论者，亦一时抒写所见，如《经说》，是均非专著。如《全蜀艺文志》，则又受聘之作，非其所业。本书亦札记之一。《千顷堂书目》及《经籍志》均为一卷，而《说郛》所载才三叶。此本则李调元得之于丁小山，刻于《函海》者，世所谓足本也。所载均名物诗词杂事，有足资考证者。卷末录阳明纪梦诗，则意有所感耳。名墐户者，取《诗》"塞向墐户"语，纪写此岁时境地也。（《续修四库全书总目提要》）

病榻手欥

　　《病榻手欥》一卷，为杨慎所著杂录笔记。何宇度《益部谈资》、焦竑《玉堂丛语》《国史经籍志》等皆著录。今传《说郛续》本，共二十六条，多见于《升庵文集》《丹铅总录》《谭苑醍醐》等书。

家藏杨升庵病榻手欥真迹　　（明）刘城

　　新都太史金銮客，老死滇南归不得。好奇爱博马迁心，油素韬椠扬云宅。酉山禹穴肆搜罗，纂要钩玄渊海多。繄自石渠初珥笔，直至昆弥行荷戈。碎金散钱皆玩弄，蠹鱼脉望任婆娑。即如此编手自辑，字画生动墨光湿。一二三弓虽散亡，二十五叶堪珍袭。篸山枣轴拾古香，烟鬟茶人入行笈。增损图乙意有在，藩垣溷厕时应及。不同酒罣舞裙书，似比药垆古方集。夜郎长沙昔有之，白首青灯公可师。把兹遗迹生感叹，重思往事莫然疑。韦家父子争持日，濮议尊亲同异时。直节高名如不尔，读书万卷亦奚为。（《峄桐诗集》卷四）

丽情集

《丽情集》一卷，为杨慎所著杂录笔记。乃采择古代名媛故事，间加考证而成。今传《函海》本、《逊敏堂丛书》本等，共十六条。另有《厍丽情集》一卷，收录十一条，乃续集。二集中条目多见于《升庵文集》《丹铅总录》等书。

丽情集序（一）　　（清）李调元

《丽情集》一卷，《厍集》一卷，皆升庵采取古之名媛故事，间加考证而成者也。以缘情而靡丽，故名之。按此书世无传本，得之丁小山。疑古今丽人尚多，所纂必不止此，然别无他本可校，姑存之以备一种。罗江李调元雨村撰。

丽情集序（二）　　（清）李调元

宋晁昭德《郡斋读书志》：宋张君房唐英编古今情感事为《丽情集》二十卷。今其书不传，惟升庵有《丽情集》及《厍集》各一卷，意即补张唐之所未备者。散见于先生各说部诗话中，今合并梓行，庶可以归当日之全而自云。罗江李调元雨村序。（以上《函海》本《丽情集》卷首）

郑堂读书记补遗一则　　（清）周中孚

《丽情集》一卷、《厤丽情集》一卷函海本

　　明杨慎撰。仕履见经部礼类。是本前有李雨村序，称此二集皆升庵采取古之名媛故事，间加考证而成，以缘情而靡丽，故名之。又厤集下原注云："厤，古续字。"雨村按云："厤，古胶字，乃先生偶误。"今按正集凡十一条，厤集凡十六条，古今丽人甚多，岂尽于此，盖升庵在戍所遣怀随意作耳，不足以言著述也。（《郑堂读书记补遗》卷二八）

墨池琐录

　　《墨池琐录》三卷，为杨慎议论书法之作。其或采旧文，或抒己意，多心得之言。杨慎工书，其论书则崇晋抑唐，推赵（孟頫）抑颜（真卿）。该书今传明嘉靖十九年（1540）成都许勉仁刻本（三卷）、清康熙五十四年（1715）李组江刻本（四卷）、《四库全书》本（四卷）、《函海》本（二卷）、清嘉庆十七年（1812）朱照廉木活字印本（四卷）等。明嘉靖刻三卷本与《函海》二卷本编排、内容皆同，四卷本比之三卷本、二卷本则编排不同，内容亦小异（如四卷本首条即不见于三卷本、二卷本）。

刻墨池琐录引　　（明）许勉仁

　　慨古书学不传，后世乐简便自肆。篆隶行草，惟宗晋宋；云书虫篆，讵识所由。玩细忘远，士生于间，岂特艺然哉！升庵先生今之子云，博雅探奇，洞视今古，心画心声，天天相契。兼总字源，时出奥语，议论精确，引喻明当。盖深究六书之旨而有志三代之上也。今年秋，予谪判是邦，过从请益，谓予曰：兹编一洗群秽，千载之正始存焉。予惟先生蚤岁灵慧，忧患以来，敷文析理，雄篇雅什，布满滇云，此则游艺之一也。爰刻置郡斋，传之海宇，期与好古之士共览焉。嘉靖庚子冬十月三日，玉林山人成都许勉仁书。（明嘉靖十九年成都许勉仁刻本《墨池琐录》卷首）

墨池琐录后序 （明）张含

周官保氏六书，后世区分四种：一曰篆籀部居，则景伯、叔重溯其源；二曰音韵正变，则休文、才老发其隐；三曰训诂名物，则安国、景纯专其门；四曰点染临摹，则元常、逸少善其事。古学豆分而瓜剖，后进童习而白纷，有能兼□①之者，吾见杨子矣。《苍》《雅》《林》《统》之绪，钟鼎鼓碣之遗，声韵注叶之秘，勒趣黝黠之奇，昕夕心到，日月手编。其所论著，盈万余言，订往籍之是非，解书流之盘错，富哉言乎，益者多矣。此《墨池琐录》二卷，又其游戏论说之余。上稽鸿荒圣文，有龙图凤羽之字；中考岣嵝神迹，笺螺书龟画之碑。玄白藏心，则两扬雄雕虫之藻；篆草势合，则参崔瑗飞龙之篇。俾彼趋风景行者，悬帐而幨屏；恶尔披雾临池者，栖毫而辍札。尚友往哲，接席面谈，贻矩英髦，登坛手援。匪为谈助，实扬妙笙。效文惠青丝纶简，固有由象罔而得玄珠；传淳化银锭檬痕，将无挹糟粕而注清酖者乎！嘉靖庚子冬十一月，禺同山人张含序。（明嘉靖十九年成都许勉仁刻本《墨池琐录》卷末）

墨池琐录序 （清）李调元

余尝于新都赵氏获睹升庵在滇寄杨夫人家书，不知真伪，其字体半仿子昂而近弱。今读《墨池琐录》所论书法，具抑颜鲁公、米芾，而推赵孟頫为得晋人法则，其景行可知矣。盖学焉而得其性之所近，未可以是为诟病也。本二卷，在汪鹿园家见原本四卷，其二卷盖焦竑所并也。罗江李调元雨村撰。（《函海》本《墨池琐录》卷首）

浙江采集遗书总录一则 （清）沈初等

《墨池琐录》四卷刊本

右明杨慎撰。杂论书帖，所录成说与己说相半。（《浙江采集遗书总录》庚集）

---

① □，原本难识，清陈殿扬刻本《墨池琐录》作"荼"。

四库全书总目一则　　（清）纪昀

《墨池琐录》　四卷浙江汪启淑家藏本

　　明杨慎撰。慎有《檀弓丛训》，已著录。王世贞《名贤遗墨跋》曰：慎以博学名世，书亦自负"吴兴堂庑"。世传其谪戍云南时，尝醉傅胡粉，作双髻插花，诸伎拥之，游行城市，或以精白绫作袜，遗诸伎服之，酒间乞书，醉墨淋漓，人每购归，装潢成卷，盖慎亦究心书学者。此书颇抑颜真卿，而谓米芾行不逮言，至赵孟頫出，始一洗颜、柳之病，直以晋人为师，右军之后一人而已。与王世贞"吴兴堂庑"之说合，知其确出慎手。中间或采旧文，或抒己意，往往皆心得之言。其述张天锡《草书韵会源流》及《小王破体书》，亦兼有考证。至汉司隶杨厥碑**遷**字之类，偶尔疏谬者，已驳正于洪适"隶释"条下，兹不具论云。（《四库全书总目》卷一一三）

郑堂读书记一则　　（清）周中孚

《墨池琐录》　二卷函海本

　　明杨慎撰。慎仕履见礼类。《四库全书》著录，作四卷。《明史·艺文志》作一卷，盖据所见本各异也。是编乃其论书之语，或述前言，或缀己见，颇抑颜鲁公、米海岳，而推赵松雪为得晋人法，则其景行可知矣。盖学焉而得其性之所近，未可以是而遽诮及唐宋大家也。然升庵之学甚博，书中亦颇有所考证，亦殊确当，而失之疏谬者亦时有之。即如卷二之第十条，称"汉司隶杨厥碑'**遷**通石门'，'**遷**'字洪适亦不识为何字。愚按'**遷**'即'凿'字也，'凿'省作'**遷**'"云云，今按《隶释》四《杨孟文石门颂》中，有"凿通石门"句，别无"**遷**"字，则升庵杜撰之文不足以为洪病，而适足以为是书之病矣。又按洪氏于是项题下引《华阳国志》云"杨君名涣"，文中有"武阳杨君，厥字孟文"二句，而升庵竟以"厥"为杨君之名，此沿昔人之误而不觉也。《续说郛》所载一卷，仅删存三十余条，更无足观矣。（《郑堂读书记》卷四八）

文选楼藏书记一则　　（清）阮元

《墨池琐录》四卷

明修撰杨慎著，新都人刊本。是书采辑古今书人书评。（《文选楼藏书记》卷一）

书品

《书品》一卷，收录杨慎所记有关书法条目四十三则，多见于《升庵文集》《丹铅总录》等书中。今传《函海》本、《养素轩丛录》本、《艺苑丛钞》本等。

书品序　　(明) 杨慎

书有以品名者，钟嵘《诗品》、庾肩吾《书品》是也。二子皆梁人，其称名也同，其遣辞也类，时代则然，非相假袭也。《诗品》以三品品诗，《书品》以九品品书，何区别之精而用志之勤乎？或言书与诗均艺，而书又非诗比，谬矣！古者君子之于物也，无所苟而已矣，曲工小技，罔不致其极焉。故曰：传兵论剑，与道同符。今人不及古人，而高谈欺世，乃曰吾道在心，六经犹赘也。以此号于人曰：作字欲好，即为放心。趋简安陋者，靡然从之，是苍籀上世道已丧矣。不曰道器形神也，离道语器，弃形而存神也。故曰：齐匠之斲轮，绵驹之抌篲，先王之道，有在于是，矧夫进于六艺流乎？君子宜无所苟也，苟于物，将苟于道。吾所为感其感，云其云也。呜乎！又焉得真知其解者而竟吾云乎？升庵杨慎。(《函海》本《书品》卷首)

郑堂读书记一则　　(清) 周中孚

《书品》一卷函海本

明杨慎撰。《明史·艺文志》著录。升庵《墨池琐记》所载论书之说，已详哉其言之矣，乃复作此书，以尚论古之人，凡四十三则，颇有道着是处。惟"朱文公学曹操书"及"涪陵有张桓侯书"二则，恐不

免失之诬耳。至末一则说元朝番书，似类草泽迂生之见，虽不存可也。（《郑堂读书记》卷四八）

续修四库全书总目提要一则　　佚名

《书品》 一卷李氏函海本

明杨慎撰。慎字用修，号升庵，蜀新都人。登正德间廷试第一，授修撰。世宗时，充经筵讲官。后以力谏大礼事，廷杖削籍，遣戍云南以卒。慎博学多闻，世称旷世逸才。在戍所时，犹手不释卷，肆力著述。凡经史小学，诸子百家，靡不精晓。此书一卷，前有自序。其体例分条纪述，凡数十则，皆论古今书法及其轶事。谓书有以品名者，钟嵘《诗品》、庾肩吾《书品》是也。二子皆梁人，其称名也同，其造词也类，时代则然，非相假袭也。《诗品》以三，《书品》以九，何区别之精而用志之勤乎？或言书与诗均艺，而书又非诗比，谬矣。古者君子之物也，无所苟而已矣。然工小技，罔不改其极焉。今人不及古人，而高谈欺世，曰作字欲好，即为放心。趋简安陋，靡然从之，是苍籀上世道已丧矣。夫进于六艺，流乎君子，宜无所苟。苟于物，将苟于道，又焉得真知其解者而竟吾云乎云云。所论颇具至理。慎才识卓越，大皆类此。故凡论画论书，均独抒己见。此书虽一卷，而见闻之博，评述之精，洵超人一等。凡古今碑帖书法与工书人物派别，已略具于此。且每条之首皆引出处，尤属不苟。书中如谓朱文公学曹操书，及辨小篆八分原流，与元朝番书、古书、俗字等，均前人所未发。盖元朝主中国，用羊皮写诏，世称羊皮圣旨。其字用蒙古文，见于张孟浩诗。于此书可见，慎不仅明书法，凡金石泉货文字，皆考证极详，故能征引详博，而议论精确也。（《续修四库全书总目提要》）

画品

《画品》一卷，收录杨慎所记有关绘画条目四十八则，多见于《升庵文集》《丹铅总录》等书中。后又附宋人诗十四首及赞一首。今传《函海》本、《绘事晬编》本、《艺苑丛钞》本等。

画品序　　（清）李调元

唐李嗣真《续画品录》分画家作上、中、下三等，每等又各第以三。朱景元《名画录目》分神、妙、能、逸为四品。宋刘道醇作《五代名画补遗目录》有神、妙、能，而不列逸品。盖笔精墨妙，根于人心，人之相去，若九牛毛，品量所存，不可诬也。升庵慧解通玄，自其十一二岁时，与季父瑞虹、龙崖二公论画作诗，大蒙近赏，见于《年谱》及此编所自记。今观其词，幽通微妙，能传画家不言之隐，不独诗之压倒元九也。《画品》一卷，随所闻见，杂缀成编，不作轩轾，令阅者于言外得之。昔东坡论王维、吴道子画诗，末句云：吾观二子皆神俊。又于维也敛衽无间言，玩斯言也，盖即东坡之所以品画者乎？童山李调元序。（《函海》本《画品》卷首）

郑堂读书记一则　　（清）周中孚

《画品》一卷函海本

明杨慎撰。是编虽称"画品"，而皆随所见闻，杂缀成篇，不作轩轾，与画品体例迥殊。凡四十八则，附以宋人诗十四首及赞一首。大都详于故实，而略于品题，非能幽通微妙，能传画家不言之隐，如李雨村序所云也。（《郑堂读书记》卷四八）

法帖神品目

　　《法帖神品目》见于明焦竑编《升庵外集》卷八九，李调元录出单行，收入《函海》，即今传一卷本。此本收录古篆见于模刻者十四种，秦、汉各十一种，三国、晋各五种，南北朝三种，杂碑四十二种，帝王十一种，右军十六种，淳化诸帖二十六种，共一百四十四种。每种注其书者及碑之所在。明万历年间刻《升庵杂著》亦收此书，与《名画神品目》合编，题《法帖名画神品目》，其内容较之单行本多古篆见于钱币二十八种、商器款识六十五种、周一百六十四种、杂碑三种，少晋一种。

法帖神品目序　　（清）李调元

　　李嗣真论右军书《太史箴》《乐毅论》，其体正直，有忠臣烈士之象。《告誓文》《曹娥碑》，其容憔悴，有孝子顺孙之象。《逍遥篇》《孤雁赋》，有抱素拔俗之象。皆见义以成字，非一得以独妍，所谓品也。夫以一指一笔之用，而随时变易，虽作者不自知其所以然，得不谓之神品，可乎？退之尝目右军为俗书，右军且然，况在秦汉以上者哉？先生之作为此者，以见夫人诣力所至，不可强为，并非徒神奇其说以炫人也。童山李调元序。（《函海》本《法帖神品目》卷首）

郑堂读书记一则　　（清）周中孚

《法帖神品目》一卷函海本

　　明杨慎编。是编所载，凡古篆见于模刻者十四种，秦、汉各十一种，三国及晋各五种，南北朝三种，杂碑四十二种，帝王十一种，右军十六种，淳化诸帖三十六种，共一百六十四种。每种注其何人所书及碑之所在，不知者阙之。其以"神品"标目者，盖专就书法论也。前有李雨村序。（《郑堂读书记》卷三三）

名画神品目

　　《名画神品目》见于明焦竑编《升庵外集》卷九四，李调元录出单行，收入《函海》，即今传一卷本。此本收录画作一百六十九种，每种注其画者。明万历年间刻《升庵杂著》亦收此书，与《法帖神品目》合编，题《法帖名画神品目》，其内容较之单行本多"花村晓月""萍江晚语""竹村暮霭""松溪残雪"四种，少"毛诗图""神鹰图"二种。

名画神品目序　　（清）李调元

　　人物本不相习，而精能之至，遂造神奇。僚之丸、秋之奕、养由基之矢皆是也，画亦何独不然。人有窃顾恺之画者，完其厨以示之，恺之自云：此画通神飞去矣。是虽虎头痴语，亦有理趣可味。盖物有形必有神，古今画者皆曰传神，画至神，尽乎技矣。黄休复《益州名画记》以逸品居神、妙、能之上，宋徽宗则以神、逸、妙、能为次，以神足以兼逸，逸或不能尽神也。然则先生论画，举神品而独遗逸、妙、能，其亦不无见与？童山李调元序。（《函海》本《名神品目》卷首）

郑堂读书记一则　　（清）周中孚

《名画神品目》一卷函海本

　　明杨慎撰。按朱景元《唐朝名画录》分神、妙、逸、能四品，刘道醇《宋朝名画评》从张怀瓘《书断》例，仅分神、妙、能三品，殆谓神品足以该逸品，故不再加分析也。黄休复《益州名画录》又跻逸品于三品之上，其次序又复小殊。至升庵所列六十八种，则概以神品目之，盖物有形必有神，古今画者皆曰传神，画至神，尽乎技矣，且并能品、妙品、逸品尽囊括于神品之中，非止如刘氏《名画评》仅以神品该逸品也。李雨村得其传本，为之校刊，序其首云。（《郑堂读书记》卷四八）

异鱼图赞

　　《异鱼图赞》四卷，为杨慎考订名物之作。前三卷收录鱼类，并鳄、鲸等，卷四附以螺贝蜃蚌等海错之属。该书今传明嘉靖间刻本、《升庵杂著》本、明万历三十六年（1608）范允临刻本、《宝颜堂秘笈》本、《四库全书》本、《函海》本、《艺海珠尘》本、《纷欣阁丛书》本、《养素轩丛录》本等。明末胡世安有《异鱼图赞笺》四卷《补》三卷《闰集》一卷。

异鱼图赞引　　（明）杨慎

　　有《西州画史》录南朝《异鱼图》，将补绘之。予阅其名多蹉错，文不雅驯，乃取万震、沈怀远之《物志》，效郭璞、张骏之赞体，或述其成制，或演以新文。其辞质而不文，明而不晦，简而易尽，韵而易讽，句中足征，言表即见，不必张之粉绘，**镤**之蕴彩矣。异乡索居，枕疾罕营，为之犹贤，聊以永日。鱼图三卷，赞八十六首，异鱼八十七种；附以螺贝蜃蚌海错为第四卷，赞三十首，海物三十五种：总之凡一百二十二种。嘉靖甲辰十一月望日，升庵杨慎书。（明嘉靖间刻本《异鱼图赞》卷首）

异鱼图赞跋　　（明）杨慎

　　予作《异鱼图赞》，间出以示好事者，或献疑曰：《尔雅》注虫鱼，定非磊落人，子不见韩子之诗乎？予曰：韩子有为言之也，迹其焚膏继晷之际，口吟手披之余，遇虫名鱼字，将删之乎？老子云美言不信，而五千之言未尝不美；庄子欲绝学，而庄子何尝不学；苏子谓人生识字忧患始，岂欲人尽不识字乎？如此之类，古人善戏谑，自掊击之一机也。虽然，不可以训。若孔子则岂其然？教小子以学诗，终于多识，则虫鱼固在其中矣，孔子岂非磊落人哉？近之不悦学者，往往拾古人善谑之言，以为不肖护躬之符，可笑且悼。充类其说，则伏猎弄獐之侍郎，长枪大剑之将军，一一皆磊落人也夫！（明嘉靖间刻本《异鱼图赞》卷末）

异鱼图赞叙　　（明）席和

升庵杨子，学博才宏，以文名擅天下，实昭代人豪，韩柳欧苏之侣也。自居南中，将及二纪，不以夷狄患难动心，犹潜心古学，著书数种，皆可为世法者。天下士慕之，惜未尽见。予以乙巳岁服役滇阳，往谒杨子，坐定，论及古今得失、圣贤奥旨，并所立诸家语，因出《异鱼图赞》一编示予。呜呼博哉！杨子之学沛然其无涯际乎！然水族之异，藉是益彰矣。是编也，其言简而通明，质而详尽，词亦婉曲，诵之终日，不忍释手。有若太羹玄酒，适口而不厌也；又若良金美玉，可玩而难舍也。其容弗传已乎？于是谋寿诸梓，以广其传，与四方博物君子共焉。嘉靖丙午季春吉日，蜀人石川席和拜识。（明嘉靖间刻本《异鱼图赞》卷首）

异鱼图赞序　　（明）高公韶

太史升庵杨公赋清纯之资，加以勤敏之力，充以深邃之学，继以忠荩之节，一谪滇荒者几三十年，坚之以刚毅之守，略不叹老嗟穷，真得两间之间气，其昭代之豪英乎！暇日惟闭门著书，无虑十数种，皆随笔肆意为之，要有探索诠正，不徒作聪明、炼句字，以夸多斗靡云。然亦岂其志耶？将以消其岁月焉耳矣。君子谓石翁宗师之有升庵，其犹韩忠献之师朴、范文正之忠宣欤？固拟其功业德器、象贤济美之似，而非以其才与位也。吾邑喻奉祠子渐得其《异鱼图赞》一编，传之梓，诣予为序，乃为序之如此。若夫是编之义，则其所自引跋与席郡守之叙略尽，不赘。嘉靖辛亥仲夏之吉，赐进士第、通议大夫、户部右侍郎、前都察院右副都御史内江高公韶书。

校刻异鱼图赞叙　(明) 阎调羹

　　《异鱼图赞》者，西蜀升庵太史杨公之所为也。太史既用直言，逢世庙震怒，远徙荒裔，赐玦终身，幽愁孤愤，日惟博综千古，以自寄其寥廓不平之感。凡史子苍雅，纬候钤决，总统并苞，靡所不窥。盖禹迹穆辙，丈室可周，汲冢孔壁，鼓箧而发矣。于焉著书百有余种，身没之后，散逸略尽。冢孙司隶凤亭公，神姿颖异，家学渊源，嗜古好奇，雅负文誉。慨手泽之几湮，悼先业之委顿，加意搜辑，十获六七。比得是书，系滇中旧本，谬误阙落，几不可读，殊有遗憾。属羹雠校，将寿之梓。羹受而卒业，喟然兴叹。夫孔训多识，传释格物，博闻强记，谓之君子，一物不知，学者耻之。故子产之辨黄能，方朔之对毕方，刘向识相顾之尸，王颀访两面之客，此岂异人，率由该洽。自非郇侯万轴，安世三箧，乌能综宇宙之变，穷品汇之秘乎？是编也，其取类也博，其征事也隐，其寄兴也奇，其摘词也简而奥、质而文，韵而有风，岂直水族之窟宅，抑亦艺圃之球琅矣。近世学者，窾綮固陋，蛙传蝇袭，信所习闻，奇所希遭，见布而疑麛，见阒而骇鼋，辟之蹄涔之游，其奚以与于绛虬之腾哉？至于鲲化鹏运，原自寓言，齐谐志怪，庄已发之。举世耳食，信为真有，斯又不善博物者。故曰：不怪所可怪，则几于无怪矣；怪所不可怪，则未始有怪也。余谓是编既已捃摭坟素，搜剔故实，厘讹补阙，稍称完书。然其渊蕴玄指，茫然如航渤澥；奇书异籍，森然如列武库。岂孤学谫闻一手之烈，能效补浴之功乎？尚有虚错，用以俟诸博雅君子。万历庚子嘉平月望日，汝南后学阎调羹谨识。（以上《升庵杂著》本《异鱼图赞》卷首）

异鱼图赞跋　(明) 杨宗吾

　　盖德靖间，语文词，推鸿博，则必首先太史云，赫乎与忠节并耀宇宙。南迁赐玦，客没瘴乡，著书百数十种，率多散佚。身后宗吾束发，备员司隶，居游长安，日接四方荐绅学士、墨客闻人，访求哀辑，比将百种，其放逸者尚不鲜也。中有《异鱼图赞》四卷，载厥水族，标以均语，胪列冥搜，殆无遗剩。虽经镂之滇中，第岁久磨灭湛漫，殊不可读。宗吾吏隐中原，引休未遂，瑾户罕营，检笥藏弄，搜剔故事，增订讹阙，凡补注以下，咸近粹。鸠工绣梓，与卟古嗜奇者共焉。劂氏告成，并纪岁月于简末。时万历甲辰秋，仲孙宗吾谨识。

异鱼图赞跋　　（明）王尚修

《异鱼图赞》，此太史升庵先生游戏翰墨耳。似文而实质，似质而实文，寄谐寓讽，惩斗戒贪。不遗乎子录神经，穷搜乎字原物始，细者细至毫茫，大者大于山岳。汪洋浩荡，眩目惊心，若睹夫翠鬣苍鳞，瀺灂涌跃于波浪间，尺楮而遥海也，固亦奇矣。凤亭使君述祖补注，不更奇乎？余无濠上之游，会稽之钓，而遂得兹异观，其太史祖孙稽古之所惠欤！后学王尚修跋。（以上《升庵杂著》本《异鱼图赞》卷末）

刻异鱼图赞题辞　　（明）范允临

昔周公教成王读《尔雅》，而孔子训门人学《诗》，亦曰多识于鸟兽草木之名。然则博物洽闻，固圣哲所不废已。用修书破万卷，学擅五车，乃以其绪搜剔异闻，旁采稗史，撰为《异鱼图赞》。时出新裁，杂以古语，穷极于蚌贝蜃螺，细极于鲲鲕跳鲦，竭江罗海，括怪囊奇，玉屑霏香，雅致可诵，此亦《尔雅》之注脚矣。昔张司空博物，而百岁老狐，千年华表，莫逃精鉴，惧而夜泣；温峤燃犀，而水府毕献其状。用修此赞，毋乃令海藏鲛人，散落珠玑，江淮水族，朝宗学海耶？是书向未镂板，临从友人朱汝修氏得钞本录之，藏为帐中之秘，盖十载于兹矣。滇云万里，负籍为难，巾笥偶携，聊充枵腹。直指周公见而嘉之曰：子思论道，始于夫妇知能，终于鸢飞鱼跃。而庄子知濠上之儵鱼，谓性天之相契。用修所著，毋乃非道机乎？君子茂对天地，乐育群生，欲使昆虫草木并畅，鸟兽鱼鳖咸若，其可以细故忽诸？《诗》纪牧人乃梦，而稽诸大人之占曰：众维鱼矣，实维丰年。鱼，鳞族也，而梦占若此，则周宣中兴之盛，可想见矣。是用付之剞劂，以广直指公对育之化，用征大人之占。刻成于万历戊申之且月，而提学道佥事范允临谨识岁月于左。（明万历三十六年范允临刻本《异鱼图赞》卷首）

异鱼图赞笺序　　（明）胡世安

　　客尝执是编而问曰：用修岂有托乎？始鲲终鲸，志辨化，信也；志京观，义也；附始膏以自焚之矗，志惩贿，智也；终离以著象之虒，志式度，礼也。余曰：唯唯否否，试类广之。东方苍龙之宿，虫之鳞者属焉，春令虫鳞，而大人之占曰：众维鱼矣，实维丰年。岂非天地仁厚之气，先于在渊见端哉？圣人作则畜四灵，先厘淰鲔，失情之虑甚深远矣。其见于《易》，贯以率类，包不及宾，信著中孚，物性应感，未可尽诬也。序《诗》者曰：《天保》以上治内，《采薇》以下治外，始于忧勤，终于逸乐，于是万物盛多，能备礼可告功神明，而《鱼丽》咏焉。至鱼在在藻，则庆遂性而德至渊泉；三星在罶则伤无鱼而百物雕耗。鱼无当于盛衰，而盛衰之兆由之，奚翅感阳而陟，食清而游，符于君子出处之道，足以引情濠梁上哉！赞图者，偶也，笺补赞者，亦偶也。嗣阅笺而有感，未必非偶也，是编亦可以兴乎？崇祯庚午仲春望，秀岩隐史胡世安书。（明崇祯间刻本《异鱼图赞笺》卷首）

异鱼图赞序　　（清）李调元

　　范正叔《遯斋闲览》云：海中异物不知名者，人大抵以状名之。此升庵《异鱼图赞》所由作也。先生博学多闻，山经地志，无书不窥，故其赞异鱼也，怪怪奇奇，一收之宏深肃括之笔，可谓富矣。然观卷首一条引元儒南充范无隐说《庄子》云：北溟有鱼，其名鲲，此寓言也。以至小为至大，便是滑稽之开端。后人不得其言诠，郭象之玄奥沉思亦误，况司马彪辈乎？后世禅宗衲子，却得其意，故有龟毛兔角，石女怀胎，一口吸尽西江水，新罗日午打三更之偈，亦可信以为实耶？余尝谓天地乃一大戏场，尧舜为古今大净，千载而下，不得其解者，皆矮人观场也。据此，则所谓异鱼，亦非尽实矣。然则此书其殆先生有感而作乎？明末安县胡世安有《异鱼图赞补》三卷《闰集》一卷，复有《笺》四卷，采注可谓博矣，余为之刊行。噫！如世安者，不得解而必求解，亦可谓矮人观场矣。罗江李调元雨村撰。（《函海》本《异鱼图赞》卷首）

异鱼图赞笺并补赞闰集跋 傅增湘

《异鱼图赞》四卷，明杨慎旧撰，井研胡世安为之补笺。前有嘉靖甲辰慎自为引及跋，凡鱼图三卷，赞八十六首，异鱼八十七种，附以螺贝屭蚅海错为第四卷赞三十首、海物三十五种，通一百二十二种，世安补笺，有崇祯庚午自序。《补赞》三卷。亦世安著，其子胡璞、门人雷瑄为之笺。凡鱼类补一百五十四种，赞五十七首；海错补三十八种，赞二十八首。《闰集》一卷，鱼类三十四种，赞二十四首，前有万历戊午世安自序。二书均经文渊阁著录，《提要》称其补笺征引繁富，不免贪多务得，有支离蔓衍之弊。然其搜采典籍，实为博赡，殊形诡状，皆考证其源流，未始非识小一助云。其论《补赞》《闰集》，谓慎之作赞，虽文人游戏之笔，要自古隽可观。世安续加仿效，征据亦颇典博，与慎书相辅而行，正不以续貂为病云。

余通观前后各卷，网罗群籍，故书僻记，巨细靡遗，使区区鳞介之族，拓此广域，蔚成奇观，洵足追踪景纯，媲美升庵，馆臣评骘，要为允协。如香鱼一种，产雁荡石门潭，为雁山五珍之一，余频作山游，始知其异，世安《补赞》即首加甄采，其见闻之广博，概可知矣。惟《提要》谓《闰集》所载与目录多不相应，前后舛互，赞文往往阙逸，疑为未竟之书。今详检此本，逐条对勘，初无舛失及阙文之处。余顿疑四库馆所进或钞录残帙，此明季刊本馆臣当未之见也。

按世安明崇祯元年进士，官至少詹事。顺治初授原官，四迁至礼部尚书，旋授武英殿大学士，兼兵部尚书。康熙初元，与金之俊同改秘书院大学士，以疾乞休，累加少师，盖以文学受知两朝，故恩礼优渥如是。生平著述甚富，此书之外有《秀岩集》三十一卷，《大易则通》十五卷，《禊帖综闻》二卷，《操缦录》十卷。其存目而未及见者尚十余种。明清之际，吾蜀人以撰述名于世如世安者，盖不多觏也。

此本明季所刻，余获于厂市，为梁节庵前辈旧藏，书版刻有题字数行。前书卷末有丁松生手跋，兹附于左方。癸未四月抄，藏园识。

钞补文渊阁书，尚阙百数十种，开目觅补。星海太史以此一种见寄，且贻书云："胡以明进士入国朝为大学士，相业无表见。《四库提要》议其曼衍，又赏其博赡。"今考卷内援引甚富，不愧博赡，间或榛兰并陈，曼衍诚不能免。然明人著书，往往空疏武断，乖作者之体，此独雅驯，故当宝贵。既录一册以储阁上，因记太史论书之旨于卷尾而归之。世界尽如太史之好古敏求，实事求是，阁书虽阙，何患不补全哉！又岂补阁书之阙而已哉！光绪壬辰七月初五日，钱唐丁丙。

此书《四库》著录，丁松生好友藏书未有，因寄杭州录副，末有松生题语。壬辰十二月，藏山记。（《藏园群书题记》卷六）

浙江采集遗书总录一则　　（清）沈初等

《异鱼图赞》四卷《补》三卷刊本

右明杨慎撰。搜辑水族出产，品味、形质俱著录焉。（《浙江采集遗书总录》庚集）

四库全书总目二则　　（清）纪昀等

《异鱼图赞》四卷浙江鲍士恭家藏本

明杨慎撰。慎有《檀弓丛训》，已著录。是书前有嘉靖甲辰自序，称"《西州画史》录南朝《异鱼图》，将补绘之。予阅其名多踳错，文不雅驯，乃取万震、沈怀远《异物志》，效郭璞、张骏之赞体，或述其成制，或演以新文，句中足征，言表即见，不必张之粉绘，幰之韇彩。"凡鱼图三卷，赞八十六首，异鱼八十七种，附以海错一卷，赞三十首，海物三十五种。词旨亦颇古隽，与宋祁《益部方物略》可以颉颃，惟诠释名义不过形容厓略，遽云可以代图，未免自诩之过。且万震《南州异物志》一卷，沈怀远《南越志》五卷，仅见于《唐志》，《宋志》已不著录，慎何从而见之！尤出依托。亦就书论书，取其词藻渊博而已矣。

《异鱼图赞笺》四卷浙江巡抚采进本

国朝胡世安撰。世安有《大易则通》，已著录。杨慎《异鱼图赞》间有自注，仅标所据书名，未暇备引其说。世安既为之补，又于崇祯庚午博采传记以为之笺，征引颇极繁富，其名实舛互者，于目录之中各为驳正，亦殊有辨证，惟贪多嗜博，挂漏转多。或赞中所引而失注，如赤鲤下"务光愤世"之类，或自注明云据某书者，而亦失证，如鲂鱼下《河雏记》引谚之类。而前代故实，绝无关于名义者，乃支离蔓衍，累牍不休，是征事之书，非复训诂之体。然其搜采典籍，实为博赡，故殊形诡状，一一皆有以考辨其源流。虽不免糅杂之讥，亦未始非训小之一助也。（以上《四库全书总目》卷一一五）

天一阁书目一则　　（清）范邦甸

《异鱼图赞》四卷刊本

杨慎撰，范允临题辞，太守公讳汝梓序云：明称著述之最富者，无如蜀杨用修先生。书凡四百余种，而所存仅十之一二，皆流传他省，传于蜀止十余种而已。家大叔尧卿司马天一阁中，有先生《异鱼图赞》，予雅爱之。入蜀得范长白公订本，索其版已亡，因以付剞氏。（《天一阁书目》卷三之一）

郑堂读书记一则　　（清）周中孚

《异鱼图赞》四卷函海本

明杨慎撰。慎仕履见礼类。《四库全书》著录，焦氏《经籍志》地理类作一卷，盖误以册为卷也。升庵以《西州画史》所录南朝《异鱼图》名多踳错，文不雅驯，因效郭景纯《山海经》图赞体，作为赞语，以代其图。凡异鱼三卷，共八十七种，为赞八十六首；附海错一卷，共三十五种，为赞三十首。词藻淹博，吐属隽永，虽不及郭氏诸赞，以方宋子京《益部方物略》，实足以方轨连镳也。其赞间有自注，多未详核，故胡菊潭复为之笺云。原书前后俱有序跋，李雨村刊入《函海》，仅存其跋，别为之序。《汇秘笈》《艺海珠尘》均收入之。（《郑堂读书记》卷五一）

文选楼藏书记一则　　（清）阮元

《异鱼图赞》四卷、《补》三卷

明杨慎著，刊本。是书搜辑水族出处、品味。（《文选楼藏书记》卷六）

善本书室藏书志一则　　（清）丁丙

《异鱼图赞》四卷 精钞本

杨慎升庵撰。前有自引，凡鱼图三卷、赞八十六首、异鱼八十七种，附以海错一卷、赞三十首、海物三十五种，亦颇古隽。与宋祁《益都方物略》可以颉颃。前有万历戊申范允临题记。此帙尾题：乾隆丙戌五月二十九日钞毕。是日梅雨初晴，池水满陂，天光倒影，澄澈见底。游鱼出没，三三五五，历历可数。又朱印曰"稼芟手钞并校"，书楷精妙，惜不知姓氏。又有"东南山中人"一印。（《善本书室藏书志》卷十八）

万卷精华楼藏书记一则　　（清）耿文光

《异鱼图赞》四卷，明杨慎撰

纷欣阁本。前有嘉靖甲辰升庵自序并跋。鱼图三卷，赞八十六首，异鱼八十七种。附以螺具、蜃蚶、海错为第四卷，赞三十首，海物三十五种。

杨氏自序曰："有《西州画史》录南朝《异鱼图》，将补绘之。予阅其名多踳错，文不雅驯，乃取万震、沈怀远之《物志》，效郭璞、张骏之赞体，或述其成制，或演以新文。其辞质而不文，明而不晦，简而易尽，韵而易讽，句中足征，言表即见，不必张之粉绘，幨之蘸彩矣。"（《万卷精华楼藏书记》卷八九）

附录

异鱼图赞补引　　（明）胡世安

戊午之役，触望禹门，自分泥蟠，毕此生矣。同社多挟策走长安，而余复负籍入山寺，章句沈余，既所憎对，觅话老衲外，惟日披古函散帙，以喻适志耳。偶简升庵先生《异鱼图赞》，不避疏浅，漫摭见闻，诠次如卷。已而老衲见之，戏谓曰：羡渊不如结网，获鲜可以忘筌。余服膺其得斲轮微旨，异日持青脊墨头十数鱼名暨《山海经》所载珠鳖之类来讯，则又升庵先生所遗者，余因类搜其遗补之。维时阳萌寒谷，气启负冰，聊借笔墨，作濡呴缘，以傲简蟫曰：余将弹铗衡泌，不欲自尔分饱神仙字也。稿成，令儿子辈较正鲁鱼，乃亦仿笺如左，凡三卷，又闰集一。万历戊午长至日，蒲亭胡世安识。（明崇祯间刻本《异鱼图赞补》卷首）

玉名诂

  "玉名诂"本为《升庵文集》卷六六、《升庵外集》卷二十所收杂考一则，后被《说郛续》《函海》收入，以条目名为书名，乃成一卷专书。其中收录从玉偏旁之字七十六文，下注其义。

玉名诂序 （清）李调元

  古玉字无点，秦人作隶，谓与帝王字易混，故加点以别之。至写作偏旁，则仍去点而从王，从其朔也。郭忠恕云：今人作字，飞禽便当著鸟，水族即应安鱼；讥夫不明字义而专任偏旁者也。夫飞禽之从鸟，水族之从鱼，类也。而鱼为何鱼，鸟为何鸟，制字者各有名义所在，而概以鱼鸟统之，则曷不举羽虫三百六十而统名曰鸟，鳞虫三百六十而统名曰鱼，古人岂若此之陋耶？知王之为玉，而不辨其名称，不悉其器用，其与安鱼而知为水族，著鸟而知为飞禽者，何以异耶？升庵先生有慨于此，而作《玉名诂》以示意曰：字必有物，物必有义。凡夫有名可称，有文可纪者，皆可作如是观也。至其引征博而记注评，则自读书考古中来，非可袭而取也。雨村李调元序。（《函海》本《玉名诂》卷首）

续修四库全书总目提要一则 （清）冯汝玠

《玉名诂》一卷，函海本

  明杨慎撰。慎字用修，又号升庵，四川新都人。正德辛未进士，殿试一甲一名及第，授翰林院修撰。所著《金石古文》《俗语》等书，均已著录。是编前无序例，惟录玉部从玉偏旁之字七十六文，文惟以一义注于其下，既不兼采众义，更不详注出处，据其诸文之后自记，系因文士凡遇玉字偏旁之字皆谓之玉，而不知各有训诂，因记其略，以为是编。考自《凡将》《训纂》以后，至许氏分别部居从玉偏旁之字，《说文》所录则有一百二十六文，新附一十四文，凡为一百四十文，《玉篇》所录则有二百六十七文，其后《广韵》等书递有增益，所有从玉偏旁之字，更不止此。杨氏是编，既为当时文士不知从玉之字各有训诂而作，即应广辑群书，备载诸字，罗举众义，汇为一编，以供文士观览。其时许氏之学未昌，《说文》一书，容未寓目，其顾氏《玉篇》则已早经传布，何其所录从玉之字，竟不及《玉篇》所采三分之一。明代著作，谫陋不足称道者多，若杨氏者，则向以博雅著称，何亦简略如斯？殊不可解。岂原作本不止于此，而所传乃其殊帙耶？（《续修四库全书总目提要》）

升庵外集

　　《升庵外集》一百卷，明焦竑编。焦竑服膺杨慎，广搜其著述，类分为三：以杨慎所著诗文为正集，以其所选辑批评为杂集，以其所考证议论为外集。此百卷《升庵外集》即编次杨慎杂著而成。其目次或以类分，如卷一、二为天文部，卷三至卷七为地理部等；或径题书名，如卷六四为《古文韵语》、卷六五为《古音略例》等。此书纂辑编排杨慎杂著达四十二种之多，对保存升庵著述贡献颇大。该书今传明万历间杨有仁刻本、清道光二十四年（1844）桂湖翻明刻本等。

升庵外集序　　（明）顾起元

　　国初迄于嘉隆，文人学士著述之富，毋逾升庵先生者。至其奇丽奥雅，渔弋四部七略之间，事提其要，言纂其玄，自唐宋以来，吾见亦罕矣。顾其为书，单部短谍，不下数十百种，世不恒见。即见之者，互存错出，纶贯为难，往往有安石碎金之疑，仲深散钱之恨。吾乡澹园先生负内圣外王之学，尚友千古，至于阅览博物，以视升庵先生，又所谓后代之子云也。生平读其书而好之，凡所为閟而弗传者，广为搜辑，聚于帐中，以代饴枕。已乃虞部帙之浩繁，惜披览之纬繻也，手自排缵，汇为内外二集。而鉥析栉比，《外集》尤多，异者疏之，同者合之，复者删之，互者仍之，疑者阙之，误者正之。就一部之中，别之以类，就一类之内，辨之以目，巨细毕收，纲维不紊。所谓归之于殊途，不啻离之而双美矣，岂非作述之盛事者欤？龙紬鱼鬺，入天孙之机杼，经纬益章；电戟霜戈，更大将之部分，壁垒皆变。含咀愈滋其新味，神明若焕于旧观。盖伟校雠之劳，功实高于独创；弘陶铸之益，美尤藉于善成矣。余起元三复读之，而喟然叹也。新都立言，已悬日月，寥寥一代，几见斯人。乃汝南正之，琅玡非之，摘其小瑕，掩其弘美。虽文人相轻，自古为然，而以后凌前，得无已甚。有澹园先生，而升庵之名愈彰，是陶贞白所谓元常之骨，更蒙荣造；子敬之肌，不沉泉夜者也。然则升庵之不朽者，固不与其人俱往矣，又何幸而得澹园，为之表章于后世哉！乃知百龄影徂，千载心在，知有一人而不恨，《玄》四百岁而必兴。观斯集而古今作述之盛，先后符合之揆，可以旷然玄览于中区矣。万历丙辰冬日，江宁后学顾起元书。

杨升庵先生外集跋语　　（明）汪煇

予乃今知文章必本乎山川也。李青莲、苏眉山均擅绝世之姿，凌跨百代，文人尽严之为方明，不敢争长。然李之标韵英卓，固自天成，而稍逊于闳富；苏长公文如良金美玉，无施不可，而稍逊于沉奥。况有能兼之者乎？升庵先生起成都，潜心窥古作者，自坟典丘索以来诸书，下及稗官小说，无幽不烛，无异不领，无巨不举，无纤不破，盖胸中具一大武库焉。故凡搜奇摘艳，为人所目骇者，一经指点，遂若夏葛冬裘；凡狃见溺闻，为人所意忽者，一经拈出，遂若冰绡火布。是宁啻与苏、李鼎峙，实兼之也，又况于粉黛饰壮士，笙匏佐鼓声者乎？青莲疑于永主璘，摈诸夜郎；长公厄于诗案，摈诸岭外；先生诎于议礼，摈诸永昌。其遇同，其以悲愤为益肆力于文章也又同。想龙门、大匡、岷峨诸峰，耸然天际，而江之濯锦磨针，溪之浣花解玉，汇于滟滪之下，觉回顾不肯去。是以奇幻郁勃，荡人心灵。虎变豹变，应不易得，则数百年一见也，讵偶然哉！予乃今知文章必本乎山川也。兹集也，特匄官《七志》《七录》之类，非其全也。若澹园焦先生崛起江左，固囊括三君矣，独表章是也乎哉！谨跋。万历丁巳春正月吉旦，赐进士出身、南京国子监司业海阳汪煇撰。（以上明万历间刻本《升庵外集》卷首）

升庵外集序　　（明）焦竑

明兴，博雅饶著述者，无如杨升庵先生。向读墓文，载其所著书百又九种，可谓富矣。嗣余所得，往往又出所知之外。盖先生谪居无事，遇物成书，有不可以数计者。余购之数十年，所睹记已尔，则余所不及闻者，抑又多矣。顾其书多偏部短记，易于散轶。今其孙宗吾所言二阸者，则先生家已亡其书，况他人乎？曹能始观察入蜀，余托以访求。曹于书有奇嗜，极力搜罗，复得如干种以寄。鄙意先生诗文勒为正集，其所选辑批评，自为一书者为杂集，至所考证论议，总归说部，为外集。《外集》为余乡叶循甫遵、豫章王曰常嗣经共为排纂，而余实先后之。司成顾公、汪公则嘉与而剞劂焉，尤有功是编者，辄为详列之。万历丁巳春，琅琊焦竑识。（明万历间刻本《升庵外集》卷首目录后）

重刻杨升庵外集跋　　（清）张奉书

升庵先生以议大礼谪戍滇南，中间以石斋先生丧，给假还里，余俱在戍所，寓居感通寺，坐卧小楼中，穷愁著书四百余种。间与张禺山、杨宏山、唐廷俊、梁佐诸人唱和，提倡风雅，使滇南榛狉之习，化为邹鲁洙泗之风。迄今滇人崇祀之，尊为先师。三百年来，先生著作半就凋零，蜀中所见者，只陈大科所辑《升庵全集》八十一卷，及《全蜀艺文志》，李雨村《函海》中所刻《升庵经说》《诗话》《词话》等四十余种而已。新都为先生故里，予抵任后，凡先生祠宇、旧宅、坟墓及桂湖诸故迹，无不培植修补，独遗文除所见诸书外，竟不能多觏。癸卯秋，先生之裔孙杨式如名光海，由蓬州学署因公赴省，便道过我，见示《升庵遗集》三十六卷、《升庵外集》一百卷。《遗集》系万历时山左王大司马象晋巡抚四川，搜寻先生遗集，先生之孙尚宝卿金吾与其弟宗吾编集遗文，在陈刻八十一卷外，另录三十六卷，以应王大司马之求，而布政使汤公日昭所刊刻者。《外集》则先生没后，焦太史弱侯将先生所撰杂著，删其重复，分门别类，依次排纂，付先生之侄名有仁刊刻行世。余览之，汪洋浩瀚，多人间所未见书，始惊先生学之博，才之大。以万死一生之身，继缧就道，凭腹笥所记忆，编辑成书，以示后学。其天分之高，记丑而博，实有大过人者。而其时守兔园册子，绳愆纠谬，尚有《正杨》诸书，亦可谓蜉蝣撼大树者矣。二书皆明旧板，《遗集》三十六卷，式如自行刊刻。今年春，诸绅士请修邑乘，爰设局于文昌宫编纂，先将《外集》付局中，仿明旧本重刻。先生一生忠孝大节，其精诚所贯注，发为文章，固有历千古而不朽。而式如抱残守缺，使三百年先代遗文微而复显，亦足征先生之贻谋远矣。刻既成，爰叙其缘起如此。时道光甲辰秋八月朔日，知新都县事昆陵张奉书跋。（清道光二十四年桂湖翻明刻本《升庵外集》卷末）

升庵外集钞跋　　（清）冯汝玠

　　归安张度，字吉人，号解非，自号抱蜀老人，撰《蜀石经考证》。是册书衣题《升庵外集钞》，册内有"吉人之辞""吉人手钞"诸印，乃其手墨。虽属节抄往籍，非其著作，要亦足珍也。戊寅闰七月，志青汝玠题。（上海图书馆藏清张度手抄本《升庵外集钞》，《上海图书馆善本题跋辑录》）

升庵杂刻

明万历年间，杨慎之孙杨宗吾汇刻杨慎杂著数十种传世，今传本丛刻题名有"升庵杂刻""升庵杂著""升庵杂录"等数种，其所收书目多少不一。

升庵杂刻序[①]　　（明）杨宗吾

先太史天才溢发，一目数行，盖不以迁谪滇海，始穷愁著书。其自踰冠即多著纂，传布寰宇，真所谓倾群言之沥液，漱六艺之芳润矣。万里羁栖，缥缃与共，往来省觐，侨居江阳，讣闻而先王母黄安人直走滇中，扶榇南返，所余手草已无几矣。此一厄也。堇获于吾父之所收辑于江阳者，尽携以还，即片楮只幅，先王母宝之不啻垂璧。迨先王母化去，悉付先慈椷藏。潼川渭阳氏暨外倩吴生，去来如织，月无宁日，亡论他所蓄积，化为乌有不足问，并御赐书籍、结撰手稿，亦且卷去。此二厄也。惟斯二厄，奚异秦焚？在彼诚无所重，在吾子孙于先公之著书，岂寻常宝玉之可等哉？言之痛心。往蜀两台藩臬诸公征先太史集于直指以义从父，爰命今符卿家伯承检搜得三百余册，乃于诸册中摘其一二，集成八十一卷，实绪余耳。书目所载百有九种，已系年谱之末，诏示后人。即若近获《均藻》《群书琼敷》《锦郁栖》《乐府续集》《太和记》之类，半为残帙，其他并所著书之目而无存者，又不知其凡几也。小子吾生也晚，丱角入继宗祧，尚不识珍先公手泽。及弱冠官禁侍，两以给假省觐，方知所好，又虑伤先慈心，不敢问。暨至散失，徒为扼腕，已无从索。嗟乎！先公呕心吐肝者五十余年，为不朽之业，而竟逸传如此，先子其亦遗憾于九京乎？吾不孝之愆，又何逭焉？尚有冀于外

---

① 此文在《升庵杂刻》本《古音复字》卷首，原无文题，据文意，似为丛刻所撰，故拟此题。

宗。翻然授归，梓之以公同好。惟仁人君子，必不使先达立言懿美湮灭于身后，而自同于无厌之秦也。谨识其散失之因于首端云。万历甲辰长至，孙宗吾书。（明万历年间刻《升庵杂刻》本《古音复字》卷首）

续修四库全书总目提要一则　　佚名

《升庵杂刻》二十二种 明万历刻本

明杨慎撰。慎字用修，号升庵，又自号博南山人，四川新都人。间著成都，盖列其郡也。正德间举廷试第一，授修撰，历充经筵讲官，遇事敢言。后以大礼议起，被遣戍云南，即终老边陲。慎在当时以博洽闻，凡经史小学、杂家野乘皆有撰述，共数十种。此书乃孙宗吾所编者，凡二十二种，曰《转注古音》《古音骈字》《古音复字》《古音余录》《五音拾遗》《古音略例》《古文韵语》《古今风谣》《古今谚》《古隽》《经子难字》《杂字韵宝》《夏小正解》《庄子阙误》《谢华启秀》《词品》《诗话补遗》《滇程记》《滇载记》《遗集》《山海经补注》《春秋地名考》等。其中多种虽已单刻，而有数种亦颇少见，如李氏《函海》曾收录《庄子阙误》《山海经补注》等，其叙称颇不易得，足证是编流传殊鲜。按此集以言小学音韵者最多，而亦以此最精。如首列之《转注古音》，王任序云：公仲孙凤亭君谓此册乃先太史手泽，遗我后昆世守者，自谓生平心力独萃此书，非遇好古知音，勿以轻示云云。足见其致力之勤与重视也。按，慎以博雅冠绝一时，凡其考证论说及诗文无不精粹，卓然名家。然往往恃其强识，不核原书，致多疏舛，遂又为陈耀文等诟病。周氏《因树屋书影》亦云：胡元瑞、谢在杭诸君子集中，与用修为难者，不止一人。然平心以论，升庵著述虽不免小误，大皆精博，于经子小学，尤多发明云。称为当时通儒，诚无愧矣。（《续修四库全书总目提要》）

杨太史别集

　　《杨太史别集》为王象乾抚蜀时搜刻杨慎《余冬序录》《古今谣谶》《古今谚》《词品》《启秀韵宝》《古隽》七种著述之合集。王象乾，字子廓，号霁宇，桓台新城（今属山东）人。隆庆五年（1571）进士，官至兵部尚书。

杨太史别集序　　（明）王象乾

　　蜀之文教倡于文翁，而相如始东授七经，为艺士嚆矢。杨雄深湛佚荡，文似相如，其为《太玄》及《法言》四赋，超轶词林，桓谭以为绝伦者也。我明则有新都杨用修太史，岂其苗裔耶？何擅述之博也。先生首魁廷对，博雅盖代，迹其周礼张柳之对，矞宇嵬琐之辨，德靖时大为两朝所器重。尝从游李文正公，授以石鼓之文，过目辄有神解。逮投荒滇云，益勤镂管，所著诸书固多脍炙当代者，乃其家藏自诗文外，约七十余种，蠹简残编，几与丰城神物俱隐矣。余奉命抚蜀之余，戢戈讲艺，于地方文献惧有湮没，乃檄取先生遗书，得《余冬序录》《古今谣谚》《词品》《启秀》《韵宝》《古隽》共七种，可以拓识，可以娱神，可以为秉彤染翰者之赤帜，爰合为一集，付之梓人。或曰：屑玉盈车，不如全璧，奚用是屑屑瑟瑟者为？不知剖赤堇之山，则溢镱流金无不就冶；提孙韩之旅，则宫嫔市卒皆可当千。卮言碎义，取衷在人。世徒守寒肤嗛腹，不旁搜往哲之林，欲以五寸之管而傲千秋，抑已难矣。是集七种，不可废也。吾第而言之，《序录》本之燕泉何公，而摘其要，纯驳不淆，统贯悉备，是《汲冢》《越绝》之遗珍也。《古隽》参之格言辞命，而钩其玄，篇抒凤藻，句菀虹梁，是左氏诸史之羽翼也。《古今谣谶》泄于微微，炳于旦旦，则尧衢禹金之符验乎？《谢华启秀》合綦叠锦，贯珠编玉，则玄圃昆冈之巨丽乎？《词品》柔情曼声，菁华琬琰，吾以比之海童芦笙之奏。《韵宝》审声调气，祖日宗辰，吾以匹之岣嵝峄山之文。《古今谚》迩以及远，小可喻大，则又夏谚所以风游豫，而曾传所以喻苗硕者也。大抵次序胪分，皆先生手自丹铅，故辩博不病于无稽，要眇无妨于大雅，结绳而后，良不多见。夫当子云校雠天禄阁，职在文墨，与用修同，而用修羁置滇南，较之寂寞一亭者尤甚。人固恒从子云问奇字，乃用修之缉奇亦何必减子云也。亡论子云，即汉称博物君子，无过东方生、七车张诸人。彼其穷幽极赜，洵足艳称一代，然安知无好奇之士，高其名而附会之者？今先生之著作具在，古今人岂相远哉？吾即以七种代《七经》，而以用修为子云，因之上下千载可也。万历甲辰孟秋之吉，总督川湖贵州军务、兵部左侍郎兼都察院右金都御史新城王象乾书。（明万历三十二年王象乾刻《杨太史别集》本《古隽》卷首）

中卷

别集文论之属

升庵文集

　　杨慎诗文别集，有诗集单刻、诗文集合刻之别。诗集单刻本有《玉堂集》《南中集》《南中续集》《南中集续钞》《杨升庵诗》等，诗文集合刻本则有《升庵集》《升庵文集》《升庵遗集》等。杨慎诗文合刻集，嘉靖年间有蜀刻本、滇刻本（一说未刻）、吴刻本三种，其中明嘉靖三十六年（1557）宋少宇蜀（江阳）刻本《升庵集》二十五卷、嘉靖四十三年（1564）周复俊吴中刻本《升庵文集》二十卷今皆有残本传世。杨慎卒后，其从子杨有仁汇纂群书，编成《太史升庵文集》八十一卷，前四十卷诗文，后四十一卷杂著，万历十年（1582）由蔡汝贤首刊于蜀。其后又有万历二十九年（1601）王藩臣、萧如松秣陵翻刻本（改题《升庵先生文集》）、万历年间陈大科重校蜀刻本（改题《太史升庵全集》）。自万历八十一卷本行世，嘉靖刻本渐晦。至清代又有乾隆六十年（1795）周参元养拙山房翻刻《太史升庵全集》本、《四库全书》据万历十年蔡汝贤刻本所抄《升庵集》本等。

升庵文集序　　（明）靳学颜

　　西蜀古称多翩翩文学，若长卿、渊云之流，士或览诵风什，怀其骏烈，则缅然长慕之矣。若乃亲履厥域，而觏见其为人，或缄章相讯，飞札同声；或解珮相贻，倾盖如旧。宁无忘味兰言，比音玉步，在远日笃，处近弥亲者哉！升庵先生杨子，英达夙就，奇挺间世。弱冠登朝，褎然而为簪笔闱阁之臣，即已振苞丹穴，扬光紫宫。家有赐书，目无留阅。闭门距跃，名山石室程其期；下帷耽精，图纬丘坟涉其趣。薄生人之常恋，营不朽之素业。自结绳阒象，钟旅幡信，以至曲议卮言，靡不纠舛厘纷，剖疑释结。众难独易，遇塞俄通。蕴既川辉，腾亦林蔚。朝华夕秀，丹霞之气舒焉；写物类伦，黄钟之律邕焉。斯乃扶华毂，奉凝旒，投分乎北里南宫之交，劳谦乎长剑危冠之侣，盱衡而考隽，抵掌而论烈，未巨奇也。已而激厉至精，献纳失旨，御魑荒服，输校瘴乡。谢荣轮盖之涂，即辱橐鞬之伍。君恩靡故，去国魂销；门绪不昌，辞家念结。昔张敞远驭，绳墨犹谓无奇；越石自倾，翰张不复属意。何者？心灵以骀荡呈妍，神理以淹抑坐塞。昏明之共术，古今非诡趣也。况乎长江枫树，逐客感而伤心；毒雾跕鸢，毅夫由之陨涕。而能飞声不翼，造响无端。沉着柔澹之思，益妙于衷；巨丽宏衍之材，并裕其外。严霜被叶，朱桂耀于炎洲；飞雪载柯，青松粲于昆野。润被金石，澜翻霞海。风云应机于操觚，灵奇胅籋以赴节。借景者传只字之珍，摹迹者贵三都之楮。或方四杰，未足多焉。岂非国香不以异植而辍芳，径寸不以沦渊而韬采乎？故曰天授，信非人能。若乃梁生五噫于旧京，张子四愁于名岳。泽畔有怨兰之作，长沙著赋鹏之篇。或抗愤以失平，或伤悼而自广。至使五帝折衷，咎繇听直，何其愦与！杨子则委命夷旷，捐己寥廓，九死而冲度不挠，百折而委怀自若。散藻多自然之文，著书无当世之议。中原有菽，不挂于讥；南山种豆，无撄其虑。自非通方大略几于道者，未或庶也。杨子所为言，亡虑巨万，文多散见于世，未有汇而成帙者焉。诗或刻之，顾亦丰约不一。比属侍御少宇宋公省方殆周，为理多暇，爰命郡吏检括铨次，雕之郡斋。缠缠洋洋，珠联璧合，将与世之慕杨子者同一快之。夫树风表艺，上发山川之菁，下振肃成之教，则斯举为有光也。是以不辞蚩鄙，著其所以于篇云尔。皇明嘉靖丁巳秋九月望，四川布政司左参政鲁国靳学颜著。（明嘉靖三十六年刻本《升庵文集》卷首）

杨升庵集叙　　（明）周复俊

予少闻杨子云，其人湛默自守，不欲矫然于世，意其中若无余者。及观《甘泉》《河东》《长杨》《解嘲》《解难》，鈜辞鬵鬵，凌摩荡击，倏忽如神。至《太玄》《法言》奥矣，又何所畅悬殊也。其慁柏生，屈侯芭有以哉！皇明光岳气完，英贤云蒸，文道古雅，博南戍史成都杨公慎兴焉。人皆云今之子云，其信然耶？公幼慧颖，八岁即点缀俊绝，二十四举进士第一。少师三南杨公设四事诇之，皆生平所未了。公从容酬对，本末融贯。少师叹曰：此真才子。既绅文石渠，预观阁秘，进诣逾湜而远。未几，恩遣滇云，违丹禁而就朱炎，辞密亲而之荒戍，万里于迈，人何以堪？公神襟洒洒，旅栖高峣，屏绝世务，时与韵士浮舻游缱，穷金碧林水之胜。人间断简奥篇，延搜极殚，行游饮啸，吟披不彻。独舞之暇，著书五六十种，扶疏浩荡，考订精密，篆隶草真，咸臻厥妙。嗟夫！古人之学可想也。汉以降，儒或博而不精，或精而不博，乃今兼之，以故含英缬秀之士，识或不识，皆宗尚焉。当此之时，宁知公与子云其孰为隽也？君子曰：大夫低回新室，竟蒙投阁之耻。公扬音吐气于圣朝，虽投荒三纪，寂历以终，不逮翊皇猷，辉帝制，殊可悼尽矗。方诸子云，一何复邪！公为文，宪章迁、固，翱翔晁、贾，总辔于屈、宋，染指于王、刘，濯缨于权、柳，而扶摇纵恣，有其似之，不必摹拟而始工，则奚止驰驾子云已乎？公自称训诂章句，求朱子以前六经；永言缘情，效杜陵以上四始。今兹所觏，特九鼎之一脔，旃檀之片香已耳。俊往时总宪蜀台，解后公金沙寺，谓予不鄙斯集，幸刻诸吴中。予既口诺心许之。慨徐剑徒悬，嵇琴沉响，爰次遗编，并叙其世，庶来叶有考焉。（《泾林诗文集》卷五）

订刻太史升庵文集序　　（明）宋仕

今海内绅珮之士，研精策府，撷英词林，莫不仰慕杨升庵先生，而有不及同时之叹。雄文秀句，竞相诵传，尤断断然无由毕揽全集为憾也。余奉命按蜀，咨询耆旧文献，乃藩臬诸君咸称升庵遗文宜为表章，唯种袠猥繁，今已多散落，恐久而就湮没矣。于是谋之抚台濠滨张公，檄藩司求之先生令侄大行益所君，抄录若干卷。凡先生闳言眇词，彻于著述比兴者，亦略具是。爰属稍加厘订，删要归正。道而论之，自一卷至四十卷，为赋、序、记、论、书、志、铭、祭文、跋、赞、词、传与各体诗，皆取之文集，而以类编纂者；自四十一卷至八十一卷，皆训释整齐百家杂语，取诸《丹铅辑录》《谭苑醍醐》《卮言》等书，而以类编纂者，总名之曰《太史升庵文集》。刻成，蔡君以序为请。余谓是盛举也，不可辞，乃为序曰：文者，贯道之器，儒先共推为不朽盛事云。而韩退之以蕲至古之立言者，在养其根而俟其实，加其膏而希其光，则可谓善于论文者也。尝观退之《樊绍述志》，从其家得卷籍，曰：多哉，古未尝有也，然不袭蹈前言，不烦绳削而合，遂赞之以道塞复通云。升庵先生探六艺之渊，而综九家之指，其论撰如燕文贞攻比兴而莫能极，张文献穷著述而未克备者。既以合之双美，乃其罔罗捃撷，陶冶大炉，卓然自成一家之言，骎骎乎追屈马于先路矣。载观退之论和平之音淡薄，愁思之声要妙，而欧阳永叔因曰：诗穷而工也。先生出平津之邸，绍玄成之业。当是时，德流明庭，名冠天下，而忠谠渊蕴，时形咏叹。如《庆成宴》之诗，三爵七襄之语，其忧国轸民，一篇之中三致意焉。逮乎获谴投荒，行吟泽畔，或时绎为贾生之《鹏赋》，或时著为虞氏之《春秋》，类若发愤之所为作，然皆蔼然《小雅》之怨诽不乱者焉。是先生超然有曳縰歌商之风，而穷通得丧无入于灵府欤？至其缉羽陵之蠹简，稽酉阳之秘藏，笼罩靡前，指类剽剥，亦其涉猎者广博，时有牴牾，而其归则纚纚然淑诡可观，连犿无伤也。兹既总括裒汇，采可论而著于篇，先生之于斯文，殆韩子所称至于是极，而成学治古文者彬彬然忻睹先生之集之全，信奇事也。此外诸所校刻古文杂录、拾遗补艺，尚多有之，以非先生所著书，故集中不载。然其序所以刻者之意，则具编之集序类中矣。后之诵读是集者，论其世而求其志，庶可几君子之前睹哉！庶可几君子之前睹哉！万历十年岁次壬午仲夏望日，赐进士第、巡按四川监察御史、侍经筵平原可泉宋仕书。

订刻太史升庵文集序 　　(明) 张士佩

《升庵文集》者，集杨升庵先生遗文也。先生作为文章，其书满家，纚纚然承学治古文者，咸爱而传矣。顾简帙错陈，统汇靡纪，志古者每苦遍观之难，尤惧散逸之易也。余奉命抚蜀，谋之巡察可泉宋公，以文献宜为表章，议克协矣。爰檄藩司往从，悉取其书。得之其家大行以义君藏辑者，有先生文集若干卷，赋、序、记、论、书、志、碑赞、词、传，与各体诗，凡厥抒怀赠述者具焉，因就而抡次之。复得《丹铅辑录》《谭苑醍醐》《艺林伐山》《卮言》各种杂著，凡厥探赜索隐者具焉，因删而汇编之。刊削肤引，勒成一家之言，总之为八十一卷，如迁史所称择其言尤雅者著乎篇，刻成而卒业焉。综之靡所阙，而秩之靡所绲矣，庶几乎获睹升庵之集之全，而无复有荐绅先生之所难言者乎。盖余读迁史《儒林传》，而知齐鲁之间于文学，圣人之遗化也。蜀自文翁之教行，人士彬彬，以学显于当世，比齐鲁云。当其时，被服文翁之教者，相如之词赋，能使天子读之，飘飘有凌云之思。嗣是若扬雄之奇博，王褒之伟丽，伯玉、太白之诗，追高古于风雅，眉山家学之文，涣奇思于心得，煌煌乎与井络炳灵而汶峨竞爽也。爰至我朝，复得之升庵先生，盖洞观学海，擅能词场，于前数子可谓兼之矣。其论经学，则取衷传记，而指末师俗学之非；稽往迹，则博综谱谍，而斥游谈窾言之谬。形之为篇咏，则取材六朝，溯汉魏之风趣；著之为论纂，则陶冶两汉，会训诂之体裁。是于学无所不窥，而文则若成诵在心，借书于手，彬彬然究天人精禊之际，镜古今得失之林矣。观夫天官注张之解，公侨实沉之博也；岣嵝禹碑之训，倚相索丘之闳也。即退之自叙上窥姚姒，下逮庄骚太史所录，先生其曷让焉？於乎，此宁足以尽升庵哉！夫先生以宰相子，武皇时对策擢第一，为闱阁之臣，唯天子雅以国器许之。士之慕谊问奇，争奔走焉。独也希志元凯之俦，视时俗所趋漠如也。逮肃庙绍统，文忠公以定策元勋，尊宠于人臣无二。先生于是时少肯依违，不出长安城门十年，即继踵韦玄成、苏廷硕功业矣。顾乃抒见陈款，自比于贾山之愚、汲黯之戆。已而去国，轸怀穷愁，著书遒然，《小雅》之怨诽不乱。其被发行吟，衍衍焉曳缞而歌商颂，声满天地者也。展如人也，所谓立于不贷之圃，而为采真之游者，非邪？是故金马碧鸡之涯，长卿、子渊之建节，视升庵之输校不同，其为山川之增辉一也；会稽禹穴之巅，司马子长之壮游，视伯喈之亡命不同，其为古今之胜事一也。绩学之士得斯集诵读而论其世焉，庶灼知先生直谅多闻，为古之益友哉！藩臬诸君请为先生文集序，故附尚论于先生者，其说如此云。万历十年岁次壬午，赐进士、巡抚四川都察院右副都御史、升吏部右侍郎雍韩濠滨张士佩书。

杨升庵先生文集序　　（明）陈文烛

先君子谈昭代博学，新都盖有杨用修云。忆毅皇帝阅《文献通考》，问天文有注张星者，钦天监不知也。用修引《周礼》《史记》而以柳星为对。肃皇帝览给事张翀疏问裔宇嵬琐四字，用修取《荀子·非十二子篇》以复。是武庙、世庙咸知用修可备顾问者。骎骎大用，旋以议大礼谪戍滇南，何始之所遇与终所遭迥异也。用修著书有百余种，时分宜故相乞品诗于万里外，尚书刘元瑞得《神楼曲》，终身栖息，其珍重如此。至海内名流，若宝应朱子价谓其即事称奇，朗彻千古；亳州薛君采谓其穷极词章之绮丽，牢笼载籍之箐华；永昌张愈光谓其立朝去国，弘业葆贞；华容孙仲可谓其旁通广蓄，名高众忌；嘉州程给事谓其稗官小说，因微适道；昆山周太仆谓其权衡操纵，含英茹实；四明张司马谓其片词纤指，根沿古初；太仓王廷尉谓其才情盖代，使事最工。即诸家品，而用修之博可知也。稿多散漫，梓行不一。方伯华亭蔡用卿再入蜀，求用修从子大行公家本，手自雠校，删冗正误，以成完帙，共图不朽。因里中宪使费公寓书不佞叙焉。以督学西蜀时，曾与谋刻叙曰：自古文人，或遇而词达，或穷而语工。用修生有异质，过目成诵。正德辛未，廷对第一，文忠公掌在丝纶，凡明堂石室、金匮玉版之藏，咸得批阅。昔贾幼邻、苏廷硕、韦嗣立、马端临皆宰相之子，成其问学，无如用修之遇者。蒙难而南，土舍兵变，戎服率旅，自言报国，往来高峣云局之间，呕心苦志，邛泸暂寓，殊方竟老。昔夜郎、龙标，潮阳、朗州，又山川之险，增其题咏，无如用修之穷者。用修遇而穷继之，穷而遇先之，造化爱而似有所啬，啬而似有所成。语曰：蒙金以砂，锢玉以璞，珊瑚之丛，必茂重溟，夜光之珍，以颔骊龙，其用修所由博与？窃谓赋祖枚马，而《戎旅》《药市》，则崔之《幽征》、张之《白羽》也；颂祖渊云，而建学、宝树，则孔之《释奠》、袁之《嘉莲》也。志表等于褚渊，谏词并于哀策。《江祀》记行，简严二典；《蚊阵露布》，游戏三昧。黔国诸篇，辇金支字，孝烈特传，四维振响，叙述参之鸿宝，论辨奇如张策，遣戍野眺，五言古之佳者，明远《还都》、玄晖《登望》似之矣；《垂柳》《流萤》，七言古之佳者，照邻《古意》、之问《明河》似之矣。近体多深沉之思，《春兴》八首，其夔州以后诗乎；绝句极风人之致，《滇海十二曲》，其《横江》《客中行》乎！此用修大较也。采摭既富，蹊径终存，随所得而笔之，皆有深意。恨不起用修于九京而上下之，并以告读用修兹集者。万历壬午秋日，沔阳后学陈文烛玉叔撰。（以上万历十年刻本《太史升庵文集》卷首）

订刻太史升庵文集跋 　（明）郑旻

昔司马子长论相如《上林赋》曰，与诗之讽谏无异也。班孟坚评之，则有曲终奏雅之讥。窃尝骇其言云。近太史杨升庵先生折衷其说，以战国讽谏之妙，惟司马相如得之，司马《上林》之旨，惟杨子云《校猎》得之，则所谓得之于内，不可得而传览者。升庵先生盖有玄解，非但能读千赋已也。故其形之著述赋咏，所以究天人之际，通古今之变，厥协六经异传，整齐百家杂语，何歉于下逮庄、骚、太史所录子云、相如同工异曲之言哉！抚台濠滨张公、按台可泉宋公，雅重先生之文也，网罗放失，命采其语可论者著于篇，表章文献，兴士树风者至矣。以不佞曾与校雠之役，承命为序。窃以升庵文章之可传于后，得两台之论扬而益彰矣，愚何能复赞一词？敬书其订刻之岁月，俾览斯集者庶有考焉。万历十年孟冬吉日，四川按察使揭阳郑旻世穆谨跋。

太史升庵文集跋　　(明) 蔡汝贤

万历乙亥冬，余之出守西川也，时与沔阳陈玉叔谋刻升庵杨太史文集，已而弗果。岁辛巳，余再入蜀，承抚台濠滨张公、侍御可泉宋公檄①，购先生从子益所公得家本数种，与未梓者若干篇。不揣寡昧，删重复，萃菁英，稍加品列，肇壬午之春，历三时而竣于仲秋。卷分八十一，取阳数也；部总二十八，象列宿也。首《凤赋》而迄《太平》，非所以纪文明之盛事乎？会时务纠纷，校雠盖取诸夜，以故择焉不精，次焉不详，谓为先生属草可也，观斯集者，庶其有以亮之。重阳日，后学蔡汝贤用卿谨跋。（以上万历十年刻本《太史升庵文集》卷末）

重修升庵文集跋　　(明) 余一龙

万历辛卯冬十月入蜀，即求杨升庵公文集读之，字画不明者凡二百余叶，板在本司，为购真本，命吏翻刻，以壬辰秋九月工完，因纪其年月于后，它不暇书。四川左布政使新安余一龙记。（明万历十年张士佩等刻万历二十年余一龙重修本《太史升庵文集》卷后）

重刻杨升庵先生文集叙　　(明) 王藩臣

昭代相业，在吾蜀大莫如杨文忠，正莫如赵文肃。余既与同台萧心甫氏刻文肃公集已，相谓曰：文肃侃侃不可一世，乃其与珥江刘大昌书，独服膺升庵先生，谓其气节文章，千百世足不朽，此公论也，亦定论也，盍并传诸？爰取蜀本重校，付之剞劂，复索胠箧中先生手书遗草增入之。叙曰：当康陵末命，国统如线矣。文忠公以首揆芟大难，定大策，乾旋坤转，称社稷臣。而升庵先生以冢器翱翔金马之署，方其议大礼时，稍一委蛇，即玄成世业可翘足待。而文忠竟以赤心批鳞，捐相印如敝屣；先生则又伏阙痛哭，杖血淋漓，投荒万里，行道掩袂，乃怡然就道，之死不悔，于文忠为孝子，而于先朝为忠臣。此岂可与沁沁汶汶、脂韦婥妸，以希人主一日之宠者同日语耶？先生父子虽以危言得罪，不获赐环，而其高风劲节，世庙在天之灵实鉴知之。迨穆庙嗣服，恤录复职，赠官赐谥，而先生之名益与天壤共敝矣。不佞尝谓文鼓于气，而先生以其浩然之气溢为文章，其气磅礴，故灏浑汪洋，无所不具；其气直方，故简严劲挺，无所回挠。灿然而星辰，沛然而江汉，掀天揭地，亘古亘今，盖得之天者全，养之人者至。先生固无意于文，而规规前矩为也，且至性绝人，过目成诵，每有所作，即席酬对，挥毫如云，倚马千言，略不加点。故时而汉魏，时而六朝，时而四杰，时而李、杜，时而欧、苏、元晦，其于材亡所不构，而其于体亡所不兼。至其抉隐探微，砭盲发墨，抒二酉之秘，成一家之言，则以其不获施之经纶者，而浚心于千秋之业，残膏剩馥，沾丐后人。宇内修词之士，获其只语，竞为中郎帐中之秘，仅仅称先生之文章，而不知其忠孝大节，固有与日月争光者。先生尝谓王右军抱经纶之略，使其得用，当不在谢安石下。世第谓其能书，人以艺掩，殆自喻耳。乃其贯穿广博，时有抵牾，亦颇为轻轾者所弹射。然先生目无留阅，书不重检，安世之录遗书，广微之辨断简，得之天纵，出之从心，宁竞奇于雕虫祭獭与补纳也。大鹏鷦鷯，固无足校其翔寥焉。或又谓岷峨江汉之精，实郁而为。先生溯炳灵世载之英，侈为光宠。第先生笼罩万古，总萃百氏，盖钟间气，际景运，应期而出，蜀安得私之？至其集中所著，神禹平成之绩，产于石纽；吉甫穆清之颂，生自江阳。下逮汉唐，如射洪、青莲、宋元诸先哲，俱为表章叙赞，不厌再三，此固高山景行，敬恭桑梓之谊尔。先生白首戎行，不遑宁处，末岁卜居江阳，有终焉之志。不佞舞象之年，曾蒙倒屣，愧疏侯芭之问，窃附桓谭之宗。文肃业有定评，因以俟诸君子。其集初刻于江阳，遗文逸翰，家多有之。今所翻校，以羁迹仕途，未遑尽括，缀辑续遗，是所望于同志者。用叙简端，以表私淑之意云。时万历辛丑仲冬长至吉旦，钦差巡按直隶屯田马政、监察御史江阳后学王藩臣顿首拜撰。

杨用修太史集叙　　(明) 陈邦瞻

　　文章之盛衰以世，而其诣之高下又视乎人之才。士固不能轶世而为才，然必极其才而后可论世；亦不能轶才而为诣，然必极其诣而后可论才。世与才者，天也；诣者，人也。自汉迄宋，世之运化密移，天之生才亦异，然当其时之作者，未有不极其才之诣者也。所谓极其诣者，则昔人云于学无所遗，于词无所假是也。学同于无遗，词归于无假，而盛衰高下见焉，故足考也。不然，示其未成之朴，则良苦犹未分也；袭其已披之华，则今古亦可混也，又何世与才之足论已。国朝文明之兴，自草昧刘宋始，至弘治数君子称彬彬矣。乘运化之隆，故其气盛；备师法之古，故其格高。至曰极其才之诣，则数君子之中，惟蜀杨用修几焉。用修之才，未知于北地、信阳何如也。然一时文体，大约尊古而忽近，期述而不期创，故凌厉之意胜，则博综未遑；模拟之功至，则变化少诎，亦其势也。独用修为不然，其学自六艺百家，靡不渔猎，即稗官小说，耳目所罕至者，日夜功凿不置，记者必撮其要，纂者必钩其玄，可谓博观逖览，几无遗矣。至发而为文，明白俊伟，能道其意之所欲言。诗多取材六代，间似杜陵，然亦机杼独运，伟词自铸，不可谓之有假也。若用修，信可谓极其才之诣者矣，以当一代之作者其可矣！夫以国朝重熙累洽之盛，先后二百年而始有弘治，以弘治而有数君子，以数君子之中而极其诣者，惟用修一人几焉，是可不谓难哉！用修集初刻于蜀，今侍御王公复刻之秣陵，不佞乐其传之益广也，以为一代之文在是，故为序其端如此。然非不佞言也，不佞所闻当世作者之言也。高安陈邦瞻德远撰。（以上明万历二十九年王藩臣秣陵刻本《升庵先生文集》卷首）

重刻杨太史升庵先生文集后序　　(明) 萧如松

　　余家乘盖有升庵先生《双节记》云。先生从子侍御以义君，余同年友也。顷得其所编次先生全集，则前记在。念惟家世幽贞苦节，得与雄文俱传，私心窃庆幸之。复念集刻仅蜀本，海内士诵法先生者，每恨不获家有其书，遂与同台介甫王君谋刻之秣陵。刻竣，宜有序于末简，序曰：吾蜀之有文章旧矣，论其尤者，汉则司马相如、扬雄、王褒，唐则陈子昂、李太白，宋则苏氏父子，其人皆为一代霸。而国朝二百年间，则先生奋焉。相如以赋，褒以颂，雄兼有之，子昂、太白以诗，苏氏以议论，此其才不同，至于包括元化，笼络万象，骋百代之变，成一家之言，则均也。余观先生集，其赋颂之作，雄词丽藻，章含秀发，亦汉扬、马之流亚也。诗则取材六朝、三唐，与子昂、太白异曲而同工，议论博辨，略有苏氏风，盖昔人所独擅者，先生庶几兼撮其长。而至于遗文坠字，奥简残编，钩索罔遗，掇拾靡佚，在昔人或未暇也。呜呼盛矣！原夫蜀之为国，盖西南一大都会也。雪山长江之雄浑，青城峨巫之幽丽，仙灵之所窟宅，其胜往往甲天下。而又拒以悬栈绝壁，有飞鸟之所不得过；束以惊江急峡，有鼋鼍之所不得游。以故地势钩盘联结，其气固而不泄，宜钟为人文，雄伟不群，有称是者。然地气亦不能自发，必国家文治运化与川山之灵相感召，然后豪杰乘之而兴。道隆则隆，治泰则泰。余观汉、唐、宋皆有天下数百年，当其极盛而诸贤出，国朝熙洽融昌之化极弘正而先生奋，非偶然也。或者谓先生以宰相子入对大廷为第一人，雍容金马，竟用谪去，老于穷荒，天既才之，何又厄之？要以文章经国大业，不朽盛事，天之用先生，与先生之为世用，固在此不在彼也。矧先生一时忠愤气节，彪炳宇宙，至今读其文，犹凛凛有生气，如昔人所论孔北海、盛孝章者哉！夫诵诗读书，归于论其世，而山川风气之自有足令人景慕者。余故备列之，令览者知蜀之有文章，代为世重，盖有本云，其毋以余蜀人而蜀语也。时万历辛丑长至之吉，钦差巡抚直隶兼巡京营京仓、前南京陕西道奉旨起补河南道监察御史内江后学萧如松顿首拜撰。（明万历二十九年王藩臣秣陵刻本《升庵先生文集》卷末）

刻太史杨升庵全集序　　(明) 陈大科

以论博物君子，其在我朝，则杨升庵先生执牛耳哉！先生于书无所不读，即诸父兄弟家庭小集，亦递条举征故事为酒政。而先生尝自称：慎苟非生执政之家，安得遍发皇史宬诸秘阁之藏？既得之，苟非生有嗜书癖，亦安从笥吾腹？既兼有是，苟非投诸穷裔荒徼，亦不暇也。嗟嗟！天启文献，代不数人，俄而龙骧，俄而蠖诎，固并有意云。先生杂著《丹铅辑录》《谭苑醍醐》诸书，亡虑数十种。我先司寇尝从滇蜀归，悉授余大科读，且谓将谋汇刻之，适与行会，未遑也。久之，余从都下过先生从子侍御君所，得见先生全集焉，则韩城张公并汇诗文刻诸蜀中矣。曾杀青几何时，而其字已刓且蚀矣。此其摹印之者众矣，谁谓鸡林纸贵之语诞也哉！顷以其暇，奉笥中所受诸遗书，参以蜀本，手雠校焉，而付之剞劂，成先志也。或谓汝南陈晦伯又作《正杨》一编，何耶？余曰：尼父删述，莫赞一辞，其诸著作之林，率有羽翼之者矣。明资善大夫、右都御史后学陈大科撰于鹤城书院。

重刻太史升庵全集序　　(清)周参元

古今来著书难，传书亦不易。文人如吾蜀升庵先生至矣，生平枕籍乎六经廿史，博涉于诸子百家，固也。然天必资之以颖锐，假之以巍科，使之不惟得尽稗野之精，更得以窥石室之藏，且投之荒徼以作其志，广之涉历以扩其胸。而后自纪传、志铭、诗赋等正集外，如《丹铅》诸录，《谭苑醍醐》诸杂著，无论数十百种，靡不脍炙海内，入人肝脾，著书岂易易哉？顾参蜀人也，且生于升庵之乡，幼闻父师讲诲，知升庵学通天人，才雄艺苑，且著述之富，冠绝前儒，心窃慕之。因遍求先生遗文，不谓蜀中绝少，片纸只字无不等之昆玉南金，不获睹也，怏怏者久之。后薄宦黔中，时时遍访，偶得《太史升庵全集》一编，乃前明按蜀御史宋可泉先生，偕蜀抚张公濬滨极力搜索，得之升庵之侄之手，而亲加厘订，创为付梓。后又有侍御陈公讳大科重为校订剞劂者。参披而读之，始信升庵之学博矣，而莫识其涯；升庵之文邃矣，而莫窥其奥。所谓载道之文，其在是与！其在是与！顾是集于升庵一斑耳，无论全豹难觏，即此一斑，倘非宋、张、陈诸前辈珍重殷勤，一镌再镌，不几全没乎？传书又岂易易哉！爰携归以示吾乡，则莫不传观抄录，若获拱璧。因思人心共嗜大美，原应共诸天下，况升庵著述，尤其不忍湮没者。是集自可泉先辈搜罗创刻之，又得御史陈公不惮校雠，重为镂板，岂有他哉？不过恐作者之失坠，鉴学者之慕思，为广其传焉耳。参因不揣谫陋，用将原书重为较刻，公诸同好，正以慕可泉诸先辈传书之雅，实以志余小子心佩升庵之微忱耳。时乾隆六十年岁次乙卯蒲月中浣日，拣发贵州侯补吏目、署镇远府经历后学赓九周参元书。（以上清乾隆六十年新都周氏养拙山房刻本《太史升庵全集》卷首）

杨太史合编叙　　(明) 谭昌言

升庵杨太史先生，以宰相子弱冠廷对第一，为天子文学讲帏之臣。迨肃皇帝入继大统，集议庙典，先生议与永嘉公相左，宣言于朝曰：国家养士百五十年，仗节死义，政在今日。伏阙泣诤，触天子怒，投窜遐荒，行吟泽畔，发愤著书。海内衿裾之士，雅慕先生诗若文，片言出，赫号踊直矣。顾种帙烦杂，名类不齐，或同调之叹赏，删繁就约，或侨寓之篇什，因地命名。著述颇饶，散佚靡统。余友卜君圣瑞讳世昌者，博访遗编，得蜀本全集，并《南中》《玉堂》《行戍》诸稿，汇而集之，删其重复，订其亥豕，名曰《升庵合编》，而以序属余。余惟先生以超迈之资，洞晰今古，研精探幽，细入卉木，大入流峙，中贯人物，俗总谣欨，域判远迩，风别夷夏。篇咏则取裁六朝，遡汉魏之风趣；论议则陶冶两汉，会训诰之体裁。历览讴吟，怨诽不乱。此兹集之大凡也。余又闻诸长老之言曰：先生髫之年也，其诗崛险类李贺，其文奇宕而不羁似庄子。冠之年也，其诗流动似李白，其文高旷而宏肆似苏长公。其魁天下、陟要华也，摛华挦藻，望重龙头，抽秘撷芳，摽扬虎观。蔚矣清庙之音，肃乎冠裳之度。其议大礼、谪穷荒也，浮江淮，涉湘沅，屏迹居滇，吐怀纾幽，穷情极变，或绎为贾生之鵩赋，或著为虞卿之春秋，忧国轸民，一篇之中三致意焉。嗟乎！一杨先生也，秀句雄文，云蒸霞变，随时舒卷，不可端倪，非睹全集，恶成大观。卜君嗜学好古，总括衷汇，为功实劳，真太史之忠臣，后学之领袖也哉！聊序简端，以公同志。长水谭昌言撰。(明刻本《杨太史合编》卷首)

先太史文集小引　　(明) 杨文泰

文也者，所以达此心独得之意，而灿烂以出之者也。推文之祖，莫大图书，一剖通类悉灵，而究不过抉之仰观俯察，远求近取，所谓逆数之妙而已。我祖太史文集八十一卷，森森罗列，井井条悉，洵宇宙一大观哉！而有一非心灵映彻，逆而达之否？谓此不足以会太史独得之意耶，展读之而豁然心目者何物？谓此遂足以尽太史独得之意耶，恐敦化之川流，而终未可竟敦化之原也。《易》曰：书不尽言，言不尽意。是集也，太史之意其未可尽乎？设纵以居诸蜀，尤有新新不停，通类益畅者，尚论于斯，得有不遗憾与？时崇祯己卯春仲花朝前一日，曾孙文泰顿首谨识。

订刻太史升庵文集序　　（明）李默

天下原无秘书，今世所称灵宝洞章，太幽碧瑶，洞微明晨，琼书秘籍，与夫天老问之类，亦只有其名而已。天下极多逸书，祖龙而后，若《冲波传》《鲁定公记》，及《千百年眼》所载唐宋逸诗赋之类，书之足存而仅有其名者，间尝考之，已四百余种，况有并其名不传者。夫书亦安有纪极也。儒生勿便言读尽天下书，藏尽天下书，恐在中秘有不能者。明兴三百年来，著述之富，必首用修先生。以彼海涵地负之才，兼以世窥中秘，故能洞历三古，笼摄百世，横行阔视于缀述之场，而不见其敌，诚天纵，亦人力也。乃巴陵陈五岳先生，与先生同时，自谓藏先生著书四百余种，只今仅存，已不及二百种，逸书之多，又安有纪极也。余自羁贯成童，辄欲尽刻先生诸集以公海内，而时有不暇，力有不及。甲戌，公车以开美师命，先刻《丹铅总录》一种，过是再有遗集杂刻之刻，而剞劂之费苦不能办。今岁北还，以东门一庄授之家叔祖，而以是书付之鸡林陈氏，使终其役。考订铨次，余实手其事，盖不欲使用修鸿博，日见沦没，而又深有憾于逸书之多，而欲吾家子弟者之知，免夫伏猎侍郎之诮也。人固有弃千金之剑而抱符子之书者，公之同志，其亦不以余为多事矣乎！崇祯丁丑冬十月既望，垫江李默语斋父题于凤山之玉兔亭。己卯上浣，成都诸文造深斋父书于槛云斋中。（以上明崇祯十二年陈宗器刻本《太史升庵文集》卷首）

书杨用修集后　　（明）张燮

用修方文忠作首撰，独对大庭，才地门风，俱为第一。比抗论大礼，诸臣伏阙固争，用修首哭于廷，诸臣继之，祸且叵测。奉旨投荒，世路坎轲，因以一意追古之业，所撰著若编纂，独盛于前人。今读遗编，如大家女妆束登车，明珠翡翠、珊瑚琅玕，烂然都具，惟意色稍乏飞扬，神情稍碍条畅，所谓杨妃任吹多少者耳。至于探赜索隐，标古证今，《丹铅》诸书，真是吃着不尽，即有龃龉，亦复裨益。后人谬为《正杨》，杨故未易正也。人或讶其晚年醉傅胡粉，作双丫髻插花，诸伎挟巨罗，连手啸歌，游行街市。英雄人既与世法无分，不觉逃为玩世耳。嗟乎！以文忠定策宫禁，功岂在请间太尉下？稍稍迎合，便可坐享带砺之封，乃以国统所关，批逆鳞而甘九死。杨文忠之忠，忠于孝庙者也；张文忠之忠，忠于世庙者也。两文忠行事，判若黑白，而易名乃同，始信天朝未尝以一格限人，第处杨之势易而难，处张之势难而易耳。即用修容木天之署，何虑不槐鼎，而父若子贬窜相寻，赤心无改。其后文忠无禄，疏乞守制还家，不报。迨白首暂归，竟为暴抚所吓，七十行戍，终以没身。噫！可谓难之难矣。虽然，用修不穷困，乌能以追古独盛前人哉！（黄宗羲《明文海》卷二五四）

升庵集跋　　（明）徐𤊹

万历戊戌先伯氏于长安肆中购得《升庵诗》九卷，置之斋中，不知尚有文赋十二卷在后也。今岁偶有以文赋求售，予搜诗集合之，纸墨一式，遂成全璧矣。崇祯己巳秋初，徐兴公识。（福建省图书馆藏明嘉靖三十六年刻本《升庵诗集》九卷《文集》十二卷卷末）

太史升庵文集跋　　（清）陈鳣

《升庵集》八十一卷，明杨慎撰。慎字用修，别字升庵，新都人，正德辛未进士第一，授翰林院修撰，以谏大礼，谪戍永昌，事迹具《明史》本传。此集为万历十年四川巡抚张士佩所刊，盖购得其从子有仁家藏本，重加编次，凡诗文四十卷，杂记四十一卷。用修以博洽见称，由于多读古书，浸淫涵育，吐属不凡，文无当时艰涩之态，诗则含茹汉晋唐宋，允推有明一代殿撰之冠，惟考证论说夸多斗靡，不及细检原书，致多疏谬，因滋后人口实，平心而论，可取者亦复不少。所著《丹铅录》《谭苑醍醐》诸书，本专刻各行，兹删除重复，分类附编，尚有条理，且易检寻。惟蔡汝贤后跋云：卷分八十一，取阳数也，部总二十八，系列宿也，则失之凿。是本又从张刻传钞，想因初刻时难以购求，故重费笔墨，其书法工整，且系一手所书，审其字迹，实系明人手笔，

尤为可贵耳！嘉庆十八年九月，陈鳣记。（台湾图书馆藏明万历十年张士佩刻本《太史升庵文集》）

太史升庵文集跋　（清）缪朝荃

是书即《四库全书提要》载四川巡抚张公士佩所订八十一卷，内赋及杂文十一卷，诗二十九卷，又杂记四十一卷，取《丹铅录》《谭苑醍醐》诸书，删除重复，分类编次者也。旧在鹿河唐荔香明经处，写刻精致，纸印完好，是明板中不易得者。光绪二十六年庚子春二月，东仓书库主人缪朝荃并识。（上海图书馆藏明万历十年张士佩等刻本《太史升庵文集》，此据《上海图书馆善本题跋辑录》）

万历本杨升庵集跋　傅增湘

此《太史升庵文集》万历壬午蜀中刊本，为从子有仁编辑，凡八十一卷，半叶十行，行二十字，白口，四周单栏。前有四川巡按御史平原宋仕序，沔阳陈文烛序，后有蔡汝贤跋，跋后有四川布政司监榜吏袁九思等三人、缮写吏李文洛等十一人姓名。据蔡氏跋言，"万历乙亥冬出守西川，与沔阳陈玉叔谋刻升庵集，不果。辛巳再入蜀，自先生从子益所公得家本数种，删重复，萃菁英，始壬午之春，而竣于仲秋"。是始终其事者实为布政蔡氏。《四库总目提要》以为巡抚张士佩所订者，盖据宋仕序言其议发之濠滨张公也。本集自卷一至四十为文与诗，其卷四十一以后则取《丹铅总录》《谭苑醍醐》《卮言》诸书汇辑而类次之为四十一卷，《提要》称其分类排纂，较易检寻，视《丹铅总录》亦有条理。然以杂考随识之书属之文集，于体例殊乖，似不若别立一名，标为附录之为当也。余取《丹铅总录》核之，此集天文一门，凡五十条，其见《丹铅总录》中天文类者九条，其余或采之他书，或取之别类，条理颇为清晰，厘定之功要不可没焉。升庵博学闳才，高视一代，于李、何诸子外别树一帜，胡元瑞称其掇六朝之秀，薛考功至跻之四杰之伦，固非过誉。第才气横溢，时有骋博嗜奇之过。沈归愚以其过于秾丽，失穆如清风之旨，亦属平情之论。文则体格彬雅，犹存古法，盖含濡典籍，泽古功深，如王谢子弟，哺啜风流，与当时险僻艰涩之流而侈言复古者固有间矣。升庵博闻强识，有明一代罕与抗手。其辑《全蜀艺文志》以二十八日而成，蒐采鸿富，蔚然巨观。余仿其例编两宋蜀文，垂及十年而尚不克就，乃叹公之才固非常人所及也。或谓其恃才骋辩，考证疏舛，致来陈耀文《正杨》之议。然公久谪蛮荒，地僻少书，误记自所不免，偶然差失，宁可过为苛责耶！余披观大略，略事亭平，固非为乡贤左袒也。庚辰九月十九日，藏园老人识于石斋。（《藏园群书题记》卷十七）

四库全书总目一则　　（清）纪昀等

《升庵集》八十一卷 副都御史黄登贤家藏本

　　明杨慎撰。慎有《檀弓丛训》，已著录。此集为万历中四川巡抚张士佩所订，凡赋及杂文十一卷，诗二十九卷，又杂记四十一卷，盖士佩取慎《丹铅录》《谭苑》《醍醐》诸书，删除重复，分类编次，附其诗文之后者也。慎以博洽冠一时，其诗含吐六朝，于明代独立门户，文虽不及其诗，然犹存古法，贤于何、李诸家窒塞艰涩、不可句读者，盖多见古书，薰蒸沉浸，吐属自无鄙语，譬诸世禄之家，天然无寒俭之气矣。至于论说考证，往往恃其强识，不及检核原书，致多疏舛。又恃气求胜，每说有窒碍，辄造古书以实之，遂为陈耀文等所诟病，致纠纷而不可解，考《因树屋书影》有曰：《丹铅诸录》出，而陈晦伯《正杨》继之，胡元瑞《笔丛》又继之。当时如周方叔、谢在杭、毕湖目诸君子集中，与用修为难者，不止一人。然其中虽极辨难，有究是一义者，亦有互相发明者。予已汇为一书，颜曰《翼杨》云云。其语颇为左袒，然亦未始非平心解斗之论也。诸书本别本各行，士佩离析其文，分类排纂合而为一，较易检寻，而所分诸目，较《丹铅总录》亦尚有条理，故仍录之集中，备互考焉。（《四库全书总目》卷一七二）

文瑞楼藏书志一则　　（清）金檀

《杨慎太史升庵全集》八十一卷，十二册

　　《列朝诗》小传：慎字用修，新都人，少师文忠公廷和之子也。七岁作《拟古战场文》，有曰：青楼断红粉之魂，白日照青苔之骨。时人

传诵，以为渊云再出。正德辛未举会试第二，廷试第一，授翰林修撰。嘉靖甲申七月，两上议大礼疏，率群臣撼奉天门大哭，廷杖者再，毙而复醒。谪戍云南永昌卫。投荒三十余年，卒于戍，年七十有二。用修在滇，世庙意不能忘，每问杨慎云何，阁臣以老病对，乃稍解。用修闻之，益自放。著述最富，诗文集之外，凡百余种，皆盛行于世。用修垂髫赋黄叶诗，为茶陵文正公所知。登第又出门下，诗文衣钵。实出指授。王元美曰：用修工于证经，疏于解经；详于稗史，而忽于正史；详于诗事，而不得诗旨；求之宇宙之外，而失之耳目之前。斯言也庶哉，杨氏之诤友乎。

《明诗统》：升庵为人，天资高迈，著述甚富，然亦间有驳杂。朗陵陈伯晦作《正杨》一册，以较其非，亦颇中其病。其评人之诗最精当，不少假借，其所作未必尽如所评，亦才人之通弊也。其所作《春兴》，比律情词，慷慨悲壮，其志亦可哀矣。

《明诗综》：虞伯生告袁伯长云：文章之妙，惟浙中庖者知之。若川人之为庖也，粗块而大脔，浓醢而厚酱，非不果然餍也，而饮食之味微矣。浙中之庖则不然，凡水陆之产，皆择取柔甘，调其滫齐，澄之有方，而洁之不已，视之泠然水也，而五味之和，各得所求，羽毛鳞甲之珍，不易故性，为文之妙，亦犹是耳。读用修诗，无异川人之庖矣。予为之调择澄洁，去其浓醢厚酱，盖切比于浙中之庖之义云。_{韩城张□□刻公集于蜀中，摹印者多，其字即刓且蚀矣。后学陈大科复为雠校，重刻以行世，并作序于首，以识承其先司寇有志未逮之由。}（《文瑞楼藏书志》）

善本书室藏书志二则　　（清）丁丙

《升庵先生文集》八十一卷_{万历刊本}

成都杨慎著，从子有仁编辑。慎字用修，新都人。七岁能作《拟古战场文》，正德辛未会试第二，廷试第一，授翰林修撰。嘉靖甲申七月，两上议大礼疏，率群臣撼奉天门大哭，廷杖，毙而复苏。谪戍云南永昌卫三十余年，卒于戍所，年七十有二。著述最富，诗文集外，凡百余种，皆盛行于世。万历中，四川巡按平原宋仕橄藩司求之其家，得若干卷，稍加厘订，自一卷至四十卷，为赋、序、记、论、书、志、铭、祭文、跋、赞、词、传与各体诗；自四十一卷至八十一卷，皆诸经训释及百家杂语，取诸《丹铅辑录》《谭苑醍醐》《卮言》等书，名之曰《太史升庵文集》，刻之蜀中。有宋仕及张士佩二序。

《太史升庵集》二十六卷旧钞本

成都杨慎著，孙金吾宗吾辑。慎天启初追谥文宪。《千顷堂书目》载《文集》二十一卷，又《合并集》二十卷，又《升庵遗集》二十六卷，又《升庵诗》五卷，又《南中集》七卷，又《七十行戌稿》一卷，又《归田集》，又《晚秀集》，又《升庵长短句》四卷，又《升庵外集》一百卷，又《续升庵集》二十卷，又《升庵诗选》二卷。此《遗集》前有万历丙午四川布政使丹阳汤日昭序云：先生旧刻八十一卷，而制府新城王公复搜《古隽》，若《词品》，若《韵宝》诸编，凡七种行于世，似靡复有遗者。其裔乃更出一帙，以示同志。王公博雅宏硕，尚友先生，即一言一字之遗，不忍使之不传，乃属日昭寿之梓。集凡二十六卷，为诗文二十八体，皆前诸刻所不载者，以是先生之蕴真有当年不可穷、累世不能殚者矣。则此书亦稀觏之本。（以上《善本书室藏书志》卷三七）

万卷精华楼藏书记一则　　（清）耿文光

《升庵全集》八十卷，明杨慎撰

养拙山房本。乾隆乙卯年周参元校刊，有序。前有明陈大科序、年谱、目录。凡文十一卷、诗二十九卷、杂著四十卷。升庵博极群书，凡所征引，最为繁富。惟所记不确，误处甚多，宜覆检原书互证之。予其爱升庵之说，后稍稍知其违舛，遂不敢据依。或有欺人之处，是其一病也。此本为赓九官贵州吏目时所刻，大字悦目。其后四十卷为外集，盖即张士佩所编。此本题“成都杨慎著，从子有仁录，维扬陈大科校，新都周参元重刊”，而不著编者姓名。参，蜀人，生于升庵之乡，明刻有蜀本、陈本，今俱未见。升庵所著凡四百余种，散佚已多。李氏《函海》所收，尚可见其大略。惟随手抄撮，不足成书者甚多。读其全集，斯可矣。诗为上，文次之，考证又次之。（《万卷精华楼藏书记》卷一二四）

嘉业堂藏书志一则　董康

《升庵先生文集》八十一卷《目录》四卷明刻本

　　成都杨慎著，从子有仁编辑，后学赵开美校正，高安陈邦瞻重校，江阳王藩臣、内江萧如松同校。陈邦瞻德远序，（陈文烛序全文略），张士佩序万历十年岁次壬午，宋仕序万历十年岁次壬午仲夏望日。明万历时新安吴勉学梓行。卷一赋露布，卷二封事序，卷三序，卷四记，卷五论辩说解闲书，卷六书，卷七碑铭墓铭，卷八墓铭，卷九祭文，卷十跋，卷十一赞词传，卷十二至卷十四古乐府，卷十五至卷十七五言古诗，卷十八、卷十九五言律诗，卷二十至卷二十二五言排律，卷二十三至卷二十五七言古诗，卷二十六至卷三十七言律诗，卷三十一七言律诗、七言排律，卷三十二五言绝句，卷三十三五言绝句，六句附。卷三十四、卷三十五七言绝句，卷三十六七言绝句、七言六句，卷三十七、卷三十八长短句，卷三十九长短句，附杂体，卷四十六言四句至八句，卷四十一《易》，卷四十二《书》《诗》，卷四十三《春秋》，卷四十四《礼》《乐》，卷四十五《四书》，卷四十六诸子，卷四十七至卷五十一史，卷五十二、卷五十三文，卷五十四至卷六十一诗，卷六十二至卷六十四字学，卷六十五琐语，卷六十六至卷七十二杂，卷七十三仙佛，卷七十四、卷七十五天文，卷七十六至卷七十八地理，卷七十九、卷八十花木，卷八十一鸟兽新增。其四十一卷以下汇集所著《丹铅辑录》《谭〔苑〕醍醐》《厄〔言〕》，而汰其重复者，卷帙与黄虞稷《千顷堂书目》《明史艺文志》《四库提要》均同。先生于有明一代博洽冠群，七岁拟古战场文，有"青楼断红粉之魂，白日照翠苔之骨"，为大父耕留公所称赏。十一岁偶作黄叶诗，茶陵李文正公见〔之〕，引为小友。十八岁侍父石斋公于礼闱，拔崔铣于落卷中，竟擢诗魁，崔知而以"小座主"称之。髫年警敏，良由天赋。通籍后，以议大礼再杖投荒，终身劬学。尝语人曰：资性不足恃，日新德业，当自学问中来。气节文章，焄奕霄壤，其寄情声伎，乃有托而逃也。诗清新绮丽，兼而有之，于前后七子中独树一帜。渔洋《香祖笔〔记〕》谓，以六朝之才兼六朝之学，非溢美也。有"硕果斋""西清侍直""奉家千山""千山窦九"诸记。（《嘉业堂藏书志》卷四）

升庵遗集

　　杨慎诗文大备于八十一卷本文集，然仍有遗逸。杨慎孙杨金吾、杨宗吾，于文集外又辑编诗十九卷、文七卷，总称《太史升庵遗集》二十六卷行世。该书今传明万历三十四（1606）汤日昭刻本、清道光二十四年（1844）景清堂刻本、清道光二十八年（1848）香芸书屋刻本等。

太史杨升庵先生遗集序　　（明）汤日昭

　　士君子立不朽，必以其言遗于世。人与世违，所遗者未尝往也。后人拾其遗言，因重其言，言者争以剖劂传之，夫非欲其长遗于世，而不为世所遗欤？太史杨升庵先生旧刻有八十一卷，而制府新城王公近复搜辑遗书，若《古隽》，若《词品》，若《韵宝》诸编，凡七种行于世，似靡复有遗者。而其胤君乃更出一帙，以示同志，岂千金悬购之后，犹有不翼飞胫走，遗逸于人世者乎？王公博雅竑硕，尚友先生，即一言一字之遗，不忍使之不传。乃今喜得是编也，谬以属不佞昭而命寿之梓。不佞尝论先生世，而兹幸游先生里，更得尽读先生遗书，仰止一念，跃然在目矣。逾月而是刻成，炳炳烺烺，若日月丽天，江河行地，与先生之鸿名大节而俱不朽也，倚欤盛哉！先生始以名阀巍科，徊翔禁近，将坤垠班马而趋步夔龙，朝廷倚之，一何重与！已而抗疏议礼，批鳞触讳，远戍夜郎，处天高地厚中，若踽踽无所容者，抑又何厄焉？夫操一心以贞世，先生未尝变也，而且荣且枯，世如为先生变者，倏而阴暗，倏而光明，先生之遗集亦犹是矣。先生世笃忠贞，气塞天地，为昭代完人，固不独以文重。而今读先生之遗文，想见先生之为人，则自千百世而下，得其单词片语，亦若神游面命，而津津艳慕之无已者。而况表章羽翼，有王公为之知己，则其赫焉灿焉之业，固未尝遗于世，而世亦自有不能遗之者也。集凡二十六卷，为诗文二十八体，皆前诸刻所不载者。以是知先生之蕴，真有当年不可穷，累世不能殚者矣。语曰：不登高山，不知天之高也；不临深渊，不知地之厚也；不闻先生之遗言，不知学问之大也。升庵之遗集，其是之谓乎？是为序。万历丙午春仲之吉，四川布政使司左布政使丹阳汤日昭顿首书。（明万历年间刻本《太史升庵遗集》卷首）

书太史升庵先生遗集后　　（明）王尚修

太史升庵先生，英达凤就，奇挺间世。弱冠登朝，褒然而为簪笔闱阁之臣，即已振苞丹穴，扬彩紫宫。家有赐书，目无留阅，闭门距跃，名山石室程其期；下帷耽精，图纬邱坟涉其趣。薄生人之常恋，营不朽之素业。自结绳阅象，钟旗幡信，以至曲议卮言，靡不纠舛厘纷，剖疑释结。众难独易，遇塞俄通。蕴既川辉，腾亦林蔚。朝华秀夕，丹霞之气舒焉；写物类伦，黄钟之律邑焉。斯乃扶华縠，奉凝旒，投分乎北里南宫之交，劳谦乎长剑危冠之侣。盱衡而考隽，抵掌而论烈，未巨奇也。已而激厉至精，献纳失旨，御魑荒服，输校瘴乡。谢荣轮盖之涂，即辱橐鞬之伍。君恩靡故，去国魂销；门绪不昌，辞家念结。昔张敞远驭绳墨，犹谓无奇；越石自倾韬张，不复属意。何者？心灵以驰荡呈研，神理以淹抑坐塞，昏明之共术，古今非诡趣也。况乎长江枫树，逐客感而伤心；毒雾跕鸢，毅夫由之陨涕。而能飞声不翼，造响无端。沉着柔澹之思，益妙于衷；巨丽宏衍之材，并裕其外。严霜被叶，朱桂耀于炎洲；飞雪载柯，青松粲于昆野。润被金石，澜翻霞海。风云应机于操觚，灵奇胅螫以赴节。借景者传只字之珍，摹迹者贵三都之楮。或方四杰，未足多焉。岂非国香不以异植而辍芳，径寸不以沦渊而韬采乎？故曰天授，信非人能。若乃梁生五噫于旧京，张子四愁于名岳，泽畔有怨兰之作，长沙著赋鹏之篇。或抗愤以失平，或伤悼而自广。至使五帝折衷，咎繇听直，何其悁与！先生则委命夷旷，捐己寥廓，九死而冲度不挠，百折而委怀自若。散藻多自然之文，著书无当世之议。中原有菽，不挂于讥；南山种豆，无撄其虑。自非通方大略几于道者，未足庶也。卒之白首沉困，匏系四十余年；丹旐飘摇，梓归五千余里。迨夫世庙遗纶，召用言事诸臣，而瘁叶先凋，逝川无待矣。嗟乎悲哉！何大弘善贷之独迟，尘洗天波之不蚤耶！所著盈箧充箱，四方传梓亦夥。先是，蜀中丞张公、侍御宋公已檄藩司，汇刻全集，先生孙符卿君、司隶君复搜笥之所遗若干卷，俾修览阅铨次，以应今司马督府王公之征授劂氏。夫树风表艺，上发西川之菁，下振肃成之化，斯举最为有光。而杨氏之祖德孙谋，传盛彰美，并足羡焉。修生也晚，不获觏见先生，兹得托名简册，亦称幸矣。是以不辞蚩鄙，识其所以于末。云间后学王尚修顿首谨识。（明万历年间刻本《太史升庵遗集》卷末）

太史升庵遗集跋　　（清）杨光海

先文宪公著作之富，为有明一代巨手。诗文集外，杂著至四百余种。蜀中遭献贼之变，焚煨殆尽，其存于滇省及江浙者，亦仅百余种，则所遗佚者多矣。明侍御陈大科较刊文集八十一卷，先外叔祖周公赓九刻于新都。光海各处搜集，复得《外集》一百卷、《遗集》三十六卷。《遗集》系万历时山东王大司马巡抚四川过新都时，亲至祠堂访求遗书。时尚宝卿与其弟锦衣公适家居，遍搜箧中，复得未刻诗文，编辑三十六卷，呈之司马，而藩伯汤公日昭为刊以行世，迄今二百余年矣。倘不急为刊刻，又将鼠啮虫伤，渐就澌灭。爰捐赀重刻，以永其传。而《外集》百卷，则□宜亭张明府刊刻行世。为人子孙守先世之遗文，不能传世行远，得当代大人君子代为刊刻，以表扬先辈，光海当如何感激从事也。书刻竣，谨叙其缘起。时道光甲辰岁秋八月朔日，裔孙光海谨跋。（清道光二十四年景清堂刻本《太史升庵遗集》卷末）

四库未收书目提要续编一则　　胡玉缙

《太史升庵集》二十六卷

明杨慎撰。慎有《檀弓丛训》，《四库》列入存目。其他纂述甚夥，皆分别著录，惟是集未收，即所载《全集》八十一卷，亦未编入。前有万历丙午四川布政使丹阳汤日昭序，称"先生旧刻八十一卷，而制府新城王公复搜《古隽》，若《词品》，若《韵宝》诸编，凡七种行于世，似靡复有遗者。其裔乃更出一帙，以示同志。王公尚友先生，即一言一字之遗，不忍使之不传，乃属日昭寿之梓。集凡二十六卷，为诗文二十八题，皆前诸刻所不载"云云。为江南图书馆所藏旧钞本。新城王公者，王象乾也。考黄氏《千顷堂书目》，载《文集》二十一卷、《合并集》二十卷、《升庵遗集》二十六卷、《升庵诗》五卷、《南中集》七卷、《七十行戍稿》一卷，又《归田集》，又《晚秀集》，又《升庵长短句》四卷、《升庵外集》一百卷、《续升庵集》二十卷、《升庵诗选》二卷。此二十六卷本，为其孙金吾、宗吾所辑，当即黄目之《遗集》，盖在八十一卷本之外，为张士佩所未见者。录而存之，亦可见慎之博洽，真有日昭所谓"当年不可穷，累世不能殚"者矣。（《四库未收书目提要续编》卷四）

总纂升庵合集

《总纂升庵合集》二百四十卷，清末新都郑宝琛编。该书取《升庵全集》《升庵外集》《升庵遗集》，并《函海》中杨慎著述，重加删校而成，并附收杨慎祖父杨春、父杨廷和、叔父杨廷仪、杨廷宣、妻黄娥、子杨有仁、孙杨金吾、杨宗吾诗文等作。虽将杨慎著述汇聚一处，颇便观览，然而失之漫取，难称善本，因此影响不大。该书今传光绪八年（1882）王鸿文堂刻本。

总纂升庵合集序　　(清) 郑宝琛

有明三百年，著作之富，以吾邑杨升庵先生为最。先生雄才博雅，精于考证，自经史典坟，诸子百家，下及稗官小说，曲议卮言，靡不纠舛厘纷，剖疑析义。兼之身生执政家，得遍发皇史宬诸秘籍，目无留阅，潜心推究，故其发为词章，皆有博大精深、典雅陆离之致。投荒以后，益肆力于笔墨，穷愁著书，不下四百余种。间与张禺山诸人唱和，诗稿盈箧。数百年来，半就凋零，蜀中所见者，惟焦太史竑所辑、张明府奉书重刻《外集》壹百卷，陈都宪大科所集、周少尉参元重刻《全集》八十一卷，先生之孙尚宝卿金吾与其弟宗吾所辑、汤方伯日昭重刻《遗集》三拾六卷，以及李太史雨村所集《函海》中《升庵经说》《诗话》《词品》等编而已。卷帙虽富，半属重楼叠阁，不便披览。家君执安公有志纂刻各集，独力删校，数年于兹。旋因听漏薇省，权纂葭州，常以不获蒇事为憾。琛春闱归来，谨奉严命，续成其志。爰取《升庵全集》《外集》《遗集》《函海》各书，重加删校。复百计搜罗，获先生文集、诗集等编，计数十种。并附刻先生之祖父提学金事公春，父少师公廷和，叔父左司马公廷仪，孝廉公廷宣先生，继室黄夫人，厥子有仁，乃孙金吾、宗吾，各文赋诗词，并《明史》石斋公及先生传、年谱，汇纂成帙，计二百四十卷。偕王公文林朝夕参考，殚一岁之精力，始克成书。天彭李公守福、繁江郭公宗仪同校正亥豕，额其简端曰《总纂升庵合集》。庶奇珍异宝，悉会萃于瑈林；大作鸿文，可聚观于雪案。将付梨枣，谨序其缘起如此。客有问于余曰：先生本忠孝大节，发为文章，充箧盈笥，简册无虑百千，是集仅全豹之一斑，何足称为总纂合集？不知书籍经百年而无不散佚，风霜兵燹，断简无存，人往风微，遗文莫觏。先生距今三百年矣，无论蜀中仅此数集，即穷裔荒徼，先生所终身者，片纸只字，莫不等诸昆玉南金。兹集也，特衔官《七志》《七录》之类也，虽未罄其著作，而琛所获睹者汇为一集，已近百种。海内博览家藏有秘本，他年惠寄，再为刻入，是则琛之所厚望耳。不揣蒡陋，谨弁数言。时光绪捌年岁次壬午花朝日，丙子科举人同里后学郑宝琛谨识。（光绪八年新都王鸿文堂刻本《总纂升庵合集》卷首）

附录

升庵著书总目序　　（清）李调元

何宇度《益部谈资》云：杨用修著述之富，古今罕俦，予所见已刻者三十一种，已刻未见者三十八种，闻未刻者尚六十九种，其书目俱列于录。按琅琊焦竑序《升庵外集》云：明兴，博雅饶著述者，无如升庵先生。向读墓文，载其所著书百有九种，可谓富矣。嗣予所得，往往又出所知之外。盖先生谪居无事，遇物成书，有不可以数记者。今购之数十年，所睹记已尔，则余所不及见者，抑又多矣。今其孙宗吾所言二厄，则先生家已无其书，况他人乎？曹能始观察入蜀，余托以访求，曹于书有奇嗜，极力搜罗，复得如干种以寄。其详列书目为前录，所见、已刻、未刻者又有二十三种。今合余之搜寻所见已刻未刻三十九种，连前一百六十一，共二百种。考明简绍芳《年谱》所载升庵著书四百余种，今相距不三百年，而所见所闻止此，则外所不知者又不知几何卷矣。江宁顾起元云：先生为后代之子云，今观其著述宏富，奇丽奥雅，渔弋四部七略之间，事提其要，言纂其玄，自唐宋以来，吾见亦罕矣。乃汝南正之，琅琊非之，摘其小瑕，掩其大美，虽文人相轻，自古为然，而胸无先生之博，妄自疵议，徒为口实。按先生孤身谪戍永昌，七十行戍，无书籍可携，其所著作半出之腹笥。而后人獭祭鳞次，已惭挂一漏万，况以后进凌前贤，所谓不自量之甚者也。新都立言，已悬日月，顾其为书，多短部单牒，易于散轶，世不恒见，往往有安石碎金之疑，仲深散钱之恨。予生平读其书而好之，凡世所传者，除《丹铅》各录而外，所见寥寥。数十年来，广为搜辑，或购之书肆，或借之友朋，录聚帐中，以代饴枕，有日有年矣。部帙浩繁，恐千载而下，终归散失，并此而不可得也。因将所见之四十九种先为刊行。嗣后藏书家如有先生片纸只字，不吝金玉，续寄见示，当为补录，则又不特先生之幸，亦士林之幸也夫！（《童山文集》卷三）

升庵玉堂集

《升庵玉堂集》一卷，收录杨慎任职翰林院（玉堂）时期所作诗歌百余首。该书今传台湾图书馆藏旧钞本。

升庵玉堂集序　　（明）周复俊

《南中集钞》二卷既锲诸木，安宁诸生丘文举复觊升庵诗若干首。昉正德辛未，迄嘉靖甲申，乃先生擢龙头，步玉堂，与出使川涂，摘藻敷文，抒志和情而作也。余谓西清南中，意象诚悬，朱凤碧鸡，迁染互异。顾不斯察，而猥加丹徽之称，因循苍洱之迹，不既诬乎？夫地缘情立，则往迹可遵；素逐景移，则今适可想。迹之往也，履也；适之今也，亦履也。君子惟安其素履耳矣，于先生性分奚加损焉？是故标以崇名，厘为一卷，庶俾升梯岱华，寰宇毕陈；击汰沧瀛，鳌鲸悉睹云尔。嘉靖癸丑冬立春日，吴周复俊撰。（台湾图书馆藏旧钞本《升庵玉堂集》卷首）

杨升庵诗

《杨升庵诗》有二卷、五卷、十卷等数种版本，其内容各有差异。二卷本有明末刻《杨太史合编》本。五卷本有明嘉靖年间写刻本、明嘉靖二十四年（1545）谭少嵋刻本、明万历三十四年（1606）巴郡杨芳影刊杨氏手稿本。十卷本有明万历四十八年（1620）施尔志刻本（题《杨升庵诗集》）。其中明万历三十四年巴郡杨芳影刊杨氏手稿本与明嘉靖年间写刻本同，二者皆只收杨慎供职翰林院时所作诗歌。

刻杨升庵先生草书诗小引　　（明）杨芳

夫汉魏以来，作者如林，而称诗者必祖三百篇。又云：删后无诗。非无诗也，有诗而不足理性情、备劝诫，即掞藻春华，君子无取焉。余计《小弁》《巷伯》诸篇，虽见废弃，犹徘徊冀望于万一，蔼然有忠厚之风。诗可以怨，岂虚语哉！余公暇从囧卿念华张公谈太史杨用修先生翰墨，公遂出先生手书诗刻若干首，神情潇洒，兴象有致，庶几风雅之遗。书则沉着藏锋，得苏长公墨派，如隋珠和璧，人所共珍。或以先生之才，稍委蛇自晦，即不大拜，何至坎坷终其身？嗟嗟！屈平行吟于泽畔，贾谊舒愤于长沙，自古忠臣烈士抗直而沉沦者，不可胜数。用修当武宗在宥，廷对擢第一人，寻以议礼谪滇。其气节文章，至今焄奕霄壤间，所称不愧科名，孰如先生也！余生也晚，未获从先生游，而睹先生之诗刻，高山景行，俨然在望，遂仍原本付剞劂氏，与同好者共焉。万历丙午夏四月朔日，巴郡后学杨芳以德甫撰。（明万历三十四年巴郡杨芳影刊杨氏手稿本《杨升庵诗》卷首）

跋杨升庵先生草书诗刻后 　（明）张文熙

　　右杨升庵诗二帙，乃先生手书所自作诗，中间行草相半，虽经摹刻，然字画飞动，神采具足，望之知其为隋珠赵璧，足为世宝也。余曩寓燕中，购得此帙，归而藏之架上久之。顷司马以德杨公过临，偶谭及先生翰墨流传甚尠。余出此帙以视公，大加赞服，因叹以先生文章气节复绝一代，即片楮只字，亦当珍袭，矧兹卷盈二帙，皆其手泽，尤为可宝。第细窥其运腕藏锋□，笔笔有致，似入眉山三昧。乃弇州集载评先生墨迹，至指为中郎虎贲，又何耶？岂兹帙未及寓目乎？不佞幸为乡后进，拟仍其摹本，付之剞劂，以式海内，且俾知先生词翰双绝，亡谢古人。余甚韪斯举大有功前喆，遂漫书数语帙后付之。万历丙午夏四月既望，岭右后学张文熙谨跋。（明万历三十四年巴郡杨芳影刊杨氏手稿本《杨升庵诗》卷末）

杨升庵先生诗集序 　（明）潘濬

　　升庵诗集，升庵先生滇中诗也。先生伐阅名第，载在世家，不具论。其入滇也，盖披龙鳞，投豺牢，去国怀谗，被发曳继，檀车所历，弸服所止，行吟坐啸，备载斯卷。观其双燕流萤、垂柳落梅、敦煌阳关、逢使寄远诸什，皆深厚婉至。《小雅》怨而不乱，《离骚》忧而不伤，可谓兼之。若夫天伏云门之作，太乙祠灯之篇，或二三门人所辑录也。余巡行六诏，过苴力桥，低回先生手泽，问高峣村，乃皈神坟处，未尝不咨嗟想见其为人。呜乎！长卿、子渊，先生之乡人也，后先建使节于金马，以彼凌云之赋、玮丽之词，与先生诗章并耀山海。然而先生忠孝大节，炳烺史册，又不徒以文采表见而已。集十卷，旧有刻，漫漶不可读。余惧其轶之也，属藩伯施君校正而翻锲之。锲成，叙其崖略。时万历庚申秋月，后学南海潘濬顿首识。（明万历四十八年施尔志刻本《杨升庵诗》卷首）

杨升庵诗序　　（明）朱茹

　　君子之处世，苟可以藏身而明吾之道，则宁污其迹而不敢以自爱。夫人情孰不欲洁其身以峻立哉？甚无乐其为污之也。然而执之所至，不能尽如吾意，非夫有所托以养晦，及其既也，将终不免于猎名，其何以善其道于不穷？此明几之士所以深思远遁而不为也。噫嘻，君子之所为，众庶能识之哉！古之人屈之骚，陶之诗，稽之锻、阮之酒，由夫拘方曲谨之侪观之，无不谓其遗落世故，猖狂废恣，非所以绳于道德之轨程。然自达者以视于诸子则不然。何者？骚若诗也，锻若酒也，古之人盖皆有所托而逃焉者也。嘉靖初年，统嗣之议纷而不明，时石斋杨公执政，未当上心，其子用修君以馆臣又倡抗大礼之疏，一时同榜同官之荐绅士大夫群然而趋之，坐是罹狱。夫继统者，万世不易之公论，无庸议为矣。即用修诸人，虽不脱于袭故泥偏之见，而律以君子之心，总之不失为为主用职者忠也。今其论诚定，亦安得遽信此而抑彼哉！已而用修戍滇中者三十余年，世庙每询于当国者，赖以猖狂废恣对。已又询不置，将物色之，祸几不免。当国者以前语对，得又免。于是用修闻之，惕然栗，而故贬损托以污其迹者，益不敢以自爱。事在嘉靖中年间，茹先兄宪伯以荐亦与大礼疏，尝闻之。既涉世，又从郎署中习知之也。吁！用修亦危矣。世乃以纵欲荡情，批风抹月，散礼法之闲，而倾柔曼之昵过用修者，恶知用修者哉？假令杨子不迁其身以为之，其势必至于不能彰主之有容，而惟沽己之能直，将自以为诚若是，身固不足惜，过且弥甚矣。以彼其生平所自负，忠君爱国之道，岂如是也？何以为杨子？今手书所为诗篇若干卷，凡五杨诗，当正德以来，艺林盛称曰：用修，今之屈陶也。不具论，论其志行之难知者如此。大都君子立大功于天下，敛之而为耕钓者，寄其功于耕钓者也，不得已也。垂至德于后世，含之而为玄默者，寄其德于玄默者也，不得已也。（万历《四川总志》卷二四）

跋升庵草书诗　　傅增湘

　　此《升庵诗》四册，为公以行草自书所作诗，凡古近体诗一百五十余首，分为五卷。前有万历丙午巴郡杨芳序，后有岭右张文熙跋。据跋言，曩购此帙于燕中，司马杨公乃以其摹本付之剞劂。是此本出于翻刻，其原本雕于何时何地不可详矣。

书为半叶六行，行十一二三字不等，字大几及寸，结构宛然，而锋颖浸失，神韵已差，则由再度摹雕，仅存形似耳。文熙跋言，运腕藏锋，入眉山三昧，杨氏亦云然。以余观之，坡公之外，似参以君谟笔法。余藏先生墨迹有秋社小启一幅，笔力沉着而丰神隽拔，胜此远矣。《艺苑卮言》谓公谪慎中，有东山之癖，诸夷酋欲得其诗翰，不可，乃以精白绫作裓，遗诸伎服之，使酒间乞书，公欣然命笔，醉墨淋漓裾袖。酋重赏伎女，购归装潢成卷。公后知之，便以为快，其风流放佚殆有所托而然欤？公翰墨传世殊稀，式古堂卞氏著录有禹碑歌、石马泉亭、崇圣寺诗帖数事，因览此编而汇志之，异时或庶几一遇乎！庚辰十月一日，藏园。（《藏园群书题记》卷十七）

天一阁书目一则　　（清）范邦甸

《杨升庵诗》 五卷

明蜀人杨慎著。书用六行，字俱行草。（《天一阁书目》卷四之二）

嘉业堂藏书志一则　　董康

《杨升庵诗》 五卷明刻本

杨芳序，万历丙午四月朔日。

张文熙跋，万历丙午夏四月既望。

明万历间杨芳用先生手书刻于成都，间附方思道、张禺山、张玉溪各家评语。亦见黄氏《书目》。有"莫友芝图书印""莫印彝孙""莫印绳孙"诸印。（《嘉业堂藏书志》卷四）

传书堂藏书志一则　　王国维

《升庵诗》 五卷明刊本

六行十一字。行书精绝，亦从手稿上木。天一阁藏书。（《传书堂藏书志》卷四）

升庵南中集

《升庵南中集》，收录杨慎谪居滇中所作诗歌。初只一卷，又名《升庵诗》，后续有增补。该书今传明嘉靖二十四年（1545）谭少湄刻六卷本、明嘉靖年间刻七卷本、《杨太史合编》二卷本等。其中七卷本与二卷本收诗数相同，六卷本较二本多收诗数首。

南中集序　　（明）张含

　　夫诗三百篇尚矣，汉、魏、晋、宋变矣，而风体存焉。唐变矣，体殊而风勃，尚夫诗也。后世鲜高学也，一变而古则亡，古则亡而今则炽，愈变愈下，风体衰薄，汩汩不返。杨子髫之年也，其修辞崛赜险隐，骎骎乎入李贺；杨子冠之年也，其修辞荡放流动，飒飒乎入李白。杨子魁天下，陟华要也；杨子树大议，谪穷荒也，悲欢以时，壮乎物理，充乎性灵，悲犹欢也，欢犹悲也。辞之修也，圆融而劲，温厚而邃，駊駊乎入风雅。今之时，后之世，有高学也，过乎滇，览其辞，靡弗曰：辞金矿玉璞乎？辞落花丰皋乎？辞阴崖积雪乎？辨土审物，靡弗信其辞也；倾怀动魄，靡弗思其人也。夫变也，则古而殊今者与？杨子尝谓含曰：诗吾愧风雅，独夷鲍谢。夫二子，时之变也，存体而留风，超畴而倡世，可谓变矣。虽然，奚望杨子？诗可以观，可以兴，可以群，可以怨，杨子然与？兹变也，杨子其风天下后世乎哉！杨子立朝去国，弘业葆贞，鹏乎其运，鸢乎其性，率而已矣。安顺逸显，镇静不摇，恬塞固穷，正定不阿，此杨子处通塞而轨涂不易之道。是故声名殷殷然，动神人而光日月。兹道也，杨子其风天下后世乎哉！滇，杨子所寓而昭也，辞，杨子所变而雅也，鲍谢，杨子所谦而自谓也。

南中集序　（明）朱光霁

　　太史升庵公谪南中，赋诗数百篇，命蒙士朱光霁序曰：天地流形，山川百物，非可存削丹青者也，往往待人形诸言，而后一定者始著。彼有生乎其域，冒乎其秀，嗜乎其美，饱乎其恶，语之弗知，问之弗答，蕴灵弗泄，围粹弗彰者，病乎其不能倡也。又有发之弗大，首之不奇，开弗及源，论旨涉奥，极焉而粗，研焉而略，传焉弗远，契焉弗神者，病乎其倡而未大也。又有见若不见，闻若不闻，洪雅博乎庙堂，琐细略乎津市，汩汩之论，长于顺适，悠悠之思，短于忧患，赏精诸夏，谋疏四夷者，又有倡之具而无以激之，激焉不胜其溺，溺之不暇其余忘倡者也。是故不能倡者下也，倡之弗尽者中也，吾无望焉。忘倡者未必非上也，不激而溺不暇焉，犹夫人也，如之何哉？使公从容养勋，日坐黄阁，而身不履穷边绝徼，寂寞槁敝，是亦忘倡者矣。滇中山川百物，待人鸣者，谁其倚哉？夫唯公天笃之倡，而使之瘁厥躬，远迹哀牢，岁益熟，景弥真，情弥伤，声弥正，岂偶乎？夫尝人所不能尝，则亦道人所不能道。中人犹尔，而况于太上若公者乎？是故诗中商宫，由蹊径，奇绝当时，准古作者，不必论也。姑论公之锐精博思，该理卓据，细入卉木，大及流峙，中贯人物，俗综谣歈，域判远迩，风杂夷夏，名核今古，惊兼雅艳，绪播忧乐。斯地赋者不可刊置别境，斯时制者不可转移他日。忧而不伤，哀而不诽且怨，得《大雅》之旨。是故老死土著不尽晓，身疲道路者不获闻，终日图书者闻辄骇以噤云：不我晓，后有如公来。斯自当得第二义。和而非倡也，倡焉，亦伸引类触耳。继自今以往，山川无名氏者得唤姓字，人物缺标题者爱识根荄。事无本，编无绪，而俗传谬伪者，举有口实左验，异品孤综，古所未道，不可形容，而材坐寡昧涩僻者，咸使充裕。见四方达者，诸彼乐土善俗，则摘是诗隽音以复曰：滇非昔也，如何如何？观古之迁客诗文，则取是诗，亦曰：滇固杜之夔，张之岳，苏之海外而已。抑公何不幸，而滇何幸耶！昔东坡谓致勇莫先乎倡。勇且倡，而况不为勇者乎？公斯来也，天倡公也夫！公斯诗也，公倡滇也夫！

升庵诗叙　　(明) 薛蕙

古今言诗者，病诗之难。夫诗之所以难者，才与学之难也。才本于天，学系于人。非其才，虽学之不近也；有其才矣，非笃于学，则亦不尽其才也。古之人以诗名家，必兼于斯二者。顾其才有高下，学有疏密，故文体又各为品第。为夫才之不足，有所限而不可进也；学之不足，无所御而自止也。强其才而进者寡，陋于学而止者众。学而不止，极于不可进而后废，古之作者犹难之。国朝能诗者，盛于弘治、正德之际，其时数君子始尚古学，文体为之一变。至于今日，鸿笔丽藻之士彬彬间出，数君子为有功矣。然此数君子，亦各才有高下，学有疏密，虽其高才嗜学者，要未有穷其学之所至，竭其才之所能者也。尝以为知其所近而暗其远者，学所易能而后其所难，人之公患也。眩于时好而不瘳其所短，沿于俗习而不进求其上，世之常蔽也。语曰：取法乎上，仅得其中，取法乎中，斯为下矣。余惧将来者徒随先进之后，而雅道之日趋于下也。南岷王先生示余《升庵杨先生诗》一卷，其穷极词章之绮靡，可以见其卓绝之才；其牢笼载籍之菁华，可以见其弘博之学。此其意将欲追轧古人，而不屑与近代相上下。盖余畴昔所愿见，乃今得之先生矣。抑此卷者，第往者谪居滇中之作耳，若其今之所造诣，与夫他日之所就，又非止于如此而止也。虽然，即此卷而论之，唐之四杰不能过也。南岷刻而传之，非特表先生之才为其乡重，固将著先生之学为天下先。余因推其意而叙之。嘉靖丁酉正月既望，谯郡薛蕙书。（以上明嘉靖十四年王廷刻本《升庵南中集》卷首）

刻升庵诗叙　　(明) 王廷

嘉靖乙未秋九月，廷出判亳州，将行，有客遗升庵先生诗一卷，皆先生谴戍滇南所作。于时匆剧，不暇细览，乃俾吏人录之，收置箧笥。明年至亳，郡斋多暇，取而读之。读数过，乃叹曰：嗟乎！大雅其有作乎！夫诗自三百篇后，惟汉魏最为近古，降及有唐，而声律之学渐盛。然开元、天宝之间，犹敦崇古雅，大历以还，益尚雕琢，篇章虽工，而诗人之意兴索然矣。今观先生之诗，气格雄浑，声调沉着，其陈叙土风，阐扬情景，广博美丽，瑰奇高雅，文质彬彬，才情兼至，盖取材于汉魏，而宪章乎盛唐，可谓卓尔不群者矣。一日，西原先生临枉谪舍，廷出是卷质之，先生曰：升庵学博才高，一时罕俪，第如是卷，四杰莫能过也。乃深叹服不置，且乐为叙之。因付诸梓，与游艺者共焉。嘉靖丁酉岁三月朔日，南充王廷书。（明嘉靖十四年王廷刻本《升庵南中集》卷末）

刻升庵南中集序　　（明）孔天胤

升庵者，太史新都杨先生也。南中者，滇南也。集，著书也。先生既谪去滇南，岁久留滞，端居罩省，发愤著书，神莹理解，垂文表义，而撰述弘，此编裁一而已。吾友少嵋谭子，先生之邦彦也，取而刻之，如古金石刻，为告余曰：吾刻子序。然先生余不得见，往余行县亳州，见薛西原，言先生卓绝之才，弘博之学，其诗唐四杰不能过也。余故知且好，欲尽见所著书，山川阻修，云雾塞之。比得与谭子游也，因数问谭子，见此编多于薛处所见，又喜其刻之如古金石焉，故谭子告予曰吾刻子序也。刻中有序三篇，大抵皆尽美品式，自古文辞传到于今，如三百篇及楚骚汉赋，讵先注意品式哉？要之情成文耳。情深文明，虚浮靡曼，深莫深于发愤，明莫明于感人。高言逸响，识曲听真，三复此编，当自得之矣。智哉司马子长，识已往之作，皆圣贤发愤之所为也，何谓来贤而弗然哉？故先生发愤著书明矣，于是谭子以为道其情也。嘉靖二十四年十月，河汾孔天胤序。（明嘉靖二十四年谭少嵋刻本《杨升庵诗》卷首）

天一阁书目一则　　（清）范邦甸

《南中集》七卷绵纸刊本

卷首有"司马东明""万古同心之学"二图章。明蜀人杨慎著，皆谪居滇南所作。少嵋谭某重刊。嘉靖二十四年河汾孔天胤序。原刻有薛蕙、王廷表、张含三序，仍之。（《天一阁书目》卷四之二）

传书堂藏书志一则　　王国维

《升庵南中集》 六卷明刊本

　　明杨慎撰，孔天胤序（嘉靖二十四年），薛蕙序（嘉靖丁酉），王廷表序（同上），张含序。此集王南岷曾刊于亳州。是本为谭少岷所刻，视王本颇有增加。《千顷堂书目》作七卷，盖又别本。天一阁藏书。有"东明""千古同心之学"二印。（《传书堂藏书志》卷四）

续修四库全书总目提要一则　　赵万里

《升庵南中集》 七卷明嘉靖刻本

　　明杨慎撰。慎字用修，新都人，大学士廷和子。正德辛未第一人及第，授修撰，以议礼杖谪永昌，天启初追谥文宪，事迹具详《明史》本传。此编首有永昌张含、蒙化朱光霁及嘉靖丁卯正月谯郡薛蕙序文，后有嘉靖丁酉南充王廷后序。各卷叶数蝉连，不自为起迄。古今体诗杂厕，皆慎谪居永昌日所作。初刊于永昌，永昌友人张愈光含序之。辗转为薛西原所见，叹为杰构，因嘱南充友人王南岷廷再刊于亳州官舍，此亳州本也。升庵以博学洽闻名冠一代，其诗如锦城云栈，险怪高峻，不可方物，有时亦清新绮缛，掇六代之菁英。渔洋山人于《香祖笔记》谓"明诗至升庵，真以六朝之才而兼六朝之学者"，洵非虚誉。如此编所收《恩谴戍滇纪行》《离思行》《采兰引》《结交引》《滇海曲》《刺桐花引》《恶氛行》《伏枕引》《怀音篇》《题射虎图》《江干行》《流萤篇》《邯郸才人嫁为厮养卒妇歌》《禹碑歌》《华烛引》《梅花引》《珠履曲》，无不于繁蔚中见精警，秾丽中见亢爽，信乎才人之笔，可以夺天工，穷造化，非王李之徒所能同日语矣。此为天一阁遗物，字体宽博，楮色莹洁，不得以寻常嘉靖刻本等闲视之也。（《续修四库全书总目提要》）

南中续集

《南中续集》四卷，续收《南中集》成书后数年之诗，乃据杨慎手书上版。该书今传明嘉靖间刻本等。

南中续集序　(明) 王廷表

太史升庵杨子用修未第时，已有诗名名海内，至其迁谪南中，益老益工，入玄入妙，其杜陵夔州之作乎？盖其穷方舆山川之奇秀以为景，取古今载籍之菁华以为材，不行万里路，不读万卷书，匪惟不可及，亦不能知也。杨子于书无所不读，至其于诗，则自汉魏六朝以及盛唐诸家，长篇短章，无不口诵，更不检本，不可及者，其在是乎！其为诗，或马上口占，酒边率尔，多不存稿，其手书自存者必可传可知矣。表也自少从太史后，不敢与韦迢、郭受并，而忝若朱老、阮生比矣，幸附姓名，敢忘序说。嘉靖己酉冬十一月，钝庵王廷表序。（明嘉靖间刻本《升庵南中续集》卷首）

升庵南中续集序（一）　(明) 张含

《南中续集》，升庵太史公杨用修迁谪云南之诗也。禹山张含读之，掩卷而叹曰：嗟乎！屈原之泽畔，贾谊之长沙，贤哲之不幸也。故其辞传至今，与日月争光，瑾瑜竞采。虽然，不怒矣，而犹有怨也。若夫东坡之黄州、惠州、儋州，岂不伟哉！何以言之？曰无怨。继东坡者，升庵其人也。公谪于滇者将三十年，比之东坡，自元丰己未至元符庚辰者，殆过其期，而片辞无怨，安之若欣，先后相望，若出一揆。信乎江汉炳灵，世载其英矣。公尝语含曰：穷则独善其身，达则兼善天下。孟子谓宋句践言尔。若夫圣贤，达则兼善天下，穷则垂范将来，孔孟高不敢拟，若屈原、贾谊、东坡近之矣。公之斯言，其以自况耶？观者勿徒猎其艳辞，拾其香草可也。嘉靖庚戌中秋日，永昌张含序。（中国国家图书馆藏明嘉靖间刻本《升庵南中续集》卷首）

升庵南中续集序（二）　　（明）张含

　　此升庵杨太史所著《南中续集》也，亦升庵手书所畀工人梓迹也。公蜀都人，名慎，用修其字也。辛未进士榜第一，甲申援经议礼于庭，与时贵不合，谪戍滇会。是故节义之名，垂诸青史，词章之制，流于丹徼。此《南中集》之所以为名也。若其诗，上窥风雅，中邻汉魏，下埒沈宋，英英独照，爽爽入神，知者览之自见矣，奚容喙哉！奚容喙哉！嘉靖庚戌上春廿八日癸巳，永昌张含序。（上海图书馆藏明嘉靖间刻本《升庵南中续集》卷首）

传书堂藏书志一则　　王国维

《南中续集》四卷 明刊本
　　王廷表序（嘉靖己酉）。此集行书精绝，似从手稿上木。天一阁藏书。（《传书堂藏书志》卷四）

续修四库全书总目提要一则　　赵万里

《升庵南中续集》四卷 明嘉靖刻本
　　明杨慎撰。此编首有嘉靖庚戌中秋永昌张含及嘉靖己酉冬十一月钝庵王廷表序文。古今体诗杂厕，亦升庵谪居永昌日所作。升庵未第时，诗名藉藉，振动海内。后以议礼忤旨，迁谪滇南，益老益工，人玄人妙，不啻杜老夔州、东坡惠州之作也。升庵谪居于滇者垂三十年，比之东坡自元丰己未至元符庚辰者，殆过其期，而安之若素，绝无怨辞，所谓穷则独善其身，达则兼善天下，升庵之怀抱可知也。集中诸作逸藻波腾，雕文霞蔚，绵情丽制，世无其匹。律句如《寄文征明兼问讯姜梦宾》云："扇头云树摇山翠，障子烟花动海漪。频过时川草堂否，三游空结梦中期。"一结尤令人神往。绝句如《咏史》《桐梓驿》《题周昉琼枝夜醉图》，则子夜四时，未足拟其工致。此外长篇如《养龙坑飞越峰天马歌》《感秋》《题秋江远眺图》《赠李中溪》《题梁生霄正苍山奇石屏歌》《题千山红树图》《后神楼曲》《阳关图引》，风流蕴藉，字字天成，然有时渐入老苍，已近东坡、涪翁一派，实风会使然也。此本乃天一阁故物，尚是嘉靖间永昌初刻本，笔势飞舞，盖据手迹上版，尤可宝矣。(《续修四库全书总目提要》)

南中集钞

《南中集钞》三卷，收录杨慎滇中诗百余首，由杨泰抄录，李守维刊刻。该书今传明嘉靖间刻本。

叙南中集钞　　（明）杨名

夫天地之精，发于人物，人心之灵，则曷寄哉？进则事业，退则著述。是故皋、益、衡、旦，际风云而铭鼎彝，陶、谢、李、杜，托江湖而勒金石，安遇垂则，理固然矣。抑使据今概古，合异为同，一代艺林，罕臻其极。有如升庵先生，履文献之故步，发宗匠之新硎，早陟词垣，中迁瘴海，学既渊深，才复卓绝。感时触物，辄有品题，乐会悲离，实繁摘採，积而盈卷，传之满家。夫窥陶朱之室，万宝辉煌，登唐虞之廷，百僚整肃。夏云出岫，秋月澄江，韵合洞庭，气吞云梦，多方取象，一言蔽之。发情不慾，由君子之扬扬；归命不怨，异骚人之郁郁，是其所长也已。西原薛子谓其四杰不过，岂独以格力意兴评哉！明府榆滨杨君泰，问经叶榆，进履武信，手抄其续集。少府坤庄李君守维，投分世讲，乐布艺林，乃勤夫梓人。委序于名，罔辨弗类，奏曲导雅，吹棘艺檀，敢曰知言，姑蕲就正云尔。嘉靖辛丑夏四月朔，遂宁杨名书。（明嘉靖间刻本《南中集钞》卷首）

南中集续钞

　　《南中集钞》三卷刊刻行世后，杨慎以其梓绣未精，乃请周复俊广辑遗逸，编刻为《杨升庵南中集钞》五卷。此集虽题"集钞"，然周复俊序版心题"续钞叙"，刘大昌作"续钞题辞"，且题辞中云"校录其遗逸为《续钞》"，可知此集实属续钞性质。该书今传明嘉靖间刻本。

刻南中集钞叙　　(明) 周复俊

　　嘉靖癸丑夏五，余三使南陬，访升庵先生于连然海庄，未觌也。久之，缄鲤征鸿，贻音授简，以《南中集钞》梓绣未精，丁宁雕易。先生诗刻在人间，若《南中集》二卷，《南中续集》二卷，手书《升庵诗》二卷，《升庵杨先生诗》二卷，皆已映色璋珪，腾辉虹汉。顾兹辞丽藻，登载实繁，裔楮残章，散逸不少。近从记忆，远逮搜披，小市孤林，方珉片碣，凡仁祠洞宫之留题，竹宇松亭之挥洒，凉缣暑箑之所流传，渔舸樵扉之所敛畜，旷若二时，俄成三箧。而又获连然诸生，入门高第，知余笃好，千里惠将，亡异鳞屋飞珍，鸡林荐馥矣。余乃抚几而叹曰：此江潭泽畔之吟，太乙藜辉之焰也；登临游瞩之遗，金马碧鸡之光也；茅茨蓬藋之韬，文苑木天之储也；海童芦笙之引，明庭清庙之奏也。余何敢忘焉！余何敢忘焉！嗟乎，子云未老，宁无击节之桓谭；季雅有文，行见赐纁于汉帝。乃若先生之诗，则权衡千古，操纵百氏，列锦合綦，含英茹实。驱驰汉魏，肯与颜谢比肩；掩抑齐梁，何翅阴徐接垒。斯则奎纬有章，神化所至，非东吴菰芦中人所能知也。是岁孟冬十月既望，木泾周复俊书。

升庵南中集续钞题辞　　（明）刘大昌

太史升庵公年未总角，已著诗名，有作一囊，传咏四远，金声早振，珠彩难藏。盖与古人争胜于擅埸，不徒新句炯曜于藻翰也。丁卯应试西归，为忌才者匿而焚之，好事者传诵，惟得《马嵬坡》《秦皇陵》二首于驿壁。《渡黄河》云：沙平地色吞全冀，石碣河声到古兰。《过秦楼》云：宿酒未醒花应梦，晓妆先动镜中春。《宿东河桥》云：栖鸟起时林影动，乱峰高处日华生。《葭萌道中》云：几家提瓮担云水，是处烧畲种石田。诸警句，尝鼎一脔可知矣。近者江阳东沙冯子、炅庵韩子校录其遗逸为《续钞》，走因以《马嵬》《秦陵》二首坌入卷隙，付之梓工。公之诸诗，滇云贵竹及吴下浙中，多有拓本传刻，虽详略不同，先后互见，而咸可讽味，并叶风雅，然则人不数篇之言，殆未可以例正宗而评大家也。集凡四卷，诗近百首，填词二首附见焉。嘉靖癸丑孟冬十月朔，珥江刘大昌序。（以上明嘉靖间刻本《杨升庵南中集钞》卷首）

东归倡和

  《东归倡和》一卷，收录杨慎、刘澄甫、蓝田三人饯别唱和诗作。刘澄甫，字子静，号山泉，寿光（今属山东）人，正德三年（1508）进士。蓝田，字玉甫，号北泉，即墨（今属山东）人，嘉靖二年（1523）进士。三君为世谊，正德间蓝田下第东归，杨慎、刘澄甫"送之柳郊，为竟夕饮，赠答以诗，一夜遂成百首"。崇祯年间，由蓝田子青初出刻之。该书今传明崇祯间刻本。

东归倡和序 （明）石文器

  侍御北泉蓝公，为少司寇大劳公冢嗣，与升庵杨公、山泉刘公，以世谊集都门，结社讲业，比于埙篪，此《东归倡和》所由作也。余以庚午守瀛，北泉公曾孙再茂宰南皮，因得蓝氏世迹并北泉公文集读之，爽气习习生两腋，诗歌清新俊逸，直与开府、参军分道扬镳，于麟先生遗选，岂时地弗及耶？不即东家之也。予苦心在瀛，以硁拙触当路，交龀而密织之，婴奇祸矣。瀛属十有八，瘝疲莫如皮刺；令各有长，敏卓又莫如茂绩。既奏，沙射中之，从其殚力固围处，文致一如余也。嗟夫，我两人坐同舟，济同心，因又同患谳抵郡，握手浊醪，劳以天非人所能，乃述其先大劳公曾下秘狱，北泉公秘狱掠几死，具以公忠被祸，而志益光，用为予慰。并出《东归倡和》一册，索为之序。夫蓝两公品业何敢当？为之孙者，官非司寇，非侍御，以恪职速辜展哉！两公有孙，克绳厥武矣。因序而并叙所由作，以志同调云。其倡和百三十余首，同声同气，《易》所谓同心之言，其臭如兰者也。今守令同销铄金，又同时倡和于安乐患难之间，以鄙言附蓝氏家乘之末，藉垂不朽，骥尾青蝇之幸也，敢云玄晏也与哉！（《翠筠亭集》卷三）

东归倡和叙 　　（明）梁招孟

　　三公子皆事其三大人于燕京，其三大人俱以文章斐灵、梗概宣洽、道德契符同朝，称三君子交。三公子年相次，读父书，禀父风，敦父谊，而相善如之。后先举孝廉，杨用修、刘子静获隽南宫，蓝玉甫下第东归，两进士送之柳郊，为竟夕饮，赠答以诗，一夜遂成百首。蓝公子拾之，缀于奚囊。比癸未春，蓝孝廉掇高魁，都人相贺为得人。此三公子文章，可无忝于三大人之世业矣。其后杨太史以直忌荷戈，刘宪承以秉正归里，蓝侍御亦以七谏建言大礼被杖系狱，感愤去国。此三公梗概，可无忝于三大人之世德矣。余生也晚，窗前多搜杨太史集，并想其为人，恨隔地异世，珍其书于楼中。会蓝君青初舍邸中墙甚迩，丰神识趣，种种非时物中，故友善有夙因焉。既领选南皮吏，于别也，出其先大夫诗一集授余，乃三公子唱和诗。读之喁喁于于，在天籁气韵之先，盖性情自通，非若今人黄金反覆之比。回视其端，未有弁言。嗟乎，我知之矣，此三公子将欲并名，而亦焉用为矣。奈余苦寡闻，初入，叹其文章梗概、德行俱未有长表于时，自愧山野，其可制撰于三先生传首？蓝令得其意，谓余云，君既三复其词，尊尚其品，则君所向往可知，其奚逊为？夫论西施之妍者，必借嫫母之唱。对岩头而观瀑，爱瀑而并爱其岩；渡江心而观石，喜石而并喜其江。桃园鸡犬皆仙物也，和南钵衲皆舍利也。敢籍手叙事，寄青初署，甘心三公子之执鞭焉。犹忆李杜之展转国难，而殊方天远，所相忆诗，各具其笥；元白之投于晚年，而密迩维垣，所相慰诗，并存其英。他日一唱百和，于我明更甚，雕风琢月，吸雾吞云，直不肯让三公子胜。而独其性情敷发，则在道德梗概、文章之先。即有唱有和，而非其天质也；即唱和甚奇甚绝，而一读之余，了无遗韵也。有三公子之欢兴，而非其世谊也；有三公子之意气，而非其世业也；有三公子之表著，而非其世德也。余固不遇之于花影鸟迹之间，而忻从颠沛患难之日。噫！杨翰林远矣，两先生仕亦不竟其所学，盖三先生之见妒于造化耶？仰三先生所得已多，直为此取少于造化耶？固知三先生高美绝尘，计非小子所可步趋者，譬山泉细流，涓涓奔海，乱之高浪危涛中，而人亦不能辨也。崇祯五年春正月，赐进士第、中书科中书舍人、征侍郎后学楚下雉梁招孟顿首拜撰。（明崇祯间刻本《东归倡和》卷首）

梅花唱和百首

　　《梅花唱和百首》二卷，收录杨慎与王廷表梅花唱和诗。王廷表（1490—1554），字民望，号钝庵，阿迷（今属云南）人。正德九年（1514）进士。自幼随父居新都读书，与杨慎相识。致仕后返居云南，与杨慎多有交往唱和，为"杨门六学士"之一。该书今传1943年大中印刷厂铅印本。

梅花唱和百首序　　李根源

　　梅之为物，载于《诗》《书》《尔雅》，咏于唐人之口。自宋以来，大腾于篇章，顾林逋、苏轼、高启之伦，少者仅一二首，多者亦十余首而止耳，未有若新都杨升庵、开远王钝庵两先生之唱和百首为富焉者也。岂不以得气之先，忍寒独放于冰天雪地间，有类于特立迥观之士，不与恒流同，故二先生者赞咏之不已若是乎？吾乡多梅，大者逾十余围，枝柯如铁，芳逸疑仙。童时流连其下，吟"疏影横斜水清浅，暗香浮动月黄昏"之句，未尝不为之悠然神往。及客江南，揽孤山邓尉之胜，密蕊寒梢，喷香缀玉，忆"雪满山中高士卧"之句，又往往有天际真人之想。岁戊寅，寇陷南都，余为国事赴天山，既又返至滇中，得睹往昔吟赏之根株，心辄欢然。及门万君中山、何君席儒知余归，跫然来访。一日，出其所钞杨王唱和诗示余，余以校曩所得升庵所著者多三十首，百首全豹，阙而复全，不禁大喜，亟由万君塘如汇集校订而商刻之。夫梅，国花也，象我炎黄之胄，超然特异于群伦，气类之卓，固已不待繁言。方今国运方昌，声威并著，梅之为德，益将大彰于世界。语曰：数点梅花天地心，所谓天地心者，不犹夫大《易》所言复其见天地之心之旨乎？然则此集之刻，岂特慊然视为返魂之香而已哉！寄我遐思，而纵笔序端如此，他日凯歌奏罢，重览是编，必更有味于斯言也。

中华民国三十二年元月，腾冲李根源书于大理之老苍园。

梅花唱和百首序　　袁丕佑

　　夫万象森罗，樊然淆乱，物交物莫知所纪极，惟智者为能齐万殊为一本，于一本见万殊。老聃知雄守雌，为天下溪，庄周以非指喻指，而谓天地一指，皆是旨也。盖世间事事物物，乃至一技一艺之末，苟能穷究极研，至于用力之久，则任举一端，即可以概括一切，而无外僚之丸、秋之弈、师旷之琴、张旭之书，异代想望，犹叹观止，艺也而进乎道矣。且如古之诗人，终其身于吟咏，目之所见，耳之所闻，身之所履，无非是诗之境界。而或者更能即一题，举一物，咏之歌之，反复引申而永长之，诗无尽，味亦无穷，不尤戛戛乎难能哉！以予观杨升庵、王钝庵两先生梅花诗，允足以当之。披诵之顷，而不禁重有感也。夫梅之品高矣，凌冰霜，傲凛冽，其骨峥嵘，其香清澈，有坚苦奋斗之概焉，有剥极复兴之象焉。两先生之咏梅也，非但见梅也，因梅而见遗世独立之高士也，亦即见乎见危致命之志士也，亦即见乎公忠体国之纯士也，而亦即见乎振风励俗为中流砥柱之贤士也。夫然，则森罗万象，虽樊然淆乱，其乌可以移我？而我则能转移森罗万象，旨哉诗乎！升庵、钝庵两先生立身行己，确乎已达，万殊一本之原，可于此诗见之矣。开远万君墉如、中山昆季与何君席儒，将以此卷印行，而征序于予，爰书所见以归之。中华民国三十二年三月，石屏袁丕佑。

梅花唱和百首序　　缪尔纾

　　吾滇王钝庵先生幼随父颖斌先生宦新都，与杨升庵先生为总角交。后升庵谪滇至连然，钝庵奉父命往访，邀至家，筑状元馆居之，升庵为颖斌建恩荣坊以报，且日与钝庵质论唱酬，尝一夕赌成梅花诗各百首，艳称于世。前辈风流，复哉远矣！惟所称梅花诗未曾刊布，传者均属抄本。兵燹迭经，抄本存者亦已寥寥，且多残缺讹舛。余曾于昆华图书馆见抄本一帙，盖李印泉先生于清宣统己酉秋七月由东归滇，道经阿迷，得于钝庵先生之乡人尚氏者。检其目录共百题，而所抄则钝庵诗百首，升庵诗仅七十首耳。岁壬午，万君中山、何君席儒于其里中获一抄本，钝庵之作固具在，而升庵之百首亦全录焉。两君狂喜，亟图付印，以广流传，而属余叙之。余心仪钝庵先生久矣，升庵先生之全集亦曾读之，顾其唱和之梅花诗百首，则犹未窥全豹，今乃先睹，快可知也。及详校一过，觉其讹舛仍多，既无善本，莫从取正。抑此一夕百首，为两先生偶尔兴到之作，未及字字推敲耶？时阅数百载，安得起九原而问之。虽然，是固两先生风谊之所寄也，吉光片羽，九鼎同珍。摅怀旧之蓄念，发思古之幽情，余与两君岂有异哉！因与万君墉如助其编校，并为叙其崖略，以告读者。时中华民国三十一年岁壬午季秋，宣威缪尔纾季安叙。（以上 1943 年大中印刷厂铅印本《梅花唱和百首》卷首）

安宁温泉诗

《安宁温泉诗》一卷，仅五言排律十韵一首并序，乃杨慎咏安宁温泉之作。今传明嘉靖间刻本。

安宁温泉诗序　　(明) 杨慎

温泉之在域中，最显名者，新丰之骊山，而泉实不佳，水沸如蒸，难以骤入，硫磺之秽，逆于人鼻，稍不渫治，则穷谷之污，生以青苔，如蛙蟆衣。骊山而下，曰汝水，曰尉氏，曰匡庐，曰凤翔之骆谷，曰渝州之陈氏山居_{今合州温汤峡}，曰惠州之佛迹岩，曰闽中之剑浦，曰新安之黄山，曰关中之郿县，曰蓟州之遵化，曰和州之香陵，杂见于地里之志，诗人之咏。滇云之地，温泉尤夥，其在宁州、白崖、龙关、浪穹、宜良、永昌、腾冲，若夷徼边隅，不可胜纪，要独以安宁之碧玉泉为胜。滇水号曰黑水，虽盈尺不见底，而此泉特皓镜百尺，纤芥毕呈，一也；四山壁起，中为石凹，不烦甃甓，二也；浮垢自去，不待捃拭，三也；苔污绝迹，不用淘渫，四也；温凉适宜，四时可浴，五也；掬之可饮，尤发著颜，六也；盦酒增味，治庖省薪，七也。虽仙家三危之露，佛地八功之水，何以加焉？谓之海内第一汤可也。徽州程罗山孟明语予，谓此泉为温汤之冠，并出姑苏陆文量所著《菽园杂记》，验之而信。其地去州十里而遥，其往也，楫以螳川，轴以龙山，映以虎丘，带以曹溪，山川之美，触可登临，使余乐谪居而忘故里者，非兹泉也与？摄篆府通守南原孙公、世守鲁泉董公、鹾司松崖张公授简于予曰，是泉为安宁之胜，亦蜀之峨眉，浙之西湖，公可无诗乎？予尝憾此地限阂中原，使此泉湮没，不得遇风流之宋玉、神俊之太白、瑰迈之长吉、博综之东坡，穿天心出月胁之奇语，以洗骊山之污，而跻之三危八功之上。四公不可作矣，而属之才尽之屡予一老，是雕刻赤土，唐突丹砂也。聊书十韵，为群玉之引，可乎？（明嘉靖间滇中刻本《安宁温泉诗》卷首）

箜篌新咏

《箜篌新咏》三卷，已佚。蜀左史李芝山致箜篌谱于杨慎，慎作五言排律十六韵《空侯咏》以酬之，诸家唱和慎作，结集为此书。

空侯咏序　　（明）杨慎

空侯本师延为空国之侯所制也，至汉武帝祠太乙，命匠侯晖制为箜篌。损瑟之二弦，加筝之九弦，为二十三丝，其音多擘，其声多靡。隋世《昔昔盐》《龙舟》《五更转》多弹此器。唐世李凭称为妙手，李长吉、杨巨源咸有篇引。至宋大晟乐府改为十四弦，方舟李知几诗"拨助空侯十四弦，龙蛇锁定水晶廉。秦楼一曲当三五，惹得姮娥怨玉蟾。"可证也。然此器世所罕见，音亦绝传。蜀左史芝山李君，明律知音，以其谱传于蜀，且寄此器于予。予愧衰笔，非长吉、巨源、知几之敌，聊书长律十六韵以酬之。（《太史升庵遗集》卷九）

箜篌新咏序　　（明）简绍芳

蜀左史李芝山致《空侯器谱》于升翁谪所，悦之，遂裁十六韵，命似朝云者作古调以被诸管弦。昔沈怀远被徙广州，慕空侯，造绕梁乐象之。暨作《南越志》，日命女奴弹于砚侧，以赞幽思。翁得此，无乃亦独思怀抱，充览颐情之一力乎？妄拟《君不见》一阕，嗣复奉倚充调笑语，用右新声云。按夹漈《乐略》：空侯、师延，靡靡乐也。又曰：汉武时侯调所作，施祀郊庙，似瑟而小，用拨弹之，音节坎坎，故曰箜篌。东京光和间更制，体曲而长，二十三弦，竖抱于怀，两手齐奏，凤音鸾胆，修轸轸列，乃名竖空侯。今十四弦者，即翁所谓宣和大

晟乐府所改也。稿隶书《新咏》锲传，诸皆和之，惟诗简邮递，先后登梓，不获叙尔。(《天一阁书目》补遗)

清音竞秀诗卷

　　《清音竞秀诗卷》，收录诸家酬赠李迁使蜀诗什，今佚。李迁（1512—1582），字子安，号蟠峰，江西新建人。嘉靖二十年（1541）进士，历官两广总督、南京刑部尚书，《明史》有传。

清音竞秀诗卷序　　（明）杨慎

　　蟠峰李子子安衔使于蜀，东阜刘子作诗赠之，狷斋谢子继之，东谷敦子三之，初亭程子四之，毫予不敏五之，属而和名又若柯首，萃以成什。乃孟冬廿日，会于凌云之清音、竞秀两亭，临眄久之，且邀予篆题，予即以二亭名名卷。蟠峰子曰：义曷取乎？噫，山水之清音无几耳，岩壑之竞秀无几耳，与夫喙鸣之善也，畴类之合也，犹之山水岩壑也，亦无几耳。子行万里，阅人多矣，所为咏叹缄藏者仅是，所为留连徙倚者仅是，兹可曰无择欤乎！率是道也，于学术辨其真赝，于朋从分其凤鸷，于尚友师其峻特，于剸务审其义命。可以褆身，可以大畜，可以乐群，可以同人。畜之大者，德之崇也，人之同者，业之广也。推是说也，虽终身行之可也，奚翅为山水诗辞指哉！毫予不敏，题以为《清音竞秀诗卷序》。（《太史升庵文集》卷二）

池赏诗社集

　　《池赏诗社集》，收录杨慎、叶泰、胡廷禄、简绍芳等咏滇池之诗。简绍芳《升庵杨慎年谱》记载，嘉靖二十八年（1549），杨慎"居高峣，夏秋每与滇之乡大夫两湖叶公、在轩胡公、廷禄王公，偕绍芳数游昆明池，有《池赏诗社集》"。此集今佚。《太史升庵遗集》有《滇池序》，疑即序此集。王文才先生认为，序题"滇池"，盖《滇池赏诗社集》之省。

滇池序　　（明）杨慎

　　谯周《异物志》曰：滇池在建宁界，有大泽，水周三百余里，水乍深广乍浅狭，似如倒流，故俗云滇池。夫滇池即昆明池也，其源自盘龙江来，有九十九泉，分注而下，又名积波池，见《九域志》，余始表出之。余友永昌张愈光含有诗云：墨华龙绕积波池，五色云霞动海涯，不有词臣来绝域，佳名千古更谁知。暇日尝与两湖叶道亨泰、在轩胡原学廷禄、西甿简绍芳同游太华，登一碧万顷阁，伏槛临望滇池。咸谓余曰：太华寺之胜以此阁，阁之胜以此池也；使无此阁此池，是木客山都所栖而已。余深味其言，近缉太华诗，首节左思之赋标之，以发来游诗人之奇兴藻思。亦如庐山之彭蠡，金山之扬子也。（《太史升庵遗集》卷二三）

七十行戍稿

《七十行戍稿》二卷，收录嘉靖三十八年（1559）冬，杨慎由江阳遣返云南途中所作诗篇。此书由杨慎门人丘文举编集，今传明嘉靖三十八年周复俊刻本。

升庵先生七十行戍稿序　　(明) 李元阳

嘉靖三十八年冬，升庵先生由泸至滇，涉路三千，历日四十，滗淅夜衣，成诗百余首，题曰《七十行戍稿》，寄某命序之。某既卒业，乃以书复先生曰：存乎人者，有不物之物焉。老而不衰，穷而不踬，厄而不悯，人鲜能有之。读先生之诗，则此物勃然跃于吾前矣。夫老则衰者形也，穷则踬者势也，厄则悯者情也。曰形、曰势、曰情，皆物也，迁变而靡常也。彼不物之物，老不能使之衰，穷不能使之踬，厄不能使之悯，历万变而不变者也。古之圣贤，蔬食饮水，夷狄患难，其乐不改者，用此物也。先生之于诗，其有得于此物乎哉？夫以颓童齿豁之年，憔悴间关，人不堪其苦，犹有忍于迫胁，不使宁处者，是诚何心？而先生之诗，才情之妙，韵胜调雅，昌如、轩如、皦如，既不类七十老人语，又不作羁愁可怜之色，此非所谓不衰、不踬、不悯者乎？士之以文词自命者曰：是可以不朽。某尝病之，以谓文词即工，语即有伦矣，谓之曰不徒作可也，而曰不朽则未也。何也？不离乎物也。夫所谓不朽者，必在我有不物之物，外不变于形势，内不变于识情，其斯为不朽乎！是编之外，能使先生不衰、不踬、不悯稿，是其物矣，幸有以教我。(《中溪家传汇稿》卷五)

升庵七十行戍稿叙　　(明) 周复俊

安宁丘君文举为予言，升庵生平著书凡九十三种，行于代者仅四十六种云。乃若《七十行戍稿》，则公晚年所作，而文举辑之，杨生富春手录也。嗟乎！公以师臣元嗣，年二十四即举进士第一，官禁林，门第科甲，亦既通贵清华极矣。顷议礼不协，恩遣滇云，由嘉靖甲申逮己未，盖已三十六祀。其客路之悲辛，旅次之岑寂，叹风雨之凄其，感日月之征迈，悒郁亡聊，或情与景会，意象融适，率于篇章寄之。加之天赋不群，超悟卓绝，博学强记，至老弥精，故其所著，若是其多且丽也。假令公出入承明，武不越辇毂下，而山川之嵚巇，草野之芜旷，人情物态之纠纷迍邅，均弗经于目，亡拂于膺，则捣练未精，诹询罔悉，而乾坤海岳之灵淑，亦何由俯仰旁稽，以穷其变？纵于论思启沃之暇，敷文代言，自宜华美温丽，不若穷而后工。如其工也，孰与今多？由是知天之申锡，今上之陶镕，于公独至矣。忆自嘉靖乙未至甲寅，俊三入南滇，载仕西蜀，凡二十余年，恒与公握手接膝，散帙论文，阑夜申旦，开谕勤拳，实兼师友之谊。且祝母有文，训子有诰，申觌有篇，无虑数十百札，公之于俊何如也？今兹来游，忽睹丹旐飘扬于昆池之上，而文举所辑《戍稿》适携而至，慨叹畴昔，不觉雪涕之无从。爰命梓之，流布海宇，而其所著书，并疏其目于左方，庶学士大夫知有考焉。嘉靖三十八年十一月，吴郡周复俊撰。（明嘉靖三十八年周复俊刻本《七十行戍稿》卷首）

升庵七十行戍稿后序　　(明) 李世芳

昔人云：血气有时而衰，志气则无时而衰。以肤见，兹特语中人者耳。孔子七十欲不逾矩，伏生九十授书不辍，虽血气曷尝少衰耶？我师太史升庵公，天纵英豪，性成睿哲，以荩介而膺奇谪于南中，经历险远，怨怒两忘，几卅年犹旦暮也。诸著作甚富，半绣诸文木，余盖有所俟焉。兹稿其倦勤时所为乎？呜呼！皓首稀年，犹荷戈边徼，视韩苏之岭海，迥弗相侔，此其岁月淹滞，情况何如？在他人文词，鲜不悲恨靡弱，而公之精神气魄，俊绝雄伟，斗藻烟葩，争巧春茧，有非少壮所能仿佛者，洵孔徒而伏友也。可以振今，可以传后，将不在兹乎？稿裒于同门友丘子文举、杨子富春书笥。宗师木泾翁，以东吴柱石之材，当南滇薇垣之辖，慨哲人之既萎，虞德音之弗彰，乃访而得之，授梓以传。世芳久辱升庵公之铸，奉其永诀之命，故乐观厥成，僭言于简魏云。嘉靖三□□□□□□□日，安宁门人李世芳顿首书。（明嘉靖三十八年周复俊刻本《七十行戍稿》卷末）

续修四库全书总目提要一则　　佚名

《升庵七十行戍稿》 二卷 明嘉靖刻本

明杨慎撰。慎字用修，号升庵，四川新都人。年二十余即举正德间廷试第一，授修撰。世宗时，充经筵讲官。后以大礼议起，力谏，廷杖削藉，遣戍滇云，即卒于是。慎博学多闻，著述极富，其学问才华世称第一。此书即其在戍所时诗词。卷首有嘉靖三十八年周复俊序，并附录升庵书目已刻者凡四十六种，末附门人李世芳跋。按此编盖慎门人丘文举辑校者，全书诗歌共百余首，皆杨氏晚年所作，词多□劲凄苦，询名家也。按升庵固一代才人，而门第科甲，亦清华已极。以议礼不协，遣谪云南，由嘉靖甲申至己未，盖已三十六祀。其客路之悲辛，旅次之岑寂，叹风雨之凄其，感日月之征迈，悒郁亡聊，或情与景会，意象融通，率于篇章寄之。兹篇所咏，读之悱恻，凡山川草野，人情物态，俯仰旁稽，以穷其变。其诗华美温丽，上溯《离骚》，下追汉魏，殆亦穷而后工也。按氏学术文章，固不必以诗显，然是编亦足传也。（《续修四库全书总目提要》）

升庵长短句

《升庵长短句》三卷《续集》三卷，为杨慎词集。其词以绮丽为尚，写怀抒愤之作则尤为杰出。该书今传明嘉靖间刻本、万历间刻本（四卷）、《惜阴堂汇刻明词》本、1937 年新都杨氏小紫阳阁重刊本（三卷）等。王文才先生曾对杨慎词集进行校订，并增有补遗一卷，收入其所编《杨慎词曲集》中（四川人民出版社 1984 年版）。

升庵长短句序[①]　（明）杨南金

太史公谪居滇南，托兴于酒边，陶情于词曲，传咏于滇云，而溢流于夷徼。昔人云：吃井水处皆唱柳词，今也不吃井水处亦唱杨词矣。吾闻君子之论曰：公词赋似汉，诗律似唐，下至宋词元曲，文之末耳，亦不减秦七、黄九、东篱、小山。噫！一何多能哉。或曰：君子不必多能，王右军之经济以字掩，李伯时之诗文以画掩，公之高文大作毋乃为词曲所掩乎？予答之曰：君子不必多能，为能未多而求为君子者言也。若夫能已多矣，不必去其多能而后为君子也。犹女子言在德不在色，为嫫母言可也。若夫庄姜，则柔荑凝脂，螓首蛾眉，固其自有也，奚必乱发坏形而始为贞专哉？观者以是求之。嘉靖丁酉正月望日，两依居士杨南金序。（《升庵杂著》本《升庵长短句续集》卷首）

---

　①　明嘉靖间刻本《陶情乐府》前有此序，题"陶情乐府序"，文字略异。

升庵长短句序　　（明）唐锜

　　夫人情动于中而有言，言发于外而为声，声比乎节而成音，孰非心也？心之感物，情有七焉；言之宣情，声有五焉；音之和声，律有六焉。虽其舒惨廉厉，噍嘽正变之感不同，然皆性也，皆出于自然也。是故非气弗昌，豪宕超逸，昌其气者也；非材弗达，精深宏博，达其材者也；非兴弗融，春容顺适，融乎兴者也：三者具而后可以言诗矣。升庵太史之寓南中也，池南子尝过之，既觌其辉而览其芳矣，太史不以池南子之愚且暗也，授以近稿。池南子函归，虽历吴、楚、韩、卫、燕、赵、秦、晋之间十余年，弗暇则已，暇必玩诵。有知己友辄出示，知己友嗜之，无异池南子之嗜也，则相与评曰：太史之诗，殆所谓昌其气，达其材，融乎其兴者乎？所谓本乎性，发乎情，止乎礼义，而出于自然者乎？古不暇论，即今所称李空同、何大复、郑少谷、徐迪功、薛西原、孙太初七子颉颃，未知优劣，然则太史固当世之雄也。池南子归，伏枕席者阻门户，出门户者阻舟车，池涵一水，云掩千山，迂回百里，倏忽三年，于太史者悬悬也。太史亦不以池南子之迂且疏也，客便辄通刺，并以《长短句》投之。池南子恍如太史之神交而默契也，读之尽，且曰：金元部曲，淫哇妖艳，其溺人也久，乃有黄钟大吕希世之音乎？其思冲冲，其情隐隐，其调闲远悲壮，而使人有奋厉沉寂之心；其寄意于花鸟江山，烟云景候，旅况闺情，无怨怒不平，而有拳拳恋阙之念。将平其气，敛其材，忘于兴，而出于自然者，亦不知其所以然矣。其晋魏以上古乐府离骚之流，风雅之变乎？而知太史之雄也。虽然，代言纪事，史职也；典则谨严，史体也。摘雅振颂，发扬鸿烈，铭之金石，载之旂常，奚不可者？顾乃孤吟苦调，啸咏咨嗟于穷荒寂寞之滨者，谓之何哉？抑闻太史每语人曰：池南子，池南子，是能知诗者，吾差有取焉。嗟予奚足以副教哉？遂诠次为《长短句序》。嘉靖庚子仲冬长至日，晋宁池南唐锜。

升庵长短句跋 （明）王廷表

宋人无诗而有词，论比兴则月下秦淮海，花前晏小山，较筋节则妥帖坡老，排奡稼轩，所以擅场绝代也。至元人曲盛而词又亡，本朝诸公于声律不到心，故于词曲未数数然也。高季迪之《扣舷》，刘伯温之《写情》，号为琤琤矣。吾友升庵杨子，乃至音神解，奇藻天发，率意口占，警绝莫及。尝语表曰：李冠、张安国《六州歌头》，声调雄远，哀而不伤，于长短句中，殊为雅丽，恨少有继者。乃援笔为《吊诸葛》词，其妥帖排奡，可并苏、辛而轨张、李矣。表尝评杨子词为本朝第一，而《六州歌头》在《升庵长短句》中第一。杨子笑曰：子岂欲为稼轩之岳珂乎？因跋兹集，并附其语。嘉靖癸卯春正月望，临安王廷表书。（以上明嘉靖间刻本《升庵长短句》卷首）

杨升庵先生长短句序 （明）许孚远

新都杨先庵先生名满天下，不佞孚远自为儿童时闻之，则欣欣向慕云。已而得睹先生所著《丹铅辑录》《谭苑醍醐》《艺林伐山》等编，知其博极群书，精究名理，当代儒者希有也。比岁入关中，友人遗我以先生文集，展阅篇次，庶几睹其大全，然颇浩瀚，未暇卒业。顷方伯姚公复示以新刻先生长短句，且谓是编出侍御杨公所。侍御公为先生从子，先生手泽所存，不忍一字之遗，而欲广其传于后者也。姚公命孚远曰：子盍序之。孚远窃惟先生学问文章，如岳渎之高广，如星斗之灿烂，后世小子曾未窥其涯涘，挹其余辉，而何敢置一喙于其际？虽然，孟氏不云乎：观水有术，必观其澜，日月有明，容光必照。此非独以喻圣人之道，古今名世述作，超前绝后，固各有源本所自来也。先生以相家子廷对擢第一，为馆阁之臣，顾无毫发介其胸次，而抗疏议礼，触犯忌讳，甘心贬黜，以终其身，此何等人物哉！天生异材，投之闲寂，困之厄穷，达观造化之理，探索经史之蕴，经纶满腹，无处发泄于致主匡时之略，而仅著为文词，其纵横变化，穷极绮丽有以也！然则尚论先生者，当先知其人品与其学术，而后可以读其文词。长短句，文之末流也。先生盖出其余力为之，而非所以先也。孚远又窃观杨文忠勋业之盛，及先生材品之高，而知其世德作求，流芳未艾。今侍御公雅意文，将绍文忠父子而昌厥家声者，岂徒以文词为训已哉？敬为序。（明万历间刻本《杨升庵先生长短句》卷首）

升庵长短句跋　赵尊岳

　　升庵《明史》有传，具详行谊。久戍滇云，投荒多暇，无书不览。强记博闻，著述宏富，多至百余种。尤好治词，所撰辑者《升庵长短句》正续集、《陶情乐府》正续集、《词品》《词品拾遗》《词林万选》《词林选格》《百琲明珠》《填词玉屑》《词选增奇》《古今词英》《草堂诗余补遗》《词苑增奇》，凡十一种。惟传本不广，蜀中虽有《升庵全书》，不足尽其流播也。《天一阁书目》有《长短句》三卷、《玲珑唱和》三卷、《附刻》一卷、《乐府拾遗》一卷，合之适正续集三卷。钱唐丁松生征君丙得之于武林，讶为单传。既而所藏率归江宁盇山书藏，余因得往读，并录福本。惟正集卷三有缺叶，末由校补。乃恳诸斐云宗兄，据所经见，以万历福刻本补正见示。万历本共三卷，无续集，然其卷三多至此本续集卷二《西江月》画观音寿意一首，则知其渊源有自。祖本早出，迨后升庵续有所作，遂分矗刻卷三之词为续集一二，以合成正续六卷之数耳。于此不特得所正是，且因谙前后二刻之不同，殊快事矣。再《陶情乐府》涵芬楼有活字本，《词品》及《词品拾遗》有李调元覆锲本，《词林万选》有毛氏汲古阁本，《草堂诗余补遗》有明万历坊本，均尚易得。外此初未经见。一瓻以求，何当获之，并付写官，用合于斯，宁非嘉事？同声笙磬，乞有以惠我也。癸酉三月，高梧轩。

　　丙子四月上浣，京师归来，重理故业，排日校词，雨中题记。未雍。（《惜阴堂汇刻明词》本《升庵长短句》卷末）

重刊升庵长短句正集序　杨崇焕

　　先文宪公生平著作之富，《明史》本传推为明世第一。所著《升庵长短句》，即今所谓词集，非升庵合集之《长短句》，仍为诗集也。其名已见王圻《续文献通考》、顾修《汇刻书目》、范懋柱《天一阁书目》，惟其书《四库全书》未经收入。迄光绪初，丁松生于武林得嘉靖陆氏刊本，凡《长短句》正集、续集各三卷，始收入《善本书室藏书志》焉。考此正集，有杨、唐序与王跋，并末列门生韩晨拜书，尤为珍贵。第惜近年赵万里《北平图书馆善本书目》题二卷，柳诒徵《江苏国学图书馆图书总目》题三卷，均未获亲见，不知何本。今幸有武进赵子叔雍汇刊明词于惜阴堂，据万历福刻本补足《长短句》正集之缺叶，不远数千里，以新镌样本付邮惠赠，使得先睹，何快如之！夫长短句为词之异名，若辛稼轩长短句是也。其词有定格，韵有定声，创始于李唐李太白，渐盛于五代《花间集》，而集大成于《宋六十名家词》。其间柳永之徒婉约蕴藉，为正宗之南派；苏轼之徒气象恢宏，为变体之北派。则公之词如王世贞《艺苑卮言》称好六朝丽字，其绝妙处不可及，岂非于南派振其末响者哉？他如《明史·艺文志》列入《升庵词》四卷，亦不愧杨继礼序《笔花楼新声》曰：词家沿及国朝，杨用修庶几摄跻廊庑。故明《续补全蜀艺文志》《古学鸿裁》《草堂诗余新集》，清《图书集成》《历代诗余》《词律》《明词综》《词学全书》《历代名人词选》《留青新集》《浣花濯锦》《续云南通志稿》及近人吴梅《词学通论》诸书，皆采录公所撰之词，不特所辑《百琲明珠》《词林万选》，王世贞称为词家功臣而已矣。抑又考之王昶《明词综序》云："杨用修小令中调，颇有可采。"徐釚《词苑丛谈》引俞少卿云："调名起原，用修考之甚详。"况周颐《蕙风词话》云："用修有奇思妙想，非寻常俊才所及。"是公词学见重于词林，即可知矣。然世人多称公之诗，而鲜知其词之美。虽拙编《升庵词录》二卷，尚未校订刊行，今既得赵刊正集，堪称足本，而又为全蜀未传之词集，谁谓非希世之珍耶！且此正集一百三十三阕，皆在《升庵全集》十七阕、《词品》二阕、《读升庵集》九阕之外，亦可单行于世。是以不敢自私，传为家学。爰将此正集略加校雠，付梓重刊，但求与原本无讹，以广流传耳。若云校定精本，则余小子夫何敢。民国丁丑端午节，十三世孙崇焕子文氏谨序于新都实验县县立图书馆馆长室。（1937年新都杨氏小紫阳阁重刊本《升庵长短句》卷首）

善本书室藏书志一则　　（清）丁丙

《升庵长短句》三卷、《续》三卷 明嘉靖刊本

　　明杨慎撰。升庵词集未入《四库》，全集八十一卷亦未编入。惟《天一阁书目》有《升庵长短句续集》三卷、《玲珑倡和》二卷《附

刻》一卷、《乐府拾遗》一卷。此明嘉靖陆氏刊本，虽无《玲珑倡和》以下诸刻，然前多正集三卷，有唐锜及杨南金序，后有临安王廷表跋，次又列"门生樕榆韩宸拜书""门生南华李发重刻"两行。续集三卷，则不知谁所编辑也。（《善本书室藏书志》卷四〇）

四库未收书目提要续编一则　　胡玉缙

《升庵词长短句》三卷、《续》三卷

　　明杨慎撰。慎有《升庵集》，已著录。是编亦《全集》八十一卷本所未载，为张世佩所未见。考《天一阁书目》，有《升庵长短句续集》三卷，《玲珑倡和》二卷，附刻一卷，《乐府拾遗》二卷。此江南图书馆所藏嘉靖陆氏刊本，虽无《玲珑倡和》以下诸刻，而多正集三卷，盖在万历间张士佩编刻《全集》之先。前有唐锜、杨南金序，后有王廷表跋，次又列"门生韩宸拜书，李发重刻"两行，然则当时早有别行本。《续集》则前后无序跋，疑后来编辑。黄氏《千顷堂书目》有《升庵长短句》四卷，又别一本也。慎以博洽冠一时，虽论说考证，往往赝造古书，而其诗文，未尝违盩法度，故其词亦含吐英华，不作凡响，盖沉浸于诗书之泽深矣。（《四库未收书目提要续编》卷四）

陶情乐府

《陶情乐府》五卷、《续集》一卷、《拾遗》一卷，为杨慎所著散曲集。正集五卷，卷一套数，卷二、三重头，卷四小令，卷五拾遗（又一种四卷，无"拾遗"）。《续集》一卷，乃门人李君锡所辑，半数出自正集，或出于传闻。《拾遗》一卷，则收录慎作《七犯玲珑》四首及顾应祥和曲（见于《玲珑唱和》）、《傍妆台》四阕（见于正集卷三）。该书今传嘉靖年间刻本、嘉靖三十年（1551）简绍芳刻本、《杨升庵夫妇散曲》本、《饮虹簃所刻曲》本等。此外，又有《杨升庵夫人词曲》，与杨慎所作多有重合，乃书贾妄加杂凑而成，可以伪集视之。

陶情乐府序^①　　（明）杨南金

太史公居博南，酒边寄兴，寓情于词曲，传咏满滇云，而溢流于夷徼。昔人谓：吃井水处皆唱柳词，今也不吃井水处亦唱杨词矣。吾闻君子之论曰：公辞赋似汉，诗律似唐，下至宋词元曲，文之末耳，亦不减秦七、黄九、东篱、小山。噫！一何多能哉。或曰：君子不必多能，王右军之经济以字掩，李伯时之诗文以画掩，公之高文大作毋乃为词曲所掩乎？予答之曰：君子不必多能，为能未多而求为君子者言也。若夫能已多矣，不必去其多能而后为君子也。譬之女子言在德不在容，为嫫母言可也。若夫在庄姜，则柔荑凝脂，螓首蛾眉，固其自有也，奚必乱发坏形而始为贞专邪？观者以是求之。嘉靖丁酉正月吉，邓川两依居士书。（明嘉靖年间刻本《陶情乐府》卷首）

---

　① 此序又见于明万历年间刻本《升庵长短句》卷首，文字略异。

陶情乐府序　（明）张含

博南山人酒所倚声为乐府，传咏满滇云，而人莫知其兴攸寄也。予尝赠之诗云：事到东都须节义，地当西晋且风流，故知山人者莫如予矣。昔人云：吃井水处皆唱柳词，触情匪陶也。昔人云：东坡词为曲诗，稼轩词为曲论。若博南之词，本山川，咏风物，托闺房，喻岩廊，谓之曲史可也。昔人云：以世眼观，无真不俗，以法眼观，无俗不真，推此意也，虽与《九歌》并传可也！嘉靖甲午夏，禺同山人书。（明嘉靖年间刻本《陶情乐府》卷末）

陶情乐府序　（明）简绍芳

升庵太史公谪戍博南，蒲骠荒裔，时天下知与不知者皆危之。嗣其策筇竹，度笮桥，横冲飑瘴，甘尝蒟酱，而游精黑水之源，骋目昆仑之麓，齐迹夷险，一视龙蠖，殆驾素虬乘翠云而相佯，曷尝摧心抑节，纤翳悲苦？及捩秘搜奇，申眉高论之余，乃扬情绮语，命韵追悰，制元人乐府数十出，皆自叶鹓簧，偏谐凤律。俾狂山狠谷，乐土平邦，乾海黄尘，青楼绣阁，歌之者崇逸思，闻之者排穷愁。杨柳大堤之曲，出江潭屈子之口；芙蓉曲渚之篇，为辽东亭伯之辞。遵声究志，聿当镜仰，岂谓托染欲尘，以折慢幢；而颓风忠荩，实效裨激。且太史红颜而出，华颠未归，几三十稔，得古今奇谪。然气亦平宕，言益温藻，海鳞风翼，顺适万里，曾徘徊局蹐，复作羁逐状耶？是可知其人矣！君子毋曰此风流绪艺易视之也。临川拙庄杨子、澹斋余子请刻之，谩书以传好事。嘉靖三十年春，新喻西峃简绍芳书。（明嘉靖三十年简绍芳刻本《陶情乐府》卷首）

陶情乐府续集小序　（明）简绍芳

升庵太史《陶情乐府》，语俊律叶，驾东篱而隶挺斋，锵如也。禺山张子序之，曰西晋风流，又曰《九歌》并传，其论美矣，然未至也。

夫湘累露才扬己，怨也；竹林波流茅靡，乱也。翁公直气大节，处滇廿余年，得古今奇谪，词意温实，略无蒂芥，托染欲尘，以折慢幢，何怨何乱乎！无怨，其箕山弃饮之瓢乎？无乱，其桐江扶鼎之丝乎？可以劝忠，可以裨化，将不在兹乎！续集刻成，绍芳特窥管豹，以续文貂，且以阐禺山之幽，终前序之义云。嘉靖乙未冬，新喻西崀简绍芳书。（明嘉靖三十年简绍芳刊本《陶情乐府续集》卷首）

陶情续集跋　　（明）王畿

词曲盛行元，今所传《太平乐府》、元贤传奇可见矣。国朝名公巨卿多不为之，惟越之刘东生、蜀之晏振之，近日则武功康对山、终南王渼陂、高邮王西楼、章丘李中麓所制，与东篱、小山埒能角妙，然皆隐处退休之余，寻壑经丘之兴也。吾师升庵先生在滇廿余年，寄情于艳曲，忘怀于谪居，吟余赏末，时一为之，所谓托焉而逃者乎？同门东溪李侯君锡手辑之为一卷，藏于巾笥。安宁太守桂溪郑公见之，捐俸锲梓，名曰《陶情续集》，盖拾鲁泉董公所刻之遗也。属畿识其末简云。嘉靖乙巳仲冬望日，乡进士门生王畿谨跋。（明嘉靖三十年简绍芳刻本《陶情乐府续集》卷末）

杨升庵夫妇散曲弁言　　任中敏

《升庵夫妇散曲》何以编，因夫妇虽各有散曲之专集，而篇章多彼此复见，孰倡孰随，混淆莫辨，分行两集，不如总订一编之情联意合也。升庵集为《陶情乐府》四卷，词数如目次所载。夫人集为《杨升庵夫人词曲》五卷，有套数八，重头百三十四，小令廿六。就中套数三，重头八十二，小令十五，复见于《陶情乐府》，而另有套数二，重头十七，小令三，根据选本，则亦属升庵。所余者不过套数三，重头三十五，小令八而已。即此所余，仍未必皆属夫人，因无左证，亦不能武断其确非耳。盖夫人词曲五卷，支离杂乱，必出明季坊贾之手。撷拾夫人之作，不过什一，充以升庵诸篇，而假借夫人之名，以见新异，便于诱致时人耳。其第一卷所以题《徐文长重订杨升庵夫人词曲》者，盖仅作者假借，犹恐不足动人，乃并编者亦出附会，以益张目也。至于

《陶情乐府》四卷，虽不必即升庵手编，但章次较整，又有简氏张氏二序，或即序中所称之杨拙庄、余澹斋辈所为，其非坊贾妄编，则可断言。虽如"积雨酿轻寒"诸作，确系出于夫人者亦复窜列，而类此者并不多，无妨大体也。故乐府四卷，面目足存，词曲五卷，编次可废。兹所合订，即于《乐府》四卷一仍旧贯，无所增减，而于《夫人词曲》五卷中，汰其已见于《乐府》者，且按套数、重头、小令三体，合并余作为三卷，简其称曰《杨夫人曲》，以副其实。旁搜选本中注明升庵，而复出《乐府》四卷、《夫人曲》三卷之外者，别为《陶情乐府拾遗》一卷。综兹八卷，词无复篇，章无佚调，既严体别，复附校文，《杨氏夫妇散曲》，于是厘然粲然矣。原编有混重头入套数，有混小令入重头者，兹为厘定。又《陶情》卷四原列《满庭芳》诗余一首，末又有唐山范甫赠升庵一套之附载，均觉未安，兹特删去。《陶情乐府》以明嘉靖原刊本为主，校文内称一本者，皆指清宣统嶍阳精舍翻刻本也。王世贞《曲藻》谓升庵有《陶情乐府》及《续陶情乐府》，而未明卷数。所谓续集，是否又尽在四卷之外，则不可知。王骥德校注《西厢记》，引升庵《黄莺儿》咏莺莺一首，在此本卷二《调笑白话》中。记后列所引诸书之目，则有《博南新声》一种，升庵号博南山人，《博南新声》乃升庵散曲之别一集也。又《脉望馆书目》词曲类中，列升庵之《乐府余音》一种，亦为曲而非词。是升庵散曲之集，在当时固名目甚多，惜今日所传，只有《陶情》四卷耳。《明史·艺文志》有《杨夫人词曲》，《澹生堂书目》有《杨夫人乐府》，二名虽不尽符，应皆指《杨升庵夫人词曲》五卷而言，未必另有二书。惟《徐文长重订杨升庵夫人词曲》五卷，自第二卷以下，皆题作"杨升庵先生夫人词曲"，或曰，此原谓先生之曲及夫人之曲也，先生夫人两人，并非一人，故五卷以内，夫妇之作杂揉并见，名实正复相符。若《明史》与《澹生堂目》之所简称，则成夫人一人之专集，于原书名不免误会矣。使此说果确者，所谓《夫人词曲》五卷，已是杨氏夫妇之合集。前人早经如此编纂，不自我始，兹所写订，不过因袭其意，而更广其篇幅耳。惟兹编后三卷中，仍不免升庵之作，而沿《明史》与《澹生目》意简称《杨夫人曲》或有不可，俟别获他证以后，再为改订。《曲藻》谓升庵多剽元人乐府，如"嫩寒生花底风""风儿疏剌剌"诸阕，一字不改，掩为己有，盖杨多钞录秘本，不知久已流传人间矣云云，所举两阕，不在此八卷之内。王氏所据为《博南新声》抑《乐府余音》，抑更有他本，都不可知，所谓剽窃元作，或亦出坊贾射利之妄为，以升庵著作之富，一二小曲何足多。钞录秘本之说，想当然欤，抑果有据欤，惟兹所辑录之拾遗一卷。其中容不免有伪作，其出《青楼韵语广集》之套与令，均凿凿可信，若出《词林逸响》者，则字句气韵，俱不能令人无疑，因鲜反证，姑妄录之，以俟续考。自来论升庵曲者，毁誉不一。王世贞《曲藻》中谓《陶情乐府》流脍人口，颇不为当家所许，以升庵本蜀人，多川调，不甚谐南北本腔。以后诸家曲评中，遂多沿王氏此说。至清李调元《雨村曲话》独非之，谓蜀何尝有川调之名，九宫谱、中原韵，举世所通行，无吴人许用，而蜀人不许之理，以为强分町畦，乃文人相轻之习云。盖李亦蜀人，故特为剖辨如此，实则升庵之作，韵律确乎难言，而才情果然富有。王骥德谓其所作俊而葩，集中合处，诚有是也。且明代散曲，昆腔前后，截然两派，音谱虽昆腔以后者纯雅，而文字则昆腔以前者生动。升庵诸作，犹前继康王，未尝后启梁沈。是在读者略加玩味，即能得之。《词林逸响》所载诸篇，所以可疑者，正为其已堕昆腔以后之恶趣，乌见其出升庵欤。至于夫人之作，亦多新颖俊发，不止向所传诵之"积雨酿轻寒"一阕而已，且意境解放，突破藩篱，不为数千年礼教所囿，开吾国女子文学以前未有之局，虽艺未足抗易安、淑真之精纯，而情已大申自来女子之闷塞，曲之体使然哉！论吾国女子文学史者，不可忽之，且所传之作有五卷之多，无论其词之真伪纯驳不一，要之，当时坊贾敢于搜集淫词小曲，托名于名妇人物，张皇都市，其时社会风气，较之前世，必已有若何转变，斯又观风论俗者可以注意者也。别有琐意，详《曲谐》卷中，兹不复列。十七年春日，二北书于悠然小筑。（任中敏编校《杨升庵夫妇散曲》）

善本书室藏书志一则　　（清）丁丙

《陶情乐府》四卷明嘉靖刊本，钱遵王藏书

明杨慎撰，前有嘉靖三十年春新喻简绍芳序，云：升庵太史谪戍博南，乃扬情绮语，命韵追悰，制元人乐府数十出，皆自叶鹓簧，偏谐凤律。俾狂山狠谷，乐土平邦，乾海黄尘，青楼绣阁，歌之者崇逸思，听之者排穷愁。且太史红颜而出，华颠未归，几三十稔，得古今奇谪。然气益平宕，言益温藻。临川拙庄杨子、澹斋余子请刻之，漫书以传好事。有"钱曾之印""遵王钱曾大布衣"诸印。按升庵词笔为明中叶之冠，宜其所制之曲哀感顽艳也。（《善本书室藏书志》卷四〇）

西谛书跋一则　郑振铎

《陶情乐府》四卷、《续集》一卷、《拾遗》一卷。明杨慎撰，明嘉靖三十年辛亥临川杨氏、余氏合刊本。余所藏嘉靖本为天一阁旧物，是《陶情乐府》最早之刊本。（《西谛书跋》）

四库未收书目提要续编一则　胡玉缙

《陶情乐府》四卷

明杨慎撰。慎有《升庵长短句》，已著录，此其所制曲也。前有嘉靖三十年简绍芳序，称"慎谪戍滇南，乃扬情绮语，命韵追悰，制元人乐府数十出，皆自叶鹓簧，偏谐凤律，俾狂山狠谷，乐土平邦，乾海黄尘，青楼绣阁，歌之者崇逸思，听之者排穷愁，刻之以传好事者"云云。为江南图书馆所藏明刊本。慎在滇三十年，边地无书，姑撰此遣日，亦不得已之事。然慎素工词，故此书亦哀感顽艳，令人回肠荡气。文人无命，使徒赏其小道可观，抑末矣。（《四库未收书目提要续编》卷四）

续修四库全书总目提要一则　佚名

《陶情乐府》五卷 明嘉靖刊本

明杨慎撰。慎字用修，四川新都人，少师廷和子。正德辛未赐进士第一，授翰林修撰。嘉靖初，以议大礼泣谏，杖谪云南永昌卫。历三十年，卒于戍所，年七十二。世宗忌刻残忍，深恶谏臣。慎虽远谪，意犹不能遽忘。慎闻之，乃以放纵自晦。尝醉傅粉，作双丫髻插花，诸妓拥之游行廛市。酒间乞书，醉墨淋漓。其倚声制曲，传遍滇南。是编即慎在云南所作曲集也。书凡五卷，卷一为套数，卷二为重头兼带，卷三为重头，卷四为小令，卷五为拾遗。卷后又有拾遗，乃慎所作《七犯玲珑词》，只一首。慎记诵博洽，学问词章，笼罩一时，在明代最负盛名，而实亦足以符之。唯其诗文欲以博丽见长，瑕疵互见，不能纯粹。其制曲亦蹈此习，殊非当行。以视其父廷和所作《乐府余音》，不及远甚。特举世重其名，流传广远，无敢非议之耳。是本为滇中刻本，末有张愈后序，称慎之所作，可谓曲史，称许不免太过。至所赠慎诗"事到东京须节义，地当西晋且风流"，可谓了然于慎之境地者。愈自谓为慎之知己，诚足当之而无愧也。（《续修四库全书总目提要》）

附录

杨升庵先生夫人乐府序 （明）徐渭

余自童年知文，即慕古文词，迨长而遇蹇，益疏纵不为儒缚。或寓笔词剧，以发块磊不平，于是有《四声猿》之作。方自负未获钟期之知，乃于友笥得杨升庵夫人词读之，旨趣闲雅，风致翩翩，填词用韵，天然合律，予为之左逊焉。夫以升庵之通博，著述甲士林，而又得贤媛，才艺冠女班，何修而臻此？乃升庵公刑于之化与！因深愧夫余妇之憨蛮。梓而行之，并愧夫海内之妇之憨蛮者。天水徐渭文长氏述。（《饮虹簃所刻曲》本《杨夫人乐府》）

杨夫人乐府词余引 （明）杨禹声

升庵公夫人旧有"雁飞曾不到衡阳"一律，及"积雨酿轻寒"一调，脍炙人口，余盖童而窃闻之矣。今年夏，过年家兄苏门伯子，为言："夫人才情甚富，不让易安、淑真，其诗稿逸不存，存者唯词余五卷，皆□其太史远戍，写其幽怀怨致，盖三百篇中旨也。惜元无刻本，仅得之手录，藏之帐中十五年矣，盍谋而梓之，以公诸赏音者。"因出以相示，则已半为蠹蚀，乃更为缉茸，缮写成帙，付之剞劂氏。然中有脱略，有疑误，则都仍旧贯，以俟博雅君子，徐考订焉，不敢以臆参补，贻续貂之诮也。余因感古今宝物，隐见有时，丰城之剑，不遇张华，孰起龙光于尘土！夫人篇什，云蒸霞烂，至今几百年，始得流播人世，则兹刻未必非彤管家功臣也。□抱疴长干里，未及丐学士长者为之□始，识其略于简端。万历戊申中秋，古丹阳郡人杨禹声题。（《饮虹簃所刻曲》本《杨夫人乐府》）

玲珑倡和

　　《玲珑倡和》一卷，为杨慎与友人倡和之散曲集。相与倡和者有顾应祥、张寰、李丙、杨惇、杨恺、李钧、李一元等人，散曲名"七犯玲珑"，故有此书名。该书今传明嘉靖年间刻本、《升庵杂著》本、《杨升庵夫妇散曲》本、《饮虹簃所刻曲》本等。

续修四库全书总目提要一则　　佚名

《玲珑唱和》一卷明嘉靖刊本

　　按此本首载杨慎《七犯玲珑词》四首，次为顾箐溪、张石川、李丙等和词。其张石川词有序云：社长箐溪司寇顷以中丞再起抚滇，为升庵先生构广心楼于旅次，先生《七犯玲珑》四阕索余和之。著嘉靖癸丑，知慎词及诸人和词皆为广心楼而作。次又载慎《七犯玲珑》四首，后为慎弟惇、恺和词，又李钧、李一元和词，又刘大昌和词。慎词有自序云：湖州南坦刘公、箐溪顾公、石川张公、半溪李公，因木泾周公来滇，和余广心楼词四首，率尔口占以谢。惜往日悲回风，感知音，怀良友，不知老泪之横集也云云。知慎此作仍续前词。其首作四阕，《陶情乐府拾遗》已载之。次作四阕，则未录。疑慎词作不同时，故未及收也。此本卷后又附刻《画眉序》"花月可怜宵"一套，乃请正于慎者。末署"小子棣顿首顿首具"①，不知为何人，疑此本即此人所刊矣。（《续修四库全书总目提要》）

---

① 子，原作"字"，据明嘉靖年间刻本《玲珑倡和》改。

中卷　别集文论之属

259

历代史略词话

《历代史略词话》二卷，又名"史略词话""历代史略十段锦词话""廿一史词话"等。词话为元明时期一种说唱艺术形式，有讲史、故事等类别。此书属讲史类词话，为读史启蒙而作。全书分十段，第一段"总说"，二至十段，分别为三代、秦汉、三分两晋、南北史、五胡、隋唐、五代、宋辽金夏、元。内容既记史事，又评人物。文本则以诗词、散韵文结合而成。该书在明末清代流传颇广，有《陈眉公正廿一史弹词》，程仲秩《历代史略十段锦词话旁注》，李清、宫伟镠《史略词话正误》，王起隆《重刊增定二十一史弹词》，张仲璜注本《廿一史弹词注》（十卷），孙德威注本《廿一史弹辑注》（十卷），《历代史略词话览要》等，又有续作《明史弹词》《二十五史弹词》，改编为《二十一史弹词演义》等。

杨升庵先生廿一史弹词叙 　（明）陈继儒

予得之蜀人士，传先生少时善琵琶，每自为新声度之。及第后，犹于暑月夜，绾两角髻，着单纱半臂，背负琵琶，共二三骚人，携尊酒，席地坐西长安街上，酒酣和歌，撮拨到晓。适李阁老早朝过之，听其声异常流，令人往讯，则云杨公子修撰也。李因下车，杨举卮饮李曰：朝期尚早，愿为先生更弹。弹罢而火城将熄，李先入朝，杨亦随着朝衣而行。朝退进阁，揖李先生及其尊人，李笑谓先生曰：公子韵度，自足千古，何必躬亲丝竹，乃擅风华。自是长安一片月，绝不闻先生琵琶声矣。后有《十段锦》出，可歌可弦，亦迦叶之定中起舞也。然亦不概见，故复吾张君为梓以传。华亭陈继儒。（明刻本《陈眉公正廿一史弹词》卷首）

杨用修史略词话序　　（明）宋凤翔

世传用修戍滇南，常傅胡粉，支发为两角髻，行歌滇市中。余窃疑之，谓贤达何放废如是。及得董昭侯评刻用修《史略词话》，喟然叹曰：用修行吟自废，岂无意欤？夫世之删史者，不过节约其文与事，备劝戒便观览而已。用修不然，先之以声歌，继之以序说，杂以里语街谈，隐括参差，自然成韵，似正似谐，似俗似雅，似近似远，其意岂徒以自广已哉！盖痛古今之须臾，悲死生之倏忽，而横目之民，悠悠以难悟也。故为曼声以送之，使言者足以感，闻者足以思，殆怀屈子沉湘之志，而复能自脱于庄列达生之旨，不失其正，而亦不伤其生者乎！夫用修以元辅子擢制策首，其一时宠遇，岂不盛哉！及一朝遣戍，终老南裔，无望赐环。彼聪明才悟，殆有过人者也，见夫菀枯华落，倏忽不恒，陵谷变迁，转眼无定，不以此一死生，齐物化，而徒怨叹感愤，以怼君父而夭其生，则已愚矣。故托往事，藏来者，短咏长歌，傀儡千古，被发行吟以自全，而不以为耻。嗟夫！世何常，语亦何常，谈言解纷，利在微中。世有奸雄，怀祸乱而不悔，如火之焚原烈泽，不可向迩。一旦庸夫孺子巷陌之谣，片言入耳，向日凶焰，辄烟销灰冷，不待黄泉而气息已尽，何哉？诚有以动其心也。凡人暗于自见，未有不明于见人。今观用修所述，累累万余言，上自鸿庬，下迄胜邑，其间皇帝王伯、忠孝贤圣之驱驰，乱臣贼子之纵横，戎狄盗贼之生灭，靡不兼总条贯，其词可丝可竹，可语可哭。至于重复悲慨，凄其断绝，令人一而叹，再而悔。如雍门之哦，一座人皆泣；如越石之啸，羌胡皆涕泗沾衣，投戈北去，而不自知其哀痛之何从也。是真所谓情深于骚，而用广于骚者欤！时初夏，余方昼卧北窗下，听黄鹂歌金缕，忽忽睡去。梦身至尧、禹所，左右臂化为皋、夔、共、驩，转属迁换，下至莽、操、懿、温，尿溺转化，与同作贼。旋复剖心出视，变为祢衡诸烈士，又变作庭前舞马，殿下孙供奉，兴兵仗剑，搥鼓掀衣，杀贼骂贼。城郭山川，罔不遍历，侯王将相，东讨西征，屠戮诛夷，生死死生，不可胜数。旋及爪发毛毫，反复变化，觉帝王圣贤所为甚苦，欲且暮解脱，不可即得。又觉莽、操、懿、温亦无乐境，刀锯焚炙，无有苦恼。俯仰北邙，高坟卑冢，白骨枯骸，皆身受享，所过不复悲忆。辄复歌曰：将军战马今何在，野草闲花满地愁。忽然惊寤，则儿子鼎持此词话歌且读于旁也。推枕而起，黄鹂在树，花影当庭，拭眼悲悔，谓声尘不净，耳受乃为身受，梦作即同真作。因叹黄粱一梦，果不欺人，鼠肝虫臂，俱为蝶化，慨然有赤松、安期之想。噫！用修、昭侯，留心世教，两俱千古，岂浅鲜哉！夫作者之志，述者明之，用修此书，微文隐义，讽议谕词，而字挟风霜，调铿金石，不有昭侯拈出，世且有以俳优弃之矣。素王素臣，何独春秋左氏也邪？人生若朝露将晞，古今三百二十七万八千余年，亦刹那间事，但圣贤豪杰于梦中得好光景耳。若汉唐宋来，乱臣贼子，朋党交倾，正如迷人梦入恶境，颠倒呻吟，不能自醒。昔用修既放，一时诸臣多贵盛者，尔时君臣相得，不啻鱼水。然其贤者既忧馋畏讥，不肖者旋被褫斥，甚而藁街为勍，名在丹书，凄凉千载。悲夫！贤愚共尽，黄土悠悠，以视用修，傅粉悲歌，渔樵唱和，犹赢得一场清梦也。世有知者，庶几不昧予言。辛酉初夏，古吴宋凤翔羽皇甫睡起书于江滨之爽阁。（清刻本《历代史略词话览要》卷首）

廿一史弹词序　　(明) 陈素

用修一代史才赋手，以争大礼，投荒皓首，得专精讨搜，为昭代博雅领袖。《年谱》载其生平著述凡一百零九种，未尝见有此《廿一史弹词》也。然讽此弹词，约而能赅，俚而弥雅，妙析奇致，情文互生，非用修决不办此。而后知才人手笔，荒裔流离，其湮沉遗佚为《广陵散》者固多矣。邯郸生从磁枕入梦，五六十年，升沉荣辱，将相功名，迨欠伸睡觉，黄粱犹然未熟。游仙境者，留处无多岁月，归辄见其数世子孙。彼自洪荒迄胜国，为年岁日月不知其几，以其史考之，就中礼乐文章，金戈铁马，蜂营蚁阵，蛙鼓蚊雷，变幻离奇，不可胜述。用修先有成书胸中，奋笔一写出之，不啻邯郸枕上，梦醒俄顷，世上千年，山中七日者。嗟乎！彼皇帝王霸，舞羽修矛，正统偏隅，强吞弱并，固皆绝世之英雄，装场演出者也。曾时代之几何，而离离碧草，悠悠苍天，今安在哉？前浪未平，已催后浪，郭郎可笑，鲍老逾痴。觑到结果收梢，尽是精干扯淡，直令人成然寐，蘧然觉，莽气俱降，雄心顿尽，有檀槽声歇，拍板歌停，怆乎动归根复命之思焉。著述到此，信乎巷语街谈可入，嘻笑怒骂都成，眼前一切，毕供驱使。宁浅宁俗，而必不许一语不灵，一字不肖。至矣奇矣，蔑有及矣。间有世次事实，笔端遗漏，我友季延王子为补苴之，遂成完美。旧维扬董昭侯刻本，载有宋羽皇氏一序，备极感慨淋漓，冠之篇端，尤于用修雅称。为捐薄俸再梓，广其流传。梓成，偕季延浮大白，哦数阕，恍然我两人揖用修对面而膝之前于席也。季延沉酣读史，有《王子尚论》廿卷，尚藏笥未行云。崇祯辛巳花朝，桐川陈素上仪题。

重刊增定廿一史弹词叙　　(明) 王起隆

吾儒一事不知以为深耻，况历代废兴存亡，可劝惩鉴戒事，详载廿一史中，而可有不知乎？乃廿一史之难通，则固久矣。非畏其多而难通也，正因历代有正统，又有僭闰，离离合合，绝绝续续，世次之丝棼，头绪之发乱，猝未易寻见把握，故难通也。忆舞象时，读顾回澜《捷录》，以为甚便，但叙致惟正统无僭闰。如春秋战国，如前五代之五胡，十六国之索头魏，之高齐，之宇文周等国，后五代之杨吴，之孟蜀，之王闽，之马楚，之钱吴越，之刘南汉北汉，之高荆南，之李南唐等国，宋时天下分裂，之辽、之西辽、之西夏、之金、之元等国，其主之贤不肖，概存不论。捷则捷矣，录未为全也。尝思撮廿一史之纲要，隐括铺扬之成一书，使至简出于至繁，至乱底于至醒，一不有遗，而寓目了了，若开关启钥然，则至快矣，而蓄之多年，卒未易措语。先哲博通古今者，琼山丘、弇州王、盐官郑诸公亦夥矣，岂不廿一史熟烂胸中，卒无有能为此妙法门者？则信乎廿一史之难通，非熟烂以入之难，直淹贯以出之难也。此杨用修弹词，叶不过七十，言不满三万，而隐括铺扬历代废兴存亡，自洪荒迄胜国，几万千百余年事，菀枯倏忽，荣落须臾，宛如身经事，目前事。其主之贤不肖，又宛如神情对面，须眉活动，淋漓描写，遗肖逼真。使人读书不禁听然而笑，诧为奇特。觉道世间有廿一史，便合下当有此书。大似噫气之怒号，而刁调成韵；秋声之蓦至，而金铁皆鸣。自然而然，亦莫知其然而然，特借用修之绣口锦心以出之，而他人有心余忖度之，妙不容说矣。名曰弹词，洵可弹也，一弹当使人叹，再弹当使人忾，三弹当使人起舞悲歌，泣下沾襟而不能自止。其声调之凄惋，固可使十七八女郎弹之；其音节之悲壮，亦可使铜琵琶、铁绰板、丈二将军弹之。用修真不愧状元才子也。天骥行空，凡马有能追后尘者哉？间有疏漏，如周厉之迄宣王，中遗共和；汉安之迄汉顺，中遗北乡侯；汉平之迄王莽，中遗孺子婴；晋明之迄晋康，中遗成帝；刘曜之接刘聪，中遗刘粲；苻坚之承苻健，中遗苻生；蜀汉之阙刘璋，萧梁之遗萧督。若此之类，俱出用修之纵笔疾书，霈然而来，不无脱略，政不妨奇特。并大忠大孝可喜可愕事十之二三，缺失表章，终为遗憾。因细为增定，期于针锋不漏，血脉贯穿。携之游笈中，遇有饱闷不适，则出读之，心绪作恶，则出读之，或醉后耳热乌乌，身不能弹，则长声哦之，手如意敲唾壶为节，十数年于兹。窃哀天下之生久矣，一治一乱，古今循环，图霸谋王，胥归泡幻。饮食讼而师起，云雷屯以经纶，单剩得龙战玄黄，几点残鳞败甲，供后来人吊古悲歌，歔欷感慨。偏此草野书生，不得握《春秋》知罪之权，当马班编撰之任者，无限壮心，低徊难释。恨无中山千斛，消豁此郁垒愁城，使八识田中，一无挂碍而已。友人陈上仪一日睹之，目予曰：是可为君家读史尚论先驱，幸无效中郎秘《论衡》，请公之嘉惠初学。遂更相商订，付诸杀青。语云：往事之不忘，今事之师也。愿读者作全部廿一史观之，惩鉴戒观，无因弹词两字与用修他风骚等撰述一例小视之也。时崇祯庚辰，秀水王起隆题。

廿一史弹词序　　（明）朱茂时

杨光禄用修初及第时，燕市月高，拨弄秦汉子。泊成金马、碧鸡，傅粉度曲。夫公争大礼名臣，弦索自娱，岂效桓谭繁声，有怡愉天颜意。公淹该又为一代标首，远乘亭障，被发狂歌，不欲赋怀沙、鹏鸟以自戕也。至所作《廿一史弹词》，则因其游戏而著，此为读史者指南焉。盖人未读史，患在不博；既读史，患又在博。故正统偏隅，传世历年，已事丝棼，猝然而问，虽华颠巨儒，不能遽对。涑水、紫阳、遂宁易纪传为编年，披阅了然矣。用修又易编年为弹词，不更眼快乎？春秋二百四十二年，《左氏传》至十九万言。黄帝迄汉武三千余年，《史记》至七十万言。孟坚《汉书》十二帝间二百三十年，至一百万言。今用修取迁、固以后，宋濂、王袆以前诸良史汗牛之书，缩为一册，而又宛如画笔，形神毕具。李峒崰云：古史文约而意完，非故省之，言之妙耳。其弹词之谓乎？且声调凄惋，有时壮烈，若复和以小弦大弦，嘈嘈切切，檀槽之侧，情何可支？雍门子之谒田文也，曰：千秋万岁后，高台既已倾，曲池又已平，坟墓生荆棘，牧竖游其上，行人见之，谓孟尝君之尊贵，如何成此乎？于是名震诸侯，招致任侠奸人，身系齐秦，雄雌者为泪下承睫。弹词出，知盖世英豪皆短气矣。但用修率意遣辞，不

无脱略。即举卯金一代言之，孺子婴禅位新室，不当遗北乡侯定策阉
显，致十九人得扶立所废。自是以后，权归阉尹，不当遗刘璋以益州降
昭烈，俾炉火不灭四十余年，又不当遗王子季延弥缝其阙，自不可少。
温公著《通鉴举要历》，胡文定为补遗，其文遂备。读弹词而正闰人物
粲然具举，王子羽翼之功，洵足多也。王子贯穿群籍，著述甚富，齿宿
意新，为余耐久朋。是书崇祯辛巳岁桐川陈君上仪谋镌不果，久藏箧
中，近始贻余，而王子遂捐馆。余惜其补苴遗轶，一段光采，不忍令堙
没也，爰缀弁言，付诸剞劂。旧有自序及眉公、羽皇、上仪三序，并存
之。秀水朱茂时葵石题。（以上明天启年间刻本《重刊增定廿一史弹
词》卷首）

史略词话正误序　　（清）李清

　　予以甲辰早春，忽感重疾，呻吟半载，它书皆不能读，独取杨升庵
《史略词话》为陈方伯惟直校定者，朗吟悲歌，聊自娱，还自伤已。念
笥内尚贮闽本，命取而覆观，则此本所删冗句，颇简洁可喜。然诸国兴
废提纲与词话中胪列事实，或承上或起下，亦有不应删而过删者。适檇
李一门人以古禾王君起隆新本见寄，少所正，多所益，亦佳本也。因偃
卧一榻，出此三本，日听两僮子王逊、吴金对读。读已，乃呼儿积执
笔，代予复补数则，且汰繁易俗正舛，几费研筹。而予友宫紫阳又能出
其同心卓见，匡我不逮，是本得此，其为完璧乎！予生平最喜读书，手
不释卷，而自念不起，犹日把是本，拳拳不能已。噫，亦大愚矣。后人
见此，其怜我心。时五月之夏至日也。此书虽云娱俗，然与田父村姑弹
唱为娱，究竟谁解者？予考之蜀本，间易俚鄙为典雅，殊觉可爱，故出
是本，依蜀本改正之，未妥者亦僭改二一，然其愈俗愈妙处，则不可
改。清识。（清康熙年间刻本《杨升庵史略词话》卷首）

杨升庵史略词话跋　　（清）孙全邵

　　壬午岁，余馆郡城颜氏，偶过李端一斋中，见其先人映碧公所刻杨
升庵先生《史略词话》一册，翻读数过，其补订精密，正讹析伪，实
足补原书所未逮。夫以历代兴亡之陈迹，托为街谈巷议之俚词，俾樵夫

牧竖亦得取是词而高唱之，真可谓雅俗共赏者也。余时向端一索借原板，拟刷印行世，奈尘封蠹蚀，残缺殆半，映碧公跋语亦复无存。端一因持公旧稿付余，并嘱补刻，以公同好。爰出馆谷，急付梓人，悉为修补如旧，以不没升庵先生作书之始志，并与李公删订是书之微意也，庸是略记数语于简端。高邮后学孙全邵谨跋。

杨升庵史略词话序　　（明）阴武卿

六经中，《春秋》者，编年之史也；《书》者，记言之史也，昭如日星。吾夫子删《诗》三百篇，垂世立教，岂非以咏叹声歌，于移风易俗为尤易耶？自世衰道微，风雅不振，人心日入于淫邪，俚词艳曲，杂然并兴，饰无为有，假事乱真，纰谬诬妄甚矣。揆厥所由，皆缘世人鲜学，不通今古，无以知其舛而析其伪也。然二十一史辞旨奥博，简帙繁多，白首青灯，有读未能竟之叹，乃欲家喻而户晓之，难矣。吾乡杨升庵先生，本以天才博综经籍，尤精于史，辑为《十段锦》一书，上下古今，自盘古迄于胡元。凡礼制之沿革，年号之变更，国家之成败，兴王亡主之贤愚，忠良奸谀之功罪，犁然如指诸掌。且抑其高古，俯就俚调，使贩夫田父、樵童牧叟，皆欣欣而喜听之。恬吻愉心，化瞽为明，移聋为聪，得免于面墙。彼矫枉不经之说，无以夺其实而售其欺，其用意亦勤矣哉！盖正史谨严，譬之姜桂，列之上品，未易可口，盖坟典之流也。《十段锦》易晓，譬之食蜜，中边皆甜，盖歌谣之流也。近世学者多以艰深文其浅近，先生独以浅近发其该博。噫！睹此书亦足以知先生之苦心矣。世之学者，亟采下带之言，用藉稽古之益，虽在千百年以后，不可一日无此书也。乃僭为序诸首简。内江月溪阴武卿撰。

补订杨升庵史略词话序　　（清）丘钟仁

夫灵均之《离骚》近于诞矣，而晦庵乃为之注；子长之《史记》近于谤矣，而伯恭酷好之。灵均虽贤，子长虽才，岂若晦庵、伯恭之为醇儒哉？况其言又不能无疵纇，而顾为晦庵、伯恭之所取者，我知其必有所为，而后之人未必能知其说也。近代文人若升庵杨氏，虽高才博学，尝考其生平，其亦灵均、子长之流亚欤？所撰《十段锦词话》，乃在放谪之日，邑郁不自得，摭往古史传之略，编为弹词，以供好事者传述。大抵言兴亡欻忽，贤愚同尽，皇帝王霸之业不足当其一瞬。其言近于达观，凡以发摅其块磊不平之气。然而轻世肆志，非薄君相之心，亦或不免焉。昭阳映碧李先生，间者有霜露之疾，因取是书自娱，重加编辑，补其缺略，遂成善本。以愚观之，升庵身际熙明之运，君其君，友其友，虽以朝议不合，重遭窜逐，然其遇之不幸，止于一身，非有关于天下安危、社稷存亡之大故也。揆诸人臣之义，似当引罪自责，睠念阙廷，冀君德之精明，祝君身之强固。今乃为猖狂放达之言，甚至傅粉角髻，行歌市中，是彰朝廷弃贤之失也。恻怛爱君之意，其然乎？其不然乎？然则先生顾有取其言而为补订之者，何也？先生之时，非升庵之时也。升庵之不幸，止于一身；而先生今日之不幸，不止于一身。往者先生居谏垣，亦尝以言事被谪，此与升庵事何异？而先生此时，不闻其有取于升庵之《词话》。盖如升庵，则不当为猖狂放达之言，而可以为猖狂放达之言者，其先生今日与？夫是以悲极而病，病而或笑或哭，则命奚奴傍药炉，取是词高唱之，以自止其笑且哭者。不知者亦以先生为狂，而知者则以为此柴桑之醉、西台之恸也。然则先生之心，岂升庵之心哉？余故表而出之，不欲先生如晦庵、伯恭之好古，而其心终未白于后之君子也。玉峰一岩丘钟仁拜题。

补订史略词话叙　　(清)陆廷抡

魏武云：老而好学，惟吾与袁伯业耳。则甚矣，老而好学之难也。廷尉李公，研精竹素，年已逾耆，手不停披。甲辰岁，婴重疾，仍日取升庵杨先生《史略》，从床第间补订之，此其好学何如哉！今之人端居暇豫，不肯窥经史一字，何况疾病，后生小子皆束书不观，游谈无根，无论耆艾，以是知公殆非今之人也。虽然，先朝传世近三百载，荐绅学士无虑百千数，而博物如杨先生者，渺然不多见，则又何咎今人哉？读全史而能为此书者，前则升庵；读此书而能补订其纰漏者，后则李公。绝无仅有，如晦日晨星，寥寥相望，而公又成于呻吟偃息之中，视昔人所谓老而好学者，则又难之难矣。或曰：是不然。公自里居后，下帷阅史无虚岁，并无虚月。自两汉、六朝以迄宋、辽、金、元之芜文冗史，靡不手自丹黄，至于四五而不厌。区区是书，胡云难？或又曰：公于书史如嗜欲，校之正之，譬之醒者之得酒，而渴者之得饮，胡云难？或又曰：公虽抱疾，每一开卷，体平而神王，而于是书尤爱而玩之。论者谓公殆以杨氏为卢医，史篇为药石焉。未几而公果霍然起矣。夫枚乘之赋可以已疾，陈琳之文足以愈病。昔闻其语，今见其事，则含焉咀焉，固其宜也。胡云难？陆子不能答，已而叹曰：语云：我之所易，人之所难；人之所难，我之所易。其李公之谓乎？会海陵紫阳宫先生垂老好学，亦与公同，互相雠订，遂以《史略》付梓。爰次其语，僭书简首以为叙，非徒慨世，将以自警，兼自勖云尔。同邑后学陆廷抡谨题。（以上清初刻本《杨升庵史略词话》卷首）

史略序　　（明）刘光霆

史书之作，不知凡几。博者浩衍汗漫，殚岁月而不能窥其全，牙签累累，徒束邺架；略者删繁归要，非不便于颂读，然务为简约，未勉遗漏。惟用修先生《史略》一书，演之以辞话，杂之以方言，运之以风雅，赓之以声歌，将古今盛衰、君臣贤愚，一一描写，无不曲尽其妙，令人触目间，而上自羲轩，下逮宋元，了了毕现，真令闹者读之而□，俗者读之而韵，倦者读之而振，眊者读之而□。一代之奇史，而度世之津筏也。呜呼！作史固难，作史而以话言笑歌出之尤难。人谓先生戍滇南时，傅粉双髻，行吟于市，则《史略》之作，其亦有公悲愤而然欤？予曰：屈子因放逐而作骚，虞卿以穷愁而著书，自古文人未有不假声歌以写其牢骚。矧先生以元辅之子，才名魁天下，于今古治乱之事，岂肯听其付之寒烟蔓草乎？向使先生得卒官木天，尽石渠天禄之书而读之，则先生之名，当与司马子长并垂千古。乃竟以谪戍而卒，予于先生有深悲矣。忆予燥报时，偶从友人案头读先生《史略》，不胜击节。今春以访戴入长安，复于刘晋卿先生几上得此书而读之，叹赏之杯，无异幼时。乃手录口诵，几废寝食。旅邸无事，间为评订，以付剞劂。极知僭逾，无所逃罪。顾读史君子，其以狂瞽宥之。崇祯戊寅年中秋日，龙泾居士刘光霆书于燕都旅舍。（中国国家图书馆藏清末民国间抄本《历代史略词话全集》卷首）

史略十段锦旁注叙　　（明）吴之俊

　　吾姻亲程仲秩光禄，闳览君子也，以故于用修太史心乡往之。藉使古时，即桓谭之于子云奚让？顷取其所为《十段锦》者梓之，而恐人心未尽知也，又从而旁注之。一展卷而历代兴亡瞭然在目，犁然指掌矣。于是函而相寄，俾余叙焉。余惟用修先生本以石渠天禄之才，老于瘴雨蛮烟之地，生平纂述，指不胜屈，而出其绪余为是编，犹思纬词条，淹通丰蔚，不晦不俚，非浅非深，语当行，言合拍，精华烂熳，丝理秩然，名之曰锦，岂其得之必濯之水耶？盖先生固濯锦江边人耳。夫自十七史具，而司马合之《通鉴》，朱考亭出，《纲目》胥是焉资。加以宋辽金元，号廿一史，而繁芜庞杂，尚未有芟截而会通之者。乃先生独出之笑谈挥洒之中，虽谓之小廿一史可也，而况申以仲秩之注乎？盖先生于史，才为巨擘，见己一斑，而仲秩于太史为忠臣，发无余蕴矣。

朱批旁注廿一史弹词题记　　（清）李遵三

　　《廿一史》一书，固人所不可不知也，无如篇帙浩繁，头绪丛杂，愿学者不禁望洋而叹。升庵先生负经纬之才，徙烟瘴之地，于吟风弄月之余，酒酣耳热之际，炼铁成精，缩寻为寸。上自洪蒙，下迄元季，择精语详，撮其枢要，引商刻羽，谱作新词。新都程子，又为旁注。故书不盈寸，已上下千古矣。无论老师宿儒，便于记忆，即新英后学，尽识古今，其有功于史学，岂不伟哉？芥子园主人李遵三谨识。（以上明刊清修朱墨套印本《历代史略十段锦词话旁注》卷首）

历代史略词话览要跋　　（清）谢兰生

　　右升庵先生《史略词话》，己丑冬闻之友人倪德舆，转借于江氏友得观焉。坊间少流传，岂以其俗耶？恐雅人之未易晓也！升庵被谪佯狂，行歌滇南街市，一部十九史轻轻说尽，藉以唤醒凡庸。夫人之愦愦于史多矣，孰如此嬉笑怒骂，信手成论，将万古君臣事业，若晰指掌

哉！大抵感叹为多，语无拣择，又以明图王定霸，转盼成空，英雄豪杰，总归乌有，如是而已。（清刻本《历代史略词话览要》卷末）

杨用修先生二十一史弹词弁言　　（清）王度

张子汉昭博极群书，尤精史学。间尝游戏笔墨，取杨升庵先生所著《弹词》者而笺注之，补缀之。夫《弹词》之作，盖升庵先生迁谪滇南，投荒万里，岑寂无聊，辑前代史册，作为歌词，比于四弦，以便里巷小夫、闺房妇女之观听也。若张子之笺补，则缀拾二十一史之精要，如春秋、战国、晋十六国、唐之藩镇、五季之十国，皆一一详究其始末，使学者阅之，洞若观火，较如列眉。此释氏所云芥子纳须弥，画家缩木尺幅中而有万里势也。岂惟小夫妇女之观听哉？虽以为学士大夫之指南可已。庚寅四月上浣，友生樗园王度题于娄东之古香书屋。

杨用修先生二十一史弹词小序　　（清）张诗

以升庵之才而为弹词，非无意也。彼见天下读书缀文之士，且不知自有天地以来，何以至于今，而况愚夫愚妇，欲使天下愚夫愚妇无不知自有天地以来至于今之何若也，非弹词不可。汉昭之注弹词，其意亦犹是耳。然升庵仅举其宏纲而联贯之，无论愚夫愚妇听之有所未晓，恐读书缀文者阅之亦得其概，不得其详也。汉昭为之著其本末，标其世次，明其修短，与夫治乱存亡得失之关，隐括于数语之中，不唯有功于愚夫愚妇，其有功于读书缀文之士，及有功于升庵不小也。则弹词也，其书与天地相敝矣。庚寅仲夏，宗弟诗原雅书于迎月楼。

杨用修先生二十一史弹词序　　（清）张觐光

余自髫龀时，先君子即望以博闻多识，每诏余曰：千古治乱得失之故，胥在二十一史，不读史，面墙立耳。时方习举子业，程课之余，请事史学，博而游焉，综其巨细而贯串焉。如是者久之。往往与二三知己商榷古今，酒酣耳热，喜谈史传中事，若何而治，若何而乱，如此则得，如彼则失，略能举其所以然。顾卷帙浩博，原委纷纭。文信国言一部十七史从何处说起，矧二十一史乎？求其隐括简便，视诸掌上，诚戛戛乎难之。客秋，友人示以杨用修先生《二十一史弹词》，恐观者未得其解，属余笺释。余以为其体近于游戏，其辞杂以鄙俚，或类瞽师盲姬之所习，意弗屑也。及一再读之，见其叙事简要，音韵激越，上自盘古，下逮元季，治乱得失之情状，如聚米为山，使人一览便悉，殆于二十一史含其英而咀其华矣。向之所期隐括简便，视诸掌上者，其在斯乎？遂不辞为之注。始于去冬，迄今夏告竣，颇谓踌躇满志，他日流传渐广，不唯农工商贾、闺媛童蒙不知史册为何物者，俱可问津，即士君子读史有素，或涉焉而未洽，或历久而易忘，虽无所用余注，而读先生之弹词，如逢故人，亦触目提撕之一助也。是则余之意也夫。时康熙岁次己丑菊月上浣，张觐光书于北田之诗境山房。（以上清绵庆堂钞本《杨用修先生二十一史弹词》卷首）

廿一史弹词注稿题记　　（清）孙德威

司马温公自言，修《通鉴》成，惟王胜之借一读，他人读未尽一纸，已久伸思睡。余注此书，实自思庵发之，能读者亦无几人，况《通鉴》二百九十四卷之多耶。观河生记。（《群碧楼善本书录》卷五）

廿一史弹词辑注序　　（清）严虞惇

孙子畏侯于书无所不读，而尤长于史，横竖钩贯，爬梳摘抉，成书凡若干卷。以其余绪补注《二十一史弹词》。《弹词》者，杨升庵先生酒酣以往，淋漓放笔之作也。代标数事，事标数言，庾词琐语，驰骋间错，通人读之，有茫然不知其所从出者。孙子曰：此先生游戏之文章，亦读史者隐括之学也。于是荟萃诸史，旁采小说，原原本本，实事求是，略者详之，微者显之，讹者正之，阙者补之。一展卷而古今兴亡之大略，历代正闰之统系，无弗晰也，无弗贯也。韪矣哉，可以陋毗陵之《左编》，而掩娄东之《史约》矣。相传升庵先生官翰林时，每趋朝尚早，坐棋盘街，携胡琴曼声高歌，一弹再鼓，旁若无人，可想见承平公子风流跌宕之慨。岂知二百年后，一老书生穿穴故纸，疏通而证明之。

盖先生以文为戏，而孙子则以文立制，其趣不同，其功于史学则一也。吾虞钱、冯之学，至今而不绝如线，孙子，钱之自出，而尝亲炙于定翁，高材博学，诗文皆清丽可诵，世有问虞山之学者，必以孙子为归，而此编特其一斑耳。康熙辛巳夏六月，同学弟严虞惇序于京师旅舍。

（清康熙四十年刻本《二十一史弹词辑注》卷首）

廿一史弹词注序　　（清）张三异

文体之有正变，谓非时遇之顺逆使然乎？何以明其然哉？时际休隆，珥笔纂述，则即以胸中瑰玮发为文章，彤管流徽，赓扬盛事，此遇之顺而文之正也。不幸而为孤臣孽子，忧谗畏讥，或招沉湘，或悲赋鹏，致寄慨于虫鱼，因寓情于草木，其遇则逆，其文则变，所固然也。然遇有顺逆，文有正变，而皆以不外劝惩扶正人心者，乃足歌咏于不衰。余居恒披史，每思数十家之浩繁，读者猝难竟业，思得一指南捷诀，俾羲轩而下，元明以上，条分缕析，言约旨该，观者瞭如指掌，诵者洋洋盈耳，于以引掖儿辈，秘之家塾，卒戛戛乎难之。乃偶于书肆断简中，得用修杨先生《廿一史弹词》，而窃叹先生之先获我心也。先生以元辅令嗣，举制科大元，为天下第一闻人，不幸以议大礼放废。著书一百零九种，见行海内，而《弹词》一书，胡未之载？或曰：此先生不得志于时之所为也。零裁云锦，碎剪冰纹，恐类诙谐，涉嘲谑，故秘而不传，未可知也。予曰不然，文体虽变，而大义不渝。即如《虞书》府事，尝著功于九歌；《毛诗》三百，皆不离乎风雅。况先生博综记载，隐括微言，褒贬一法《春秋》，而不必有知罪之惧；论列无殊班马，而不必操著作之权。故变幻参差，纵横绝续，止借里谣巷咏，以抒其吊古谈今之怀。意不主于诙谐，而实藉以提撕告诫；语非取于嘲谑，而有裨于群怨兴观。其声可供丝竹，而其义可作箴铭。其讴吟悲慨，可醒愚妇愚夫，而禾黍流连，亦可悟贤君贤相。歆歔往古，接引将来。先生虽不显居其名，而其功岂遂出全史下哉？倘后之读史者不为昭揭，而使珠玉沉埋，谓非表章者之责乎？幸秀水诸公什袭家笥，用光剞劂，庶不负作者苦心，并可为读史者之津梁矣。独是先生以旷世逸才，擅一代著作手，极往古来今兴亡治乱之推迁，以及正闰僭窃之升沉。数十百家，言人人殊，而先生按节谐声，引商刻羽，出之一唱三叹，寓至微于至显之中，藏至奇于至平之内，是非全史博通，五车淹贯，能窥此乎？

第恐初学涉猎未周，达此失彼，将先生为劝为惩，扶正人心之意，把卷茫然欲卧者矣。爰命璜儿一一详为注释，务使事实可稽，义蕴昭晰，历寒暑数易稿，而书始成。虽全史蕴藉未易表著，而属词比事，先生之苦心庶几若睹矣。嗣有知者，谓先生约众史之班驳，为便览之新声，俾读者事半功倍，以为扶诱之功臣可也。若谓揉全史之庄重，作艳绮之柔词，为涑水、鄱阳、毗陵诸公之罪人，则不可也。谓斯注释发明隐义，为古学片筏，作弹词演义可也。若谓援古引经，出处明晰，断章取义，序次井然，于劝惩大义，可为前贤后哲之功臣，则不敢也。而余因是窃有感矣。夫人生境遇顺逆，亦何尝之有？向使先生遇际其顺，亦不过为卿为相，泽被一时已耳，乌能感慨淋漓，低徊于万千年之变迁、百数十君之得失，浑括于三万言内，而唱叹无余，与龙门、涑水同其俯仰，可立言不朽也哉？然则先生之遇逆也，而未始不顺也；先生之文变也，而仍不失其正也。乌得以类恢谐，涉嘲谑，莫为之后，致有美弗彰乎？为是梓而行之，为之序，以公同好云。康熙甲寅长至月，汉阳张三异禹木题于西泠客舍。

弹词注序　（清）张仲璜

《弹词注》一书，余于甲寅秋侍先大夫于武林，受命所注，今付诸剞劂。有谓箧藏三十七年，忽授之梓者，何居？曰：不欲梓者，余之心；不能不梓者，余仰体先大夫之心也。先大夫于癸丑冬解组会稽，旅寓西湖，日手《弹词》一编，咏歌不辍。又以明代缺如，因综有明三百年事，续著弹词。顾谓余曰：杨先生放废滇南时，其胸中抑郁，一往忠君爱国之心无可寄，寄之歌词，一弹再鼓，隐寓夫劝惩来世、扶正人心之旨。予并续明词，俾无缺漏。惟是词意隐括，恐读者按词忘事，其于劝惩之旨，终觉展卷茫然。汝其综此两书，详注而急梓之，以公同好可耳。予闻命，跪而请曰：大人不以璜之不肖，命注《弹词》，敢不奉严命。然窃思之，古者圣作明述，有经必有传，有是书必有是书之笺注。但后儒学尚训诂，虽六经皆有注疏，每多失经之本旨。即如三传有功于《春秋》，而马融不能无异同之疑，合注有功于《左氏》，而杜预且引为一人之癖。古人著述之难类如此。况升庵《弹词》，揉全史为十段，采用宏博；大人续补明词，并驱不朽。倘搜罗未广，考核未详，遽登梨枣，贻笑通儒，非大人所以命璜之意也，敢请缓之。先子曰：然，古人十年而成一赋，注书岂厌详慎，汝其勉之。余唯唯而退。由是篝灯起稿，翻阅群书，根究事迹，悉其原委，历寒暑而注几成。可以梓矣而未遽梓者，不敢谓已得古人之旨也，故曰：不欲梓者，余之心也。嗣是归里，暇日犹数易稿，请正先大人。大人命匠计工，亟图授梓。缘辛酉以前，余事制举艺，未得全力搜讨，及于役梧江，匏系鸡肋，校雠无人，授梓之意终不果，而先子遂于辛未见背矣。徒跣奔旋，鸡骨支床，潦倒疾病，诸事俱废。迁延又十九载，今自顾须发霜盈，桑榆影逼，倘过此不能付梓成书，惧无以见先人于地下，而谓予能已于授梓乎？昔龙门马迁，继父谈书，不忘执手之泣；扶风班固，就父彪业，克成汉史之详。思廉表遗言而续梁陈二书，延寿终先志而撰南北二史。古人著书，堂构相承，比比然矣。余不才，去古人何啻天渊，而其不忍忘先人之心，与先人望予之心则一也。乃今阅三十七年，而始谋授梓，方以旷日滋戾，而犹敢逡巡乎哉！故曰不能不梓者，余仰体先大夫之心也。独是前后两书注成，授梓有期，其于阐发劝惩之旨，未知果能仰酬先志与否？而岁月迁移，先大夫不获目击校正，则抚编摩挲，是又余之滋戚也夫！康熙四十九年庚寅嘉平月，汉阳张仲璜别麓题。（以上清雍正五年张坦麟刻本《廿一史弹词注》卷首）

弹词注跋　　（清）张坦麟

先王父汲古嗜学，于书无所不读，尤邃于史。簿书之暇，手不停披。宦游所至，未尝不以全史自随。生平训子弟，必援据史传，举古忠臣孝子以为法。尝谓升庵先生《弹词》一书，言简义赅，其入人也深，其感人也易，一唱三叹，有遗音者矣。顾其书终于元末，间采明纪，续勒成编。犹恐读之者习其词而遗其事，聆其声而昧其义也，命先君子博采群书，合正续二编，细加注释，片言必揭其详，轶事必探其要。夫而后人人可读《弹词》，不啻人人与读全史矣。书成，藏弆家塾者三十年。先君子解组归里，检阅刊行，江汉人士珍赏同心，购求者如布帛菽粟焉。坦麟奉使两淮，重授之梓，敢云肯构，亦使先人津逮后学一片苦心，差共质于海内也。自惟钝拙，无似叨沾科名，通籍以来，过庭之训，尊闻行知，阙焉未逮，两世遗编，亦末由继述。而是书则幼而学之，凡忠臣之所以事其君，孝子之所以事其亲，与夫庙朝之上，闾巷之间，一切可歌可泣、可兴可观者，胥于是乎在。先人之言，主之久矣。

顷以菲材，辱圣天子知遇隆恩，不次擢用，委任皆繁剧及财赋重地。辨明而起，夜分而寐，束书不暇观览，而古今成败利钝，时隐隐心目间。即所以进思尽忠，退思补过，师先王父与先君子服官莅政之道于万一，以幸免于罪戾者，亦胥于此书是赖。刻成之日，展卷怃然，手泽如存。谨跋数语于卷末，以识不忘云。时雍正五年四月朔日，孙男坦麟敬书于维扬之茱萸湾舟次。（清雍正五年张坦麟刻本《廿一史弹词注》卷末）

全史弹词注跋 　（清）张任佐

昔杨先生作《廿一史弹词》，嘉惠来许，早脍炙人口。先曾大父读《明史》，复取三百年事迹作《弹词补》，不胫而走天下，与升庵并传，已历年所矣。行之久而版讹，先伯父大中丞公始行再刻，时在雍正丁未之夏。垂今又六十年，刷印繁多，字迹朦糊。欣逢圣天子稽古右文，备修《四库全书》，《弹词》十一卷，亦列采核之末，其裨益后学匪浅鲜也。因不惮病躯，竭绵力，载越寒暑，鸠工而覆刊之。非敢曰前人纂史立言之心藉以不朽，亦惟黾勉从事，以无陨先绪云尔。剞劂告竣，不禁怆然，谨跋诸简末。时乾隆五十一年丙午六月朔日，曾孙任佐敬书于视履堂。（清乾隆五十一年张任佐视履堂刻本《廿一史弹词注》卷首）

重刻二十二史弹词序 　（清）杨浚

古今来治乱成败、贤奸得失之故，莫备于史书。故有志之士，思欲上下千古，知人论世，则二十二史目览胸罗，惟恐其不尽也。然史书浩如渊海，览者难，记者尤难。即温公《通鉴目录》，掇采精要，犹未便于记诵，况全史乎？惟南荒乃放诞不羁，傅粉丫髻，遨游倡家，遇亦穷矣。而能于著述群书之外，游戏翰墨，藉古史之精英，佐闲情之歌唱，其体例创前古所无，不可谓非通俗之文章，史家之别调也。余流连是编，爱其词简事赅，甚便于初学吟讽，乃重锓梓，以广其传。世之有志读史者，宏览博闻，当不仅取资于是。而初学入门，诵其词以考其迹，数千年成败贤奸，自能了如指掌。以次取读全史，当更易易，则此书诚读史之捷径也夫。道光十二年岁次壬辰十二月，富平县杨浚谨序。（清道光十二年关中书院刻本《二十一史弹词注》附《明史弹词》卷首）

群碧楼善本书录一则　　　（清）邓邦述

《二十一史弹词注》十卷

四册，明杨慎撰，清孙德威注，稿本。前有康熙辛巳严虞惇序。有"德威""畏侯"两印。

司马温公自言，修《通鉴》成，惟王胜之借一读，他人读未尽一纸，已久伸思睡。余注此书，实自思庵发之，能读者亦无几人，况《通鉴》二百九十四卷之多耶。观河生记。

以长短句杂里言入文，始于《荀子·成相篇》之"请成相道圣王"诸节。升庵此作，教儿童为便，比之近时白话文似饶兴味，而确有雅正之别。孙观河注似未刊行，观末跋亦颇自负，盖非熟于史部诸书，未能贯穿如此也。他日当询虞山诸藏家曾见此刊本否。宣统己酉，群碧。（《群碧楼善本书录》卷五）

卷盫书跋一则　　叶景葵

廿一史弹词注

汉阳张氏稿本，残存《南北朝》一卷，《隋唐》一卷，《后五代》一卷。

此书为朱竹垞藏本，著于康熙中叶。杨升庵《廿一史弹词》，汉阳张三异命其子仲璜作注，刊于康熙四十九年。仲璜自序谓"翻阅群书，根究事迹，历寒暑而注几成，嗣是归里暇日，犹数易稿"云云。此本当系未定之初稿，与刻本不同。刻本详注方舆新旧沿革，而此本无之。所采史传事迹，详略各殊。升庵原文，亦间有更改之处。升庵原文，或系刻本更改，未见升庵原本，不敢臆定。卷中旁注眉批，或系仲璜真迹，故虽残本，亦收存之。（《卷盫书跋》）

续修四库全书总目提要三则 佚名

《史略词话正误》 二卷精刊本

明杨慎原撰，清李清正误。慎新都人，字用修，号升庵，正德间廷试第一。世宗时，充经筵讲官。因大礼议，遣戍云南，著述甚富。清广陵人，字水心，号映碧，晚号天一居士。明崇祯进士，官至大理寺左丞。清康熙间，征修《明史》，不至。著述亦富。升庵所撰《史略词话》二卷，第一段总说，第二段说三代，第三段说秦汉，第四段说三分两晋，第五段说南北史，第六段说五胡乱华，第七段说隋唐二代，第八段说五代史，第九段说宋辽金夏，第十段说元史。全编所述累万余言，上自鸿庞，下迄元季，其间皇帝王伯、忠孝贤圣之驱驰，乱臣贼子之纵横，戎寇盗贼之生灭，皆先之以声歌，断之以叙说，杂以俚语街谈，檃括参差，自然成韵。似正似谐，似俗似雅，俾樵夫牧竖，亦得取是词而高唱之，使言者足以感，闻者易以思，可谓雅俗共赏者尚矣。按此书原有陈惟直校定之本，李映碧氏喜其所删句颇简洁，然诸国兴废之提纲，与《词话》中胪列事实，或承上，或启下，亦有不应删而过删者。嗣得王君起隆校本，少所正，多所益，亦称佳本。并取升庵原书，互相校读，斟酌删补。其友人有宫伟镠字紫阳者，亦出所见，相助为理，可称正讹析伪，足补原书所未逮。卷首高邮孙全邵跋称映碧原板残缺殆半，爰出馆谷，修补如旧。是此刻者又为孙氏重刊之本。以此区区二卷，为之校刊者若是其繁，见重士林，已可见矣。

《廿一史弹词注》 十卷 《明史弹词注》 一卷清乾隆刊本

明杨慎原编，清张三异续编，张仲璜注。慎字用修，号升庵，著有《廿一史弹词》，亦名《史略词话》。第一段总说，第二段说三代，第三段说秦汉，第四段说三分两晋，第五段说南北史，第六段说五胡乱华，第七段说隋唐，第八段说五代史，第九段说宋辽金夏，第十段说元史。其书先之以声歌，继之以叙说。清李映碧有《史略词话正误》，已著录。汉阳张三异，字禹木，喜其义宗经传，词类风骚，推为读史便捷法门。又以明代尚在阙如，因综有明三百年事，续著《明史弹词》一卷，俾无缺漏。三异子仲璜，字别麓，以词意檃括，恐读者按词忘事，爰综二书，详加注释。其注于正史之外，兼采他书，务期阐发词义，不至含糊。注中所引，间有文义深晦及名号今古不同者，则再加补注，以期至善。词内又间有前朝事实误入后代，及引用有乖正史者，注亦不加更正，仍于本词之下，注明此事原委，止称按史如何云云。总其注释，宏博已极，后人读之，不啻得读全史矣。惟每段之开场词及结束咏叹数行，无关正史，皆略而不注。卷首有乾隆五十一年三异曾孙任佐序，称欣逢圣天子稽古右文，备修《四库全书》。《弹词》十一卷，亦列采核之末。然遍检《四库全书总目提要》，实无是书，想系当时已被采进而未著录也。

《历代史略十段锦诗话旁注》二卷明天启刊本

明杨慎撰，程开祐注。开祐字仲秋，徽州人。此本为开祐刊本，其书分十段，演历代史事。第一段为总说，第二段说三代，第三段说秦汉，第四段说三分两晋，第五段说南北史，第六段说五胡乱华，第七段说隋唐，第八段说五代史，第九段说宋辽金夏，第十段说元史。其体用话本之格，每段先以诗词开篇，继为七言词文，次正说史事，次赞咏史事，而仍以诗词结束。其七言词文，皆泛滥无实，与每段所说史句无涉。其赞咏史事者，例用三三四句法，檃括史事，乃全如歌诀，无文采可见。盖偶然为之，便学僮记诵，意不在乎为文，亦不必以六笔绳之也。曰词话者，乃元明旧称，凡说唱话本通谓之词话。今通行本《廿一史弹词》实从此本出，以不知词话之文，改为弹词，实则旧本实作《十段锦词话》，初无弹词之称也。王国维《曲录》卷六据澹生堂目录，《十段锦》二册入小令套数部，以为今章曲词，实则澹生堂目所录即此本，乃词话而非散曲。今录慎此书而附订国维之失，庶使世人读国维书者不至眩瞀。至开祐评注甚简，可置之不论云。（以上《续修四库全书总目提要》）

附录

明史弹词序　　（清）张三异

《弹词》以三万余言檃括廿一史，光禄之才，岂后人所可及哉？乃犹有遗漏，俟王子季延补苴之。予观其所遗数事，不过万中之一二，补苴易易耳。至若有明一代，全史概未得纂集，先生才虽大，势不能留其身于百年后，以续前词，岂非憾事乎？余与璜儿既为先生注其已著之词，而弗续其未备之词，不同一憾事乎？因不揣固陋，追绎先生之心，广搜明纪诸书，合二祖十四宗之迹，撮要敷陈，比音叶节。虽东施效颦，才非先生之才，而心则犹是先生之心也。先生生明武宗朝，上溯洪武，历一百四十四年，更十君，其间治乱安危，自开国以至逊国，自仁宣以至土木之变，自弘治以至宸濠之叛，皆先生所已知者。其为可惊可喜、可歌可泣之事，皆先生所亟欲播之声歌，而孤臣直笔，不欲以微词掩也。自世庙下逮怀宗，阅九十五年，更六主。其间由严嵩窃柄以至庚戌之危，由江陵秉政以至党议之兴，由魏珰稔恶以至流贼之破碎山河，阉寺复用以至甲申殉难，社稷沦亡于赤眉、黄巾，一切金壬乱政，伤心惨目之象，皆先生所未睹记者。使先生而在，有不效屈子之行吟，似贾生之流涕，综一代兴亡之颠末，寄之一唱三叹者乎？乃先生不能留其身于百年后以辑明词，其心则昭然若揭也。予亦第为先生抒其不容已之心而已，代斲伤手，诮奚容辞。书成，爰命璜儿并加详注，勿滋遗漏之咎。因窃念廿一史皆数千万年已往事，布之街谈巷咏，有知者，有不知者。若明代始严于法纲，继惨于靖乱，厥后元气丧于权珰，祸乱酿于门户，而沉陆中原，烟销于闯、献二贼，父老犹有能道其轶事者，一聆此词，有不如耳所习闻、道所见惯者乎？虽圣朝屡敕词臣纂修《明史》，固有藏之石室，悬为金鉴者。若以此草野新声，当江天日晚，林下风清，杂之渔歌樵唱中，使愚夫愚妇闻之，知若者为忠臣，若者为义士，若者为乱臣贼子，于以油然兴，惕然醒焉，亦廉顽立懦之一征也。况前事为后事之师，后车鉴前车之覆，今历历指陈，较若列眉，即据以考镜得失，谓非古今来殷忧启圣之一助耶？请以是质之光禄，其心或亦可无遗憾也已！汉阳张三异禹木题于武林之储祉堂。（清雍正五年张坦麟刻本《廿一史弹词注》卷首）

明史弹词跋 　（清）谢兰生

　　杨升庵先生所著《史略词话》，言简而赅，语醇而古。先生前明人，叙述迄明而止，明代三百年事，罕有续貂者。咸丰丙辰春，余游乍浦，于书肆中得宋景濂《明史弹词》本，开卷读之，觉一朝公案，网罗殆尽。噫，如宋双颖者，可谓志先生之志者矣。因采录于先生《史略

弹词》后，以补一代之文献云。武进谢兰生跋。（清刻本《历代史略词话览要》附《明史弹词》卷末）

辑注二十五史弹词叙　周继莲

孔子云：明镜可以鉴形，往古可以知今。我国史学号称烦博，正史而外有《纲目》、有《通鉴》、有《纪事本末》等书。体例既多，卷帙又众，要非学识程度之高尚者，不易领悟。明杨升庵先生以悲壮淋漓之笔，著有《二十一史弹词》，谱兴亡于弦歌之中，寓褒贬在弹板以内，歌可为咏，慷当以慨，提要钩玄，开学史者之捷径。须江杨养劲先生谓为近今社会学之要书，而尤为学校研究历史学之必读，特扩而充之，以饷学者。上自盘古开辟，下至宣统逊位，使历朝之正闰统系与递嬗消长，一气贯通，成为全璧。养劲先生富有史学知识，此编用精取宏，详略得中，足与升庵并峙。而虞山孙畏侯先生引经据典，注解尤为明析。阐扬史学，后先媲美，三子之功，洵堪鼎足而共垂不朽矣。不揣谫陋，为之序。民国七年仲冬，汝南周继莲序于光霁小筑。（1918年上海碧梧山庄石印本《二十五史弹词辑注》卷首）

升庵诗话

　　《升庵诗话》四卷《诗话补遗》三卷，乃杨慎所著诗学专书。书中探源溯流，以明诗史，考释疏证，以规诗语，博通精赅，颇多创获。杨慎诗话，由其友程启充初编刊刻于嘉靖二十年（1541），其后又有《续集》《别录》《补遗》等。此外，《丹铅总录》《升庵文集》《升庵外集》中"诗品"之作亦皆属诗话性质，清人李调元即采择《升庵外集》所录，编为《函海》本十二卷传世。该书今传明嘉靖年间刻本、《函海》本、《历代诗话续编》本等。

升庵诗话序　　（明）程启充

　　昔在孔子，博文约礼，孟氏博学反约。多识畜德，圣哲所尚，稽古博文，代有其人。反而说约，匪心会神悟，虽六经亦糟粕耳。吾友升庵杨子，正德辛未临轩及第，蜚声词垣，缵承家学。嘉靖甲申，与新贵人争礼，谴戍南荒十有八年。上探坟典，下逮史籍、稗官小说及诸诗赋，百家九流，靡不究心。各举其词，罔有遗逸。辨伪分舛，因微致远，以适于道。淡而不俚，讽而不虐，玄而不虚，幽而不诡。其事核，其说备，其词达，其义明，自成一家之言。往代之疑，前哲之误，一朝悉之。呜呼！博哉约之乎！升庵资禀颖绝，天将致之于成，投艰界困，动心忍性，故其所得益深，所见益大，举而措之，寅亮弘化，不在兹乎？若曰词藻丹铅，谈锋芒锷，是乃唐宋诸人之赘，升庵之见，当不如是也。升庵在滇，手所抄录汉晋六朝名史要语千卷，所著有《丹铅余录》《丹铅续录》《韵林原训》《蜀艺文志》《六书索隐》《古音略》《皇明诗钞》《南中稿》诸集，此则挈其准于诗者，曰《诗话》云。嘉靖辛丑阳月，嘉州初亭程启充序。（明嘉靖年间刻本《升庵诗话》卷首）

升庵诗话序 （清）李调元

昔人于书，非徒诵说之而已，将必以心之所欲言、口之所能达者，笔之于册，流连览观，以示弗谖。久之而所得衰然焉。取精用宏，直此之故。明自正嘉以来，言诗者一本严羽、杨士弘、高棅之说，以唐为宗，以初盛为正始正音，中晚为步武遗响，斤斤权格调之高低，必一于唐而后快。甚或取诗之先后乎唐者，皆庋阁勿观。呜乎！亦思唐人果读何书，使何事，而遂以成一代之作者已乎？升庵先生作诗不名一体，言诗不专一代，兼收并蓄，待用无遗，而说者或以繁缛靡丽少之。韩退之不云乎：惟古于文必己出，降而不能乃剽贼。试观先生之诗，有不自己出者乎？先生之论诗，有不自己出者乎？知其自己出，而犹以是讥之，是犹责衣之文绣者曰：尔何不为短褐之不完也？责食之膏粱者曰：尔何不为藜藿之不充也？其亦惑之甚矣。按何宇度《益部谈资》载先生《诗话》四卷，《补遗》二卷。予得焦竑足本十二卷，盖皆先生心之所欲白，而口之所能言也。读者谓先生言人之诗也可，即谓先生自言其诗也亦可。童山李调元序。（《函海》本《升庵诗话》卷首）

诗话补遗序 （明）王嘉宾

乡先生升庵太史寓滇之日，杜门却扫，以文史自娱。著书凡数十种，流播海内，金柈玉屑，人亟珍藏。点翰之暇，复述缀《诗话》，以裨词林之缺。三笔业已锲枣，奇且富矣。兹《补遗》三卷，乃公门人晋阳曹寿甫诠次成帙，请于严君东崖郡公，授梓以传。公掌合篆，卧而治之，雅尚文事，实以有余力也。先是升庵先生贻书不肖，俾引简端，顾谫陋何能赞一辞，聊质疑于先生焉耳。叙曰：严沧浪氏云：诗有别材非关书，别趣非关理。若然，则凿空杜撰，可谓殊材；谬诞谑浪，亦云异趣。诗之要指，果如斯而已乎？今观编内，粗举一二，如天窥、偃曝之订正，石蛓、卸亭之考索，其于古昔作者取材寄兴之端委，掇菁钩玄，殆同堂接席而面与契勘也。呜呼！杜紫微不识龙星，房叔远能喻湖目。放翁沈园之咏，诚斋无题之什，非发挥于后村，二诗之意几晦。然则诗材诗趣，果在书与理外耶？陆士衡云：倾群言之沥液，漱六艺之芳润，此固太史公之余事。嗟嗟小子，读书灭裂，不见目睫者，迹公之融神简编，其精密该综若此，将无愧汗浃背耶？艺苑君子，三余披览，获益良多，知不啻如乾腊之非鱼非炙，聊甘众口而已。嘉靖丙辰夏，蜀东猴岭山人王嘉宾序。（明嘉靖年间刻本《诗话补遗》卷首）

诗话补遗序　　（明）张含

文中子曰：仲尼多爱，爱道也；马迁多爱，爱奇也。含谓道未尝不奇，何遽谓奇非道哉？吾友太史公升庵杨子，今之马迁也。腹笥五车，言泉七略，诗其余事。又出其绪，缀为《诗话》若干卷，有《续集》、有《别录》、有《补遗》，皆诗评也。艺林同志，咸珍传之，盖与余同见闻者十八九，比之宋人《珊瑚钩》《渔隐话》，评品允当，不翅度越。九变复贯，知言之选，良可珍哉！嘉靖壬子十一月七日，永昌禹山张含序。

叙诗话补遗后　　（明）杨达之

吾师太史升庵公，天笃至颖，一涉灵积，冲龄发咏，金石四远。谪居南徽，肆力艺坛，休播士林，珪琳萃具。兹刻其藻评之余风乎？曩小子屡废离索，得师《诗话》先梓以传者，宝帷潜玩，蹶然自谓，诗社灵筌，其在兹乎！祛习固，宣哲隐，恢本则神物体，辞省而发兴深，脂俚不捐而约之于义，半璧双金，崇是可以妙悟三昧矣。窃稍合庠之二祀，适晋阳东岩曹公以渝别驾俯牧兹土，家承好古，复购师《补遗》数卷，捐俸登梓，与前妙并传。小子又受而读之，希音过绎，幸哉！然曰吟瀚评品，雌白无虑数十家，抑多随兴称寄，晬盘百具，资发盖鲜。沧浪以禅极喻，要亦竟概而鲜暴于缕。维公白首精能，天出窈密，只辞半箨，夏玉示牖，真诗林之神翼，骚圃之玄英也。迹是以阶其尚，其有穷乎，其有穷乎！时嘉靖丙辰三月，门生大理杨达之顿首谨序。（以上明嘉靖年间刻本《诗话补遗》卷末）

诗话补遗跋　　（清）李调元

考《千顷堂》：《升庵诗话》四卷，《补遗》二卷。前得焦竑刊本共十二卷，系合先生《诗话》汇刻，以便观览，故为足本。后得《诗话补遗》二卷，乃先生自订本，所校者门生曹命、杨达之①。其中多有焦氏所遗漏，因急补刻，其为焦氏所并入者，则因次标注于下，庶前后两集本来面目皆见。绵州李调元跋。（《函海》本《诗话补遗》卷首）

重编升庵诗话弁言　丁福保

《升庵诗话》自明以来无善本，有刻入《升庵文集》者，凡八卷自五十四卷至六十一卷，有刻入《升庵外集》者凡十二卷自六十七卷至七十八卷，有刻入《丹铅总录》者凡四卷自十八卷至二十一卷。《函海》又载其十二卷及《补遗》三卷。此详彼略，此有彼无，前后异次，卷帙异数。其字句之讹，则各本皆然，鲁鱼亥豕，往往不能句读，殆皆仍其传写之误耳。明刻书，夙以多讹闻，兹复益以传写之误，升庵嘉惠后学之心，后学其何以领悟邪？升庵渊通赅博，而落魄不检形骸，放言好伪撰古书，以自证其说。如称宋本杜集《丽人行》中有"足下何所有，红蕖罗袜穿镫银"二句，钱牧斋遍检各宋本杜集，均无此二句。又如，岑之敬《栖乌曲》载《乐府诗集》，有"明月二八照花新，当垆十五晚留宾"之句。升庵截此二句，添"回眸百万横自陈"一句，别题为岑之敬《当垆曲》。又如李陵诗有"红尘蔽天地，白日何冥冥"二句，下阙，见《古文苑》，见《文选》李善本《西都赋》注。《升庵诗话》备载全诗，下多十二句，云出《修文御览》，此书亡佚已久，殊不可信。以文义考之，"白日何冥冥"下，何得遽接云"招摇西北指，天汉东南倾"邪？又载七平七仄诗，七平如《文选》"离袿飞绡垂纤罗"，今考傅武仲《舞赋》，《古文苑》《文选》皆云"华袿飞绡杂纤罗"，不言"垂纤罗"也。凡此种种，皆失之伪撰。又如称"渤海，北海之地，今哈密扶余。中国之沧州、景州名渤海者，盖侨称以张休盛"云云。不知哈密在西，扶余在东，绝不相及。沧景一带，地皆濒海，故又有瀛海、瀛海诸名，谓曰侨置，殊非事实。又香云、香雨，并出王嘉《拾遗记》，而引李贺、元稹之诗。又以卢象"云气杳流水"句，误为香字，此亦其引据疏舛处。王弇州讥其求之宇宙之外而失之耳目之前，陈耀文且有《正杨》之作以诋之，后学或引以病升庵。然升庵之才器，实在有明诸家之上，瑕玷虽多，而精华亦复不少。《四库提要》谓：求之于古，可以位置于郑樵、罗泌之间，后学弃

---

　① 之，原作"是"，杨达之为杨慎门生，据改。

其瑕玷而取其精华可也。余读升庵集，仰其为人，会有《历代诗话续编》之刻，爰搜集各本，详加校订，讹者正之，复者删之，缺者补之，至其伪撰之句则原之，以存其真。据其题中第一字之笔画数，改编一十四卷，自谓较各本为善矣。割裂古人书，世所垢病，若《升庵诗话》之散如盘沙，不割裂无以得善本，而或者升庵嘉惠后学之心，反以余之割裂而显也，敢以质诸当世君子。中华民国四年冬，无锡丁福保识。（《历代诗话续编》本《升庵诗话》卷首）

少室山房笔丛一则　　(明) 胡应麟

升庵诗话

诗话今尽载《丹铅总录》庚集二卷中，而辛集又有诗话二卷，则《艺林伐山》事率具焉。凡用修所辑诸书几百种，详《丹铅录序》及《艺苑巵言》，尚未能尽。余所得近四十余编，然内多重复，名有实亡者，汰之仅三分一耳。若其缀缉之勤、嗜好之笃，固不可诬也。如《墨池琐录》之类，似未成书。（《少室山房笔丛》乙部《艺林学山》八）

浙江采集遗书总录一则　　(清) 沈初等

《丹铅诗话补遗》 三卷刊本

右前人撰。慎先有《金桴》《玉屑》及《诗话》三编，兹复补其所遗。乃门人晋阳曹寿甫诠次。（《浙江采集遗书总录》庚集）

四库全书总目一则　　(清) 纪昀等

《诗话补遗》 三卷浙江范懋柱家天一阁藏本

明杨慎撰。慎有《檀弓丛训》，已著录。此编乃其戍云南后所作，其门人曹命编次者也。慎在戍所，无文籍可稽，著书惟凭腹笥。中如称宋本杜甫集《丽人行》中有"足下何所有，红蕖罗袜穿镫银"二句之类，已为前人之所纠。至于称渤海北海之地，今哈密、扶余，中国之沧州、景州名渤海者，盖侨称以张休盛云云。不知哈密在西，扶余在东，绝不相及。沧、景一带，地皆濒海，故又有瀛州、瀛海诸名。谓曰侨置，殊非事实。又香云、香雨并出王嘉《拾遗记》，而引李贺、元稹之诗，又以卢象"云气杳流水"句，误为香字。如斯之类，亦引据疏舛。然其赅博渊通，究在明人诸家之上，去瑕存瑜，可采者固不少也。（《四库全书总目》卷一九六）

天禄琳琅书目后编一则　　（清）彭元瑞

《升庵诗话》一函二册

　　明杨慎撰。书四卷，凡卷一四十一条，卷二四十八条，卷三五十四条，卷四五十六条。所考据评论多见《丹铅录》。前有嘉靖辛丑程启充序，启充字以道，嘉定州人，正德戊戌进士，官御史。（《天禄琳琅书目后编》卷二〇）

文选楼藏书记一则　　（清）阮元

《诗话补遗》三卷

　　杨慎著，刊本。是书摘采古诗，多所引据，并及前人遗事。（《文选楼藏书记》卷四）

善本书室藏书志一则　　（清）丁丙

《诗话补遗》三卷，升庵杨慎著，门生曹命编校 明嘉靖刻本

　　嘉靖丙辰王嘉宾序云：乡先生升庵太史，寓滇之日，杜门却扫，以文史自娱。《诗话补遗》三卷，乃公门人晋阳曹寿甫诠次，请严君东崖郡公授梓以传云。边地少书，半出记忆，虽小有舛讹，然慎学有根柢，究多卓论。后有永昌张含、杨达之跋。（《善本书室藏书志》卷三九）

抱经楼藏书志一则 　　（清）沈德寿

《升庵诗话》 四卷**明嘉靖刊本**

明杨慎用修著，程启充序**嘉靖辛丑**。无名氏跋曰：《升庵诗话》凡四卷，程启充纂刻也。其重有仁所集甚多，仅余五十则刻之。公自言有《诗话补遗》未见，岂已尽衮于有仁乎？尔康识。（《抱经楼藏书志》卷六四）

万卷精华楼藏书记一则 　　（清）耿文光

《升庵诗话》 十二卷《补遗》二卷，明杨慎撰

《函海》本。前有李调元序，嘉靖丙辰蜀东缑岭山人王嘉宾序。

李氏序曰：何宇度《益部谈资》载先生《诗话》四卷、《补遗》二卷，余得焦氏本十卷，盖皆先生心之所欲白而口所能言也。

王氏序曰：《诗话三笔》，业已锓枣。兹《补遗》三卷，乃公门人晋阳曹寿甫诠次成帙，请于严君东崖郡公，授梓以传。

（下略）

文光案：升庵《丹铅总录》卷十八至二十一为诗话四卷。兹所录者，第一条为《函海》本，其余俱见于《丹铅总录》。（《万卷精华楼藏书记》卷一四〇）

续修四库全书总目提要一则 　　佚名

《升庵诗话》 十四卷**续历代诗话本**

明杨慎撰。慎有《檀弓丛训》二卷，《四库》已著录。是编自明以来，传本甚多，有刻入《升庵文集》者，凡八卷（自五十四卷至六十一卷）；有刻入《升庵外集》者，凡十二卷（自六十七卷至七十八卷）；有刻入《丹铅总录》者，凡四卷（自十八卷至二十一卷）；有刻入《函海》者，凡十二卷，又有《补遗》三卷。此外《四库全书总目提要》集部诗文评类亦著录杨氏《诗话补遗》三卷。近人丁福保深以各本此

详彼略，此有彼无，前后异次，卷帙异数，鲁鱼亥豕，往往不能句读为病，因搜集各本，详加校订，讹者正之，复者删之，缺者补之，厘为十有四卷，刻入《续历代诗话》中，即此本也。按杨氏诗话，大抵皆其戍云南之后所作，而其门人曹命等为之编次者。杨氏渊通赅博，远戍云南，落魄不检形骸，又无文籍可稽，著书惟冯腹笥，往往伪撰古书以自证其说。如称宋本杜集《丽人行》中有"足下何所有，红蕖罗袜穿镫银"二句，钱牧斋遍检各宋本杜集，实无此二句。又如香云、香雨，并出王嘉《拾遗记》，而引李贺、元稹之诗，且以卢象"云气杳流水"句，误为香字之类，亦为《四库提要》所纠。至于岑之敬《栖乌曲》载《乐府诗集》，有"明月二八照花新，当垆十五晚留宾"之句，杨以于其下添"回眸百万横自陈"一句，别题为岑之敬《当垆曲》。又如李陵诗有"红尘蔽天地，白日何暝暝"二句，下阙，见《古苑》及《文选》李善《西京赋》注。杨氏乃备载全诗，下多十二句，云出《修文御览》。其书散帙已久，殊不可信。凡此种种，皆失之伪撰，固不仅前人所纠，王弇州讥其求之宇宙之外而失之耳目之前，陈耀文且有《正杨》之作以诋之，信非过事苛责。然杨氏才器实在有明诸家之上，其所评论，瑕玷虽多，精华亦复不少，终非他家听声之见、随人以为是非者可比。略其所短，取其所长，分别观之，则瑕瑜固两不相掩也。（《续修四库全书总目提要》）

词品

  《词品》六卷《拾遗》一卷，又名"辞品"，乃杨慎所著词学专书。书中辨源考调，搜佚品艺，内容涉及词类起源、词体特性、词人故实、词作鉴赏等诸方面。该书今传明嘉靖间刻本、明万历四十六年周懋宗刻本（四卷）、《升庵杂著》本（三卷）、《天都阁藏书》本、《函海》本等。王大厚先生有《升庵词品笺证》（中华书局2018年版）。

辞品序　　(明) 杨慎

  诗辞同工而异曲，共源而分派。在六朝，若陶弘景之《寒夜怨》、梁武帝之《江南弄》、陆琼之《饮酒乐》、隋炀帝之《望江南》，填辞之体已具矣。若唐人之七言律，即填辞之《瑞鹧鸪》也；七言律之仄韵，即填辞之《玉楼春》也。若韦应物之《三台曲》《调笑令》，刘禹锡之《竹枝辞》《浪淘沙》，新声迭出。孟蜀之《花间》，南唐之《兰畹》，则其体大备矣，岂非共源同工乎？然诗圣如杜子美，而填辞若太白之《忆秦娥》《菩萨蛮》者，集中绝无。宋人如秦少游、辛稼轩，辞极工矣，而诗殊不强人意，疑若独艺然者，岂非异曲分派之说乎？昔宋人选填辞曰《草堂诗余》，其曰草堂者，太白诗名《草堂集》，见郑樵书目。太白本蜀人，而草堂在蜀，怀故国之意也。曰诗余者，《忆秦娥》《菩萨蛮》二首为诗之余，而百代辞曲之祖也。今士林多传其书，而昧共名，故于余所著《辞品》首著之云。嘉靖辛亥仲春花朝，洞天真逸杨慎叙。

刻词品序 　　（明）周逊

声音之道，愚未之有考也。近得升庵翁所著《词品》，三日读之，未尝释手。微求其端，大较词人之体，多属揣摩不置，思致神遇。然率于人情之所必不免者以敷言，又必有妙才巧思以将之，然后足以尽属辞之蕴。故夫词成而读之，使人恍若身遇其事，怵然兴感者，神品也。意思流通，无所乖逆者，妙品也。能品不与焉。宛丽成章，非辞也。是故山林之词清以激，感遇之词凄以哀，闺阁之词悦以解，登览之词悲以壮，讽谕之词宛以切。之数者，人之情也，属辞者皆当有以体之。夫然后足以得人之性情，而起人之咏叹。不然，则补织牵合，以求伦其辞，成其数，风斯乎下矣。然何以知之？诗之有风，犹今之有词也。语曰：动物谓之风，由是以知不动物非风也，不感人非词也。翁为当代词宗，平日游艺之作，若《长短句》，若《填词选格》，若《词林万选》，若《百琲明珠》，与今《词品》，可谓妙绝古今矣。愚虽未能悉读诸集，山林之辞，大率清以激也，不然则舒以适也；闺阁之词，大率悦以解也，不然则和以节也。他可类见矣。然犹未承面命，姑记于此，以俟取正于他日。嘉靖甲寅仲秋朔日，成都后学周逊序。（以上明嘉靖年间刻本《辞品》卷首）

辞品后序 　　（明）刘大昌

《辞品》者，升庵太史公所著也。人列其辞，辞取其粹，侈或连章，约仅一句。上起南北六朝，以至于唐，下逮五季宋元，以迄于近，可谓之博，抑且精焉。盖自汉魏以还，江左而下，未窥六甲，先制五言，人人自谓握灵蛇之珠，家家自谓抱荆山之玉，于是乎钟嵘《诗品》出焉。勿欺数行尺牍，即表三种人身。右军、大令，父子争能；仲宝、宋宗，君臣角胜。于是乎庾肩吾《书品》出焉。《草堂》谪仙之鬓辞，百代曲调之祖；《兰畹》樊川之丽什，一时风流之宗。以至《金荃》《花间》《遏云》《白雪》，累累珠贯，靡靡瑶翻，必参以伍而定于一，始统其宗而会之元，于是乎太史公《辞品》出焉。然钟氏以三品品诗，颠倒实夥；庾郎以九品品字，铢两亦移。升庵兹编，拔其孔翠，茠其萧粮，既流例不形，俾临文自见。先民有作，彼时而此时；今吾于人，谁毁而谁誉？不特表汲古修绠之深沉，又以著洪钟待叩之蕴藉。薄言观者，其垂意焉。嘉靖辛亥仲春二日①，珥江刘大昌序。（明珥江书屋刻本《辞品》卷末）

词品序 （明）周懋宗

乐府者，三百篇之变也。汉兴，唐山夫人、李协律、马卿、枚叔为最胜，然皆用之于郊庙，盖犹有姬公、考父之遗风焉。至东京、当涂之世，逐臣怨子、骚人悲士，如《董逃》《上留》诸篇，一弹三叹，则多慷慨激楚之音矣。糜极于六代，而李唐振之，然自李、杜之外，止能工五七言，而乐府则衰。青莲《草堂集》复载诗余，有《菩萨蛮》《忆秦娥》，则又乐府之变焉。长短成调，参差和律，如唐季《花间集》所录，则皆《草堂》之滥觞也。迨于欧、苏、秦、黄，而诗余翕然称盛。柳三变、周美成能作婉娈语，辛弃疾、岳珂能为悲壮语，此其选也。及北风日竞，关、白、马、郑变词为曲，而瞿宗吉、聂大年尚存饩羊，然佳者亦不数得也。国朝人文方胜，锦窠老人、康对山、王渼陂皆操北音，祝希哲、唐子畏皆操南音，歌曲胜而词学则萧废矣。升庵先生慨然思起而存之，于是上起六朝、下迨国初，搜剔剪截，穿引包笼，撮述编缀，为《词品》四卷，稗官正史所未见之人，《花间》《草堂》所未载之笔，莫不粲然毕备，使读者知词学焉。抑予于是而有感也。《三百篇》之诗，《房中》《朝庙》协以丝竹，汉、魏之际，歌工止能歌四篇，至过江，止传一篇，而歌旋以亡。唐之梨园坊曲所歌，如《清平调》，及小说所载王之涣"黄河远上"之句，皆绝句耳，而乐府之声又废。故虽传，雅如升庵先生，止能存其辞，不能考其声之若何也。予家旧藏此书，丹铅纷杂，云出自先生之笔。予不忍其不行也，因校锓之以公之雅人，必有能嗜而读之者，则亦先生之志也。万历戊午季春，汝南周懋宗书。（明万历四十六年周懋宗刻本《词品》卷首）

---

① 辛亥，台湾图书馆藏明嘉靖年间珥江书屋校刊本《词品》此序作"癸丑"。

词品序　（清）李调元

词者，诗之余。宋元诗人无不工词者，明初亦然。李献吉谭诗，倡为新论，谓唐以后书可勿读，唐以后事可勿使。学者群焉信之，束宋元诗弗观，而词亦在所不道。焦氏编《经籍志》，二氏百家采辑靡遗，独置乐府不录，宜工者之寥寥也。升庵先生逸才绝代，绘古雕今，以风人之笔，写才子之思，倚声按拍，必能与宋元人争胜。而传本绝少，岂风气使然与？抑以工词者必害诗，而顾弃捐弗顾与？今观其所著《词品》五卷，辨晰源流，搜罗散逸，凡曲名所由始，流品所自分，罔不瞭然大备，一洗《花庵》《草堂》之剿习，此非工于词者而能之乎？即其诗集中所载《沅江》《罗甸》诸曲，虽未可以词名，而含宫咀商，骎骎乎大小弦迭奏，而不失其伦焉。于此见先生手著之书，其佚而不传者更多也。童山李调元序。（《函海》本《词品》卷首）

词品跋　（清）陈作楫

明嘉靖本《词品》六卷，世鲜传本。清乾隆间李调元刻《函海》，亦收《词品》，第作五卷，且两本之次序亦大异。又嘉靖本较《函海》本多出十二则，而《函海》本亦有四则为嘉靖本所无。兹以嘉靖本为主，而以《函海》本增补之。至两本字句，互有讹脱，择其是者而从之。其有均误者，则以本集或选集订正。甲戌冬月，江宁秋帆陈作楫跋。（《天都阁藏书》本《词品》卷末）

词品跋　文素松

《词品》六卷，明杨慎撰，嘉靖间珥江书屋校刊者，刊虽不精，然古拙也，民国廿二年购于白下者。书中有"晋安徐兴公家藏书"及"兴公"二字两长方印，又有"郑杰之印"正方印及"郑氏注韩居珍藏记"长方印。当时只知郑为清乾隆间贡生，好藏书，而徐则无从查考。今冬，张自牧偕黄荫亭来访，问及近藏，示以此书。荫亭惊喜，谓之曰：徐兴公名𤊻，为明末闽中十子之一，与其弟熥号二徐，住鳌峰坊。次日竟以函来，云只以乡先手泽，遂生爱好之心，拟以姬传先生所书立轴相易。余以此书编入思简楼藏书目矣，未便抽出为辞，缘余爱护古籍，与荫亭爱惜乡贤手泽之心正同也。廿三年十二月廿三日，寅斋居士识于新京。（台湾图书馆藏明嘉靖年间珥江书屋校刊本《词品》卷首）

续修四库全书总目提要一则　　佚名

《词品》六卷《拾遗》二卷函海本

明杨慎撰。慎尚书廷和子，字用修，号升庵，新都人。年二十四，登正德间廷试第一，授修撰。世宗时，充经筵讲官。慎博学多文，敏而好学，洵绝世逸才。立朝尤正直不阿。后因大礼事力谏，廷杖削籍，遣戍云南永昌卫。投荒多暇，更肆力著述，有升庵集数十种。此书共八卷，末二卷为拾遗上下篇。全书皆词话体，虽不逮朱氏《词综》、徐氏《词苑丛谈》搜罗之富，而新颖可喜，亦足见慎之才华及取舍矣。每词之前，均列作者略历及本事。其所辑录，颇多新声。每卷四五十则，凡三百余条，亦巨制也。全书以首卷皆论填词作曲之法，最为重要。按词者诗之余，宋元诗人无不工词者，明初犹然。李献吉谭诗，倡为新论，谓唐以后书可勿读，唐以后事可勿用，学者群焉信之。于是束宋元诗弗观，而词亦在所不道。焦氏编《经籍志》，二氏百家，探辑靡遗，独置乐府不录，宜工者之寥寥也。升庵以旷代清才，绘古雕今，以风人之笔，写才子之思，倚声按拍，足与宋元人争胜。而传本绝少，岂当时风气使然欤。此书首论词品，次引各家之说，注出处，辨晰源流，搜罗散佚。凡曲名所由始，流品所自分，罔不了然大备，一洗《花庵》《草堂》之剿习。此非工于词者而能之乎！故是书不仅可作词品观，又可作词史读也。（《续修四库全书总目提要》）

附录

词评序　（明）王世贞

　　词者，乐府之变也。昔人谓李太白《菩萨蛮》《忆秦娥》，杨用修又传其《清平乐》二首，以为调祖，不知隋炀帝已有《望江南》词。盖六朝诸君臣颂酒赓色，务裁艳语，默启词端，实为滥觞之始。故词须宛转绵丽，浅至儇俏，挟春月烟火于闺幨内奏之。一语之艳，令人魂绝，一字之工，令人色飞，乃为贵耳。至于慷慨磊落，纵横豪爽，抑亦其次，不作可耳。作则宁为大雅罪人，勿儒冠而胡服也。弇州山人王世贞著。（明刻本《王弇州词评》卷首）

古文韵语

《古文韵语》三卷，杂采汉代以前占繇、铭识、赞祝用韵之语而成。今传《升庵杂著》本、《函海》本等。

古文韵语题辞 　　(明) 杨慎

音祖于日，声宗于辰，音叶声和，是曰人文。孔翊易象，箕敷极言，永律岂人，繁出也天。汲古挟册，向往慕昔①。筮繇盘鉴，盟诅昏冠，腿诔謳寿②，款识纬宪③。箴令禁祝，图戒铭赞，文有在是，灭裂匪献。神徂圣伏，文窥采匿，凑勺会涓，断圭觖璧。空石余辰，窥水暇日，因之视隙④，庶已贤奕。嘉靖乙未星回节月，杨慎用修题辞首刻。

锲古文韵语序 　　(明) 余承业

《古文韵语》，杨子用修所集也，予读而叹曰：两仪判而书契作，六经著而人文宣，浑乎噩乎，不可尚已。然《易》至文王显，《书》始尧，《诗》昉商，《春秋》《礼》《乐》则止当时。改事辨论，独尧以前。下逮秦汉，筮繇、盟诅、诔徽、箴祝之类，乃杂见于经传百家。好古者每病其碎裂隐逸，亦未有能萃焉。如女娲云幕之占可配羲画，周武金人之铭可相《尧典》，孔子龟策之传可以并响《玄鸟》之章。而汉儒射覆，《凡将》诸篇，亦皆语意浑古，音韵雅则，诚千古完璧，六经之羽翼也，百家风斯下矣。杨子博学洞理，百述精邃，此其一绪云。嘉靖丙

---

① 向往慕昔，《太史升庵文集》卷三收录此文作"有慕在昔"。
② 謳寿，《太史升庵文集》卷三收录此文作"疫曇"。
③ 款识，《太史升庵文集》卷三收录此文作"徽教"。
④ 视隙，《太史升庵文集》卷三收录此文作"窥斑"。

申春三月望，青神余承业识。（以上《升庵杂著》本《古文韵语》卷首）

古文韵语后序　　（明）张含

予读《左传》，至卫侯贞卜之辞曰：如鱼窥尾，衡流而方羊。裔焉大国，灭之将亡。杜预读"裔焉"为句，刘炫读"方羊"为句，杜合义析韵，刘合韵析义也。孔颖达是杜而排刘，其说云：诗之为体，文皆韵句，其语助之辞，皆在韵下。即《齐诗》"俟我于著乎而"例也。此之"方羊"，与下"将亡"为韵，"裔焉"二字为助句之辞。乃废书而叹曰：夫音韵句读，于文末矣，必俟三名儒而后定，吾党之士，其可灭裂乎？近读升庵先生所缉《古文韵语》，使人怀古之情滋深。其曰凑勺会涓，谦也。予则曰：海之支流必咸，玉之弃屑必润，好古者一诣焉，奚翅窥文林一斑邪？汶阜陈君德润见而珍之，捐俸金以梓行，予用是乐为序之。嘉靖乙未六月二日，永昌张含序①。（《升庵杂著》本《古文韵语》卷末）

古文韵语序　　（清）李调元

升庵杂采古占繇、铭识、赞祝之词，为《古文韵语》一卷，引证博而音释详，好古者争先快睹，于以见昔人重文，而用韵之书，自六经而外，亦时见于他说也。然其间亦有不可强通者，则当略韵而取其文焉。或曰：韵，风度也，韵语与雅言训同，亦通。童山李调元雨村序。（《函海》本《古文韵语》卷首）

---

① 此文又见于张含《张愈光诗文选》卷七，字句多异，谨录全文如下：
　　予观唐庚有云：古人虽不用偶俪，而散句之中，暗有取焉。骈骊驰骋，亦有节奏，良哉其言之也。还观《左传》载卜辞曰：如鱼窥尾，衡流而方羊。裔焉大国，灭之将亡，阖门塞窦，乃自后逾。杜预读"裔焉"为句，刘炫读"方羊"为句，杜析韵而刘合韵也。孔颖达是杜而排刘，其说曰：诗之为体，文皆韵句，其语助之辞，皆在韵下。即《齐诗》"俟我于著乎而，充耳以素乎而"例也。比之"方羊"与下"将亡"为韵，二字为助句之辞。夫音韵句读，于文微矣，必俟三名儒而后定，吾党之士，其可灭裂乎？近世知崇古文而忽于古韵，新都太史公尝谓予曰：为古文而用今韵，犹清庙之祀而用杯盘，洞庭张乐，舍苇籥块柎而用筝笛坎侯也，亦必不称矣。此其辑《古文韵语》之深意也。予见而珍之。雪山子请假录以命梓人，于是乎传。

郑堂读书记补遗一则　　（清）周中孚

《古文韵语》 一卷函海本

　　亦杨慎撰。是编杂采古占繇、铭识、赞祝之词，引证音释，俱颇详博。李雨村序谓：于以见昔人重文而用韵之书，自六经而外，亦时见于他说也。（《郑堂读书记补遗》卷二五）

金石古文

《金石古文》十四卷，收录三代至魏晋金石文九十一种，录其全文，并附考释。虽不无疏谬，然发凡起例，旁征博引，对明清金石学影响颇大。杨慎治金石学与都穆齐名，时号"都杨"。此书今传明嘉靖十八年（1539）张纪刻本、明嘉靖三十三年（1554）孙昭、李懿刻本、明万历十八年（1590）郭显忠补刻本、明抄本、《函海》本、《学古斋金石丛书》本等。

刻金石古文序　　（明）张纪

《金石古文》凡十四卷，计百篇，升庵杨先生辑次跋识者也。升庵曰：余观三代之文，休哉！沨沨尔，噩噩尔，不可尚已。嗣是汉魏之文，去古未远，而浑厚天成，了无斧凿之痕也。襞积有年，始克成帙，盍梓诸以广教。纪曰：诺。乃翻阅数日，不揣愚陋，因为之序。夫所谓文者，敷性定命，效情章物，主乎道云尔已矣。是故古人取功德关于风教者，勒之金石，所以载道，非弥文也。先生掇而萃之，不必踪迹登眺，一展卷而古道具见矣，彰往察来，先生有焉。昔者好古之士，如欧阳修，亦曾为通志释义，以拾逸散也，诸君子犹未之尽。先生旁搜远取，极于深山穷谷，古文至此，翕然大备，搜猎之功，富且奇矣！欧阳修读《汉郙阁颂》，至"醳散关之潦潀，徙朝阳之平墋"之句，莫知其说。先生类引分解，而义自明备透彻，微先生竟为阙典也。岂止此哉！先生于书无所不读，星象、音律、度数，悉究其妙。所著有《古文韵语》《韵林原训》《乐府》等书行于世，炳朗震耀，信乎不可及也。嗟夫，文章功业皆根于道，顾是二者虽相为用，而昔人莫之或兼，要各以其盛者鸣之耳。先生文章如此之盛，而弥纶参赞，有遗功焉，或者造物所靳也，于先生何尤？因刻此而类及之。嘉靖己亥冬十月朔日，奉直大夫、知

邛州事滇昆池后学张纪书。（明嘉靖十八年张纪刻本《金石古文》卷首）

金石古文叙　　（明）孙昭

西蜀杨子，专精载籍，穷索阃奥。所著《丹铅余录》《古文韵语》《韵林原训》，及所选采《乐府》《律祖》诸篇，踵迹增华，变辞加厉，间多前贤所未发。兹裒集《金石古文》，凡十四卷。欧阳子读《汉郙阁颂》"醳散关之潮溇，徙朝阳之平嵾"，莫究厥旨。杨子类引分解，焯然可稽，岂非负有纯赋，济用苦力者哉！卫泉孟子摹本未善，予兹巡行之暇，更缀班画，谋诸汉中李守重刻焉，被饰皇猷，其能无裨助乎？明嘉靖三十三年仲冬至日，赐进士第、奉敕巡按陕西监察御史永嘉省庵孙昭书。（明嘉靖三十三年孙昭、李懿刻本《金石古文》卷首）

金石古文叙　　（明）孟准

《易》曰：观乎天文，以察时变；观乎人文，以化成天下。是故孔子教人，先以博文，而自任曰：文不在兹乎？盖圣人以文法天，致治之具也。古之耕野筑岩者，及置庱左右，其《伊训》《说命》之陈，焕若日月星辰之丽天，文之至者也。世代醇漓，步骤渐异，不师古而能善治者，未之前闻也。升庵公所摭《金石古文》三卷，多明良之际格言，逸诸古经泊艺苑阙文，其精骛索隐之功，虽景纯之玄览，茂先之博物，未能或之先也。监察斗城孙公，遒文好古，历百氏之藩囿，而天符同焉。广是集以传，将以作人而饬治，非徒玩其辞而已。赐进士第、中宪大夫、陕西按察司副使孟准顿首拜书。（明嘉靖年间重刻本《金石古文》卷首）

跋金石古文后　　（明）李懿

六朝以降，文体变而丽靡，惟西汉以前为近古，上溯有周，以及商夏，浑醇古雅，则六经之文，邈乎不可尚已。然考之《诗》《书》所载，又皆遭秦火后，存者才十一尔。其散见金石间，有孔壁《雅》

《颂》所不载，故君子犹有取焉。如夏禹《岣嵝碑》文，初得之万山棘莽中，篆文奇崛，莫可辨识。其后好古如韩子，攀萝扪葛，竟弗获一目。甘泉子刻之邗江书院，亦未能之辨也。壹文有泄造化之秘者，天固靳其示人耶？周宣王石鼓，旧在陈仓野中，桑田屡变，至唐宋始显。元至正中，置之太学，又多残阙莫补，司业潘迪所刻四百九十六字，断涩不可读。好古者往往奇玩，欲比之九鼎。夫九鼎因秦人取之，过泗水而沉，虽万夫莫能致，神物义不受秦辱，固然耶？是时石鼓安避，亦何恃而能存，以距今不泯，岂天之未丧斯文，阻有鬼物守护之耶？使孔子复生，删定六经，则二文亦当采辑，与《禹贡》《雅》《颂》并传。升庵杨子博洽好古，译《禹碑》，补《石鼓》，而又附以汉文若干，汇编成帙，其用心亦勤矣。文之显晦有时，似亦非偶然者，斯文遇杨子亦幸欤！代巡孙公按关陕，悯时文格弱，因命刊布，以训多士。前此关中未之睹也，是又关中人士之幸矣。刻完以复于公，公授简曰：其跋诸。懿不敢辞，遂拜言于末端云。嘉靖三十四年春正月上浣之吉，属下汉中府知府李懿顿首谨跋。（明嘉靖年间重刻本《金石古文》卷末）

金石古文序 　　（清）李调元

　　杨用修《金石古文》十四卷，刻于明嘉靖年，有永嘉省庵孙昭序。按升庵是编，释《禹碑》《石鼓》及秦汉诸刻，收罗最富。然其中有因讹传误，不可不为订正者。如以《史晨碑》之夫子冡为大子冡，鲁公冡为鲁公家，此承洪适《隶释》之讹也。以《张迁碑》之筹策为萧何，承都穆之讹也，今碑刻具在可验。又如《韩敕碑》阴，升庵颇讥《隶释》之误，今考汉碑文与《隶释》所载本相合，而碑之两侧尚有题名，适固失载，升庵偶未之考也。至于《五凤》《坟坛》《居摄》诸刻皆存夫子庙，系汉碑之近古者，俱不录，则又不无遗漏。调生虽晚，不敢以胡应麟辈为戒而遂附之，一辞莫赞也。罗江李调元童山跋。（《函海》本《金石古文》卷末）

题明精钞校本金石古文　　（清）张廷济

管领奇书八万卷，人间此印亦千秋。签开玉版先经眼，榜赐金题在上头。七品真推良太史，百城肯拜小诸侯。南诧亭子教重建，同是熙朝第一流。

此明人缮写本，秀水朱氏旧藏，有"潜采堂图书"，爰录旧作于卷端叙末，张廷济。

题明精钞校本金石古文　　（清）邓邦述

此《金石古文》十四卷，有竹垞藏印，似是明钞；卷中又有钱十兰印及清仪老人诗一章，钱、张皆金石家，宜其互相珍袭如此。余好书成癖，钞本过数千卷，名人手校、手批之本，指不胜屈，而有先辈藏印者，尤秘存之，盖曾入昔贤簏衍，最近亦百年前旧物，何可亵视？况此册乃三百年耶！宣统三年四月，正闇读记。（以上傅斯年图书馆藏明精钞校本《金石古文》）

浙江采集遗书总录一则　　（清）沈初等

《金石古文》十四卷刊本
右明杨慎辑。二书皆秦汉以前金石古刻之释文也，而徐较精核[①]。（《浙江采集遗书总录》庚集）

四库全书总目一则　　（清）纪昀等

《金石古文》十四卷两淮盐政采进本
明杨慎撰。慎有《檀弓丛训》，已著录。是编所采，皆金石之文。

---

① 徐，指徐献忠《金石文》七卷。

上起古初，下迄于汉。然真伪错杂，殊多疏漏。如阳虚石室仓颉文、岣嵝禹碑、庐山禹刻、比干铜盘铭，皆显然伪撰，人所共知。而列以冠首，岂足传信。石鼓文韩愈已云缺画，郑、薛诸家所载，无不讹缺。慎乃臆为补足，诡称得之李东阳，不知东阳《怀麓堂集》固明云未见完本也。又如沙邱石椁铭，文见《左传》，秦刻峄山诸石，《史记》具载，非至慎之时尚有金石可据。一概泛登，不挂一漏万乎？至孔彪、鲁峻等碑，但记姓名，无关文字，汉碑如此之类，恐亦不胜其载也。（《四库全书总目》卷一九二）

郑堂读书记补遗一则　　（清）周中孚

《金石古文》十四卷函海本

亦杨慎撰。《四库全书》存目。是编皆采上古至魏晋金石之文，凡九十余种，而有跋尾者仅十八种。然真伪杂陈，良楛互见，殊少决择。且因误传误，不为订正，如《史晨碑》之"夫子冢"为"大子冢"，"鲁公冢"为"鲁公冢"，此承《隶释》之误也；以《张迁敕碑》之筹策为萧何，此承《金薤琳琅》之误也；又如《韩敕碑》阴，升庵颇讥《隶释》之误，今考是碑文，与《隶释》所载本相合，惟碑之两侧尚有题名，为洪氏所失载，而升庵亦未之考也。至于《五凤》《坟坛》《居摄》诸刻皆存夫子庙，犹汉碑之近古者，俱置不录，亦不无遗漏。至补缀石鼓文成七百二字之多，则尤心劳日拙矣。前有嘉靖二十二年永嘉孙省庵昭序，此本又有李雨村调元跋。（《郑堂读书记补遗》卷十九）

文选楼藏书记一则　　（清）阮元

《金石古文》十四卷

明修撰杨慎集，成都人刊本。是书仿欧阳修《集古录》之例，纪载仓颉迄秦汉各碑刻。（《文选楼藏书记》卷六）

天一阁书目一则　　（清）范邦甸

《金石古文》十四卷刊本

明成都升庵杨慎撰，广汉丰泉苏一元校，滇南张昆池梓。嘉靖己亥序曰：《金石古文》凡十四卷，计百篇，皆汉魏文，先生掇而序之者也。昔欧阳修曾为通志释文，以拾逸散，犹未之尽。先生旁搜远取，极于深山穷谷，古文至此翕然大备，搜猎之功，富且奇矣！欧阳修读《汉郙阁颂》，至醳散关之潮潒，徙朝阳之平惨之句，莫知其说。先生类引分解，而义自明备透彻，微先生竟为阙典也。后有自跋，并有"汉无终山阳陈伯天祚玉田"图章。（《天一阁书目》卷二之二）

古今谚

　　《古今谚》一卷，乃杨慎所编著谚语集。书中首三条"古谚不可忽""谚嗟喭同""谚语有文理"总论古谚，其后则杂采古书中及吴楚蜀滇等地方之谚语而成，并有简略注释。该书今传《升庵杂著》本、《居家必备》本、《艺海珠尘》本、《函海》本、《止园丛书》本等。清人史梦兰又辑《古今谚拾遗》六卷。

古今谚序　　（明）杨慎

　　一游一豫，为诸侯度，此夏谚之始见也，《晏子》引以风景公。兄弟谗阋，侮人百里，周谚之再见也，周公述以雅《棠棣》。二谚匪直谚也，风也，雅也。嗣是太子晋公之引雝斗，曾子之喻苗硕，《左氏》之譬山木，《孟子》之说锱基，一经鸿笔，遂为骏谈。故曰：道无往不规，言无微可匿，信矣。余阅《崇文总目》，有《古今谚》一帙，今失其传，平居多暇，采辑补之。或曰：传称谚者，谓俗论也。道听途说，德之弃也。今之所辑，无乃近乎？答之曰：不然。君子多识前言往行，以畜其德，其本立矣，询于刍荛可也，采于葑菲可也。苟本之则无慙前经而不耻，末之是竞随谣俗而陆沉，是圣门病由也之嗟，孟子斥齐东之鄙也。予岂不知而作？嘉靖癸卯十二月一日，升庵杨慎序。（《升庵杂著》本《古今谚》卷首）

古今谚序　　（清）李调元

　　《古今谚》及《古今风谣》，乃升庵先生在滇采集诸书谚语，以嬉目遣怀，非著书也。其孙刻之，焦氏因之，遂有单行本。其书本始于黄帝，考其首三条，则焦氏所附录先生论谚语，而后人添入压卷者也，今仍之。按贾子引黄帝语，乃《巾几铭》、孔甲《盘盂书》也，不可谓之谚。意者先生谓谚语所由起，故以之弁首乎？罗江李调元雨村撰。（《函海》本《古今谚》卷首）

四库全书总目一则 　　（清）纪昀等

《古今谚》二卷、《古今风谣》二卷　浙江汪启淑家藏本

明杨慎编。是书采录古今谣谚各为一编。然《贾子》及《太公兵法》引黄帝语，自属《巾机铭》之遗文，或《列子》所谓黄帝书者，不得谓之为谚。且是书成于嘉靖癸卯，即载正德、嘉靖时谚，然则慎自造数语亦可入之矣。此盖久居戍所，借编录以遣岁月，不足以言著书，其孙宗吾误刻之耳。（《四库全书总目》卷一四四）

郑堂读书记一则 　　（清）周中孚

《古今谚》一卷、《古今风谣》一卷　函海本

明杨慎撰。慎仕履见礼类。《四库全书》存目，皆作二卷。此盖李雨村所合并耳。其书皆于嘉靖间在云南时，采集诸书中谣谚，以游嬉自遣。其孙宗吾刻之，遂行于世。大旨谓文辞鄙俚，莫过于谚，而圣贤诗书采以为谈，因之辑录成帙。其又辑及风谣者，盖以见祯祥妖孽之兴，其来有自，而昔人所谓诗谶之说，其亦有所本云。两书前俱有雨村序。（《郑堂读书记》卷六七）

续修四库全书总目提要一则 　　冯汝玠

《古今谚》函海本

《古今谚》一卷，明杨慎撰。慎字用修，又字升庵，四川成都人。正德辛未进士，官翰林院修撰。所辑《风雅逸篇》《古今风谣》《俗语》诸书，多已著录。是编前有李调元重刻时序，卷首列论谚三则，一谓古谚不可忽；二谓谚或作喭，又作唁，谚、喭、唁同为一字；三谓谚有文

理，先儒皆以解经，不独诗资。论谚之后，采辑诸子百家之所引谚语，自贾子引黄帝语起，至王篑传引鄙语止，并以载籍通引之古谚古语及吴楚蜀滇之谚者若干条附之于后，古今之谚，略备于是。据李序所述，谓是编与其所撰《古今风谣》，乃在滇采以嬉目遣怀，又谓其孙与焦氏先后刻之，遂有单行本。其首论谚三则，乃焦所附录而后人添入压卷者。今考是编所录诸条，自贾子引黄语至王篑传引鄙语，与其所撰《风雅逸篇》第八卷大致相同，彼此互校，则是编所录而为《逸篇》所无者多，是编未录而为《逸篇》所有者少，其载籍通引以后诸条则悉为《逸篇》所无。按《逸篇》诗歌谣谚并收，是编独取谚语一门，而较之《逸篇》所录增多删少，盖其增订别行之作，故其孙刻以单行。李序谓其为嬉目遣怀之作，殆未与所撰《风雅逸篇》一校也。（《续修四库全书总目提要》）

古今风谣

　　《古今风谣》六卷，乃杨慎所编著民谣集。书中收录上古至明嘉靖年间民谣二百八十余首，依时排序，间附释解，颇具参考价值。该书今传《升庵杂著》本、《艺海珠尘》本（一卷）、《函海》本（一卷）、《止园丛书》本（一卷）等。清人史梦兰又辑《古今风谣拾遗》四卷。

古今风谣序　　（清）李调元

　　人感于心而有言，犹风动物而有声，故诗曰风。诗所以存鉴戒，备观省也。又曰：风，风也。上以风化下，下以风刺上。主文而谲谏，有讽劝之义焉，故亦曰风。然则谣亦古诗之流亚与？若有为而发，又若无为而言，休咎之征，事后毕验。惜其多出自妇孺之口，词不雅驯，且其谈祅祥太悉，少温柔敦厚之意，故不曰诗而曰谣，然其感于风则一也。先生之作为此者，盖以见正祥妖孽之兴，其由有自，而昔人所谓诗谶之说，其亦有所本云。童山李调元序。（《函海》本《古今风谣》卷首）

古今风谣古今谚补正序　　（清）史梦兰

　　杨升庵先生所辑《古今风谣》《古今谚》各一卷，行世已久。然其中事有重出，注多脱漏，前后体例未归划一，盖亦当年未成之书也。兰不揣固陋，略加补正，重为付梓，并以《谣谚拾遗》十卷附于其后。升庵复起，当亦引为同志也。同治癸酉春仲，香崖识。（《止园丛书》本《古今风谣　古今谚》卷首）

文选楼藏书记一则　　（清）阮元

《古今风谣》一册

明杨慎辑，成都人，抄本。曝书亭收藏。是书编录经籍中谣谚，各注其所出。（《文选楼藏书记》卷一）

浙江采集遗书总录一则　　（清）沈初等

《古今风谣》一册刊本

右前人辑。此则取史书所载风谣，类而录之者。（《浙江采集遗书总录》辛集）

风雅逸篇

　　《风雅逸篇》十卷，乃杨慎所编收录先秦诗歌以补逸《诗经》之作。书中诗歌，多注明出处，间或介绍本事，施以注解。取材颇广，搜罗宏富，对明后期编选古诗风尚影响颇大。此书杨慎所编初刻为六卷本，后增删为十卷，两者内容多有异同，杨慎则为两种卷帙皆撰有序文。该书今传明正德年间原刻本（六卷）、明抄本、《函海》本等。

风雅逸篇序（一）　　（明）杨慎

　　《风雅逸篇》者，录中古先秦歌诗也。楚凤鲁麟，风之逸也；尧衢舜薰，雅之逸也。载在方册矣，曷以谓之逸？外三百篇皆逸也，逸而不收，斯散矣。兹风雅逸所为编也。予旧尝录二戴《礼》、《春秋》内外传、诸子所引逸诗，侈止四句，少仅四言，味其旨趣，以拟诸三百篇，岂必无主文谲谏之风，民彝物则之训哉？惜夫世远籍亡，不能举其全也。他若因事自歌，别为体裁，如易水、南山，侏儒、鹍鸽，义虽非正，辞之质直，华皖相称，后世刻意不能仿佛。如是者虽多所轶，而即其存者萃之，已足为更仆之诵矣。郭茂倩、左克明《乐府》所收，亦得其半，然其书本统收古今，故多详于后而略于前。遂因旧所录逸诗，广之以为一编。其事之涉释诂者存之，作之有名氏者录之。断自秦汉以下不录者，二家《乐府》自备也；断章缺句不遗者，珪璧虽摘可宝也。两书重出并载者，考异也；伪拟赝具杂厕者，广多闻资博证也。编成，有览者诮之曰：子知富人好古者乎？图绘则取其败裂者，彝鼎则珍其穿漏者，广费己资，明售人欺。子所为好古辞者，似是吹唤之吟，败裂之类也，糟粕之嗜，穿漏之俦。心力之玩，则费资也；依托之信，则售伪也。请弃置之，以谨玩物！予投笔而起，谢曰：是予之所以自讼者也，然业已成，予不忍弃也。子之言，予不敢忘，书之以为首策。正德

丙子冬十月，成都杨慎序。（明正德年间刻本《风雅逸篇》卷首）

风雅逸篇序（二）　　（明）杨慎

《风雅逸篇》，录中古先秦歌诗也。楚凤鲁麟，风之逸也；尧衢舜薰，雅之逸也。载在方册矣，曷以名之逸？外三百篇皆逸也。粤稽鲁《论》，两引逸诗，佹止两韵，约仅五言。后素昭文，何远兴仁，圣咨贤焉，贤启圣焉，于是乎取之。以此其存，概彼其余，岂必无主文谲谏之旨，民彝物理之训哉？惜夫世远籍湮，不能举其全也。然其余句散见诸书，若《大戴礼》，若《春秋》内外传，若汲冢沉文，若诸子琐语，网罗放失，缀合丛残，尚多有之。吐珠于泽，谁能不含？圣哲所遗，而后人拾以为己宝，兹类之谓乎？孔子曰：诗三百。又曰：诵诗三百。墨子曰：诵诗三百，弦诗三百，歌诗三百，舞诗三百。司马迁曰：古诗三千余篇，孔子删之为三百篇。由前言之，则太师所职数止此；由后言之，则今所存十一千百耳。自逸诗外，若因事造歌，异裁别体，若狸首、鹥诵，蚕蟹、龙蛇，后代词人，刻意莫迨。其宛转附物，怡怅切情，盖不啻惊心动魄，一字千金而已。若是者，虽多所轶没，而谨其遗者萃之，亦奚啻足为更仆之诵哉！故录首黄帝《弹歌》至伯夷《薇歌》为第一卷；录琴操歌谣词曲三十一篇为第二卷；录石鼓诗十章为第三卷；录逸诗篇名断章存者十篇，有句亡篇名者四十四条为第四卷；录经传所载孔子歌辞，及诸执事涉孔子者廿二篇为五卷；录鲁、卫、齐、晋、郑、宋、吴、赵、成、徐、秦、楚君臣、民庶、妇女、胥靡、俳优杂歌讴操曲、诵祝相曲为第六卷、第七卷；录古谚、古语、古言、鄙谚、鄙语、野语、俗语、故语、民语、不恭之语百五十条为第八卷；录荀卿《成相》杂辞三章、《佹诗》一章，附苏秦上秦王诗为九卷；录葛天氏八阕，讫于师延涤角，有篇目，逸其词，存其名义，为《风雅逸篇》十卷终焉。录成，有过而问者，诮之曰：子知富翁好古者乎？罍鼎匜觯，珍厥穿穴，图籍绘障，货彼罅裂，罄己怀资，受市魁噬。子所为嗜古辞者，将无类兹？吹映之吟则穿穴也，糟粕之拾则罅裂也，心力之玩则罄而资，依托之售则受若噬。请刊落之，其尚有盈辞。予投笔而起，负序以谢曰：然，业已成，予不忍废也。子之言，予不敢忘，则书之以终策。（《太史升庵文集》卷二）

风雅逸篇序　（明）周复俊

　　仙村草堂之会，升庵杨子视余以《风雅逸篇》，余受而绅之，愿有复也，曰是非六义之裔，三百之胤文乎？杨子曰：古辞所遗，古音寓之，学诗者不可不到心焉。有言诗曰：取材于选，效法于唐，缘情绮靡之胜，温柔敦厚之荒也。一荒斯宋，再荒斯元，元之荒也冶，宋之荒也凝，概乎无闻于唐风之靡，矧曰闯风雅藩篱哉？余因兹而感夫音之说矣。夫鹍鸡也，仓庚也，雉也，鸤也，蟪蛄也，蜩也，寒蝉也，鸿雁也，异耳同闻也，常音也，故合之喙鸣，系之《月令》。若夫巢阿而凤，集衡而鸾，雝雝喈喈，节节足足，下遥九仞，鸣旷千年，有耳希闻也，非常音也，故写之律，象之瑄，铸之和，昭之铃，为其希声也，为非常音也。乐声自太古始，百世之后，遂亡古音；乐歌自太古始，百世之后，遂亡古辞。其仅存而未亡者，吾宁舍旃？或曰是度越《风雅翼》也。呜呼汰哉！刘履氏专以风雅许人，彼方专然上稽虞周，骎骎然下迫汉魏。顾乃琐琐焉羼入宋代。譬则鹍鸡升凤阿，蟪蛄倚鸾衡也，亦必点丛云而沆晨露矣。师旷有耳，谓之何哉！方伯南湖公一见而累深致焉，且曰余必刻兹于滇云，以谂同好。凤瑄鸾和，虽未遽及，鸣蜩其远矣。东吴周复俊快之见而乐其传，作《风雅逸篇》序。嘉靖乙未冬月吉旦。（明嘉靖十四年滇刻本《风雅逸篇》卷首）

风雅逸篇后序　（明）韩奕

　　是编乃太史杨升庵先生所编集也，奕读而说之。盖谓六经之言，精而不弊，故常也。言辞之精粹者为经，言辞之和平者为风雅，风雅至圣贤而止也。圣人之道，主之以渊微，出之以礼让，而养之以风雅。欲补风雅，不取近古，则其失滋远。是编总十卷，凡先秦以上歌谣声诗，其巨细短长、欢呼悲怨之类，悉以收录不遗，下逮谚语，亦在采获，盖虽或杂于后世所引，而渊源固古人之遗也。其间虽以一言再言而足，一韵再韵而足，百字累百字而足，要之皆至理所寓。虽其人不皆圣贤，至其言或喜或乐，或愤迅，或感慨悲歌，或激烈，或贞静，或幽隐玄微，或灵怪奇异、可惊可讶，及其归皆不越乎彝伦日用，是亦圣贤之徒而选风雅者所不弃也。是编既出，则风雅当有所补，而典籍亦全矣。先儒谓三百篇后当续以《楚辞》，予谓《楚辞》肆而怨，又谓当续以陶诗，予谓陶诗偏而隐。有二者而不流，此编是也。升庵复古之志广且勤，又虞夫文体靡下而用其意者也，业诗者试并观焉。正德戊寅二月，庆阳韩奕大之序。（明嘉靖十四年滇刻本《风雅逸篇》卷末）

风雅逸篇跋　　（清）丁丙

　　《风雅逸篇》十卷，明抄本，明杨慎编。是编四库以既录冯惟讷《诗纪》，即无庸复录，入之存目。著录于《天一阁书目》，注曰刊本。此出明抄，前有东吴周复俊序，复俊者尝著《东吴先贤记》《全蜀艺文志》者也。慎自有《后序》，称录中古先秦诗歌也。首皇帝《弹歌》至伯夷《薇歌》为第一卷，琴操歌谣词曲三十一篇为第二卷，石鼓诗十章为第三卷，逸诗篇名断章存者十篇、有句亡篇名者四十四条为第四卷，经传所载孔子歌辞及诸事涉孔子者二十二篇为第五卷，鲁、卫、齐、晋、郑、宋、吴、赵、成、徐、秦、楚君臣、民庶、妇女、胥靡、俳优杂歌讴操曲、诵祝相曲为第六卷、第七卷，古谚、古语、古言、鄙谚、鄙语、野语、俗语、故语、名语、不恭之语百五十条为第八卷，荀卿《成相》杂辞三章、《佹诗》一章，附苏秦上秦王诗为第九卷①，葛天氏八阕讫于师延涤角，有篇目逸其辞存其名义，为《风雅篇》十卷终焉。（南京图书馆藏明抄本《风雅逸篇》卷首）

百川书志一则　　（明）高儒

《风雅逸篇》六卷

　　皇明成都杨慎编。录中古先秦歌诗也，斯三百篇之逸，诸书之散载也。慎恐久而泯没，编成一书，以图不朽，以慰学古，以正时习。凡一百九十七篇。（《百川书志》卷十九）

---

　① 上，原作"干"。据《风雅逸篇》卷九原文"苏秦上秦惠"改。

浙江采集遗书总录一则　　（清）沈初等

《风雅逸篇》 十卷刊本

右明杨慎辑。录自康衢《击壤歌》起，迄于周秦，凡断章逸句，在三百篇之外而散见于古籍者，悉掇拾之。（《浙江采集遗书总录》辛集）

四库全书总目一则　　（清）纪昀等

《风雅逸篇》 十卷浙江吴玉墀家藏本

明杨慎编。是编采录古来有韵之文，上起古初，下迄战国末。又附载有篇目而无其辞者，自葛天氏八阕迄于师延流徵涤角。冯惟讷《风雅广逸》即据此书为蓝本，而纰漏之处，亦即沿此书之讹。末一卷所载逸诗诸名，尤多牵合。既有《诗纪》，此无庸复录矣。（《四库全书总目》卷一九二）

文选楼藏书记一则　　（清）阮元

《风雅逸篇》 十卷

明修撰杨慎著，成都人，刊本。是书博采古歌诗谣谚，依类编录。（《文选楼藏书记》卷五）

附录

风雅广逸序　　（明）冯惟讷

冯子既撰次八代诗纪，复采上古逸声，别为一编。夫歌咏之道，肇自邃古，迄于有周，风流弥繁。古诗三千，仲尼定著为三百五篇，其遗文轶简，湮放而不传。反鲁之后，逮于秦季，其间篇句罕存，而古风未沫。故博文之士，思表见之，不揣僭为铨次，首黄帝终秦为一编，凡十一类十卷。曩杨太史升庵录《风雅逸篇》，其所掎摭，颇存经奇。是编因之，稍有广益，乃厘其部，爰稽载籍，为之叙系，明作者之旨，或采旧注，训释厥义，若箴铭祝诔繇辞，盖杨子未之及焉，则更为撰录，附歌诗之后。夫箴铭，雅之则也；祝辞，颂之俪也。古者文体未有区别，后世体裁章明，源流始判，况历数千载，其仅存如麟毛虬甲，其可弃哉？寡昧无闻，今之存者，庶万一耳。其辞或出六经圣贤之言，及诸子所论叙，稗官外史亦有取焉。夫六经尚矣，乃子史传记，犹多古则尔雅之文。外史小说，辞多不类，或后人宗其事义，依托为之欤？古文辞不多概见，譬之愿见其形而执其景，虽不尽效，亦殆庶乎。雅郑交作，子野是鉴；淄渑并氾，易牙不爽。今之所录，将以广逸，知音君子，庶几有择焉尔。嘉靖戊申季夏月，北海冯惟讷撰。（明嘉靖年间刻本《风雅广逸》卷首）

选诗

杨慎论诗，推尊六朝，以为唐诗滥觞，乃集《文选》中诗作以成《选诗》三册。后又搜集《文选》所遗，编为《外编》《拾遗》等。今传明嘉靖年间卜大有校刻《选诗》三卷、《外编》三卷、《拾遗》二卷。此《选诗》三卷，或即杨慎所谓《选诗》三册。

选诗序　　（明）杨慎

予集梁昭明太子所选诗凡若干首，别为三册。既竟，乃作而叹曰，嗟乎！诗教之难也，声文高下系乎时，制作变化存乎意。自编汇出而时或殊，自记注繁而意或滞。吾观其际，必定时而审音，由意以逆志，始为得之。夫汉魏之诗浑以雅，晋宋之诗逸以放，齐梁之诗纤以丽。风沿世降，而昭明乃以类分，似未可也。予之集此，以人为纪，以言为序，而歧之以时代之故焉。或者病昭明之选，而欲损益于其间，犹司马迁之作《史记》，议者纷如也。不知攻著述之短易，创著述之始难。假令无此，则诗教必愈晦，故予不敢妄有损益，虑失其真也。旧本有李善与五臣注，颇可取，其他若曾苍山演义之属，皆庞杂漫漶，宜姑从略，虽间有所存，亦备考异而已，此则予所集之本旨也。其为昭明所遗者，予将别为编以成大观焉。正德丙子二月朔序。（明嘉靖年间刻本《选诗》卷首）

选诗外编

《选诗外编》九卷，乃杨慎搜采六朝诗，补苴《文选》之作。此书起汉迄梁，囊括北朝、陈、隋，所收皆《文选》弃余及不及收者。此书九卷原作，《万卷堂书目》《天一阁书目》皆有著录，今已不传，可由杨慎所著序文（载《升庵文集》卷二）窥其涯略。明嘉靖年间卜大有校刻《选诗》三卷、《外编》三卷、《拾遗》二卷，署杨慎音注，其中《外编》三卷，或即杨慎九卷原书合并而成。杨慎《选》诗之作，除《选诗外编》《选诗拾遗》外，尚有《选诗附录》（据王廷表《丹铅余录序》）、《选诗辑要》（据李调元编升庵著述总目），今皆不传。

选诗外编序　　（明）杨慎

予汇次《选诗外编》，分为九卷，凡二百若干首。反复观之，因有所兴起，遂序以发其义曰：诗自黄初、正始之后，谢客以俳章偶句倡于永嘉，隐侯以切响浮声传于永明，操觚轻才，靡然从之。虽萧统所收，齐梁之间，固已有不纯于古法者。是编起汉迄梁，皆《选》之弃余，北朝陈隋，则《选》所未及。详其旨趣，究其体裁，世代相沿，风流日下，填括音节，渐成律体。盖缘情绮靡之说胜，而温柔敦厚之意荒矣，大雅君子，宜无所取。然以艺论之，杜陵诗宗也，固已赏夫人之清新俊逸，而戒后生之指点流传。乃知六代之作，其旨趣虽不足以影响大雅，而其体裁实景云、垂拱之先驱，天宝、开元之滥觞也，独可少此乎哉？若夫考时风之淳漓，分作者之高下，则君子或有取焉，是亦可以观矣。（《太史升庵文集》卷二）

百川书志一则　　（明）高儒

《选诗外编》九卷

皇明翰林成都杨慎用修集梁太子所遗诗及所未及选者。是编起汉迄梁，《选》之弃，余北朝陈隋，《选》所未及者，凡二百余首。（《百川书志》卷十九）

天一阁书目一则　　（清）范邦甸

《选诗外编》九卷 刊本卷首有"天一阁""古司马氏"二图章

明杨慎编。凡二百若干首。（《天一阁书目》卷四之三）

选诗拾遗

　　《选诗拾遗》六卷，与《选诗外编》同为杨慎搜采六朝诗，补苴《文选》之作。杨慎《选诗拾遗序》（载《升庵文集》卷二）未言此书卷帙规模，《天一阁书目》卷四之三则著录六卷刊本。此书六卷原书，今已不传，明嘉靖年间卜大有校刻《选诗》三卷、《外编》三卷、《拾遗》二卷，署杨慎音注，卷首《选诗序》与杨慎《选诗拾遗序》同，其中《拾遗》二卷，或即杨慎六卷原书合并而成。此外，明人唐尧官曾编《选诗补遗》，乃补遗杨慎《选诗外编》《选诗拾遗》之作。

选诗序① 　（明）杨慎

　　汉代之音可以则，魏代之音可以诵，江左之音可以观。虽则流例参差，散偶胪分，音节尺度粲如也。有唐诸子，效法于斯，取材于斯。昧者顾或尊唐而卑六代，是以枝笑干，从潘非渊也，而可乎哉？余观《汉志艺文》《隋志经籍》，迹班班而目睽睽，徒见其名，未睹其书，每一披临，辄三太息。此非有秦焚之厄，汉挟之禁也，直由好者亡几，致流传靡余，惜哉！方宋集《文苑英华》日，篇籍自具也，陋儒不足论大雅，乃谨唐人而略先世，遂使古调声阒，往体景灭，悲夫！梁代筑台之选，唐人梵呒之编，操觚所珍，悬诸日月，伐柯取则，炳于丹腊矣。二集所略，予得而收之，为《选》之外编。又网罗放失，缀合丛残，积以岁月，复盈卷帙。稍分时代，别定诠次，仍以《选诗拾遗》题其目。呜呼！昔之遗轶可重悲惜者，业已莫可追及，幸颇存者，宜无谖矣。其诸君子亦有乐于此者与？嘉靖壬午正月十五日，赐进士及第成都升庵杨慎撰。

---

　① 文题，《太史升庵文集》卷二作"选诗拾遗序"。

选诗序　　(明) 卜大有

是编乃杨升庵先生集古诗之入选者，而以总名云。盖往予备员留曹，与广陵朱射陂、同年毛青城寓相迩，情颇相孚，二人与先生雅善也。间述先生贻书，谓三百篇后唯梁统选诗，惜无续者。余因集为《外编》，为《拾遗》，为《律祖》，皆以补其所未及。兹欲总为一集以传世，则唐诗可尽废也。《律祖》谭少梅近刻颇佳，今以诸帙奉寄，幸念之。此虽先生嘉惠后学之心，愧余力不逮，惟二兄其成余。未几，青城补济南，竟拂衣去，射陂复补九江，竟忘刻。余虽荒遁，愿为执鞭，末由问字，第业已心许之。矧二贤披练八代之菁英，网罗群哲之丽什，家袭甿采之珍，宁可视为敝帚人握灵蛇之珠，匪特等如燕石，诗从删后，兹当与天壤终始，而卑视唐人，实先生卓越之识，深于诗者自得之，谈何容易。乃复亲陷糜，加镜考，鸠镂锲，匪欲效季札之高风，实以毕子云之雅志，使与《山带阁集》同锓之，非一快邪！选诗有音注爵里，更益以陶诗二十九首，皆先生手笔，今附于拾遗。其校订增注，则余亦有微劳，故识之。赐进士出身、中顺大夫绣水益泉卜大有撰。（以上明嘉靖年间卜大有刻本《选诗》卷首）

附录

选诗补遗小引　　(明) 唐尧官

《诗》三百篇后，惟梁昭明太子《文选》所辑者足继其响，世共珍之矣。升庵杨太史氏复辑《选》诗所遗者为《外编》，为《拾遗》，与《选》诗并传云。余每出，必携三集偕行。第载在《古文苑》《乐府》诸集者，尚有余焉，非完帙也。乃暇日复择诸集中之脍炙人口者，录为《补遗》二卷，用便观览云尔。若夫总选集成，代次人汇，则又有待也。隆庆五年十一月望日，五龙山人唐尧官。（唐尧官《选诗补遗》卷首）

千里面谭

《千里面谭》二卷，乃杨慎在滇中与张含谈诗之作。张含将杨慎谈诗书信编刊为上下卷。"千里面谭"书名典出《颜氏家训·杂艺》："江南谚云：尺牍书疏，千里面目也。"书中收录汉魏六朝隋唐诗五十首，诗后多有评语，卷末附张含《龙池春游》一首。该书今传明万历四年蔡翰臣琳琅馆刻本、《古今诗话》本、《说郛续》本等。

刻升庵先生千里面谭引　　（明）蔡翰臣

《诗》自三百篇来，匪惟作者难，而谈之者亦未易也。然赏鉴之精，自钟参军、洪容斋、严沧浪外，代不数人。赵宋以后，诗话日繁，真诠愈失，有得肯綮之中，吾见亦罕矣。迨我明兴，人文丕变，大雅复作。若太史升庵先生杨公，幼禀上材，复承家学，校书天禄，振秀词林，与先太父宗伯公同与史局，时商古事，相友甚欢。嘉靖初，尝抗疏议礼，与新贵不合，遂乃谢迹金马，栖戉碧鸡。三十余祀，益肆玄览，论议精博，谈苑之宗，著述流传，薄海内传，靡不依归。不佞结发即有志从事于斯，间窃一二，未窥全部。丁巳岁，会射陂先生避寇淮郡，日夕从游，晤言之暇，出公诸集，幸获周览，然亦未觏斯编。岁甲戌，家大人出守牂牁，随侍郡斋，偶会荐绅，贻余兹帙。受读三复，既而叹曰：博哉精哉！殆骚坛三昧，诗苑之醍醐也，允为学者指南矣，晓人不当如是乎？遂命重锲，携藏琳琅馆中，以传好古者欣赏。万历丙子正月上元，淮南后学蔡翰臣世卿甫识。（明万历四年蔡翰臣琳琅馆刻本《千里面谭》卷首）

千里面谭跋语　　（明）杨慎

前此曾书诗一卷呈上，以代千里面谭①。来谕欲付之雕梓，愧愧，然亦是奇事。今继书此一卷，乃走所集《诗林振秀》之百一，世所罕传者，并请赏鉴。吾兄《龙池春游》诗，艳而有讽，与江淹春游、美人同调，请并刻之。诗有出于率易而神妙者，如西子洗妆，巫娥卸服，固胜于罗纨绮绘也。升庵识。

千里面谭跋语　　（明）张含

升庵前有《面谭》之帙之寄，编为上卷；今复有此寄，编为下卷以锲焉。禺山张含识。（以上明万历四年蔡翰臣琳琅馆刻本《千里面谭》卷末）

少室山房笔丛一则　　（明）胡应麟

千里面谈

杨所手书寄张愈光者，张刻之滇中，亦《卮言》所未载，因识此。首录温子升等四章，谓七言律所自出，然末二句皆五言。余遍阅六朝，得隋炀帝、庾开府、陈子良三首。虽声调未谐，实七言律滥觞也，惜无从质之杨子云。（《少室山房笔丛》乙部《艺林学山》八）

---

① 《千里面谭》卷上末附升庵书云：慎近多病，不多作诗，而喜谈诗，然无可与谈者。千里又与吾兄隔，暇日书《千里面谈》一卷，以代一夕之话，必有以教我也。侍弟杨慎顿首禺山先生尊契丈。

五言律祖

　　《五言律祖》前集四卷，后集六卷，乃杨慎所编五言古诗选本。因其体合律，杨慎以之为五律源头，故称"律祖"。此书初为六卷，收诗一百八十七首，由韩士英序刊于嘉靖二十年。次年，由万道济刊刻续编四卷，乃成十卷完帙。该书今传明嘉靖二十一年万道济等刻本、明九芝山房刻本（五卷）、明曼山馆刻本、《升庵杂著》本、清抄本等。明万历年间江湛若曾删并《五言律祖》，并选辑《七言律祖》附之。

五言律祖序　　（明）杨慎

　　夫仰观星阶，则两两相比；俯玩卦画，则八八交联。盖太极判而两仪分，六律出而四声具，岂伊人力，实由天成，验厥物情，可识诗律矣。五言肇于风雅，俪律起于汉京。游女《行露》，已见半章，孺子《沧浪》，亦有全曲，是五言起于成周也。北风南枝，方隅不忒，红妆素手，彩色相宣，是俪律本于西汉也。岂得云切响浮声，兴于梁代；平头上尾，创自唐年乎？近日雕龙名家，凌云鸿笔，寻滥觞于景云、垂拱之上，着先鞭于延清、必简之前，远取宋、齐、梁、陈，径造阴、何、沈、范，顾于先律，未有别编。慎犀渠岁暇，隃麋日亲，乃取六朝俪篇，题为《五言律祖》。溯龙舟于落叶，遵凤辂以椎轮，华雕极挚，本质回逾矣。今之论词曲者曰：套数、小令各有体，套数可以仿小令之严，小令不可入套数之诨。论字学者曰：分隶、篆籀各有师，分隶可以从篆籀之古，篆籀不可杂分隶之波。例之诗律，曷云异旃，如曰不然，请俟来哲。（明嘉靖年间刻本《五言律祖前集》卷首）

五言律祖后序　(明) 韩士英

　　夫律也者，诗之俪而有则者也。对偶精切，音韵比伦，如乐之律焉；矩度谨严，篇章稳贴，如法之律焉。《选》变为律，律盛于唐，然岂一代一人遂至此乎？论者谓五言始于汉，律诗始于唐，殆未之考耳。升庵杨子，天才秀逸，博极群书，在滇时尝选六朝之诗，得其体之合律者，凡一百八十七首，厘为六卷，题曰《五言律祖》。别其源流，断自风雅，根极有据，非随人妍媸者。予偶得其稿，读而悦之，遂谋诸梓，以贻同好。呜呼！久矣古诗之不作也。杨子之选，独取夫律，不及于唐，而祖之云者，其有意于复古乎？溯源探本，反之于《选》，以归于三百篇，以究于康衢之谣、庆云之歌，万世之祖，于是乎在。而兴观者之华胄不失，坠绪可寻，此则杨子之意也。不然宋、齐、梁、陈气不完而政多乱，岂其声音之道可以为元始哉？读是篇者，当以是求之。嘉靖辛丑春正月上元日，南充韩士英识。（明嘉靖年间刻本《五言律祖后集》卷末）

五言律祖跋　(明) 张应台

　　升庵先生缉《五言律祖》前集，中丞石溪韩公既序而刻之矣。安宁郡博万子道济病其传未广，且续篇尚遗，遂捐赀图梓。郡守吴子道、董宗充，醝司张汝警各助之。兹编之行，纸价当贵矣。日台尝闻诸先生曰：律诗非古也，其周雅楚骚之衰乎！然而窥六甲者首制，辨四声者竞鸣，亦如贡赋之不可复井田，郡县之不可为封建矣。虽然，古意不可不存也，昔人叹虞伯生徒见朱子以后六经，不见朱子以前六经，余亦叹今之学诗，徒知杜子美以后诗，不知子美以前诗。盖六朝犹近汉魏，汉魏则近风雅，等而上之可也，从流忘返不可也，此先生编辑之雅意。或谓六朝世洼政秕，宜所不采，过矣。《板荡》之什，固晚周之余音；《怀沙》之篇，乃狂楚之裔咏，乌可以时代捐哉？刻成，俾台跋之，并记所闻于先生者于末简云。嘉靖壬寅十一月长至日，连然张应台识跋。（明嘉靖年间刻本《五言律祖前集》卷首）

五言律祖小引　　（明）刘荣嗣

今夫水当其山下而波涛具，本当其土中而花叶具，故即波涛花叶而本源可溯焉。乃人生而七情备，五音出，各有诗也。绘词琢句，流荡披靡，至于失本情而庚元音，反无诗也。伤黄落者念萌蘖，感耗竭者思涓泉，深心之士不得不返而溯其自始，此用修、肃之两先生慨然致意于五言律之祖也。夫诗至陈隋，道已中衰，唐乃变古为律，律诗之始，古诗之终乎？而晋宋已有其体，独无其名，则律之来远矣。律之初生，又古之渐亡乎？于鳞先生曰唐亡古诗，岂无见哉？虽然，古未尝亡也。殷因于夏，周因于殷，异代革命，玉步未改，礼未尝亡也。质祖忠而忠在质，文祖质而质在文，彬彬郁郁之旨，可绎思也。律体历唐之初盛中晚以至宋元，皆以晋宋以来诸诗之声调骈丽者为祖，而标出名目，独在唐兴。唐实用因之道，居创之功矣。时王典制，比隆风雅，后世相沿，不复更变，亦犹夫《周礼》之至今存也乎？又谁谓诗仅留连光景之细事，而一时取士之功令，不足为垂世之弘猷，可任其波靡莫为之虑也？若夫古诗之变，不知凡几，六朝衰而转为律，唐之古诗，又焉得比于汉魏？宋元以后，其失弥远，此非可以影向形似求之明矣。惜乎问本寻源，远追鼻祖于《三百篇》之前，以回狂澜而归始荄之，尚未见其人也。则姑以两先生之辑，具因革生息之小谱乎？（《简斋先生集》文选卷三）

少室山房笔丛一则　　（明）胡应麟

五言律祖

杨用修生平嗜古，盘胸纠腹皆秦汉六朝，而尤好纂集。若《金石古文》《风雅逸篇》《选诗外编》《古文韵语》等，手到辄拓，指南来学，标帜前闻，厥功甚伟，惜不无遗误耳。此编辑六朝近律者，以明唐体所自出，入门士熟习下手，足可尽湔晚近尘陋，超而上之。舍律而古，当涂典午，始基在焉。用修之识，致足仰也。第中实合唐律仅三四篇，余更搜猎梁陈间，得声调大同者十数首，其他近似亡虑百余，暇当缉为一编续用修书，庶无遗憾云。其目略具《诗薮》中。（《少室山房笔丛》乙部《艺林学山》八）

附录

五七言律祖序　　（明）江湛若

　　诗固其难，谭夫何易，律以和声，学卑乎近，近之而古微，易之而诗亡矣。其亡其微，世道遂降，变风变雅，污隆以之。故八音克协，本贯性情，六义苟违，辞刊绘绣。若夫语艳而蓓，字典以则，比者云章，丽者霞烂。凤毛麟甲，彪炳龙文，觌者快目，玩宜爽心，又何不贵都人之纸，宝中郎之帐乎！杨用修先生，西蜀秀才，东壁俊士，叫阊悟主，攀槛致身，同供奉流放碧鸡，非待诏浮沉金马。青藜丙夜，丹铅酉藏，厥有《律祖》，奉若彝章。虽照乘见珍，而颣玑或弃，连城重袭，而半璧稍捐。仆三余之隙，肆上假披，时有赏音，用足佳卷。并采七言，附为一帙，始自隋唐，集成李杜。然怪唐人六集，子美独遗，名世几君，草堂其选。不法而法，允矣诗家之圣；出律而律，玄哉众妙之门。览者宜可思其难，学士或有乐其易也。万历癸卯人日，新都江湛若叙。（明万历年间刻本《五言律祖》卷首）

唐绝增奇

　　《唐绝增奇》五卷，乃杨慎编选唐人七言绝句之作。分神品、妙品、能品、杂品、仄体五类，每类一卷，共收诗一百三十四首。今传明曼山馆刻本。

唐绝增奇序[①]　　（明）杨慎

　　予尝评唐人之诗，乐府本效古体，而意反近，绝句本自近体，而意实远。欲求风雅之仿佛者，莫如绝句，唐人之所偏长独至，而后人力追莫嗣者也。擅场则王江宁，骖乘则李彰明，偏美则刘中山，遗响则杜樊川。少陵虽号大家，不能兼善，一则拘乎对偶，二则汩于典故。拘则未成之律诗，而非绝体；汩则儒生之书袋，而乏性情。故观其全集，自锦城丝管之外，咸无讥焉。近世有爱而忘其丑者，专取而效之，惑矣。昔贤汇编唐绝者，洪迈混沌无择，珉玉未彰，章、涧两泉盛行今世，既未发覆于庄语，仍复添足于谢笺。其余若伯弜、伯谦、柯氏、高氏，得则有矣，失亦半之。屏居多暇，诠择其尤，诸家脍炙，不复雷同，前人遗珠，兹则缀拾。以《唐绝增奇》为标题，以神、妙、能、杂分卷帙。逃虚町庐，聊以自娱，跪石之吟，下车者谁与？（《太史升庵文集》卷二）

---

　①　《太史升庵遗集》卷二三亦收此序，文题作"选唐百绝序"。

少室山房笔丛一则　　（明）胡应麟

唐绝增奇

据序，用修自谓前人遗珠，兹则缀拾，以"唐绝增奇"为标题，以神、妙、能杂分卷帙云云。然压卷"秦时明月"一首，《唐诗品汇》已收；工部"锦城丝管"一章，敖氏绝句亟取。前人遗剩，不过数篇耳。至所差品第，亦多未安，不若总会唐绝，以四品该之。余盖有志而力未逮云。（《少室山房笔丛》乙部《艺林学山》八）

绝句衍义

  《绝句衍义》四卷，乃杨慎所编六朝及唐人七绝诗选。诗凡一百四首，首列梁武帝、江总、梁简文帝、萧子显诗各一首，以见绝句起于六朝。诗后有评语，多出慎手。该书今传明曼山馆刻本，王仲镛、王大厚先生有笺注本（四川人民出版社 1986 年初版，浙江古籍出版社 2020 年增订本）。

绝句衍义序 （明）杨慎

  谢叠山注章泉、涧泉所选《唐诗百绝》，敷衍明畅，多得作者之意，艺苑珍之。顷者禺山张子谓余曰：唐人绝句之佳者，良不翅是，为之例也则可，曰尽则未可也。属余续取百首注之，久未暇。丙辰之夏，连雨闭门，因取各家全集及洪氏所集，随阅得百首，因笺而衍之。或阐其义意，或解其引用，或正其讹误，或采其幽隐。因序之曰：近日多为禅梵绝学之说，或以六经为糟粕而薄之，又以为尘埃而拂之，又以为赘疣而去之，又以为障翳而洗之。不畏天命，狎大人，侮圣言，六经且然，何有于诸子百氏乎？间有志于好古者，亦曰：观书必去注，诗不必注，讽诵之久，真味自出。余诘之曰：《书》云孝乎，惟孝，友于兄弟，施于有政，是亦为政，非孔子之注《书》乎？有物必有则，民之秉彝也，故好是懿德，非孔子之注《诗》乎？譬之食焉，是蒸是蓑，实坚实好矣。又必或舂或揄，或簸或蹂，释之叟叟，烝之浮浮，而后得饔飧，岂能吞麦芒食生米乎？真味何由出也？甚矣近日学之卤莽灭裂，矞宇委琐，自欺而又欺人也。卿自用卿法，吾自用吾法，因以印可于禺山云。嘉靖丙辰夏五之望，升庵杨慎书。（明曼山馆刻本《绝句衍义》卷首）

绝句辨体

　　《绝句辨体》八卷，分为四句不对、前对、后对、前后皆对、散起、四句皆韵、仄韵、换韵等八体，每体一卷，共收录六朝、唐诗一百七十二首。该书今传明嘉靖三十二年（1553）内江喻氏刻本、明万历二十五年（1597）张栋张氏山房刻本、《升庵杂著》本、明曼山馆刻本等。

绝句辨体序　　（明）杨慎

　　梅都官《金针诗格》云：绝句者，截句也。四句不对者，是截律诗首尾四句也；四句皆对者，是截律诗中四句也；前对后不对者，是截律诗后四句也；后对前不对者，是截律诗前四句也。此言似矣，而实非也。余观《玉台新咏》，齐梁之间已有七言绝句，迥在七律之先矣。然唐人绝，大率不出此四体。其变格则又有仄韵，盖祖古乐府；有换韵，祖古《乌栖曲》；有四句皆韵，祖古《白纻辞》；有仄起平接而不对者，又一体。作者虽多，举不出此八体之外矣。园庐多暇，命善书者汇而录之，亦遣日之具，胜博弈之为云尔。嘉靖癸丑五月朔日，升庵杨慎序。（明嘉靖三十二年内江喻氏刻本《绝句辨体》卷首）

绝句附录跋　　（明）杨慎

　　此卷皆昔贤所选，世所常诵者，或转刻之讹，或妄改之谬，今以善本互证之于此。（明嘉靖三十二年内江喻氏刻本《绝句辨体》附录卷首）

绝句辨体跋 （明）喻柯

升庵杨太史寄示《绝句辨体》，柯披读之，恍若入诗家之海，而探照乘之珠也。敢不梓行，与天下共宝焉。若夫叙集之义，则太史公备言矣。蜀内江后学喻柯拜书，时癸丑之秋日也。（明嘉靖三十二年内江喻氏刻本《绝句辨体》卷末）

绝句辨体后题 （明）张栋

杨用修先生故推博洽，著述至富，此编直鼎脔耳，不足为先生重也。蜀旧有刻本，□中日长，时一吟诵，可当丝竹，因翻刻于木雁轩中。万历丁酉秋七月望日记。

旧刻八卷之外，尚有附录一卷。盖世所常诵，而庋于讹传妄改者，为之是正。若杜牧《寄扬州韩绰判官》：青山隐隐水迢迢，秋尽江南草未凋。二十四桥明月夜，玉人何处叫吹箫。此牧在淮南，而诗寄扬州，以秋尽未凋见江南之致。后人误以"草未凋"作"草木凋"，则草木尽秋而凋，何足入咏？且与青山明月、玉人吹箫不是一套事矣。若牛峤《杨柳枝词》：吴王宫里色偏深，一簇烟条万缕新。不分钱塘苏小小，引郎松下结同心。按古乐府有《小小歌》云：姜乘油壁车，郎乘青骢马。何处结同心，西陵松柏下。峤盖用此意，咏柳而贬松，所谓尊题格也。后人误以"松下"作"枝下"，语意索然。诸如此类，颇多发明，第于辨体之义无当，故删去之。十六日再记。

用修先生，一代学府，其序驳梅都官谓：齐梁之间已有七言绝句，迥在七言律之先矣。殆未必然。六朝诗格固自有五言，有七字，有多至十数语，有少至二三联，岂得以二联四句，遂谓为绝句也？杨伯谦云：七言绝句唐初尚少，至中唐而始盛。李汉编韩退之集，以绝句合律诗为一体，盖绝句亦律诗也。齐梁诸作，自是六朝体裁，不可强而一之矣。廿二日又记。

齐梁之诗，虽已漓汉魏而近初唐，然去沈宋尚远。况《乌栖》本乐府清商曲词，《白纻》本乐府舞曲歌词，不当混入绝句体。试举梁张率《白纻词》，元共九首，二首四韵，四首五韵，三首六韵。今摘四韵入绝句体，则五韵六韵可入律诗不乎？起用修先生于九原，不知何以自解也。又记。

雍裕之《两头纤纤》《了语》皆杂体诗，亦不当入绝句体。桓南郡与殷荆州共作《了语》，然止三韵，则又何体也。谓之辨体，即不得不辨。又记。

韦曲女仙《题慈恩寺塔》一首：黄子陂头好月明，强踏华筵到晓行，烟波山色翠黛横。折得荷花远恨生，化为白鹤飞去鸣。此诗本是五韵，而洪景卢录《万首绝句》，误遗一句，因遂收之。用修先生最喜搜奇示博，独不能正景卢之误，还入绝句体中，何邪？先生勇于驳人，疏于驳己，世固不正陈晦伯也。又记。

深山多暇，笔墨在前，漫记数语，俟辨于知者。南风不竞，窥豹一斑，非敢与先生角胜也。先生固云：亦遣日之具，胜博弈之为云尔。明月朔日又记。（明万历二十五年张栋张氏山房刻本《绝句辨体》卷末）

题绝句辨体序　　（清）沈石爻

用修好奇太过，卷末张氏所驳甚是。鄙意何不将折要体、拗体再编两卷，暇日当费数日之力，以了此愿。中秋后三日夜，石爻记光绪二十有五年也。（中国国家图书馆藏明万历二十五年张栋张氏山房刻本《绝句辨体》卷首杨慎序后）

绝句辨体跋　　（清）沈石爻

己亥八月十八日归，天石招我手谈，得见此本，喜其所选皆幽艳之作。披读数过，天石见余爱，遂慨赠薄草，携归镫下记之。

庚子涂月初十日，诸友集小楼看雪。日暮客去，窨烛翻书，适得此卷。天石作古已半载矣，回思旧事，惘然久之。石爻记。（中国国家图书馆藏明万历二十五年张栋张氏山房刻本《绝句辨体》卷末）

内阁藏书目录一则　　（明）孙能传等

《绝句辨体》一册

杨慎编，自六朝至唐止。（《内阁藏书目录》卷八）

下卷 校辑选批之属

文公家礼仪节

明人丘濬有《文公家礼仪节》八卷传世，颇知名。此书又有题朱熹编，杨慎辑者，前并有慎序。但序文署时与慎生平颇不符，书中内容又与丘书全同，可知题杨慎辑者乃出于书贾伪托。题杨慎辑《文公家礼仪节》今传明刻本、清康熙四十年（1701）刻本、清乾隆四十二年（1777）明经堂刻本等。

家礼序　（明）杨慎

尝读《鲁论》"施于有政，是亦为政"句，曰紫阳先生《家礼》之纲也。读《礼经》"经礼三百，曲礼三千"句，曰紫阳先生《家礼》之目也。先生于《周礼》《仪礼》外，集《家礼》五卷，而琼山先生复为衍以图式，参酌而编次之。凡系家之中，冠婚丧祭，咸极其微细而周至，其极微细而周至者，正极其郑重而鸿巨者也。慎终追远，定省告面，引人于孝子慈孙之列；一庙貌一祀典，一等级一隆杀，家政施于至尊至亲矣。箴规训诫，聘问馈遗，引人于端人正士之林；为人子为人妇，亲师范近仁贤，家政施于蒙养成人矣。进退周旋，服食器用，引人于安分循理之地；疏至戚近至远，或鸣谦或秉敬，家政施于日用事物矣。姬公旦殚心力，以为之经画区处，各攸当而后已。公之才艺，与制作《周礼》《考工》，垂之千古。文中子居家未尝废，以为王道之极，是文武所以纲纪周国，君临天下，致隆平者欤！公定《家礼》以补《周官》之未备，是姬公修之于朝，而文公修之于野。修之于朝者，其类博而其法严，而修之于野者，其制约而其义广。《周礼》《家礼》二经并重，如日月之代明，人不熟二经者，犹之人不为《周南》《召南》，面墙而立，跬步行不去，何以申孝思，何以裕后昆，何以敦化理，何以厚风俗。不佞自甲申议礼获戾，谪居滇中，己丑以外艰奉旨还滇守制，读礼之次，详为校定是书耳。而《周礼》固天下国家并重，宜尸祝而社稷之者，余不敢任，谨俟之明智贤达者。或曰子紫阳琼山功臣也，余更不敢当。正德庚寅岁七月壬寅将还滇，谨题于篇首，成都杨慎。（明刻本《文公家礼仪节》卷首）

读家礼仪节　　［日］林信言

文公家礼及无穷，仪节原知杨慎功。考证附论图注密，应须万古仰儒风。宝历壬午仲冬念日，国子祭酒林信言书。（明刻本《文公家礼仪节》卷末）

四库全书总目一则　　（清）纪昀等

《别本家礼仪节》八卷少詹事陆费墀家藏本

旧本题明杨慎编。慎有《檀弓丛训》，已著录。是编前有慎序，词极鄙陋。核其书，即邱濬之本，改题慎名。其图尤为猥琐。送葬图中至画四僧前导，四乐工鼓吹而随之。真无知坊贾所为矣。（《四库全书总目》卷二五）

管子校

杨慎曾厘定《管子》，其本今不传，有序存于《升庵文集》卷三。

管子叙录　（明）杨慎

太史公曰：吾读管氏《牧民》《山高》《乘马》《轻重》《九府》，详哉其言之也！其解在刘向《别录》，曰：《九府》书民间无传，《山高》一名《形势》。向子歆《七略》以《管子》十八篇列在法家。据今行世本，视歆《略》篇目反倍益之，《封禅》篇亡，补以迁书，其余采获缀合，宜亦多矣。其曰召忽之死也，贤其生也；管仲之生也，贤其死也，焯知为后管者之论。乃若阖闾之世，远出桓后，《春秋》之成，不在仲先。何称吴王好剑，士多轻死，复称《春秋》所以纪成败乎？知非尽出仲笔矣。《弟子职》一篇，盖古小学诵，虽无与霸图，而载之末简，好古者尤伟其辞，幸有传云。此书故有杨忱序，旨高说奇，惜今亡传。注者尹知章，题冒房玄龄，遗误如此。且无篇第，以为翻病。吾为叙录之以传焉，为卷二十四，吾从今；中为经言，为外言，为内言，为短语，为区言，为杂篇，为解，为轻重以纬之，吾从古。（《太史升庵文集》卷三）

庄子阙误

《庄子阙误》一卷，乃杨慎校订《庄子》之作。该书在宋人陈景元《庄子阙误》基础上进行改编增校，今传《升庵外集》本、《升庵杂著》本、《函海》本、《子书百家》本等。

庄子阙误跋　　（明）王尚修

余于司隶凤亭君坐，获睹其先大父太史升庵先生之《庄子阙误》。因叹前哲讽诵之际，了不以己之该博而遽定昔人勘校之是非，必两存之，诚谨之也。观欧阳永叔《传易图序》云：余读经解，此语今《易》无之，岂《易》今亦有亡者耶？呜呼！六籍诸子，自秦焚后，百家丛出，意所杀益，义罔不可，真伪遂淆，其有同异，从来远矣，此先生所以有《阙误》之录乎？司隶君付之梓，而命余识其末。后学王尚修跋。（《升庵杂著》本《庄子阙误》卷末）

庄子阙误序　　（清）李调元

《庄子阙误》一卷，见于焦竑所刻《升庵外集》中，每条下所附，则采升庵《经子难字》中之《庄子难字》也。《难字》一书，余遍采未获，故仍之。按明代著书，自升庵后，博洽者无过于竑。而竑有《庄子翼》八卷，末亦载《庄子阙误》一卷，则全录宋陈景元《南华经解》之文，虽足以资考证，比之升庵此书，则上下床别矣。罗江李调元①。（《函海》本《庄子阙误》卷首）

---

① "则全录"句至文末，李调元《童山文集》卷十四收《庄子阙误跋》作"不题升庵作，直据为己有，明人好袭，竑尚不免，他何论乎！"

郑堂读书记补遗一则　　（清）周中孚

《庄子阙误》一卷_{函海本}

明杨慎撰。仕履见经部礼类。《明史·艺文志》著录。前有李雨村调元序云："《庄子阙误》一卷，见于焦竑所刻《升庵外集》中，每条下所附，则采升庵《经子难字》中之《庄子难字》也。竑有《庄子翼》八卷，末亦载《庄子阙误》一卷，则全录宋陈_{李序误脱"陈"字}景元《南华经解》之文，虽足以资考证，比之升庵此书，则上下床别矣。"今按《庄子翼》所载阙误与此本相同，惟字句有改易，安见其上下床之别也？至其《经子难字》二卷，或摘字音，或摘文句，随手杂录，绝无异闻，今采以附之各条下，亦未见其有得云。《说郛续》所收题曰阙名，无"难"字。（《郑堂读书记补遗》卷三〇）

续修四库全书总目提要一则　　佚名

《庄子阙误》一卷_{函海本}

明杨慎撰。慎字用修，号升庵，蜀新都人。明正德间廷试第一，授修撰。尝抗疏论事，颇著直声。世宗时充经筵讲官。后大礼议起，慎与同列力谏，彼削籍遣戍云南，即卒。慎敏而好学，深通经史，兼及六艺，著述之富，世推第一。此书一卷，乃辑《庄子》阙文及其字误。盖取各家古本，校其真伪，正其得失，实读《庄子》者之参考也。目录、序一本原书，由《逍遥游》至《天下篇》，末附真经名氏，乃列举《庄子》善本，亦即是编取材。前有罗江李调元序，谓《庄子阙误》一卷，见于焦竑所刻《升庵外集》中。每条下所附，则采升庵《经子难字》中之《庄子难字》也。《难字》一书，余遍采未获。按明代著书，自升庵后，博洽者无过于竑。竑有《庄子翼》八卷，末亦载《庄子阙误》一卷，则全录宋陈景元《南华经解》之文①，虽足以资考证，比之升庵此书，则上下床别矣云。李氏此论，诚非虚誉。因慎深通经传，并精小学方言，于古文奥义，皆能博考旁通。如书中《秋水》《人间世》

---

①　陈，原无，据李调元《庄子阙误序》补。

各篇，均能考证各本得失，其校正之勤，洵《庄子》书之功臣矣。
（《续修四库全书总目提要》）

诸子点评

　　明代中后期，评点之风日炽，诸子书评点为其中一大宗，书贾为促销射利，往往假托名家评点，以欺世目。今传署名杨慎评点诸子书六十余种，真伪难辨，姑存杨慎所著序文，以见其概。

鬻子序　　（明）杨慎

　　明圣远，道术裂，处士乃议，百家乃作。凡子之所撰，皆一人之私言也。或杖策辞世而玄文始留，或著绩匡夏而余业自叙，或阳阴其术以钩钓时辟，或诞诬厥指以喑哑群口。其至篡窃大义，蓁芜人路，恣肆空谭，剽剥儒宿，皆由季末鼓扇，都无盛隆制作。鬻子不然，独以既耄师至德，绪言襄大业。宾名守弱，居然道德之祖；狂惑大忘，允矣侯王之箴。它若非非恶恶之论，自贤自智之讥，谁子之堪与？乃如四死三和之规，杖民仁器之诵，何治之不臻？覃所云语烂明珪，词彰群纬者矣。玩之既珍，餐之可饱，王明固当望云签而肃拜，吉士亦宜抽湘管以书绅。然则鬻子者，其万世之公言与！行珪序表，极所赞颂，其文辞雅缛，亦称观览，并识以丹铅，藏之中笥。成都杨慎撰。（《杨升庵先生评注先秦五子全书·鬻子》卷首）

关尹子序　　（明）杨慎

　　《关尹子》展卷便朗如朝暾始升，冥盲之气划然而开，真度世之灵书也，稚川叙之详矣。或疑其书非真《关尹》，余亦以不类《列子》所称引，然其九篇所列，类非浅袭者所能道也。其大旨以芸芸器界，胥识想所成，故曰思者土。今试捐思去虑，耳目即无由延揽，苍黄何别，二曜胡缀？川谷奚堙，峻岳焉夷？平原林莽，何年之隐也？丘陵郭邑，何夕之违也？台榭堂庑，谁为摧之？金玉丝竹，孰令辍之？羲皇何演嗣何传，苍颉何制鬼何哭？充栋胡藉，湘管胡陈？松烟胡润，丹铅胡识？戚属奚存，知交安在？口安言，腹安饥？羹安陈，釜安设？孰烹孰割，孰操斯刀，孰当斯肉？寒暑焉藏，裘葛焉御？焉骖焉乘，焉往焉诣？故曰可以游于太清，可以与于太宁。然则登是书者，将曰为关尹耶？为非关尹耶？成都杨慎撰。（明天启五年张懋案横秋阁刻《杨升庵先生评注先秦五子全书·关尹子》卷首）

鬼谷子序　（明）杨慎

鬼谷捭阖之旨，其探窃人意，诚有似于子舆氏穿窬之案。然其本经七篇，非知道而深隐自养者，未易作也。其言曰：神为之长，心为之舍，德为之人，养神之所归诸道。又曰：心气一则欲不惶，欲不惶则志意不衰，志意不衰则思理达，思理达则和通，和通则乱气不烦于胸中。又曰：无为而求，安静五脏，和通六腑，精神魂魄固守不动，乃能内视反听定志，思之太虚，以观天地开阖，知万物所造化，见阴阳之终始，原人事之政理，不出户而知天下，不窥牖而见天道，不见而命，不行而至。其为言如是，夫岂以言不言餂人者哉？夫物之乖理，人言为甚；言之善饰，不迷为难。庄子曰：无听之以耳，而听之以心；无听之以心，而听之以气。气者，虚之府也；虚者，明之藏也。明故终日听而不昏，终日辨而不乱。《鬼谷子》其有得于是说者哉！其精言玄思，更多可诵读者，善用之，庶不为仪、秦之续耳。成都杨慎撰。（明天启五年张懋案横秋阁刻《杨升庵先生评注先秦五子全书·鬼谷子》卷首）

邓子序　（明）杨慎

昔人谓东方曼倩学不纯师，余于邓析子亦云。从来虚无则老庄司化，刑名则商韩执契，经济则敬仲持窾，飞箝捭阖则鬼谷导机。盖悉有崇门，各不相借，凛凛乎如画界而守也。今观是书，则经纬相杂，玄黄互陈，宫商迭奏，初无定质。其言神不可见，幽不可见，智者寂于是非，明者寂于去就，则鬼谷子家言也。其言百官有司，各务其刑，循名责实，察法立威，则商、韩氏意也。其言达道者，无知之道，无能之道，圣人以死，大盗不起，则漆园语也。其言心欲安静，虑欲深远，尊贵无以高人，聪明无以笼人，资给无以先人，刚勇无以胜人，则柱下史知雄守雌，知白守黑之遗教也。至云藏形匿影，群下无私，明君视民而出政，又云民一于君，事断于法，君人者不能自专而好任下，则智日困而数日穷，则又皆管大夫不失政柄，君臣明法之旨也。然篇中多御辔励臣之语，邓析殆长于治国者与？虽其书合纂组以成文，然皆几几乎道，可谓列素点绚，流润发彩，言之成服者矣。成都杨慎撰。（明天启五年张懋案横秋阁刻《杨升庵先生评注先秦五子全书·邓子》卷首）

公孙子序 　　（明）杨慎

夫云霞无质而玄士或企其徘徊；岩岫未语而俊人或欣其晤对。何者？灵气所集，揽之无得而益事已存，非必食肉乃知肥，饮浆乃释渴也。公孙龙子学不协于当时之士，书不契于后时之贤，希深一注颇无赞述，何者？其取文也狭，不垒碨奇字也；其修语也削，不泽滑辅齿也；其设境也复，入之者东西迷也；其扬韵也远，凭之者樊卤隔也。夫士揣时摩尚，朝之所肆不及夕而思来于腕下，何假此羊牛马鸡青白黄碧等物哉？然余独有娱于是书也，其情长，有明王之思焉；其旨怨，有失类之悲焉；其气俊，其所与交臂之贤，似未有当其眄睐者焉。其书若朝岚束翠屈曲逶迤而仙然如带也；若兔丝悬于百尺之枝而纠缠飘扬也；若玄猿攀逐于危岭峭壁而啾然群啸也。若季兰幼艾，争言较慧于花栏月陌之间，而申申其未置也。故其当年所与交好者，盖乃公子之翩翩者耳。而宿学之儒与显名之士，皆诋而去之。呜呼！人情相远，安得邀市人而与翰林泉哉？粗为演释，以通吟玩，俟好事者赏心焉。成都杨慎撰。（明天启五年张懋案横秋阁刻《杨升庵先生评注先秦五子全书·公孙子》卷首）

亢仓子序 　　（明）杨慎

《亢仓子》书九篇，每篇皆贯以道字。夫道亦何所不用之，无论君臣兵农之间，斯须不能离道，即寇盗奸顽，亦未尝不倒用是道而克济也。世人不知道术，而谬以文字语言讥评往德，孰似真则是之，孰似伪则非之，孰近于汉魏，孰出于先秦？呜呼！文章果可以只字片言，漫评今古哉？古人为道立言，非以言支道。第以道论，则其语愈卑，其旨弥超，其气愈近，其趣弥远。人有出处，道还一致；书有多家，意原合辙。如溪山虽异，云月自同，松筠固殊，风烟何别。读是书者，唯玩其果当于道与否，不可以其同而疑之，以其异而向之也。成都杨慎撰。

（明天启年间武林坊刻本《合诸名家批点诸子全书·亢仓子》卷首）

古文参同契校

　　《古文参同契》三卷，杨慎自序云：得于洪雅杨邛崃宪副，云南方有掘地得石函，中有《古文参同契》三篇，叙一篇，徐景休笺注三篇，后叙一篇，淳于叔通补遗三相类二篇，后叙一篇，合为十一篇，盖未经后人妄窜也。乃校刻于滇中。此本曾经傅增湘《藏园群书经眼录》著录，今未见。其文本实可自《津逮秘书》本《古文参同契集解》得之。后人多疑此书为杨慎伪造。

古文参同契序　　（明）杨慎

　　《参同契》为丹经之祖，然考隋唐《经籍志》，皆不载其目。惟《神仙传》云：魏伯阳，上虞人，通贯诗律，文辞赡博，修真养志，约《周易》作《参同契》。徐氏景休笺注，桓帝时以授同郡淳于叔通，因行于世。五代之时，蜀永康道士彭晓分为九十章，以应火候之九转，余《鼎器歌》一篇，以应真铅之得一。其说穿凿，且非魏公之本意也。其书散乱冲决，后之读者不知孰为经孰为注，亦不知孰为魏孰为徐与淳于，自彭始矣。朱子作《考异》及解，亦据彭本，元俞玉吾所注又据朱本。玉吾欲分三言、四言、五言各为一类而未果，盖亦知其序之错乱而非魏公之初文，然均之未有定据尔。余尝观张平叔《悟真篇》云：叔通授学魏伯阳，留为万古丹经王。予意平叔犹及见古文，访求多年，未之有获。近晤洪雅杨邛崃宪副，云：南方有掘地得石函，中有《古文参同契》，魏伯阳所著，上中下三篇，叙一篇；徐景休笺注亦三篇，后叙一篇；淳于叔通补遗三相类上下二篇，后叙一篇，合为十一篇。盖未经后人妄窜也，亟借录之。未几有人自吴中来，则有刻本，乃妄云苦思精索，一旦豁然，若有神悟，离章错简，雾释冰融。其说既以自欺，又以欺人甚矣。及观其书之别叙，又云有人自会稽来，贻以善本，古文一出，诸伪尽正。一页半简之间，其情已见，亦可谓掩耳盗铃、藏头露足矣，诚可笑也。余既喜古文之复出，而得见朱子之所未见，为千古之一快，乃序而藏之。呜呼，东汉古文存于世者几希，此书如断圭复完，缺璧再合，诚可珍哉！若夫形似之言，譬况之说，或流而为房中，或认以为炉火，使人陨命亡身，倾赀荡产，成者万无二一，而陷者十之八九。班固有言：神仙者，所以全性命之真，而无求于外者也，聊以荡意平心，同大化之域，而无怵惕于胸中。然而或者专以是为务，则怪迂之文，弥以益多，非圣人之所以教也。旨哉斯言，辄并及之①。（《太史升庵文集》卷二）

古文参同契后跋　　（明）张含

孔子内谶云：乱吾书，董仲舒。不独圣经为然，《参同契》为彭晓所乱，后代不见魏伯阳古文久矣。吴中掘地，乃得石本，又与褚氏之遗书得于石椁、汲冢之《周书》存于竹简二事相类。文字在堪舆间，自有神物护持，而何物妄人，乃攘前人之名，为私己之有。又与郭象窃向秀之《庄》注、宝月盗紫廓之诗歌相类，甚矣无愧而不知耻也。太史升庵杨子，腹笥有兰台羽陵之藏，手校无焉乌帝虎之谬，晚乃得此，喜而寄含，敢肆雕龙，辄因附骥云尔。（《张愈光诗文选》卷八）

郑堂读书记补遗一则　　（清）周中孚

《古文参同契集解》一卷、《古文参同契笺注集解》一卷、《古文参同契三相类集解》一卷《津逮秘书》本

明杨慎伪本，蒋一彪集解。一彪，自号复阳子，余姚人。《四库全书》著录，总作《集解》三卷。其书以《参同契》为卷上，又分上、中、下三篇，以《笺注》为卷下，亦分上、中、下三篇，以《三相类》为卷末，分上、下二篇。其分卷标题已极轇葛，今故析著之。升庵颠倒本文，移易次第，谓之古本，诡言南方掘地石函中所得。今考后蜀彭氏晓《通真义序》云："魏君密示青州徐从事，令笺注。徐隐名而注之，其

注则不复存矣。"盖徐从事始见于此，至宋俞玉吾《发挥》末卷始称青州徐景休从事，其名又仅见于此。升庵乃以四言为伯阳本文，五言为景休笺注，影借彭语，竟以一人之作析属两人。又葛稚川《神仙传》及新、旧《唐志》俱以《三相类》亦为伯阳作，而彭氏序亦止称"桓帝时授同郡淳于叔通，遂行于世"，乃影借此语，而以《三相类》为叔通补遗，又析出三篇为三家序，其魏序、徐序犹有所本，淳于序则附会道家旧传有徐从事、淳于叔通各序一篇之语，不知彭氏已极辨其误矣。前有嘉靖丙午升庵序，颇文饰夸张之，一彪不知其伪，又割裂彭晓、陈显微、陈致虚、俞炎四家之注，分缀条下，谓之集解，亦可谓误用其心者。前有万历甲寅一彪序。徐天池渭撰《古注参同契分释》，末载与冯宗师书，攻驳是本不遗余力，然天池知分四言为经、五言为注之非，而亦别为之分经、注，则与升庵亦上下床之别尔。《学津讨原》亦收入之。（《郑堂读书记补遗》卷三〇）

汉杂事秘辛

　　《汉杂事秘辛》一卷，主要记载汉桓帝懿献皇后梁莹被选及六礼册立之事。杨慎言此书得自安宁州土知州董氏，为珍罕秘籍。后世则一般认为此书为杨慎伪托。该书被收入多种丛书，有《秘册汇函》《津逮秘书》《绿窗女史》《说郛》《五朝小说》《无一是斋丛钞》《香艳丛书》《广汉魏丛书》《增订汉魏丛书》《龙威秘书》《说库》《汉魏小说采珍》等本。

书汉杂事后① 　　(明) 杨慎

　　右《汉杂事》一卷，得于安宁州土知州董氏，前有义乌王子充印，盖子充使云南时箧中书也。然《御览》诸书亦有《汉杂事》，而略不见收。此特载汉桓帝懿献梁皇后被选及六礼册立事，而吴姁入后燕处审视一段，最为奇艳，但太秽亵耳。不谓冀威赫震人，犹得渎选如此。卷首有"秘辛"二字，不可解，要是卷帙甲乙名目。余常搜考弓足原始不得，及见"约缣迫袜，收束微如禁中"语，则缠足后汉已自有之。言脱于口，追驷不及，聊志于此，用塞疏漏之诮。(《太史升庵遗集》卷二六)

汉杂事秘辛跋 　　(明) 胡震亨

　　按桓帝初为蠡吾侯，梁太后欲以女弟女莹妻之，征至京师，会质帝崩，因立之。其明年，立女莹为后。袁宏《后汉纪》、范晔书帝后两

---

　① 文题，《秘册汇函》本《汉杂事秘辛》卷首作"汉杂事秘辛题辞"。

纪、李固传并详之。《后纪》：有司请征引《春秋》，在途称后。正谓前曾结婚也，不应复下诏审视，即具故事，诏中亦应略及之。今第云贞静之德，流闻禁掖，何也？又刘昭《礼仪志》注云：汉立皇后，国礼之大，而志无其仪，取蔡质所记灵帝立宋后仪以备阙。此书较多审视，及六礼节次，又在宋后前。宣卿注志，旧称博悉，不应舍此引彼。即位仪亦与注多同，虽用修复生，不能判此疑案也。癸卯人日，胡震亨识。

（《秘册汇函》本《汉杂事秘辛》卷首）

汉杂事秘辛跋 　（明）包衡

焦弱侯先生笃好异书，逢人辄问。壬寅，余谒之还，泊舟江市，买得《汉杂事》抄本，亟欲致之。长年请乘风便解维，遂不果。抵家迫除夕矣。叔祥过我，问何以卒岁。余出此书示之曰：聊当椒盘。时沈汝纳、胡孝辕方刻《秘册汇函》，叔祥乞抄一通贴之。余辞以心许焦先生。叔祥曰：与其私之焦先生，毋宁公之海内之为焦先生者。余笑曰：椒盘遂供客乎？叔祥亦笑，遂袖去。绣水包衡彦平识。

汉杂事秘辛跋 　（明）姚士粦

予始读《汉杂事》，目骇情摇，谓非汉人不能作。及见孝辕跋语，该引详驳，觝牾灼然，乃更发书检校，复得可疑者数则。按《杂事》所载立后仪，并同宋后，固无论，即后服所称绀上玄下，八雀九华，皆庙见所著，若十二钿是亲蚕饰，不宜于大婚之时合并而服也。且卤簿大驾，与刘昭亲蚕注不爽眉发，而六礼版辞亦见沈约《宋书》。《宋书》云：晋穆帝将纳何后，太常王彪之谓六礼宜依汉旧。今考《杂事》及晋版辞，一则曰钦承旧章，肃奉典制，一则曰钦承前典，肃奉仪制，此岂彪之所云华峤改定而有异同邪？礼使有太常弘，不知为谁。其曰中常侍超，单超也；曰司徒戒，赵戒也，注曰蜀郡人；曰太尉乔，杜乔也。但梁冀初欲厚礼纳征，乔执不从，冀遂于是年十一月杀乔。朝廷此时宁敢拂冀，遣乔为使？至于宗正千秋，惟安帝时有刘千秋为宗正，去此几四十年，不应尚居此官。末复有大赦天下语，则建和元年八月乙未立后之下，曾无此文，虽此年十一月有减天下死罪一等语，然与立后绝不相蒙，当是仍袭宋后旧文耳。惟以后生年推之，用合商妻阴夫人所卒之年，则后生于永建五年，阴卒于阳嘉四年，是生六岁而母始丧也，于理稍不背戾。又《后纪》注曰：乘马，四匹马也。《杂事》乃云马十二匹。更检《晋志》云：汉高后制聘后黄金二百斤，马十二匹。此则《杂事》较有所据，足补悉依孝惠皇帝纳后故事注。余因念作伪者必非不读《汉书》，何至自开衅窦如此。且审识一段，描写精莹，若有生气，似非假托可到，恐秘记史官各有依据，未可指为赝作也。海盐姚士粦叔祥跋。

汉杂事秘辛跋　（明）沈士龙

自古以文字类写娟丽，无过《卫诗》之美庄姜。其他若宋玉之"娭光渺视目增波"，郭舍人之"喈妃女唇甘如饴"，唐玄宗之"软温新剥鸡头肉"，杜樊川之"纤纤玉笋裹轻云"之数语，皆妙于形容，亦足写一时之艳。然未有摩画幽隐，言人所不忍言，若《秘辛》之摇人心目也。且自如莹燕处，度发解衣，以至幽鸣可听，其间两人周旋景光，虽去今千百余年，犹历历如眼见而耳闻之也。至其造语，若拊不留手，筑脂刻玉，胸乳菽发，火齐欲吐之类，咸此妪率率口创，有后来含毫所不敢望者，何得横索同异，相与疑之？叔祥、孝辕证据博矣，然非所以语于文章之妙也。绣水沈士龙识。（以上《秘册汇函》本《汉杂事秘辛》卷末）

汉杂事秘辛跋　（明）王谟

右《杂事秘辛》一卷，据杨用修跋，得自云南上知州董氏，为义乌王子充遗书。盖亦如张天觉言三坟书得于北阳民家，其为真赝，固有能辨之者，兹不复论。且如子贡《诗传》、申培《诗说》、黄宪《天禄阁外史》皆明人所作伪书，而毛氏《津逮秘书》、何氏丛书尚皆收录，不以为疑，于《秘辛》乎何有？故仍校刊，以资参考。汝上王谟识。（《汉魏丛书》本《杂事秘辛》卷末）

四库全书总目一则　　（清）纪昀等

《汉杂事秘辛》一卷内府藏本

不著撰人名氏。杨慎序称：得于安宁土知州万氏[①]。沈德符《敝帚轩剩语》曰："即慎所伪作也。"叙汉桓帝懿德皇后被选及册立之事，其与史舛谬之处，明胡震亨、姚士粦二跋辨之甚详。其文淫艳，亦类传奇，汉人无是体裁也。（《四库全书总目》卷一四三）

郑堂读书记一则　　（清）周中孚

《杂事秘辛》一卷汉魏丛书本

不著撰人名氏。《四库全书》著录，上有"汉"字。此本为刊者所妄删尔。末有杨升庵跋称："得于安宁州土知州董氏，前有义乌王子充印，盖子充使云南时箧中书也。然《御览》所引书亦有《汉杂事》，而略不见收。此特载汉桓帝懿献梁皇后被选及六礼册立事，而吴姁入后燕处审视一段，最为奇艳，但太秽亵耳。不谓冀威赫震人，犹得渎选如此。卷首有秘辛二字，不可解，要是卷帙甲乙名目。"余谓此书即升庵谪居云南时所伪作，而托言得之安宁董氏及有王子充印也。胡孝辕、姚叔祥二跋证据虽博，尚未敢竟指为升庵赝作，至沈虎臣《敝帚轩剩语》始讼言其伪自升庵，而论定矣。末又有秀水沈士龙跋，亦惟称其文章之妙耳。陶珽重编《说郛》及《津逮秘书》均收入之。（《郑堂读书记》卷六三）

---

① 万，据杨慎序文，应作"董"。

水经校

《水经校》三卷，又名"水经略注""水经补注"。杨慎厌弃郦道元《水经注》繁琐枝蔓，颇无关涉，因此删去郦注，只存桑钦本文，重为校辑，成书三卷以传世。此书今传《升庵杂著》本。

水经序　　（明）杨慎

汉桑钦《水经》三卷，纪天下诸水，自江淮河汉至于洑港沟渎，本源末委，如指诸掌，不出户可以知天下矣。其间华夷之限，疆域之分，灌溉之宜，漕挽之利，具可考焉。盖不独以资博闻，而实有裨政理者，载籍中独可废兹乎哉①！宋陈振孙氏尝评其为未精审，遂启疑于后人，谓河源一派，汉使终未可了，九河故道，淤塞无稽，钦所记遍域中，岂必一一皆信也？予窃以其说为不然。昔在陶唐，水失其行，神禹平之，史官纪其濬导之绩，于是乎《禹贡》作焉。厥后好事者，因禹迹之广，旁及异域，圻壤悉载，淑诡毕陈，于是乎《山海经》作焉。原钦此志，盖祖述《禹贡》而宪章《山海》者也。专纪水泽，故以水名经，采摭群书，兼统众闻，固已富矣。《禹贡》《山海》，据今所见尔，计钦所见，当不啻是。职方王会之遗图，沟洫河渠之杂志，辌车观风之赴告，谣俗闻见之传信，其不为无稽之籍可知已，钦岂必地至方问而后笔哉！以予尝所经历验之，自吾西蜀至北都，水浮荆楚，陆走秦赵，径且万余里，名山支川，问津者无虑此书之十二。征往所载，与今所见，无至泰忤。用是例其未经者，虽天下可知也。谓其为未精审者，无乃厚诬欤？夫《禹贡》者，圣人作之，圣人订之，然其间如东汇泽

---

① "自江淮河汉"至"废兹乎哉"，《升庵先生文集》卷二所收此文作："首河，终斥江，凡一百十有一。曰出，曰过，曰径，曰合，曰分，曰屈，曰注，曰入，此其八例也，而水道如指掌矣。又纪《禹贡》山水泽地所在凡六十，以为卷终。限华夷，判疆域，利灌溉，通挽运，具考是焉。盖不刊典也，故以经名。"

为彭蠡，东迤北会为汇，传者擿其为记者之误。至于《山海经》之牴牾，尚多有之，而学者犹不废也。则此书顾不足为《禹贡》之义疏，《山海》之补逸乎？乃独久湮于肆箧者，亦由知之者鲜尔。予近购得之，惜其纸敝墨矇，乃重为校辑，止存钦之本文。若郦氏注，衍为四十卷，厌其枝蔓太繁，颇无关涉。首注河水二字，泛引佛经怪诞化生之说，几五千言，其余不足观也已。今之史传类文，凡所引用，皆称为郦氏《水经》，遂使钦之用心与其名姓俱泯焉，良可慨夫！亦犹习礼者汰《仪礼》而反任《曲礼》之传为经，明《春秋》者不知据经以按传，而反因传以疑经，皆贵讽说而贱纪实，是末师而非本始，可重慨者类此。故特去之，而详著其说焉。呜呼！得吾说而通之，不独可以读《水经》也已。（《升庵杂著》本《水经》卷首）

题水经后　（明）盛虞

右《水经》三卷，撰于汉桑钦氏，而校辑于升庵杨先生。溯源达支，缕析无遗，一展卷间，不必迹禹之迹，而天下了然在目。余尝因是考之，柳子云：归墟之泄，非出天地之外也。水入东而复绕西，又渗缩上升而下流于东耳。其说亦近似。然以理验之，则天地之化，往者消而来者息，非以往者之消复为来者之息也。水流东极，气尽而散，如沃焦釜，非若未尽之水，山泽通气而流注不穷也。古之圣贤有见于斯，川上之叹，观澜之喻，源头活水之咏，独亹亹焉。钦之见未必识此，乃能幽探广采，会博归约，穷千古于管端，移万里于几席，其用心亦密矣。视彼胸吞云梦，袖藏东海，有不足言者。虽然，有先生为之表章，而钦之著述始显，否则湮没弗传，与物澌尽矣。寥寥百世，其心孰从而白邪？噫，浦珠焕剑，失而复全，鬼神尚呵护之，而况斯帙有神治理者焉，造物不终弃之而待于今，谓非有数存乎哉？先生涵泳圣涯，此特绪余耳，顾余何能测其浩瀚？纵览之余，缮本而梓之，亦得以窃一勺之润。正德戊寅夏季上浣，锡山笱谷道人盛虞谨识。（《升庵杂著》本《水经》卷末）

水经注所载碑目

　　《水经注所载碑目》一卷，又名"水经注碑目""水经碑目"。该书搜录郦道元《水经注》中所收碑目，并予考释，然所采尚多遗漏。该书今传明嘉靖十六年（1537）朱方刻本、《升庵杂著》本等。

水经碑目引　　（明）杨慎

　　陆士衡曰：碑披文以相质。持此言也，以观于先秦两汉之石刻，其辞用韵，如《刘熊碑》末之三诗，皆四言，《费凤别碑》石子才所制，终篇皆五言，尤为奇隽，披文之类也。其叙事如边韶《荥口碑》《刘靖碑》，可裨史传，广遗逸，相质之类也。余尝录《金石古文》，起三代讫汉，又观郦道元《水经注》博收古碑，惜其不尽见，撮取其目而考评之，以诒好古同怀云。眛者揽未触手，而辄强言曰：欧阳、赵明诚所录已具矣。斯非同怀之人，知言之选也，请赐置之。博南山人杨慎书。（《升庵杂著》本《水经注所载碑目》卷首）

浙江采集遗书总录一则　　（清）沈初等

《水经注碑目》一册写本
　　右前人辑。取郦《注》所载古碑，撮举其目而详考之。（《浙江采集遗书总录》庚集）

四库全书总目一则　　（清）纪昀等

《水经注碑目》 一卷_{浙江范懋柱家天一阁藏本}

　　明杨慎撰。慎有《檀弓丛训》，已著录。昔宋洪适作《隶释》，尝以《水经注》所载诸碑类为三卷。慎偶然未检，遂复著此编，未免为笫上之笫，且精密亦不及适。其中梵经仙笈，荒邈难稽。如《阿育王巴达佛邑大塔石柱铭》《泥犁城师子柱铭》《王母昆仑铜柱铭》《希有鸟铭》，皆不见采录，是固传信之道。然覆釜山金简玉字书，岂果有遗刻可征，何自乱其例也。又其他注中所有，而遗漏者甚多。即以河水一篇而论，海门口大禹祠三石碑，夏阳城西北司马迁庙二碑，郃阳城南《文母庙碑》，临洮《金狄胸碑》，陕县《五户祠铭》，洛阳县北《河平侯祠碑》，黎阳县南《黎山碑》，凉城县《伍子胥庙碑》，濮阳城南《邓艾庙碑》，一概阙如，何所见而删之也？至每条下所注，忽有标识，忽用郦道元语。如《郎山君碑》云，在今保定府，是慎语也。卢龙九峰山刊石碑，称其铭尚存，是道元本文矣。混淆不分，亦无体例。后附王象之《舆地纪胜碑目》、曾巩《金石录跋尾》所载唐以前碑，其病亦同。且象之南宋人，巩北宋人，以象之列巩前，尤为失考。嘉靖丁酉，云南按察副使永康朱方为之刊版，盖未察其疏舛也。（《四库全书总目》卷八七）

文选楼藏书记一则　　（清）纪昀等

《水经注碑目》 一册

　　明杨慎著，抄本。是书取郦注所载古碑，撮举其目而考详之。（《文选楼藏书记》卷四）

舆地纪胜所载碑目

《舆地纪胜所载碑目》一卷，搜录王象之《舆地纪胜》中所涉碑目33条，介绍其所在今地，并对部分条目作了简单考释。然其中多数条目似不见于今传本《舆地纪胜》。此外，明末以来，又流传王象之《舆地碑记目》（又作"舆地碑目"）四卷本，与本书截然不同。其内容为节录《舆地纪胜》各州"碑记"一门合抄为一书。关于此书编者，钱大昕尝云："今世所传《舆地碑记目》者盖其一门，不知何人钞出，想是明时金石家为之也。"（《十驾斋养新录》卷十四）王文才先生认为编者正是杨慎，其主要依据是焦竑编杨慎著述目中有著录。考诸焦竑《玉堂丛语》卷一所列杨慎著述目录，确实著录有《舆地碑目》，然而其所指极可能是已知确为杨慎所著的《舆地纪胜所载碑目》。至于《舆地碑目》是否为杨慎所编，尚无明确证据，姑且存疑。该书今传明嘉靖十六年（1537）朱方刻本、《升庵杂著》本等。

碑目跋[①]　　（明）朱方

经史子集，以辞相传，而碑刻则并古人之手迹以存，好古尚友之士，获睹古人碑刻，有如亲睹其人焉。第世代逾远，散漫沦蚀，匪独远者不得而见，盖有身历其地亦忽焉而不及知者。升庵杨子广搜博采，虽所未得，而亦著其名表其地，类为总目一书，以诒同志，盖欲相与共访而公传之也。惜书成而尚未广布，予因梓刻以传，庶不孤杨子编辑初意云。嘉靖丁酉夏六月五日，云南按察司副使永康朱方识。（《升庵杂著》本《舆地纪胜所载碑目》卷末）

---

① 此文见于《水经注所载碑目》《舆地纪胜所载碑目》卷末，原无题，《升庵著述序跋》拟题《水经碑目跋》，似不妥。明嘉靖刻本中缝镌"碑目"，书末题"碑目终"，且文中云"类为总目一书"，所谓"总目"似针对"水经注碑目""舆地纪胜碑目"等统言之，故酌拟文题为"碑目跋"。

世说旧注

《世说旧注》一卷，本为《升庵文集》卷七二"刘孝标世说注"条，后由《说郛续》《函海》录出单行。其撰著缘起，乃杨慎不满于刘辰翁删节刘孝标注《世说新语》，后得孝标全本，故摘录其中十五条，以广异闻。

世说旧注序　　（明）杨慎

刘孝标注《世说》，多引奇篇奥帙，后刘须溪删存之，可惜！孝标全本，予犹及见之，今摘其一二，以广异闻。

世说旧注序　　（清）李调元

宋临川王刘义庆撰《世说新语》三卷，梁刘孝标注。段成式《酉阳杂俎》引作《世说新书》，不知何时改作《新语》，相沿至今，不能复正。《唐艺文志》作《世说》十卷，有刘孝标续十卷，今其本不传。《书录解题》作三卷，与今同，据载汪藻所云叙录二卷，首为考异，继列人物世谱，姓字同异，末记所引书目者，则又佚之久矣。孝标所注，特为详赡，故高似孙《纬略》亟称之，其纠正义庆之缪，尤为精核，故与裴松之《三国志》注、郦道元《水经注》、李善《文选》注皆考证家所引据不可少之书也。但多为宋须溪删存之，可惜。升庵自序：孝标全本，予犹及见之。故为此书，以补孝标之佚，则意所逸之续十卷内语乎？虽篇页无多，至可宝也。古书亡者多矣，非有博览如升庵，不几佚而竟佚乎？罗江李调元雨村撰。（以上《函海》本《世说旧注》卷首）

郑堂读书记补遗一则　　（清）周中孚

《世说旧注》一卷函海本

明杨慎辑。仕履见经部礼类。是编仅十五条，前有自序云："刘孝标注《世说》，多引奇篇奥帙，后刘须溪删改之，可惜。孝标全本予犹及见之，今摘其一二，以广异闻。"按《世说》须溪评本未见，其注删改不可知，然明袁褧所刊者尚从宋淳熙本出，在须溪之前，其注无所删改。至万历中，王弇州始有删补本行于世。升庵喜著伪书，其说未知信否也。《说郛续》亦收入之。（《郑堂读书记补遗》卷二八）

册府元龟校

《册府元龟》一千卷，卷帙浩繁，宋本罕传，明末之前，多以抄本传世。杨慎曾为雠校，后为崇祯刻本所本。

册府元龟叙　（明）文翔凤

宋汇书四大部，他皆以天地人物事撒志之，惟《册府元龟》署君暨臣各五百卷，而天地事物悉束入其中；他皆庞拾稗野家言，惟《册府元龟》非子史经传之可垂圣籍者屏不入；他皆延眺易尽，惟《册府元龟》广则海，繁则雨，累累则坟，使人倦勤；他皆宿已镌行，惟《册府元龟》阅年六百，止一写本互相抄传。势家购之，必损钱三二十万，贫士竟生至梦有不之逮者。余童卯闻杨公用修蓄此书，且经雠正。公殁，书未知所归。庚戌第后，每与季木王子言，引为恨事，不意又迟十年，而竟得之。寻行丹楮，殊敬公之苦心。然无奈其极冗、极讹、极参差、极脱落，得书而败人意，翻不若未得而日冀得之之为情往也。庚申视晋学，以石公黄子同西。余眼光十丈，惟日注经生尺幅中。石公则高榻深思，批此忘倦。自辛酉鹑首迄壬戌之鹑尾，岁一易，阅乃一周，亥豕之诛略尽。余时两试已竣，匝秋而涉癸之上浣，亦计晷而趣弗廪。其雠正之功，大约石公视杨公加详，余又似详于石公也。丙寅先君见弃，余归处苄垩。辛未，石公以禊月复自豫章来。终南紫阁，二曲三川，日与石公漫游。既而避暑大雁，两人四秋水，并炤一书。凡疑义当前，辄纵横曲直，以尽其解。攻坚破僻，务使冗者削，讹者真，参差者得序，脱落者尽补。一字困手，磨心数夕。又博寻子史经传之由然，条其胜理，析其本致，务求归于至是，不留愧于将来。其雠正之功，石公与余回视从前，得失深浅，若各成两人，而甘苦劳逸，又若共成一人。至此方有全书矣。即令杨公再起，季木重来，不可欣然相证乎？因与石公谋曰："世间物之尤者，皆不能秘，破壁劅棺毁柱，古人应悔藏书，况吾辈六合同衣？论及人之道，应如天风海水，无贫富，皆俾取之。即论为我，孤本易失，如一丝之关重绝，何以博流后昆？计非特命梓人不可。"石公曰："夫子终岁卖文，不当薛责；五极六天之集，行世无力，遑劫此乎？琦闻吴越多好事者，且有中于奇赢之策，或可任乎？"余颔然。余于是藤笈以伴石公之南，仍略纪雠正月日，以诰余两人之苦心若此也。西极文翔凤题于尊天堂中。（明崇祯年间刻本《册府元龟》卷首）

南中志校

《南中志》一卷，乃《华阳国志》第四卷之单刻本。杨慎手录自藏校本《华阳国志》之《南中志》予顾应祥，顾氏刻传之。此本今未见。

南中志叙　　(明) 顾应祥

《南中志》为晋常璩所著，附在《华阳国志》，近世无传。升庵杨太史谪居滇，以旧所藏本手录见示。谛观之，其文简古，其载事虽略而切实。盖滇自诸葛孔明平雍闿之后，地已入蜀，晋平蜀遂入晋，所谓南中为蜀之苑圃是也。是时蒙氏虽未混六诏，而诸夷酋长各自僭据，或叛或附，虽有郡县之名，不能尽如中国之制。故所载山川风土，不能详备，然其沿革大略，亦可见矣。方今天下一统，九服之外皆同轨，而滇志往往疏漏，旧典蔑存，无所于考故耳，是书其可少乎哉？乃命云南贰守锲而传之。(《天一阁书目》卷二之一)

四库全书总目一则　　(清) 纪昀等

《南中志》 一卷 浙江范懋柱家天一阁藏本

旧本题曰晋常璩撰。前有顾应祥序云"此书附在《华阳国志》，近世无传。升庵杨太史谪居于滇，以其旧所藏本手录见示"云云。考隋以来经籍、艺文诸志，皆无此书。宋李㙔校正《华阳国志》，原序具存，亦不云附有此卷。且汉王恢攻南越在建元六，张骞使大夏在元狩元年。此云骞以白帝东越攻南越，大行王恢救之。年月之先后既殊，事迹亦不知何据。又晋泰始七年分益州置宁州，而此云六年，牂柯郡下元鼎六年亦误作元鼎二年，抵牾不一。杨慎好撰伪书，此书当亦《汉杂事秘辛》之类也。(《四库全书总目》卷七八)

古滇说集校

《纪古滇说集》一卷，为记载云南史事之书，题元张道宗撰，杨慎点校。自《四库全书总目》已疑此书之伪，然其论据并不足取，至于怀疑杨慎伪托，更属臆测之辞。该书今传明嘉靖年间刻本、明刻本、清抄本等。

跋纪古滇说集　　(明) 杨慎

总戎云楼沐公命梓人刻《纪古滇说集》，慎得披阅焉。曰兹野史之流，郡乘之裨也。比于虞初九百之说，方朔三千之牍，要为有系，不涉无益，传之不亦可乎？窃谓公之命梓是也，有善四焉：讯俗一也，辨方二也，好古三也，崇文四也。其为文教之揆，武卫之奋，以承九重付畀之重，一方式遏之略，于兹乎取焉。谨跋之于卷尾云。嘉靖己酉十二月朔日，治属博南戍史杨慎谨书。(《玄览堂丛书》影印嘉靖年间刻本《纪古滇说原集》卷末)

四库全书总目一则　　(清) 纪昀等

《记古滇说》一卷浙江巡抚采进本

旧本题宋张道宗撰。前嘉靖己酉沐朝弼序，则称道宗为元人。卷末题咸淳元年春正月八日滇民张道宗录，而书中又载元统二年立段信苴实为大理宣慰使司事，颠倒抵牾，猝不可诘。其书大抵阴剽诸史西南夷传，而小变其文。惟所记金马、碧鸡事，称阿育王有三子，争逐一金马，季子名至德，逐至滇池东山获之，即名其山曰金马，长子名福邦，续至滇池之西山，忽见碧凤，即名其山曰碧鸡，所谓金马、碧鸡之神，即是二子。其说荒诞，与史传尤异。文句亦多不雅驯，殆出赝托。况书中明言，宋兴以北有大敌，不暇远略，使传往来，不通中国。何以度宗式微之时，转奉其正朔。然则非惟道宗时代恍惚难凭，即其人之有无且不可遽信矣。卷首有杨慎点校字，其即慎所依托而故谬其文以疑后人欤？（《四库全书总目》卷七八）

南诏野史校

《南诏野史》一卷，是一部记录古代云南地区历史发展情况的地方史著。《千顷堂书目》《明史·艺文志》《清文献通考·经籍考》等皆题其撰著者为倪辂。今传明抄本则言倪辂集、杨慎校，并有杨慎序文。然而核诸序文内容，与杨慎《跋古滇说集》多有雷同。则所谓倪著杨校仍难免令人起疑。《四库全书总目》著录本作倪辂集、杨慎标目、阮元声删润，四库馆臣怀疑编著者即为阮元声。后又有清乾隆年间胡蔚增订本，题杨慎辑。则杨慎与此书关系，有"初托名慎序，再题为批校，终乃归其所著"（王文才《升庵学谱》）三个层次。该书今传明淡生堂抄本、明抄本、清乾隆四十年（1775）刻本（二卷）、清环碧山房抄本、《云南备徵志》本、《古今文艺丛书》本、清道光八年（1828）刻本（二卷）、清光绪六年（1880）云南书局刻本（二卷）、1916 年刻本（二卷）等。清人丁毓仁嘉庆年间又据胡蔚本增订为《南诏备考》四卷。

新刊南诏野史引 　　(明) 杨慎

帝王有天下，有国史以纪事，有野史以佥载。滇虽边徼，亦有野录，但所纪多释老不经，兼涣漫无序，南诏事竟罔闻知。予戍滇久，欲一考求弗得，适黔国公云楼出《古滇集》梓示庠士[1]，始得批阅焉，视中丞箐溪顾公《南诏事略》则加详矣。无何，复得滇人倪辂所集《野史》一册[2]，而六诏始末具悉，诚郡乘之裨也。不寿诸梓[3]，不犹秘《论衡》者乎？因命予序。予非能文者，姑详其集史之由，以弁诸首而

---

① 楼，原阙，据乾隆四十年刻本《增订南诏野史》卷首杨慎序（下文简称"乾隆本杨序"）补。
② 乾隆本杨序"滇人"前有"前知蜀威远县事"数字。辂，原阙，据乾隆本杨序补。
③ 寿，原阙，据乾隆本杨序补。

已①。嘻！是集也，有四善焉，辨方也，讯俗也，好古也，传后也。不特此也，上以广国家方舆一统之盛，下以备今古滇云始末之详，比于虞初九百之说，方朔三千之牍，不大有益乎？是可传也，遂书之。嘉靖庚戌八月吉，赐进士及第、翰林院修撰成都升庵杨慎书②。（明淡生堂抄本《南诏野史》卷首）

南诏野史新序　（清）胡蔚

游万里而不识其山川疆土，古今人事物类之数，则犹弗游。识矣而又不能笔于简册，备夫考求，仍弗游也。予嗜古而好游，两涉滇南，往来三迤，行且数数。每于登眺流连之际，缅怀往古，辄欲援以证今，而风尘舆马间，探索有所未逮。闲日披览志乘，于滇云典故，始略识其概。迨后辱修白井、东川二志，则一方之纪载又具焉。然常窃疑，山丛然而高，水潆然而深，都会非不大也，区市非不广且奥也，苍苍莽莽，其区市都会之外，岂古来之荒远寂寞，尽若此乎？及读升庵先生《南诏野史》一编，所纪类多志乘所阙遗，而蒙段九姓，窃土僭号，其始末尤详。指所在而求之，则山巅水涯，宜无不得其遗迹者，是荒远者非荒远，而寂寞者非寂寞。滇云典故，于斯为备，而后叹嗜古之非易而好游之不多得也。于是订其伪佚，正其舛驳，录而并诸行笈，以为登眺之资，述而不作，则亦守夫尼山之教云。时大清乾隆四十年乙未岁季冬月吉旦，湖南武陵胡蔚羡门氏序于叶榆之旅邸。（乾隆四十年刻本《增订南诏野史》卷首）

南诏野史跋　（清）王崧

谨案滇中志书，往往称引《南诏野史》，既辑《备征》，自当采入。惟是流传之本，俱属抄录，未见有刊刻者。取数本互校，舛讹错落之弊，虽各本不同，而皆不可属读。题曰昆明倪辂辑、成都杨慎校正，或题杨慎集。《四库全书提要》存其目于史部载记类，定为马龙阮元声所为。倪辂、杨慎皆依托，且谓矛盾不可究诘，存目之本，无从得见。今

---

① "因命"至"而已"，乾隆本杨序作"因荟萃成编，名《南诏野史》"。
② 文末题署，乾隆本杨序作"时皇明嘉靖二十九年庚戌岁秋八月，四川新都杨慎升庵氏撰"。

就抄录诸本，参互考订，勒为一编，使如乱丝之就理。后之观此书者，庶免扫落叶之憾焉。（《云南备征志》卷八《南诏野史》卷末）

南诏野史书后　袁嘉谷

《南诏野史》凡五本，一曰倪本，昆明倪辂撰，《明史·艺文志》杂史类载之，凡一卷。二曰杨本，嘉靖二十九年新都杨慎据倪本而荟萃成编，即乾隆四十年胡蔚据以订正者。按姜午生跋云：用修游滇，原其世系，著为《载记》，阮霞屿惜其佚脱，更雠之以付剞劂。考升庵《滇载记》，本于《玄峰年运志》，且《载记》非野史，姜跋甚明。《四库提要》谓阮伪托升庵，而不知阮仅据升庵《载记》而成《野史》，并未即以《野史》托之升庵。故卷首仅曰倪辂辑，杨慎标目，而元声则自广删润也。乃不料阮本有升庵标目之名，世遂谓升庵有作《野史》之事，胡本遂竟削阮名，直题之曰杨慎编辑。且序之曰：升庵先生之《野史》，类多志乘所遗。蒙段九姓，窃土僭号，始末尤详。误阮为杨，斯失之矣。胡本流传最广，遂使承学之士无不以《南诏野史》为杨作。阮书之晦，固不幸矣，杨著书万卷，亦岂以此书之显为幸耶？特升庵序辂之《野史》，原有荟萃成编之语，今不妨别为杨本耳。三曰阮本，马龙阮元声据倪杨本而删润之，雠刊之，《四库》存目于史部载记类。阮本亦有二，姜午生所跋之本始于沙壹，《四库存目》之本始于星野，或传抄之小误也。《提要》曰元声伪作，所谓倪辂、杨慎，皆依托也。按《提要》之言，殊太武断。《明史志》原有倪辂《南诏野史》一卷，何得一笔抹之，而谓皆元声依托乎？四曰胡本，武陵胡蔚据杨本而订正之，分上下卷，即今单行之本。五曰王本，浪穹王崧得阮本之传抄者数本，而参互考订，勒为一编，刊入《云南备征志》者。乐山先生辑《备征志》在道光十一年，胡本久刻，何以未见刻本，且无一字及于胡本，岂不重其书耶？今所传惟胡本、王本，而王本最足征信。盖乐山通才，厘然次第，凡错简者注而正之。亦有未注而正之者，如冯都督经段功墓诗，乃和杨渊海原韵，错简于渊海诗之前。古迹中孔庙，南诏不知尊孔子，以王逸少为圣人，本于《元史·张立道传》，为王畴五先生所驳，亦未订正。始于星野，终于万历十三年，与《四库存目》之本合。倪本荟萃于杨，杨本删润于阮，阮本得王之参互考订，差幸无憾。光绪庚辰滇刻《野史》，竟不取王本而取胡本，王本之流传遂不如胡本广，嘻，异已夫！胡本亦有所长，三十七蛮部一条，六十种人一条，足补阮本之阙，一也；续纪事一编，文虽浅稚，纪明季滇事颇详，二也；除新增各条之外，大都本阮本旧文，纲举目张，修饰润色，诗词叙记，归于雅饬，三也。要其失处，亦可略言，卷首始南诏之称，不始星野，徒淆古本，何关宏旨？古迹增三十余条，而不明言其所增。禹王碑一条云：明新都杨庄介公慎摹《岣嵝碑》并释文，刻石于此。写韵楼一条云：庄介公著六书《转注古音》处，李中溪侍御题额。胡既题曰杨慎编辑，岂升庵以己之迹为古迹乎？纪事一篇，原本即合于历代源流，以下别为一篇，亦殊无谓。卷末附升庵《月节词》，已为蛇足，又附刊己作之《大理怀古》二律，不尤乖著书之体乎？嗟乎！万里雄封，开辟历数千载，《尧典》《禹贡》姑勿附会，即以《史记》两《汉》《华阳志》《唐书》元明史而论，一方文献，巍然焕然。兹之野史，自不可以严而绳，顾轻为增窜，不加别白，沿谬袭讹，恐上诬古人，下误后学，虽沙中有金，无从披拣，亦可伤也。今一一辨其得失如右，后之读《野史》者，庶有以知源流而别泾渭欤！丙辰花朝，石屏袁嘉谷。（1916 年刻本《增订南诏野史》卷末）

旧抄本南诏野史跋　林守白　何宇铨　施元谟

《南诏野史》两卷，为明杨升庵氏于戍滇时就黔国公沐云楼《古滇集》及滇人倪辂所集之《野史》两书，荟萃纂辑而成。其书对南诏之沿革、分野、种族、山川、古迹，颇多志乘而未载，而于蒙、段九姓之兴衰起灭，言之尤详，诚为研究南诏史实者所不可不备之书。南京大学图书馆藏有上虞罗振常氏所钞清乾隆时武陵胡羡门手订稿本，与《四库存目》所录颇有异同，经罗氏断其确为升庵之足本，其贵重概可想见。一九六四年春，馆长施凤笙先生出此书，属谢伯敏同志另录副本，并属守白等为之校雠。因与原钞本逐一对勘，逐一依式缮正，使之不差毫厘，藉存真相。惟原书上下两卷，原钞本据以分缮四册，其第一册之末与第二册之首原相衔接之句，竟致前后割裂，未能联贯，不免有支离破碎之嫌。其他如胡蔚之误为湖蔚、踳驳之误为蹐驳、文节之误为文郎、金华之误为金革、登极之误为等极、迤逦之误为迄逞，如此类不一而足。几与蔡中郎之误丰（豐）为豊、李丞相之误束为宋，同成千古之笑柄。若不亟为更正，则谬种流传，习非成是，盘踞于学者藏识之中，其贻误殊非浅鲜。爰经详细校勘，凡原钞本中所有错误之字，为守白等识力所及者，均于左列表内一一揭出，为之更正。其仅知其误而一时限于学力，尚无精确之字以资更正者，则于表内填明待查二字，以俟博雅者之补政。窃不自揣，诚欲使此书得从此日臻完善，洗发其面目而刮磨其障瞖，或亦为读者之所称欤。林守白、何宇铨、施元谟谨识。（云南图书馆藏旧抄本《南诏野史》卷末）

四库全书总目一则　　（清）纪昀等

《南诏野史》一卷两江总督采进本

旧本题曰"昆明倪辂集，成都杨慎标目，滇中阮元声删润"。前无序目，后有崇祯六年姜午生跋云：新都杨用修先生游其地，乃原其世系，著为载记。滇中阮元声霞屿简及斯记，惜其佚脱，欲更雠之以付剞劂。而不言辂作。今考书中叙事，下逮万历十三年，慎不及见。跋又称大略始于沙壹触沉木而生九龙。此书乃始于南诏星野，其沉木一事仅附见于《南诏源流》按语中，前后矛盾，不可究诘，大抵阮元声之所为，倪辂、杨慎皆依托也。前半册逐条标目，颇嫌丛琐。后半册《大蒙国》以下，则历纪蒙氏始据南诏，以迄于段明，颇似世家、列传之体。末则总叙明代平定云南始末，而于历代窃据诸家，皆称其伪号、伪谥，尤为乖剌。元声，马龙州人，崇祯戊辰进士，官金华府推官。（《四库全书总目》卷六六）

藏书题识一则　　（清）汪璐

《南诏野史》一卷，明郡人倪君撰

朱文藻曰：此书抄本，得之吴山，书有杨升庵序一篇，信是真迹。嘉靖庚戌，升庵戍滇时，留意滇中志乘，得见此书，书序卷首，可珍也。（《藏书题识》）

五十万卷楼群书跋文一则　　莫伯骥

《南诏野史》一卷，写本

前题昆明倪辂集。此书有明成都杨慎校刻本，此或从之录出。按：前清大理府文殊寺僧同揆撰《洱海丛谈》一卷，纪滇南未入版图之初，引《隋书》西海阿育国王仲子封苍洱之间，为南诏之始祖，其后世灭而复兴者，有段氏、蒙氏、高氏，相承至明初，始皆内附。又桂氏馥于南诏事颇尝研究，所著书中多述之，桂氏曰：《南诏传》坦绰酋龙僭称皇帝，建元建极，自号大礼国。疑理之误。案：事在宣宗既崩之后、懿宗即位之初，当是咸通元年。今太和崇圣寺大钟有建极年号，保山县有巡检驻防之地曰杉木和，此六诏旧名也。《南诏传》云，夷语山坡陀为和。案：开元末，南诏逐河蛮取大和城。贞元十年，韦皋败吐蕃，克峨和城，施浪诏居苴和城，施各皮据石和城。西爨有龙和城，南诏碑石和子丘迁和，皆羌夷称和之证。点苍山有草类芹，紫茎辛香可食，呼为高和菜，亦南诏旧名。太和城北崇圣寺，开元元年南诏盛罗皮所造，外起三塔，长庆二年晟丰佑更改之，工倍于初。咸通十二年，佑世隆铸大士像高丈余，又铸大钟，上有诸佛像，并建极纪年，今俱存。太和城南感通寺本名荡山寺，南诏隆舜重修，因改名。寺有杨升庵画像，其《转注古音略》成于寺中，官路旁有明人书"灵鹫"两大字刻石。六月二十五日夕，家家树火于门外，谓之火把节，盖祀邓睒诏夫妇也。五诏于是日同为南诏焚死，邓睒诏妻慈善夫人又畏逼死，土人哀之，故岁祀至今不绝。邓川州城东有渠潭，潭上有故城遗址，即邓睒所居，今名德媛城。以上皆未谷所考论也。火把节又名星回节，汉元封间，楪榆有曼阿娜为汉裨将郭世宗所害，并欲得其妻阿南。阿南约以三事，一设幕祭故夫，二焚故夫衣易新衣，三令国人遍知郭以礼娶。郭皆如其言，于六月二十五日聚国人，张松幕，置火其下，阿南祭夫毕，俟火炽，焚故夫衣，遂跃入死焉。国人哀之，每岁于是日燃炬火，谓之吊阿南。其后唐开元间有邓睒诏者，六诏一之也，南诏欲并五诏，因星回节构松明楼，召诏酋会饮，邓睒酋妻慈善惧难，尼弗行，不可，乃以铁钏约臂而别。比至南诏，火其楼，诸酋烬骸不可辨，独慈善以铁钏为识，负骸以归。南诏异其慧，以币聘之，辞以未葬，葬则婴城固守，围之三月食尽，慈善盛服端坐饿死，臣民从死者数千人，南诏旌其城曰德源。德源，桂氏作德媛。今自建昌以南滇省全境，均以是日为星回节，家家取松明然燎火，盖旧俗也。以上为前人所述邓睒诏事，比桂氏为详，因照录之。六诏者：蒙舍诏、浪穹诏、邓睒诏、施浪诏、摩些诏、蒙嶲诏。据宋周辉《清波杂志》则有八诏，《志》云，八诏者六诏外，傍矣川、罗识二族，通号八诏。其后二族为阁罗凤所灭，独有六诏。夷语，谓王为诏。或曰当八诏皆在，岁有事，天子各赐一诏，故曰八诏。《读史方舆纪要》引《滇记》云：又有时旁诏、矣川罗识诏，谓之八诏。名与《清波杂志》异。温庭筠诗"诏客先开二十双"，双五亩也，二十双一百亩也。《唐书·南诏传》官给田四十双，为二百亩也。《辍耕录》则谓一双为四亩，此皆前人考论南诏之见于各书者也。伯骥按：蒙舍，唐时南蛮六诏之一，在六诏中最南，又曰南诏，其遂并六诏，概称南诏。今云南蒙化县，即唐时蒙舍所居之阳瓜州，其后攻陷云南，即今大理县，则旧日所谓羊苴咩城也。《唐书》有《南诏传》，当考。此书朱笔批校，识语颇多，有曾氏藏章。曾习经字刚甫，号蛰庵居士，吾粤揭阳人。光绪进士，累官度支部左丞，积廉俸至万余金。时事多故，不欲仕，尽以金买天津军粮埕之田，乃斥卤不堪耕种者。生平律己至严，诗学至深，有《壬子八九月间所读书题词》十五首，实论诗绝句也。遗著《蛰庵诗存》，番禺叶退庵部长为序印行，犹是蛰庵手迹。梁任公述曾事状，冠于书首。退庵为南雪先生衍兰文孙，好古博识。伯骥撰《清代家学史》尝述先生学行而附及之。曾诗序中记二人交好前事，情文备至，盖笃于友谊者。抗战军兴，致意寒家，运藏本达安谧之域，以资保存，事出仓卒，未之能行，深负高义，附识之，以志吾过。（《五十万卷楼群书跋文》史部二）

善本书所见录一则　　罗振常

《南诏野史》二卷

旧抄。题"四川新都杨慎升庵编辑，清湖南武陵胡蔚羡门订正"。分上下卷。前有嘉靖庚戌升庵自序，乾隆乙未蔚自序。凡升庵以后事，蔚皆为补纂。其末篇"叙事"一目，蔚附"续记事"于后，补纂尤多，自嘉靖三十年迄于世祖。后附升庵《滇南月节词》，盖亦蔚所增也。此本与《四库存目》著录之本颇有异同。《存目》本无升庵序，仅据题名，遂疑非升庵作，且谓亦与倪辂无与，全为阮元声所伪托。观此本升庵序，则知升庵乃（龙）〔拢〕沐公云楼之《古滇集》、倪辂之《野史》二种纂辑，实与元声无与也。《存目》又谓书中叙事下及万历十三年，遂益信非升庵作，此本则升庵所述止于嘉靖二十年。《存目》谓书始于"南诏星野"，此本则始于"南诏名称"，"星野"则在其第三段。又谓其后半叙大蒙国以下迄于段明，此本则段明以后尚有段世。此类不一而足。至《存目》作一卷，此则二卷，犹其显焉者矣。《提要》载姜午生跋（此本无跋），称"阮元声简及斯记，惜其脱佚，欲更雠之，以付剞劂"云云。升庵著述极多，身后散佚不完，元声或得其不足本更加增饰，致有万历十三年之舛失，蔚所得则其足本也。蔚亦尝游滇，书中逐条多附案语，引伸考证，当必足据，洵为升庵功臣。抄字工整，实出国初人笔，或即为蔚之手稿。惟其叙事时，往〔往〕就原文蝉联而下，全入自己口气（有"前明""国朝"字样），致原文、增补混淆不分，

尚不脱明末人之陋习耳①。（《善本书所见录》卷二）

续修四库全书总目提要一则　　佚名

《南诏野史》二卷云南刻本

　　明杨慎撰，慎有《升庵经说》，已见前。是书慎自序云：滇虽边徼，亦有野录，但所纪多释老不经，兼漫患无序，六诏事竟罔闻知。予戍滇久，欲一考求弗得，适黔国沐公云楼出《古滇集》示庠士，始得披阅，视中丞箬溪顾公《南诏事略》则加详矣。无何复得前知蜀威远县事滇人倪辂所集一册，而六诏始末具备。因荟萃成编，名曰《南诏野史》。然则此编非慎自作也。今观其书，于蒙段九姓窃土僭号始末尤详。又附南诏历代名宦，暨南诏历代乡贤，并元朝进士，复有南诏各种蛮夷六十条，南诏古迹八十条，洵考滇故者不可少之书也。卷末纪事，自明太祖洪武十七年甲子迁中土大姓以实云南始，讫嘉靖二十年辛丑莫登庸降表至京止，为慎所著，其续纪事，当出武陵胡蔚手，盖杨书本为蔚订其伪佚，正其蹖驳者也。（《续修四库全书总目提要》）

附录

南诏备考序　　（清）丁毓仁

　　《南诏野史》二卷，乃杨升庵先生据黔国公《古滇集》及倪辂《野史》汇纂而成者也。书经升庵先生笔削，虽小小一编，具有史法，克备三长，惜流传绝少。乾隆乙未，有楚人胡羡门得此书，略加增述，幸未失其本来面目。予得羡门本，不揣固陋，为续增名宦、乡贤、文学、山川、物产、古迹于后，以备游览者资其考据，因易其名曰《南诏备考》，识者勿以续貂见诮为幸。嘉靖壬戌七年季冬朔，武陵丁毓仁春崖氏书于滇城之亦寄轩。（清嘉庆年间武林丁氏刻本《南诏备考》卷首）

---

① 云南图书馆藏旧抄本《南诏野史》卷首有罗振常题识，与此文多同。唯"洵为升庵功臣"后，题识作："此书升庵全集及函海中皆未刊，顷得胡氏手稿本，因录副以广其传，丙辰二月下浣，上虞罗振常识于海上蟫隐庐。"

南诏备考序　　（清）屠绍理

吾友丁子春崖，少倜傥负奇气，屡试不售，因挟策遨游四方，所至倒屣争迎。曾以资郎从于戎事，倚马草檄，人服其才。乃数奇不遇，复游于滇，无以消其壮志，遂沉酣典籍，与古为徒。先经校刊《庄谐杂志》，一时为之纸贵。今又校订《南诏备考》，则因杨升庵先生《野史》为之增纂者也。升庵先生著作不可胜计，已邀《四库全书》采录，并荷钦定。其品学之优绌，为千古定论，文人身后之荣遇，罕有能及。夫升庵抱用世之才，一蹶不振，谪戍终老，志无可申，托之笔墨以传，腹笥既富，考据尤精。即如六诏事迹，载之历代史册，读史者每苦不得其详，则以散见诸书，得此遗彼，亘古以来，莫能悉数其原委，今经升庵先生专辑此书，其历国之源流继绝，与地方之风土，人民之种类，皆了如指掌。丁子欲以付梓，尚觉于山川人物等类未详，爰为增纂，以补升庵之未备。吾知此书一出，不独滇之人以为宝贵，即游滇者亦乐资考证，而天下后世之人不必亲历其地而已。一览无遗，不亦快哉！嘉庆七年长至日，仁和屠绍理梦亭氏书于五华山馆。

南诏备考序　　（清）黄宝书

《南诏备考》者，盖本杨升庵先生所辑《南诏野史》，推广而成其书也。升庵为前代修撰，尝以公忠议大礼事得罪，戍滇三十余载，放浪湖山，潜心问学，著作富有，已荷国朝采录其词，入于《四库全书》，其文学之荣，人品之著，传不朽矣。兹观《野史》一编，得黔国公《古滇集》、顾中丞《南诏事略》与夫滇人倪辂《野史》三书，荟萃群言，考证明确，而于南诏世系继绝事实，暸如指掌，殆恢恢乎有志乘国史之意欤。余友丁君春崖，博闻好古，游滇年久，遍访旧事，获羡门订本，欣焉为前人发所藏以寿诸世，益之名宦、乡贤、山川、物产，盖欲得滇云古今人物之详，有裸学士采稽之助。是辑也，言有本，事有经，典而明，简而要，其于南诏事物，洵足以备考焉。在昔升庵编辑之苦心，有不藉春崖传述而益彰哉！是为序。嘉庆七年壬戌嘉平月，昆陵黄宝书镜湖氏序于滇城之五华山房。（以上嘉庆七年亦既轩刻本《南诏备考》卷首）

余冬序录摘要

《余冬序录摘要》六卷，杨慎以何孟春所著《余冬录》六十五卷，卷帙太大，难于流传，故摘要为二百六十条，编为此书。今传明万历三十二年（1604）王象乾刊《杨太史别集》本等。

余冬序录摘要序[①]　　（明）杨慎

《余冬序录》，吏部侍郎郴州燕泉何公子元孟春所著也。公与慎同受业李文正公之门，虽齿位相悬，而以同志忘年。公逝后，其嗣人刻其所著此书，凡十三集，始终数千条，卷帙浩繁，艰于流传。余乃摘其体要，以就简易，凡二百六十条，卷帙则仍题其旧。呜呼！是足以传矣。余尝观《宋史》儒林文苑诸传，其间名人巨公所著书目，动以千百卷，今皆无传，岂不以简编重大之累乎！著述之家可为殷鉴，遂并识于此。嘉靖辛亥夏四月五日，成都杨慎书。（明万历三十二年王象乾刊《杨太史别集》本《余冬序录摘要》卷首）

---

① 序，原无，据杨慎《太史升庵遗集》卷二三补。

男女脉位图说

《男女脉位图说》，一作《脉位图说》，乃杨慎表章褚氏《平脉》、绘男女部脉二图之作。焦竑《玉堂丛语》卷一、何宇度《益部谈资》卷中所列升庵著述目录皆有著录。今已不传。

男女脉位图说　　（明）杨慎

晋太医令王叔和有《脉经》一书，其文高古，其言简奥，浅儒读之尚不能解，况医流乎？近代有高阳生者，变为韵语歌诀，以便诵读，又恐人之不信也，乃嫁其名于王叔和。后世不惟医流宗之，而儒者亦以为真出叔和之笔，不敢非也。不思西晋之世，岂有此等文体哉？其书为韵语所拘，语多牵滞，理或不通。即以男女左右手脉之部分，亦分晰不明，医人遵用之，其误多矣。夫脉部误则诊必误，诊既误则药必误，药一误则杀人，不知其几千万矣。惟褚氏遗书，有《平脉》一篇，分别男女左右脉部，甚为明晰，而医家罕遵用之，盖惑于高阳生之谬说，沉痼不可返矣。往年，予外方友飞霞韩懋遵用褚氏《平脉》以诊妇女，十中其九。且又为予言：子试以《素问》《平脉》病脉，按男女脉部，如褚氏说而诊之，自可以验；因叹俗书之误人也久矣。予在滇南，枕疾岁久，岐黄雷华之书，钻研颇深，盖亦折肱而知良医，信非虚语。因表章褚氏《平脉》一篇，又绘男女部脉二图，刻而传之，庶乎庸医之门，冤魄稍稀，亦仁人君子之所乐闻而快睹也。（《太史升庵遗集》卷二四）

经史指要

《经史指要》为杨慎所著童蒙之书，今已佚，《升庵遗集》存其序。

经史指要引　　（明）杨慎

先哲小学之书，有《锦带》《绀珠》《蒙求》《童习兔园册》《性理训》诸书，深或伤于奥，浅或涉于谚。暇日因婴孺戏剧，稍裁正之，遂操觚□颖，以为《经史指要》。使口诵而心惟，又为之面命而耳提，亦稍知蹊径，渐晓向往矣。（《太史升庵遗集》卷二四）

古隽

　　《古隽》八卷，乃杨慎摘录古书中古隽之语而成。该书今传明万历三十二年（1604）王象乾刊《杨太史别集》本、《函海》本等。

古隽序　　（清）李调元

　　《古隽》者，升庵读诸子书，摘录古隽之语，以备观览者也。前唐马总有《意林》五卷，皆摘诸子语，然未有成段篇者。此则一段一篇皆摘之，其体例又在《意林》之上。有此书，则近时坊刻之《诸子汇函》《诸子奇赏》《金丹粹白》之书，俱可不读矣。罗江李调元雨村撰。（《函海》本《古隽》卷首）

浙江采集遗书总录一则　　（清）沈初等

《古隽》八卷刊本
　　右明杨慎撰。杂取传记中隽异可喜之文录之。（《浙江采集遗书总录》己集）

四库全书总目一则　　（清）纪昀等

《古隽》八卷浙江巡抚采进本
　　明杨慎撰。杂采周、秦、汉诸子之文。惟末数篇为孔融、阮瑀、应玚诸人杂文。每篇各标目，不甚分类，亦不甚叙时代。盖随手钞记之本，后人取而刻之耳。前有王象乾《杨太史别集序》，称慎遗书自诗文以外约七十余种，惧有湮没，檄取其家，得《余冬序录》《古今谣谚》《词品》《谢华启秀》《韵宝》《古隽》各种，合为一集，付之梓云云。则此其所刻之一种，而冠以七种之序也。(《四库全书总目》卷一九二)

文选楼藏书记一则 　　(清)阮元

《古隽》八卷

明杨慎著，刊本。是书采取诸经史子部隽语，以资考证。(《文选楼藏书记》卷二)

禅藻集

　　《禅藻集》六卷，乃杨慎编集禅门诗歌之作。今传明嘉靖年间刻本。此外，又有《禅林钩玄》七卷，题杨慎辑，王文才先生认为该书乃真著所辑，曾请杨慎审定，偶有慎笔，且卷四"禅藻记荍"即据杨慎《禅藻集》改录，后乃托慎名以传。

禅藻集序　　（明）邓继曾

　　是书从佛典《弘明集》《三教珠英》《法苑珠林》《高僧传》采取而成，所附文人诗若梁简文、昭明太子辈，多借禅喻心，咏空激世者。（《天一阁书目》卷三之二）

禅藻记荍　　（明）杨慎

　　昔致堂胡先生序《玉英集》，独取其敷畅明白，易以考其是非者。若夫谈鬼怪，举诗句，类俳戏，如狂诞相倡和于穿穴空笼、混漾无实之中，萝蔓葛藤，不可诘致，将以擎拳植拂，扬眉瞬目，一棒一喝，尽皆削之是也。今予独取其诗，亦有说焉。夫琢磨何关于贫富之间，倩眆奚取于绘事之后？而圣人深许，正教流布，则以诗句喻禅，未为无谓，与鬼怪俳戏不同科也。况其所引诸诗，多有唐人诗集不载者，缀而传之，亦礼失求诸野之例云。有题者标其题，无题者存其句，观者自得之。又考其世，皆云扰瓜分，残唐五代之际，聪明贤豪之士无所施其能，故愤世疾邪，长往不返，联珠叠辞，虽山渊之高深，终不能掩旃其光彩也。升庵杨慎漫书。（明嘉靖年间刻本《禅林钩玄》卷四首）

内阁藏书目录一则　　（明）孙能传等

《禅藻诗集》一册

嘉靖杨慎采辑古今诗之关于禅门者。（《内阁藏书目录》卷三）

附录

禅林钩玄序　　（明）刘大昌

式观摩腾入汉，渐布三藏之文；无畏来唐，盛兴五密之典。自兹以降，源流实繁。著而为经，宗教胪列；翼而为传，语录争鸣。梵音流传，法门广大，缥囊充栋，缃帙盈车。岂惟吾党之士，白首纷如；乃若彼是之子，昏衢自画。真谛希闻，妙音难遇。获玄珠于罔象，握宝镜以重辉。非在迹求，可以悟取。卑之自罹道障，高之直入顽空，吾谁与归，孰昭其的？若夫殷中军被□，□读佛经；柳子厚闲居，尤嗜内典。文猎菁华，道迷心性。消磨壮志，天假余龄，回视亨衢，何如净土？自谓卓然有得，夫亦托焉而逃。孰知三教鼎立，一贯咸通。正觉在人，并乾坤而无尽；微言持世，与日月以俱悬。沉研三昧精微，究竟四禅蕴奥。总括群经，吐纳名理。文成独部，道尽万涂。示入圣之真诠，指作佛之心印。户庭不出，指掌可知。非天下之高明，其孰能与于此？升庵太史公生自华衮，凤植善根。胪传第一，国士无双。世仰文宗，时称武库。金马玉堂之彦，兰台石室之英。履道葆醇，奇□□□。多见多闻，纳须弥于芥子；彻上彻下，吞云梦于胸中。目无留良，口皆成诵。既文既博，亦玄亦史。丹铅点勘，轻惠子之五车；清白传家，薄齐公之千乘。声驰日表，名揭云间。若乃脱屣词林，摧风健翮。投荒万里，目断三川。迁客托意于远游，放臣兴思于落木。著尘外之狎，言寻道林；结区中之缘，直追安石。栖迟滇海，真同大士逍遥；留滞周南，岂比天民桎梏。行住坐卧，笔研自随。嬉笑怒骂，辞华竞发。云鼎牛头之胜，记昔曾游；点苍鸡足之雄，于兹饱谙。江山多助，冰雪愈坚。三十六载奇穷，修身以俟；八万四千智慧，知道为宗。品藻鸡园，阐扬象化。独持麟笔，允籍鸿传。马迁好奇，不离文字；茂先博物，尚滞声闻。妙句云布，奥旨风生。会心正不在多，见性应无所著。诚惧寻行数墨，乃为提要钩玄。非推墨而附传，愿由博以之约。理窟禅宗，真如邃诀。有道者得，无心者通。独念此篇就梓之日，乃公捐馆之辰。歧路浮沤，梦寻幻境。叹分飞之有处，嗟会面以无期。玄亭问字，自幸执鞭。赤岸停云，敢云附骥。青城玉垒，还思迟我晨登；锦水金沙，尚忆与公夜话。攀白社以三休，步玄梁而十憩。牧羝握节，犹得生还；感鹏殷忧，竟成长往。人生如寄，逝水堪哀。道岸先登，藏舟共讶。食芹之美徒切，一饭不忘；俟河之清可悲，百身何赎。愚生不敏，早奉公教，情重密亲，感深知己。顷承面命，兹抚遗文，吟诵回环，编离字灭。吾友韩山梁子相予校订，释云寮贞著鸠工锲梓。缁衣好切，缁众流观，获菩提，证妙果。续传灯于往哲，比挂剑于古人。昔昭明谓：有能读陶集者，仁义可蹈，爵禄可辞，驰竞之情遣，鄙吝之意祛。公尝谓：有能得禅髓者，器秉上根，悟由神解。神解不言而信，上根无为而成。此公文字禅，正法眼藏，筌罤糟粕，一扫皆空矣。三复斯言，敢告同志。明嘉靖龙集己未鞠月朔日，蜀天谷山人刘大昌撰。

是刻之原　　（明）梁奕

雾中高僧贞著者，与奕有方外之交也，人虽梵行，深究六书。与奕同游时，取号小云，以其后白云而生者也。太史杨公乃去一小字，更为云寮，冀其他日之所就也。先是，在延庆月虚方丈阅藏八年，僧俗之人皆重之。一日奕谓曰：地因人而显，雾中名山也，不可不求名公之文，况子之生于其间者乎！遂诺之，往江阳求杨公之文。是日也，乡先生刘公珥江有诗送之云：云寮出山贞苦心，太史声价高词林。川南只尺路非远，十月江寒烟雾深。入门顶礼山中相，升堂似睹如来像。缙绅贤哲解参禅，正觉圆通息诸妄。子行远持尺素书，要求海上连城珠。摩尼如意随方现，朗照诸天及五湖。江阳渺渺千余里，锦城迢迢隔一水。寒露萧条白雁来，绪风披拂黄茅靡。丽藻鸿裁世所欢，银钩金薤古称难。挥毫兴到一弹指，请翁为尔书诸丹。奕亦有诗送之曰：此生浑似燕，到处即为乡。渺渺随风去，何际是江阳。来往江干上，驱驰岁月中。虽非玄奘子，应得此心同。彼至泸，一见杨公，果契之，欣然为作《雾中山记》。仍托以是刻，其事亦奇矣。公复赠之以诗曰：诗里无僧句不清，云僧况是有诗名。僧庐原在雾中住，云收雾散归山去。山房请我题云寮，碧云诗和白云谣。云耶雾耶远莫辨，禅诵山中昏复朝。著归而与诸缙绅等刻之，始于九日之晨，脱于腊至之日。於戏！杨公之精选亦可谓难得矣。子之是遇，夫何幸哉！杨公之文，而子之功，将垂之无穷焉。刻已，因为之言。嘉靖三十八年己未至日，韩山子梁奕撰。（以上明嘉靖年间刻本《禅林钩玄》卷首）

禅林钩玄后序　　（明）苟诜

《禅林钩玄》者，太史升庵杨公所纂集也。禅，佛学之宗旨也。公欲弘法以利天下，统一大藏教，取其精英粹美者，笔之于册，汇会而科分之，名曰钩玄。采摭搜索，精致严核，字句点画，不容假借，其用意亦勤矣。或者疑之，理至于禅，抑已邃矣，而又曰玄，其浑沦渊默，不容致诘可知也。纸墨文字，篇章科段，发之音声，布于形象者，乌得谓之玄哉？於乎！此浅士俗学局于口耳闻见者之说也，何足以窥公之藩篱哉！夫禅之为玄，贯色空，混有无，而神妙于其间者也。谓其空，未尝不色也；谓其无，未尝不有也。果以为色则碍，果以为有则滞，不容混而不分别，亦不容判而不浑融。无所容吾思，无所容吾喙，必有妙心，然后能妙契，可以自会，不可以告人也。是岂或断或常，胶于一偏者所能喻哉？公海内人杰也，独秉上智，聪明绝人，涵咏圣涯，穷其渊源，深造自得，根极理味，盖学海老师，道藏法家也。精神之游泳，意趣之宣畅，语默动静，行藏显晦，浑乎一禅之玄，盖真以身体之而妙达于用，可以道理会，不可以形迹观也。公之立朝，激忠愤，排阉阖，立人伦之大经，以观示于天下万世。其气雄，其体方，严毅整饬，凛凛乎不可撄，养者畏惮，闻者兴起，则故准绳规矩，不可以情爱干、势利移者也。及被放逐，则飘然潇洒，豁然怡畅，河山鱼鸟，杯酒诗歌，逸兴莫遏。虽穷荒绝域，蛮烟瘴雨，风土异宜，而安然游之，若将终身焉。其不流于富贵，不闲于贫贱，去达以就穷，若固有之，即约以为乐，浩浩乎若不既焉。故未尝溺意于富贵福泽，亦未尝矫情于贫贱忧戚也，安土乐天，与时宜之。其出入变化，莫可踪迹，惟神之运，与道消息。肉眼之士，骇异叹诧，莫得以窥其心者也。公之达，与道行，公之穷，与道居，吾知有道而已。穷通得丧，屈伸显晦，世人循俗尚，计得失，皇皇焉役心疲神，若不能为情者，公浑然相忘耳。是故贯色空，混有无，而妙于其间者，禅也；居在我之贞，忘天下之迹，而不滞于贫贱富贵者，道也。儒者之道，即释氏之禅。禅惟无心者能通，道惟忘势者能有。佛之心，肉眼不能窥；君子之道，俗士不能测。何也？肉眼见形，俗士泥迹，而不能会悟于色空、有无之外，不为色有所碍，则为色空所溺，胶固于一偏，中且不能及，而况于忘其中者哉？夫必忘其中而后能会于玄，必解其胶而后能会于道。是故佛之心，君子之道，皆所谓禅而妙于玄者也。俗士之在天下，即已醉心于形迹之胶矣。欲其契公之本□，□了然于行谊忠烈、风流潇洒之外，笃信而不疑，乌可得乎？由是观之，公之道曾不异于佛之禅。玄中之玄，身亲有之，不待钩之于经，笔之于册，而明眼之士可了于目中矣。果得此意，然后可以读《钩玄》之书，以契其义味所在。初不计最上之乘、西来之意，与夫章句点画、纸墨文字、事迹纪闻、诗歌题咏，皆玄之所在，而公所钩之玄，炳炳乎溢于目矣。珥江刘公大昌，洞了佛法者也，其于钩玄之意已备言之矣。予不愧寡昧，更为赘此数语于后，续貂之诮，将无逭乎！嘉靖己未季冬廿五日，青城山人荀诜顿首谨书。（明嘉靖年间刻本《禅林钩玄》卷末）

谢华启秀

  《谢华启秀》八卷，乃杨慎所编类书。书名取自陆机《文赋》"谢朝华于已披，启夕秀于未振"。书中摘取群书佳句丽事，熔铸陶冶，裁为对偶，从二字类至八字类，各为一卷，后缀偶句类。其编著体例颇不统一，盖本为杨慎偶然札记，以备骈体之用，后人得其残稿而刻之。该书今传《升庵杂著》本、《升庵外集》本、康熙三十年（1691）高士奇刻本、《函海》本、小嫏嬛山馆汇刻类书本（四卷）等。因所据文献源头不同及后人改编，形成四卷、七卷、八卷等不同卷帙，内容则大同小异。四卷本乃合并卷帙而成。七卷本比之八卷本少"八字类"一卷。

谢华启秀序 （清）高士奇

  成都杨慎用修雅善雠书，最工隶事。钩玄索隐，鹣鲼乃博奥之宗；俪白骈黄，犬子实雕华之祖。九家七纬，贯串胸中；十岳四溟，鞭驱腕底。流落点苍山下，日事铅黄；颠狂金雁桥边，惟耽缃素。绫衫蛮女，邀酒墨于襟裾；劈面诸酋，宝狂吟于硐户。若此《谢华启秀》一编，不过云中寸爪，略见盘拏；雾里微斑，偶呈光怪。然而狐非一腋集成，但爱其蒙茸；鲭会五家错出，并资其隽永。属对则韩宣重宝，有美必双；精思如雷焕神锋，无端候合。勿论希闻僻事，耳目斩新；即或狃见习知，精神顿改。旃檀林下，片片皆香；璧水源头，琤琤是玉。洵文山之秘玩，而艺海之藏珍矣。余也乍起沉疴，时开倦眼。借陈编以引睡，信手翻来；卧懒架以颐神，寻行读去。间亦补苴其罅漏，颇为点勘其舛差。用广芸篇，流传枣本。嗟乎！学子云之难字，讵止一丁；读王朗之异书，能空二酉。摊诸砚北，或可免夫祭鱼；弄在笥中，幸毋以之饱蠹。康熙辛未秋八月，竹窗高士奇。（清康熙三十年高士奇刻本《谢华启秀》卷首）

谢华启秀序　　（清）李调元

陆士衡《文赋》云：谢朝华于已披，启夕秀于未振。以示作者选言于宏富之路，含咀英华，不落剿腐，即韩退之所云惟陈言之务去也。然非读书万卷，取精用弘，乌足以语于此哉？升庵先生杂采经子中语，加之镕冶，陶铸成文，著为二字、三字以及八字之目，名曰《谢华启秀》，洵考古者之宝山也。考《浙采遗书总目》云：国朝高士奇于内库废籍中得隋杜公瞻所著《编珠》若干卷，叹为奇逸，因急取唐杜鄂之《岁华纪丽》及先生此书，并镌以行于世。夫亦可谓欣赏之至矣。高本余未及见，今所刊者，焦竑校本也，或较为完善云。童山李调元雨村序。（《函海》本《谢华启秀》卷首）

四库全书总目一则　　（清）纪昀等

《谢华启秀》八卷，内府藏本

明杨慎撰。慎有《檀弓丛训》，已著录。是书取诸书新艳字句裁为对偶。自二字以至八字，各为一卷。其八字以外者，自为一卷。其二字类中无对句者十五条，三字类中无对句者四条，四字类中无对句者三十二条。盖未完之本。中间或注出典，或不注出典，即注者亦不详悉，尤非著书之法。盖偶然劄记，以备骈体之用，后人得其残稿刻之耳。其曰《谢华启秀》，取陆机《文赋》中语也。然其中多全引旧文两句旧诗一联者，殊乖其命名之义。又如锋猬、斧螗，柳宗元《平淮夷雅》之成句，即析为二字之对，已属陈因，兼伤割裂，然犹列柳名也。至巢父、壶公，为庾信《小园赋》旧对，则竟没其名矣。"卉服"注曰《汉书》，竟忘《禹贡》。王世贞谓慎求之六合之外，而失之目睫之前，其此类耶。至于吴牛、魏鹊，明载《初学记》中，钞类书以为类书，何必慎始能之也。四字以下对偶，益不工整。如以"咸则三壤"对"画为九州"，以"作法于凉"对"谁能执热"，则虚实字颠倒；"便娟轻丽"对"犀角丰盈"，铢两全不相称；以"季氏八佾舞庭"对"管仲三归反坫"，偏枯尤甚。甚乃以"胡燕胸斑声大"对"越燕红襟身小"，则亘古四六，无此复句。以"农为邦本，本固邦宁"对"民生于勤，勤则不

匦"，改窜经文，仍不配偶，则益拙矣。（《四库全书总目》卷一三七）

郑堂读书记一则 　　（清）周中孚

《谢华启秀》八卷嘉庆甲戌重刊巾箱本

　　明杨慎撰。慎仕履见礼类。《四库全书》存目。是编皆摘录古书字句，以为对偶，自二字类迄八字类，各为一卷，又偶句类为一卷。其前三卷间无对句，当属未成之书。其出处或注或否，亦漫无义例，不免为饾饤之学。其取陆士衡《文赋》中语以名之者，以其皆采新艳字句也。然其中引旧文旧诗及钞撮类书者颇夥，而裁对亦不匀称，且多生凑，则与命名之义殊乖。盖升庵随意札记，以备词赋之需，其残稿展转为高江村所得，因点勘付刻，并为之序。《函海》亦收入之。（《郑堂读书记》卷六二）

哲匠金桴

《哲匠金桴》五卷，乃杨慎所编类书。书中采录汉魏以来诗文赋颂之骈语偶句，依韵编次而成。该书今传明隆庆二年（1568）刻本、明隆庆年间写刻本、明万历三十四年（1606）李克家刻本、《函海》本、清道光五年（1825）刻本等。

哲匠金桴叙　　（明）朱茹

吾乡用修杨子，芳漱百代，艺绝群髦。盖自登高等时，以阀阅故，获睹芸阁所藏秘书，即杰然慕古相如、子云之为文。既坐滇南，寻寓其郡。彼以其余才，晚年益肆意于闳博，每有挥赋，士人辄竞相传写。诸所著述，不縠于此。今手录《哲匠金桴》者，特沙界中之一沤尔。余里居，尝取而纵观之，则其辞林抉艳，笔海搜奇，上溯丘索纬书，下及释老小说，凡可入韵语者，靡不罗括殆半。视先是《阳秋》《府玉》等集，何殊仆隶，诚泛诗涛者之仙槎也。顾中韵多牙参跌叠，余不度掾厉，僭为订正如此，罪胡可逭也。然而披金探珠者见之，当又爽然易瞻睹矣。时隆庆二载岁在戊辰冬十一月至日，西蜀泰谷朱茹纂。（明隆庆二年刻本《哲匠金桴》卷首）

跋哲匠金桴　　（明）朱茹

或问于余曰：求诗于色相，是殁帙未解而存樊笼也，毋乃顿乎？余应之曰：然。金桴荷蘘，良工苦心，斯固郢之斤、轮之斲也。大匠不为拙工废其斲斤，诗人不为俗眼弛其锻炼，惟夫识其意于牝牡骊黄之外，含其玄于水月鉴相之中，色空两忘，巧力具足，斯又孔释之涅槃也，诗之云乎！虽然，或人之言起予矣，有味哉其言之也。是故达孔之空者，三百厌其冗；参诗之禅者，一字传其神。隆庆五载摄提贞于孟陬维庚寅月哉生明，云南按察司副使前进士朱茹以汇敬书于明净精舍。（明隆庆年间写刻本《哲匠金桴》卷末）

哲匠金桴跋　　郑振铎

此明隆庆刊本《哲匠金桴》五卷，写刻至精，是《佩文韵府》等书的先声，各家书目皆未载。一九五六年十二月二十二日下午，晴空碧静，心意畅恰，偕王君崇武至隆福寺文渊阁，得水明楼、纺授堂诸集，骤若贫儿暴富，快意之极。复同往中国书店，询常熟所购邓志谟《五局传奇》消息，店中人云书已寄到，即取出阅之，果是百拙生之作，即挟之归。他们复取出明板书数种，《哲匠金桴》亦在其中，予以其罕见，虽阙佚首卷，亦收之。似斯类奇书，稍纵即逝，固不能论全阙也，西谛记。（中国国家图书馆藏明隆庆年间写刻本《哲匠金桴》卷首）

哲匠金桴序　　（清）李调元

《哲匠金桴》，抉艳词林，搜奇笔海，上遡丘索纬书，旁及释老小说，凡可入韵语者，靡不罗括殆尽。在先生著述中，虽沙界之一沤，实泛诗涛者之仙槎也。向有焦竑刊本，原序谓得自先生手录，复加厘正，最称善本。惜传布不广，学者恨之。予从周书仓太史斋头获见焦本，因亟借刊之，以广其传。童山李调元序。

哲匠金桴跋[①]　　（清）李调元

《哲匠金桴》，升庵所采录之韵府也。考《诗》郑笺，筑墙者桴聚壤土，盛之以虆，而投诸板中，工匠之所必需也。譬之名言丽句，随所得而投之囊中，故以名书。此书抉艳词林，搜奇笔海，上遡周秦汉魏，

---

① 文题原无，据《童山文集》卷十四补。

以至宋元，凡古之经史子集，语关对偶，皆择其精者录之，实泛诗涛者之仙槎也。每条皆注人名，或小解释于下，皆极古致。按书内四支韵"子欲居九夷从凤嬉"，先生自注云：余谪滇南，同年提督孙继芳命知州冯吉建凤嬉亭于赵州以居余。则此书乃戍所借以消遣，而后学落笔为词者藉以沾丐焉。是亦先生著述之一种也。罗江李调元童山撰。（以上《函海》本《哲匠金桴》卷首）

四库全书总目一则　　（清）纪昀等

《哲匠金桴》　五卷 浙江吴玉墀家藏本

明杨慎撰。采摘汉魏以后诗隽句及赋颂之类，分韵编录。然征引庞杂，挂漏亦多，不足重也。（《四库全书总目》卷一三七）

浙江采集遗书总录一则　　（清）沈初等

《哲匠金桴》　二册 小山堂写本

右明杨慎辑。第摘取古人诗句以韵次之，间有一二及他书籍者，无所发明也。（《浙江采集遗书总录》庚集）

郑堂读书记一则　　（清）周中孚

《哲匠金桴》　五卷 函海本

明杨慎撰。《四库全书》存目。是书乃其采录群书中诗文赋颂并有语关对偶者，依韵编次，自汉魏以迄宋元，皆择其精者录之，亦可谓抉艳词林，搜奇笔海者矣。惜其借著书以消遣，尚未能广搜博采，以成完书耳。其曰"哲匠金桴"者，李雨村序称考《诗》郑笺"筑墙者桴聚壤土，盛之以藁，而投诸板中"，工匠之所必需也，譬名言丽句，随所得而投之囊中，故以名书。前又有雨村序。（《郑堂读书记》卷六二）

天禄琳琅书目后编一则　　（清）彭元瑞

《哲匠金桴》一函二册

明杨慎撰。书五卷，依四声字，凡古书诗句之新艳可入韵语者，皆摘句注篇。前有隆庆戊辰朱茹序。（《天禄琳琅书目后编》卷二〇）

文选楼藏书记一则　　（清）阮元

《哲匠金桴》二册

明杨慎著，抄本，小山堂收藏。是书分类采历朝诗句。（《文选楼藏书记》卷五）

均藻

《均藻》四卷，乃杨慎所编类书。均即韵，故又有作"韵藻"者。书中分韵编集群书中之丽藻故实，下注出处，重在搜罗散句，与《哲匠金桴》不同。该书今传明万历间曼山馆刻本（书名作"韵藻"）、明刻本、《函海》本、清郑氏注韩居抄本、小嬛嬛山馆汇刻类书本（五卷，原平声一卷分为二卷）、《艺苑丛钞》本等。明人方夏补编为《广韵藻》六卷，清人福申校定为《均藻述》五卷（仍题杨慎撰）。

均藻序　（清）李调元

先生韵书，予所梓行凡数种，《哲匠金桴》《古音骈字》《古音复字》各五卷，博奥淹雅，不相假借，而自成一书，观海者固已望洋叹矣。乃复有《均藻》四卷，奇文绮语，沓至纷来，如读人间未见之书。而其引征宏富，焜耀心目，又如入宝山者之应接不暇也，此才可斗石计耶！故并镌之，以见先生之才之大。童山李调元序。

均藻跋[①]　（清）李调元

杨升庵《说文先训》云：古文无韵字，均即韵也，从禹愠切[②]。考升庵平生精于韵学，而此书则虽依韵编次，单为词翰设，不言韵也。大抵非词藻古艳者不录，故曰《韵藻》。与《哲匠金桴》书异而体同，但彼则摘其对偶，此则摘其散句，彼取之各人文集，此取之各书，故彼以人名注，此以书名注，微不同也。每条下小有注释，或别引书以为证，

---

① 文题原无，据李调元《童山文集》卷十四补。
② 《童山文集》所收此文于"禹愠切"后云："《鹖冠子》曰：韵，均也；均，不同声也。"

皆先生原本云。罗江李调元雨村撰。（以上《函海》本《均藻》卷首）

均藻跋 　　（清）翁同龢

杨升庵此编专取僻典，颇便寻检，《四库》未著录。

　　按：此书《四库》入《存目》，谓是《韵府群玉》之流，而驳其"均"字，以为粉饰太甚，盖全书不用古字，独于书名用一古字也。升庵尚有《谢华启秀》及《哲匠金桴》等书，皆辞章家对偶新丽之句，不足重也，并见《四库存目》。松禅记。

　　《四库》开时，四方献书者经采录后以原书发还其家，其发而未领者皆储于翰林院。院有瀛洲亭五楹，列架比栉。余于咸丰己未院长命与清秘堂诸公同检书时，插架尚十得六七。后于厂肆往往见散出之本，盖管钥不慎，为隶人所窃也。迨光绪中再至，则一空如洗，可胜叹哉！松禅记。（上海图书馆藏清抄本《均藻》，此据《上海图书馆善本题跋辑录》）

浙江采集遗书总录一则 　　（清）沈初等

《思元斋均藻》二卷刊本

　　右明杨慎辑。亦分韵编集各书典实。（《浙江采集遗书总录》庚集）

四库全书总目一则 　　（清）纪昀等

《均藻》四卷内府藏本

　　明杨慎撰。其书乃《韵府群玉》之流。案许慎《说文》无"韵"字，小学家以"均"字代之，引《鹖冠子》"五均"为证。慎之立名，盖取于此。然亦太粉饰矣。假借通用之法，可行于古，不可行于今也。且全书不用古字，独于书名用一古字，是亦何足为古乎？（《四库全书总目》卷一三七）

文选楼藏书记一则 （清）阮元

《思元斋均藻》二卷

明杨慎辑，刊本。是书分韵编辑经子诗文。（《文选楼藏书记》卷二）

郑堂读书记一则 （清）周中孚

《均藻》四卷 函海本

明杨慎撰。《四库全书》存目。是编乃其分韵编集各书典实，与所著《哲匠金桴》书异而体同，但彼则摘其对偶，此则摘其散句，彼取之各集，此取之群书，故不同也。其曰"均藻"者，升庵以古文无韵字，均即韵也，故以均字代之尔。大抵非词藻古艳者不录，其征引颇为弘富，奇文绮语沓至纷来，其有资于词章不浅矣。前有李雨村二序。（《郑堂读书记》卷六二）

附录

韵藻述序 （清）齐嘉绍

以韵隶事，始于《韵海镜源》，而其书不传。传者元阴时夫《韵府群玉》，明人《五车韵瑞》而已。国朝《佩文韵府》出，则包举二书，增益繁富，信乎网罗无遗，极艺林之大观矣。明杨慎《韵藻》一书，曩未见有刻本，兹禹门学使出诸行箧，正其舛讹，题曰《韵藻述》，刊而行之，以训多士，刊既成示余。盖升庵此书，于韵字多所未备，类未成之书，而搜奇抉奥，饷遗实多。至匡谬补遗，勤稽博考，则学使之功伟焉。昔升庵辑《古音骈字》，续之者有二庄氏；作《古音略例》，继起者有顾亭林、江慎修氏；今是述出，足以掩二庄而追江顾。后生寒畯，有力不能致《佩文韵府》者，得是书也，其获益岂浅鲜哉？抑尝谓，著辑之事，创始者每不敌后来之备，而后人自诩弋获，辄骋诋諆，如纠谬、刊误等名，览其标题，矜心若揭。学使于升庵，既不能辞诤友之目，顾恂恂然以述自居，不为伯宗之攘善，亦不为老氏之同尘，心平气和，实事求是，盖其所养者深矣。爰题数语，以志纫佩云尔。时道光七年丁亥孟陬，齐嘉绍书于豫章鹾署之静寄西轩。

韵藻述序　　（清）福申

明人以博雅名者，升庵先生为首称焉，所著《丹铅录》各书，行世已久。《韵藻》一编，在先生为碎锦，然征引该洽，语艳而新，津逮后学不浅。余幼在家塾时，僻爱此书，手自抄录，玩索既久，始知中多脱讹。盖先生壮岁投荒，老于戍所，后车之载，不敌曹仓，凭其强识，信笔书之，往往疏于点检，才人之豪，即才人之病也。暇日为考群籍，脱者补，讹者正，另编成帙。昔陈耀文作《正杨》，有心吹索，贻讥后世。况余谫陋，何敢效尤，盖处净者之列，以此志平生之私淑耳。兹来豫章，书在行箧，老友沈君苹滨见之，怂恿付梓。余即嘱其更定书名，苹滨谓：从洪兴祖注《楚辞》例，宜名补注；从刘攽《汉书刊误》，吴缜《新唐书纠谬》例，宜名辨误。余均谢不敏，告以圣人删订六经，自居述者，余于先生，当取述之之。苹滨笑曰：《韵藻》非六经比，公何谦也，然即是可矣，因名之曰《韵藻述》云。道光六年立冬前三日，长白福申自识于赣江舟中。（以上清道光七年长白福申刻本《韵藻述》卷首）

续修四库全书总目提要一则　　孙海波

《韵藻述》五卷道光六年刻本

明杨慎辑，清福申校定。明人以博雅名者，杨慎为首称。著有《丹铅录》《古音丛目》《古音猎要》《古音略例》《转注古音略》等书，已见《四库全书》著录。其《韵藻》一编，征引博洽，然在杨氏为碎锦，信笔录之，非有意于成书，往往疏于点检。清长白福申为之补正，另编成册。以圣人删六经自居述者，因取述之之意，名曰《韵藻述》。凡原本有应在某韵而误载入他韵者，今皆移入本韵，如云"逢逢条原"在三江，今按《韵府》移入一东是也。有原本诸韵不收而亦载入者，今依韵删去，如一东韵删"银液镇心"四字是也。有原本白文及注讹字过多者，今皆订正，其未注出处者，今皆补之，如四支"怒特祠"条，原误作"恕"，七虞"青鸟之所有甘栌"，见《吕氏春秋》，原未注出之类是也。又按杨氏原书，皆随手摘钞，凌杂无序，今福申一遵《韵府》次弟，为之排写。其上声二十九豏一韵，杨书原缺，福氏依二十七感、四豪、三十陷各韵补入四条。福氏之于是书也，逐条分校，缺讹谬讹，悉为厘正，用力綦勤，实为杨氏功臣。而世之学人，动曰著作，卑述为不足道。观福氏书，知述者亦非易事矣。（《续修四库全书总目提要》）

赤牍清裁

　　《赤牍清裁》，乃杨慎戍滇时所摘编书信集。赤牍即尺牍。集中所收起春秋，迄六朝，多零章碎语，自一二句至十余句不等。其卷帙有数种，陈第《世善堂藏书目》著录为二卷，今传则有明抄四卷本、嘉靖十三年（1534）刻五卷本、明刻十卷本、明人胡执礼批点十卷本、万历年间吴勉学刻十一卷本（补遗四卷）、王世贞增订二十八卷本等。后王世贞又扩增为《尺牍清裁》六十卷。其中，应以嘉靖十三年刻五卷本最近原貌。该书对后世影响颇大，实开明清以来书信启札类总集编纂之先河。后又有题署杨慎编选的《古今翰苑琼琚》十二卷、《皇明宸藻》一卷、《笔媚笺》十二卷，皆渊源自《赤牍清裁》，实则都是与杨慎无关而欲藉慎名以传的伪书。

赤牍清裁引　　（明）张含

　　简者，质言之而略也；启者，文言之而详也，皆古赤牍也。迨宋貋矣，文之芜也近义疏，质之俚也杂市井，予读而悲之。太史公旅斯榆，平昼闲居，编此编，式昭古式，式今则古流或已传于锲，公见之曰：未之传也。含赞于公曰：公毋乃未旆。夫六经，肴蒸大戴也，有左氏为太官，有公羊为饼家，有屈平供粗粉，有相如奉和具，信旨矣，而无郭璞之玉琳，谢客之石华，设令符朗、刘易在宾筵，得无不足君所乎？公乃怿予言，是编乃行。（《张愈光诗文选》卷七）

赤牍清裁序　（明）张绎

简牍见诸编刻，宋为多，唐晋以前，仅得名家数帖，记传本集，披阅莫便也。是编起先秦，迄六朝，贤君名臣、儒哲节义诸语咸萃，间及释老，要亦在择取者。千百年中咨答之共成，理道之论难，父子兄弟夫妇伦纪之关，世事机宜之切，瞭然心目。是虽短札片言，有可上切宸庙金铭，寻求商彝周鼎之款识者，不但以式简牍而已。升庵先生编辑，岂苟乎哉？尝见《夏小正》之解，于儒先注疏多发所未及，正所未当。《风雅》之逸，《选诗》之外，微奥词旨之搜括，亦皆此类。夫道无巨细，显晦之间即是，窥探先生经纶，造化必大，童卒宜率知诵也已。昔人尝以异人异书骇为得之奇幸，况吾乡自常斋五云既远，亦复睹笺，一流忠孝，伦魁衰拙。自西蜀南滇悬隔，亦复慰一生，斗山瞻仰，若兹简牍，容能等之所常见者哉！初获会城本于姻戚邢无敏所，锐图广之，则闻字颇为刻遗讹，遂托无敏考证，□重誊于笺，无刿乃速善工梓成。编之名义，先生盖取颜之推之说。唐后无载，岂以欧、苏诸刻既多，且昌黎、曲江与大儒司马、程、朱诸大书状，非可篇章摘与？意见未审，何当就正，以得先生定议，方谂诸同乡同道并珍以俟云。嘉靖甲午岁冬仲月长至日，东岩痴病老人张绎董书。（明抄本《赤牍清裁》卷首）

赤牍清裁叙[①]　（明）王世贞

夫书者，辞命之流也。昔在春秋，游旌接毂，矢扬刃飞之下，不废酬往，婉婉可餐。故草创润色，既匪一人，谋野谋邦，以为首务。然而出疆断割，因变为规，寄文行人之口，无取载函之笔。离是而还，书郁乎盛矣，用亦大焉。故燎箭聊城，则百雉自摧；奏章秦庭，则千橐尽返。少卿纾郁于氈帐，子长扬泯于蚕宫，良以畅人我之怀，发令曩之蕴。或扬挖沉冥，或剖折疑豫，或诱趋启蔽，或释诅通媾。走仪秦于寸管，组丘倚于尺一，思则川至泉涌，辩则云蒸电燿，其盛矣哉！然皆春容大章，汪洋菀翰，雁距弱云路，虞其修阻，鱼腹狭波臣，付以沉浮。

---

　① 此文又见于王世贞《尺牍清裁》卷首，文中"赤"皆作"尺"。

则有黄麻薄蹄，缄苏固蜡，烂漫数行，遥裔千里。蓄止寒暄，情专问慰，只事兴端，片物托绪。毛生为舌，墨卿代面，醉沈漓潕，厄言熹微。其造色也，炯兮隋珠之忽投；其寄悰也，袅兮春丝之不断。是用河岳虽移，漆胶愈结，徘徊吟咀，情事更绝。明月宛其依怀，白云停而不飞，斯则晋客玄谈之委致，齐梁纤语之极轨也。西蜀杨用修，少游金马，晚戍碧鸡，倾浮提之玉壶，然太乙之藜杖，渔艺猎稗，积有岁时，爰会斯篇，凡十一卷，命曰《赤牍清裁》。或因本寂寥，或删芟繁积，其见《文选》诸书者，不复更载。丽砂的砾，等谢氏之碎金；玄圃峥嵘，掩琅琊之群玉。客有赍示，余甚旨之。第惜其时代名氏，往往纰误，所漏典籍，亦不为少。乃稍为订定，仍加增葺。及自唐氏迄今，词近雅驯，亦附于后，合为二十八卷，藏之椟中。於乎！文典既远，清徽多秘，陈惊座之十吏递供，刘南昌之百函俱发，流映前史，以为美谈，今皆阙如，况其下者。余既惭半豹，宁免鲁鱼，故由中郎酷私王充之论，亦是卿家子云覆瓿之业耳。时戊午三月，东吴王世贞元美甫撰。
（明嘉靖年间刻本《赤牍清裁》卷首）

赤牍清裁后叙[①]　　（明）王世懋

夫文之近事理，会人情，剸决剖悉，莫善于书。笺表章启，奏记赤牍，皆书之沿也，而赤牍之用最繁，其体最简，何则？宾主交酬，书不盈尺，或事须凭几而办，或辞缘倚马而就，既无关浩汗，而雅有思致，使揽之者易尽，而味之者难穷，非夫巧于用短，其孰能之？故曰体简而用繁，是赤牍家之言也。若孟公之亲疏有意，灵宝之五版并答，斯皆其人矣。六朝以还，谈者务以论议为宗，不复明短长之用，赤牍从此绌焉。西蜀博雅君子杨用修氏始辑是编，肇自左史，包两汉，迄六朝而止，专以雅辞叙登答之旨而已。中间繁者略损而就简，遂使琳琅错陈，典刑载见。虽王生《论衡》宝惜于中郎，裴郎《语林》传写于都下，方之是编，曾何足云。稍恨世次多舛，裒录之外，不无挂遗。家兄元美读而少之，为整齐其次，多所裨益，且使唐宋迄今，片言之长，咸得自附简编之末，彬彬盛哉！尺牍以来，于斯备矣。或者疑用修绝简，未为无意，今之续篇，将无以博病精。余谓不然。用修好古之士，裁而患

① 此文又见于王世贞《尺牍清裁》卷首，文中"赤"皆作"尺"。

寡，若乃医师择良，有蓄必用，哲匠披沙，在宝则获。毋伤古人之调，勒成一家之言，博而能精，又何病焉？即使用修复生，固当不易斯言耳。琅邪王世懋敬美甫书。（明嘉靖年间刻本《赤牍清裁》卷末）

重刻尺牍清裁小叙　　（明）王世贞

　　杨用修氏所纂尺牍仅八卷，余始益之，得廿八卷，颇行世。世有蔡中郎者爱之，恨不得为帐中之秘耳。然余时时觉有挂漏，业已付梓，卒忽不复及。而会归自太原，幽忧之暇，稍露隙日。于鳞一旦奄成异代，邮筒永废，风流若扫。青灯吊影，不无山阳之慨；散帙曝晴，更成蜀州之叹。俯仰今昔，责在后死。高文大篇，勒之琬琰矣，兹欲使间阔寒暄之谈，竽尺往复之致，附托群骥，以成不朽。爰广昔传，末及兹士，凡一千七百五十一条，一十三万一千三百六十二言，前后得六十卷。较之余刻，十益其六，比于用修，十益其九，亦云瀚博矣。向所谓春秋之世寄文行人者，惜其婉嫩娴雅，亦略载之。夫其取指太巧，措法若规，得非盲史为之润色邪？先秦两汉，质不累藻，华不掩情，盖最称笃古矣。东京宛尔具体，三邦亦其滥觞，稍涉繁文，微伤诮语。晋氏长于吻而短于笔，间获一二佳者，余多茂先不解之恨。齐梁而下，大好缠绵，或涉徘偶，苟从管斑，可窥豹彩，必取全锦，更伤斐然。隋唐以还，滔滔信腕，不知所以裁之。迄岁诸贤，稍有名能复古者，亦未卓然正始。夫文至尺牍，斯称小道，有物有则，才者难之，况其它哉！用修初名赤牍，无所据，或以古"尺""赤"通用耳。考唯汉《西岳石阙铭》内高二丈二赤，然亦僻矣。且汉所称尚书下尺一，又天子遗匈奴以尺一牍，匈奴报以尺二牍，皆尺也，故改从尺牍，复缀数语于末，以俟夫谋野之士采焉。辛未夏五月望，王世贞书。（明隆庆年间刻本《尺牍清裁》卷首）

合刻赤牍世说原本叙　　（明）孙弘祖

　　《赤牍》《世说》，杨博南遗绪，王琅琊稍益成书，最后王本出，而杨本遂湮灭不传。惜夫！杨之才具，不大减王，杨落死穷荒，无谈士门人籍甚以发其声。然玩耽二书，勿烦加益，政自原本胜耳。抑二书妙于晋人，宋经生辄相作难，何与？夫宋亦有为晋者，然排沙之金也；晋亦有为宗者，然披锦之素也。芙蓉不与桃李竞实，凤皇不与鸡鹜争羞，有用者用，无用者贵。二书之传也，传之而不加益也。尝试参《晋史阳秋》《世说》与晋人行事文章，汇一《晋乘》，英英清物，上干珠斗，下映潇湘，顾安所得解人乎！蛇之足，马之角，解者犹然，况其芒芒耳。琅琊云：今而后纯灰三斛，细涤其肠。此言贵精不贵杂也，则博南功臣也夫！新安吴君博雅，好不朽业，序而归之如此。长水孙弘祖令弘父撰。（明万历年间吴勉学刻本《赤牍清裁》卷首）

题陈暹刊赤牍清裁　　（明）徐𤊂

近世所传《赤牍清裁》，多王长公益本，杨用修元本绝不复睹。架头缺此，每以为恨。去岁偶于坊肆乱书中得之，楮善而刻精，又为义溪陈闇窗方伯公所梓行者，尤不易得。二孺览此，当更宝爱耳。（《幔亭集》卷十九）

少室山房笔丛一则　　（明）胡应麟

赤牍清裁

汉以前赤、尺通用，已见王长公《卮言》，余所阅尚三数处，自唐人下用者绝希，惟米芾《书史》云：朱长文收锦织诸佛，阔四赤，长五六赤。正用此字。用修本意印证益明。余每以二君好怪相似，即此一字亦大是词场佳噱也。朱长文《宋史》有传，即芾同时撰《墨池编》者，唐亦有诗人朱长文。（《少室山房笔丛》乙部《艺林学山》八）

百川书志一则　　（明）高儒

《赤牍清裁》四卷

述人未详。释文古人赤牍，先秦、两汉、三国、六朝五十五人，赤牍六十七首；二王杂牍三十八首；拾遗九人，杂牍二十二首。恐多残缺，唐宋不取。（《百川书志》卷九）

嘉业堂藏书志一则　　（清）缪荃孙

《赤牍清裁》四卷明钞本

明杨慎撰。慎字用修，新都人，正德辛未一甲第一人，官翰林院修撰，以谏大礼谪戍云南永昌，天启初追谥文宪。是编起先秦，迄六朝，贤君名臣、儒哲节义，诸语咸萃，间及释老，虽短札片言，必采汇而成编。分为而二十八卷，只存四卷。首有嘉靖甲午张罘序。此明钞本，为天一阁旧藏。（《嘉业堂藏书志》卷四）

附录

古今词命琼琚序　　（明）陈元素

西山先生之选《正宗》，首辞命矣。摅衷展素，申隐达微，志畅鸣悲，宣诚布恳。或联上下之交，或订昏盟之好，或黏疏以为密，或瀹怒以为欢。为机甚灵，厥功则大。雕坊行者，名种甚繁，然惟用修之求旧，与元美之续新，虽格不一裁，而品俱入雅。自兹而外，卷帙纷纷，徒人地之是收，为姓名之先合，本无垂世之指，宁具出尘之目。庸秽冗杂，腐宿馅酸，达而已矣，当不若是。又或汇庆吊以为门，叙官阶以析等，备俗工之裁剪，引盲人于荒暗，直堪呕哕，不足发噱。至于理学先生之言，理欲知行，丝抽缕劈；经济巨公之牍，兵农礼乐，示掌列眉，自应两有颛书，不必名为赤牍。亦有闺中之秀，笔媚笺芳，方外之流，诠玄阐妙，混须麋而近亵，群绅佩亦非伦。由斯以观，则《琼琚》之选，最为合法。盖慎用西山之遗意，而广之以杨王两公之风流者也。天启元年正月喜晴日书，吴郡陈元素。

翰苑琼琚序 （明）孙鑛

古文云：言以足志，文以足言，言之无文，行之不远，慎词哉！叔向云：词不可以，则词何可少？尼父云：词达而已，则词何庸多？故东里润色，郑国是裨；长府片言，鲁邦攸籍。聊城一矢而齐国解，上林尺帛而汉情达。斯词林之逵轨，为治忽所由关。次之而滑稽讽刺，亦足匡时；下之而捭阖纵横，仅能排难。最其下者，月露风云，无裨实用；雌黄黑白，只采春华。词之滥觞，安所底止？其最谬戾者，指证天日而转眼参商，词固漆胶而中藏矛盾。舌锋起于毛颖，腹剑舞乎墨卿。言不由衷，风斯敝矣。夫书者，舒也，舒布其情，陈之简牍。典谟训诰，以畴咨而动股肱之起；章表笺疏，以下陈而动天日之高；云笺雪柬，以异地而结同堂之契。虞夏以来，代有其文。自古及今，各具厥体，刘勰氏论之详矣。总之，通己于人，而敷言其意，抒抽尺素，抑扬寸心，随事立言，贵在精要。少一字则意阙，多一语则言妨。即号称鸿笔，而多疏翰墨难已，选翰墨尤难已。杨用修氏自周迄明，选仅八卷，至为精覈。王元美氏十益其九，累千万言，颇称博雅。顾近考远稽，即无挂漏，而寸长尺短，多所取裁。兹自我明而上，卷列为六，我明至今，亦为列次。帝命王言，昭昭天表，臣惛友谊，耿耿如面。师杨王之妙选，阐昭代之人文，而又取则类林，旁搜家乘，检阅千卷，以取其精，网罗百代，以尽其变。譬如上苑琪花，岂容剪彩；方诸广寒玉树，奚用繁阴？言人人殊，各臻妙境。昔叔氏所称不可已，与孔氏所称可以已者，斯兼之矣。盖屈之芰，曾之枣，未必尽合天下口；齐之竽，秦之缶，未必合天下耳。而玉之有琼琚，则举世知赏之，举世欲佩之，兹集殆类是也。聊弁数语，以寿之梨。余姚月峰主人孙鑛题。（以上明天启年间刻本《古今翰苑琼琚》卷首）

四库全书总目一则 （清）纪昀等

《翰苑琼琚》八卷 内府藏本旧本

题明杨慎编。其书饾饤补缀，类乡塾兔园册子。中间割裂《尚书》，尤为庸妄。疑非慎之所为。（《四库全书总目》卷一九二）

批点文心雕龙

杨慎为明代较早校订《文心雕龙》者，今传《杨升庵先生批点文心雕龙》十卷，乃梅庆生汇刻诸家校订本。此外，又有明万历年间闵绳初刻五色套印本等。

与张愚山书　（明）杨慎

批点《文心雕龙》，颇谓得刘舍人精意。此本亦古，有一二误字，已正之。其用色或红，或黄，或绿，或青，或白，自为一例，正不必说破，说破又宋人矣。盖立意一定，时有出入者，是乖其例。人名用斜角，地名用长圈，然亦有不然者，如董狐对司马，有苗对无棣，虽系人名地名，而俪偶之切，又当用青笔圈之。此岂区区宋人之所能尽，高明必契鄙言耳。

题杨升庵与张愚山书后　（明）梅庆生

张含字愈光，别号愚山，滇之永昌人也。寄怀人外，耽精词赋。弱冠，从渠尊人宦游京师，李献吉一见忘年，相与定交，为作月坞痴人对，以写其致。嗣后为杨用修最所推服。以地远莫可与谈，乃于暇日选前人诸诗不常见者题品，名曰《千里面谈》二卷，作书前后寄之。其书具论词场得失，而言不及世事。己酉孟冬，梅庆生识。

文心雕龙批评音注序 （明）顾起元

彦和之为此书也，濬发灵心，而以雕龙自命。末篇《序志》，垂梦圣人，意益鸿远。前乎此者，有魏文之典，陆机之赋，挚虞之论，并为艺苑悬衡。彦和囊举而狱究之，疏瀹词源，抟裁意匠，甄叙风雅，扬榷古今，允哉述作之金科，文章之玉尺也。至其辞条俴丽，蔚乎鸾龙，《辨骚》有云：才高者菀其鸿裁，中巧者猎其艳辞，殆是自为赏誉耳。升庵先生酷嗜其文，咀嗛菁藻，爰以五色之管，标举胜义，读者快焉。顾世复文渝，驳蚀相禅，间摭戡定，犹俟刬除。豫章梅子庚氏，既撷东莞之华，复赏博南之鉴，手自较雠，博稽精考，补遗刊衍，汰彼肴讹。凡升庵先生所题识者，载之行间，以核词致。至篇中旷引之事，毕用疏明；旁采之文，咸为昭晰。使敦悦研味者，不滞子才之思；玩索钩校者，直撮孝标之胜。若子庚者，微独为刘氏之功臣，抑亦称杨公之益友矣。昔彦和既著此书，欲取定于沈尚书，无由自达，至乃负策车前，示同粥贩。泪休文取阅，大为称赏，谓其深得文理，陈诸几案。夫以寸心千古，犹假通人，名山寂寥，遗帙谁赏？肆今历祀绵暧，不乏子云，斯知羽陵之蠹，不腐神奇，酉室之藏，宁忧泯绝。彦和固言百龄影徂，千载心在矣。故士有薄钟鼎而贵竹素，绌珪组而伸觚翰，诚知不朽之攸寄，岂故抗辞以夸世哉？子庚系本仙源，洞精文事，闵雅道之渐沦也，是以痡瘵昔贤，抽扬遗典，惩兹画虎，冀彼真龙，岂徒茹华搴采，糅其雕蔚已乎？君他所著述，固以彪炳一时，睹厥标尚，可以知其志之所存矣。万历己酉嘉平月，江宁顾起元撰于懒真草堂。（以上明天启二年陈长卿刻本《杨升庵先生批点文心雕龙》卷首）

文心雕龙序 （明）曹学佺

刘勰撰《文心雕龙》五十篇，见于本传，《文献通考》诸家评骘无称焉。文之一字，最为宋人所忌，加以雕龙之号，则目不阅此书矣。黄鲁直以作文者不可无《雕龙》，作史者不可无《史通》，虽则推尊，亦乖伦次。鲁直好掊击，故引子玄也。论家《刘子》五卷，《唐志》亦谓勰撰，陈振孙归之刘昼。孔昭谓序云：昼伤己不遇，天下陵夷，播迁江表，故作是书。按是勰以前人，似东渡时作，其于文辞，灿然可观。晁公武以浅俗讥之，亦不好文之一证矣。传称勰为文深于佛理，京师寺塔，名僧碑志，多其所作。予读《高僧传》，往往及之，但惜不见全文一篇。勰不婚娶，依沙门僧佑，与之居处十余年，博通经论。定林寺藏，勰所次也。窃恐佑《高僧传》乃勰手笔耳。沈约论文，欲易见事，易见理，使人易诵，而赏誉《雕龙》，谓其深得文理。大抵理非深入，则不能跃然。彦和义炳而采流，故取重于休文也。《雕龙》上廿五篇，铨次文体；下廿五篇，驱引笔术；而古今短长，时错综焉。其原道以心，即运思于神也；其征圣以情，即体性于习也。宗经诎纬，存乎风雅；诠赋及余，穷乎变通。良工心苦，可得而言。夫云霞焕绮，泉石吹籁，此形声之至也。然无风则不行。风者，化感之本原，性情之符契。诗贵自然，自然者，风也；辞达而已，达者，风也。纬非经匹，以其深瑕；歌同赋异，流于侈靡。郡国文计，先集太史之府；诸家诡术，不应贤王之求。以至词命动民，有取于巽；谐隐自喻，适用于时。岂非风振则本举，风微则末坠乎？故《风骨》一篇，归之于气，气属风也。文理数尽，乃尚通变，变亦风也。刚柔乘利而定势，繁简趋时而镕裁，律调则标清而务远，位失则飘寓而不安。风刺道丧，比兴之义已消；物色动摇，形似之工犹接。盖均一风也，袭兰转蕙，足以披襟；伐木折屋，令人丧胆。倏焉而起，不知所自；倏焉而止，不知所终。善御之人，行乎八极；知音之士，程于尺幅。勰不云乎：深于风者，其情必显。勰之深得文理也，正与休文之好易合。而勰之所以能易也，则有风以使之者矣。《雕龙》苦无善本，漶漫不可读。相传有杨用修批点者，然义隐未标，字讹犹故。予友梅子庾从事于斯，音注十五，而校正十七，差可读矣。予以公暇，取青州本对校之，间一签其大指，是亦以易见意，而少补兹刻之易见事易诵者也。江州与子庾将别书。万历壬子春仲，友人曹学佺撰。

刻杨升庵先生批点文心雕龙引　　（明）闵绳初

《洪范》五行，兆于龙马之图，列于禹箕之书。其见象于天也为五星，分位于地也为五方，行于四时也为五德，禀于人也为五常，播于声也为五音，发于文章为五色。则五色之文，自《阴符》已记之矣。若夫握五色管，点缀五色文，则吾明升庵先生实始基之。先生起成都，探奇摘艳，渔四部，弋七略，胸中具一大武库。凡经目所涉猎，手所指点，若暗室而赐之烛，闭关而提之钥也。岂与粉黛饰无盐，效靓妆冶态作倚市羞者絜长较短哉？将令宝之者如吴绫，如蜀锦，如冰绡，如火布，不胜目骇。后世文人之心之巧，蔑以加矣。至于《文心雕龙》之为书，则有先生之五色管在，余知为图之河、书之洛而已矣，又何赘焉？吴兴闵绳初玄宰甫撰。（以上明万历年间闵绳初刻五色套印本《文心雕龙》卷首）

文心雕龙跋　　（明）徐𤊹

此书脱误甚多，诸刻本皆传讹就梓，无有详为校定者。偶得升庵校本，初谓极精。辛丑之冬，携入樵川，友人谢伯元借去雠校，多有悬解。越七年，始付还。余反复讽诵，每一篇必诵数过，又校出脱误若干，合升庵、伯元之校，尤为严密。然更有疑而未稳，不敢妄肆雌黄，尚俟同志博雅者商略。丁未夏日，徐惟起。

刘彦和《文心雕龙》一书，词藻璀灿，俪偶丰赡。先人旧藏此本，已经校雠。𤊹少学操觚，时取披览，快心当意，甘之若饴。每有缀辞，采为筌饵，此羊枣之嗜，往往为慕古者所窃笑也。然秘之帐中，积有年岁，非同好者，不出相示。但彦和《自序》一篇，诸刻本俱脱误，乃抄诸《广文选》中。近于友生薛晦叔家获睹钞本一副，乃其叔父观察滇南得归者，中间为杨用修批评圈点，用朱黄杂色为记，又自秘其窍，不烦说破，以示后人，大都于其整严新巧处而注意也。遂借归数日，依其批点，盖自愧才不及前人，而识见谫陋，得此以为法程，不啻杨先生之面命矣。前跋云：禺山者，初未知何许人，兹案《升庵文集》，禺山张姓，字愈光，云南永昌人，年八十，工诗善书。集中有《跋愈光结交行》，又有《龙编行答禺山》，又有《五老图寿禺山八十》，又有《重寄张愈光》二律，又有《存没绝句》，怀及愈光，又有《寄愈光》六言四首。观用修诗文推毂之言，可以识禺山之大概矣。万历辛丑三月望日，徐惟起书于绿玉堂。（《新辑红雨楼题记》）

文心雕龙序　　（清）张松孙

周诗雅丽，汉赋裔皇。典午风流，每华言而少实；昭明精选，乃寿世而不磨。青宫窥王海之藏，紫阁尽金相之汇。然而纷纭卷轴，畴是总持；辉映缥缃，谁欤甄综？则有青州才子，宋代公孙，萃百家艺苑之精，研众体词场之妙。随人变幻，归我折衷。著论说者五十篇，示津梁于千百载。镂文错采，如吐凤而欲飞；索隐钩玄，取雕龙以为号。珠玑历落，常耀珊瑚玳瑁之旁；金石铿訇，更越琴瑟管箫而上。窥来众妙，心结花丛；挹尽群芳，文成兰气。检昔贤之篇什，几燃太乙之藜；启后学之聪明，如赠景纯之笔。尔其留连初地，参契空王。敷辞于静悟之余，心映水晶之域；摘藻于研几之后，字成舍利之光。自喜性灵，流传不朽；纵甘身隐，赏鉴宁孤。爰仰一世知音，赖有东阳家令；亦若三都作序，重烦元宴先生。故历唐宋元明，为艺文志不祧之目；直比经史子集，为弦诵家必读之书。杨升庵阐发精微，厥功伟矣；梅子庚疏通训诂，其旨深焉。乃迄今一百余年，古篇渐缺，虽不至二三其说，真本难传。徒问东观之藏，意殷往代；空入洛阳之市，心切前人。余也册载宦场，一麾出守。家原儒素，酷类任昉之贫；学愧书淫，深慕张华之积。况东都士俗，堪上拟邹鲁之风；而古郡人文，宜益振弦歌之化。是编尽屈垒曹墙之蕴，擅班香宋艳之能。试揽英华，快睹珠联璧合；堪供佔毕，永称玉律金科。惟思被诸胶庠，资多士下帷之读；必当寿之梨枣，公一时希世之珍。爰为数典而稽，了如指掌；庶使悦心以解，朗若列眉。视梅注而加详，稍更陈式；集杨评而参考，敢步后尘。略避雷同，习见者尤滋娱目；再经剞劂，传诵者益足餍心。写入衍波笺中，碧窗观海；携到读书楼上，乌几生云。从兹比户流传，儒林争赏。卷非繁衍，自荟红珊碧树之奇；集便批吟，莫弛黄绢青箱之志。文成竞秀，可相与鼓吹齐梁；体善众长，亦且得笙簧典籍云尔。乾隆五十六年岁在重光大渊献九月既望，长洲张松孙鹤坪氏并书。（清乾隆五十六年张松孙辑注刻本《文心雕龙》卷首）

蛾术轩箧存善本书录四则　王欣夫

《杨升庵先生批点文心雕龙》十卷六册

梁通事舍人刘勰著。明豫章梅庆生音注。明万历己酉刊，初印本。佚名手校。

庆生字子庚。黄叔琳以下各本均误作子庚，首万历己酉江宁顾起元序，上元许延祖书。楷书极工。每半叶七行，行十四五字不等。第一叶板口下方有"吉安刘云刊"五字。次《梁书》刘舍人本传，次杨升庵先生与张禺山公书，次校刻杨升庵先生批点文心雕龙音注凡例，次校雠姓氏杨慎等十人，音注校雠姓氏柳应芳等廿二人，次目录，次正文。每半叶九行，行十八字。钱功甫跋，数诸刻本，其曰："万历己酉刻于南昌者"，即此本。而《江西通志》艺文诗文评类不载。杨氏圈点，原用五色笔，今刻本以◎◑等各标帜代之。杨氏校正字句外，梅氏取校众本，五倍之。音字专用《韵会》，注则居各篇之后，不令本文间断。俱详《凡例》。其诸家校雠，各冠以姓，如焦竑、朱谋㙔、曹学佺、谢兆申、徐㶿，校勘之学，均一时之选。所校大致可信。颜序称其"手自校雠，博稽精考，补遗刊衍，汰彼殽讹。凡升庵先生所题识者，载之行间，以核词致。至篇中旷引之事，毕用疏明。旁采之文，咸为昭皙"。是其书在明人著述中，尚属上乘。乃《四库总目》仅于黄叔琳《文心雕龙辑注》提要云："明梅庆生注，粗具梗概，多所未备。叔琳因其旧本，重为删补，以成此编。"纪昀云："黄云宜从王惟俭本，而所从仍是梅本。"卢文弨云："他人所改，俱著其姓，唯梅子庚独不，不几攘其美以为己有耶？"则梅书之长，自不当没。《四库》不收，非也。此本初刻初印，极不多见。旧有朱笔句读及校字，不具名。核之，盖多据《太平御览》所引校。

有"理咏楼藏板"朱文长印。

《杨升庵先生批点文心雕龙》十卷四册

梁通事舍人刘勰著。明豫章梅庆生音注。明天启壬戌重定刊本。

梅氏此书初刊于万历己酉，其后重加修订，至天启壬戌，已经六次。故卷一第一叶板心下方有"天启二年梅子庚第六次校定藏板"小字两行。而首顾起元序亦由宋毂用隶书重写，故序末有"天启壬戌长至日莆阳宋敎重书"一行。其书即以初刻原板剜改，故印本字口已略有漫漶。如《原道》第一，初板"人实天地之心生"句，此本剜去人字、生字，留两空阙是也。又增补都穆、朱谋㙔两跋，至扉叶题"金陵聚锦堂梓"字样，当由金陵书坊得其板重印所加，非梅本原有。日本铃木虎雄《黄叔琳本文心雕龙校勘记》收此本，径信为金陵聚锦堂刊，盖未见初刻本而误也。

《杨升庵先生批点文心雕龙》 十卷二册

明天启丙寅长山姜午生刊本。

首浙上傅岩序，次姜午生序，次天启丙寅仁和杨若序、次杨升庵先生与张禹山公书，次雠校姓氏，次目录，次凡例，次《梁书》刘舍人本传，次正文。第二、三行跨行题梁刘勰撰。下分两行题明豫章梅庆生音注。长山姜午生订校。其书盖据梅氏万历己酉初刻本。故《原道》第一"人实天地之心生"句仍有人字、生字，不据天启壬戌校定本者，殆未之见耶？午生自题长山籍，杨序称其字曰镇恶。自序末有"五月五日"一印，盖其诞生于端阳，故以之为名字。其他无考。全书镌刻甚精，各藏书家咸未著录，日本铃木虎雄撰《校勘记》亦未见。傅岩字野倩。钱塘人。崇祯七年进士。知江南歙县。朱大典驻师金华，以御史监其军。清兵犯金华，被执，不屈死。《杭州府志·忠义》有传。《胜朝殉节诸臣录》则作义乌人。

有"枕石山人"白文、"达夫"朱文、"逸舟"白文三方印，"沈印洪礼"白文、"梦渔"朱文两方印。

《刘子文心雕龙》 四卷《注》四卷五册

明天启、崇祯间吴兴闵绳初凌云刻。五色套印本。

首万历壬子曹学佺序，次杨升庵先生与张禹山书，次闵绳初刻杨升庵先生批点文心雕龙引，次凌云凡例，次刘舍人本传，次校雠姓氏，次目录，卷上下各再分上下，实为四卷。卷各一册，注则并于卷后，分卷亦同，别为一册。题刘子文心雕龙，无刻书年月。闵、凌两家所刻套印本，皆在启、祯间。此当亦同时。惟此分红、绿、青、紫、古五色为仅见。叶德辉《书林清话》谓"五色套印，明人所无"。大谬。亦因未见此刻。

其书悉本梅庆生音注本。万历壬子曹学佺序即为梅氏所作，或乃误为此本刻于万历，惟余藏梅氏万历己酉初刻，固不应有此序。而天启壬戍重定本亦不载。不知其故，此所依梅本，当系己酉刻。《原道》第一，"人实天地之心生"句，人字、生字均未挖去，是其证。校雠姓氏，末增胡孝辕。案《隐秀》篇佚文四百余字，元、明诸刻皆同。钱功甫于万历四十二年甲寅，始从阮华山宋刻补钞，而吴寿旸《拜经楼藏书题跋记》载胡夏客曰："《隐秀》篇旧脱四百余字，余家藏宋本独完。丁丑冬，复得昆山张诞嘉氏雅苫缄寄家藏钞本，为校定数字，以贻之朋好。"是宋刻不止一本，又有旧钞。其《隐秀》篇皆无脱文。丁丑为崇祯十年，胡氏之藏有宋刻，当在其前。夏客字子宣，为孝辕子。家富藏书，当非妄言。然此本孝辕既参与校雠，何以曾不一及，则宋刻若不复见，终无以解作伪之疑也。（以上《蛾术轩箧存善本书录》未编年稿卷二）

附录

凡例　　（明）凌云宣

杨用修批点元用五色，刻本一以墨别，则阅之易混，宁能味其旨趣？今复存五色，非曰炫华，实有益于观者。

五色今红、绿、青依旧，独黄者太多，易以紫，白者乏采，易以古色，改之特便观览耳。若用修下笔，每色各有意，幸味原旨可也。

元本字句多脱误，惟梅子庚本改订甚备，因全依之。且注元脱元误并元改，补人于上，庶使阅者知之。

篇中于改补字则用〇，于衍文则用囗，于当作疑作则用、，俱以墨别之。其云一作某者，但存以见诸本之备而已。

梅子庚注，每篇之中有注有不注，每段之中或详或略，故使人致惜于不全。然事有难晓者，一览黎然，不得谓无功于刘子也。子庚有云，释名释义，有便初学者，吾于子庚亦云，谨存其旧。

各注元居各篇后，今并于各卷后，以便稽考。人名及鸟兽等名，元注本文下，今以朱载于旁，庶文易明，而不至本文间断。吴兴凌云宣之甫识。（明万历年间闵绳初刻五色套印本《文心雕龙》卷首）

昭明太子集校

杨慎校订《昭明太子文集》五卷，题"成都杨慎、周满、东吴周复俊、皇甫汸校刊"。今传明嘉靖年间周满滇中刻本、明辽府本等。

昭明太子集序　（明）周满

《昭明集》世鲜概见，余得之百泉皇甫公者又多讹阙未整，乃正之升庵杨公、木泾周公，间以己意订补，亦略成书。三复遗篇，如获罕宝，乃刻之斋中，传诸其人。为之叙曰：昌晖毂运，景纬珠联。贞曜既陈，人文斯著。洎夫羲绳启绪，前画之旨聿宣；娲簧嗣音，元声之律由起。斯文渐开，源流浸广。姬礼孔书，日光玑灿，兹天纵之大猷，非诩艺者之并观也。若夫泽畔骚人，杼幽情于兰苣；周南太史，寄国典于方闻。理究人伦，言殚物轨。耀壁炳奎，吐色花于淹笔；雕龙翼凤，发池草于谢篇。亦有柱史之经，园吏之谈，绮若缕冰，技同琢玉。然皆义举寸长，秀奇各出，未有并包众美，道存一贯者也。昭明太子气禀二仪，道周万物，孝隆问寝，学延博望，爱始贵游，雅崇经术。漱润灵丘，究元精于五始；擢芳艺苑，综玄乘于群言。序述闳深，翰词繁郁。风动记笺之敏，云飞表议之才。舞咏方滋，摧锋莫拟。岂止春葩秋蓬，变态因时，椎轮增冰，丽华效物而已哉？若乃缘情体物，则大希声，莫不超挺睿兴，妙拔神思。和埙籁而比韵，式金玉以流辉，是又足以黼黻乎卿云而芒耀乎化日矣。加以德本深构，妙果独高。鹿苑三乘之宏博，并契贞如；尼园八藏之沉秘，咸穷正觉。顿宣二谛，功被三祇。圆明烨若珠吞，显了义随镜照。洞明无相，开示南宗，斯理观之冲规，由圆智之上根也。满萤爝末光，蛙井拘虚，握玩斯文，有欣永日。故述赞玄修，以附其后，庶将来哲，同鉴博记云尔。嘉靖乙卯午月，云南按察使、前进士成都周满撰。（明辽府刻本《梁昭阳太子文集》卷末）

李诗选批

《李诗选》十卷，明张含选编，杨慎批点。今传明嘉靖年间张氏家塾刻本、明闵氏刻朱墨套印本（五卷），曾与《杜诗选》合编为《李杜诗选》十一卷。

李诗选题辞　　（明）杨慎

南丰曾子固曰：李白字太白，蜀郡人。游江淮，娶云梦许氏。去之齐鲁，入吴，至长安。明皇召为翰林供奉，不合去。北抵赵魏燕晋，西涉岐邠，历商於，至洛阳，游梁最久。复之齐鲁，南游淮泗，再入吴，转金陵。上秋浦浔阳，卧庐山，永王璘以伪命逼致之。璘败，白奔宿松，坐系浔阳狱。宣抚崔涣与御史宋若思验治，谓其罪薄，荐其才，不报。先是，白尝识郭子仪于未遇时，子仪请解官赎白罪，乃长流夜郎。遂泛洞庭，上峡江，至巫山，以赦得释。复如浔阳，族人阳冰为当涂令，白过之。以病卒，年六十四。《成都古今记》云：李白生于彰明县之青莲乡，而刘全白《李翰林墓碣记》以为广汉人，盖唐代彰明属广汉，故独举郡称云。载考公之自叙，《上裴长史书》曰：白少长江汉，见乡人相如大夸云梦之事，云楚有七泽，遂来观焉。又与逸人东岩子隐于岷山之阳，巢居数年，不迹城市。广汉太守闻而异之，因举二人有道，并不起。今按：东岩子，梓州盐亭人赵蕤，字云卿。岷山之阳，则指匡山，杜子美赠诗所谓"匡山读书处"，其说见《晏公类要》。郑谷诗所谓"雪下文君沽酒市，云藏李白读书山"者也。广汉太守则苏颋也，颋荐疏云：赵蕤术数，李白文章，即其事也。公后在淮南寄赵征君诗云：国门遥天外，乡路远山隔。朝忆相如台，夕梦子云宅。可证矣。五代刘昫修《唐书》，以白为山东人，自元稹序杜诗而误。杜诗云：与山东李白好。乐史云：李白慕谢安风流，自号东山李白。杜子美所云，乃是东山，后人倒读为山东，元稹之序又由于倒读杜诗也。不然，则太白之诗云：学剑来山东；又云：我家寄东鲁，岂自诬乎？宋有晁公武者，孟浪人也，遂信《旧唐书》及元稹之误，乃曰：太白自叙及诗，皆不足信。噫！世安有己之族姓，己自迷之，而傍取他证乎？《新唐书》知其误，乃更之为唐宗室，盖以陇西郡望为标也。善乎刘子玄之言曰：作史者为人立传，皆取旧号，施之于今。为王氏传，必曰琅琊临沂人；为李氏传，必曰陇西成纪人。欲求实录，不亦难乎？且人无定所，因地而生，生于荆者言皆成楚，生于晋者齿便成黄。岂有世历百年，人更七叶，而犹以本国为是，此乡为非？则是孔子里于昌平，阴氏家于新野，而系纂微子，源承管仲，乃为齐宋之人，非曰邹鲁之士，可乎？宋景文修《唐书》，其弊正坐此。夫族姓郡国，关系亦大矣，诵其诗不知其人，可乎？余故详著而明辩之，以订史氏之误，姓谱之缺焉。若夫公之诗歌，泣鬼神而冠今古，奚容喙哉？吾友禺山张子愈光，自童习至白纷，与走共为诗者，尝谓余曰：李杜齐名，杜公全集外，节抄选本凡数十家，而李何独无之？乃取公集中脍炙人口者一百六十余首，刻之明诗亭，属慎题辞其端云。嘉靖乙巳孟秋朔日，成都杨慎书。（明嘉靖年间张氏家塾刻本《李诗选》卷首）

四库全书总目一则　　（清）纪昀等

《李太白诗选》五卷《杜少陵诗选》六卷 内府藏本

不著编辑者名氏。李白诗选之首有杨慎序，辨白里贯出处甚详。末云：吾友禺山张子愈光尝谓余曰：李杜齐名。杜公全集外，节抄选本凡数十家，而李何独无之。乃取公集中脍炙人口者一百六十余首，刻之明诗亭，属慎题词其端。愈光为永昌举人张含之字，则是编含所选也。然乌程闵氏所刊朱墨版，其卷端评语引及钟惺、梅鼎祚，皆明末人。含及慎在嘉靖中，何自见之，则已非含之原本矣。杜甫诗凡二百四十余首，前后无序跋，多载刘辰翁评及慎评，其去取殊无别裁。盖闵氏以意钞录，取配李氏并行耳。明末刊版，真伪错杂皆类此，不足异也。（《四库全书总目》卷一九二）

附录

杜诗选序　　（明）闵暎璧

古今推诗坛宗主者，莫不以青莲、少陵两家并称。豪迈不羁，今人读过，翩翩作凌云想者，或不能无逊于青莲。若雄壮沉厚之气，惟于少陵有独钟也。昔人有言：不行万里路，不读万卷书，不能作杜诗。盖少陵周行天下，所见名山巨川、广都大邑，与夫民情土俗错出而不伦者，一一繁蓄于胸中，而又游情于墨家史氏之林，世代兴亡，贤愚辈出，寓事传言，皆神留而意绎之。故托笔命篇，众心以流，宜乎卓越千古哉！至其悲愤激烈，若有忧国忧民之念，欲展而不得者，常与时局相应也。我朝杨太史用修阅而批骘之，才致所关，俱经拈出，偶一寓目，辄欲搔首问天。是少陵之神得诗以传，诗之神复得用修以传。今试取其诗读之，如立一少陵于前，而亲见其为悲、为愤、为激、为烈者；再取其评读之，又如置一偶少陵之人于侧，而指点其孰为悲、孰为愤、孰为激、孰为烈者。千载情事，恍然来我几席间矣。余故不文，敢谬为之序云。吴兴散人文仲闵暎璧书。（明闵氏朱墨套印本《杜诗选》卷首）

唐诗绝句精选批

《唐诗绝句精选》四卷《附刻》一卷《拾遗》一卷，明张含精选，杨慎批点。今传明刻本。

唐绝精选序　　（明）杨慎

昔洪容斋汇集唐人绝句至五千首，中多屦入宋人之作，识者病其多且滥。今世所脍炙，惟章泉所选仅百首，识者病其挂而漏。吾友张子愈光，取唐人诸集及小说偏记，的然可传者，凡数百首，为《唐绝精选》。视容斋所集，既汰马肝鱼乙之累；比章泉所录，又免骊珠虹玉之遗。盖酥之醍醐，香之旃檀，宝之靺鞨，竹之紫脱乎！愈光以诗鸣天下，故所选得其三昧若此。将鸠中山之文木，刻毋煨之家林，欣为题辞，以诒同嗜云。嘉靖丁未五月一日，杨慎书。（明刻本《唐诗绝句精选》卷首）

跋唐绝句精选　　（明）张含

兹选得升庵批点，且为含增其所遗犀锦璃璧不可无者，五言十首，七言九首，谨补于后。嘉靖丁未夏五，禺山张含识。

宛陵诗选

宛陵，指梅尧臣。明焦竑《玉堂丛语》《国史经籍志》、何宇度《益部谈资》等皆著录杨慎编著有《宛陵六一诗选》，此书今未见。《太史升庵遗集》卷二三仅收杨慎《宛陵诗选序》。

宛陵诗选序　　（明）杨慎

宋元祐、庆历间，诗人称欧、梅。欧以著述之余，兼穷比兴，而独推梅为不可及。评其诗，谓如深山道人，草衣木食，王公大人见之，不觉屈膝。序其集，谓二百年来无此作，惜其不得用于朝廷，作为雅颂，荐之清庙，而追商、周、鲁颂之作者，其尊之也至矣。圣俞尝言：诗人写难状之景于目前，含不尽之意于言外。盖以自况而实无愧者。方万里评梅诗，学唐人淡处。元遗山评宋诗曰：讳学金陵犹有说，更将何罪废欧梅，凡皆名流之论如此。愚尝取而观之咏之，久而哜其味，盖得于陶、韦者为多。脱杨、刘之组织，陈、黄之激亢，庶几得中和之气，而近于性情者，益信诸君子之非溢美也。近之谈者，辄多异论，好奇矜高者，则曰宋人诗不必留目。又不然，则剿旧说，曰欧公亟欲为韩愈，故力推梅以比孟郊。之二说皆过也。夫宋之诗，求其近古风人者，宜莫如欧梅，岂例以时代弃之？欧公同时作者如林，岂无他人，必于圣俞借誉如此，宁无所试而昧其识者乎？何好谈者之不察也！若谓其全集有令人不满意，则盛唐名家，自李杜外已然，人不数篇，理固尔耳。长夏简出斋阁，因旧所批勘，博观而约取之，为二卷。其的然可传可诵者，似为无遗，或佳句层出而疵颣相掩者弗在，同好者或有取焉。呜呼！知梅者希，选梅诗其不易哉！（《太史升庵遗集》卷二三）

三苏文范

《嘉乐斋三苏文范》十八卷卷首一卷，题杨慎原选，袁宏道参阅。此书不见于各种杨慎著述书目，《四库全书总目》指出书中所取皆近于科举之文，不类慎之所为，认为其与《翰苑琼琚》均出依托。又，卷首王世贞题辞乃据王氏所撰《苏长公外纪序》节略而成，作伪之迹可谓昭然。

刻三苏文序　　（明）陈元素

李太史本宁尝论子瞻之诗使事缛赡，乃其所为文，则似未尝读书者。嗟乎！此子瞻之所以为读书者已。明允学《孟子》者也，即似未尝读《孟子》；子瞻学《庄子》者也，即似未尝读《庄子》。何者？以未尝用其一语。然而《首楞严》《左氏》《战国策》固时时候伺于长公之笔端，左右麾斥，更相易夺。譬之富人贵室，承旨者多，揖瞬朵蹑，而事已办，主不劳，似未尝使令人者矣。老泉举进士不中，悉取所为数百篇焚之，益闭户读书者五六年。子由所著书，若《老解》《古史》《诗》《春秋》传，非精熟贯穿，能若是盛矣夫！苏氏之世其父，非世其文，乃世其读书耳。愚尝妄论，端明之才，千载一人，彼即不欲以己为有以异于人，而冶弓不掩其良，埙篪克相为和，宁才固不殊哉！近若李宏甫灵心快笔，宁自谓学坡仙，然而坡仙矣。袁石公辩锐机警，宁自谓学温陵，然而温陵矣。以视老苏之子舆，大苏之子休，则已有古今人之别焉，此其故不可思。是集也，雕坊翁精其本，云经用修之手，出中郎之帐，因忆云庄语，信腕题此，强名解事主臣。天启壬戌三月既望，寓虎丘之铁花庵陈元素。

三苏文评[①]　　（明）杨廷和

眉山三公之文，其标神所自，本先秦两汉。如《权书》《策略》等篇，则苏、陈、虞、范之雄谈也；如《衡论》《几策》《上皇帝》等书及《君术》以下诸策，则董、贾、晁、枚之绝响也；如《文甫说》《放鹤亭》《大悲阁记》，则蒙庄之蝉蜕也。虽其所至各殊，变化离合，不可名物，要皆冥搜玄解于先秦两汉之间，而猎取其精髓之所融液者，心成一家言，盖自宝元、庆历以来绝调也。使览者的而射之，准而则焉，又安可以弗传哉？成都杨廷和题。

三苏文范序　　（明）袁宗道

杨用修尝语人曰：资性不足恃，日新德业当自心力中来。故其好学穷理，老而不倦，困而益坚。生平著述几二百余种，独留意于三苏。由其父石斋公登上第，居首辅，两朝除患定策，皆得是书之力也。石斋生四子，两举高第，一举乡魁，长即用修。用修年十二受三苏，凡五年检练研究篇中疑义，更为注释详明。年十八应督学试，督学奇之曰：吾不能为欧阳公乃得子如苏轼。是秋果擢《易》魁。辛未擢会试第二，殿试及第第一。制策援史融经，敷陈弘剀，读卷官李文正、杨文襄称其得苏家衣钵。是三苏之与用修也，父子兄弟后先济美，世德合也；博通经史，名擅天下，文誉合也；议论卓越，大节挺然，意气合也；子瞻谪黄，恣游娱，耽诗酒，用修戍滇，恋声伎，甘落魄，用晦合也。杨与苏隔几百载，若一辙然。昔宋乾德丁卯，五星聚奎，窦俨指为天启文明之兆，而余惟三苏足以当之。三苏已往，而其神日新，其行日益远，宜用修独留意于三苏也。谓苏氏即杨氏之前身可也，谓杨氏即苏氏之后身可也。公安袁宗道玉蟠题。

---

① 文题原只一"评"字，此据文意拟。

三苏文范题辞[①]　　（明）王世贞

天下以四姓目文章大家，独三苏文最为便爽，而论策之类，于时为最近，故操觚之士，鲜不习三苏者。三苏才甚高，蓄甚博，而出之甚达甚易。韵则温、韦让其庄，谐谑则侯、白逊其雅，简牍题署则黄豫章逊其隽，游戏法书则颜平原、李北海之难弟。以是律三君子，有一乎否也？至赴节义，立功业，溢而为风调才技，于予心实有当焉。故置之山房之几，暇日抽一事，佐一觞，其不贤于山腴海错者几希。琅琊王世贞题。（以上明天启二年刻本《嘉乐斋三苏文范》卷首）

三苏文范　　（清）平步青

《嘉乐堂选评注三苏文范》十七卷，云袁中郎增辑。参阅卷首《三苏考实》一篇云：洵字源明，号老泉。轼，字子瞻，小字同文，洵长子。辙，字子由，小字同叔，洵次子。按明允《极乐院造六菩萨记》云：丁母夫人之忧，盖年二十有四矣。其后五年而丧兄希白，又一年而长子死。考明允年二十四为明道元年壬申，又五年为景佑四年丁丑，又一年为宝元元年戊寅，而景先卒。欧阳文忠撰明允志铭曰：生三子，曰景先，早卒。《栾城集》次韵子瞻诗云：兄弟本三人，怀抱丧其一。文忠行九二，故一字和仲，非长；文定行九三，非次。源明唐人，非明允字；老泉乃文忠号，非明允。此皆误甚。至云文定所制有《古文》五十余卷，及《诗传》《春秋传》《古文乐成集》行于世。文乃史之讹，乐乃栾之讹。然"古文栾城集"五字亦不辞，盖明末坊贾不读书者所为，决不出中郎手也。（《霞外攟屑》卷六）

---

　①　此文乃据王世贞《苏长公外纪序》节略而成。

四库全书总目一则　　(清) 纪昀等

《三苏文范》十八卷 内府藏本

旧本题明杨慎编。然所取皆近于科举之文，亦不类慎之所为。殆与《翰苑琼琚》均出依托也。（《四库全书总目》卷一九二）

经义模范

　　《经义模范》一卷，程墨选本，编录宋张庭坚、姚孝宁、吴师孟、张孝祥等四人经义十六篇。明何宇度《益部谈资》、焦竑《玉堂丛语》、王世贞《艺苑卮言》、陈第《世善堂藏书目录》、《明史艺文志》、范邦甸《天一阁书目》皆言编者为杨慎。《四库全书总目》并该书今传明嘉靖二十六年（1547）王廷表刻本、四库全书本、云自在龛丛书本则未著编纂者名氏。书中卷首有王廷表序，称其嘉靖二十六年冬访杨慎，得同年朱良矩所刻《经义模范》，则该书曾经朱良矩刊刻传世。其编者为杨慎还是朱良矩或另有其人，序文中则未明言，阙疑可也。按，朱方，字良矩，永康（今属浙江）人，曾官云南参政。朱方为杨慎友，杨慎《词品》卷二"韩范二公辞"曾称"吾友朱良矩"，《太史升庵文集》卷十九并有《送朱参政良矩还金华》诗一首。

经义模范序　　（明）王廷表

　　丁未冬，表访太史杨升庵，得《经义模范》一帙，乃同年朱良矩所刻也。退观之，义凡十六篇，易义二篇为姚孝宁，余篇则蜀先贤广安张才叔、中江吴师孟、简州张孝祥也。夫经义盛于宋，张才叔《自靖人自献于先王》之义，吕东莱取之入《文鉴》，与古文并传。朱文公每醉后口诵之，至与诸葛武侯《出师》二表同科。我成祖文皇帝命儒臣纂集《尚书大全》，以其义入注，经义之盛，无踰此篇。选者以此特轧卷首，有见哉。其余十五篇皆称是，盖出于胸臆之妙，非口耳剿说，如今之套括也。临安大邦伯左绵东崖胡公属表序而重梓之，非惟表蜀之先贤，抑惠我滇后学之盛心乎！敬序以复于公云。嘉靖丁未十二月立春日，钝庵王廷表序。（文渊阁四库全书本《经义模范》卷首）

四库全书总目一则　　(清) 纪昀等

《经义模范》 一卷 浙江鲍士恭家藏本

不著编辑者名氏。前有王廷表序，称嘉靖丁未，访杨升庵于滇，得《经义模范》一帙，乃同年朱良矩所刻云云。考廷表为正德甲戌进士，是科题名碑有朱良、朱敬、朱裳、朱节、朱昭、朱方六人，未详孰是。以字义求之，殆朱方为近乎？方，浙江永康人，其仕履亦未详。所录凡宋张才叔、姚孝宁、吴师孟、张孝祥四人经义，共十六篇。其弁首即才叔《自靖人自献于先王》一篇，吕祖谦录入《文鉴》者也。时文之变，千态万状，愈远而愈失其宗，亦愈工而愈远于道，今观其初体，明白切实乃如此。考吴伯宗《荣进集》，亦载其洪武辛亥会试中式之文，是为明之首科，其所作亦与此不相远。知立法之初，惟以明理为主，不以修词相尚矣。康熙中，编修俞长城尝辑北宋至国初经义为一百二十名家稿。然所录如王安石、苏辙诸人之作，皆不言出自何书，世或疑焉。此集虽篇帙寥寥，然犹可见经义之本始。录而存之，亦足为黜浮式靡之助。惟刘安节集载有经义十七篇，亦北宋程试之作。此集未载，或偶未见欤？(《四库全书总目》卷一八九)

天一阁书目一则　　(清) 范邦甸

《经义模范》 十六篇，刊本

明杨慎选。嘉靖丁未王廷表序云：丁未冬，表访太史杨升庵，得《经义模范》一帙，乃同年朱良矩所刻也。义凡十六篇，易义二篇为姚孝宁，余篇则先贤广安张才叔、中江吴师孟、简州张孝祥也。夫经义盛于宋，张才叔《自靖人自献于先生》之义，吕东莱取之入《文鉴》，与古文并传。朱文公每醉后口诵之，至与诸葛武侯《出师》二表同科。我成祖文皇帝命儒臣纂集尚书大全，以其义入注，经义之盛，无踰此篇。选者以此特轧卷首，有见哉。其余十五篇皆称是。(《天一阁书目》卷一之二)

善本书室藏书志一则　　（清）丁丙

《经义模范》一卷嘉靖刊本，袁漱六藏书

前有嘉靖丁未纯庵王廷表序，称得于杨升庵太史，乃同年朱良矩所刊。义凡十六篇，易义二篇为姚孝宁①，余篇则蜀先贤广安张才叔、中江吴师孟、简州张孝祥也。临安大邦伯左绵东崖胡公属廷表序而重梓。良矩，名方，浙江永康人。书首钤"翰林院印"，当是四库馆发还之书。又有"黄石公种书堂藏本""古潭州袁卧雪庐收藏"诸印。（《善本书室藏书志》卷三九）

　① 孝，原作"李"，据《经义模范》录文改。

精选瀛奎律髓批

《瀛奎律髓》四十九卷，本宋末元初方回所编选，张含据其又事精选评点，遂另成书。据张含序文，杨慎亦曾批点此书。该书今已不传。

精选瀛奎律髓序　　（明）张含

含也戆，罔度才揣学，乃僭选往哲所选。自谓其诗曰得其髓，非止得皮与骨也。呜呼，果若若言哉？含熟览其集诗也，固玉石淆混，而蛟蚓杂焉，髓云乎哉？髓云乎哉？乃今含之所选也，凡圈其句，而或批或不批者上；点其句，而或批或不批者中；无圈点，而不批者，各有意焉，亦精之中而又有精焉者也。乃吾友升庵杨子用修览其集，遂幡然批之，所见间与含一二异同，含乃复订一辞焉。兹以用修之所批书于册首，含之所批录于句尾，庶厥辞皭然著而燦然析矣。含尝闻今时之士以艺苑名家者，多崇尚四唐而鄙薄两宋，然宋之丽句佳篇，脍炙士林口者，亦不少焉，乌可厚诬？兹兼选矣，苟拟之瀛之洲，奎之宿，而曰得之髓，孰予疢邪？惟我同志者知我罪我焉。（《张愈光诗文选》卷七）

皇明风雅选略

　　《皇明风雅》四十卷，收诗一千六百余首，乃明人徐泰编集明诗总集。杨慎据之又精选九十余首，乃成《皇明风雅选略》。该书今已不传。

皇明风雅选略引　　（明）杨慎

　　海盐徐子选此诗凡四十卷，可谓富矣。余顷于内弟黄梓谷处见之，借阅累日，参较余所见近代名家全集，其英华标举，众所同称者，多不在其中，岂履徯每况愈下之说邪？因择其尤，仅得九十余首。呜呼！作诗之难难矣，未若选诗之难也。唐之诗人盛矣，如《河岳英灵》《光岳英华》《弘秀集》《箧中集》《极玄集》《又玄集》，皆唐人选唐诗，然不能一一犁然当于人心。若《三体》《鼓吹》又多细碎。杨仲弘《唐音》近日盛行，而所取许浑浅俗甚多，七言排律二三首尤可嗤鄙，亦厕其中。信乎其难哉！（《太史升庵遗集》卷二四）

皇明诗抄

　　《皇明诗钞》十卷，乃杨慎所编明诗选集。初只五卷，后续增为十卷。今五卷本、十卷本皆存于世，有明嘉靖年间刻本等。王文才先生认为此集可能是根据《皇明风雅选略》敷衍成书。

皇明诗抄叙　　（明）陈仕贤

　　《皇明诗抄》者，升庵杨公所录，以惠教后学也。余阅之有感焉，作而言曰：夫诗章志贞教，言之不可以已者也。学者孰不欲兴于诗哉？顾诗未易言，言未易入，是固六德为之本，六律为之音，诚感所发，故入人也深，然后足以劝惩而垂训。三百篇尚矣，骚选犹为近古，后有作者，或尚词而病于理，或尚理而病于意。惟盛唐以律名家，浑雄超逸，粹然一出于正。论者谓推原汉魏以来，截然当以盛唐为法，不作开元、天宝以下人物，诗之不可以易言也如是。我朝皇风沕穆，人文丕著，名公逸士，力追古作，诗教复振，诚足以鸣国家之盛，与盛唐后先相望也。然唐诗诸家所选精矣。皇明之诗，兹得杨公所抄，虽不以选名篇，而遗意固有在也。中或未尽其全，一代之英华典则多在是矣。夫诗在妙悟，而学贵知要。三百篇之诗，习之而纷如者何限，君子岂徒多之为尚耶？故观盛唐之诗者先乎选，观皇明之诗者先乎抄，庶乎有以得之。若夫沿流而求源，则存乎其人焉已。因重梓之，以广其传，亦可为风教之一助云。嘉靖三十七年夏六月，闽后学希斋陈仕贤撰。（明嘉靖年间刻本《皇明诗钞》卷首）

皇明诗抄后语　　(明) 程旦

予读升庵杨子所撰《风雅逸篇》《转注古音略余》《选诗外篇》诸集，作而言曰：辩博哉！其稽于古者精矣。读是篇，则曰：猗欤粹哉！一代之音，沨沨乎可歌也已。几于今者埒于古也。或曰：其全也与？粤自国初以迄今兹，名公巨儒之伟丽，忠臣烈妇之贞则，词人武将之感愤，逸士名僧之闲适，无不备焉，何谓其弗全也？或又曰：不犹有遗者与？曰：有之。若文靖金公之雅丽，文穆胡公之质实，逊志方公之劲正，三吾刘公之奇古，缙绅解公之俊爽，琼台丘公之博洽，西涯李公之婉丽，方石谢公之雅正，匏庵吴公之浑朴，定山庄公之明健，二泉邵公之简质，士选熊公之沉着，皆卓然其名家者，而皆弗录焉。何谓其弗遗也？其遗之者何也？予闻之杨子之乡先生虞公伯生之论文，有曰：子欲为文，盍归而求之浙中之庖者？夫浙中之庖者，岂其能尽天下之味，而足以适天下之口哉？虽然，是之取尔，其必有以也，其遗之者可知也。他日以问诸杨子，杨子曰：噫！予何所去取乎哉？予漫录之而已。录所不及焉者，后之君子必有搜而续之者也，故不以选名篇，而曰《诗钞》云。卷厘为十，凡九十七人，共诗二百七十七首。予惧其抄之弗广也，命云南沈尹继芳梓而传之。嘉靖丙申腊月吉日，新安程旦谨书。(明嘉靖年间刻本《皇明诗钞》卷末)

天一阁书目一则　　(清) 范邦甸

《皇明诗钞》 十卷刊本

明杨慎钞，凡九十七人共诗二百七十七首。嘉靖新安程旦后序。(《天一阁书目》卷四之三)

执斋先生选集

  《执斋先生选集》十三卷，明刘玉著，杨慎评选。刘玉，字咸栗，万安（今属江西）人，弘治九年（1496）进士。官至刑部左侍郎。隆庆初赠刑部尚书，谥端毅。有《执斋先生文集》二十卷。嘉靖三十一年（1552），刘蓉峰持其父刘玉诗文集请杨慎批选。此书今传明嘉靖三十五年（1556）姚体信刻本。

执斋先生选集序　　（明）杨慎

  《执斋文集》，刑部左侍郎万安刘公所著，赋解颂赞，箴铭奏议，序记题跋，五七言往体，五七格律诗，绝句长短句诸作也。门人御史傅君镇校锲之，御史大夫安福彭公黯首序之。其嗣人蓉峰君常以明刑来滇云，复以全集属慎，选其必传诗文为若干卷。慎受而阅之，其奏议言太监刘瑾八党蛊惑擅奸，乞置于法。瑾矫诏尽逐善类，目之为党，罢归。慎惜年待罪史馆，特笔书于·《正德实录》矣。公虽为瑾所构，三罚输边粟，一下诏狱，然抑之愈扬，黯之愈光，直声在天下，昭昭乎揭日月而行之，海内识与不识，知有刘咸栗御史矣。既瑾伏诛，辛未起为河南佥事，升福建副使，皆职提学。己卯升南京左佥都御史，董江防，值宸濠之变，安庆被围，公以舟师往援，城守益坚，以擒元憝。庚辰改巡抚郧阳，未履任，本兵奏留之。武皇弃群臣，先太师实受顾命。已今上即位，入告之谋，从无少怫，悉用忠良，布在廊庙。尚书吏部则石公宝，宝入阁，继之乔公宇。户部陶公麟，陶不起，继之孙公文。礼部毛公澄，澄致政，继之汪公俊。兵部彭公泽，刑部林公俊，工部赵公璜，都察院则公讳玉也。皆一时重望硕德，维新之治，海内翘首。而孟秋七月，诸贤相继去位。又明年，公以刑部侍郎冠带闲住。噫！是关于世道非小，文云乎哉！惜乎勋华未竟，谟谋赍志，而只见之佔毕也。然观整庵冢宰罗公钦顺所著《墓志》，谓公博通载籍，尤长于天文地理，凡军谋师律，仪章法制，皆详究其本末。慎观其诗，如《秘狱四咏》《歌风台》《百舌》《志怪行》《石钟山歌》《月生沧海图》，妥帖排奡，入古作者之室。五言律如：日出云生叶，风回浪起花；殿壁龟文剥，炉香鸟篆残；佛香云砠细，僧饭石田收；削波水挂壁，髡树冻凝槎；云去淮山立，风来海岸摇。七言如：杖藜独往吾将隐，簪菊能从子亦仙；千里帆樯飞鸟外，万家砧杵夕阳边；中条云气连嵩华，砥柱河声历夏商；潮声径触金山寺，云气横连铁瓮城，唐人何让焉。然公性寡交，而言缄默，未尝以形谍成光，而嚣震哗众。乃知公内景而非外景也，实胜而非名胜也，匪见兹集，曷能尽公之精蕴哉！公之为诗文，多不存稿，而蓉峰君左右采获，搜索无遗，以论其世而大之传，又见其继述之孝矣。为文人阀阅者，能无兴起乎？公复邃于《易》学，其先天后天卦变诸图说，明畅精当，童习一见可了，而白纷终身未闻者，是击壤先生《皇极》之后尘，云台真逸《启蒙》之羽翼也。蓉峰君已别刻，以传海内之读《易》者。奚不辞辞费，敬书以为序。嘉靖壬子仲夏，博南戍史杨慎序。（明嘉靖三十五年姚体信刻本《执斋先生选集》卷首）

执斋先生选集后跋　　（明）刘存义

义自滥竽仕籍，志仰前修，已知海内之有执斋老先生矣。癸丑岁，来吏平湖，获侍我唐岩刘公之侧，披拂春风，溯流穷委，益知先生为不可及。乃乙卯冬，姚生体信奉先生之集，则夙经博南太史杨先生之品序也，义何以赞一词乎？遂受而读之。其所著颂赞箴铭，议序记跋，凡若干篇，浑浑乎典谟之则也。其所□诗五七言、五七律若干首，沨沨乎三百篇之遗。其微词奥义，蕴蓄诸家，则美哉洋洋乎太和之景象也。执此以斧藻皇猷，瑀璜清庙，所谓治平之具，臣道之仪，忠轨也。我唐岩公不欲以先生之懿私诸其家，而梓传于世，俾同志者有稽焉，所谓肯构肯堂，用誉无疆，孝准也。维忠与孝，文焉而已乎！谨掇太史之绪余，与义所以私淑者，叙诸末简，庸志羹墙之见云。后学湖襄刘存义顿首谨跋。（明嘉靖三十五年姚体信刻本《执斋先生选集》卷末）

空同诗选

　　《空同诗选》四卷，明李梦阳著，杨慎批选。李梦阳（1473—1530），字献吉，号空同，为复古派"前七子"的领袖人物。杨慎从其两千余首诗中，批选百余首，以成此书。该书今传明嘉靖二十二年（1543）张含百花书舍刻本、明嘉靖年间刻本、明闵齐伋朱墨套印本（不分卷）等。东北师范大学藏明嘉靖间刻本又有《增选》四卷。

空同诗选序　　（明）张含

　　吾师空同先生诗，凡乐府古杂律排绝句，总二千一百四十九首，吾友升庵杨子选焉，总得一百三十六首，其中或点或圈或批，迄曰是足以传矣。暇以示含，含曰：选何严乎？曰：弗严犹弗选也。子谓我严，子恶弗反？子选太白、子美诗不严乎？夫选也者，选其精也，精而后可以为选矣。然精之中又有精焉，子何谓我严？曰：噫！兹若言，含曷敢弗嘿嘿唯唯，否，何以应子？於戏！吾师之为诗也，凌企骚雅，越汉魏，兼李杜，而时出之，集之传久矣，敢谓选者独传乎？曰：子选二集，选也传而全也不传乎？精而传，传之中又有传也，传其精与传其全也孰愈？曰：噫！兹若言，含曷敢弗嘿嘿唯唯，否，何以应子？於戏！三集选矣，精之中精者也，传之中传者也。诗之道也，道之极也。苟学诗者能则于是，殆济江海者之获舟楫矣。舍舟楫而求济者，有之乎？是以诗弗可弗选也，选弗可弗严也，多而不选，选而不精，不精而不传，弊也久矣。含与杨子，幼而同志于文与诗也，故三集之选，亦同于求精，而不随世以务多矣。於戏！选诗其严乎！选诗其严乎！嘉靖癸卯仲夏望，门人永昌张含撰。（明嘉靖二十二年张含百花书舍刻本《空同诗选》卷首）

空同诗选题辞　（明）杨慎

　　余评空同诗，五言绝句胜七言绝句，五言古、七言古胜七言律、五言律，乐府学汉魏似童谣者又绝胜。世徒学其七言律，是徒学其下者耳。成都杨慎用修父识。（明闵齐伋朱墨套印本《空同诗选》卷首）

空同诗选跋　（明）闵齐伋

　　昭代之有空同，犹唐之有李杜，庶几兄汉魏而弟三唐，骎骎乎出入风骚也。各体凡二千一百四十九首，升庵选焉，质之张禺山者，得一百三十六首。噫！亦严矣！岁戊午，广陵冒宗起驰书寄我是编，盖世未有传者。昔升庵阅古有得，辄以示禺山，谓之千里面谈。余于宗起曾未识面，忽辱枉寄，亦一段佳事也，不可以不识之。乌程闵齐伋。（明闵齐伋朱墨套印本《空同诗选》卷末）

钤山堂诗选

《钤山堂诗选》，明严嵩著，杨慎批选。严嵩（1480—1566），字惟中，号介溪，新余（今属江西）人，为明代著名权臣，其诗词在当时则卓有声誉。杨慎曾为严嵩诗集作序，后为之批选并作选集序。该书今传明嘉靖三十一年（1552）杨可刻四卷本、明嘉靖年间刻七卷本（书名"钤山诗选"，卷端题"鹭沙孙伟评点，成都杨慎批选"）等。

钤山堂诗集序[①]　（明）杨慎

昔人云：诗必穷而后工；又云：诗非能穷人，待穷而后工耳。其说至为无稽。尚论诸古，皋陶喜起之歌，八伯庆云之咏，周公《七月》之风，召公《卷阿》之讽，皆身在岩廊而业当鼎轴者也。下迨春秋，会盟战伐，交聘宴享，或自赋诗，或引古诗，非列国之卿则相礼之使也。三代而下，若汉之韦孟、匡衡，江左之沈约、王俭，篇咏之富，传于艺苑。在唐则曲江、燕国之二张，巨山、文饶之两李，又悉功著槐衮而咏播藻绘，岂必鹑衣百结而后吟商声，苜蓿阑干而始出秀句乎？乃知断髭笀肩、呕心摇首者，乃自贻其慼，而非本性情者矣。诗能穷人与穷而后工之二说，岂其然乎？愚捧读元老介溪先生严公《钤山堂诗》而有发焉。公起家翰林，蜚英宇内，方其翔鳌署而徊鸾坡，讲金华而议白虎，已烨然负霖雨之望。及登紫庐，坐黄阁，日侍赓歌，重兴雅颂。春容大篇，则戛击乎韶濩；缘情绮靡，则爥耀乎国风。郊、岛之寒瘦，元、白之轻俗，皆不入其胸次而染其性灵。若夫穿天心，出月胁，牛鬼蛇神，时花美女，又所谓骇而不可施之庙堂，而唾去于藩篱之外者也。盖其志则师乎陶、伯、周、召，而其体与辞则友乎韦、匡、沈、王、二

---

① 此文又见于明嘉靖年间刻七卷本《钤山诗选》卷首，文题作"钤山诗选序"。

张、两李也，亶其传乎！往年唐子荐归自京师，相见出此集观之，愚妄有批评，子荐取而锓之以传，不谓无盐之突西子也，且属以序。愚也空谷藜藿之与居，大荒猿鸟之为伍，齿危发秃，植落才尽，序也敢乎哉？以唐子请之再，而公不遗遗簪，弗敝敝履，且有台音之诒，刍言之取也，敬事操觚，赘诸末简。若夫勋庸之伟，翊赞之崇，国史当自书之，无俟愚喙云。嘉靖丙午夏五月望，成都杨慎谨序。（明嘉靖二十四年刻增修本《钤山堂集》卷首）

钤山堂诗选序　　（明）杨慎

曹子建诗名冠古，惟吟西园之篇；谢玄晖文集盈编，只诵澄江之句。言诗贵精，不贵多也。某观王右丞、孟襄阳，开元诗人之拔萃，而其诗不盈三百首，毕生所作，当不啻是，而流传如今集，一一皆精。昔人所谓琼枝寸寸是玉，旃檀片片皆香，意其所自选也。历宋元迄今日，文人藻士于杜集犹选择节抄，而王、孟之集则无去取焉，诗之不贵多也如是。元老介溪先生严公，尝以其诗集寄某，属为选取，走辱公之知旧，僭取三百余篇以复。公不谓然，复柬封寄某，使再汰之。公之不自满假，真有合于王、孟之见矣。敬择其琼枝栴檀为四卷，安宁同知姑苏杨君某见而手录之，以命梓人，并陈其因，以传诸后云。（《太史升庵遗集》卷二三）

振秀集

《振秀集》二卷，明严嵩著，孙伟、杨慎评点，皇甫汸、顾起纶选编。此书今传明嘉靖三十五年（1556）顾氏昆明刻本等。

振秀集小引　　（明）杨慎

介溪元老诗集，海内传刻与为多焉。九华顾子起纶，以年家子侍教于銮坡，闻诗于燕蠖公，俾之选为《振秀集》，属走序焉。喑夫谢朝华于已披，启夕秀于未振。长离东度，不徒流雅咏于圭阴；哲匠斫轮，又欲贻懿范于柯则。愚稽贝叶之文曰香风吹菱华，更雨新好者，奚翅谢披启秀属之人，抑亦吹菱雨新本之天乎？维公赞几之暇，六义是精，冲淡和平，光英朗练。昔人云：齿宿而意新，身老而才壮，有不足多者。独仰公不耻下问，不自满假。往年尝属慎选为一卷，刻之吴下，兹又令顾子选为此集，而重梓昆明。昔元微之为郡，僚属皆令属和；元献为相，韦布悉与倡酬。古人之风，复见于今，可以敦薄俗、折慢幢矣，岂独掷地之金声，虹天之玉气哉！若夫诗律之美，讽咏之评，则走前二序已备，兹不赘云。嘉靖甲寅冬十有一月朔，升庵杨慎书。（明嘉靖三十五年顾氏昆明刻本《振秀集》卷首）

箬溪归田诗选

《箬溪归田诗选》一卷，明顾应祥著，杨慎评点。顾应祥（1483—1565），字惟贤，号箬溪，长兴（今属浙江）人，弘治十八年（1505）进士，官至刑部尚书。该书今传明嘉靖二十八年（1549）陈光华刻本。

箬溪归田诗选序 　　（明）杨慎

御史大夫吴兴箬溪顾公再开府来滇也，出《归田诗稿》有巨三卷相示。慎受而读之，大氐清江白云、远屿孤山、命俦啸侣、怡性适情之什也。籤翻□日，乃选其尤可传者百有五篇。其中如《苦热行》长古之篇，凡十叠韵；及《天目山歌》，奇峭宕丽，燇耀变眩，瑰眼濒耳，惊心动魄。上窥杜陵《桃竹杖引》，下犹顾刘义张碧，必传之作也。若《做贼好》《检尸篇》《莫祈雨》，自擅天然，贵在近俗，避工求俚，意存警世，与王建《簇蚕辞》、元稹《田家词》异世同旨，故附之卷末。后卷诗二十七首，词八首，则杂再入滇之作并附焉。感公之知，故忘其僭也。慎又窃谓汉自苏、李以还，诗人之词无十韵者，而又人不数篇，故简而易传。诗盛于唐，而王、孟、高、岑大家之集，各不过数卷，而进士刘沧、马戴又不盈百首，人至今诵之。而诸公之作，平生岂翅是哉！载观宋史《儒林》《文苑》诸传，当日群英所论述著作，动或百卷，甚至千卷，其人则皆贤也，其时则甚近也。而云散鸟没，求之于其云仍之家，迄无存者，岂其有它，病在卷帙繁而移录艰尔。即以史言，两汉、三国盛传，而《唐书》《宋史》章缝荐绅亦罕所收，收亦鲜阅，岂不以多之病？语曰：牵缠之长，实累千里。谰言以复于公，公慭然之。云南邦伯陈竹庄见其副于慎，乃取而攻梓，遂敬序之。嘉靖己酉四月廿日，成都杨慎书。（明嘉靖二十八年陈光华刻《箬溪归田诗选》卷首）

箬溪归田诗选后序 　　（明）陈光华

（上阙）如甘棠。今天子以公为滇人属望，特起公于滇。公来，子视滇人，恩视昔尤倍，滇人爱之，又若行潦。噫！公之心于斯民何如哉！顷以家食及入滇时所著诗，授太史杨升庵先生，先生摘其尤者若干，评点叙述，辑为一帙，名《箬溪归田诗选》。光华见而读之，超逸雄浑，足以踵唐揖汉，而轶宕瑰奇，如神龙之不可束缚。至于《苦热行》《今年谣》《莫祈雨》诸篇，则又悯时愤世，慨然有先忧后乐之志，与子美《洗兵》《出塞》《北征》《冬狩》之作争辉，是岂但遗世适情者已哉！乃敬属剞劂，以斥厥传。一日，公谓光华曰：观升庵所取者，皆适然之句，以此知诗之妙贵出自然，是又添一识趣也。光华唯焉。虽然，公之诗岂俭于是哉？他日秉钧熙载，使人各得其所归，会见雄篇雅什，宣中和而鸣盛世，海内争诵之，又恶乎选？光华非知诗者，获承公之教，敬述一言以竢。嘉靖己酉七月既望，云南府知府莆阳陈光华顿首谨书。（明嘉靖二十八年陈光华刻《箬溪归田诗选》卷末）

池上编

《池上编》二卷，明朱曰藩著，杨慎批选。朱曰藩，字子价，号射陂，宝应（今属江苏）人，嘉靖二十三年（1544）进士，官至九江知府。著有《山带阁集》三十三卷。该书今传明嘉靖年间刻本。

朱射陂诗选序　　（明）杨慎

维扬朱子射陂以掞藻相契，近以其《池上编》二帙寄余批评，苦无人录一过，但择其惬心而必传者七十四首，如昔人箧中之集藏之，仍归其原帙。至邛州，北川陆公见而珍之，遂命刻梓，而属慎以序。呜呼！诗之说多矣，古不暇枚数。近日士林多宗杜陵，于矫健高古不为无助，而蹈袭其字，剪裁其句，谛观之，与题既不相似，与人亦不相值，曰吾学杜也，可乎？吾友松溪安公石尝语余曰：论诗如品花，牡丹、芍药，下逮苦楝刺桐，皆具有天然一种风韵。今之学杜者，纸牡丹、芍药耳，而轻薄者又有拆洗杜诗、活剥子美之嘲。噫！是诗法一变而一蔽生也。余方欲划其蔽以似知音，独见射陂子之诗犁然当于予心，盖取材文选乐府，而宪章于六朝初唐，不事蹈袭，不烦绳削，可以鸣世兴后矣。曾以诧于禺山张子，张子曰：太白以建安绮丽不足珍，昌黎以六朝众作等蝉噪，子何尊六朝之甚也？余应之曰：文人抑扬太过，每每如此。太白之诗，仅可及鲍、谢，去建安尚远。昌黎之视六朝，则秦越矣。如刘越石之高古，陶渊明之冲澹，可以六朝例之哉！为此言者，昌黎误宋人，宋人又误今人也。今之学诗者，避宋如避疟，而伐柯取则，独承宋人余窍之论，无乃过乎？张子欣然曰：非夫子之发吾覆也，吾几误一生。并著其说于此，兼以蕲印可于北川云。嘉靖乙卯六月金伏日，诗社通家成都杨慎序。（明嘉靖年间刻本《池上编》卷首）

天一阁书目一则　　（清）范邦甸

《朱射陂诗选》二卷刊本

　　明沛国朱曰藩著，嘉靖乙卯升庵杨慎序称：维扬朱子射陂以挼藻相契，近以其《池上编》二帙寄评，择其惬心而必传者七十四首。至邛州，北川陆公珍而刻之。末有"嘉靖丙辰春三癸亭重雕"图印。（《天一阁书目》卷四之二）

受庵诗选

《受庵诗选》，明周满著，杨慎批选。周满，字谦之，号受庵，汉州（今属四川）人，嘉靖十一年（1532）进士。此书今已无传。

周受庵诗选序　　（明）杨慎

粤若稽古，吾蜀诗始萌牙。蚕丛有《日月》二章，蜀著《龙归》三曲，盖开塞未通，《禹贡》以上时也。迨《风》有江沱，即沱潜之域；《颂》称清穆，乃吉甫之诗。圣垂删述，复而尚矣。炎汉之兴，司马相如体物浏亮之余，复制郊庙乐府之作，溢为封峦天覆之咏，中叶擅名，四海为俊焉。唐则陈子昂海内文宗，李太白为古今诗圣，降而刘湾、雍陶、符载、李远、唐永、苑咸之徒，振其末响。苏文忠公，宋代诗祖，而轻轾后进云，文章妙天下，诗律不逮古人，盖规磨之谈，媚嫉之訾耳。唐庚、韩驹、巽岩、后溪、鲁交、李石、文丹渊、喻三峁袭其残芳。元则虞道园兄弟、邓文原父子不陨其採藻，以开皇明，嘉州杨孟载、青城王汝玉、成都袁可潜、徐遵晦、富顺晏振之。近得宜宾牟君伦、长宁侯汝弼、嘉州安公石、程以道，卓然名家。往年慎修《全蜀艺文志》，载之不能尽也。广汉受庵周公，颖异秉资，弘深绩学，经术古文之余，剩为冲融寂寥之句。自筮仕至长宪外台，不废披阅讨论，可谓胸有万卷书；宦辄秦边晋塞，桂岭昆池，可谓足行万里路。发之纪行，咏之边徼，和之友生，寄之山水。子夏之云止礼义，庄周之云道性情，管子之云纪物，陆机之云缘情，左思之云咏史，阮籍之云咏怀，实皆具体，秉之和衷。观之可以备图经，衍之可以俾经略，岂曰流连光景云乎？世有为高谈者曰：作诗无益，则诗教可废，商赐其衰矣。受庵公以册稿示慎，且曰：选择不必多，古人无多也。慎快读三复，摘其必可传者若柯篇，题曰《受庵诗选》，又序吾乡诗之萌芽流裔以传。受庵天下士，而尚友古人者，慎以一邦一邑言，陋且薤矣，繁亦尊乡敬止之私尔。尚竢海内名巨掬为太序，兹其乘韦之先，秕糠之前云。（《太史升庵文集》卷三）

评选泽秀集　昆明集

　　《泽秀集》七卷，明顾起纶著，李文麟、杨慎、皇甫汸评选。《昆明集》二卷，明顾起纶著，杨慎编选。顾起纶（1517—1587），字更生，号玄言，无锡（今属江苏）人。《泽秀集》今传明嘉靖四十五年（1566）吴郡朱氏竹素斋刻本等。《昆明集》今传明嘉靖年间刻本。

泽秀集序　　（明）田汝成

　　常志不云乎：得山水之助，故其人秀而多文。予尝泛震泽，历九华诸形胜，而税驾于第二泉之上，乃喟然叹曰：郁郁乎！汤汤乎！为水者六万三千顷，为山者七十有二峰，襟江带海，礧礴数百里，必有豪杰之士，应地灵而以文名世者出焉。揽结秀气，融会心曲，摅写于笔札之间，孰非文乎？而诗乃文之最秀者。盖财成以六律，施彰以五彩，言之而中伦，叶之而成声，缘情绮靡之功，于斯大备。故诗不易作，亦不可以徒多作也。明兴，诗派在吴，作者无虑五六巨公，而高太史为之冠。季迪细润有余，而豪雄不足。嗣后代不乏人。弘、德间，乃有徐昌谷、王履吉二家出焉。昌谷识有余而才不足，故其诗稍稍细弱，而履吉直粗冗，但可涂耳目一时，未可经推敲于百世。其在无锡，则自张惟中而下，如浦长源、周子羽、王达善、顾允迪、王孟端、秦廷韶，皆文雅彬彬，有可称述。嘉靖间，秀义竞起，异书汇出。陈思有言：家家自谓握灵蛇之珠，人人自谓抱荆山之璞。然绮靡者或失之浮华，雄伟者或伤于直致，冲淡者或泥于枯寂，富赡者或病于壅肿。于是少年崛起，乃有顾子玄言甫者出焉。玄言为无锡世家也。颖悟绝伦，八岁诵诗读书，背碑覆局。十七善属文，词赋如流水。以雅以南，早擅西河之鉴；载津载涉，博咏北海之渊。一时华苑，并钦其风。为其世父少保礼部尚书荣僖公特钟所爱。故其优游宦邸，调笑公卿，则多纪盛览胜之作；薄游羁役，慷慨呻吟，则多寓言述志之作；金马碧鸡，鬼门海角，则多宣风怀土之作；宴集丘园，从容酬酢，则多临高兴瞩，赠别咏归，访古悲时，停云叹逝之作。凡斯之体，各以汇聚，具载其《玄言》《昆明》《句漏》《酬藻》《旧林》诸集，暨感遇有编，知非有历。若开武库而铿铿者皆利器，若启玄圃而种种者皆奇珍。犹以为诗不易作，亦不可以徒多作也。选其诸集中犁然当心者，仅存什一，别为之集。举似杨太史用修，号之曰泽秀，取其所钟皆灵泽之秀也。故集中之撰，趣尚冲澹，思多沈郁，湛然长澜雄浑，润以纤藻澄鲜，所谓赤水夜光，藏川吐泽。用修之义，盖亦有指乎此也。且评其诗曰：趣澄致远，在韦、孟之间。皇甫司勋子循又谓其谢六朝之浮艳，振三唐之沉响，寓兴幽旷，动合风雅。子长、明远颇同其概，竞为一时高流所赏。予复何以加诸？抑又推是号而系之水钟曰泽。至职方氏所称九泽，即《禹贡》尝载九州之泽，吴越间具区为一大观。顾子宦辙所经，殆遍名泽。及其南迄昆明，东底广源，斯又泽之出于职方之外者矣。矧是集也，旁猎骚选，绝驾河岳，则秀之所钟，岂一国一泽已已者也？俾季迪、昌谷以下诸家复起，必驰骛而甘心焉。今之应地灵而以文名世者，不在兹乎？品其诗者，为王驾部子裕辈，方以文学著名三吴，实顾子之同产。试以余言质之，曾以为然否？是为序。嘉靖岁丙寅夏六月既望，钱唐田汝成叔禾撰。（明嘉靖四十五年吴郡朱氏竹素斋刻本《泽秀集》卷首）

玄言斋集序　　（明）杨慎

句吴九华顾子，早岁有诗名，尝以其所著《玄言斋集》示余，数阅之，其趣味澄夐，则仰止于苏州之韦；兴致辽远，又师法于襄阳之孟。如“月高岩影低，夜寂经声歇”“雉堞临燕甸，龙旌列汉营”“古埭花成郭，清川石作林”“塞雨吹沙漠，江雷隔暮云”“香刹山椒上，春藤暗石门”“乱水疑韦曲，横山似杜陵”“但看茅屋赋，已负竹林期”“得句怀三谢，临书爱二之”“春潮到山麓，宿雨带江城”“萝月挂寒影，茶烟霭夕阴”“海门寒日落，山郭暮云多”“山风吹净界，林雪散空廊”“洞穿前岭入，门转后峰寻”“苔晕侵花磶，虫丝挂叶房”“宛童罗石牖，戎女挂枯房”，皆媲美古人，擅名艺苑。有句如此，一足传矣，况其多乎？然犹摩研编削，不自满假，鸣俦啸侣，必求指瑕。昔司空表圣论诗曰：知非诗诗，未为奇奇。盖谓自言非诗乃是诗也，自谓未奇乃是奇也。余尝爱其二语，遂序其集，而以此答知言之选，为怀音之报云。嘉靖甲寅十一月望日。（明嘉靖四十五年吴郡朱氏竹素斋刻本《泽秀集》目录后）

昆明集序　　（明）杨慎

九华山顾子长治，英朗雅素，为三吴高士。始游两都，词林闻人共乐与之。余尝评其《玄言集》，在孟襄阳、韦苏州之间。及览兹集，则益征其尽出开元标格，大历情性，信名家也。不然者，何有声于台阁？如今之介溪严公、龙湖张公，悉与倡酬寄赠，载之集观。子之才之志，且未遇若此，则知否之有泰，命之有时，岂不谬哉！比读皇甫公文，嘉子远游，况以子长、明远，亦一时怜才之同。嗟乎！延陵诣国，贤豪风靡；顾、陆入洛，南金比重。余老矣，滇吴分域于中，奋飞无翼，安得与子并游昆明，一咏兹集也。因感子之兴，力疾为书，以酬千里之好云。嘉靖乙卯岁三月望日，升庵杨慎书。（明嘉靖年间刻本《昆明集》卷首）

白石山人诗选

　　《白石山人诗选》二卷，明蔡汝楠著，杨慎评选。蔡汝楠（1516—1565），字子木，号白石，湖州（今属浙江）人。嘉靖十一年（1532）进士，官至南京工部右侍郎。著有《自知堂集》等。该书今未见，天一阁藏明嘉靖间胡定刻本《白石山人诗选后编》一卷。

自知堂集叙　　（明）杨慎

　　诗作之难，言之其不易乎？天下之言诗者，则李、杜而已矣。李之言曰：大雅久不作，吾衰竟谁陈？又曰：自从建安来，绮丽不足珍。杜之言曰：欲攀屈宋宜方驾，恐与齐梁作后尘。慎诵而疑之。夫挟天子以令诸侯，诸侯莫敢不服，然谓之真尊天子则不可。挟风、雅、屈、宋以令建安、齐、梁则戚矣，谓之真尊风、雅、屈、宋则不可。挟之为病也大矣，卑之无甚高论，可乎？观李之作，则扬阮、左之洪波，览江、鲍而动色，固建安之影响也。观杜之作，则掩颜、谢之孤高，杂徐、庾之靡丽，实齐、梁之后尘也。前哲欺予哉！是有说矣。学乎其上而中仅得，论道则严而取必恕，以是罢罢而效李、杜，其庶几欤！斯小子窥管之半豹，愿以质于大方迎刃之全牛。德清白石蔡公以诗帙见示，契余衷矣。披阅之余，擒掞有合。其武夷、荆州药室之古调，玉阳洞、牛首山、春江词之格诗，沂上之瑟铿以希，泗滨之磬清以越。取材于选，则夕秀启而朝华披；效法于唐，则苏州亲而襄阳迩。阅锦盈尺，立鹅天马可知；尝鼎一脔，尾鲤虿猩当䰞。余疑前哲之欺余，又敢为轻词以欺知音乎？故特批评其所契衷揣合者凡若干首。薛君采昔语余曰：近日作者，摹拟太过，蹈袭亦多，致有拆洗少陵、生君子美之谑[1]，求近性

---
　　[1] 君，疑当作"吞"。

情，无若古调耳。安石公亦云：唐之名家，自立机轴，譬犹群花，各有丰韵，或剪彩以像生，或绘画而傍影，终非真也。余尝以二子之言为确论，以近日掞藻视正德中又一变矣。二敝其免乎？白石于下走也，往在静居，掷金声于宝地；今兹雒邑，飞仙翰于琼音。嘿然已传，言下即了矣。辄以蓬心，叩兹兰响。公有觉无我者也，其以为孟浪之言乎？将无以为妙道之论乎？嘉靖甲寅二月己亥，成都杨慎谨序。（明嘉靖年间刻本《自知堂集》卷首）

泾林诗集

《泾林诗集》，明周复俊著，杨慎评选。周复俊（1496—1574），字子吁，号泾林，昆山（今属江苏）人。载仕滇蜀多年，官至南京太仆寺卿。该书与《泾林文集》合编为《泾林诗文集》八卷，今传明嘉靖年间刻本。

周太仆六梅馆集叙　　（明）董其昌

《六梅馆集》者，为前太仆周公之所著也。太仆讳复俊，字子吁，幼即聪颖，为父叔所器爱。稍长，博览群籍，于书无所不读。弱冠，与太史前峰王公、方伯雍里顾公誉为昆阳三杰。举嘉靖壬辰进士，历官滇蜀，直至南京太仆寺卿。性耿介，不屑媚权贵，权贵以致不孚，惟以吟啸自娱。其所作诗，大致工致绮靡，清新雄瑰，有唐人风韵。杨升庵氏甚加叹服，称为文园宗匠。盖其获力于古人，得助山川者深也。尝为评刻《泾林诗集》，盖有可传之道，杨氏窥之深矣。晚归娄上，于玉山之□筑六梅馆，为优游计。兴至辄濡毫为文，洋洋数十百言不止，皆足方驾古人，有启来者。今其孙玄暐纂其所作为《泾林文集》，共诗集而梓之为八卷，总名《六梅馆集》，以传之不朽，发扬祖德，有功斯文，诚可嘉也已。华亭董其昌谨叙。（明嘉靖年间刻本《泾林诗文集》卷首）

泾林诗文集跋　　（明）周玄暐

大父太仆公，幼而颖异，稍长即湛思艺林，凡左、马、屈、宋家言，靡不殚精旁搜，究厥玄奥。于诗者陶彭泽、王右丞，而以李、杜参之。甫弱冠，即与太史前峰王公、方伯雍里顾公蜚昆阳三杰之誉。时伯祖虚岩山人雅善声律，名驰吴苑，居恒私相切劚，进诣愈渊以宏。每有制述，即折角时髦，扬声遐迩。既通籍熙朝，列在清署，惟以吟啸篇籍自娱，不奈向显贵人作媕阿态，用是显贵人咸不悦之。三使南滇，载仕西蜀，翱翔栖复者垂二十余稔。凡点苍、鸡足、峨眉、巫峡之崔嵬玮丽，澜沧、昆明、瞿塘、锦江之潋滟澄澈，罔不徘徊登眺，对景染翰，而奚囊所贮，亦既盈矣。博南戍史杨用修氏，文富九牛，雄视千古，凡昭代名家，鲜所予可。而晤我公于仙村草堂，各出所制以相订正，弥七昼夜，论辩欢洽，若以石投水，深用叹服，称为文园宗匠，岂溢美哉！用修所评定《泾林诗集》，尝梓于蜀中，载梓于玉邑，而自谓中有弗当意者，竟再毁之。晚归娄上，杜门谢客，日手一编，研朱雠校，诸以应酬请者，一切辞弗许，而时或兴至濡毫，则津津数十百言不止，今载在集中，可镜也。客有劝之梓以行世者，辍嘿不应。盖公志所以垂不朽者自有在，故不琐琐于此耳。予小子暐于诸孙中最不肖，读公遗书，幸弗坠其家声，而深惜斯文之传未广也，敬纂集而付诸剞劂氏。今宇内岂乏用修其人乎？则其好之当不啻金石也。若公之忠孝清介大节，则乡评公许，自有不容掩者，予小子其何敢赘焉。公以嘉靖壬辰魁礼闱，嗣后大肆其力于诗文，迄今万历壬辰，中间更一甲子，而兹集始盛行于世。盖文之显晦，似乎有定数云。孙玄暐百拜稽首，谨书于卷末。（明嘉靖年间刻本《泾林诗文集》卷末）

清华堂摘存稿

《清华堂摘存稿》，明陈凤著，杨慎批点。陈凤，字羽伯，号玉泉，上元（今属江苏）人。嘉靖年间进士，曾任陕西参议。该书今传明嘉靖年间刻本。

题清华堂摘存稿[①]　　（明）杨慎

升庵杨子曰：承寄示《清华堂摘存稿》，连日手之不释，其诸体之分，信如冯子之评。走所深致者，学古而不蹈袭，以矫近日之敝，良是。尝慨近日一二学古者，规规杜子美，不学其意而袭其句，是少陵之盗臣也。少陵称太白诗为清新俊逸，岂曰规规蹈袭哉？文章如日月，朝夕常见，而光景常新。兹读佳什，有印鄳见矣，敢僭及之。何日面觌以尽。（明嘉靖年间刻本《清华堂摘存稿》卷首）

陈玉泉诗选序　　（明）杨慎

羽伯古诗，汉魏遗响，近代所见七言长歌，与盛唐诸大家埒能争胜。而尤难者，在自成家而不蹈袭，非迩日拆洗之敝。（《明诗纪事》戊签卷十九陈凤小传引升庵遗文）

---

① 此文见于《清华堂摘存稿》卷首，原无文题，观其文意，应为杨慎与陈凤书信中语。

张愈光诗文选

《张愈光诗文选》八卷，明张含著，杨慎评选。张含，字愈光，号
禺山，永昌（今属云南）人，与杨慎为总角之交，二人唱和相知，过
从甚密。该书今传明嘉靖间刻本、抄本、《云南丛书》本等。

张愈光诗文选序　　（明）杨慎

传云：偶有今人与居，古人与稽，此言何指哉？夫其所谓稽古者，
岂一端而已？孟子所谓服尧之服，诵尧之言，行尧之行，是尧而已矣，
此古人与稽之实也。韩子得其解，其言曰：好古人之言，好古人之道
也。是则欲稽古人服尚如之，而况不朽之言，岂肯见古人之心声而溟涬
然弟之哉！若使冠飞翮之缨而该犹龙之说，口侏偁之语而坐章甫之行，
亦将乎其不类矣。言之不可不稽古也如是。吾友永昌张子愈光，生有异
质，颖秀出群，未卯而能诗，有惊人句。及长，益肆力于古，博极群
书，条入叶贯，雄辨邃古，神搜霆击。上猎汉魏，下汲李杜，寝歌途
咢，鞠明究曛，弗工弗庸，弗似弗止，兹其愈光之诗乎！句必《弓》
《左》，字必科籀，万卷之富，聚若囊括，一经之士，不能独诂，兹其
愈光之文乎！慎与张子自少为诗文，观规矩而染丹青者，五十年余矣。
张子诗日益工，文日益奇，余瞠乎其后者。张子不鄙谓余，乃属余选其
自少至老之作的然必传者，凡八卷，总名曰《张愈光诗文选》。呜呼！
愈光于斯艺，可谓极平生之心力矣。惟其不试于用而专门于兹，故能必
其传，而稽古之效于是不诬矣。愈光之少，始为古诗古文，有不知而嗤
且骇者，自信益深。中而惊且诧，晚而信以服。噫嘻，古言之难合若
此，况行古道于今，其嗤且骇当奚状乎？愈光之为人，工于求古，昧于

适俗。方试场屋，名动京师，雅受知于父执白岩乔出①，欲其速仕，今从铨选②，立跻清要，公不肯就。归居久之，逝将北上，所如不合，浩然回轫，以遯野荒民自号，足迹不入公府。常自言：凡于吐辞寄赠，在穷困节义之交，颇有万言不竭之才；于通达周旋之友，辄有片言即穷之拙。盖其道有与古合者，其言之似古也，原夫斯夫。诗文始汇分《小言》《贵精》《荒音》《霭乃》凡十余种，且各有当代文人为之序，俱附之集之貌。嘉靖戊申仲冬之望，蜀都杨慎书。（《张愈光诗文选》卷首）

五十万卷楼群书跋文一则　莫伯骥

《张愈光诗文选》八卷**明刊本**

　　明张含撰。含字愈光，永昌卫人。正德丁卯举人。此本为成都杨慎用修批选，前有序云：吾友永昌张子愈光生有异质，颖秀出群，未丱而能诗，有警人句。及长，益肆力于古，博极群书。慎与张子自少为诗文，观规矩而染丹青者五十年余矣。张子诗日益工，文日益奇，余瞠乎其后者，张子不鄙谓余，乃属余选其自少至老之作之然必传者，凡八卷，总名曰《张愈光诗文选》。呜呼！愈光于斯艺，可谓极平生之心力矣。惟其不试于用而专门于苏③，故能必其传，而稽古之效于是不诬矣。愈光之少，始为古诗古文，有不知而嗤且骇者，自信益深。中而惊且诧，晚而信以服。噫嘻，古言之难合若此，况行古道于今，其嗤且骇当奚状乎？愈光之为人，工于求古，昧于适俗。方试场屋，名动京师。父执白岩乔公欲其速仕，令从铨选，立跻清要，公不肯就。归居久之，逝将北上，所如不合，浩然回轫，以遯野荒民自号，足迹不入公府。常自言：凡于吐辞寄赠，在穷困节义之处④，颇有万言不竭之才；于通达周旋之友，辄有片言即穷之拙。清《四库总目》谓含之学出于李梦阳，又与杨慎最契。有《禺山文集》一卷、《诗集》四卷，皆慎所评定，推挹甚至。然其襞积字句，而乏镕铸运化之功。明人别有雕镂堆砌一派，含其先声欤！盖慎在云南，无可共语，得一好奇之士，遂为空谷足音，不觉誉之过当，且慎名既重，闻者咸推波助澜，而赝古之文又足以骇俗目，含遂盛为文士所推，实则涂饰之学，与其师同一病源，各现变证

---

① 出，疑应作"公"。
② 今，疑应作"令"。
③ 苏，疑应作"兹"。
④ 处，疑应作"交"。

也。见卷一百七十六。于此可见明文风气之一斑。含弟合，有《台阁名言》六卷。合字懋观，一字贲所。嘉靖十一年进士，官至湖广按察副使。含、合为户部侍郎南园先生志淳子，户侍有《南园漫录》十卷、《续录》十卷，吾家所藏为旧写本，近有《云南丛书》刻本。合书凡二十八门，前人谓其言皆明确有据，其记载如杨一清、马理、湛若水等，俱不讳其过，称为明人杂事之翘楚，非虚语也。合并有《贲所诗文集》，罕传本。此本半叶八行，行十七字。（《五十万卷楼群书跋文·集部五》）

贵精集

　　《贵精集》，明张含著，杨慎评选。此集今不传。据杨慎跋语，该集选收张含文十篇、诗五十六首、《苍山稿》四十首。据张合序，该集所选为嘉靖五年后诗文。

序贵精集　　（明）张合

　　夫古忘于言，次言而择多则下矣。生今之世，奚能忘言？言不能忘，又多以冀传，是惑也。昔人言之集者多矣，畴一克尽传？故君子有言必择，以冀择之谨，有传道矣。然而耀□者自采弗良，崇协者交差弗亶，多多择鲜，此实致之。升庵先生目吾禺山兄丙戌后所为诗若文，虑其多而未有亶于择者也，乃为择为集，命曰《贵精》。禺山兄欣以受曰：子良于择，虽十去八七，吾奚憾？故君子曰：观杨子必亶于择张子之言，而见其明而直；观张子之欣于受杨子之择，而见其悟而虚。二子之可传者，夫岂特其□择之言焉而已？弟九贲山人合敬书。

跋贵精集　　（明）杨慎

　　唐人云：子建诗名冠古，惟吟清夜之章；玄晖文集成编，只诵澄江之句，言贵精也。禺山子便寄集文十六首，予取十首；诗一百五十六首，予取五十六首；《苍山稿》诗五十九首，予取四十首，是足以传矣。彼贵多而不择者，近世之弊也，或曰：史称葛洪制作，富于班、马，是不亦贵多乎？予则曰：史之称洪，褒辞乎抑贬也，洪之作今传乎？惟吾禺山子可以论此。博南山人杨慎跋。（以上《张愈光诗文选》附录）

滴艇霭乃

《滴艇霭乃》，明张含著，杨慎批点。据杨慎引文，收张含诗七十首。此集今不传。

滴艇霭乃引　　(明) 杨慎

白龙山人近诗，博南山人批点往体凡十九首，半格凡十三首，格诗凡三十八首，寄赠予诗半之，贮之巾箱，以比元次山之箧中云耳。升庵杨慎识。(《张愈光诗文选》附录)

升庵选禺山七言律诗

《升庵选禺山七言律诗》一卷，明张含著，杨慎评选。今传明嘉靖三十九年（1560）锡山华云刻本。

序升庵选禺山七言律 　　（明）曾屿

昔予薄游南北，聆说诗者往往恐人见狭，故尊高古诗，忽易近体。至其为近体，无以逾人，古诗益弗类。盖不自量所造之何如，欲示高旷，漫云尔也。夫古诗邈矣，无庸复赞，近体如七言律，易俗而难工，俊逸浑成，寓古调于新声，非其人弗能也。太史杨升庵选禺山张子七言律凡若干首，属予序。余诵之，沨沨乎俊逸浑成，耳悦心畅，若有所兴起焉者，遂称曰：诗自四言变而五六，咏之皆有余声，至七言而声尽，乃若歌有八言，歌行又有九言以上，然句必有读而后谐，声必中歇而再出，非七言律之体裁也。有为律而加于七言者，句必有读，声必中歇，奚以律为？七言尽声，是气之自然尔。若禺山者，七言从律而能工者也。平生志概不羁，礼闱既落，不复谒选，贲于林丘。于兹八十矣。吟弄不止七言律，而七言律独工，亦盛气之煦，元声之发也乎！厥考司徒南园公，硕学宏抱，著名甲科，诗律已传于世，唐杜少陵父子可比迹云。嘉靖丙辰春日，岷野曾屿序。

禺山律选序 　　（明）华云

予闻二张名久矣，盖南纪之英哲，而滇中之机、云也。往与贲所君同官京师，欲就问其兄禺山君行藏，会迁去不果。览空同子《月坞对》，知其非真痴也，盖以是避俗耳。今律诗一帙，乃升庵子评选，而缨泉先生所校，以授予，将刻以传。夫诗，志也，而其用有三，陶性一也，存实一也，敦谊一也。诗固不易言，而律至七言，邈哉艰矣。禹山之律，效法盛唐，而得少陵风骨，盖天下之选也，独滇乎哉？集中所载，不越咏怀、游览、答赠之作。于咏怀而性斯陶焉，卷帘图画，虚无潇湘，言乎兴，古犹今也。于游览而实斯存焉，锦江春色，玉垒浮云，言乎地，古犹今也。于答赠而谊斯敦焉，独把渔竿，难随鸟翼，言乎情，古犹今也。师其意不师其迹，法其调不法其辞，取而错之工部集中，往往无辨。盖少陵之律，沉郁顿挫，曲尽物情，脱去秾纤之态，愈玩愈奇，故为百世所宗。而禹山以超逸迈往之气，出其悲壮绝尘之语，规仿前贤，声谐律应，宜为升庵所推崇也。若曰某句合杜，某字法古，岂所以论禹山哉？缨泉先生才操学行，望于滇中，以名御史出守吾常，适当海寇侵扰之后，敦薄嘘枯，雕残再生，人以召伯称之。政暇注意文翰，不以予为浅陋，时时商质古今，是以俾予叙刻。嘉靖庚申夏仲，南京刑部郎中致仕锡山补庵居士华云书。（以上明嘉靖三十九年锡山华云刻本《升庵选禹山七言律诗》卷首）

张禺山戊己吟

　　《张禺山戊己吟》三卷附作诗一卷续一卷，明张含著，杨慎批点。
戊己，指嘉靖二十七年（1548）戊申、二十八年（1549）己酉，然集
中实有其他年份的诗作。该书今传明嘉靖年间刻本、旧钞本等。

张禺山戊己吟卷题辞　　（明）杨慎

　　禺山张兄，海内诗翁。既称大家，实师正宗。襄阳少陵，彰明射
洪。鞠昱究曛，心击神融。参灵酌妙，谢华启秀。超咏永言，寀前律
后。吐凤节足，彫龙匪貔。兰津螳川，森湖嵊阜。月缀邮筒，旬来驲
籀。投我木桃，怀君蕙曰。松陵皮陆，临海羊何。知音盖鲜，矢诗不
多。月泉貐矣，汉上则那。江别有沱，岷别有峨。风雅之瑳，骚选之
傩。蝇头仰立，蚊脚旁拖。蟫蠹勿毁，乌蟾相磨。嘉靖廿八岁叶己酉，
成都杨慎题辞卷首。（明嘉靖年间刻本《张禺山戊己吟》卷首）

天一阁书目一则　　（清）范邦甸

《张禺山戊己吟》 三卷刊本

　　明禺山张含著，升庵杨慎批点。卷首嘉靖二十八年杨升庵题词，卷
末有吟卷，附作诗一册。（《天一阁书目》卷四之一）

雪山诗选

《雪山诗选》三卷，明木公著，杨慎批选。木公（1494－1553），字恕卿，号雪山，明代丽江世袭土知府。著有诗集《雪山始音》《隐园春兴》《雪山庚子稿》《万松吟卷》《玉湖游录》《仙楼琼华》等六种，共八百余首。杨慎从中选批百余首，乃成此书。该书今传明嘉靖年间木公自刻本。

雪山诗选序　　（明）杨慎

《雪山诗选》者，丽江世守雪山木侯恕卿之诗也。雪山于诗，自少性能而嗜之竺，故篇什与为多焉。永昌司徒南园张公序其《雪山始音》，称其诗有似杜者，射的行归已不迷其始发。南园公嗣人外史禹山愈光、藩伯贲所愈符兄弟皆与雪山为文字交，序其《隐园春兴》及《庚子稿》。禹山则称其朗润清越，间发奇句；贲所兼称其筚圭鹑藿，有心隐之逸焉。侍御中溪李君仁夫，复称其得诗人句法、乐府音节。秋官洱皋贾君体仁序其《玉湖游》诸什，谓得山水于形状之外，地以文显，景因人胜，当与郎官湖仙藻并传艺圃。予亦因中皋梁子霄正缄其《万松吟卷》洎《仙楼琼华》序之，已传攻梓矣。夫雪山世守边圉，独稽古嗜学于轻裘缓带之余，刻烛击钵于燕寝清香之暇，非其特出之姿，尚友之贤，何以继缘情绮靡于古昔，而获美誉罄帨于士林哉？中皋子又属予合前数集，汇选其尤，将锲之玉湖精舍以传。予感雪山之神交于千里，跫音于空谷，乃因南园诸公之批评，选十一于千百。于《雪山始音》得廿四首，《隐园春兴》选十四首，《庚子稿》得廿二首，《万松吟卷》得二十首，《玉湖游稿》得十一首，《仙楼琼华》得廿三首，总之凡一百十有四首，是足以传矣，岂在多乎？昔人云：曹子建诗名冠古，惟吟清夜之篇；谢玄晖文集盈编，祇诵澄江之句。若南梁王籍"蝉噪林愈静，鸟鸣山更幽"，北齐萧悫"芙蓉露下落，杨柳月中疏"，以一联传；王湾"海日生残夜"，崔信明"枫落吴江冷"，以一句传。彼惠子之五车，卢殷之万首，今靡子遗，岂非多之为累乎？诗曰：九变复贯，知言之选。予岂遽自谓知言哉？以雪山之知己也，故因中皋子以复，并书为《雪山诗选序》云。是岁嘉靖己酉六月廿四日，成都杨慎书于高峣之一萍轩。（明嘉靖年间自刻本《雪山诗选》卷首）

重锓雪山诗选序　　（明）陶珽

吾滇自盛览张叔从学司马相如，归授里中子弟，骚雅一脉，由汉唐及今，如机丝之可引，不谓金碧苍洱无人焉，阒以寂也。近代蜀杨用修太史，与永昌张南园父子、太和李中溪诸名硕，互执牛耳，名建鼓旗，方驾中原，睥睨七子，不谓金碧苍洱有人焉，宏以肆也。然有不尽然者，盖词章之学，小道耳，孰若用于世者之能出其所抱负，与君民相接，德被苍生，功施社稷，即文章亦追谟诰雅颂之为愈哉！如丽郡世守今晋参政生白木公厥祖恕卿，即其人也。珽不及见恕卿公为人，幸犹见其文章，且稔公天赋孝友，更济之以忠贞，眉道人缕述甚备。周、张两相国，董、叶两宗伯，称公文品，尤娓娓不倦，余复何庸赞一词。适宏辩、安仁二上人从悉檀请藏来南都，生白以其家藏《雪山诗选》遗我征序。余读而叹曰：芝无根，醴无源，而世之称芝醴不绝者，岂不以芝醴少而见珍与？滇人元、明职方已三百余年，固不乏能文章、娴吟咏之大夫君子，然求之诸世守中盖鲜。雪山诗规模工部，观所为五律，已有工部一体，而独于君民朋友间，悃悃款款，一篇之中三致意，其于工部之眷恋君国，若合轨辙，得时而驾，不啻过之。则恕卿公之诒厥可思，而生白之象贤绳武，光大其余绪，欲与海内还之浑噩者，即起厥祖于九京，可无愧也已。集中评点，悉出用修、南园、禺山、中溪之手。使其流传海内，岂惟家乘，实传诗谱；岂惟吾亢吾宗，实能吾张吾楚。千载后金碧苍洱，有人焉，无人焉，世必有知之而乐道之者。惟念恕卿公往已，生白出处高致，于白香山、庞鹿门为近，时亦现身说法，讵沾沾绮语荣名为？余不佞，倘得谢羁靮，寻盟胜峰悉檀间，持彻师所结集曹溪一滴与公问饮光拈花处，公肯许我入室否也？（师范《滇系》卷八之八）

仙楼琼华

　　《仙楼琼华》一卷，明木公著，杨慎批点。此书为木公嘉靖二十五年（1546）所作诗的结集，书名乃杨慎所取。该书今传明嘉靖年间刻本。

仙楼琼华序　　（明）杨慎

　　世守雪山使君丙午岁诗什，题以《迎仙楼稿》，本其地名也。月坞张翁易题为《琼华篇》，赏其音英也。乃因中皋梁子问于博南山人曰：二名其奚从？予乃合而题之为《仙楼琼华》，复为序引之曰：仙之说安始生哉？三百篇无初也。楚国屈原始著《远游》，厥旨要眇，虽广成之言不过是。至吾乡司马长卿嗣之，作《大人赋》，有飘飘凌云欲仙之意。下逮郭景纯之《游仙》，陈子昂之《感遇》，其言餐霞倒影非世之境，金膏水碧亦非世之物矣。千载而遥，时一诵之，真若访樊桐、悬圃而友偓佺、安期也。邮鸾驲凤，驭风骑气，令昌容佐酒，而听子晋吹参差也。彼亦直寄焉，以舒其郁而已。若雪山今日弈世金紫，为国干城，建昭毅之勋，弘式遏之略，非有湘纍之放逐，文园之倦游，鼍仙之隐忧，金华之抑塞也，亦直寄焉以昌其诗而已。欣太清而乐琼霭，抗尘容而走俗状，是裨谌之谋野而获，薛稷之临沧而钓也。其为清静宁一、宣条理政之助，不亦多乎？班孟坚有言：神仙者，所以全性命之真，而游求于外者也。聊以荡意平心，同大化之域，而无怵惕于胸中。然而或者专以是为务，则怪迂之文弥益以多，非圣人之所以教也。昭哉其见之，旨哉其言之，其谁知之？使君知之，予所为不辞为之序之。嘉靖丙午五月廿二日，博南逸史成都杨慎书。（明嘉靖年间刻本《仙楼琼华》卷首）

杨升庵诗集

《杨升庵诗集》为俞宪辑《盛明百家诗》之一。俞宪,字汝成,无锡(今属江苏)人。嘉靖十七年(1538)进士。《盛明百家诗》今传明嘉靖隆庆间刻本等。

杨升庵集序　　(明)俞宪

杨升庵先生挺生名阀,奋迹巍科,掞藻词林,驰声艺圃,可谓振古俊才矣!虽嫉锢终身,不究所用,又何损焉?其诗浩漫闳深,自为一家,非末学所能拟测。然美而爱,爱而传,自有不容泯者。据所尝见,录付筑氏,惟恨篇什之不多也。先生名慎,字用修,四川新都人。正德辛未殿试第一人,以史官议大理①,谪戍滇南,益广学问,工著述。薛西原尝称其卓绝之才,弘博之学,信矣!嘉靖甲子,锡山俞宪汝南甫识。(明嘉靖隆庆年间刻本《盛明百家诗·杨升庵集》卷首)

附录

杨状元妻诗集序　　(明)俞宪

正德辛未榜首升庵杨公慎,予尝刻其诗,比亦知其配王氏能诗,然仅得于传闻,无集本也。迩来广为搜拾,因得昆山张文学钞稿所载,并入后编,名曰《杨状元妻诗集》。升庵公坐谗枉谪戍,终于嘉靖间,故

---

① 理,疑应作"礼"。

其配止得以氏称云。王氏亦成都人，去成所金齿不远。隆庆己巳首夏，锡山是堂野史俞宪识，时在谖节堂松下。（明嘉靖隆庆年间刻本《盛明百家诗后编·杨状元妻诗集》卷首）

杨升庵稿

　　《杨升庵稿》为俞长城辑《可仪堂一百二十名家制义》之一，收录杨慎制义文九篇。俞长城，字宁世，号硕园，桐乡（今属浙江）人，康熙二十四年（1685）进士，官至翰林院编修。《可仪堂一百二十名家制义》今传康熙三十八年（1699）可仪堂刻本、清令德堂刻本、光绪十九年（1893）上海鸿宝斋石印本等。

题杨升庵稿　　（清）俞长城

　　升庵先生胪唱归第，宾客填贺，太保公怏然不乐。谓曰："身列宰辅，子魁大廷，盛满已极，酒阑人散时矣。"无何，以谏大礼谪戍，卒如太保言。余尝谓太保公可谓见几，未可谓知命。夫盛满而以骄侈败，可忧甚矣；盛满而以直谏黜，乐矣，又何忧焉？大礼之议，互持不决，然以争统者为正，国是家声赖此一举，岂若黄犬东门，徒以贪恋富贵，贻讥千古哉？先生诗、古文最富，制义仅数首，而光气不可没，诵其文者，莫不悲其志。容容之福，皎皎之名，荣辱当何如也？予既录先生文，而并记太保公之言。然则，履丰盛者念忧危，受恩遇者思报效，忠智随时，庶足尽人臣之义乎？（康熙三十八年可仪堂刻本《可仪堂一百二十名家制义·杨升庵稿》卷首）

李卓吾先生读升庵集

　　《李卓吾先生读升庵集》二十卷，收录李贽选编杨慎诗文三卷、杂著十七卷，间有评语。李贽（1527—1602），字宏甫，号卓吾，泉州晋江（今属福建）人。曾官云南姚安知府。《四库全书总目》言此书为书贾托名，并无实据。李贽《与方切书》云："夏来读杨升庵集，有《读升庵集》五百叶。"可为此书出于李贽所编之一证。该书今传明刻本、明刊《李卓吾先生批评三大家文集》本等。

读升庵集小引　　　（明）李贽

　　李卓吾曰：余读先生文集有感焉。夫古之圣贤，其生也不易，其死也不易。生不易，故生而人皆仰；死不易，故死而人尔思。于是乎前而生者，犹冀有待于后世；后世而生者，又每叹恨于后时；同时而生者，又每每比之如附骥，比之如附青云，则圣贤之生死固大矣！余读先生文集，欲求其生卒之年月而不得也。遍阅诸序文，而序文又不载，彼盖以为，序人之文，只宜称赞其文云耳。亦犹序学道者必大其道，叙功业者必大其功，叙人品者必表扬其梗慨，而岂知其不然乎？盖所谓文集者，谓其人之文的然必可传于后世，然后集而传之也。则其人之文，当皎然如日星之炳焕，凡有目者能睹之矣，而又何藉于叙赞乎？彼叙赞不已赘乎？况其人或未必能文，则又何以知其文之必可传，而遂赞而序之以传也。故愚尝谓世之叙文者，多其无识孙子，欲借他人位望以光显其父祖耳。不然，则其势之不容以不请，而又不容以不文辞者也。夫文而待人以传，则其文可知也，将谁传之也？若其不敢不请，又不敢辞，则叙文者亦只宜直述其生卒之日与生平之次第，使读者有考焉，斯善矣。吁！先生人品如此，道德如此，才望如此，而终身不得一试，故发之于文，无一体不备，亦无备不造，虽游其门者，尚不能赞一辞，况后人哉！余是以窃附景仰之私，欲考其生卒始末，履历之详，如昔人所谓年谱者，时时置几案间，俨然如游其门，蹑而从之，而序集皆不载，以故恨也。况复有矮子者，从风吠声，以先生但可谓之博学人焉，尤可笑矣。（明刻本《李卓吾先生读升庵集》卷首）

四库全书总目一则　　（清）纪昀等

《读升庵集》二十卷 副都御史黄登贤家藏本

明李贽编。是编裒集杨慎诸书，分类编次，凡采录诗文三卷，节录十七卷，去取毫无义例。且贽为狂纵之禅徒，慎博洽之文士，道不相同，亦未必为之编辑。序文浅陋，尤不类贽笔。殆万历间贽名正盛之时，坊人假以射利者耳。（《四库全书总目》卷一三一）

杨诗所见选

《杨诗所见选》四卷，张怀泗编选。所选杨慎诗按时代地域编次为在乡、在朝、在途、在滇等。张怀泗，字环甫，汉州（今属四川）人。乾隆四十四年（1779）举人，曾官怀来、顺义、宛平知县。该书今传清道光十三年（1833）刻本。

杨诗所见选叙　（清）张怀泗

天生一才即有一才之用，或以学问，或以功名，或以节义。三者皆原于道德大要，不负天之生我，与我之所以承天而上。自古贤人君子莫不皆然，如前明杨用修先生，尤彪炳者。先生以名宰相子，廷试第一，官修撰，因议大礼，于役滇南，事在史乘，不具论。闻之先辈云：先生著书四百余种，李雨村《涵海》所收未见书三十二种，共一百五十九卷，又十一种，共二十三卷，揆以四百之数，盖散失多矣。先生之诗，沈确士尚书云：高明伉爽之才，宏博艳丽之学，随题赋形，一空依傍，于李、何诸子外，拔戟自成一队。倾倒至矣，五言却以秾丽少之。费此度云：钩索渊源，藻采繁荟，牢笼当代，鼓吹前哲。信哉！又云：意在压倒李、何，为西涯别张壁垒，则亦未然。舜云诗言志，孔子云思无邪，孟子云以意逆志，论诗正则，孰逾于此。从古诗人，皆有不忍不言，不敢直言之故，由是比辞属事，本温厚和平之旨，写缠绵恳挚之思，所谓诗者持也。先生神明朗粹，闻见博该，事与时会，各有所得，未可漫加轩轾。至其征引故实音义，间与古殊，缘羁栖边徼，往返道途，只就平时记忆，连缀成篇，藉抒愁绪，本无意于刻，而重之者刻之。后之贤达，考证详明，用资补救，尚已。但当谅其心而惜其迹，若谓假托往籍，英雄欺人，不亦重之过乎？曩在蓉城，读先生全集，窃意海涵地负之才，金马玉堂之地，一时名卿大夫，倾心引重，所有鸿篇巨制，当不止此。然卷帙繁多，初学已难遍观而熟覆也，爰择其尤者藏诸箧，兹复醵金付梓。时余有《榴榆山馆诗钞》之役，倡之者州刺史蔡静甫先生，和之者诸君子。兹选先在乡，次在朝，次在途在滇，非有确见，聊以先生诗卜之。初相国文忠公诞先生时，梦神授以子曰，前身贾鲁奇，或曰武人，神曰以《中庸》十八章辅之。先生博闻强记，信道甚笃，真有得于《中庸》者，盖其生有由来矣。道光十三年癸巳八月八日，汉州张怀泗环甫氏，时年七十有七。（清道光十三年刻本《杨诗所见选》卷首）

杨诗所见选书后　　（清）佚名

洪蒙九囿开人皇，坤宫奠位文星昌。岷峨江汉挺英伟，蜀纪远溯难具详。南雅寝声屈宋起，词坛初祖登马扬。西当太白郁灵气，天星下谪清廉乡。大羹髯翁蔚奎宿，两仙衣被横八方。汉廷老吏轶元代，后来旷绝新都杨。公子射策岁辛未，少年卓立群仙跄。二三阁臣动颜色，得人咸为朝廷庆。封奏已曾录谏草，科名奚翅符文章。武宗乘龙世宗入，义本臣子兼天潢。郊禘宗尧古经礼，攄典安必定陶王。世祖岂继孝元统，巨鹿未尊谁云妨。濮议偏颇忍依附，程朱正论堪斟量。兴国太后位居上，慈寿一母何悲凉。呜乎大统自谁授，泰陵无祀心终伤。行殿受笺有微意，璁萼抗疏阿丰坊。处人骨肉事非易，撼门痛哭徒激昂。再杖不死鬼神护，魑魅御客哀牢疆。分宜抵隙扇余毒，明堂秋飨争辀张。元祐罪人返儋耳，开元供奉归夜郎。先生遂此老迁谪，博南山戍云峰旁。谁请释公御史郭，谁欲杀公巡抚黄。息黥补刖那得已，余生洱海聊儴佯。词赋峒獠尔乌识，越睒老挝嬉相将。淋漓手挥白绫裓，消遥口噉红槟榔。唱听僰儿吹都卢，醉拥妓女擎醍浆。簪花傅粉须眉苍，笔春秋笔披肝肠。义勇可怜歌出塞，怨诽不似悲沉湘。劣犹宋元优汉唐，丹铅述作搜谟觞。是时中州执牛耳，自树旗鼓孤龙骧。枣核老子今诗伯，道眼炯炯秋月光。卿云贞概苦不足，仰揖四公高颉颃。岿然山座妙谭艺，往往双桂焚瓣香。爬梳尺集细排比，绿字著纸森垂芒。好事悔传辽东本，遗卷如购滇南装。维昔风节激顽艳，况复正葩流幽芳。太音微渺日可复，焉得诸贤同一堂。十读四拜公应笑，披发骑麟下大荒。（清道光十三年刻本《杨诗所见选》卷末）

升庵遗文录

《升庵遗文录》三卷，杨慎十三世孙杨崇焕辑收杨慎遗文而成。该书今传 1932 年雪鸿印刷社本等。

升庵遗文录后序　　杨崇焕

右录古文三十二篇，附制义九篇，皆崇焕十三世祖前明修撰升庵公所撰也。公以大礼议忤旨谪滇，遂殚心著述，成一家言，故王鸿绪《明史稿》列入文苑传，李贽批撰明三大家集，而公亦与焉。试观何乔远《明文征》、薛熙《明文在》及近世《涵芬楼文钞》诸总集，皆选入公文，诚不愧《四库全书总目》称：升庵文存古法，贤于何、李诸家者矣。第惜升庵公之别集，若宋少宇初刻《升庵诗文集》有顾箬溪序，与原刻《升庵文集》二十卷王圻列入《续文献通考》者，吾蜀均早已失传。而陈大科、周参元两次重刻《升庵全集》按《明史·艺文志》列《杨慎文集》八十一卷，恐误以《全集》为《文集》也，我景清柯香芸书屋两次重刻《升庵遗集》，复缺焉未备，竟致读公集者，不得窥文之全豹，岂非遗憾哉！然汤日昭尝称，升庵赫焉灿焉之业，固未遗于世，而世亦有不能遗者。良以公节义文章，古今共佩，纵有文遗逸于别集，必散见于他书也。呜呼，凡文散见集外者，苟其人有关于世，篇页虽少，无不视为吉光片羽，选录流传。彼邹立斋遗文，仅散见奏议二篇，犹选入《乾坤正气集》；顾亭林遗文不过十五篇耳，彭绍升亦刻成《亭林余集》，单行于世。则以公品学兼优，而集外古文有关政教，固宜选录。且公曾见韩退之遗文，叹佳文多遗逸；今复叹公之佳文遗逸，尤宜拾遗以行世者也。尝闻李穆堂有言，拾人遗文，同埋枯骨。成都吕商隐尚以乡后学撰《三苏遗文》，况崇焕系公之故里后裔，可不敬拾遗文，而贻数典忘祖之讥乎！爰效虞堪编《道园遗稿》，就管见所及方志、类书、总集，校公

《全集》《遗集》皆未具者，特为选录汇成一册，题曰《升庵遗文录》。其分卷为三门，用曾国藩《经史百家杂钞》例也；小简兼收，循归震川《别集》例也；有阙仍旧，从魏鹤山《大全集》例也。至于制义，虽不为今所重，然既可考明代时文程式，而公所作，又能补证经义，特为附录；并仿袁太史文稿例，采及评语。皆注见某书，以示有征，是为王琦注《李太白文集》拾遗之成例。惟制科议见《续通典》者与《全集》小异，兹不赘录。他如公所遗诗与词，亦不选录者，非略之也，乃另录之也。编次甫脱稿，适值公冥诞日，又举次子德平，诚快事也。迄今匆匆十年，德平出就外傅矣，遂命校字，而付印成书。独愧崇焕学殖荒落，难绍贻谋，未能搜尽遗珠，合成全璧，以饫读公集者之心。尚冀海内博雅君子，匡所未逮，扩所未见，以补订此录之遗。庶或可援望溪集外文附刻《望溪集》后之例，附刻此录，以永其传。故敬缀数语于册尾，用告博雅君子，与刻《升庵全集》或《遗集》者焉。民国壬申十一月初六日升庵公冥诞，十三世孙崇焕子文甫谨识。（清末民初石印本《升庵遗文录》卷末）

花间集校

　　《花间集》，后蜀赵崇祚编集，为我国最早的文人词总集。杨慎曾得旧本，校定后刊刻于滇，今不传。今存明天启四年（1624）读书堂刻花间草堂合集本，题杨慎选评，不知是否即据滇本。又有明万历年间闵刻朱墨套印汤显祖评本，汤序言据杨慎校本而成，然据今人考证，所谓汤显祖评点，实出伪托。

刻花间集序　　（明）杨慎

　　李太白《菩萨蛮》《忆秦娥》二阕，附见本集，为百代辞曲之祖。其后太原温飞卿有《金荃集》，成都李洵有《琼瑶集》，盖诗之外词自为一集也。其会辞众家，则有吕鹏《遏云集》、无名氏《兰畹词》，皆唐人词，二书罕传。《花间集》者，孟蜀之臣赵崇祚所集唐末五代人之词，自温助教庭筠至李秀才洵，凡十八人，中间韦庄则王建之相也，牛给事峤、毛司徒文锡、牛学士希济、欧阳舍人炯、孙少监光宪、鹿太尉虔扆、阎处士选、李秀才洵，皆蜀之词人，而皇甫松、薛昭蕴，张泌、和凝、顾夐、魏承班、尹鹗、毛熙震，皆五代他国之臣得于传诵者也。此本余曾得于蜀之昭觉寺僧龛，杂于佛书中，后有陆放翁手书跋语，其本最善。江南之本，则晁谦之所校定，今多行之。蒙化世守知府黄山左君文臣，耽文好古，盖自其父三鹤君积书之富，等于古之邺侯毋煚。黄山继之，惟晋帖唐诗之嗜，罕狗马声伎之好。观其刻此，足以知其贤矣。昔汉世之盛，有白狼槃木之颂；唐治之隆，有新罗织锦之诗。观左氏父子所尚如此，益用见圣朝文治之广且洽焉。因东淳萧生旭之请，特为序而传之。（《太史升庵遗集》卷二三）

合刻花间草堂序　　（明）张师绎

天下无无情之人，则无无情之诗。情之所钟，正在吾辈。然非直吾辈也。夫子删诗，裁赢三百，周召二南，厥为风始。彼所谓房中之乐，床笫之言耳。推而广之，江滨之游女，陌上之狂童，桑中之私奔，东门之密约，情实为之。圣人宁推波而助之澜，盖直寄焉。以情还情，以旁行之情还正行之情，要其指归，有情吻合于无情，斯已而已矣。邹孟氏识得此意，齐王好货好勇，至于好色，犹曰足用为善，此何所足为乎？正以王有此情，可以导而之善也。而佛氏苦空寂灭，捐弃伦理，厌离居室，虽其癖好焉者抗而与吾儒争道，而异端外学，如焦芽之不生，冷灰之不暖，土鼓之不韵，究竟归于断灭焉。其人存，其情先亡矣。古卿大夫皆称诗以言志，其子弟为国子学，歌九德，诵六诗，习六舞五声八音之和，被服其风，光辉日新，化上迁善，而不知其所以。今之言诗者，如汉乐家制氏，能言其铿锵鼓舞，而不能言其义者，斯已为难。即镂冰刻楮，无益殿最之数，安所勤太史氏之采择，而献之贲鼓枞业之间乎？予友钟瑞先氏，闳览博物，笃嗜古文奇字，每与予闲商风雅，今人与居也，辄进而求之。古人所蓄经史异书，盈笥充栋，次第就梓。而花间之集，草堂之余，复得博南善本先刻之，为禁脔侯鲭，竖词林嚆矢。自此湖光山色，杂沓笙簧，鸟语花香，间咽丝肉，而被以新声，佐之小令，作者骨艳，歌者魂销，遂使红牙殢客，翠袖留髡。子仲之子，虽复不韵，无冬无夏，市也婆娑。予今而知诗与词之有扶于风教也。天启甲子初夏，兰陵张师绎克隽撰。

叙刻花间草堂合集　　（明）钟人杰

弇州云：《花间》以小语致巧，《世说》靡也；《草堂》以丽字取妍，六朝隃也。可谓定论。然《花间》柔艳婉约，自是温、韦、和、李诸才子香奁中物，微致较《草堂》为短，评者乃谓伤于促碎，非也，政致稍尽也。即隋炀、太白之雄，《望江南》《忆秦娥》非不声调宏美，一种凄婉近人，犹不得与耆卿、子野、少游辈争长。盖宋人之词，语浅而遥，唐人之词，才秾而近，各有深致，不可优劣。而宋尤厥体当家。

《草堂》中俊语如"满院落花春寂寂","泪花落枕红绵冷","海棠经雨胭脂透",又"弹到断肠时,春山眉黛低","秋千外,绿水桥平",入《花间》不复可辨。《花间》中欲拈如"帘卷西风,人比黄花瘦","断送一生憔悴,能消几个黄昏","杨柳外,晓风残月","燕子衔将春色去,纱窗几阵黄梅雨",一段天然之美,岂易得耶?间有之,如冯延巳"风乍起,吹皱一池春水",李后主"问君还有几多愁,恰似一江春水向东流"数语耳。第《花间》无俗调,《草堂》人数阕而外,悉恶道语,不耐检。想当时村学究所窜入,恨无善本一披沙拣金也。近自友人得升庵所评注,荫映最佳,而《草堂》本则程仲权所删,可称快绝。迩来风流日永,人士动称才情,才情之美无过诗余,因取合刻之,而漫论及此。钱塘钟人杰瑞先甫撰。

题花间草堂合刻本花间集 李一氓

《花间集》二卷,明天启间(一六二四)《花间》《草堂》合刻本。有天启甲子张师绎序及钟人杰序,钟氏为刻书人,贯籍"钱塘",盖刻印于杭州者。两序皆芜冗,聊述合刊缘起耳。集前无欧阳炯叙,所收词杂入唐李白、刘禹锡、白乐天及五代王建、李中后主等人之作品。细绎之,乃踵万历本茅一桢凌霞山房本之补选,而又减去元结、徐昌图、薛能及无名氏四家,即于李后主亦删落《望江南》《虞美人》《一斛珠》《长相思》《玉楼春》各调,与茅本小异。至对《花间集》原选词,则改以字数为先后,非以人系词依温庭筠、皇甫松、韦庄、薛昭蕴之序者,亦不同于雪艳亭本依各卷词调之先后以《菩萨蛮》为首者。但《花间集》共选词五百阕,是集则选落过五之一,计:

(一)温庭筠无《定西番》《女冠子》《河传》八阕。

(二)皇甫松无《采莲子》一阕。

(三)韦庄无《荷叶杯》《河传》《木兰花》《小重山》七阕,又《归国遥》选落二阕,共九阕。

(四)薛昭蕴无《小重山》《离别难》三阕。

(五)牛峤无《玉楼春》一阕。

(六)张泌无《临江仙》《河传》三阕,又《女冠子》选落二阕,共五阕。

(七)毛文锡无《虞美人》《喜迁莺》《赞成功》《西溪子》《中兴

乐》《更漏子》《接贤宾》《赞浦子》《甘州遍》《临江仙》十一阕。

（八）牛希济无《临江仙》七阕。

（九）欧阳炯无《献衷心》《贺明朝》《凤楼春》四阕。

（十）和凝无《临江仙》《小重山》《采桑子》五阕。

（十一）顾夐无《虞美人》《河传》《玉楼春》《遐方怨》《献衷心》《临江仙》十八阕。

（十二）孙光宪无《河传》《虞美人》《临江仙》《竹枝》五阕。

（十三）魏承班无《木兰花》《玉楼春》《黄钟乐》四阕。

（十四）鹿虔扆无《临江仙》《虞美人》三阕。

（十五）阎选无《虞美人》《临江仙》《河传》五阕。

（十六）尹鹗无《临江仙》《杏园芳》三阕。

（十七）毛熙震无《临江仙》《清平乐》《南歌子》《河满子》《小重山》《木兰花》九阕。

（十八）李珣无《临江仙》《虞美人》《河传》五阕。

计共选落一百零六阕，不知何故？即以字数之少多为先后，或就意境之爱憎为甲乙，亦不能舍《临江仙》《虞美人》《河传》等调而不录；且擅改十卷为两卷，亦殊乏编纂之体例矣。校雠不精，于人名为尤甚，属温庭筠者半讹牛峤，属韦庄者半讹温庭筠，尚有孙光宪误作孙光祖，牛峤误作李峤者。明人嗜多刻书，亦滥刻书，居然冒升庵品定之名，此类是也。聊为《花间》添一版式，故收藏之。至合刊本之《草堂诗余》，未见，以此例彼，想亦不甚高明。一九五六年冬初，一氓记。
（以上明天启四年读书堂刻《花间草堂合集》本《花间集》卷首）

花间集序 （明）汤显祖

自三百篇降而骚赋，骚赋不便入乐，降而古乐府；古乐府不入俗，降而以绝句为乐府；绝句少宛转，则又降而为词。故宋人遂以为词者，诗之余也。乃北地李献吉之言曰：诗至唐，古调亡矣，然自有唐调可歌咏，犹足被管弦。宋人主理不主调，于是唐调亦亡。尝考唐调所始，必以李太白《菩萨蛮》《忆秦娥》及杨用修所传其《清平乐》为开山，而陶弘景之《寒夜怨》、梁武帝之《江南弄》、陆琼之《饮酒乐》、隋炀帝之《望江南》，又为太白开山。若唐宣宗所称"牡丹带露珍珠颗"《菩萨蛮》一阕，又不知何时何许人，而其为《花间集》之先声，盖可知已。《花间集》久失其传，正德初杨用修游昭觉寺，寺故孟氏宣华宫故址，始得其本，行于南方。《诗余》流遍人间，枣梨充栋，而讥评赏誉之者，亦复称是，不若留心《花间》者之寥寥也。余于《牡丹亭》、二梦之暇，结习不忘，试取而点次之，评骘之。期世之有志风雅者，与《诗余》互赏，而唐调之反而乐府，而骚赋，而三百篇也，诗其不亡也夫！诗其不亡也夫！万历乙卯春日，清远道人汤显祖题于玉茗堂。（明万历年间闵刻朱墨套印本《花间集》卷首）

花间集跋　　（明）无瑕道人

余自幼读经读史，至仁人孝子有被谗谤者，为之扼腕，辄欲手刃之而后称快焉。乃戊申秋，梁溪肆毒，爰及于余，余是以废举业，忘寝食，不复欲居人间世矣。搢绅同袍力解之弗得，忽一友出袖中二小书授余曰：旦暮玩阅之，吟咏之，牢骚不平之气，庶几稍什其二一。余视之，则杨升庵、汤海若两先生所批选《草堂诗余》《花间集》也。于是散发披襟，遍历吴、楚、闽、粤间，登山涉水，临风对月，靡不以此二书相校雠。始知宇宙之精英，人情之机巧，包括殆尽，而可兴，可观，可群，可怨，宁独在风雅乎？嗟嗟！风雅而下，一变为排律，再变为乐府，为弹词，若元人之《会真》《琵琶》《幽闺》《秀襦》，非乐府中所称脍炙人口者？然亦不过撫拾二书绪余云尔，乌足羡哉，乌足羡哉！时万历岁庚申菊月，苕上无瑕道人书于贝锦斋中。（明万历年间闵刻朱墨套印本《花间集》卷末）

草堂诗余批

　　《草堂诗余》是一部南宋人编集的词选，元明以来，影响颇巨。今有题杨慎批点本，卷首冠杨慎序，然核诸文本，该序实据杨慎《词品》序改窜而成，故疑所谓杨慎批点本为伪托之作。该书今传明万历年间闵刻朱墨套印本、明万历间金陵朱之蕃刻《词坛合璧》本、《忏花庵丛书》本等。

草堂词选叙　　（明）杨慎

　　诗词同工而异曲，共源而分派。在六朝，若陶弘景之《寒夜怨》、梁武帝之《江南弄》、陆琼之《饮酒乐》、隋炀帝之《望江南》，填辞之体已具矣。若唐人之七言律，即填辞之《瑞鹧鸪》也；七言之仄韵，即填辞之《玉楼春》也。若韦应物之《三台曲》《调笑令》，刘禹锡之《竹枝辞》《浪淘沙》，新声迭出。孟蜀之《花间》，南唐之《兰畹》，则其体大备矣，岂非共源同工乎？然诗圣如杜子美，而若不闻之《忆秦娥》《菩萨蛮》者，集中绝无。宋人如秦少游、辛稼轩，辞极工矣，而诗殊不强人意，疑若独艺然者，岂非异曲分派之说乎？宋人选填辞曰《草堂诗余》，其曰草堂者，太白诗名《草堂集》，见郑樵书目。太白本蜀人，而草堂在蜀，怀故国之意也。曰诗余者，《忆秦娥》《菩萨蛮》二首为诗之余，而百代辞曲之祖也。今士林多传其书，而昧共名，余故为之批骘而首著之云。洞天真逸升庵杨慎撰①。（明万历年间闵刻朱墨套印本《草堂诗余》卷首）

---

① 此文乃剽取杨慎《词品序》，稍改数字而伪称《草堂诗余叙》。二文主要差别：此文文末"余故为之"二句，《词品序》作"故于余所著《辞品》首著之云。嘉靖辛亥仲春花朝，洞天真逸杨慎叙"。

草堂诗余序　　（清）宋泽元

　　予年十五，肄业刘镜河太守郡斋，得见吴门沈天羽评释《草堂诗余》一帙，分正、续、别、新四集。维时童子无知，尚不谙读书之法，惟颇爱其评骘精当，注释审密，曾手录正集小令一卷，视为枕中秘久矣。三十年来，觅购此书，杳不可得，乃深悔曩时之未能悉付钞胥也。考之《四库提要》云：《草堂诗余》四卷，旧传南宋人所编，前明顾从敬刊行，多附以当时词话。盖沈氏即就顾本加以评释耳。此外又有陈眉公评本者，亦名《草堂诗余》，取唐五代、宋、金、元、明人之作，拉杂收之，与顾本不啻判若淄渑，名同而实则异。客岁仲秋，于坊间得杨升庵先生朱批本，为吴兴闵暎璧所刻，大为愉快。惟析为五卷，而词话注释一概芟去，与提要所载顾本迥异，然犹是宋人编选原书也。因念此书散佚殆尽，非及时阐布，恐从此遂成《广陵散》矣。于是斠订数过，亟付手民。其词句与他本互异，及于本词事有关涉者，随笔记识，得百余条，弃之可惜，因附渖于各词之后。罣一漏万之讥，知所不免。他日续有所闻，当增列于卷末。第未知于顾本所载词话，有当于什一否耳。博学君子，幸有以教我。光绪丁亥人日，山阴宋泽元叙于忏花盦。
（《忏花庵丛书》本《草堂诗余》卷首）

附录

词坛合璧序　　（明）朱之蕃

　　声诗之作，根柢性情，缘染时代，泥古而厌薄目前，溺今而倦追往昔，胥失之矣。溯词之兴，固诗之余事，实风之末流。三百篇中，不废里巷歌谣，而与雅颂并列，岂得谓词为卑鄙，而不足与汉魏三唐继响千载乎！升庵杨公博极群书，淹洽百代，而犹于《词品》，注意研搜。至若《草堂诗余》一编，详加评骘，当与唐人所选《花间集》并传无疑矣。《词的》搜罗弥广，《宫词》摹写最真，信为昆圃球琳，总属艺林鸿宝。汇梓成帙，致足佳观，时一披阅，无论光彩陆离，宫商协合，而作者之神情，恍然目接，辑者之见解，灿矣毕陈。视《粹编》之淆杂，《妙选》之挂漏，大有径庭矣。各刻自有叙述，扬确既备，藻绘益彰，不肖何能更赞一词，以助观听。惟嘉与共刻之举，遂题简端，家置一编于座右，当通今古而常新云尔。金陵朱之蕃撰并书。（明万历间金陵朱之蕃刻本《词坛合璧》卷首）

四家宫词批

《四家宫词》二卷，收王建、花蕊夫人、王珪、宋徽宗赵佶四家词。今传明万历间金陵朱之蕃刻《词坛合璧》本，卷首题杨慎批评，然卷前陈荐夫序云："予友林志尹……爱集诗词，古今千首，遍搜载籍，上下四朝，总曰《宫词》。"知陈序实为林志尹所编《宫词》而作。今传林志尹编《历代宫词》二卷，明万历年间刻本，卷前正有陈序，则此杨慎批评本《四家宫词》或系伪托。

四家宫词序　（明）陈荐夫

椒房柘馆，蛾眉望幸之区；金屋璇台，铅粉销魂之地。阿房则五楼十阁，长乐则万户千门，九华县璧月为珰，结绮倚彤云作槛。銮舆罢御，长信之草色芳菲；翠辇不来，上林之花枝缭绕。于中怀春淑女，有美其人，圭访良家，桂搜令族。嫣红黛翠，悉是宫妆，巧笑含颦，无非嫔则。又且颜妖秾李，齿盛破瓜，连蝉非自理之鬟，双鸳岂独宿之被。妆楼映月，柔情与皓魄同孤；禁籞看花，冶思对风枝俱动。葳蕤雉扇，倏过别宫，隐约羊车，俄归天上。缕金楚袖，红销夜月之啼；织素齐纨，白掩秋风之泪。莫不高旻吊影，薄命嗟身，或悲我生不辰，或叹流光易掷，月计岁积，而幽怨之情生矣。又有宠接更衣，恩深起舞，赵家姊妹锦荐同时，苻氏雌雄紫宫双入。露台别馆，在在传宣，白云回风，频频见赏。南溟照夜，咸首集其明珰；西国辟寒，俱先充其瑱珥。于是游宴恒焉，耳目侈焉。是以金闺上宰，绣闼名姬，处深宫而得知，抄内家之向说。奎章宸翰，亲摘秘密之文；祎翟徽音，亦载清和之笔。想禁宫之景象，或草泽赓歌；疏昭代之起居，则名公竞爽。然皆取材纤丽，构思幽沉，多至百篇，少则数十。他如错综历代，组织四唐，只韵单辞，合而成咏，衰为集句，百二十章。唯胡元倏起氄毡，肇基沙漠。茸茸皮帽，紫笼奇氏之亲；罟罟珠冠，高戴女真之妹。虽锦宫翠馆之乐，顿绝华风，而巡幸宴赏之遗，可征故实。故流风遗俗，累牍连篇，亦作者所不废也。予友林志尹，偃蹇髫年，沉冥壮岁。虫鱼失据，怨皇甫之书淫；亥豕订讹，等征南之传癖。虽近刚方禀质，实亦宛娈留情。爰集诗词，古今千首，遍搜载籍，上下四朝，总曰《宫词》，别以时代。并得情于怨腑，能镂恨于枯肠，叙幽岑则蛩吟泉咽，谈绮靡则玉肩珠霏。素粉金笺，错落青娥之血；彩毫银管，沾濡丹掖之香。岂徒锦轴霞标，辉煌四代，微吟畅咏，瞬息千年。将使稽古考文，得取盈于成数；属词比事，亦纵览于全篇。故金石并收，瑕瑜相错，有弗较焉。晋安陈荐夫幼孺书。（明万历间金陵朱之蕃刻《词坛合璧》本《四家宫词》卷首）

词林万选

《词林万选》为杨慎所编词选。杨慎《词品》曾自谓"见予所集《词林万选》及《填词选格》"（《词品》卷一"侧寒"条），明嘉靖年间叶泰《丹铅摘录序》、梁佐《丹铅总录序》，周逊《刻词品序》亦皆著录《词林万选》为杨慎编集。则杨慎曾纂成此书，应无疑议。今传明毛氏汲古阁刻《词苑英华》本《词林万选》四卷，前有嘉靖二十二年（1543）任良干序云："升庵太史公家藏有唐宋五百家词，颇为全备。暇日取其尤绮练者四卷，名曰《词林万选》，皆《草堂诗余》之所未收者也。"毛晋、四库馆臣指出此书体例杂乱，多有错讹，核诸《词林万选》与确为杨慎所著的《词品》，二书相悖之处甚多，不应为同一人所著，《四库全书总目》云："疑慎原本已佚，此特后来所依托。"所言甚是。

词林万选序 （明）任良干

古之诗，今之词也。二雅二颂，有义理之词也。填词小令，无义理之词也。在古曰诗，在今曰词，其分以此。故曰诗人之赋丽以则，词人之赋丽以淫。盖自汉已然，况唐以降乎？然其比于律吕，叶于乐府，则无古今一也。虽然，邪正在人，不在世代，于心不于诗词。若《诗》之《溱洧》《桑中》，鹑奔雉鸣，虽谓之今之淫曲可也；张于湖、李冠之《六州歌头》，辛稼轩之《永遇乐》，岳忠武之《小重山》，虽谓之古之雅诗可也。填词之不可废者以此。升庵太史公家藏有唐宋五百家词，颇为全备。暇日取其尤绮练者四卷，名曰《词林万选》，皆《草堂诗余》之所未收者也。间出以示走，走骤而阅之，依绿水，泛芙蓉，不足为其丽也；茹九畹之灵芝，咽三危之瑞露，不足为其甘也；分织女之机丝，秉鲛人之绡杼，不足为其巧也。盖经流水之听，受运风之斤者矣。

遂假录一本，好事者多快见之，故刻之郡斋，以传同好云。时嘉靖癸卯季春吉，奉政大夫、守楚雄府桂林任良干书。（明毛氏汲古阁刻《词苑英华》本《词林万选》卷首）

词林万选跋　　（明）毛晋

予向慕用修先生《词林万选》，不得一见，金沙于季鸾贻予一帙，前有任良干序，不啻咽三危之露，而聆秋竹积雪之曲矣。但据序云，皆《草堂》所未收者，盖未必然。其间或名或字，或别号，或署衔，却有不衫不履之致。惜乎紫子点照之误，黝郁魄托之音，向来莫辨。其尤可摘者，如曾宴桃源深洞一词，本名《忆仙姿》，苏东坡始改为《如梦令》，即用修《词品》亦云唐庄宗自度曲，或传为吕洞宾，误也。复作吕洞宾《如梦令》，何耶？又"东风捻就腰儿细"一词，极脍炙人口，旧注云：有名妓侍燕开府，一士人访之，相候良久，遂赋此词投诸开府。开府喜其艳丽，呼士人以妓与之。《草堂》续集编入无名氏之例，兹混作东坡。且调是《玉楼春》，乃于首尾及换头处增损一字，名《踏莎行》，向疑后人妄改，及考鞋袜辋两云云，仍是用修传误。至于姓氏之逸，谱调之淆，悉注之本题之下。以质诸季鸾，得毋笑余强作解事邪？隐湖毛晋识。（明毛氏汲古阁刻《词苑英华》本《词林万选》卷末）

词林万选跋　　王国维

此汲古阁刻《词苑英华》中一种也。《提要》疑升庵原本已佚，此为后来依托，并历举其考证之疏。然考证之疏，自是明人通病，且其中颇有与《升庵词品》印证之处，未必即为依托也。前有焦氏藏书印，乃理堂先生故物，尤可宝也。光绪戊申秋七月积暑初，退于厂肆，得此本喜而志之。

张孝纯《百字令》"疏眉秀目"云云，此词见刘昌诗《芦浦笔记》，据刘祁《归潜志》，系宇文虚中作。（《观堂别集》卷三）

四库全书总目一则　　（清）纪昀等

《词林万选》四卷内府藏本

　　旧本题明杨慎编。慎有《檀弓丛训》，已著录。此本为嘉靖癸卯楚雄府知府任良干所刊，盖慎戍云南时良干得其本也。前有良干序称："慎藏有唐宋五百家词，暇日取其尤绮练者四卷，皆《草堂诗余》之所未收"云云。考《书录解题》所载，唐至五代，自赵崇祚《花间集》外，惟《南唐二主词》一卷，冯延巳《阳春录》一卷，此外别无词集。南北宋则自《家宴集》以下，总集别集，不过一百七家。明末毛晋穷搜宋本，祗得六十家耳。慎所藏者，何至有五百余家，此已先不可信。且所录金、元、明人，皆在其中，何以止云唐、宋？序与书亦不相符。又其中时有评注，俱极疏陋。如晏几道《生查子》云："看遍颍州花，不似师师好。"注曰："此李师师也。"虽与颍州不合，然几道死靖康之难，得见李师师，犹可言也。又秦观《一丛花》题下注曰："师师，子野、小山、淮海词中皆见，岂即李师师乎？"考师师得幸徽宗，虽不能确详其年月，然刘翚《汴京书事诗》曰："辇毂繁华事可伤，师师垂老过湖湘。缕衣檀板无颜色，一曲当年动帝王。"则南渡以后，师师流落楚南，尚追随歌席，计其盛时，必在宣、政之间。张先登天圣八年进士，为仁宗时人。苏轼为作"莺莺""燕燕"之句，时已八十余矣。秦观则于哲宗绍圣初，业已南窜，后即卒于藤州，未尝北返，何由得见师师？慎之博洽，岂并此不知耶？其所选录，欲搜求隐僻，亦不免雅俗兼陈。毛晋跋称："尝慕此集，不得一见，后乃得于金沙于季鸾。"疑慎原本已佚，此特后来所依托耳。（《四库全书总目》卷二）

著研楼书跋一则　　潘景郑

《词林万选》校本

　　叶石君手校汲古阁刊本《词林万选》，无锡孙氏小绿天藏书，顷归吾友邹君百耐。余从邹君处假归，遂录校语于汲古阁本上。石君跋语云："康熙丙辰八月廿五日雨窗，从旧本勘竟，前脱去二三叶未勘，其中差脱，皆毛氏有意改削，殊可笑也。"余按是本毛氏所脱标题居多，而词句异同，互有短长。毛氏虽好臆改，然所据当有善本，未可尽斥其非，而叶氏所据旧本，亦未必尽是也。暇当参校诸家专集，是非不难立辨矣。叶氏原校黄笔，余以朱笔度入，眉端尚有墨笔校语，祗正句读，未及讹脱，不详何人手笔，并为迻录。此书毛刻而外，罕传别本，《词选》自《花草》以后，此其尤绮练者，安得好事者博稽群籍，是正讹谬，以垂不朽乎！乙亥六月十九日。（《著研楼书跋》）

百琲明珠

《百琲明珠》五卷，乃杨慎所编词选，收录唐宋金元明词人词作一百五十七首。今传明万历四十一年（1613）刻本、《明词汇刊》本等。

刻杨升庵百琲明珠引 　（明）杜祝进

声音之有词也，贯珠也。或曰：于诗赋为易。曰：无易也，无不易也。本于性情，要于起叶，而可以般衍澜漫终不老者，惟词有焉。故六朝以来，多著此声也。若乃规明珠之在握，游象罔以中绳，则博人通明，换名定格，君子审乐，从易识难，未必非升庵是集之雅言矣。是集留于新都，传于宋妇翁陈春明令新都之明岁，余刻于落第之万历癸丑冬，所谓竹有雄雌，可笛可赋，宁直乐为备之乎？临皋杜祝进书于髫青阁。（赵尊岳《明词汇刊》本《百琲明珠》卷首）

百琲明珠跋 　赵尊岳

升庵才大如海，所为词六卷，已付梓人。独其评选诸集，若《百琲明珠》《填词玉屑》之见于全书目录者七八种，迄不可得见。闻蜀中尚有丛书小字本，道远亦未易致之也。癸酉孟夏，京师陷重围中，余始襮被北行，折冲间几不可终日，犹以词翰自娱。斐云宗兄乃出视明刊此本，题嘉靖朝蜀杨慎选集，万历朝楚杜祝进订补，有祝进一序，古墨流馨，并有曹栋亭、韩李卿、汪退思、张竺孙诸家藏印。半叶十行，行二十字，并于每叶题刻工姓名。久悬想望者，至此幸慰长思矣。其书旋归北海书藏，斐云留影见惠，而江宁唐圭璋社兄亦以景钞本寄示，因亟付锲，丽诸《升庵词集》之后。所冀天壤间佚书渐出，即升庵所选辑者，均获传见，则流播之责，余固乐任不疲也。写样既成，为缀跋言。是岁九日，叔雍书。

同日校景写本，未邑并记。（赵尊岳《明词汇刊》本《百琲明珠》卷末）

江花品藻

《江花品藻》一卷，明刊本题"西蜀杨慎造，天都潘之恒校"，潘之恒跋文言此书作于杨慎侨寓江阳时，中列二十四妓，一人一词，各为品题。王文才先生认为此书未必出于杨慎之手，或为仿制托名之作，作伪者疑即潘之恒本人。该书今传《重订欣赏编》本、《绿窗女史》本、《清怀丛书》本、《麈谈拾雅》本等。

江花品藻序　　(明) 潘之恒

叙曰：余品蜀艳，首薛弘度事，文采风流，为士女行中独步。惜时无嗣响，故此卷亦阁未传。乙卯中秋之闰，社友张康叔携焦太史家所藏《江花品藻》一卷见示，盖杨用修太史谪滇中，息跸锦江，花酒留连，所乞题咏，而藉以佐觞政者。其词之妙丽，久脍炙人口，而画意古雅，非名手不能仿佛。因命幼儿弼时如式梓行之。若藉诸艳部，尚有待于传记尔。（明刻《重订欣赏编》本《江花品藻》卷首）

江花品藻后记　　(明) 潘之恒

杨慎自题诗云：散花楼上早梅芳，选妓徵歌出洞房。百指管弦齐和曲，十眉图画俨分行。可怜金谷繁华地，兼是兰亭翰墨场，乐阕酒阑宾散后，归途犹自有余香。嘉靖丙辰冬十二月十三日。

蜀之江阳，边隅重地，舟车云集，商贾星繁，故狭邪之间，居多妖美。太史南征，逆旅于兹，宴酣兴剧，人填一词，以成烟花之月旦云。（明刻《重订欣赏编》本《江花品藻》卷末）

题江花品藻　佚名

按杨升庵太史为前明一代才人，风流放诞，此其评花之案。原本每人系一小令，结以七律一章，后书嘉靖丙辰冬十二月十三日用修题。每名注令一条，有天都潘之恒跋云：蜀之江阳，边寓重地，舟车云集，商贾星繁，故狭邪之间，居多妖美。太史南征，逆旅于兹，宴酣兴剧，人填一词，以成烟花月旦云。跋中不言有令，或为后人所加。其诗词则无当于觞政，故删节录之。（1919 年《治家全书》本《江花品藻》卷首）

隋唐两朝志传

《隋唐两朝志传》十二卷一百二十二回，章回体历史演义小说，明罗贯中编辑，杨慎批评。今人多怀疑其为伪托之作。该书今传明万历四十七年（1619）姑苏龚绍山刻本、明末永寿堂刻本等。

隋唐两朝志传序　　（明）杨慎

予尝阅史至隋唐交禅之际，未尝不掩卷太息也。曰：嗟乎，自古帝王，膺命首出，必有为之肇其端者。及其子孙之不守，亦必有为之致其乱者。是故累代之兴废，虽曰天命，岂非人事哉？夫隋之继陈也，以逆取，而唐之继隋也，非顺受。若天心不厌残暴，何相报如此之速耶？炀帝乃一代之聪明人杰也，然不以天下国家为事，而独与蛾眉皓齿日恣乐于曲房隐间之中。剪萑组为上苑之花，放马蹄于清夜之时。君臣之分褒，闺阃之伦乱。纵有旷古之奇才，绝世之逸致，毫无裨于治理之规措，徒用心用晏安之鸩毒。致使秦王定计于宫中，李渊蒸后于寝内。变起萧墙，祸生几席，而帝犹罔闻也。及至宇文化及之刀加于好头颈之上，而后始悟，则死矣。李渊素靖臣节，绝无剪隋之志。而世民天纵人豪，阴行仁恕，天命旋属，人心渐归，劝父造谋，胁以必叛。太祖顾谓曰：今日之役，未可轻举。化家为国由汝，赤族亡身亦由汝。而太宗挺身直任而不辞，直以帝王自负。即太祖之遣使于突厥，合军于长安，迎立代王，自履帝位，取天下如破竹，定海内如反掌。向无太宗为之谋主，其能若是乎！太宗智略雄伟，胆气粗浮，自负太高，旁无顾忌，是亦连城之瑕也。即其射猎北邙，推刃同气，彼谓为天下者，不顾家，而不知齐家乃可治天下。上天之眷佑，下民之顺从，大器之攸属，宗社之绵延，固已隐然在掌握间矣。而终为欲速之心所累，是千古之遗憾也。及至履至尊，制六合，崇文教，掩武帏，大召名儒，教训天下。黜后宫之怨女，纵积狱之重囚。和气协于万邦，祯祥动于四表。历代帝王之盛，无有过于太宗者。惜其得国之始，胁其父以蒸母后，故递传而下，默开报复之机。武曌之秽衰春宫，玉奴之洗儿受赐，其时总有忠如遂良，义如仁杰，操守如许远，苦节如张巡，不能济也。故敬业败兵于孝逸，杲卿委命于禄山。一时义士忠臣死于非命。妇人之祸，惨至于此，非天道之好还，而始基之不正乎！虽然帝唐之主特懦弱耳，而惨刻暴虐之君，未尝或见。故代多君子为之辅翼，使国祚安于盘石，而三百余年之太平，天固有以眷之矣。即勇寇如黄巢，其能背天以移唐祚乎？是书阅成，而叙其事。西蜀杨慎题。（明万历四十七年姑苏龚绍山刻本《镌杨升庵批评隋唐两朝志传》）

日本东京所见小说书目一则　孙楷第

《镌杨升庵批点隋唐两朝志传》十二卷一百二十二回尊经阁

明万历己未（四十七年）刊本。大型。四周单边。半叶九行，行二十字。板心鱼尾上题"隋唐志传"。下记卷数。十二卷后有长方木记，题一百十三字，末署云"万历己未岁季秋既望金阊书林龚绍山绣梓"。与北京图书馆藏万历乙卯（四十三年）刊本"陈眉公评列国志传"同为一人所刻。书题"东原贯中罗本编辑"，"西蜀升庵杨慎批评"。首杨慎序，颇空泛。次为林瀚序，谓唐代演义久阙，瀚于京师得此本，审为罗氏原本，因遍阅隋唐诸书编为十二卷，名曰"隋唐志传通俗演义"。后署"赐进士第资政大夫南京参赞机务兵部尚书致仕前吏部尚书国子祭酒春坊谕德兼经筵讲官同修国史三山林瀚撰"。官衔皆不误。褚人获本载此序多异文，署名官衔上尚有"正德戊辰仲春花朝后五日"十一字。戊辰为正德二年，瀚元年为南京兵部尚书，二年闰正月降浙江参政，致仕。五年刘瑾败，复官；仍致仕。二年二月，瀚降谪被罪，似不应迳称以兵部尚书致仕也。似所据为罗氏旧本，而书成远在正德之际，先于熊钟谷《唐书志传》者且四十余年。而细观全书，则似与熊书同出于罗贯中《小秦王词话》（今有明诸圣邻重订本），熊据史书补，故文平而近实。此多仍罗氏旧文，故语浅而可喜。考书中文字，有与熊书同者：如杨义臣隐雷泽，收范愿，及助窦建德灭化及功成身退事，几无一字差忒。战美良川事亦略同，唯此书三鞭换两锏事则尤粗鄙。有与熊书微异者：如裴寂以晋阳宫人私侍李渊，熊书与《通鉴》同，此则竟指为张、尹二妃。有熊书纪事误而此书不误者：如破铁勒九姓及薛仁贵三箭定天山本高宗时事；熊书以为太宗时事，大是谬误。此于太宗征辽，改铁勒为扶桑太宗征高丽，本无功而还，熊书尚不背于史，兹以高丽王舆样出降，则亦误也，仍以薛仁贵事属之高宗。又熊钟谷所演以太宗为主，故书终于征高丽，以"坐享太平"结束。而书又名"唐书志传"，故李大年序即斥其"全文有欠"，事实多缺。今此书于九十二回后增补高宗以下事至僖宗而止，而文至草草，即褚人获所谓"补缀唐季一二事，又零星不联属"者。盖高宗以下，更历十余朝，将三百年，事状纷繁，非坊肆选家者流所能驾驭，其潦草缀补自为不可免之事也。且即此书九十一回以前观之，其规模间架，亦犹是罗贯中词话之旧。唯于神尧起义以前增隋事数回而已。其记太宗事，有太宗为李密所擒囚南牢之说；纪李密归唐事，有秦王十羞李密之说；纪美良川之战，有叔宝污敬德画像之说；纪征高丽事，有叔宝子怀玉与敬德子宝林争先锋之说，有莫利支飞刀对箭之说。凡此种种，皆戏曲及词话所演唱者，今犹可考。其事当时盛传于闾里，人所习知，熊氏虽偶采一二，而欲托附风雅，大数抛弃，兹则尽量采之入书耳。以是言之，则此杨慎评本《隋唐志传》号为林瀚编次者其书当出于词话。其增唐季事，当即万历间书贾所为。所载瀚序，盖依托耳。所疑如此，未知于事实如何，然核之本书所记，差为近理，故不敢将时代前置，遂信为正德时书。又熊书附诗，多云"周静轩先生"。此本则每回多附丽泉诗。静轩之名亦间见于各回中。而其俚拙实亦相埒。静轩、丽泉，今俱不知为何如人，殆与熊钟谷辈为一流人物。其十二卷后木记，云"书起隋公杨坚，至僖宗乾符五年而止。继此者则有《残唐五代志传》，读者不可不并为涉猎。"今《残唐五代传》，每回亦多附丽泉诗，与此正同。显系同时编次二书，而丽泉者亦参与其事之人。《残唐五代》今署罗贯中，容系旧本，然附丽泉诗之《残唐》，必与此附丽泉诗之万历己未刊本《隋唐两朝志传》时代相去不远，则可断言耳。

又按：北京孔德学校图书馆藏有《新刻徐文长先生批评隋唐演义》一书，系覆明刊本。全书十卷一百十四节，每节标目皆二句七言。自第九节以上，即袭杨慎评本之《隋唐志传》。标目亦全采之，但增下联，足成二句。自第十节以下至九十八节，则内容全同熊钟谷书，凡杨慎评本所增益情节，皆无之。每节标目，亦全同武林藏珠馆本，显系自藏珠馆本出者。第九十九节以后，则又全同杨慎评《隋唐志传》，但并二回为一节，标目亦一字未改。其采熊书之全部，而开首数节及九十九节以后，以杨慎评本《隋唐志传》补之，以符隋唐演义之称，至为显然。以熊钟谷古风冠于第一节之首，亦同诸本唐传演义。十卷后木记百余字，亦同杨慎评本，但不书年月，改"龚绍山绣梓"为"武林书坊绣梓"而已。前有徐文长序，尚雅饬，无林瀚序。此书似当在杨慎评《隋唐志传》之后。以与熊钟谷

《唐书》及托林瀚著杨慎评之《隋唐志传》均有关系，今附记于此。

杨慎评《隋唐志传》与褚人获著之《隋唐演义》，均载林瀚序，而文字有异。今并录如下。

隋唐志传林瀚序

《三国志》罗贯中所编；《水浒传》则钱塘施耐庵集成。二书并行世远矣。逸士无不观之。唯唐一代阙焉，未有以传，予每憾焉。前岁偶寓京师，访有此作，求而阅之，始知实亦罗氏原本。因于暇日遍阅隋唐诸书所载英君名将忠臣义士，凡有关于风化者悉编为一十二卷，名曰《隋唐志传通俗演义》。盖欲与《三国志》《水浒传》并传于世，则数朝事实，使愚夫愚妇一览可概见耳。予颇好是书，不计年劳，钞录成帙，但传腾既远，未免有鲁鱼亥豕之讹，不犹欲入室而先升堂也。赐进士第、资政大夫、南京参赞机务、兵部尚书致仕、前吏部尚书、国子祭酒、春坊谕德兼经筵讲官、同修国史三山林瀚撰。

十二卷后本木记：是集自隋公杨坚于陈高宗大建十三年辛丑岁受周主禅即帝位起，历四世禅位于唐高祖，以迄僖宗乾符五年戊戌岁，唐将高元裕剿戮王仙芝止，凡二百九十五年。继此以后，则有《残唐五代志传》详而载焉。读者不可不并为涉猎，以睹全书云。万历己未岁季秋既望，金阊书林龚绍山绣梓。

褚人获隋唐演义载林瀚原序

罗贯中所编《三国志》一书，行于世久矣，逸士无不观之。而隋唐独未有传志，予每憾焉。前寓京师，访有此书，求而阅之，知实亦罗氏原本。第其间尚多阙略，因于退食之暇，遍阅隋唐诸书所载英君名将忠臣义士，凡有关于风化者悉为编入，名曰《隋唐志传通俗演义》。盖欲与《三国志》并传于世，使两朝事实愚夫愚妇一览可概见耳。予既不计年劳，钞录成帙，又恐流传久远，未免有鲁鱼亥豕之讹，兹更加订正，付之剞劂，庶几观者无憾。夫"饱食终日，无所用心，不若博奕之犹贤乎已"？若予之所好在文字，固非博奕技艺之比。后之君子能体予此意，以是编为正史之补，勿第以稗官野乘目之，是盖予之至愿也夫。时正德戊辰仲春花朝后五日，赐进士出身、资政大夫、南京参赞机务、兵部尚书致仕、前吏部尚书、国子监祭酒、左春坊左谕德兼经筵日讲官、同修国史三山林瀚撰。（孙楷第《日本东京所见小说书目》）

洞天玄记

《洞天玄记》，旧题为杨慎所撰杂剧。该剧讲述形山道人无名子收服昆仑六贼、降东蛟、捉金虎等故事。与陈自得《太平仙记》不但事迹相同，曲文宾白亦大都相同，前人或以为是陈剧抄袭此剧而成。实则陈剧在前，此剧乃袭自陈剧。不知其出自书贾假托，抑或杨慎信笔删改。该剧今传万历三十三年（1605）刊《四太史杂剧》本、脉望馆校钞《古今杂剧》本等。

洞天玄记序 （明）玄都浪仙

刘子曰：《洞天玄记》，洞天贞逸闭关草玄，休暇而戏为之者也。夫贞逸以玉堂仙史，远游荒徼，浮云富贵，葆啬性灵，此其有感而云云也。或曰：贞逸酒边寄兴，则有陶情之作；养生寓言，则有玄中之记。养生则守中而贞，陶情则和平而逸，是故非放言，非自苦也。或曰：今之传者，直指为陈自得，视此盖差异云。予曰：世之赝书无限，如《云仙散录》《周秦行纪》《碧云騢》者，假托名流，幻惑时辈，甚则公取人长，而据为己有，极可恶已。昔东阳柴廓作《行路难》，乃僧宝月窃而有之，遂使后世流传，不知有廓，若自得者，其诸宝月之徒与？此虽一事之微，而人之无良，风之媮薄，孰甚焉？君子是以重为之感也。嘉靖丁酉春日，玄都浪仙漫题。

洞天玄记前序 （明）杨悌

三百篇之作，有益于风教，尚矣。世降俗末，今不古若，冬葛夏裘，不无恐泥。是以古诗之体，一变而为歌吟律曲，再变而为诗余乐府。体虽不同，其感人则一也。世之好事者，因乐府之感，又捃摭故事，若忠臣烈士，义夫节妇，孝子顺孙，编作戏文，被之声容，悦其耳目，虽曰俳优末技，而亦有感人之道焉。波及瞿昙氏，亦有《西游记》之作，其言荒诞，智者斥其非，愚者信其真。予常审思其说，其曰唐三藏者，谓己真性是也；其曰猪八界者，玄珠谓目也；其曰孙行者，猿精谓心也；其曰白马者谓意，白则言其清静也。其曰九度至流沙河，七度被沙和尚吞啖，沙和尚者，嗔怒之气也。其曰常得观世音救护，观世音者，智慧是也。其曰一阵香风，还归本国者，言成道之易也。人能先以眼力看破世事，继能锁心猿，拴意马，又以智慧而制嗔怒，伏群魔，则成道有何难哉！吁，什氏之用意密矣。惟夫道家者流，虽有《韩湘子蓝关记》《吕洞宾修仙》等记，虽足以化愚起懦，然于阐道则未也。吾师伯兄太史升庵，居滇一十七载，游神物外，遂仿道书，作《洞天玄记》，与所谓《西游记》者同一意。其曰形山者身也，昆仑者头也，六贼者心、意、眼、耳、口、鼻也，降龙、伏虎者，降伏身心也。人能如此，则仙道可冀矣。此书当与《西游记》并传可也。愚也不揣凡骨，孜孜于神仙之学，其于明道立功，亦分内事也。偶睹斯文，有益吾教，敢不为吹棘爇檀之助耶？因祝羽士玄流，捻筇夏简之下，因言会意，得意忘言，庶乎不负所作。若曰恣取谐谑，贪婪哺啜，则吾何取于尔哉，何取于尔哉！嘉靖壬寅冬十月吉旦，门下弟飞云山人紫庭真逸杨悌用安序。（以上脉望馆校钞《古今杂剧》本《洞天玄记》卷首）

洞天玄记后序 　（明）杨际时

屈原被谪，作《远游篇》曰：毋滑尔魂兮彼将自然，一气孔神兮于中夜存，虚以待之兮无为之先。朱晦翁什之曰，虽广成子之告皇帝，不过如此，实修仙之要诀也。夫当屈子之时，《参同契》诸书俱未作，彼何以知其然？良由天资英迈，智识超人，灼见道妙故也。予友仁庵子，一日将伯兄太史升庵公所作《洞天玄记》示予，予读而叹曰：升庵公以隽才甲科，危言被谪，信不凡矣。然于修炼家夙未留心，今此作何其与灵均异世而同符耶？谚云：英雄回首即神仙，彼有取尔也。鸣呼，太史公其人杰也哉！谨用识于篇末。嘉靖壬寅冬十月吉旦，龟山居士七十二翁邑人杨际时景明顿首拜识。

洞天玄记跋　　（明）张天粹

嘉靖甲寅冬，古上元甲子日，愚自京师之任折泸，再见洞天真逸仙翁。喜出《洞天玄记》示曰：此刻稍嘉，奉霞川仙友一览。愚拜受之，珍韫笥箧，至任剪烛，朗诵之余，一心湛若，百体豁然。志意轩明，精神清粹，不翅翱翔于三山五岳之巅也。於戏，记义之陈，微辞奥旨，意在言外，虽伯阳紫阳之复授，不是过也。《参同契》《悟真篇》《玄关秘》诸篇，皆奥衍宏深，难以揣测。此记如日星灿然，江山流峙，春花秋月之铺张，露泄大道之始终，演出先天之秘旨，足拭千载之盲焉。曰形山道人者，吾之主人翁也；曰昆仑六贼者，吾人物交之蠹性也。先欲寂然不动，克去视听言动之非，然后感而自通，以复吾天然自有之真也。曰中秋赏月者，喻金精之旺盛也。曰三日月出庚者，指大药之时至也。曰没弦琴、无孔箫者，喻二气缊缊，造化争驰之机也。曰降苍龙、捉金虎者，取坎内之阳精，伏离宫之阴气也。曰收婴儿、夺姹女者，取先天之未判，夺后天之初弦也。又曰两弦会花开上苑，一阳动漏永中宵，是盖采地癸之初生，用天壬之始判也。曰虎变金钗者，见九鼎火符抽添之用也。曰六贼驯伏者，显抱元守一无为之旨也。曰山顶鸣雷者，示九载羽化妙隐显之神也。噫，此传于玉液金液之机，全形延命之术，无不具载。洞泄玄机，阐古先不阐之秘，神化性命，通一无二者矣。得意忘言，循而行之，何忧乎弗回阳换骨也哉。噫嘻，真逸仙翁，盖欲泄造化之秘藏，引后人以同登道岸，其至人之心也。吁，用心何其仁哉！然至道玄微，非凡庸可测，愚虽无知，盖亦欲推真逸道翁之仁，而进人于仁寿之域也。嘉靖戊午孟夏，门生威楚作类子张天粹谨跋。（以上脉望馆校钞《古今杂剧》本《洞天玄记》卷末）

洞天玄记提要　　王季烈

《洞天玄记》，明刻本，明杨慎撰。慎字用修，号升庵，新都人。父廷和，仕至少师。升庵举正德六年殿试第一，授修撰，年才二十四。武宗微行，上疏切谏。嘉靖三年为翰林学士，偕同列三十六人劾张璁、桂萼，不得命，复偕廷臣伏左顺门痛哭力谏。帝震怒，下诏狱廷杖者再，几死，谪云南永昌卫。三十八年卒于滇。是记据杨悌序，为居滇十七载作，是为嘉靖二十年辛丑。然前有刘子序，作于嘉靖丁酉，为辛丑之前四年。且云今之传者，直指为陈自得。似此记早经流传，被人窃为己有，不始于辛丑年作矣。两序之言，互相矛盾，殊不可解。升庵于此记之外，有《陶情乐府》散曲，亦在滇时作。其妻黄氏亦有散曲行世。王元美《曲藻》谓：《陶情乐府》虽流脍人口，颇不为当家所许。以升庵本蜀人，多川调，不甚谐南北本腔。又谓升庵多剽元人乐府，如"嫩寒生花底风""风儿疏剌剌"诸阕，一字不改，掩为己有。盖杨多钞录秘本，不知久已流传人间矣。其于升庵，颇致不满。然升庵自幼警敏，肆力古学，投荒多暇，书无不读，好学穷理，老而弥笃。明世记诵之博，著作之富，推为第一，史有定评，未尝以元美之毁而损其名也。特其于曲，不屑寻宫数调，信笔挥洒，故拗折天下人嗓子，殆比临川为尤甚。此记第一折正宫两曲后，忽改仙吕，第二折商调数曲后，亦忽改仙吕，皆其不守元人规律处。卷首不用楔子，而用副末开场。第四折黄婆唱南越调包子令，婴姹唱北大石归塞北，以与北双调全套相混，则其体裁近于传奇。又白中有"洞主看毕言曰"及"道人看罢唤黄婆去"云云，以宾白而带叙事，近于诸宫调之体裁。凡此皆其杂糅处。然全本脱胎《西游记》，以形山喻身，昆仑喻首，六贼喻心意眼耳口鼻，效法前人，融化无迹，读者耳目一新，则虽有微瑕，不掩其瑜也。焦里堂《曲考》、李雨村《曲话》皆推许此记，盖彼时流传尚多，今则已成孤本，故亟为校印，使百年来沉埋之名著，复显于世焉。（《孤本元明杂剧提要》）